Arena-Taschenbuch
Band 51192

Weitere Bücher von Katja Brandis im Arena Verlag

Khyona. Die Macht der Eisdrachen

Gepardensommer

Woodwalkers. Carags Verwandlung
Woodwalkers. Gefährliche Freundschaft
Woodwalkers. Hollys Geheimnis
Woodwalkers. Fremde Wildnis
Woodwalkers. Feindliche Spuren
Woodwalkers. Tag der Rache
Seawalkers. Gefährliche Gestalten
Seawalkers. Rettung für Shari
Seawalkers. Wilde Wellen
Seawalkers. Ein Riese des Meeres

Katja Brandis, Jahrgang 1970, hat Amerikanistik, Anglistik und Germanistik studiert und als Journalistin gearbeitet. Schon in der Schule liehen sich viele Mitschüler ihre Manuskripte aus, wenn sie neuen Lesestoff brauchten. Inzwischen hat sie zahlreiche Romane für Jugendliche veröffentlicht, unter anderem *Ruf der Tiefe, Floaters – Im Sog des Meeres* und *White Zone.* Mit ihrer Bestseller-Reihe *Woodwalkers* begeistert sie Jungen und Mädchen gleichermaßen. Für Khyona recherchierte sie drei Wochen in Island, staunte über Geysire, stapfte auf einem Gletscher herum und ritt auf Islandpferden durch die grandiose Landschaft. Sie lebt mit Mann, Sohn und drei Katzen in der Nähe von München.

www.katja-brandis.de

Katja Brandis

KHYONA

Im Bann des Silberfalken

Arena

Arena

Ein Verlag in der *westermann* GRUPPE

Für Nadja

www.blauer-engel.de/uz195
BLAUER ENGEL – DAS UMWELTZEICHEN
• ressourcenschonend und umweltfreundlich hergestellt
• emissionsarm gedruckt
• überwiegend aus Altpapier
MI6
Dieses Druckprodukt ist mit dem Blauen Engel ausgezeichnet

FSC www.fsc.org
MIX
Papier aus verantwortungsvollen Quellen
FSC® C110508

2. Auflage als Arena-Taschenbuch 2021

Rottendorfer Straße 16, 97074 Würzburg

Dieses Werk wurde vermittelt durch die Autoren- und Projektagentur
Gerd F. Rumler (München)
Fotos: Shutterstock: Espen Solvik Kristiansen, MikeDrago,
Atiketta Sangasaeng, AlohaHawaii, Rattanarud Suphan,
kojihirano, Ali Bernie Buga-ay und Stefano Garau
Covergestaltung: Alexander Kopainski
Umschlagtypografie: Sibylle Bader
Gesamtherstellung: Westermann Druck Zwickau GmbH
ISSN 0518-4002
ISBN 978-3-401-51192-4

Besuche den Arena Verlag im Netz:
www.arena-verlag.de

Prolog

Es war ein sonniger Tag gewesen, aber nun wanderte die Sonne dem Horizont entgegen und es wurde immer kühler. Fast ohne es zu merken, zog der junge Mann den Umhang enger um sich. Dann ging er in die Hocke, um die Hand auf das raue Gestein legen zu können, und spürte in den Boden hinein. Das hätte er auch tun können, ohne die Erde zu berühren, aber er mochte es, wie sich der Stein an seiner Handfläche anfühlte.

An diesem Ort war das Innere der Erde hellwach. Er spürte das heiße Glühen darin, das nur darauf wartete, ungestüme Bewegung zu werden. Es ging dem Vulkan gut, kein Zweifel. Einen Moment lang war er neidisch darauf, wie lebendig dieser Berg war. Le-

bendiger als er selbst, so kam es ihm manchmal vor. Sein Inneres fühlte sich immer noch erstarrt an – würde sich das jemals wieder ändern?

Er wusste, das Feuer in der Tiefe war nah daran, an die Oberfläche zu brechen. Schon versuchte seine Vorstellungskraft, ein Bild davon zu erschaffen, gespeist aus dem, was er schon so oft gesehen hatte. Doch er unterdrückte die Bilder sofort, die Gefahr war zu groß, dass sie durch seine Gedanken und Gefühle Wirklichkeit wurden. Noch war die Zeit dieses Vulkans nicht gekommen.

Manchmal war es anstrengend, so viel Macht zu haben, doch sie war schon ein Teil von ihm, solange er denken konnte. *Wieso hat Gunnar nicht härter daran gearbeitet, sie zu kontrollieren? Verdammt, ich hätte mit ihm üben sollen! Ja, es war eigentlich die Aufgabe unserer Eltern, aber trotzdem …*

Als er spürte, wie ihn seine Gedanken aufwühlten, stellte er sich vor, wie er sie aus sich hinausschickte. Seine Fantasie machte schwarze Schlieren daraus. Der nächste Windstoß trug sie davon, fast konnte er es vor seinem inneren Auge sehen.

Er atmete tief, einmal, zweimal, spürte der ausströmenden Luft und seinem Herzschlag nach. Lauschte auf das, was seine Sinne ihm meldeten. Den kühlen Wind mit einem Hauch von Frost, den Geruch nach Moos und feuchten Steinen und Schwefel.

Ganz langsam fühlte er sich besser.

Im Sommer war es Tag und Nacht hell. Es war eine Zeit, in der im ganzen Reich Isslar und vor allem in der Hauptstadt Khyona alle schwatzten und sich trafen und draußen waren, solange sie konnten. Aber jetzt schlich sich der Herbst an und die Dunkelheit kam immer früher. Vielleicht würden die Götter bald die ersten Nordlichter schicken.

Die ungewohnte Dunkelheit störte ihn – in welcher Richtung war sein Lagerplatz? Sio, sein Fuchs, war gerade auf Jagd unterwegs und entschuldigte sich, er würde ihm ein anderes Mal den Weg zeigen, sobald er diese fette Maus erwischt hatte.

Er seufzte und pfiff nach Fiala, doch seine Stute machte sich nur darüber lustig, was für einen schlechten Ortssinn Menschen hatten, und ging betont langsam in seine Richtung. Also atmete er noch einmal ein, konzentrierte sich. Die Flamme kam sofort, als er sie rief, und einer der Felsen in der Nähe wurde in grüngelbes Feuer gehüllt. Lautlos zuckten die Flammen himmelwärts, waren rastlos in Bewegung, fließend, gleitend. Es war nur ein Scheinfeuer, aber es spendete Licht und sogar ein wenig Wärme, wenn man nah genug herankam.

Ganz plötzlich eine fremde Stimme. »He! Siehst du das, Gudur?«

Der junge Mann wandte den Kopf und bemerkte die Silhouetten der beiden Reiter. Sigurds Rache, das hatte ihm gerade noch gefehlt. Sie ritten im schnellen Tölt heran, um nachzusehen, was hier vorging ... und sahen ihn im Licht des Scheinfeuers auf der Kuppe stehen. Dann passierte das, was er befürchtet hatte. Einen Herzschlag lang starrten die beiden – ein Mann und eine Frau – ihn an, dann stiegen sie hastig ab, stützten ein Knie auf den Boden und beugten vor ihm den Kopf.

»Herr des Feuers!« Die Stimme des Mannes war ein raues Flüstern, halb furchtsam, halb ehrerbietig.

In dieser Gegend lebte noch ein sehr alter Vulkankult fort, den die Fürstin in der Stadt längst unterdrückt hatte. Doch die Menschen in diesem rauen Bergland verehrten, wen und was sie wollten, und ließen sich nicht davon abbringen.

»Erhebt euch!«, sagte er und unterdrückte ein Seufzen. »Bitte geht. Es gibt etwas ... das ich hier tun muss. Allein.«

Zum Glück schluckten sie die Lüge sofort, sie ahnten nicht, dass er einfach nur für sich sein wollte ... und auch nicht wirklich allein war, wenn Sio und Fiala sich wieder zu ihm bequemen würden.

Nachdem die Reiter ehrerbietig die rituellen Worte gemurmelt hatten, die an ihn, die Göttin und den Berg gerichtet waren, zogen sie sich zurück.

Und seine Gesellschaft waren wieder die Berge, der Himmel, der Wind.

Zwei dunkle Augen

Ich werde beobachtet. Kari wusste nicht, woher sie die Gewissheit nahm, aber sie war da, ganz plötzlich. Völlig unlogisch – wer sollte sie denn sehen? Sie waren doch die Einzigen auf diesem kleinen Schotterparkplatz eine halbe Stunde außerhalb von Reykjavík. Auf der Landstraße sauste nur hin und wieder ein Auto vorbei.

Kari blickte sich um, sondierte mit den Augen die Pferdeweiden, die Wiesen, die Berge, deren grünbraune Zacken am Horizont aufragten. Niemand da.

Fast niemand.

»Was schaust du denn so? Komm, wir klettern da runter, das sieht toll aus!« Ihre kleine Schwester Alice knuffte sie in die Seite. Ihre hellblauen Augen blitzten unternehmungslustig und ihre schulterlangen Haare, glatt und braun wie das Fell eines Otters, glänzten in der Sonne. Ohne eine Antwort abzuwarten, bewegte Alice sich halb rutschend, halb springend den Geröllhang hinunter zu einer Wildwiese, die mit lila blühendem Heidekraut, gelben Blümchen und Gebüsch bewachsen war.

Kari streckte sich, lockerte ihre verspannten Schultern und atmete tief ein. Islands Hauptstadt mit ihren bunten Wellblechhäusern und den Straßen voller Andenkenläden, Restaurants und Buchhandlungen hatte ihr gefallen, aber jetzt wollte sie endlich die berühmten Naturschönheiten sehen. Die lauerten hier laut Reiseführer buchstäblich an jeder Ecke, falls Naturschönheiten so etwas konnten.

Alice war inzwischen auf der Wiese angekommen, die es zwar nie in den Reiseführer schaffen würde, aber immerhin »Natur« und außerdem »schön« war.

»He, halt mal, habt ihr nicht auch gelesen, dass besonders das Moos hier sehr empfindlich ist und man nichts zertrampeln sollte?«, wandte ihr Patchworkbruder John Elzheimer ein. Er dachte nicht daran, seine Sonnenbrille abzusetzen. Seine Augen blieben hinter schwarzen Gläsern verborgen.

Natürlich hat er recht, so wie immer. Lehrersohn halt. Kari zögerte. Gerade warf sich Alice neben einem verwitterten Felsbrocken auf die Wiese. »Aber hier ist gar kein Moos, das sind nur Gras und Heidekraut«, meldete sie. »Oh, ist das dick und weich! Das müsst ihr ausprobieren! Wenn man drauftritt, federt es zurück, das geht nicht gleich kaputt.«

Die Versuchung war zu stark. *Komm, sag es, sag es, petz das an deinen Vater!,* dachte Kari, während sie den Hang hinunterkletterte. Doch John zog wahrscheinlich nur die Augenbrauen hoch, das hörte man nicht. Gut so.

Seufzend vor Behagen machte Kari es sich im sonnenwarmen Heidekraut bequem. Oh ja, das fühlte sich unglaublich an – wie ein ultradicker Teppich, der würzig nach Kräutern roch.

»Das hier ist nicht wirklich Island«, murmelte Kari.

»Was denn sonst?« Alice kitzelte sie mit einem Grashalm an der Nase.

»In Island gibt es hundert Wörter für Wind, außerdem regnet es die meiste Zeit.« Kari schloss einen Moment lang die Augen und ließ sich die Sonne ins Gesicht scheinen.

»Du ärgerst dich nur, weil Mam dir gesagt hat, du sollst deinen geliebten Norwegerpulli im Auto lassen«, behauptete Alice.

»Wenn ich Pech habe, wird der von einheimischen Elfen aufgeribbelt, wenn ich mal nicht hinsehe. Weil man hier nur Islandpullis tragen darf.«

»Kommt ihr? Wir machen übrigens da vorne Picknick!«, rief John zu ihnen herüber, er klang genervt.

»Ja, gleich!«, rief Kari zurück und flüsterte Alice zu: »Boah, wie der dasteht – das ist seine Geheimagentenpose. Die Coolness läuft ihm gleich aus den Ohren.«

Alice kicherte leise. »Wetten, zum nächsten Fasching geht er wieder als James Bond? Wie schon letztes Jahr und wahrscheinlich im Jahr davor.«

»Garantiert.«

»Nur die Pickel passen nicht ganz. Bond hat keine Pickel!«

»Doch«, sagte Kari und musste grinsen »Aufgeklebte. Es sind winzige getarnte Sprengwaffen, die er abnehmen und auf seinen Gegner schleudern kann.«

Ihre zwölfjährige Schwester drückte das Gesicht in ihren Ärmel, um ihren Lachanfall zu verbergen.

»Wir sind ganz schön gemein, oder?«, meinte sie, als sie wieder Luft bekam.

»Ja«, sagte Kari und verzog das Gesicht zu einer reuigen Grimasse. Für echte Reue reichte es nicht. »Ziemlich. Und jetzt komm, vielleicht ist noch Vanille-Skyr übrig, du weißt schon, dieses Quarkzeug, das wir gestern im Supermarkt gekauft haben.«

Sie warf einen kurzen Blick hinüber zum Auto und stellte fest, dass ihre Mutter und Thorsten sich mit der Picknicktüte in der Hand küssten und über irgendetwas lachten. Es fühlte sich an, als würde ihr jemand eine lange Nadel ins Herz bohren, ganz langsam. Würde es jemals wieder so werden wie vorher, als sie noch ein Drei-Mädels-Haushalt gewesen waren, wie Mam es manchmal ausgedrückt hatte? Wenn sie und Mam, die beiden Frühaufsteher in der Familie, in Joggingklamotten beim Frühstück gesessen hatten, den ersten Kaffee oder Kakao in der Hand und die Füße hochgelegt. Wenn sie sich gegenseitig interessante Sachen aus der Zeitung vorgelesen hatten oder witzige Sätze aus dem Buch, in dem sie gerade schmökerten?

Jetzt lief das so, dass Mam beim Frühstück mit Thorsten Elzheimer über Politik oder irgendeinen gesellschaftlichen Trend diskutierte, über seine lahmen Witze lachte und fragte, ob er noch eine Scheibe von diesem in Blabladorf handgemachten Bergkäse wollte. Wenn man Glück hatte, musste man nur zweimal fragen, ob sie einem die Butter reichen könnte. Mit noch mehr Glück wurde man satt, bevor Thorsten verkündete, dass sie jetzt langsam in die Gänge kommen sollten, und Sekunden später abzuräumen begann.

Kari ließ ihren Blick weiter schweifen – sie fühlte sich noch immer beobachtet, das Gefühl war stärker geworden. *Aber da ist nichts ... oder doch?* Sie blickte sich um und fühlte die Haut zwischen ihren Schulterblättern kribbeln, doch ihre Augen entdeckten nichts Verdächtiges. *Alles Einbildung – und ich brauche jetzt dringend ein paar Chips. Oder wenigstens welche von diesen echt isländischen getrockneten Fischflocken, auf die Alice so abfährt, weil sie ein bisschen wie Chips schmecken.*

Das Picknick fand am Rand des Schotterparkplatzes statt. Kari hatte keine Lust mehr, sich zu unterhalten, und blieb einsilbig, während sie die salzigen Fischflocken knabberte und sich von Alice mit ein paar Löffeln Skyr füttern ließ. Diesmal war es immerhin eindeutig, wer sie dabei beobachtete. John fixierte sie mit seinen Sonnenbrillenaugen, und sein abfälliges Grinsen ließ keinen Zweifel daran, wie albern er es fand, wie sie und Alice herumflachsten. *Ja,* dachte Kari gereizt und wischte sich einen Klecks Skyr von der Jeans. *Ich bin uncool und es ist mir egal, stell dir vor!*

Früher, in der Grundschule oder so, hatte sie sich einen großen Bruder gewünscht. Einen, der für sie da war, wenn es ein schlechter Tag gewesen war und ihre Mutter keine Zeit zum Trösten hatte, weil sie ganz dringend diese neue, dämliche Kundenzeitschrift fertigstellen musste, für die es mehr Geld gab als für Artikel bei den Stadtmagazinen. *Sei vorsichtig mit dem, was du dir wünschst.* Jetzt wohnte ihr brandneuer Patchworkbruder im ehemaligen Gästezimmer neben ihrem, zockte am Computer und beschallte alle mit Hardrock oder Heavy Metal, bis er hoffentlich irgendwann studierte und auszog. Was leider noch dauern konnte, er war nicht mal ein großer Bruder, sondern erst fünfzehn. Wieso konnte er eigentlich nicht bei seiner amerikanischen Mutter in South Carolina leben?

Hilflose Wut wühlte in Karis Magen, wie so oft in den letzten drei Monaten.

»Wer mag noch eine Cherrytomate?«, fragte ihre Mam und gönnte sich neben der Tomate auch einen Keks. Ihre sehnige Läuferinnenfigur vertrug es.

Kari winkte ab. »Ich geh noch mal kurz runter auf die Wiese.« Sie wollte wenigstens einen Moment lang allein sein, das würde schwierig genug werden in den nächsten beiden Wochen.

Ihre Füße versanken im lila blühenden Heidekraut und die Sonne wärmte ihre Haut. Herrlich war es hier. Ganz langsam fühlte Kari, wie sie zur Ruhe kam. *Vielleicht ist es doch gut, dass wir hierhergefahren sind, wie Thorsten das vorgeschlagen hat, und nicht nach Schweden, wie ich es wollte. Aber dort hätte ich sehen können, wo Opa und Oma herstammen ... wär interessant gewesen ...*

Als Kari sich noch ein letztes Mal umsah, erhaschte sie einen Blick auf etwas Weißes, das auf dem Stein hockte. Ein Vogel mit kurzem, gebogenem Schnabel und weiß-silbrigem Gefieder, ungefähr doppelt so groß wie eine Taube.

»Schau mal – ich glaube, das ist ein Falke!«, flüsterte sie ihrer Schwester zu, die – so wie John – gerade begonnen hatte, in Karis Richtung den Hang hinunterzukraxeln. »Schnell, kannst du die Kamera holen? Oder mein Handy, das müsste auf dem Rücksitz liegen.«

»Wow, der ist echt schön«, flüsterte Alice hingerissen und wollte schon los, doch John verkündete vom Parkplatz aus: »Hab ihn schon abgelichtet.« In lässiger Pose zielte er mit seinem Tablet. War ihm klar, dass das aussah, als hielte er sich ein Frühstücksbrettchen vors Gesicht? »Das ist ein weißer Gerfalke, glaube ich. *Falco rusticolus.*«

Niemand kommentierte das. Alice zögerte und warf Kari einen unsicheren Blick zu.

Kari biss sich auf die Lippe und sagte »Ich geh schon« zu ihrer kleinen Schwester. Es war vielleicht albern, aber sie wollte eigene Fotos, auf der Kamera, die ihnen gehörte. Obwohl sie ja jetzt alle eine Familie waren, haha, aber das war eher zum Heulen und manchmal auch zum Kotzen. *Wie können irgendwelche Fremden, die ich nicht mal mag, ganz plötzlich Teil meiner Familie sein?* Kari spürte es in ihren Augen prickeln. *Verdammt. Bloß nicht jetzt.*

»Lasst uns mal in die Gänge kommen!«, tönte es vom Auto herüber. Das war ja klar.

»Ich schick dir die Fotos«, versprach John und Kari nickte stumm. Ungeduldig trampelte er den Hang wieder hinauf, wodurch Kari weiter unten eine Ladung schwarzes Vulkangeröll in die Schuhe bekam. *Na danke!*

Sie zwängten sich in den kleinen weißen Mietwagen, der mit fünf Personen und ihrem Gepäck bis zum Rand vollgestopft war.

»Vielleicht hätte ich lieber einen Wagen mit Vierradantrieb mieten sollen, aber ich wusste ja nicht, dass du so scharf auf irgendwelche Nebenstraßen bist, Susanna«, hörte sie Thorsten zu ihrer Mutter sagen, während sie auf das schmale Asphaltband abbogen, das sie hoffentlich zum Nationalpark Thingvellir bringen würde.

»Es lebe die Schotterstraße«, antwortete ihre Mam vergnügt, zog sich die Schuhe aus, legte die Füße auf dem Armaturenbrett hoch und angelte sich noch einen Keks aus der Packung.

Eine beißende Bemerkung lag Kari auf der Zunge (»Ach übrigens, Thorsten, wir haben inzwischen mitbekommen, dass du den Mietwagen spendiert hast. Du hast es ungefähr schon hunderttausend Mal erwähnt!«). Doch das zu sagen, verkniff sie sich, der Tag war schon übel genug und sie war nicht scharf auf einen Streit.

»Bald ist es Zeit für deine nachträgliche Geburtstagsüberraschung!« Ihre Mam strich ihr schulterlanges blondes Haar zurück und warf Kari im Rückspiegel einen verschmitzten Blick zu. Susanna hatte ein schmales, eckiges Gesicht und auf alten Fotos aus ihrer Zeit als Punk mit blau gefärbten Haaren, Lederjacke und Flickenjeans wirkte sie wie ein Junge. Doch Thorstens verliebten Blicken nach hätte sie ein Filmstar sein können. Das machte ihn Kari ein bisschen sympathischer.

»Ja, stimmt, die Überraschung. Irgendein Hinweis? Ein ganz kleiner?« Kari lächelte zurück und fingerte in ihrer Hosentasche an dem metallenen Feuerzeug in Drachenform herum, das ihr Mam kurz vor der Abreise zum sechzehnten Geburtstag geschenkt hatte.

»Nö!«, riefen Mam und Alice im Chor.

»Aber ihr macht mich netterweise trotzdem schon heiß darauf.« Kari tat so, als würde sie schmollen.

»Na klar. Und glaub mir, du wirst diese Überraschung *mögen!«* Alice strahlte sie an. Von ihr hatte Kari das neue Buch ihrer Lieblingsautorin Holly Black bekommen. Thorsten hatte vor Abflug einen Blick darauf geworfen, wie man ihn einem vergammelten Stück Käse gönnen würde. »Ah, du liest Fantasy«, hatte er nur gesagt. In dem Teil des Bücherregals, das sie für ihn in der Wohnung frei geräumt hatten, standen eine Menge Sachbücher und ein paar Romanklassiker, die sie aus der Schule kannte.

Kari hatte lieber nicht erwähnt, dass sie seit zwei Jahren sogar versuchte, einen Fantasyroman zu *schreiben.*

Wie schon so oft tastete sie nach dem silbernen Anhänger, den sie um den Hals trug – ein Drache mit ausgebreiteten Schwingen –, und spähte über Alices Schulter aus dem Autofenster nach draußen. Sie konnte sich beim besten Willen nicht vorstellen, wo man hier eine Überraschung irgendeiner Art verstecken könnte. Keine Pferdeweiden mehr, leider. Die karge, von wuchtigen grünbraunen

Bergen beherrschte Landschaft wirkte völlig menschenleer, nur hin und wieder sah sie weiße Tupfen: Grüppchen von Schafen. Es gab keinen einzigen Baum weit und breit, dafür verlief neben der Straße eine fette Pipeline.

»Leiten die da heißen Dampf durch?«, fragte Alice neugierig und betrachtete die strahlend weiße Wolke, die am Fuße eines nahen Berges aus dem Boden wallte.

Susanna nickte. »Ja, genau. So heizen sie praktisch das ganze Land.«

Thorsten begann einen langatmigen Vortrag über Geothermie und Karis Gedanken schweiften ab. Vielleicht bestand die Geburtstagsüberraschung darin, dass sie eins dieser Schafe scheren und sich aus der Wolle einen neuen Pulli stricken durfte.

Noch immer tat es ihr leid, dass sie den weißen Falken nicht hatte fotografieren können. Sie sah seine dunkelbraunen Augen noch genau vor sich – klug, aber rätselhaft. *Hat er mich wirklich angesehen oder nur in meine Richtung geschaut? Vielleicht habe ich mir nur eingebildet, dass er mich beobachtet.*

***

Wie so oft fühlte John sich hilflos. *Sie findet mich schrecklich und ich kann verdammt noch mal nichts dagegen tun. Wieso habe ich nicht einfach den Mund gehalten, als mir eingefallen ist, wie diese Falkenart heißt? Das hat garantiert total besserwisserisch geklungen. Mann, ich muss mir das abgewöhnen.*

Das Problem war, dass er Kari mochte. Sie wirkte so hübsch und so natürlich mit ihrer wilden blonden Mähne, ihrem Norwegerpulli und ihren frühlingsgrünen Augen. Und sie wusste nicht mal, dass sie gut aussah, war nicht wie manche aufgestylten Tussis in seiner Klasse an der neuen Schule, die an keinem Spiegel vorbeigehen konnten, ohne zu posen oder ihr Make-up zu erneuern.

Außerdem schön, dass im Haus nun so viel los war, keine Spur von der drückenden Stille allein mit seinem Vater.

Ein paar Versuche würde er noch machen, mit ihr ins Gespräch zu kommen.

»Bist du eigentlich mit deinem Roman schon weitergekommen?«, fragte er.

Kari warf ihm einen düsteren Blick zu. »Nein. Ich bin immer noch im fünften Kapitel.«

Verdammt! Jetzt dachte sie sicher, er hätte das absichtlich gesagt, um es ihr reinzureiben!

»Was für ein Roman ist das denn?«, fragte sein Vater. Er unterrichtete zwar Geschichte und Sozialkunde, fühlte sich aber auch für andere Bereiche des intellektuellen Lebens zuständig.

»Ähm ... es geht um eine fantastische Welt, in der Drachen den Menschen helfen«, erklärte Kari zögernd.

»Interessant. Aber du musst selbst wissen, ob du deine Zeit und deine Fähigkeiten für solche Schundliteratur hergibst«, kam prompt die Antwort vom Beifahrersitz.

John stöhnte innerlich. *Peinlich ist gar kein Ausdruck für diesen Vater!* Es war ein Fehler gewesen, Karis Roman zu erwähnen – jetzt würde sie denken, dass er sie damit zum Abschuss freigegeben hatte.

»Das ist doch keine Schundliteratur!«, protestierte Alice. »Es sind richtig gute Bücher.«

»Finde ich auch«, sagte Kari mit einem Anflug von Trotz. »Ach John, was macht eigentlich der Animationsfilm, von dem du mal erzählt hast?«

Touché! »Wir haben etwa im Mittelteil aufgegeben, meinen Freunden war es zu anstrengend und irgendwie war aus dem Projekt die Luft raus«, gab John zurück.

Allmählich reichte es ihm. Kari hatte schon oft genug deutlich gemacht, wie sehr es sie nervte, dass ihre Familien vor drei Monaten zusammengezogen waren. Vielleicht war es besser, wenn er aufgab und sich einfach von ihr fernhielt.

Vor dem Autofenster zog die weite, karge isländische Landschaft vorbei, doch er hatte gerade keinen Blick dafür übrig. Erst musste er ein paar Zeilen, die ihm im Kopf herumirrten, für sein neues Drehbuch notieren – es sollte auf keinen Fall das Schicksal des Animationsfilms erleiden. Rasch tippte er alles in sein Handy.

Nick Jameson spürt die Bedrohung, noch bevor er sie gesehen hat. In einer einzigen fließenden Bewegung fährt er herum, zieht seine Neun-Millimeter und richtet sie auf die unbekannte junge Frau, die plötzlich hinter ihm aufgetaucht ist.

Es fiel John schwer, sich auf seinen Agententhriller zu konzentrieren. Dieser Falke vorhin. Wie der ihn angesehen hatte – streng, ja, eindeutig abweisend. *Misch dich nicht ein,* hatte dieser Blick gesagt. *Halt dich fern.*

John verdrehte die Augen. Davon würde er garantiert niemandem erzählen, das war schlimmer als jede Klugscheißerei. Er konnte sich die Reaktion schon vorstellen. *Schnell, liefern Sie ihn in die Klinik ein, er bildet sich ein, dass ihm Vögel Botschaften übermitteln!*

Nein danke. Nicht heute, der Tag war schon übel genug.

Ins Unbekannte

Nein, nein, bitte jetzt kein Gruppensingen! Kari stöhnte innerlich. Wenn sie zu dritt unterwegs waren und im Radio *M & F* von den *Ärzten* lief, grölten sie sonst alle drei lauthals mit: »›Männer und Frauen sind das nackte Grauen, wenn sie sich stundenlang tief in die Augen schauen ...‹«

Doch als es diesmal auf der mitgebrachten Playlist ihrer Mutter dran war, gab Kari keinen Ton von sich und auch Alice schaute gespielt gleichgültig aus dem Fenster. »Männer und Frauen ...«, stimmte ihre Mam an, doch sie verstummte, als sie merkte, dass ihre Stimme die einzige war, die durchs Auto schallte. Ihr ach-so-toller Thorsten achtete sowieso nicht darauf, er klickte sich auf dem Tablet durch irgendwelche Reiseinfos. »Auf der Vorhersageseite heißt es, dass wir heute Nacht vielleicht Polarlichter bekommen«, kündigte er an und selbst John wirkte einen Moment lang aufgeregt.

»Sehr cool!«, jubelte Alice. »Das ist ganz oben auf meiner Must-see-Liste. Geysire und Polarlichter.«

»Geysire? Es gibt nur einen in Island, der wirklich heißes Wasser aus dem Boden spuckt«, meinte Kari, um John zuvorzukommen. »Die anderen rühren sich leider nicht mehr.«

»Einer reicht ja«, meinte Alice großzügig.

Nach einer Weile führte die Straße von der Pipeline weg und wand sich in die Berge hinein. Kurz darauf fuhren sie in einen runden Talkessel, bei dem Mam kurzerhand verkündete: »Also Leute, ich halte jetzt an, das ist dermaßen fotogen.«

Ja, das war es. Eindeutig!

Kari zwängte sich aus dem Auto und blickte sich staunend um. Warmes Mittagslicht strömte über die Flanken der Berge, die das Tal umgaben wie die Außenwände einer Arena, und ließen sie in einer fast unwirklichen Farbe aufleuchten. Strahlendes Hellgrün mit einem Hauch von herbstlichem Rostrot. Wow. Bei einem solchen Anblick Schweden nachzutrauern, war eindeutig Zeitverschwendung.

Zum Glück konnte man an der Straße parken, drei Autos standen schon dort, außerdem gab es einen hölzernen Picknicktisch und eine Hinweistafel, anscheinend begann hier ein Wanderweg. Gut, dass sie das Picknick schon hinter sich hatten, denn der Tisch war besetzt. Zwei Leute, kaum älter als sie, höchstens achtzehn, saßen schon dort: ein hellblondes Mädchen in einem dicken isländischen Wollpullover und ihr gegenüber ein junger Mann, sein langes Haar pures Herbstgold bei diesem Licht. Er trug ein einfaches helles Hemd – aus Leder? –, dunkle Hosen und robuste Schuhe. Die beiden schienen sich dafür zu interessieren, wer hier gerade angekommen war.

Doch Kari beachtete sie nicht weiter, denn in diesem Moment sah sie aus dem Augenwinkel etwas Weißes vorbeihuschen. Der Falke? Ja, er schoss mit schnellen Flügelschlägen ins Tal, sie hatte das Aufblitzen seiner silberweißen Schwingen gesehen! War es derselbe wie vorhin?

Vor lauter Hast, ihn zu fotografieren, ließ Kari ihr Handy fallen. »Shit!« Es hatte einen Stein getroffen, eine Kante war eingedellt, außerdem ließ es sich nicht mehr anschalten. Alice und ihre Mam scharten sich um sie und warfen mitfühlende Blicke darauf. »Tja, nix mehr mit Telefonieren«, meinte Alice.

Kari grinste schief. »Ich wollte es eh öfter mal beiseitelegen.«

»Kann man bestimmt daheim reparieren«, versuchte ihre Mutter sie zu trösten. Und vielleicht schaffte sie das sogar, sie war handwerklich ein As, hatte mal Löten gelernt und konnte so gut mit

Schraubenzieher und Akkuschrauber umgehen wie Thorsten mit dem Kochlöffel.

Der Falke hockte inzwischen auf einem einzelnen Felsen am Rand des Tals, der aussah, als hätte hier ein Troll sein Spielzeug verloren.

»Gib mir mal die Kamera, schnell«, flüsterte Kari ihrer Mutter zu.

»Damit du die auch noch kaputt machen kannst?« Alice klang skeptisch.

»Ja, genau, und jetzt geh aus dem Weg!« Kari schnappte sich die gute Kamera, zoomte den Falken heran und drückte ab. *Yeah. Geht doch.*

Ihre Mutter klaute sich gut gelaunt die Kamera zurück, schlenderte herum und lichtete die Hinweistafel ab, damit sie später noch wussten, wo sie gewesen waren. »Dyradalur, beim Berg Hengill«, hörte Kari John murmeln und wartete auf irgendeine schlaue Bemerkung dazu. Doch erstaunlicherweise kam keine.

Alice lief den Pfad entlang, der in eine Schlucht zwischen den Bergen hineinführte. »Wir könnten ein Stück wandern, oder?«

Die anderen setzten sich in Bewegung, doch Kari sagte: »Ist es okay, wenn ich hierbleibe?«

Alice winkte nur kurz, ohne sich umzublicken. So viel zum Thema Geschwisterliebe.

»Ja klar, kein Problem.« Ihre Mam lächelte ihr wieder zu, hatte sie eben gezwinkert oder hatte sie nur die Augen wegen der Sonne zusammengekniffen? Sie hob die Kamera und schoss ein schnelles Porträt von Kari. »Wir schauen nur mal, wie es dort weitergeht, dann kommen wir zurück. Paar Minuten, okay? Wir bleiben nicht lange, schließlich ist es bald Zeit für deine Überraschung.«

»Macht euch keinen Stress. Bis gleich.« Wieder fragte sich Kari, was ihre Familie für sie ausgeheckt hatte.

Weil ein kühler Wind aufgekommen war, zog sich Kari im Auto doch noch schnell ihren Pullover und die dunkelgrüne Windjacke über, das nutzlose Handy schob sie in ihr Gepäck. Dann warf sie ihrer Mutter den Autoschlüssel wieder zu. Kurz darauf war ihre gesamte anstrengende Patchworkfamilie in der Schlucht verschwunden, und Kari hatte das Gefühl, endlich wieder frei durchatmen zu können.

Mit langsamen, behutsamen Schritten durchquerte sie das Tal, versuchte, näher an den silberweißen Falken heranzukommen und dabei nicht über irgendeinen Lavabrocken zu stolpern.

Sie erschrak, als jemand sie ansprach.

»Gut, dass du da bist, wir haben schon eine ganze Weile auf dich gewartet.« Es war eine weibliche Stimme, melodisch und fröhlich. Schon bevor sich Kari umdrehte, wusste sie, dass sie dem hellblonden Mädchen gehörte.

Und so war es. Mit einem freundlichen Lächeln blickte die junge Frau sie an und legte die Hände mit gespreizten Fingern schräg übereinander. Vielleicht ein typisch isländischer Gruß, von dem nichts im Reiseführer gestanden hatte?

»Das tut mir leid«, gab Kari etwas verwirrt zurück.

Auch der junge Mann lächelte jetzt, während er Kari neugierig betrachtete, seine Finger formten die gleiche Geste. »Na dann los«, sagte er. »Dürfte gerade noch reichen. Ich will nicht bis morgen hier herumlungern müssen, bis das Tor wieder aufgeht.«

Seine Gefährtin verzog das Gesicht. »Die Pferde würden sich auch nicht darüber freuen.«

Pferde! Kari spürte, wie sich auf ihrem Gesicht ein begeistertes Lächeln ausbreitete.

Na also, ich habe oft genug ganz nebenbei erwähnt, dass ich unbedingt mal in Island ausreiten will, Tölt ausprobieren und so! Nein, ihre Mutter war keineswegs taub, und es sah so aus, als hätte sie eine verdammt gute Geburtstagsüberraschung arrangiert.

»Ist es hier in der Nähe?«, fragte Kari mit klopfendem Herzen.

»Allerdings«, sagte einer der beiden.

Aufgeregt überlegte Kari, ob sie noch irgendwas aus dem Auto brauchte. Nein, eigentlich hatte sie alles, ihre Reitsachen hatten sowieso daheim bleiben müssen. Jeans und Trekkingschuhe taten es ausnahmsweise auch. Prima, dann musste sie nicht darauf warten, bis Mam und die anderen zurückkamen. In ihrer Jackentasche hatte sie ein bisschen Proviant – wenn man eine halbe Tafel Schokolade so nennen konnte – und aus irgendeinem Grund die Taschenlampe, aber egal, dann kam die halt mit.

Etwas zögerlich deuteten die beiden Fremden in Richtung des Wanderweges, sie schienen zu warten, dass Kari losging. Vielleicht galt das hier als höflich.

Auch Kari zögerte. Schließlich waren diese Leute Fremde, sollte sie sie wirklich begleiten? Leyla, eine ihrer Freundinnen, hätte garantiert zu bedenken gegeben, das könnten irgendwelche Sektenfreaks sein, die Mädchen entführten. Aber Leyla war eigentlich immer misstrauisch, das nervte manchmal.

Hey, das ist meine Reittour, die lasse ich nicht sausen! Und das sind einfach die Guides, also keine Panik.

»Da entlang?«, fragte Kari zur Sicherheit, dann marschierte sie in diese Richtung. Die junge Frau blieb neben ihr und legte ein ordentliches Tempo vor, aber Kari hielt locker mit. *Abhängen lasse ich mich auf keinen Fall!*

Nachdem sie dem Weg ein kurzes Stück weit gefolgt waren, deuteten Karis Begleiter auf den steilen, grasbewachsenen Hang auf der linken Seite und gemeinsam kletterten sie bis zum Kamm des Hügels. Von dort aus konnten sie den gesamten Talkessel überblicken. Zielsicher bewegten sich die beiden jungen Leute auf eine schroffe, dunkelgraue Felswand zu, die dort oben aufragte.

»Kennst du das Ritual?«, fragte die junge Frau, deren Namen Kari noch nicht kannte, und Kari schüttelte neugierig den Kopf. *Vielleicht gehört das hier dazu, vor jedem größeren Ritt eine alte nordische Zeremonie zu vollziehen. Witzig irgendwie. Ich lasse es auf mich zukommen.*

»Es ist gar nicht schwer, überlass es einfach uns, Daro und ich kennen die richtigen Betonungen.« Ihre Begleiterin schenkte ihr ein beruhigendes Lächeln. Kari lächelte zurück – dieses Mädchen strahlte eine Wärme und Herzlichkeit aus, die ihr gefielen. Trotzdem wirkte sie irgendwie vorsichtig, distanziert, als wüsste sie noch nicht genau, was sie von Kari halten sollte.

»Sind die Elfen sauer, wenn man falsch betont?«, witzelte Kari, um die Atmosphäre aufzulockern. Die Isländerin schaffte es, keine Miene zu verziehen, als sie antwortete: »Nein, das interessiert sie nicht, sie bleiben meist bei ihrem Stein dort auf der Ebene und ärgern Reisende.«

Kari musste lachen. So musste man Witze bringen, total trocken, Alice konnte das auch schon perfekt.

»Sie fänden es eher lustig, wenn wir den Durchgang verbocken – schadenfrohe kleine Biester«, meinte der junge Mann, der anscheinend Daro hieß, und wandte sich Kari zu. »Svala und ich sprechen die Formel, du machst am besten gar nichts.« Er wirkte ernst und konzentriert. Die Art, wie die Sonne seine goldbraunen Augen leuchten ließ, ging nicht spurlos an Kari vorbei. *Wow, der hätte Chancen in Hollywood. Und die Hälfte der Mädels in meiner Klasse würde sich sofort in ihn verknallen!*

Zu dritt traten sie auf die Felswand zu. Kari zuckte kurz zusammen, als die Frau ihr von links die Hand auf die Schulter legte und der Mann von rechts das Gleiche tat. Ob ihre Mam und Alice jetzt hinter irgendeinem Felsen kauerten und kichernd Fotos schossen?

Svala legte die andere Hand auf den Felsen und begann zu sprechen, leise und eindringlich. *Klingt wie eine Art Beschwörung. Haha, wenn ich das Ella und Leyla erzähle ... ich kann fast sehen, wie Ella eine Augenbraue hochzieht wie Spock in den alten* Star Trek-*Filmen ...*

Jetzt übernahm Daro, auch er sagte ein paar Worte in einer fremden Sprache.

Kari spürte, wie ihr Kreislauf wegsackte, ganz plötzlich. Weiße Punkte tanzten vor ihren Augen, nahmen ihr einen Moment lang die Sicht. Ach du Scheiße, dabei war sie schon länger nicht mehr ohnmächtig geworden, dieser verfluchte niedrige Blutdruck! Würde sie gleich der Länge nach auf dem Gras liegend aufwachen, einen Sabberfaden im Mundwinkel, besorgte Gesichter über sich? Und das vor diesem irre gut aussehenden Typen!

Noch während Kari darüber nachdachte, wie sie möglichst schnell an ihre Kreislauftropfen herankam, verging das Gefühl.

Zum Glück war die Zeremonie nun vorbei, ihre Begleiter wirkten zufrieden und sie kletterten gemeinsam den Hang herunter. Kaum hatten sie den Pfad wieder betreten, spürte Kari, wie eine Art von Energiewelle sie durchlief, eine Welle, die sie gleichzeitig spüren und hören konnte wie einen einzelnen, sehr tiefen Ton aus den Bassboxen bei einem Rockkonzert.

»Ah, es ist wieder zu«, bemerkte Daro.

Hoffentlich kommen wir jetzt bald zu den Pferden, dachte Kari – und sah verblüfft, dass sie weiter hinten schon bereitstanden. Drei Islandpferde mit kräftigen Beinen und dichten, buschigen Mähnen, zwei Braune und ein Rappe. Sie hatten die Köpfe gehoben und die Ohren in ihre Richtung gespitzt. *Wieso habe ich die vorhin nicht bemerkt? Sie stehen doch direkt neben dem Wanderpfad!*

»Du kannst reiten, oder?«, fragte Svala und richtete ihr netterweise die Steigbügel eines Braunen.

»Ja, ich habe vor drei Jahren angefangen«, versicherte ihr Kari und betrachtete neugierig Zaumzeug und Sattel, die hier anders aussahen, einfacher und so, als wären sie aus gröberem Leder. »Wie lange geht denn die Tour?«

Sie hoffte, dass ihre Mutter gleich zwei oder drei Stunden gebucht hatte, für einen Halbtagesritt reichte es wohl zeitlich nicht.

Schließlich mussten sie heute noch ihr Ferienhaus am Ufer des Sees mit dem komplizierten Namen beziehen. Thing-Irgendwas.

»Wir sollten es in eineinhalb Stunden schaffen, wenn wir eine ordentliche Strecke tölten«, erklärte der junge Isländer und Kari strahlte. Das Tölten hatte sie sowieso ausprobieren wollen. Gewöhnliche Pferde hatten nur drei Gangarten und Islandpferde gleich fünf, der Tölt war eine davon. »Gerne, klingt sehr cool!«, sagte sie.

»Sehr was?« Erstaunt blickte der junge Mann sie an.

Die Isländerin verdrehte die Augen. »Seit wann bist du so begriffsstutzig, Daro ... natürlich gibt es dort, wo sie herkommt, andere Ausdrücke.«

Kari kam nicht dazu, sich selbst vorzustellen, sie war damit beschäftigt, ihr Pferd hinter den anderen her eine Böschung hochzulenken. Wow, diese isländischen Vierbeiner waren trittsicher! Mussten sie auch sein, Kari hatte gehört, dass sie den größten Teil des Jahres völlig frei draußen in der Herde lebten.

Seltsam, sie hatte gedacht, dass hier die asphaltierte Straße entlangführte, doch nun ritten sie auf einem Weg aus festgestampfter Erde. Aber egal, es war herrlich, durch diese Landschaft zu reiten auf einem so guten Pferd – die braune Stute reagierte auf ihre leisesten Zeichen. Und obwohl der Wind Karis Haare in alle Richtungen durcheinanderblies und durch ihre Jacke drang, war ihr vor Freude und Aufregung warm.

»Wie war es denn so, in dieser Welt aufzuwachsen? Muss seltsam gewesen sein!«

Der junge Isländer ritt dicht neben ihr, er wirkte jetzt viel entspannter. Kari fand es eigenartig, dass keiner von beiden vorausritt, sondern beide sich neben oder hinter ihr hielten. Aber vielleicht war das hier üblich.

»Na ja, nicht so furchtbar seltsam«, meinte sie. »Deutschland ist ganz okay, aber dichter bevölkert, weniger Natur als hier natürlich.

Habt ihr Sommerjobs als Reitguides oder lebt ihr das ganze Jahr hier?«

»Sommerjob? Wieder so ein Ausdruck.« Daro lachte.

»So was gibt es bei uns nicht«, antwortete Svala freundlich. »Falls du noch andere Fragen hast ... einfach stellen, ja? Isslar hat eine Menge Traditionen, die man vielleicht nicht auf Anhieb durchschaut. Ich weiß nicht, wie viel dir deine Eltern darüber erzählt haben.«

Isslar? Nannten die Isländer ihr Land so? »Meine Eltern waren auch noch nie hier, die wissen nicht viel mehr darüber als ich«, erklärte Kari.

»Seit drei Generationen in der Draußenwelt, weißt du nicht mehr?«, erinnerte Daro seine Begleiterin, und die nickte, ein Hauch von Rot erschien auf ihren Wangen. »Ja, stimmt. Diesmal hab *ich* nicht nachgedacht.«

Drei Generationen? Was sollte das heißen, »in der Draußenwelt«? Kari spürte, wie ein Kribbeln ihr das Rückgrat hinunterkroch. *Irgendetwas stimmt hier nicht. Und es ist anscheinend keine versteckte Kamera im Spiel.*

»Wie alt bist du eigentlich? Du hast deine ... äh, Kunst, schon sehr früh gelernt, scheint mir?« Der junge Isländer wirkte, als wäre ihm bei dieser Frage ein wenig unwohl zumute, aber in seinem Blick war die Neugier deutlich zu lesen.

Seine Begleiterin warf ihm einen warnenden Blick zu, der Kari verwirrte.

»Ich bin sechzehn«, erwiderte Kari. »Was für eine ›Kunst‹ meint ihr?«

Verblüfft sah sie, dass Svala blass wurde, sich aber dennoch zu einem Lächeln zwang. »Witzige Frage, tja, ähm ... kommt, wir reiten hier entlang weiter ...«

Kari hatte auch die eine oder andere Frage, die sie gerne gestellt hätte – zum Beispiel, wo die beiden so gut Deutsch gelernt hatten.

Doch dann überfielen sie Zweifel. *Ist es überhaupt Deutsch, das wir miteinander sprechen? Nein, eigentlich nicht ... aber wieso verstehe ich die beiden dann?*

Ihr Gefühl, dass hier etwas nicht stimmte, verstärkte sich. *Vielleicht ist es besser, ich kehre um. Aber wie soll ich den Weg zurück finden? Ich könnte sagen, ich bin müde oder mir ist schlecht – vielleicht reiten sie dann mit mir zum Tal, wo unser Auto steht, und ...*

»Kommt, wir tölten ein Stück, schließlich werden wir erwartet«, sagte Daro.

Erwartet? Von wem? Hoffnung flackerte in Kari auf. War sie zu misstrauisch gewesen, war das hier alles Teil der Geburtstagsüberraschung?

Bevor Kari ihre Fragen loswerden oder sich erkundigen konnte, wie Tölten überhaupt ging, nahmen ihre Begleiter die Zügel kürzer und verlagerten ihr Gewicht. Ihre Reittiere begannen gehorsam, sich in einem kurzen, schnellen Trippelschritt voranzubewegen. Zum Glück folgte Karis braune Stute ihrem Beispiel. Lustig! Wie Trab, nur bequemer, man wurde nicht durchgeschüttelt und konnte einfach ruhig sitzen bleiben.

»Schau mal, eine Herde Wildpferde«, sagte Svala und Kari war begeistert. Sechs oder sieben schwarze Pferde mit weißen Mähnen grasten ein Stück entfernt und hoben unruhig die Köpfe, als sie die Reiter näher kommen hörten. »Leider sind die unzähmbar«, fuhr Svala fort. »Schade, oder?«

Sie tölteten so lange, dass es Kari schon fast zu anstrengend wurde, und sahen unterwegs weder einen Menschen noch ein einziges Fahrzeug. Bergauf und bergab trugen ihre Pferde sie, bis die hellblonde Isländerin schließlich sagte: »Es ist nicht mehr weit. Khyona – die Hauptstadt von Isslar – ist dort hinter dem nächsten Hügel. Bist du schon aufgeregt, Cecily?«

In diesem Moment wurde Kari klar, dass sie ein Problem hatte. Sie spürte, wie ihr die Hitze in die Wangen stieg. Oh nein, diese beiden Guides hätten ein anderes Mädchen abholen sollen, das wahrscheinlich zu spät angekommen war und nun frustriert und womöglich heulend in diesem Talkessel stand. *Ein Mädchen namens Cecily, dessen Ritt ich ihr sozusagen geklaut habe. Ach du Scheiße!*

»Ich bin nicht ...«, begann Kari furchtbar verlegen, doch in diesem Moment erreichten sie ein Plateau, von dem aus sie die Gegend überblicken konnten. Vor ihnen breitete sich eine Ebene aus, in der sich ein blausilbern schimmernder See bis zum Horizont erstreckte. An seinem Ufer lag eine Stadt, wie Kari niemals zuvor eine gesehen hatte. Niedrige Gebäude aus schwarzen Steinen, zum Teil mit grasbewachsenen Dächern. Enge Gassen, eine Art von Burg, wohl ebenfalls aus Lava erbaut. Und über allem hingen Nebelschwaden, die aus der Stadt zu stammen schienen, vielleicht war es der Dampf von Heißwasserquellen.

Kein Auto in Sicht. Keine Stromleitung. Kein Handymast.

Dafür ein Dutzend gewaltige, blauschwarze Bögen, die sich kuppelförmig über den inneren Teil der Stadt wölbten und sich in langsamen seitlichen Wellen zu bewegen schienen wie in einem lautlosen Tanz. Zwischen ihnen flimmerte und vibrierte ein schwaches violettes Licht.

»Ist ja seltsam, die Sturmbögen sind wach«, meinte Svala. »Dabei haben wir doch gar keinen Schneesturm. Vielleicht kontrolliert mein Vater nur die magischen Elemente der Steuerung.«

Mit zusammengekniffenen Augen blickte Daro sich um. »Wahrscheinlich – ein Angriff kann's auch nicht sein, für diese verdammten Eisdrachen ist es noch zu früh im Jahr.«

Kari begriff, *wie* tief sie in Schwierigkeiten steckte.

Inkognito

Ist wahrscheinlich nur ein Traum, dachte Kari. *In Island träume ich davon, dass ich seltsame Dinge in Island erlebe, haha. Mein Hirn nimmt die Kulisse und macht einen Fantasyfilm daraus.*

Aber konnte man mitten in einem Traum ahnen, dass man träumte?

Und was, wenn es kein Traum war?

Während sie über eine Schotterstraße auf die Stadt zuritten, fühlten sich Karis Gedanken immer mehr an wie ein Schwarm wütender Hornissen. *Also okay, ob Traum oder nicht, diese Felswand war anscheinend ein Tor. Sie haben mich mitgenommen durch ein Tor! Es ist alles ein Missverständnis, sie werden wütend sein, wenn sie merken, dass ich die Falsche bin! Aber wenn ich es gleich jetzt sage, bevor wir in der Stadt sind, ist es vielleicht nicht so schlimm, dann können wir einfach umkehren und die andere holen ...*

Doch gleichzeitig fühlte sie sich so wach und lebendig wie selten. *Wenn es kein Traum ist, dann gibt es hier eine Parallelwelt, o Gott, ich kann doch jetzt nicht weg, ich muss mir das ansehen, vielleicht kommt so eine Gelegenheit nie wieder ...*

Doch Gelegenheit hin oder her, sie musste erst einmal gestehen. *Bring's hinter dich, Kari,* murmelte eine Stimme in ihr, ihr Gewissen oder ein besseres Selbst oder was auch immer. *Schließlich war das nicht dein Fehler! Es wird peinlich für Svala und Daro, aber da müssen sie durch.*

Doch, klar war das auch mein Fehler, widersprach Kari innerlich. *Wieso bin ich einfach mit irgendwelchen Fremden mitge-*

gangen? Dass so was keine gute Idee ist, lernt man schon im Kindergarten!

Nervös legte Kari sich erklärende Worte zurecht, während ihre Begleiter über irgendwelche Angelegenheiten der Stadt miteinander plauderten. Doch irgendein Stichwort schreckte Kari auf, brachte sie dazu, richtig zuzuhören.

»Was wetten wir, dass unser allseits beliebter Kommandant der Eiswache wieder fragt, ob uns ein Mensch durchs Tor gefolgt sein könnte?« Daro lachte.

»Vergiss es, darauf wette ich nicht«, entgegnete Svala und verzog das Gesicht. »Ich schätze, Magnus Thordar würde uns mindestens fünf Stunden lang auf einem Vulkan anketten, wenn uns so was passiert.«

»Magnus Thordar soll sich mal nicht so anstellen«, brummte Daro. »Es ist schon eine Ewigkeit her, dass jemand versehentlich von der anderen Seite durchgekommen ist. Beim Blauen Tor war das, glaube ich.«

»Besser so – ich hasse Hinrichtungen, auch wenn es nur einen Menschen aus der Draußenwelt trifft«, murmelte Svala und ließ einen Moment lang die Zügel los, um sich die windgepeitschten Haare hinten zusammenzubinden.

Die fertig zurechtgelegte Erklärung gefror Kari auf der Zunge. *Nur einen Menschen … nur einen Menschen …* echote es in ihrem Kopf.

Schwer zu glauben, doch anscheinend konnte jedes falsche Wort sie ab jetzt das Leben kosten. Zum Glück brachte sie sowieso gerade nichts über die Lippen, ihr Mund war völlig ausgetrocknet, und das nicht nur, weil ihre Trinkflasche im Auto geblieben war.

Wahrscheinlich träume ich doch oder ich bin gerade ohnmächtig, das hier passiert gar nicht, versuchte sie sich zu trösten, aber das funktionierte immer weniger. Es fühlte sich zu real an, wie die Schultern des Islandpferdes sich unter ihr bewegten, die Ohren des Tieres nach vorne oder hinten lauschten, der Wind ihr in den Kragen fuhr und ihr den Hals auskühlte. Überlaut gellte ihr das Geräusch der Hufe auf der Schotterstraße in den Ohren.

Sie dachte an Alice, daran, wie sie aus dieser ganzen Sache später eine lustige Geschichte machen würde. *Oh verdammt, sie und Mam werden sich schon furchtbare Sorgen machen, die haben keinen Schimmer, wo ich bin! Seit fast zwei Stunden bin ich mit diesen beiden Leuten unterwegs – haben die anderen schon die Polizei gerufen? Es wird einen Riesenaufstand geben, selbst wenn ich es auf irgendeine Art heute noch schaffe, zurückzukehren!*

Svala ritt dichter neben sie, blickte ihr besorgt ins Gesicht. »Alles in Ordnung? Entschuldige, ich hätte vielleicht nicht über Hinrichtungen reden sollen, aber ich dachte, du wärst abgehärtet in solchen, äh, Dingen ...«

»Wieso?«, brachte Kari irgendwie heraus.

Diesmal war es Svala, die einen warnenden Blick von Daro kassierte.

Als der schöne junge Mann wieder das Wort ergriff, klang seine Stimme hart. »Offiziell weiß natürlich niemand, warum die Fürstin deine Familie nach drei Generationen Verbannung begnadigt hat und wir dich rüberholen sollten. Aber sagen wir mal so, solche Dinge sprechen sich herum.«

»Solche Dinge?« Verlegen spürte Kari, wie ihr das Blut ins Gesicht stieg.

»Um es ganz deutlich zu sagen: Lass die Finger von meiner Familie! Die Reykans sind tabu. Verstanden?«

»Also *ich* mache mir keine Sorgen – die Fürstin würde nie dulden, dass du einen von uns umbringst, Cecily.« Svalas Stimme klang trotzig. »Sie weiß genau, dass niemand außer meiner Familie eine Ahnung davon hat, wie die Sturmbögen funktionieren. Die Akuris waren schon immer magische Ingenieure, aber das hast du vielleicht schon gewusst.«

»Ah ... ja ... klar«, stammelte Kari. *Moment mal, was genau ist das für eine »Kunst«, die diese Cecily beherrscht? Warum redet Svala davon, dass sie jemanden umbringen könnte? Ist sie eine Killerin?* War das der Grund, warum ihre beiden Begleiter es von Anfang an vermieden hatten, ihr den Rücken zuzudrehen? Wieso sie trotz aller Freundlichkeit eine Distanz zu ihr wahrten? *Aber ... ein Mädchen! Ein Mädchen in meinem Alter! Kann das wirklich sein?*

»Mit etwas Glück wird die Fürstin sie sowieso wieder zurückschicken, wenn sie ihren Auftrag erledigt hat«, sagte Daro zu Svala, es sollte wohl beruhigend klingen.

»Weißt du's?« Svalas Blick war wild, er streifte Kari nur kurz, scheute dann wieder vor ihr zurück. »Eine Assassinin zu haben, ist für die Fürstin nützlich, garantiert wird sie sie weiter einsetzen wollen.«

Bilder und Wortfetzen rauschten durch Karis Kopf, all das, was sie jemals über Assassinen gehört oder gelesen hatte. Ja, klar, wieso kein Mädchen? Aber dass jemand sie ernsthaft für eine Assassinin hielt, war einfach zu schräg. Sie wirkte doch so nett und harmlos, das hatte dieser süße schwedische Austauschschüler ihr mal gesagt, nur leider war es nicht als Kompliment gemeint gewesen. Aber vielleicht war es für eine Mörderin von Vorteil, wenn sie so aussah, als könne sie nicht mal eine Spinne erschlagen.

Hysterisches Lachen stieg in Karis Kehle auf, versuchte aus ihr herauszubrechen. Irgendwie schaffte sie, es umzuwandeln in eine Art Husten, der so klang, als hätte sie versehentlich zwei oder drei Fliegen verschluckt. Dieser Gedanke drehte ihr erst recht den Magen herum und einen Moment lang dachte sie darüber nach, ob sie absteigen und am Wegesrand alles auskotzen sollte. Sorgen, Abscheu und diesen riesigen, bestimmt gelbgrauen Knoten der Angst, der gerade in ihrer Kehle feststeckte.

Was für ein »Auftrag« ist das, von dem Daro gesprochen hat? Wissen sie alle schon, wen ich töten soll?

Wie es aussah, hatte sie keine Wahl. *Ich muss versuchen, diese Rolle zu spielen,* dachte Kari und der Knoten wuchs immer weiter, drohte sie zu ersticken. *Es wäre so praktisch gewesen, wenn ich mich für die Theater-AG interessiert hätte statt für meinen Querflötenunterricht!*

Immerhin eines war gut – gelogen hatte sie immer schon ein bisschen zu viel. Weil es ihr Ärger oder Probleme ersparte, weil es nicht so unangenehm war, wie ganz klar Nein zu sagen. Weil es das war, was die Leute hören wollten, oder eine Geschichte dadurch interessanter klang. *Miese Angewohnheit, aber vielleicht rettet sie mich jetzt!*

Doch so viel stand fest – sie hatte nicht vor, jemanden umzubringen. Auf keinen Fall würde sie so etwas tun! Das konnte sie nicht, wer konnte so etwas schon?

Aber wenn du es tun musst, wenn dein Leben gegen ein anderes steht?, flüsterte eine kleine Stimme in ihr. *Wenn du Alice und deine Mam sonst nie wiedersiehst?*

Kari brachte ihr Pferd zum Stehen, ließ die Füße aus den Steigbügeln gleiten und schwang das Bein über die Kruppe ihres Pferdes. Dann stolperte sie zum Rand der Schotterstraße und übergab sich.

***

Es liegt an mir, ich bin an allem schuld, dachte John. *Sie ist garantiert wegen mir gegangen. Ich bin ein Versager!* Mechanisch bewegten sich seine Füße, trugen ihn den nächsten und den übernächsten Hang hinauf, suchten Halt an Grasbüscheln oder Lavaklumpen. *Sie hat mich und Dad einfach nicht mehr ertragen. Hätte ich das mit ihrem Roman nur nicht erwähnt! Das war wahrscheinlich der letzte Tropfen, danach wollte sie nur noch weg.*

»Kari!«, brüllte er, obwohl sich seine Kehle schon trocken und kratzig anfühlte. Der Wind trug seinen Ruf über die Hügel. Dunkle Wolken hasteten über den Himmel, das goldene Licht von vorhin war nur noch eine Erinnerung.

»Hier ist sie auch nicht, oder?« Alice rannte den Hang hoch, wollte an ihm vorbei, wandte sich noch einmal kurz zu ihm um. Aus irgendeinem Grund weinte sie nicht, stattdessen sah sie wütend aus, die Lippen zusammengepresst, die Augen entschlossen. »Wenn jemand ihr was getan hat, bringe ich ihn *um!*«

Sie ging ihm nur bis zum Halsansatz, aber er glaubte es ihr. »Die Polizei findet bestimmt heraus, was passiert ist«, meinte John. »Wahrscheinlich ist Kari nur zurückgetrampt nach Reykjavík oder so was.«

Der Felsen in seinem Magen fühlte sich an wie der Mount Everest. Bei der Befragung würde er jede blöde Bemerkung wiederholen und von den vielen peinlichen Fehlern erzählen müssen, die er schon in Deutschland gemacht hatte. Egal. Hauptsache, sie brachten Kari zurück!

Ohne Antwort hastete Alice weiter.

Blindlings stolperte John durch die Schlucht zurück zum Tal, wo noch immer ihr Auto stand.

Erst als er Flüche von der Hügelkuppe zu sich herabdringen hörte, hob er den Kopf. *Moment mal! Ist das etwa ...?* Grelle, heiße Hoffnung schoss in ihm hoch und er öffnete den Mund, um zu brüllen: *Hier, hier! Kari! Ich bin's! Geh nicht wieder weg!*

Die Worte verdorrten auf seiner Zunge. Nein, das war ein anderes blondes Mädchen dort oben auf dem grasbewachsenen Hang, sie sah Kari nur ähnlich. Aber wieso fluchte dieses Mädchen und schlug mit der Faust auf diese Felswand ein? War das ein isländisches Ritual, um Trolle in Schach zu halten, oder fehlten ihr ein oder zwei Tässchen im Schrank?

Jetzt hatte sie gemerkt, dass jemand sie beobachtete. Das Mädchen wandte sich zu ihm um, schaute mit einem eigenartigen Blick auf ihn herab und machte sich daran, zu ihm herunterzusteigen.

»Was hast du vorhin gerufen? Sucht ihr jemanden?«, fragte sie in perfektem Deutsch und anscheinend hatte sie sich wieder abgeregt, denn sie ließ ein Lächeln in seine Richtung aufblitzen. Das fremde Mädchen hatte ein niedliches Gesicht und eine Menge blonde Locken. Ihre dunkelgrüne Jacke war offen, darunter trug sie ein gelbes Kapuzensweatshirt mit Taschen, ihre Beine steckten in Jeans.

»Äh, ja, jemand aus unserer Gruppe hat sich irgendwie verlaufen oder so«, murmelte John und hätte am liebsten wieder seine Sonnenbrille aufgesetzt, um Schutz zu suchen vor diesem Lächeln.

Eine Hand wurde ihm entgegengestreckt. »Ich bin übrigens Cecily. Wie wär's, wenn ich euch helfe? Je mehr Leute suchen, desto besser, oder?«

»Ja, klar«, sagte John. »Am besten, wir gehen erst mal zurück zu diesem Tal, wo wir geparkt haben, es heißt ... äh ...«

Er kramte in seinem Gehirn, doch den Namen dieses verdammten Tals fand er darin nicht. Fast konnte er im Kopf die entgeisterte Stimme seines Vaters hören: *Aber John, es ist seit zwei Jahren nicht mehr vorgekommen, dass du eine Bezeichnung vergessen hast!*

Tja. Kari war weg und alles war anders.

Notfall

Ihre Kotze bildete eine gelblich graue Pfütze auf dem Boden, angeekelt wandte Kari sich davon ab. »Nein, ich fürchte, es ist nicht alles gut«, sagte sie, sobald sie sich wieder fähig fühlte, die Fragen ihrer beiden Begleiter zu beantworten. »Ich glaube, wir sollten umkehren.«

Sie musste wieder zurück, und zwar bevor sie diese Stadt erreichten! Vielleicht war es noch nicht zu spät!

»Umkehren?« Zwei entsetzte Blicke. »Wieso denn das?«

Kari war sicher, dass sie sehr blass aussah, und ihr ganzer Körper zitterte unkontrolliert. Bestimmt war das Svala und Daro nicht entgangen und vielleicht war das ihre letzte Chance. »Es kann sein ... dass ich mir eine dieser Draußenwelt-Krankheiten eingefangen habe. Sie heißt ...« *Denk nach, verdammt, denk nach!* »... Fluvitis, glaube ich. Wäre vielleicht besser, ihr bringt mich wieder durchs Tor, auf der anderen Seite könnte ich mir Medikamente dagegen besorgen.«

Doch als sie Daros Gesichtsausdruck sah, wusste sie, dass sie verloren hatte. »Das Grüne Tor ist nur offen, wenn die Sonne am höchsten steht, also erst morgen wieder. Und die Fürstin erwartet dich noch an diesem Abend in der Schwarzen Burg. Falls du stehen kannst, wirst du dort sein. Und falls nicht, dann auch, wir besorgen dir eine Tragbahre.«

»Verstehe.« Ihre Beine fühlten sich an, als würden sie gleich unter ihr nachgeben, doch irgendwie schaffte Kari es wieder auf den Rücken ihres Pferdes. Zum Glück waren Islandpferde nicht groß. »Aber diese Fluvitis ...«

»Falls du allerdings ansteckend sein solltest, wirst du den Winter vermutlich in Quarantäne irgendwo in der Unterstadt von Khyona verbringen. Ich fürchte, das wird nicht sehr angenehm.«

»Kann ich mir denken«, sagte Kari rasch. »Nein, ich glaube nicht, dass Fluvitis ansteckend ist.«

»Gut!« Svala wirkte erleichtert. »Wir hatten vor ein paar Jahren eine Epidemie der Froschpocken, sehr übel, das hat mir gereicht. Besser, du erwähnst der Fürstin gegenüber nicht, dass du krank bist.«

Daro wirkte besorgt. »Denk daran, vor ihr das Knie zu beugen, ihr nie direkt in die Augen zu blicken, außer sie fordert dich dazu auf, und keine Ausdrücke zu verwenden, die sie nicht kennt. Und besser ist auch, wenn sie dich nicht in dieser Kleidung sieht, die ist wirklich unpassend. Sie legt großen Wert auf ein makelloses Äußeres.«

Kari hatte nicht mehr die Kraft, etwas darauf zu erwidern. *Ich bin weder eine Mörderin noch ein verdammtes Model!*, ging es ihr durch den Kopf.

Kurz darauf hatten sie die Außenbezirke dieser Stadt namens Khyona erreicht und die Hufe ihrer Pferde klapperten über Pflastersteine. Die Straße war etwa so breit wie eine Landstraße, und Pferdefuhrwerke, einzelne Reiter und Fußgänger waren darauf unterwegs. Ein Karren kam dem Geruch nach von der Küste und hatte, wie Kari sah, Fisch geladen, auf anderen türmten sich Ballen von Heu oder Fässer. Schmale Gassen führten von der Straße rechts und links ab in andere Bereiche der Stadt.

Am Stadtrand hatte Kari viele Häuser gesehen, die aus Lehm oder Grassoden gebaut waren und auf deren Dächern langes, gelblich braunes Gras wuchs. Doch je weiter sie in die Stadt hineinritten, desto mehr Gebäude waren aus Stein mit kleinen, hölzernen Fenstern, viele Dächer waren mit Schieferplatten oder etwas Ähnlichem gedeckt.

Doch noch interessanter fand Kari die Männer, Frauen und Kinder, die irgendwohin unterwegs waren, am Straßenrand um Waren feilschten oder Wolle kämmten. Sie waren in grobe Wolle oder Leder gekleidet, hatten feste Stiefel und trugen ihr Haar lang – Friseure machten hier anscheinend keine guten Geschäfte. Manche erwiderten Karis Blicke, neugierig ließen die Leute ihre Arbeit sinken, um sie zu beobachten. Bei manchen von ihnen erkannte Kari Kerben im rechten oder linken Ohrläppchen. *Sieht aus wie eine Kennzeichnung oder so was.*

Kari sah, dass an beiden Seiten der Straße Kanäle verliefen – in einem strömte dampfendes, anscheinend heißes Wasser. Gerade schöpfte eine Frau in einem knöchellangen Kleid einen Eimer voll heraus und trug es heim. Ein paar Häuser weiter schüttete ein Junge in einer zerlumpten Tunika einen Eimer mit Dreckwasser in den Kanal auf der anderen Seite.

Es roch nach roh gegerbtem Leder, Pferdemist und Fisch. Woher der Fischgeruch stammte, sah Kari, als sie auf einer Art Wäscheleine in einem Hinterhof bräunliche Stücke sah, die im Wind pendelten. Ein magerer Hund sprang danach und wurde mit einem Fluch verscheucht.

Nun näherten sie sich der Innenstadt, in der die Schwarze Burg aufragte. Die tanzenden Sturmbögen bildeten eine riesige, silbrig violett schimmernde Kuppel darüber, die nicht nur die Burg schützte, sondern auch das gesamte Stadtviertel darum herum. Kari fühlte, wie ihr Atem sich beschleunigte. Einen Moment lang verdrängte ein neuer Gedanke ihre Sorgen. *Was wird eigentlich passieren, wenn wir dieses violette Schimmern berühren?*

Svala runzelte die Stirn und stoppte ihr Pferd. »Hoffentlich ist der Test bald abgeschlossen, vorher können wir nicht durch und in die Oberstadt.«

Sie hob die Hand, um irgendjemandem auf der anderen Seite etwas zu signalisieren, doch es nützte nichts, die gewaltigen

Bögen führten ihren Tanz fort und das violette Licht schimmerte zwischen ihnen. Stattdessen stieß Daro einen Fluch aus und versuchte, sein tänzelndes Pferd zu bändigen. »Sigurds Rache, das ist kein Test!«

Auch Kari merkte, dass ihr Pferd unruhig wurde, es schnaubte, wollte zurückweichen. Erschrocken blickte sie sich um – und sah etwas, das sie einfach nicht glauben konnte: drei riesige, klobige Gestalten mit felsengrauen Gesichtern und Fäusten, so groß wie Ambosse. Sie drängten sich durch eine Gasse von links auf sie zu, zertrampelten ein paar Kisten mit Kürbissen, die ihnen im Weg standen, und rammten mit der Schulter eins der Häuser. Faustgroße Steine regneten herab. Waren das *Trolle?* Anscheinend! Und sie liefen genau in ihre Richtung.

Das Problem war, dass sie nicht ausweichen konnten. Vor ihnen leuchtete das giftig violette Licht der Abschirmung und mit einem pfeifenden Zischen tanzten dort die Metallsäulen, bereit, alles in ihrem Weg zu zermalmen. Neben ihnen waren Häuser. Auch die Straße, über die sie in die Stadt gekommen waren, taugte nicht wirklich als Ausweg. Ein mit Fässern beladener Karren versperrte den Weg, der Kutscher hatte wohl den Karren im Stich gelassen. Er war bereits irgendwohin geflüchtet.

»Abwehrmanöver, jetzt!«, rief Svala Kari zu.

Oh, toll – wie zum Teufel geht das?, fragte sich Kari, und es half nicht, dass ihre braune Stute ängstlich stieg und sie alle Mühe hatte, nicht abgeworfen zu werden. Zu allem Überfluss waren ihr auch noch die Füße aus den Steigbügeln gerutscht. Sie klammerte sich mit den Beinen fest und krallte eine Hand an die Vorderseite des Sattels. Nein, das hier konnte kein Traum sein, das alles war ECHT! Leider.

Sobald ihre Stute sich wieder etwas abgeregt hatte, versuchte Kari, sie seitlich an dem Karren vorbeizulenken. Doch die davorgespannten Pferde versuchten, panisch zu fliehen mit dem Erfolg, dass der Karren zur Seite gezogen wurde und quer stand. Keine Lücke mehr da.

Währenddessen hatten Svala und Daro irgendwelche Dinge, die Kari für Steine gehalten hatte, von ihren Gürteln genommen und in violette Lichtkugeln verwandelt. Schwungvoll schleuderten sie die Kugeln auf die Trolle. Einer von ihnen wurde am Arm getroffen und grunzte empört auf, weil dieser Arm sich anscheinend nicht mehr bewegen ließ und nutzlos herabhing. Versteinert! War es das Licht, das so etwas bewirkte? Ein paar Stücke brachen von dem Arm ab, als der Troll ihn versehentlich gegen einen Hauserker stieß.

Ein anderer Troll verzog den Mund zu einer hässlichen Grimasse und polterte hinüber zu dem Wagen mit den Fässern. Mit der Faust schlug er ein Loch in eines hinein und hielt den Mund unter die herausströmende Flüssigkeit. Doch sie schien ihm nicht zu schmecken, denn er spuckte angewidert aus – der Batzen blieb an einer Hauswand kleben wie ein durchsichtiger Kuhfladen – und warf das Fass beiseite. Splitter flogen umher.

Svala erwischte den Troll mit einer Lichtkugel an der Stirn, grell leuchtete sie auf, als sie an seiner Haut zerplatzte. Er verharrte schielend auf der Stelle und rührte sich nicht mehr. Dafür kam sein einarmiger Kumpan ihm zu Hilfe und warf ein Fass nach Svala. Was diese nicht sah, weil sie sich gerade nach Daro umgewandt hatte.

»Achtung!«, brüllte Kari und Svala duckte sich. Das Fass segelte über sie hinweg, zerschellte auf der Straße und hinterließ eine dunkle Lache.

Daro lenkte sein Pferd hinter den dritten Troll und ließ es mit beiden Hufen nach hinten auskeilen. Das Geschöpf wankte unter dem Doppelschlag und wäre beinahe gestürzt, doch dann fand es sein Gleichgewicht wieder, drehte sich grollend um und schwang die Fäuste. Beinahe hätte Kari aufgeschrien. *Daro schafft es nicht, rechtzeitig auszuweichen! Ich muss ihm helfen, irgendwie!*

Kari versuchte, ihr Pferd in Richtung des Trolls zu treiben, um das Geschöpf abzulenken, doch die Stute stemmte trotzig alle vier Beine gegen den Boden. Zum Glück hatte Daro sein Pferd im letzten Moment dazu gebracht, zur Seite zu springen – der Schlag des Trolls hinterließ nur ein tiefes Loch in einem Gebäude. Kari war beeindruckt. *Wow, er sieht nicht nur perfekt aus, er kann auch verdammt gut reiten.*

Einen Moment lang dachte sie, dass der Troll Daro verfolgen würde, doch das Wesen lief nur ein oder zwei Schritte – dann witterte es und griff durch das Loch, das es geschlagen hatte. Kari fiel auf, dass die Umgebung plötzlich nach Backwaren roch. Schon zog der Troll die Pranke wieder hervor und warf sich die Beute – drei Brote – in den Schlund. Er hatte nicht viel Zeit, sie zu genießen, denn Svala pfefferte ihm von hinten eine Lichtbombe gegen den Schädel. Der Troll kippte vornüber, ein Brot ragte ihm noch zwischen den moosbewachsenen Zähnen hervor.

Und all das keinen Meter von Kari entfernt. Das gab ihrer Stute den Rest, sie buckelte wild. Kari spürte, wie sie den Halt verlor und durch die Luft segelte. *Scheiße! Auf Steinpflaster!*, flirrte es Kari durch den Kopf, dann landete sie mit einem gewaltigen Aufklatschen in einem der Kanäle, die entlang der Straße verliefen. Heißes, nach Schwefel riechendes Wasser durchtränkte ihren Pullover und ihre Hose, überflutete ihr Gesicht und tropfte aus ihren Haaren. *Zum Glück war's nicht der andere Kanal.*

Als Kari versuchte, sich aufzurichten, fasste sie in eine klebrige braune Flüssigkeit und schrammte sich die Hand am Bruchstück eines Fasses auf. Auch das noch! Sie spürte, wie Tränen der Wut und des Selbstmitleids aus ihren Augen drängten.

Aber zum Heulen war keine Zeit. Der letzte noch aufrecht stehende Troll – der einarmige – stapfte auf Kari zu. Seine gelben Augen starrten wütend unter dicken Brauen hervor, fixierten sie. Auf allen vieren versuchte Kari, aus seinem Weg zu kriechen, doch der Troll änderte die Richtung – er wollte eindeutig zu ihr. *Will der mich plattmachen, oder was? Und wieso schmeißen Svala und Daro keine Kugeln mehr nach ihm?*

Weil sie anscheinend keine mehr hatten. Wütend bombardierten sie den Troll von hinten mit allem, was sie zu fassen bekamen, doch das nützte nichts.

Da sah Kari sie, die violette Leuchtkugel. Sie war nicht explodiert, sondern auf dem Boden entlanggerollt und glühte nun in sanftem Lavendellicht zwei oder drei Meter von ihr entfernt. *Die muss ich kriegen!,* dachte Kari verzweifelt, versuchte noch einmal aufzustehen, stolperte ein paar Schritte weiter, warf sich auf die Kugel ... und stieß sie versehentlich mit den Fingerspitzen an. Ganz gemächlich rollte die Kugel davon, plumpste in den Abwasserkanal und wurde davongespült.

Unter den Schritten des Trolls vibrierte der Boden. Er war schon so nah, dass Kari ihn riechen konnte, Steinstaub und Verwesung. So nah, dass er die Sonne verdunkelt hätte, wenn sie hinter den Wolken zu erkennen gewesen wäre.

Die Taschenlampe! Kari wälzte sich herum, versuchte, die Hand in die Tasche zu rammen, verhedderte sich im Stoff, schaffte es. Sie riss die LED-Lampe heraus – zum Glück wasserdicht – und strahlte dem Troll damit direkt in die Augen. Grollend riss er die Pranken vors Gesicht, vor seine Augen, die auf einmal grau wie Stein geworden waren. Dann taumelte er orientierungslos herum ... genau auf die Sturmbögen zu.

Kari hielt den Atem an.

Kaum hatte der Troll das violette Licht berührt, zischte es und es stank nach verkohlten Haaren. Einen Lidschlag später traf zudem eine der wirbelnden Metallsäulen das Wesen und zermalmte ihn. Zurück blieb von ihm nur ein rauchendes Häuflein Geröll.

Auf einen Schlag verließ Kari sämtliche Kraft. Erschöpft ließ sie sich wieder auf den Bauch fallen.

Zwei makellos polierte Stiefel aus einem schuppigen, bläulich weißen Leder erschienen in ihrem Blickfeld. Dahinter kamen weitere Stiefelpaare, graue diesmal, eine ganze Menge davon.

»Was geht hier vor?«, fragte eine kühle männliche Stimme. Kari hob den Kopf und sah, dass die Stiefel in eng anliegende graue Hosen mündeten und dann in eine Art Waffenrock, wieder aus weißem Schuppenleder. Hoch darüber ein bärtiges Gesicht, das missbilligend auf Kari herabblickte.

»Drei marodierende Trolle, Leutnant. Aber wie Ihr seht, haben wir die Situation im Griff.« Svalas Stimme klang ruhig und ein wenig herablassend, wie schaffte sie das nur?

»Ah ... und wer ist das hier?« Eine zweite Stimme, tief und ein wenig rau, aber unverkennbar weiblich.

»Exzellenz!« Svala ließ sich vom Pferd gleiten, verbeugte sich und legte die gespreizten Finger übereinander, Daro folgte ihrem Beispiel Momente später. Großer Gott, das musste die Fürstin sein!

Kari versuchte, irgendwie auf die Füße zu kommen, rutschte in einer klebrigen Lache aus und landete wieder auf den Pflastersteinen. Mit eisernem Griff packte Daro sie am Oberarm und zog sie in eine kniende Haltung. »Aua! Aber danke«, flüsterte Kari und rieb sich den Arm, den morgen wahrscheinlich ein riesiger blauer Fleck zieren würde.

»Also?«, wiederholte die Stimme.

»Nun ja ... das ist Euer Ehrengast, Fürstin Lakana.«

Tropfend zwang sich Kari zu dem unechtesten Lächeln ihres Lebens.

Auf den Knien

Svala zerrte sie förmlich voran, Kari spürte, wie nervös sie war. »Na wunderbar, dieser erste Eindruck ist nicht mehr zu schlagen. Aber wenn wir jetzt schnell sind, können wir vielleicht noch verhindern, dass sie wegen der Sache ein oder zwei Leute auspeitschen lässt.«

Erschrocken blickte Kari sie an. »Aber nicht dich und Daro, oder? Weil ihr für mich verantwortlich seid oder so was?«

»Normalerweise hält sie sich zurück bei den Mitgliedern der Fünf Familien«, murmelte Svala, doch es klang, als versuche sie, sich selbst Mut zuzusprechen. »Keine Sorge, Daro bringt nur die Pferde weg. Und bisher hat er es sowieso geschafft, sich aus jedem Ärger rauszuquatschen.«

Trotz der Eile versuchte Kari, sich umzusehen und möglichst wenig zu verpassen. Ein gedrungenes braunes Geschöpf, kaum so hoch wie ein Blumentopf, mit Ohren wie vertrocknete Wurzeln, huschte durch die Gasse und drückte sich in eine Nische, als Svala und sie vorbeistürmten. War das ein Gnom? Und hieß das, es gab hier auch Elfen?

Aus einer Tür duftete es nach Fleischsuppe mit Thymian, aus einer anderen drang ein muffiger Geruch nach Schafdung. Auf einer der rauen Holztüren, an denen sie vorbeikamen, prangte eine rote Schneeflocke. »Was bedeutet die?«

Svala wandte schnell den Blick ab. »Willst du nicht wissen. Schnell jetzt!«

Sie erreichten ein zweistöckiges Steinhaus in der Nähe der Burg. Bevor Kari es sich versah, hatte die junge Frau sie schon in einen Raum gezerrt, in dem ein dampfendes Fass Wasser und ein Stapel Kleidung auf sie warteten. Mit fliegenden Fingern half Svala ihr, sich zu säubern und umzuziehen, assistiert von mehreren Dienerinnen und – wie peinlich! – auch Dienern, die alle so hektisch wirkten wie Erstklässler bei einem Feueralarm. Verlegen betrachtete Kari sich im Spiegel. *Irgendwie witzig. Fasching trifft Mittelalterfestival.* Jetzt trug sie eine Art dunkelgrüne Tunika, die mit schwarzen und silbernen Stickereien dekoriert war, dazu enge dunkle Hosen und Stiefel aus weichem Leder.

»So, eine Sache fehlt noch«, verkündete Svala und warf ihr einen schwarzen Umhang um die Schultern. Er roch ein klein wenig nach Schaf. »Los, wir gehen!«

Die Schwarze Burg war zwar tatsächlich aus schwarzem Stein erbaut, anscheinend Lava, doch komplizierte Muster aus verschiedenfarbigen Steinen durchzogen die Wände. Kari war so nervös, dass sie nur einen kurzen Blick dafür übrig hatte. Mehrere mit Kurzschwertern und Dolchen bewaffnete Wachen geleiteten sie und Svala in den Thronsaal im Erdgeschoss, durch schwere, aus einem grauen, alten Holz geschnitzte Türen in einen Raum mit kuppelförmiger Decke, Wandteppichen und Fenstern, so klein wie Schießscharten.

Wortlos zeigte ihr Svala, wie sie knien sollte – in einer Art Hocke, ein Knie auf den Boden gestützt, den Kopf gebeugt –, dann flüsterte sie: »Ich muss jetzt gehen. Die Gnädige Elin beschütze dich.«

Svala war keine besonders gute Lügnerin. Wahrscheinlich wünschte sie Kari in Wirklichkeit die Pest an den Hals. Wer wollte schon eine Assassinin in seiner Stadt?

Die Wachen zogen sich neben die Tür zurück, dann war es still. Bis Kari Schritte hörte. Mühsame Schritte. *Die Fürstin!* Sie hatte vorhin nur einen kurzen Blick auf sie erhaschen können, bevor Svala und Daro sie weggezerrt hatten.

»Du kannst dich erheben«, hörte Kari und wagte es, die Gestalt vor sich zu mustern. *Das ist also die Frau, von der mein weiteres Schicksal abhängt.*

Fürstin Lakana war hochgewachsen und hatte die schmale, sehnige Statur einer alternden Ballerina. Noch immer waren ihre Bewegungen elegant, doch ihr Gesicht erinnerte Kari mit seinen eingefallenen Zügen an einen Totenkopf, die Knochen waren unter der pergamentartigen Haut deutlich zu erkennen. Irgendeine Dienerin musste Blut und Wasser geschwitzt haben, um ihre wenigen verbliebenen, dünnen Haare hochzutoupieren. Trotzdem wirkte das Ergebnis wie die Karikatur einer edlen Frisur. Dafür stand ihr das an den Ärmeln aufwendig bestickte schwarze Seidenkleid mit dem hohen Kragen gut.

Sieh ihr nicht in die Augen, erinnerte sich Kari und senkte den Blick – einen Moment zu spät.

»Du betrachtest mich, du fragst dich, wie alt ich bin.« Die Stimme der Fürstin klang schneidend.

Kari zuckte zusammen, ihr fiel keine Antwort ein.

»Besser, du versuchst nicht zu raten; es ist eine Krankheit, die mich so zugerichtet hat.« Mit zornblitzenden Augen humpelte die Fürstin dieses Landes, das anscheinend Isslar hieß, auf sie zu. »Eine Krankheit ohne Gnade ... und genau aus diesem Grund brauche ich dich.«

»Ich bin keine Ärztin«, wandte Kari ein.

Ein heiseres Lachen brach aus Fürstin Lakana heraus. »Das weiß ich, oh ja, das weiß ich sehr gut! Du bist das genaue Gegenteil einer Ärztin, meine Liebe, und ebendas macht dich so nützlich für mich.«

Obwohl es kühl im Saal war, spürte Kari, dass ihr unter der Tunika der Schweiß herunterlief. *Unfassbar – diese Cecily ist wirklich eine Killerin, die man anheuert, wenn man jemanden aus dem Weg räumen will!*

Sie zuckte zum zweiten Mal zusammen, als etwas Weißes pfeilschnell durch den Saal schoss und sich auf einem unbehauenen Felsen neben dem Thron niederließ. *He, Moment mal!* Kari starrte den silberweißen Falken halb fasziniert, halb feindselig an. *Dieses Vieh hat mich wirklich beobachtet! Was ist seine Aufgabe hier?*

Der Falke starrte aus unergründlichen Augen zurück.

Mit einer Handbewegung schickte Lakana die Wachen aus dem Raum, sodass sie nun allein waren – außer man rechnete den Vogel dazu. Dann deutete die Fürstin auf zwei Stühle, in deren Lehne ein Greifvogel mit ausgestreckten Schwingen geschnitzt war. Gehorsam setzte sich Kari. »Erzähl mir ein wenig über dich ... wie hast du deine Kunst gelernt? Wie viele Leute hast du bereits zu ihren Göttern geschickt?«

Kari atmete tief durch. Am liebsten hätte sie jetzt gleich gestanden, alles zugegeben ... aber das ging nicht, wenn sie Wert auf ihr Leben legte. O Gott, zitterten ihre Hände etwa schon wieder? *Jetzt reiß dich zusammen, du musst hier deinen Hintern retten! Sieh es als eine Art Rollenspiel. Du bist jetzt nicht mehr das nette, ziemlich durchschnittliche Mädchen, das von allem hier völlig eingeschüchtert ist. Du hast schon Leute umgebracht und hast Spaß daran.*

Unwillkürlich straffte Kari die Schultern, und erleichtert spürte sie, wie ein Teil ihrer Selbstsicherheit zurückkehrte. »Niemand hat mich unterrichtet, ich habe mir das meiste selbst beigebracht«, sagte sie. »Aber es gibt durchaus Bücher über Gifte und ... andere Techniken. Drei oder vier Leute, die mir oder meiner Familie hinderlich waren, haben es mit dem Leben bezahlt.« Unglaublich, sie schaffte sogar ein Lächeln. Es passte zu ihrer Rolle. Wer Macht über Leben oder Tod hatte, konnte sich erlauben, frech aufzutreten.

Mit etwas, das wohl ein zufriedenes Lächeln sein sollte, aber eher wie eine Grimasse aussah, lehnte sich die Fürstin nach vorne. Ihre mageren Krallenhände umschlossen die Stuhllehnen. »Und niemand hat etwas gemerkt?«

»Natürlich nicht. So plump habe ich mich nicht angestellt.« Allmählich fühlte sich Kari sicherer in dieser Rolle. »Außerdem hinterlasse ich keine Spuren.« Wie viele Krimis hatte sie schon gelesen oder gesehen? Daraus hatte sie garantiert irgendwas mitgenommen, ob Klischee oder nicht, hier wusste sowieso keiner, was ein Klischee war!

Es schien die richtige Antwort gewesen zu sein, die Fürstin nickte. »Nur dass du eins richtig verstehst, Mädchen ... wie nennst du dich in der Menschenwelt? Cecily Lindström, nicht wahr?«

Kari nickte und die Fürstin blickte verächtlich drein. »Das ist kein Name, das ist eine Zumutung. In welcher Mondphase bist du geboren?«

Das brachte Kari kurz aus dem Konzept. »Äh, um Mitternacht ... ja, ich weiß, die Zeit ist nicht wichtig ... ich glaube, es war Vollmond, aber ich bin mir nicht ...«

»Vollmond! Ein gutes Omen, was auch immer das bedeuten mag. Nun ja, einerlei, jedenfalls ist dein Name von nun an Cecily Thalim. Was schaust du so seltsam drein? Alle Menschen hier haben einen Nachnamen, der sich auf die Mondphase ihrer Geburt bezieht. Wer zu einer der Fünf Familien gehört, darf zusätzlich noch den Familiennamen führen. Doch deine Verwandten entstammen nun mal dem gewöhnlichen Volk. Pech für dich.« Die Fürstin legte die Fingerspitzen gegeneinander und betrachtete Kari aus durchdringenden dunklen Augen. »Also, was ich sagen wollte – es darf nicht wie ein Unfall aussehen.«

»Nicht?« Kari schaffte ein verzerrtes Lächeln. *Was genau will sie, ein richtig fettes Blutbad als Abschreckung für alle, die sich nicht benehmen können? Wie soll ich das machen, kann ich so was überhaupt? Garantiert nicht!*

»Es soll nicht so *aussehen* wie ein Unfall, es muss ein Unfall *sein*. Das ist sehr, sehr wichtig.«

»In Ordnung«, sagte Kari und versuchte, sich ihre Verwirrung nicht anmerken zu lassen. *Ich muss Zeit gewinnen! Dann kann ich herausfinden, wie man durch dieses verdammte Tor kommt, und abhauen, bevor es hier richtig ernst wird!* »Aber das dauert natürlich länger, Sie verstehen? Ich muss erst Gelegenheiten auskundschaften.« Zu spät wurde Kari klar, dass das vielleicht zu dreist geklungen hatte … und sie der Fürstin nicht nur einmal in die Augen geblickt hatte, sondern sogar schon mehrmals.

Langsam, sehr langsam stand die Fürstin auf. Als sie wieder sprach, lag eisige Schärfe in ihrer Stimme. »Du wirst mich in Zukunft mit *Ihre Exzellenz* und *Ihr* anreden, wie es sich geziemt. Und glaube bloß nicht, du seist unentbehrlich.«

Ein unangenehmes Kribbeln durchlief Kari. »Ja«, sagte sie einfach. »Entschuldigt, Exzellenz. Ich muss noch wissen, wer überhaupt mein … Ziel ist.«

Fürstin Lakana betrachtete eingehend einen Wandteppich. »Eine junge Magierin namens Maéva Thalim Fjellkar, sie berät meine Tochter. Sie ist eine sehr gute Beraterin, ja, das ist sie. Ihr Heim ist in der Oberstadt, im Fossvegur 15. Mach dich in den nächsten Tagen vertraut mit ihrem Aussehen und ihren Gewohnheiten. Aber zögere nicht zu lange, wenn du eine Gelegenheit siehst.«

Kari spürte, wie ihr Entsetzen zurückkehrte, doppelt so stark wie zuvor. *Eine junge Frau und dazu noch eine Magierin? Was soll das heißen? Hat sie Zauberkräfte? In was verwandelt sie mich, wenn sie merkt, was mein Auftrag ist? Wieso heißt sie Thalim, genau wie ich? Sie muss in derselben Mondphase geboren worden sein.*

Weitere Fragen waren offensichtlich unerwünscht. Ein Diener betrat den Saal und brachte ihr ein Lederbeutelchen, in dem es klimperte, einen gebogenen Dolch mit milchweißer Klinge und ein Pergamentbuch, in dem es anscheinend um Kräuter und deren Wirkung ging.

Wortlos nahm Kari die Gegenstände und verbeugte sich. Wider

Willen spürte sie, wie sie neugierig wurde. Was hatte diese Maéva getan? Warum in aller Welt sollte sie sterben?

Vielleicht war es das Erste, was sie herausfinden musste, wenn sie selbst am Leben bleiben wollte.

***

John hätte auf einer Skala einzeichnen können, wie der Paniklevel von Karis Mutter Susanna in der letzten Stunde gestiegen war. Inzwischen war er im roten Bereich. Besonders nachdem sie von einem Typen am anderen Ende der Notrufnummer erfahren hatte, dass nicht wie erwartet sämtliche Polizisten von Reykjavík zu ihnen ausrücken würden.

»Die haben gesagt, es kommt überhaupt kein Polizist!« Blass und völlig aufgelöst saß Susanna Schneider auf der Picknickbank, Johns Vater hielt mit beunruhigtem Blick ihre Hand. Zum Glück machte er wenigstens keine Bemerkung darüber, dass Susanna die Polizei eigentlich nicht mochte, seit sie in ihrer Jugend auf einer Demo mal zusammengeschlagen worden war.

»Heißt das, wir sollen einfach warten, bis Kari von selbst wieder auftaucht?«, meinte John.

Auch Alice sah ratlos aus. »Wieso das?«, fragte sie. »Sind denn alle auf dieser Insel gerade mit irgendeinem Attentat, Massenmord oder so was beschäftigt?«

»Alice.« Susanna seufzte.

»Wieso, kann doch sein.« Alice zuckte die schmalen Schultern, auch sie war förmlich zusammengesackt in der letzten Stunde und wahrscheinlich erschöpft von der vergeblichen Suche. John schenkte ihr einen kurzen Seitenblick. *Sollte ich versuchen, sie zu trösten? Aber wie? Und wenn sie mitbekommt, dass Kari vermutlich wegen mir abgehauen ist, zieht sie mir die Fingernägel durchs Gesicht wie Catwoman.*

»Außerdem hat der Mann, den ich in der Leitung hatte, so schlecht Englisch gesprochen, dass ich ihn kaum verstanden habe«, sagte Susanna. Sie klang elend.

Cecily, das blonde Mädchen, das ihn vorhin angequatscht hatte, kam zu ihnen herüber. John fiel auf, wie kerzengerade ihre Haltung war und wie sicher ihre Bewegungen, selbst auf rauem Gelände und obwohl sie gewöhnliche Chucks trug. Anscheinend hatte sie ihre Unterhaltung mitgehört, denn sie meinte mitfühlend: »Polizisten gibt's hier nur wenige, wahrscheinlich ist Ihr Anruf zu ICE-SAR umgeleitet worden, die kümmern sich hier um Fälle von vermissten Personen. Die Abkürzung steht für *Iceland Search and Rescue*. Soll ich mal? Ich spreche Isländisch.«

Oh hey, dachte John dankbar und spürte, wie Erleichterung ihn durchströmte. »Wo hast du das denn gelernt?«

»Hab ich mir selber beigebracht, Sprachen lernen finde ich total easy.« Cecily lächelte ihn an.

Sie war also nicht nur hübsch, sondern auch noch clever. Wow. Die Hammer-Kombi. Und dann noch dieses umwerfende Lächeln, das dem von Kari ein klein wenig ähnlich sah. John spürte, wie etwas im Bereich seines Magens flatterte. *Können wohl kaum Schmetterlinge sein in dieser megabeschissenen Situation. Vielleicht Nachtfalter.*

»Sie schickt der Himmel!«, sagte sein Vater etwas theatralisch, während Susanna mit einem neuen Hoffnungsschimmer in den Augen aufblickte. »Das wäre ganz toll! John, gib ihr mal dein Handy, du hast hier Empfang, oder? Rufen Sie am besten mit dem an, dann kostet Sie das nichts.«

John nickte sofort und reichte ihr sein Smartphone, das zwar schon eineinhalb Jahre auf dem Buckel und eine veraltete Android-Version hatte, aber längst nicht so peinlich war, wie sein Kumpel Benjamin ihm weismachen wollte. Hoffentlich.

Jedenfalls nahm das fremde Mädchen es sofort und blickte lächelnd in die Runde. »Wollen wir uns nicht duzen? Ich bin Cecily Lindström.« Während alle ihre Zustimmung murmelten, gab Cecily die Nummer ein, die Johns Vater auf einem Zettel notiert hatte, jedenfalls versuchte sie es. »Mist, vertippt. Noch mal.« Dann hatte sie es geschafft und begann, freundlich und gelassen in einer Sprache weiterzusprechen, von der John rein gar nichts verstand. Nur den Namen »Kari Schneider« und »Dyradalur« hörte er heraus. Hin und wieder fragte Cecily Susanna etwas, zum Beispiel wie Kari aussah, welche Kleidung sie getragen hatte und ob sie Nahrung und Wasser bei sich trug.

»Höchstens ein bisschen Schokolade, von der wollte sie mir noch was abgeben«, mischte sich Alice ein und lachte trostlos auf, sie hatte Tränen in den Augen.

»Sie schicken ein paar Leute vorbei – halbe Stunde, hat der Mann von ICE-SAR gesagt«, berichtete Cecily schließlich. »Alles Freiwillige aus der Umgebung, die sind das gewohnt. Island ist ein raues Land, so selten ist es gar nicht, dass jemand hier abhanden- oder in Schwierigkeiten kommt.«

Und wie oft kommt es vor, dass jemand einfach lostrampt, weil er seine Patchworkfamilie nicht mehr erträgt? Neue Schuldgefühle würgten John. *Vielleicht ist sie schon im nächstgrößeren Ort, Vík an der Küste vielleicht. Oder hat sie zurückgewollt in die Hauptstadt?*

»Eine halbe Stunde«, wiederholte Susanna fast apathisch und strich mit den Fingern über das Holz des Picknicktischs. Blickte sich dann wieder um, suchte mit den Augen das Tal ab.

»Ich bleibe gerne hier, bis die ICE-SAR-Leute da sind«, bot Cecily an und Susanna und Thorsten überboten sich fast mit Bezeugungen ihrer Dankbarkeit.

Diesmal hielt John den Mund und stattdessen versuchte er, Anhaltspunkte zu finden, wer diese Cecily eigentlich war. Eine Touristin? Dafür kannte sie sich zu gut aus. Sie schien etwa achtzehn zu sein – leider ein paar Jahre älter als er, verdammt! War er damit für sie ein Kind? Anscheinend hatte sie schon den Führerschein, denn nun ging sie zu einem silberfarbenen Subaru, schloss auf und holte sich ein Sandwich heraus.

»War Kari schon mal hier? In Island, vielleicht sogar in dieser Gegend?«, fragte Cecily und biss in ihren Snack, an dem John Indizien für die Anwesenheit von Tofu und frischen Sprossen entdeckte. Plötzlich wirkte sie etwas weniger freundlich, eher so gereizt wie vorhin, bei dieser seltsamen Aktion an der Felswand. »Kennt sie sich hier aus?«

»Nein, eben nicht«, versicherte Susanna ihr verzweifelt. »Wir waren noch nie hier, obwohl wir schon länger nach Island wollten, stimmt doch, Thorsten?«

»Eigentlich wollten wir nach Schweden«, sagte Alice. »Kari war ein bisschen sauer, dass das nicht geklappt hat, sie hat extra dafür monatelang Schwedisch gelernt.«

»Interessant«, sagte Cecily, schon lächelte sie wieder. Doch John sah, wie ihr Blick nach oben wanderte, zur Felswand hin, wo er sie vorhin entdeckt hatte.

Blutgeld und Elfenbein

Kari hatte keine Ahnung, wie sie sich in Khyona zurechtfinden sollte, schließlich gab es hier kein Google Maps und ein Handy hatte sie nicht. Doch das Problem löste sich schnell, denn sie bekam einen eigenen Diener, der ihr nur bis zur Schulter reichte und ungefähr zwölf war, also so alt wie Alice. Er trug seine glatten blonden Haare ordentlich im Seitenscheitel und wirkte vor Ehrfurcht – oder auch nur Furcht! – halb erstarrt. Jedenfalls brachte er mit Mühe ein »Herrin, folgt mir bitte« heraus und geleitete sie bis zu einem Haus nicht weit von der Schwarzen Burg.

Das Erdgeschoss, in dem Kari anscheinend wohnen sollte, bestand aus einem einzigen Raum mit einem geschnitzten und bemalten Bett darin, einer Truhe, einem Regal und einer Waschschüssel mit Kanne, beides aus Blech. Irgendwie beruhigend, dass ihre Allwetterjacke schon an einem Haken an der Wand hing, Kari drapierte ihren schwarzen Umhang daneben. Der Rest ihrer modernen Kleidung hing vor einem Ofen, der allerdings kalt war. Ihr Diener holte ehrfürchtig ein Schälchen aus Ton hervor und öffnete es. Darin waren Moos und ein Stück Kohle, das wie ein schwarzorangefarbenes Auge glimmte.

»Wie niedlich«, entfuhr es Kari.

Verwirrt blickte ihr Diener zu ihr hoch. »Die habe ich vom Feuerhüter dieses Viertels geholt«, erklärte er.

»Wieso? Es geht doch viel leichter.« Kari überprüfte kurz, ob im Ofen genug Brennmaterial war – anscheinend getrockneter Seetang und Schafsdung. Na hoffentlich stank das nicht zu sehr. Sie holte ihr neues Drachenfeuerzeug aus der Tasche ihrer Jacke und schnickte.

Fassungslos staunte der blonde Junge es an. »Ihr seid eine Herrin der Flamme?«

»Klar, du darfst mich gerne anbeten«, witzelte Kari.

Ihr Diener warf sich vor ihr auf die Knie.

Verlegen zog Kari ihn wieder hoch. »Nein, nein, das war ein Witz, ich weiß einfach, wie man einen Kamin anmacht. Wir haben einen daheim.« Der Schafsdung rauchte in den ersten Momenten höllisch, doch dann fing er richtig Feuer und es roch durch den Seetang ein bisschen nach Küste und Strand. »Ist das mit dem Feuer hier ein Problem?«

Mit blauen, leicht schielenden Augen blickte der Junge sie an und nickte. »Wenn alle Feuer in der Stadt versehentlich ausgehen würden, müsste Andrik neue Glut aus einem Vulkan holen.«

Andrik? Wer war das denn? Egal, sie würde es schon noch erfahren. Vorsichtig legte Kari Dolch, Buch und Geld auf das Regal, dann blickte sie sich genauer im Zimmer um. »Ähm, gibt es auch ein Bad ... oder eine Toilette?«

»Ein ... was? Wozu?«

Nein, sie würde jetzt keine entsprechende Pantomime aufführen! Obwohl es langsam dringend wurde. »Ein ... na ja, einen Raum, in dem man sich erleichtern kann.«

Wortlos deutete der Junge auf einen Nachttopf unter dem Bett. Kari seufzte und schickte ihn nach draußen, um das Ding zu benutzen. Als der Junge zurückkam, zog er gleich wieder los, um den Nachttopf auszuleeren. Wie peinlich! Vielleicht machte sie das in Zukunft lieber selbst. Ein plötzlicher Anfall von Wehmut überkam Kari. *Alice würde sich totlachen, wenn sie das hier sähe. Und mich damit aufziehen, dass ich hier nicht ewig das Bad blockieren kann für meine ach-so-umständlichen Zahnseide-Aktionen. Hier ist die Zahnseide garantiert noch nicht mal erfunden ...*

Sie fragte den Jungen: »Okay. Wie heißt du?«

»Bjarni Umar«, sagte er und strich sich verstohlen, mit einem bewundernden Blick, über seine Uniform. Sie sah ziemlich neu aus.

Das, was wie ein Nachname klang, war garantiert eine weitere Mondphase.

»Bjarni, weißt du, wo ich hier etwas zu essen herbekomme?«, fragte Kari und wärmte sich die Hände an ihrem neuen Ofen. Inzwischen war es Abend geworden und in ihrem Magen rumorte es. Seit dem Picknick, bei dem sie den Falken zum ersten Mal gesehen hatte, hatte ihr Magen vergeblich auf Nachschub gewartet. *Kein Wunder, dass mir dieses Picknick unendlich lange her vorkommt. Es hat in einer anderen Welt stattgefunden!*

»Ich hole Euch etwas aus der Küche der Fürstin, Herrin«, sagte der Junge diensteifrig, schnappte sich eine Art Henkeltopf, der im Regal gestanden hatte, und wollte losmarschieren.

»Nenn mich nicht Herrin«, bat ihn Kari. »Nenn mich ...« Beinahe wäre ihr ein »Kari« herausgerutscht, doch zum Glück bremste sie sich rechtzeitig. »... Cecily.«

Wenn sie genau darüber nachdachte, gefiel ihr neuer Name ihr besser als Kari, was in Finnland ein männlicher Vorname war, wie ihr der allwissende John netterweise offenbart hatte. Und *sehr viel* besser als ihr Spitzname »Karies« aus der Grundschule.

»Gut, mach ich ... Cecily.« Eingeschüchtert nickte Bjarni und sauste los.

Es war so praktisch, dass sie ihn überhaupt verstand. Wie kam es, dass sie die Sprache, die hier gesprochen wurde, beherrschte, ohne sie jemals gelernt zu haben? Vielleicht fand sie es noch heraus.

Kari streckte sich auf dem kastenartigen Bett aus und ihr Herz zog sich schmerzhaft zusammen, als sie an Alice und ihre Mutter dachte. Tränen drängten in ihre Augen, das Zimmer verschwamm. *Wie kann ich ihnen Bescheid geben, wo ich bin und dass ich lebe? Ich muss zurück, bevor ich mich immer tiefer in irgendwelche blutigen Intrigen verstricke. Wie lange wird es dauern, bis ich den Rückweg finde? Jetzt ist es Ende August ... hoffentlich verpasse ich meinen Konzertauftritt im September nicht!*

Gleich darauf kam Kari sich albern vor. Es würde ja kaum die Welt untergehen, wenn sie Mitte September nicht auf der Bühne im Bürgerhaus stand und Querflöte spielte. *Die Frage ist eher, ob ich bis dahin am Leben bleibe oder nicht ...*

Als Bjarni den Henkeltopf zurückbrachte und den Deckel hob, breitete sich ein würziger Duft im Raum aus. Anscheinend eine Art Eintopf mit Lamm. Kari kaute auf einem zähen Fleischstück herum und gelobte, ganz bald Vegetarierin zu werden – das hatte sie sowieso vorgehabt, schließlich liebte sie Tiere –, während ihr neuer Diener mit dem Besen eine Staubflocke über den Boden jagte.

»Weißt du zufällig, wie man durch das Tor kommt? Das Tor in die ... andere Welt?« Sie achtete darauf, dass ihre Stimme gleichgültig klang.

»Welches?« Plötzlich war Bjarni auf der Hut.

»Wieso, gibt es mehrere?«, fragte Kari kauend und innerlich so angespannt, dass sie es kaum schaffte, das Fleisch zu schlucken.

»Ja.« Nur dieses eine Wort, dann verstummte er, als hätte ihm jemand den Mund zugeklebt.

»Du weißt, dass ich Gast der Fürstin bin, oder?« Kari gab ihrer Stimme einen strengeren Ton. »Sie will, dass ich alles über Isslar erfahre. Schließlich soll ich einen wichtigen Auftrag für sie erfüllen.«

Mit gehetztem Blick sah Bjarni sie an und überkreuzte die beiden Zeige- und Mittelfinger, vielleicht schützte das vor Unglück. Wusste oder ahnte auch er, welcher Art dieser Auftrag war? »Die Tore werden bewacht, da darf niemand durch!«

Sie hatte zu sehr nachgebohrt, der Kleine sah aus, als würde er gleich die Flucht ergreifen. Beruhigend lächelte Kari ihm zu, obwohl ihr Herz sich vor Enttäuschung anfühlte wie ein Steinklumpen in ihrer Brust. Erst mal ein bisschen harmloses Geplauder, bis er sich wieder beruhigt hatte. »Habt ihr in Isslar eigentlich auch Elfen?«, fragte sie und fischte etwas Langes, Gelbes, Glitschiges, das vielleicht eine Alge war, aus dem Eintopf. Uäh, das Ding schmeckte wie salziges Leder.

»Ja natürlich, viele!«, gab Bjarni zurück, nun wieder etwas gesprächiger. »Sie sind manchmal nett, können aber auch ziemlich lästig sein.«

Echte Elfen! Kari entfuhr ein begeistertes Quieken, das ihr sofort peinlich war. »O mein Gott! Wo kann ich welche sehen? Hier in der Nähe?« Lästig war in Ordnung – und sie würden ja kaum so gefährlich sein wie diese Trolle!

»Am Seeufer und in den Hügeln sind ein paar Steine. Dort findet man sie meistens, weil sie dort wohnen. Ähm ... wer ist Gott?«

»Weiß ich auch nicht so genau«, gab Kari zu und stieß einen leisen Schrei aus, als ein Auge – vermutlich vom selben Lamm wie das Fleisch – sie aus dem Eintopf heraus anglotzte. Sie stupste es zurück unter die Oberfläche. »Was ist das eigentlich für ein Falke, der bei der Fürstin war?«

Wieder ein Thema, das Bjarni unangenehm zu sein schien. Er behielt den Wollteppich so genau im Auge, als müsste er ihn am Fortkriechen hindern. »Das ist ein Silberfalke, er gibt ihr Hinweise«, brachte er nur heraus.

Kari war fasziniert. *Hinweise? Vielleicht verständigen sich die beiden über Gedanken, sodass niemand sie belauschen kann?*

Doch wahrscheinlich konnte er ihr das nicht beantworten – besser, sie stellte die ganz praktischen Fragen, die sie noch hatte. »Kannst du mir einen Stadtplan von Khyona besorgen? Dann finde ich mich hier schneller zurecht.«

»Einen Plan? Ach so, ein Bild von oben, so wie ein Vogel die Stadt sieht?«

Angenehm überrascht nickte Kari. Dieser Bjarni war vielleicht schüchtern, aber alles andere als blöd.

»So etwas haben bestimmt die Berater in der Burg. Ich kann versuchen, dir einen zu zeichnen«, meinte ihr Diener. Im Regal fand sich ein Stück Pergament und ein Kohlestift, damit machte er sich tief über das Blatt gebeugt an die Arbeit – so konzentriert, dass er sie und die Welt um sich herum vergaß. Stolz überreichte er nach einer Weile das Ergebnis.

Kari musterte seine Zeichnung neugierig. Anscheinend erstreckte sich Khyona am ganzen südlichen Ufer des Sees. Die Außenbezirke hatte Bjarni nur ganz grob skizziert und mit »Unterstadt« beschriftet, hier lebten anscheinend die ärmeren Bewohner, trotzdem gab es mehrere kleine Marktplätze. Zwei Straßen führten von außen nach Khyona hinein – ah, an dieser Stelle waren sie den Trollen begegnet! – und durch diese Außenbezirke hindurch Richtung See. Dort befand sich der Stadtkern, in dessen Mitte die Burg prangte. Bjarni hatte einen großen, aus Punkten bestehenden Kreis um den Stadtkern gezogen und in ungelenken Buchstaben *Oberstadt* darübergeschrieben. Die Punkte verband er mit dünnen Strichen, sodass sie ein Netz über der Oberstadt ergaben.

»Die Punkte sind die Stellen, wo die Sturmbögen verankert sind«, erklärte er. »Sie schützen die Oberstadt vor Schneestürmen und Angriffen, zum Beispiel von Drachen und Trollen.«

Drachen! Schon beim Gedanken daran, dass es hier Drachen gab, wurden Kari vor Aufregung und Begeisterung die Knie weich.

Mit einem Kreuz hatte Bjarni markiert, wo Karis Unterkunft sich im westlichen Teil der Oberstadt befand, ein Stück vom Seeufer entfernt. Der Osten sah aber auch interessant aus, dort befanden sich ein großer Platz und unweit vom Seeufer etwas, das Bjarni mit einem Kreis markiert hatte. »Was ist das?«

»Das große Sundlaug, eine Badestelle mit heißem Wasser aus der Erde – es gibt aber noch einige kleinere Sundlaugs überall in der Oberstadt«, erklärte Bjarni.

Klang nicht schlecht. Aber wichtig war etwas anderes. »Wo ist der Fossvegur 15, kannst du mir den einzeichnen?«, bat Kari ihren Diener, und sorgfältig malte er ein kleines X in den westlichen Teil der Oberstadt, etwa sechs Straßen von Karis Unterkunft entfernt.

Dort wohnte also Maéva, das Mädchen, das sie töten sollte. Gar nicht weit weg.

Am liebsten hätte Kari ihren Diener noch den ganzen Abend lang ausgequetscht, doch an der Art, wie er mit den Füßen scharrte, ahnte sie, dass er gehen wollte oder musste.

»Danke schon mal, bringst du mir morgen Frühstück?« Sie nestelte eine der Münzen aus dem Lederbeutel, den sie bekommen hatte – ein sechseckiges, silbriges Stück Metall, in dem auf der einen Seite eine Schneeflocke und auf der anderen ein Falke eingeprägt war.

Als sie es Bjarni in die Hand drückte, wurden seine Augen groß wie Untertassen, oder so kam es ihr jedenfalls vor. Er verbeugte sich so tief, dass seine Stirnhaare fast den Boden fegten, drückte sich seine Kappe auf den Kopf und machte sich eilig davon. Vielleicht, damit sie es sich nicht anders überlegen konnte.

Kari musste grinsen. Doch als ihr einfiel, wer ihr dieses Geld wofür gegeben hatte, verging ihr das Grinsen wieder. *Blutgeld,* ging es ihr durch den Kopf, und sie musste daran denken, dass diese unbekannte junge Frau den gleichen Mondnamen hatte wie sie hier in Isslar. *Wir sind verbunden, aber sie weiß es noch nicht.*

Das änderte leider nichts daran, dass Kari dieser fremden jungen Frau etwas antun sollte. Ihr wurde ein bisschen schlecht, was vielleicht an ihrem Auftrag lag und vielleicht auch an den Algen aus dem Eintopf. Vorsichtig nahm sie den schlichten, völlig unverzierten weißen Dolch aus dem Regal, zog die Klinge aus der Lederscheide und testete sie, indem sie ganz leicht mit dem Daumen darüberstrich. »Au, verdammt!« Eine rote Linie war auf ihrem Daumen erschienen und ein paar Tropfen Blut versickerten im Teppich.

Mich damit umzubringen, wäre einfach, man müsste das Ding

einfach nur dort herumliegen lassen, wo ich mich versehentlich damit aufspieße, dachte Kari.

Wie konnte ein Gegenstand so schrecklich und zugleich so schön sein? Diese Waffe lag in ihrer Hand wie dafür gemacht. Wie von selbst strichen ihre Finger über die seidig glatte Klinge, die ebenso milchweiß war wie der Griff, wahrscheinlich war beides aus einem einzigen Stück Elfenbein geschnitzt worden. Na, hoffentlich nicht von echten Elfen!

Den Dolch in der Rechten, ging Kari in eine leicht geduckte Stellung. Fühlte sich gut an. Geschmeidig sprang sie vor, ließ die Hand mit dem Dolch niedersausen ... und kam sich albern vor. *Ich werde verdammt noch mal NIEMANDEN umbringen, weder mit diesem Ding noch auf irgendeine andere Art! Ich will so was nicht und ich KANN es nicht!*

Doch der letzte Satz fühlte sich seltsam an. Unecht, nach schlechtem Drehbuch.

Ihr wurde schwindelig, einen Moment lang wusste sie nicht mehr, wo sie war ... und eine Erinnerung driftete in ihr hoch.

Es ist laut, sehr laut, wer brüllt da? Vor mir verschreckte Augen, glasig im Schock, und da ist Blut, oje, ganz schön viel Blut ...

Kari spürte, wie ihre Hand mit dem Dolch herabsank. Sie atmete tief, versuchte, das Bild zu greifen. Aber es war schon wieder weg, verflogen wie ein schlechter Geruch an einem Sommertag. Nichts blieb übrig außer einem unguten Gefühl und dem Wunsch, an etwas anderes zu denken. Zum Beispiel daran, dass es hier anscheinend Drachen gab und sie sie mit etwas Glück sehen würde, bevor sie zurückkehrte. Haha, danach würde sie ihren Nickname »Dragongirl5« ganz anders tragen können als zuvor.

Es funktionierte, sie fühlte sich besser. *Eins steht fest,* dachte Kari. *Ich werde hier nicht das hilflose Opfer geben und brav alles machen, was man mir sagt. Ich bin zwar keine Drachin, aber ein Tier, das beißen kann!*

Ihr war klar, dass sie in dieser Nacht wahrscheinlich kein Auge zutun würde. Sorgen, Neugier, Aufregung, es war zu viel. Außerdem wollte sie versuchen, diese Maéva ausfindig zu machen und ein Gefühl dafür zu bekommen, was für ein Mensch sie war ... *falls sie überhaupt einer ist,* fiel es Kari ein.

Es war Zeit, erkunden zu gehen.

Blaues Eis

Es kostete Kari einige Minuten, bis sie den ungewohnten schwarzen Umhang richtig auf ihren Schultern befestigt hatte. Sie steckte ein paar Münzen ein, schob nach kurzem Zögern den Dolch in den Gürtel und zog die Tür ihrer Behausung hinter sich zu. Nicht abschließbar. *Anscheinend wirkt es abschreckend genug auf Diebe, dass man hier für Verfehlungen auf einem Vulkan festgekettet wird!*

Im Hochsommer war es Tag und Nacht hell in Island – und sicher auch in Isslar –, doch inzwischen war es Ende August. So hoch im Norden standen damit Herbst und erster Schnee vor der Tür. Keine Mitternachtssonne mehr, es wurde um neun Uhr abends dunkel. Gerade dämmerte es. Hier und da erhellten Laternen Passanten, seltsam aussehende Statuen und eine winzige Gestalt, die sich hastig dahinter duckte. Ließ Fürstin Lakana sie überwachen? Bestimmt.

Vorsichtig tappte Kari durch Gassen, von denen die meisten gerade mal so breit waren, dass ein Pferdekarren hindurchpasste oder zwei Reiter nebeneinander. Es war kühl geworden, Nebel stieg aus dem Heißwasserkanal auf und hüllte die niedrigen Häuser ein, die aneinandergedrängt den Rand der Straßen säumten. Khyona roch nach Rauch, abgestandenem Wasser und ein klein wenig nach dem vulkanischen Schwefel, der auch in Island an so vielen Orten aus der Erde kam. Es wäre so schön gewesen, diese eigenartige Stadt zusammen mit Alice, Ella oder Leyla zu erkunden, allein war alles furchterregend fremdartig hier.

Kari blickte über die Häuser hinweg zum Hügelland, in dem irgendwo das Tor verborgen war, und biss sich auf die Lippe, damit der Schmerz irgendwie die Tränen zurückdrängte. *Dieses verdammte Tor – ist es wirklich der einzige Weg, wie ich zurückkomme?* Und ein kleiner, brennender Gedanke, der sich in ihr festbiss, ob sie wollte oder nicht: *Vielleicht würde es John und seinem Dad nicht allzu viel ausmachen, wenn ich nicht wieder auftauche ...*

Weg mit diesen Gedanken, die machten sie nur fertig!

Nicht weit vor ihr war ein Gebäude, dessen Fenster einladend leuchteten und aus dem Gelächter drang. *Zum Blauen Eis,* stand darüber. Aha, eine Schänke. Kari straffte die Schultern. *Mal schauen, was dadrin so abgeht.*

Zögernd drückte sie die Tür auf und trat über die Schwelle. Warme Luft flutete ihr entgegen, die nach Kräutern, Bier und gebratenem Fisch roch. Massige Holzbalken trugen die Decke des Raumes, dessen roh verputzte Wände mit Objekten aus Federn, Horn und Treibholz geschmückt waren. Anscheinend hatte hier jemand – der Wirt? – Spaß an Kunst. An einer Wand hingen ein runder Schild, ein Schwert und ein gewaltiges Kettenhemd, in das locker zwei Leute von Karis Statur gepasst hätten. *Krass, wem gehört das denn?*

Schnell warf Kari einen Blick in die Runde – an einer Eckbank, die mit Rentierfellen gepolstert war, saßen eine junge Frau und ein älterer Mann in ein leises Gespräch vertieft. Ein Stück weiter hatte es sich an einem der beiden langen, schmucklosen Holztische eine größere Gruppe aus sieben oder acht Leuten bequem gemacht. Erfreut stellte Kari fest, dass Daro unter ihnen war ... er strahlte aus dieser Gruppe heraus wie ein Diamant unter Kieseln. Gerade lachte er über irgendetwas und stieß mit jemandem an, seine goldbraunen Augen blitzten. Kari spürte, wie ihr Herz schneller schlug.

Er hatte sie noch nicht bemerkt. Im ersten Moment wollte Kari ihn begrüßen und zu ihm hinübergehen, doch dann zögerte sie. Gerade legte Daro den Arm um ein Mädchen mit elfenhaftem Gesicht und großen dunklen Augen. Sie schmiegte sich an ihn und kicherte albern über etwas, das er gerade gesagt hatte.

Auf einmal wusste Kari nicht mehr, was sie mit ihren Händen anfangen sollte. *Vielleicht erzählt er gerade von dieser ahnungslosen Tussi, die er durchs Tor geholt hat.* Sie entschied sich, erst einmal vom Rand des Raumes aus zu beobachten, was hier so los war. Vielleicht bemerkte Daro sie ganz von selbst und winkte sie rüber zu sich und seinen Freunden?

Es gab einen Tresen aus einem durchsichtigen, glitzernden Material ... wow, war das Eis? Es fühlte sich kalt an, schmolz aber nicht. Blumen schimmerten im Inneren. Kari stellte sich ans eine Ende des Tresens. Ein Stück weiter saß ein hochgewachsener, schwarz gekleideter Junge und las in einem Buch, ein Glas mit einem hellblauen Zeug neben sich. Stille schien ihn zu umgeben.

»Was soll's sein?« Als Kari den Wirt sah, wurde ihr klar, wem das Kettenhemd gehörte ... oder zu einer anderen Zeit gehört hatte. Er wirkte wie eine Kreuzung aus Mensch und Troll – massiger Körper, steingraue Haut und Haare, breiter Mund. Doch seine schwarzen Augen wirkten freundlich und lebhaft, und seine Finger – jeder doppelt so breit wie Karis – trockneten einen Trinkbecher schnell und geschickt mit einem Küchentuch.

Ja, es gab eine Speisekarte, irgendjemand musste sie mit einem Eispickel in die Theke gehackt haben. Nur leider sahen die Zeichen aus, als wären Vögel über das Eis gelaufen. Waren das Runen? Vermutlich.

»Was habt ihr denn?«, fragte Kari.

»Gelbmoostee mit und ohne Honig, Met, geeiste Trollspucke ...«

Kari starrte ihn an. »Trollspucke?!«

»Haha, nein, die benutzen wir nur als Kleber. Du bist neu, oder?«

»Ähm, ja«, gestand Kari und lächelte ihn verlegen an. »Das merkt man, oder?«

»Fast gar nicht, aber du hast deinen Umhang falsch herum an.« Der Trollmann grinste gutmütig. »Lass mich raten, du bist bestimmt aus den Westfjorden, oder?«

Kari kam nicht dazu, zu antworten, denn gerade knallte ein Junge aus Daros Gruppe die Faust auf den Tisch und rief: »He, Kalur, dieser Met schmeckt wie Ponypisse! Frechheit, dass du hier so was ausschenkst. Gib mir was aus 'nem anderen Fass!«

Der Wirt stampfte zu ihm hinüber, riss ihm den Krug aus der Hand und kehrte damit hinter die Theke zurück. »Ich geb dir 'n Quellwasser, mehr verträgst du doch eh nicht, Kleiner!«

Die Flüche, die hinter ihm hergeschleudert wurden, prallten an seinem breiten Rücken ab.

Neugierig sah Kari zu Daro und seinen Freunden hinüber, und diesmal fiel ihr auf, dass einige von ihnen Schwerter trugen. Nicht gut, wenn es Streit gab!

Der dunkelhaarige Junge, der zwei Meter weiter an der Theke saß, hob nicht mal den Blick, er las einfach weiter.

War eins der Mädchen in der Gruppe Maéva? Kannte Daro sie, war es womöglich diese kichernde Schönheit, die er gerade im Arm hielt? *Ich hätte nichts dagegen, DIE umzubringen,* ging es Kari durch den Kopf und fast sofort tat es ihr leid.

Nun hatte Daro bemerkt, wer da am Tresen stand, er ließ das fremde Mädchen los und winkte Kari lächelnd zu seiner Gruppe hinüber. Kari lächelte zurück und freute sich darüber, dass er sie nicht ignoriert hatte, wie das tolle Typen in der Schule üblicherweise taten. *Ganz schön mutig – immerhin muss er ja annehmen, dass ich eine Assassinin bin! Vielleicht findet er mich sympathisch?*

»Sommerwohl!«, begrüßte Daro sie gut gelaunt und deutete auf einen Eishocker mit Kissen ganz in seiner Nähe. Kari machte es sich bequem. *Wow. Vielleicht habe ich hier schon Anschluss gefunden, ich hätte nie gedacht, dass es so schnell gehen würde.*

»Hast du dich ein bisschen eingelebt?«, fragte Daro freundlich.

Wann denn? Und ein Reiseführer wäre nett, ich weiß noch nicht mal, wie hier die Währung heißt! »Ich hatte noch nicht viel Zeit dafür«, gab Kari zurück und damit war das Gespräch vorerst beendet, Daro plauderte wieder mit seinem Sitznachbarn.

Okay, seine neue große Liebe bin ich eindeutig nicht, dachte Kari.

Die Leute neben ihr quatschten über Geysire, von denen es in Isslar anscheinend ein paar mehr gab als im richtigen Island – und sie schienen besondere Eigenschaften zu haben. Sehr cool! Doch Kari konnte sich nicht darauf konzentrieren, ihr Blick glitt über ein Gesicht nach dem anderen. *Vielleicht ist Maéva die da mit dem unsicheren Lächeln und den schlechten Zähnen? Aber sie wirkt nicht wie eine einflussreiche Beraterin der Fürstentochter …*

»Ja, den finde ich auch richtig gut«, wagte das Mädchen sich gerade einzumischen. Soweit Kari verstanden hatte, ging es um irgendeinen Geysir mit unaussprechlichem Namen, der Schönheit verlieh, wenn seine Gischt einen berührte. »Zu dem will ich auch mal wieder, bevor der Winter kommt.«

Das in eine Fuchspelzjacke gekleidete Mädchen neben ihr zog die Augenbrauen hoch. »Du warst schon mal dort? Gnädige Elin, und ich dachte, er würde wirken! Aber vielleicht musst du zwei- oder dreimal hinpilgern, bevor es was bringt. Und bei deinen Zähnen wird's sowieso nichts nutzen.«

Einer der Jungen keckerte. »Vielleicht solltest du jemanden suchen, der sie dir ausschlägt … dann lässt der Bylgjadans sie bestimmt schöner nachwachsen!«

Kari konnte kaum glauben, dass er das gerade wirklich gesagt hatte. *Das ist widerlich! Ich hoffe, die Leute hier sind nicht alle so drauf!*

Sie nahm kaum wahr, dass der Wirt ihr mit einem »Bitte sehr, wohl bekomm's – geht aufs Haus« einen Becher Tee neben den Ellenbogen stellte. Anscheinend hatte er einfach entschieden, dass es das war, was sie brauchte. Überrascht lächelte sie ihm zu und bedankte sich. Dann wandte sich Kari Daro zu und versuchte, das andere Gespräch auszublenden. War leider nicht so einfach.

»Probier besser den Hunangbrugg aus und lass dir von ihm Glück bringen«, empfahl ein anderer Junge dem Mädchen. »Ich kenn jemanden, der war dort und hat danach endlich 'ne Frau gefunden, die ihn heiraten wollte. Aber so hässlich, wie du bist, bräuchtest du schon 'nen Blinden!«

Steh auf, steh einfach auf und geh, bat Kari das Mädchen in Gedanken. *Das sind nicht deine Freunde, so was musst du dir nicht bieten lassen!*

Die Fremde blieb sitzen, versuchte sogar weiterzulächeln. Doch ihre Augen waren die eines Menschen, der gerade von einem Lastwagen angefahren worden ist und noch nicht begriffen hat, wie schwer er verletzt worden ist.

In Kari war ein schales Gefühl. Daro hatte eben zugehört, er musste bemerkt haben, was hier abging. Aber er sagte nichts, grinste nur und begann, jemandem von seinem Kampf mit den Trollen zu erzählen.

Dafür wandte sich die junge Frau, die bisher mit dem älteren Mann gesprochen hatte, stirnrunzelnd um. »Könnt ihr nicht mal aufhören? Was bringt euch diese Möwenkacke? Sola, lass diese Idioten einfach links liegen!«

Erleichtert sah Kari, dass Sola nickte und ihren Stuhl zurückschob. Doch der Typ, der vorhin die Bemerkungen über ihre Zähne gemacht hatte, fasste sie am Arm, hinderte sie am Aufstehen. »Oder wie wär's mit dem Bleikurpiss? Meinem Lieblingsgeysir!« Der Junge lachte. »Nur weil er nicht mehr springt und die Gnome reinpinkeln, unterschätzen den alle. Trink mal 'ne Tasse von dem hübschen rosa Wasser, Sola, ich wette, danach bist du wie neu und ...«

In diesem Moment ließ sich der hochgewachsene, schwarz gekleidete Junge, der bisher an der Theke gelesen hatte, von seinem Stuhl gleiten und wandte sich um.

»Das reicht jetzt«, sagte er.

Der Junge in Schwarz

Er sprach nicht laut, doch seine Stimme durchdrang mühelos den gesamten Raum und ließ alle Gespräche verstummen. Es war so still, dass Kari ihr eigener Atem unangenehm laut vorkam. Alle Augen waren auf den Jungen gerichtet, nein, junger Mann traf es eher, Kari schätzte ihn auf etwa neunzehn. Nicht viel jünger als Daro, der nun ebenso schwieg wie alle anderen.

Zum ersten Mal musterte Kari den Fremden genauer, der die ganze Zeit über so ruhig dagesessen hatte und jetzt den Raum zu beherrschen, alle in seinen Bann zu schlagen schien. Er hatte dunkelbraune Haare, die ihm bis zum Kragen reichten, war einfach gekleidet und, soweit sie sehen konnte, völlig unbewaffnet. Sein schmales Gesicht war ruhig und klar, fast unbewegt, es verriet wenig. Doch seine ganze Haltung strahlte eine ruhige Selbstsicherheit aus, die Kari gefiel. Sie konnte nicht aufhören, ihn zu beobachten, während er den Blick durch den Raum schweifen ließ.

Die Mitglieder der Gruppe am großen Tisch schienen unter diesem Blick kleiner zu werden, manche wandten die Augen ab. Doch einer der Jungen, die schon ziemlich betrunken wirkten, zog sein Schwert. Ohne Geräusch glitt es aus der Lederscheide. Ein paar der anderen Leute, auch ein Mädchen, griffen ebenfalls zu ihren Waffen. *Vielleicht sollte ich unter den Tisch kriechen? Bis zur Tür schaffe ich es nicht, bevor hier die Keilerei losgeht!*

Urplötzlich begann der Boden zu vibrieren. Klirrend tanzten die Becher auf dem Tisch, ein paar stürzten um. Eine an der Wand befestigte Leuchtkugel begann zu schwanken wie in starkem Wind, irgendwo stürzte polternd etwas ein und ein paar der Gäste stießen Schreckensrufe aus. Kari war wie erstarrt. *Ein Erdbeben! Ist das wirklich ein Erdbeben?* Ein oder zwei Gäste, die in der Nähe der Tür saßen, retteten sich nach draußen, andere krochen unter den Tisch. Allerdings nicht Daro ... und auch nicht Kari. Als ihre Schrecksekunde vorbei war, hatte das Beben schon aufgehört. Was war das gewesen? Und wieso waren alle Blicke immer noch – oder wieder – auf diesen Dunkelhaarigen gerichtet?

Der Kerl mit dem Schwert war durch den schwankenden Untergrund aus dem Gleichgewicht geraten und auf den Hintern gefallen, nun saß er auf dem Boden und schaute planlos. Neben Kari hatte der andere Junge, der Sola am Aufstehen gehindert hatte, den Arm sinken lassen; das Mädchen, das die gemeinen Bemerkungen von sich gegeben hatte, war blass geworden und sah aus, als wünsche es sich mindestens auf einen anderen Kontinent. Sola dagegen wirkte erleichtert.

Daro erhob sich abrupt. Sein Glanz schien matt geworden, und plötzlich fiel Kari auf, wie klein und missgünstig seine Augen wirkten. »Kommt, Leute – wir gehen irgendwohin, wo der Met besser ist!« Er warf ein paar kupferfarbene Münzen auf den Tisch und ergriff seinen Umhang. Stühlerücken, Räuspern, Becher, die auf die Theke gestellt wurden – eine allgemeine Aufbruchsstimmung hatte eingesetzt.

Kari blieb sitzen. Sie wollte nicht mit diesen Leuten gehen, und es war scheußlich, dass dieser Junge in Schwarz denken musste, dass sie zu ihnen gehörte. *Vielleicht kann ich zu ihm gehen und ihm erklären, dass ich sie eigentlich gar nicht kenne und Daro auch nur flüchtig ... nein, alles viel zu peinlich!*

Nachdem Daro und seine Leute inklusive der armen Sola gegangen waren, setzten die junge Frau und der ältere Mann auf der Eckbank ihr leises Gespräch fort. Der schwarz gekleidete Fremde las noch eine Weile, dann klappte er sein Buch zu – Kari konnte auf die Entfernung den Titel nicht erkennen –, zahlte und ging ebenfalls. Dabei kam er nah an ihr vorbei, gab jedoch kein Zeichen, ob er sie gesehen hatte.

Kari fühlte sich noch immer wie betäubt. Dabei war doch eigentlich gar nichts passiert, es waren nur zwei Sätze gesprochen worden und das Erdbeben hatte anscheinend keinen größeren Schaden angerichtet. Sie nahm ihren Becher und kehrte zurück zur Theke. Kalur, der Wirt, schien zu merken, wie sie sich fühlte. »Na, das war mal ’ne Nummer, was? Er mischt sich nur selten ein, aber wenn er’s mal tut ...«

»Wer war das?«, fragte sie.

Er wusste sofort, dass sie von dem Jungen in Schwarz sprach. »Andrik. Genauer gesagt, Andrik Caymar Vikanes. Er ist das letzte lebende Mitglied der Familie Vikanes – nee, stimmt nicht, er hat noch einen alten Onkel, aber der lebt oben im Norden. Außerdem zählt er nicht, weil nur Andrik das Talent hat.«

Kari erinnerte sich, dass ihr Diener einen Andrik erwähnt hatte. »Was für ein Talent? Warum hatten alle hier Angst vor ihm?« Sie hatte schon einen Verdacht, konnte es aber noch nicht glauben.

Der trollartige Wirt grinste und schlug sich mit der Pranke auf die Brust – ein Schlag, der einen normalen Menschen umgeworfen hätte. »Alle? Nein! Ein einzelner tapferer Schnapsbrenner und Met-Pfuscher zittert nicht, wenn Andrik spricht. Ich mag ihn. Aber ich kann verstehen, dass die anderen sich nicht mit ihm anlegen wollen – er ist der Herr über die Vulkane dieser ganzen feurigen Insel. Hat schon als Kind gewusst, wie man sie beherrscht.«

Kari war fasziniert. »Also war er das mit dem Erdbeben! Kann er auch Vulkanausbrüche auslösen, wenn er wütend ist?« So etwas war sicher furchterregend – auf der Touristenkarte hatte sie gesehen, dass sich im Süden Islands ein aktiver Vulkan an den anderen reihte. War das in Isslar genauso? Gut möglich.

»Na ja, wütend ... manche sagen, er hätte überhaupt keine Gefühle.« Kalur zuckte die Schultern.

Interessant. Vielleicht hatte sein Gesicht deshalb so ausdruckslos gewirkt. »Was für Talente haben die anderen Magier? Und was hat das alles mit den Fünf Familien zu tun?« Endlich jemand, dem sie Fragen stellen konnte!

Die beiden Leute auf der Eckbank verabschiedeten sich voneinander, beide standen auf, dann verbeugte sich der ältere Mann vor seiner Begleiterin, einer zerbrechlich wirkenden jungen Frau mit langen dunklen Haaren und feinen Gesichtszügen. Beide wirkten angespannt und so, als wäre es kein wirklich freundschaftliches Treffen gewesen.

»Mädchen, du kommst wirklich von weit her.« Kalur lächelte Kari an. »Moment, muss kassieren.« Er stapfte hinüber zu dem Paar auf der Eckbank und verbeugte sich, was aussah wie ein Felsrutsch. »Ihr möchtet zahlen, Master Sigurdson? Das macht dann drei Flokar.«

Immerhin, jetzt weiß ich, wie die Währung heißt, dachte Kari.

Zuerst ging der Mann, die Frau trank noch ihren Tee aus. Ihre Schultern waren ein wenig nach vorne gefallen, sie wirkte erschöpft. Dann bemerkte sie Kari und musterte sie einen Moment lang mit undurchdringlicher Miene. Kari wandte den Blick ab. *Hat auch sie bemerkt, dass ich hier fremd bin? Oder fragt sie sich gerade, ob ich eine Freundin von Daro bin?*

Nachdem sie dem Wirt eine Münze gereicht hatte, ging auch die junge Frau.

»Was weißt du schon über die Fünf Familien?«, fragte Kalur und richtete eine Feder an einem der Kunstwerke, anscheinend waren alle von ihm.

Kari zuckte verlegen die Schultern. »Nichts. Sind sie so was wie Adelsfamilien? Oder eher Auserwählte?«

»Auserwählt ... hm, ja schon irgendwie, denn irgendwann mal, vor langer Zeit, haben sie von den Göttern Eigenschaften erhalten, die sonst keiner von uns hat. Deshalb werden die Mitglieder dieser Familien respektiert und hatten lange das Privileg, gemeinsam über Isslar zu herrschen.«

»Lange? Also jetzt nicht mehr?«

Kalur verzog das Gesicht und zupfte an seinem linken Ohrläppchen, das seltsamerweise eine Kerbe hatte. »Dann begann vor hundert Wintern die Herrschaft der Fürstinnen. Aber die Fünf Familien haben immer noch großen Einfluss, besonders die mit vielen Mitgliedern. Fast alle großen Orte in Isslar haben einen Stadtvorsteher, der zu einer dieser Familien gehört.«

Fasziniert nickte Kari. Sie selbst hatte praktisch keine Verwandten, und das war ihr immer normal vorgekommen, aber ihre beste Freundin Ella lebte in einem richtigen Clan mit massenweise Tanten, Onkels, Cousins und Cousinen. Meistens mochte Ella das, aber gelegentlich stöhnte sie über die ständigen Familienfeiern, wenn sie lieber mit Kari zum Zelten oder zu irgendeiner Party gefahren wäre.

»Also gibt es außer Khyona noch andere größere Orte hier?«, versuchte Kari den Wirt weiter auszuhorchen.

»Können Gnome graben? Haha, na klar. Schon mal von Víkor im Süden gehört? Ich dachte, den Fischereihafen kennt jeder, und dort hat auch die Seewache ihre Schiffe.« Schwungvoll polierte Kalur ein paar Trinkbecher aus glasiertem Ton. »Dann gibt's noch Elladír im Bergland und Akura oben an der Nordküste. Hach, in Akura hatte ich eine trollig gute Zeit, als ich noch blaue Zehennägel hatte!«

»Wieso, welche Farbe haben sie denn jetzt?«, wagte Kari zu fragen. Neugierig war sie schon immer gewesen, und jetzt schaffte sie es erst recht nicht, sich zu bremsen.

»Man wird im Alter leider immer grauer mit einer Abstammung wie meiner. Mein Vater war Seemann, meine Mutter 'ne Trollfrau ... absolut niemand ist zu ihrer Hochzeit gekommen.« Betrübt schenkte sich Kalur eins seiner eigenen Produkte ein und kippte den Inhalt des Bechers in einem Zug herunter.

»Das tut mir echt leid«, sagte Kari mitfühlend.

»Ach, muss es nicht, sie haben einfach allein gefeiert, bis die Hütte wackelte.« Kalur versuchte erfolglos, ein titanisches Rülpsen zu unterdrücken. »Außerdem ist das lange her. Hundertfünfzig Jahre oder so, wenn ich mich recht erinnere.«

Keinen der Ortsnamen hatte Kari aus ihrem Island-Reiseführer wiedererkannt. Allerdings klangen manche ähnlich wie isländische Städtenamen – vielleicht war Víkor dort, wo in ihrer Welt Vík lag? Und befand sich das reale Akureyri nicht an der Nordküste, wo hier angeblich diese Stadt Akura war?

»Was ist denn nun mit diesen besonderen Eigenschaften der Fünf Familien?« Kari dachte nicht daran, lockerzulassen.

»Also die Sache ist die«, begann Kalur. »Jede der Fünf Familien hat ein bestimmtes magisches Talent. Maéva zum Beispiel, die eben dort vorne gesessen hat, ist gut mit Schnee und Eis, sie war so nett, mir diesen Tresen zu erschaffen – sieht famos aus, oder? Wird nie schmelzen! Allerdings hat sie versehentlich meinen Geldbeutel darin eingefroren, ich musste ihn freihacken. Sie ist manchmal ziemlich schusselig, weißt du.«

Maéva! Kari spürte, wie eine Art Schockwelle durch ihren ganzen Körper lief. »Maéva war das, die die ganze Zeit über in dieser Ecke gesessen hat? Die diesen Leuten gesagt hat, sie sollen aufhören?«

»Ja, natürlich war sie das! Sie ist zwar erst siebzehn Winter alt, aber es kennt sie hier wirklich jeder und ...«

»Ich muss gehen.« Vielleicht war sie noch nicht weit weg. Kari musste ihr nach.

Jetzt!

WINTERJAGD

Kari ließ die Tür der Schänke hinter sich zufallen und blickte sich hektisch in der dunklen Gasse um. Sie sah zwar nichts, hörte aber leichte Schritte, ein Wispern auf den Pflastersteinen.

So leise wie möglich und nah an den Gebäuden, um jederzeit in Deckung gehen zu können, ging sie in diese Richtung. Und sie hatte Glück – kurz darauf kam die dunkle Gestalt, die sie verfolgte, unter einer Straßenlaterne vorbei und einen Moment lang konnte sie Maéva ganz deutlich erkennen. Die junge Frau nieste und blieb stehen, um in ihrer Tasche herumzukramen, vielleicht suchte sie ein Taschentuch, ihr langes dunkles Haar verbarg ihr Gesicht. Als sie gefunden hatte, was sie suchte, blickte sie sich beiläufig um, dann ging sie weiter.

Moment mal, dachte Kari. *Dieses Niesen hat irgendwie gekünstelt geklungen ...*

Ihr fiel der Blick ein, mit dem Maéva sie vorhin in der Schänke gemustert hatte, und eine eisige Welle schoss ihr durch die Adern. *Gott, bin ich naiv! Wenn Daro und Svala mitbekommen haben, dass sie eine Assassinin rüberholen sollten, dann könnte auch Maéva davon gehört haben. Vielleicht hat sie das da eben inszeniert, weil sie gemerkt hat, dass ich ihr folge?*

Sie hatte irgendetwas aus ihrer Tasche genommen. Eine Waffe? Oder einen magischen Gegenstand? Kari wurde klar, was für ein Risiko sie gerade einging. Diese junge Magierin war garantiert nicht wehrlos und vielleicht suchte sie in dieser schlafenden Stadt eine Gelegenheit, die auf sie angesetzte Mörderin loszuwerden ...

Maévas Schritte wurden schneller. Sie lief fast und auch Kari musste beschleunigen.

In ihrem Kopf startete ungebeten ein Film. *Die junge Frau lockt die Assassinin in eine Sackgasse und setzt ihr den Dolch an die Kehle. Sie hat keine Wahl, wenn sie sich jemals wieder sicher fühlen will. Stahl dringt in blasse Haut, Blut sprudelt.*

Wie um alles in der Welt hatte es geschehen können, dass sie – Kari Schneider aus der 10b des Max-Planck-Gymnasiums – in diesem Film die Böse war?!

Kari zwang sich weiterzugehen. Sie schwitzte vor Aufregung und fror gleichzeitig, denn von den Hügeln fegte ein eisiger Wind herab. Doch sie zwang ihre Füße weiter, hastete dem Geräusch dieser Schritte hinterher. Wenn sie irgendwann wegwollte aus Isslar, musste sie zumindest so tun, als würde sie versuchen, diesen beschissenen Auftrag zu erfüllen!

Wenn Maéva weiß, dass es mich gibt und was ich für die Fürstin tun soll, dann habe ich das Überraschungsmoment verloren. Dann wird sie verdammt vorsichtig sein.

Erschrocken von ihren eigenen Gedanken hielt Kari inne. *Nein, nein, ich will sie doch sowieso nicht umbringen – es kann mir egal sein, ob sie vorsichtig ist!*

Ja, Maéva hatte eindeutig gemerkt, dass jemand ihr folgte. Jetzt war es plötzlich still, sie hatte bestimmt irgendwo angehalten und sich versteckt. Um *was* zu tun – zu warten, bis Kari sie versehentlich überholte, sich anzuschauen, wer ihre Verfolgerin war? Oder über sie herzufallen? Wer war hier eigentlich die Katze und wer die Maus?

Etwa einen Meter weiter sah Kari zwischen den Hauswänden einen Torbogen, vielleicht eine Kutscheneinfahrt. Sie huschte in diese Richtung, setzte einen Fuß in die Dunkelheit, dann noch einen ... und stolperte über etwas Großes, das unwillig brummte und ihr seinen nach Kompost stinkenden Atem entgegenblies.

Kari entfuhr ein Schrei, sie stolperte zurück. Nicht rechtzeitig genug. Das Wesen rammte ihr eine Pranke gegen die Kniekehle, brachte sie zu Fall und machte sich bereit, sich auf sie zu stürzen. Ein metallisch klirrendes Geräusch klang Kari in den Ohren, sie hatte keine Ahnung, was es war, und wollte auch nicht lange genug bleiben, um es herauszufinden.

Auf allen vieren, so schnell sie konnte, kroch Kari in Richtung der Gasse, und es war ihr egal, dass sie sich dabei Knie und Handflächen aufschrammte. *Weg, weg, weg hier!*

In einem der Fenster jenseits des Torbogens ging flackernd ein Licht an. *Gleich bekomme ich es mit dem Hausherrn zu tun. Na wunderbar! Aber vielleicht kann er wenigstens dieses Vieh zurückrufen!*

Doch aus welchen Gründen auch immer folgte es ihr sowieso nicht mehr. Schwer atmend machte Kari in der Gasse halt, um wieder Luft in die Lungen zu bekommen, und warf einen Blick zurück. Im Licht des Fensters erkannte sie ein rundliches, klauenbewehrtes Geschöpf mit grünbraunem Fell, das sie anfunkelte, in die Luft biss und seinen Körper immer wieder in ihre Richtung warf, dabei aber keinen Schritt weiterkam. Es war angekettet! Jetzt bemerkte sie auch das Schild *Vorsicht, Moosfellbär,* das sie vorhin übersehen hatte. Aha.

Kari schrak zusammen, als sie sich umblickte. Keine zwanzig Meter entfernt stand eine schmale junge Frau – eine Silhouette im Gegenlicht einer Laterne – und starrte in ihre Richtung. Wie festgefroren blieb Kari stehen, wagte nicht, sich zu rühren. An ihren Fingerspitzen spürte sie den Griff des Dolchs.

Dann drehte sich die Gestalt abrupt um und ging mit schnellen Schritten davon.

Bevor Kari richtig begriff, was sie tat, folgte sie ihr bereits. *So leicht bin ich nicht abzuschütteln!*

Ihr war wieder warm, nein heiß, in ihr brodelte es. Ein schwarzes Gebräu, in das sie immer tiefer hineinsank, bald würde es über ihr zusammenschlagen. *Alice, meine süße sture nervige Alice! Zusammen in meinem Zimmer kuscheln, im Westpark die Karpfen füttern. Gemütlich zu dritt frühstücken, über Sheldon und Leonard lachen, Sushi machen, ein neues Bild an unsere Riesenfotowand heften. Nie wieder? Nie ...*

Ganz plötzlich begann es zu schneien, Flocken wirbelten aus dem schwarzen Himmel, waren überall, hüllten sie ein. Ein dichter Vorhang aus Schnee, durch den sie kaum noch etwas erkennen konnte, Häuser und Karren waren nur noch Schemen. *Mist, ich kann sie nicht mehr sehen, ich verliere sie!*

Als ein Passant an ihr vorbeikam, den Umhang um sich gewickelt, die Mütze tief in die Stirn gezogen, zuckte Kari zusammen, sie hatte ihn nicht mal kommen sehen. Schwer atmend, fast schluchzend, blickte sie sich um.

Maéva war verschwunden. Und keine Spur im Schnee verriet, wohin sie gegangen war.

Mit tränenüberströmtem Gesicht hinkte Kari trotzdem weiter, immer weiter.

Schon bald hörte es auf zu schneien. Kari lehnte sich an irgendeine Hauswand und ließ sich daran herabrutschen, bis sie auf dem Boden hockte. Sie legte den Kopf auf die Knie und zog ihr Cape enger um sich, damit ihr vielleicht irgendwann wieder warm wurde. Seltsam, dass sie ausgerechnet jetzt wieder an diesen Jungen in Schwarz denken musste. Er hatte so einsam gewirkt und so, als wollte er mit nichts und niemandem etwas zu tun haben. Plötzlich stand Kari sein Gesicht wieder vor Augen und sie wusste, dass dieses Bild sich tief eingeprägt hatte in ihre Erinnerungen. Der ruhige, stetige Blick seiner unerwartet hellen Augen; die Art, wie er sich dieser ganzen Gruppe entgegengestellt hatte. Konnte es sein, dass er tatsächlich keine Gefühle hatte? Warum hatte er dann überhaupt eingegriffen?

»*Hier* bist du!«

Kari zuckte zusammen, schaute auf und blinzelte ins Licht einer Laterne, kaum faustgroß und schwach glimmend.

»Hab dich gesucht. Du hast dich verirrt, oder?«

Seitenscheitel und ein scheues Lächeln. Wie hieß er noch mal, ihr Diener? Ach ja, Bjarni. Besorgt sah er auf sie herab. »Komm, Herrin ... äh, Cecily ... wir gehen am See entlang zurück.«

Völlig erschöpft nickte Kari und zusammen gingen sie durch die schweigenden Straßen, in denen der Geruch nach Algen und Wasser immer stärker wurde. Es hatte wieder aufgeklart, die Sterne waren harte, kalte Leuchtpunkte über ihnen, und Bjarni erzählte: »Wahrscheinlich haben wir heute Nacht Nordlichter, ist das nicht schön? Zum ersten Mal in diesem Herbst. Meine Mutter sagt immer, sie sind ein gutes Omen.«

»Ein gutes Omen? Wofür?«, fragte Kari bitter.

Sie kamen an mehreren der Sturmbögen vorbei, die die Oberstadt zum See hin begrenzten. Im Ruhezustand wirkten sie auf Straßenhöhe wie einfache Metallsäulen, dick wie Baumstämme. Kari hob den Kopf, um ihren Blick daran entlanggleiten zu lassen. Die Säulen wölbten sich hoch über ihre Köpfe und formten Bögen, deren entgegengesetztes Ende irgendwo auf der anderen Seite der Innenstadt wieder den Boden berührte. »Kann man sie anfassen?«, fragte Kari, und als Bjarni nickte, legte sie die Hand auf einen der Bögen. Unglaublich, das Metall fühlte sich warm an – war es auf eine eigenartige Weise lebendig?

Dann standen sie am Ufer des Sees, schwarzes Glas unter dem weiten Himmel ... und auf diesem Himmel begannen Lichter zu tanzen. Gewaltige grüne Bänder und Schleier, unirdisch durch die Schwärze flatternd. Bjarni löschte die Laterne und staunte mit ihr über diese geisterhaften Finger, die nach den Sternen zu greifen schienen und nach dem Grund des Sees, in dem sie sich spiegelten. Die Kälte kroch noch tiefer unter ihre Wollsachen – egal! Das hier war das Schönste, das sie jemals gesehen hatte.

Erst nach einer ganzen Weile bemerkte Kari die schmale Gestalt eines Mädchens, das zum Wasser hinabgegangen war. Sie hatte die Arme gehoben und tanzte ganz langsam, völlig versunken in das, was sie tat. Kari stockte der Atem. Dieses Mädchen tanzte nach den Bewegungen des Polarlichts ... nein, umgekehrt, das Polarlicht war es, das ihren Bewegungen folgte!

Auf einmal war Kari absolut sicher, wer das da unten war.

Auch Bjarni hatte das Mädchen gesehen.

»Der Winter liebt sie«, sagte er leise.

Ohne Maéva zu stören, gingen sie zurück.

Als Bjarni am nächsten Morgen verkündete: »Ich hole Frühstück!«, sagte Kari entschlossen: »Warte, ich komme mit.« Sie musste sich in Khyona orientieren lernen, je früher, desto besser. Sie steckte die handgezeichnete Karte und den Kohlestift ein.

Wie sich herausstellte, war die Bäckerei nur drei Häuser von der Schänke *Zum Blauen Eis* entfernt, in der sie gestern gewesen war. Die halbe Straße duftete nach frisch gebackenem Brot und Kari lief das Wasser im Mund zusammen.

Neugierig beobachtete sie, wie die Bäckerinnen einen tellergroßen runden Holzstempel in jeden Teigfladen drückten, bevor sie ihn in den Ofen schoben. Mit einer Kupfermünze kaufte Kari einen Laib, brach ein Stück des warmen Brotes ab und kaute genüsslich. Dann betrachtete sie die eingestempelten Muster, Zahlen und Buchstaben auf der Oberseite des Brotes. »Was bedeutet das, Bjarni?«

»Das ist das Zeichen der edlen Fürstin Lakana, deren Vorfahren zu uns kamen als Goldene Schneeflocke, die der Dynastie Jarlan entstammt und Isslar regiert im dreißigsten Jahr seit Beginn ihrer Herrschaft«, leierte Bjarni ausdruckslos herunter.

Der trollartige Wirt – Kalur – war schon damit beschäftigt, Fässer in seinen Hinterhof zu rollen, er hatte die Worte gehört. Nun winkte er Kari heran und flüsterte ihr ins Ohr: »Hast du sie schon kennengelernt? Grauenhafte Person, oder?«

Kari war unwohl zumute. Was war, wenn der Fürstin diese Worte zu Ohren kamen? Keine zwei Meter entfernt lugte ein Gnom um eine Hausecke und fixierte sie, sein hutzeliges Gesichtchen erinnerte sie an eine Baumwurzel. Eine, die viel zu lange im Wasser gelegen hatte. »Na ja, ich kenne sie kaum ...«

»Und weißt du was, die Tochter ist noch zehnmal schlimmer!« Kalur zog eine Grimasse und zupfte sich wieder mal am linken Ohrläppchen, das eine Kerbe trug, als hätte jemand mit einem Messer ein Stück herausgeschnitten.

Dann ist ja schade, dass ich nicht SIE kaltmachen soll, dachte Kari und grub die Zähne in die warme Brotkruste.

Bjarni war totenblass geworden, rasch wandte er sich von Kalur ab und zog Kari hinter sich her. »Es ist nicht gut, so zu reden«, zischte er Kari zu. »Wenn man bei so was erwischt wird, schneiden sie einem ein Stück aus dem Ohr raus. Und mit drei Kerben muss man ein Jahr in den Kerker.«

»Oh«, sagte Kari betroffen und betrachtete etwas, das in schwarzer Schrift – anscheinend mit einem Stück Kohle – auf eine steinerne Hauswand in der Nähe gekritzelt worden war. Wie witzig, es gab hier Graffiti! Kari hatte selbst nie gesprayt, aber schon viele abgeranzte Schulklotüren von innen mit witzigen Sprüchen verziert. Es hatte immer jede Menge Spaß gemacht, sich zusammen mit Alice neue auszudenken.

Leider konnte sie die Runen auf dieser Wand nicht lesen. Zwei Wörter waren es nur, aber wie lauteten sie? »Was steht da, Bjarni?«

»Dritte Forderung«, sagte ihr Diener nervös.

»Äh, was?« Kari bemerkte, dass eine in dicke Röcke, Wollpullover und feste Schuhe gekleidete Frau mit einem Eimer Wasser und einem Lappen aus dem bekritzelten Haus kam. Sie steuerte direkt auf die Kohleschrift zu. Hastig begann sie, sie abzuwischen, mit dem Effekt, dass sie die halbe Hauswand grau verschmierte. Ein paar Stadtbewohner, die die Schrift aus den Augenwinkeln betrachtet und untereinander geflüstert hatten, gingen rasch weiter und blickten nicht zurück.

Nun war Karis Neugier endgültig geweckt. »Eine Forderung also. Was für eine denn?« *Das ist ja ein schräges Graffito! Na ja, auch nicht viel seltsamer als irgendwelche unlesbaren Tags oder Abkürzungen bei uns.* »Weiß jeder, was damit gemeint ist, oder ist das irgendein Geheimcode, den nur wenige verstehen sollen?«

»Jeder weiß es, weil ...«, begann Bjarni, doch dann verstummte er abrupt. Vor ihnen standen zwei Soldaten der Eiswache.

Aufbrausend

Beide Soldaten waren grau gekleidet und bewaffnet – einer mit Schwert, der andere mit einem Bogen aus bläulichem Metall. Beide musterten Kari. »Die Fürstentochter Gabrissa Mar Jarlan wünscht Eure Anwesenheit«, sagte einer von ihnen. »Wenn Ihr nun mitkommen würdet.«

Kari lächelte nervös, in manchen Situationen konnte sie einfach nicht anders, selbst wenn es schlecht passte. »Ja, gut.« Sie winkte Bjarni, sie zu begleiten, und der Junge setzte sich in Bewegung. Doch er lief gegen die flache Hand eines Soldaten.

»Du nicht!«, knurrte der Mann, und Karis Diener machte, dass er davonkam.

Die beiden Männer nahmen sie in die Mitte und Karis Haut kribbelte. Es fühlte sich nicht an wie eine Ehreneskorte, sondern eher so, als sollten diese Kerle jeden Fluchtversuch verhindern.

Am Eingang der Schwarzen Burg stand schon eine geschlossene Kutsche bereit, die von zwei langmähnigen grauen Pferden gezogen wurde. Kari wurde bedeutet, hineinzuklettern. Es war eng darin und roch nach Fellen und staubigem Stoff. Plötzlich erschien eine Hand mit einem Lappen am Fenster, ein Diener polierte sie von außen. Eine unendlich lange Zeit passierte nichts, dann wurde plötzlich die Tür aufgerissen, kühle Luft drang herein.

»Passt doch auf, Kjell, Ihr tretet gleich auf meinen Umhang!«, beschwerte sich eine helle Frauenstimme. »Er ist noch ganz neu und ich habe Elfenhaar hineinweben lassen, wisst Ihr überhaupt, was das kostet?«

»Keine Sorge, Exzellenz, ich passe schon auf«, gab ein Mann zurück.

In eine Parfümwolke gehüllt stieg ein Mädchen mit langen, sorgfältig frisierten kastanienfarbenen Locken und einem Püppchengesicht in die Kutsche. Sie war so sorgfältig geschminkt, dass ihre Züge wie gemalt wirkten, fast unwirklich hübsch. Die süßlichen Parfümschwaden, die von ihr ausgingen, nahmen Kari fast den Atem.

»Eure Exzellenz«, brachte sie hervor und verbeugte sich so gut es ging im Sitzen. Das musste Gabrissa sein, die Tochter der Fürstin.

»Ah, unser Gast«, sagte Gabrissa und reichte ihr den Handrücken, was sollte sie damit anfangen, ihr etwa die Hand küssen?! Kari war so verwirrt, dass sie nur daraufstarrte.

Gabrissa runzelte die Stirn, ihr geschwungener, sorgfältig nachgezeichneter Mund verzog sich. »Wieso kennt sie unsere Sitten noch nicht? Ist sie schwer von Begriff?«

»Verzeiht ihr, es ist alles sehr anders in der Draußenwelt«, mischte sich der ältere Mann ein, anscheinend ein Berater. Er hatte eine rundliche Statur und trug einen sorgfältig gestutzten Bart, dessen Braun von Grau durchzogen war. Kari zuckte zusammen, als sie ihn erkannte. *Das ist doch der, mit dem Maéva gestern in der Schänke zusammengesessen hat! Sie hat versucht, ihn zu irgendetwas zu überreden, und es hat anscheinend nicht geklappt ...*

Doch der wahre Schock war, was der Mann als Nächstes sagte.

»Ich weiß noch, wie lange ich selbst gebraucht habe, um mich dort zu orientieren.«

Moment mal! »Sie waren ... Ihr wart in meiner Welt?«, stammelte Kari.

Kluge, etwas müde wirkende braune Augen musterten sie. »Ja, das ist eine Tradition in meiner Familie, wir stammen von den Männern von Strandir ab. Ihr kennt die Geschichte? Nein? Die

Bewohner mehrerer Höfe in den Westfjorden – meine Vorfahren – hatten vor einigen Hundert Wintern herausgefunden, wie sie Magie praktizieren konnten, und es hieß: ›Legt euch bloß nicht mit den Leuten von Strandir an, die verhexen euch!‹ Tja, leider wurden sie irgendwann deswegen verfolgt, viele verloren ihr Leben. Die übrigen flohen durch zwei Tore nach Isslar – das Blaue und das Goldene, wenn ich mich nicht irre – und durften bleiben. Tja, und heute ist es meine Aufgabe, mich um ebendiese Tore zu kümmern, ist das nicht …«

»*Kjell Sigurdson!* Hört Ihr mir eigentlich zu?« Gabrissa musterte sich in einem Handspiegel und war dabei, sich die Lippen mit einem gelblichen Stift nachzuziehen. Das war nicht ganz einfach, da sich die Kutsche mit einem Ruck in Bewegung gesetzt hatte. »Wie steht mir der? ›Birkenlaub‹ heißt diese Sorte, warum auch immer.«

Na ja, wahrscheinlich hat es die Farbe von Birkenlaub oder wird daraus hergestellt, dachte Kari und schaffte es mit enormer Anstrengung, das nicht auszusprechen.

»Die Farbe sieht an Euch ganz bezaubernd aus«, erwiderte Kjell und wandte sich dann wieder freundlich Kari zu: »Die Musik in deiner Welt – ungewohnt, aber ein Genuss. Ich sag nur: Elvis!« Er zwinkerte Kari zu.

»Ähm, ja.« Diesen Namen hatte Kari schon mal gehört. Von ihrem Großvater.

»Und die Bootles – sehr gute Barden, ich war beeindruckt.«

»Beatles«, sagte Kari.

»Was? Ach so, ja, mit der Aussprache hatte ich ein bisschen Probleme. Auch diese sich bewegenden Bilder haben mir gefallen, aber ist es nicht schade, dass sie die Welt nur in Schwarz und Weiß zeigen?«

Kari nickte lächelnd. Sie hatte nicht vor, ihm zu sagen, dass er Internet, Smartphones und Flachbildfernseher verpasst hatte – wenn dieser Berater tatsächlich für die Tore zuständig war, gab es wichtigere Gesprächsthemen! Sie musste hier weg, so bald wie möglich fliehen, und vielleicht war dieser Kerl der Schlüssel dazu. »Wie heißt noch mal das Tor, durch das Eure Leute mich geholt haben? Es ist ja nicht immer offen, ich glaube, nur gegen Mittag ...«

Ihr Gegenüber antwortete nicht sofort und Kari wagte kaum zu atmen. War er misstrauisch geworden? Doch dann nickte Kjell. »Genau, das Grüne Tor erlaubt den Durchgang täglich, jedoch nur, wenn die Sonne am höchsten steht. Weil sich auf der anderen Seite leider immer wieder Menschen aufhalten, haben wir auch erwogen, Euch durch das Schwarze Tor zu holen, das nur an Mitternacht offen ...«

»Ach, das ist doch unwichtig.« Gabrissa wedelte ungeduldig mit der Hand. »Cecily, so heißt Ihr doch, oder? Eure Familie ist sicher überglücklich darüber, dass meine Mutter die Verbannung nach so langer Zeit aufgehoben hat, nicht wahr?«

Sofort war Kari ihrerseits auf der Hut – hoffentlich wurde sie jetzt nicht ausgefragt! »Natürlich, das war eine große Gnade, und es ist schön, zurück zu sein in der alten Heimat«, improvisierte sie. Die Straßen waren hier echt schlecht, gerade schwankte die Kutsche, wahrscheinlich weil sie durch ein Schlagloch gefahren waren.

»Wann gedenkt Ihr, Euren Auftrag zu erfüllen?« Im schwachen Licht hatten Gabrissas Augen einen eigenartigen Glanz.

Kjell blickte demonstrativ aus dem Fenster – das sollte wohl »Ich weiß von nichts« heißen. Was hatte er gestern mit Maéva besprochen – hatte sie um ihr Leben gefleht? Warum versuchte er nicht wenigstens, die Fürstin und ihre hohlköpfige Tochter von ihren Plänen abzubringen? Eben noch war er ihr sympathisch gewesen, doch dieses Gefühl verdunstete gerade wie Wasser in der prallen Sonne!

»Also?« Die Stimme der Fürstentochter war ein Eishauch.

Kühlend wirkte dieser Hauch nicht, im Gegenteil, Kari spürte, wie ihr der Schweiß ausbrach. »Das dauert leider noch.«

»Wie lange? Habt Ihr wenigstens schon einen Plan?«

»Nein«, musste Kari zugeben. »Es wird also noch ein paar Tage dauern. Ich ... brauche ein paar Kräuter, die nicht leicht zu finden sind.«

»Irgendwelches Kräuterzeugs? Na gut, wenn Ihr meint. Schickt am besten ein paar Elfen aus, um sie zu suchen.« Gabrissa zupfte die Falten ihres blau-weißen Satinkleides zurecht. »Hauptsache, das Ganze dauert nicht mehr so lange. Mama will, dass die Sache vor Winterbeginn abgehakt ist, bevor möglicherweise wieder die Eisdrachen kommen.«

Es jagte Kari einen Schauer über den Rücken, wie diese Leute vom geplanten Tod eines Mädchens sprachen. Diese Maéva war nur ein Jahr älter als sie! Schwer zu vergessen, ihr Tanz mit dem Nordlicht gestern.

»Äh, ja«, sagte Kari mit Verspätung. Wie in aller Welt schickte man Elfen aus? »Warum wollt Ihr eigentlich, dass Maéva einen Unfall hat? Ich dachte, sie ist eine gute Beraterin?«

»Ja, genau, auch wenn sie ständig irgendwelche Dinge verlegt und dauernd erkältet ist, ist das nicht ekelhaft?« Die geschminkten Lippen bogen sich kurz nach unten und dann wieder nach oben. »Nach ihrem Tod wird sie eine *noch viel bessere* Beraterin sein!«

Verwirrt starrte Kari sie an. Das war ihr eindeutig zu hoch. *Also ICH würde keinen großen Wert auf einen zahmen Zombie legen. Aber vielleicht wanken die ja hier nicht herum und versuchen, Stücke aus deinem Arm herauszubeißen ...*

Gabrissa und Kjell unterhielten sich weiter, doch Kari bekam wenig davon mit. Sobald sie zurück in ihrem Zimmer war, musste sie giftige Pflanzen aus diesem alten Buch heraussuchen, egal ob sie sie später mal brauchte oder nicht ... und sie musste sich ein paar bessere Lügen zurechtlegen. Wenn sie aufflog, würde es ihr nicht besser ergehen als ihrem »Ziel«! Unwillkürlich tastete ihre Hand nach ihrem silbernen Drachenanhänger, der nun schon so lange ihr Glücksbringer war, seit Ella ihn ihr geschenkt hatte.

Damals, nachdem sie sich in der siebten Klasse des Gymnasiums kennengelernt hatten. *Ich war die mit dem lauten Lachen und dem Lehm unter den Fingernägeln vom Töpfern, Ella die lange, dünne, schüchterne Neue aus Norddeutschland.*

Seither hatten sie so viel zusammen gemacht, waren beim Poetry-Slam aufgetreten, hatten Ed-Sheeran-Coverversionen mit Querflöte und Gesang auf YouTube gestellt, zusammen gepaukt und sich dabei immer seltsamere Schimpfwörter an den Kopf geworfen, zu viele Alcopops getrunken und danach nebeneinander in die Büsche gekotzt. *Wenn ich ihr nur erzählen könnte, was ich hier erlebe,* dachte Kari sehnsüchtig.

Das Geräusch von Hufen auf Schotter verstummte, die Kutsche kam zum Stillstand. Sie waren angekommen – wo auch immer.

Kari stieg aus und blickte über eine graugelbe, nach Schwefel, aber auch leicht süßlich riechende Ebene hinweg, von der hier und da Dampfwölkchen aufstiegen. Ein paar Hundert einfach gekleidete Menschen hatten sich bereits dort versammelt. Soldaten der Eiswache drängten sie zurück, während die Fürstentochter hoheitsvoll voranschritt. Halbherzige Hochrufe waren zu hören, doch viele Bürger von Isslar blieben stumm. *Wirklich beliebt ist Gabrissa nicht, scheint mir – warum nur erstaunt mich das nicht?*

»Was findet hier statt?«, raunte Kari Kjell Sigurdson zu. Der Berater hatte gerade seinen umfangreichen Leib in Bewegung gesetzt, um Gabrissa zu folgen. Er hatte einen plattfüßigen Gang, der Kari an die Enten ihres Lieblingsbadesees erinnerte.

»Gleich wird sie so wie in jedem Jahr dem Hunangbrugg opfern, einem Geysir, der als glückbringend gilt«, flüsterte Kjell zurück. »Er bricht alle sieben Stunden aus, es müsste bald so weit sein. Der Name bedeutet übrigens Honiggebräu, wegen der Farbe des Gesteins und des Geruchs.« Er deutete auf etwas, das anscheinend mehr war als ein mit heißem Wasser gefülltes Loch im Boden. Sah so ein Geysir aus?

Mit einer Verbeugung reichten Diener Gabrissa einen aus gelben Blüten geflochtenen Kranz. Dann begann das Warten, anscheinend musste die Opfergabe genau im richtigen Moment übergeben werden. Gabrissas Gesicht war eine Maske, zu einem künstlichen Lächeln erstarrt.

Auch Kari erstarrte – allerdings aus einem anderen Grund. Wenige Meter entfernt hatte sie ein bekanntes Gesicht erspäht: den schwarz gekleideten Jungen aus der Schänke gestern. Andrik! Mit gekreuzten Armen, das Gesicht unbewegt, stand er da und sah aus, als wäre ihm herzlich egal, ob die Zeremonie ihm Glück brachte oder nicht. Er beobachtete nicht Gabrissa oder den Geysir, sondern den weißen Falken, der auf einem nahen abgestorbenen Baum hockte. *Ah, der ist auch mal wieder da!*

Das Wasser in der Schachtöffnung brodelte und wogte. Mit einer raschen Bewegung des Handgelenks warf Gabrissa ihren Blütenkranz, ein Raunen erhob sich und andere Bürger folgten ihrem Beispiel mit eigenen Opfergaben. Nur Momente später rauschte eine gewaltige Fontäne in den Himmel. Die Menge jubelte, diesmal klang echte Begeisterung daraus hervor. Dampfschwaden nahmen Kari die Sicht und ein Tröpfchenschleier ging über ihr nieder. Sie musste husten. *Garantiert habe ich jetzt Glück für die nächsten zehn Jahre, vorausgesetzt, ich überlebe die nächsten Tage!*

Als der Dampf verflog, sah Kari, dass Andrik sie nachdenklich musterte, und ihr Herz pochte hart gegen die Rippen. Sie hätte ihm so gerne gesagt, dass auch sie es scheußlich gefunden hatte, was Daros Freunde gestern getan hatten, dass sie nicht zu ihnen gehörte. Dass ihr gefallen hatte, wie er reagiert hatte. Aber was würde das bringen? Wahrscheinlich wusste auch er Bescheid darüber, dass sie kein gewöhnlicher Gast war, und jeder vernünftige Mensch hielt sich von einer Assassinin fern!

Schon ging er davon, es war zu spät.

Egal – warum sollte mich interessieren, was er über mich denkt?, dachte Kari trotzig. *Schließlich hat er sowieso keine Gefühle, wenn es stimmt, was man über ihn sagt! Das heißt, er kann mich auch nicht verachten. Außerdem ist mir der Kerl unheimlich – was ist, wenn er sich in den Kopf setzt, uns alle zu vernichten?*

Neugierig beobachtete sie, in welche Richtungen Gabrissa und Andrik unterwegs waren. Wenn sie so weitergingen, würden sich ihre Wege gleich kreuzen. Außer natürlich, einer von ihnen wich aus. Aber es sah nicht so aus, als hätten sie das vor.

Und schon war es so weit, sie hatten sich bis auf eine Schrittlänge angenähert.

»Sieh an, auch hier?«, hörte Kari Gabrissa sagen. »Sicher wegen der Landschaft? Etwas anderes interessiert dich ja sowieso nicht, glaube ich manchmal!«

Einen Moment lang dachte Kari, er würde die Stichelei ganz ignorieren, doch dann wandte er sich um. »Nicht ganz falsch«, sagte Andrik. »Die ist schließlich der beste Anblick hier.«

Gabrissas Lippen wurden schmal vor Wut. Sie raffte ihr Satinkleid, damit sie nicht auf den Saum trat, und stapfte zurück zum Wagen.

Oh-oh, dachte Kari. *Arme Gabrissa, das war wohl die falsche Lippenstiftfarbe!*

Sie fragte sich, ob mal was zwischen den beiden gewesen war. Schwer vorstellbar. Sie passten in etwa so gut zusammen wie ein Adler und ein Buntbarsch.

Kari beobachtete einen Moment lang, wie Diener mit Keschern sämtliche durchtränkten Opfergaben wieder aus dem Geysirschacht herausfischten. Dann folgten sie und Kjell Sigurdson der Fürstentochter in einem Sicherheitsabstand und leisteten ihr wieder in der Kutsche Gesellschaft.

»Ich würde ihn so gerne hinrichten lassen!«, tobte Gabrissa, sobald sie alleine waren.

Dazu fiel niemandem in der Kutsche eine Antwort ein. In einer solchen Situation konnte man wahrscheinlich nur das Falsche sagen.

Nach einer Weile erkundigte sich Kjell vorsichtig: »Habt Ihr schon einen anderen Wintergefährten gewählt, Exzellenz? Wenn Eure Mutter – die Gnädige Elin segne sie! –, zu den Göttern geht, sollten wir jemanden für den ersten Winter Eurer Herrschaft präsentieren können.«

Gabrissas Laune schien sich wieder zu bessern, sie machte sich daran, ihre bereits perfekt arrangierten Locken neu zu ordnen. »Raik Akuri, der Bruder von Svala, gefällt mir. Er ist ein ansehnlicher Bursche, noch viel hübscher als dieser verfluchte Andrik, und ich habe gehört, er bringt Mut und Gesundheit mit.«

»Raik ist verlobt und will demnächst heiraten«, wagte Kjell einzuwenden.

»Na und? Als ob das ein Hinderungsgrund wäre! Es ist eine große Ehre, als Wintergefährte ausgewählt zu werden! Ist ihm nicht klar, dass seine Position bei Hofe gesichert ist, sollte er es fertigbringen, eins meiner Kinder zu zeugen?«

So langsam reimte sich Kari zusammen, wovon die beiden redeten. Konnte es sein, dass Gabrissa Andrik befohlen hatte, ihr »Wintergefährte« zu werden, und er abgelehnt hatte? Sie musste sich das Lachen verbeißen.

Zu ihrem Pech hatte Gabrissa ihre Heiterkeit bemerkt, ihr Kopf fuhr herum wie der einer Kobra. »Wie ist das mit Euch, Cecily? Habt Ihr mir gute Hinweise zu geben in Sachen Liebe?«

Kari spürte, wie ihre Wangen heiß wurden. Okay, das hatte sie verdient, jetzt musste sie Dreck fressen. »Nein, tut mir leid, Eure Exzellenz. Ich ... habe leider noch keinen Gefährten gehabt.« Alex, der Junge, in den sie fast zwei Schuljahre lang heimlich verliebt gewesen war, hatte sich leider als echte Nullnummer erwiesen. Sie waren mal die letzten Gäste bei einer Party gewesen und hatten unglaublich lange und intensiv geredet, er hatte ihr von seinen

Problemen mit seiner Familie erzählt, noch nie hatte Kari sich einem Jungen so nah gefühlt. Doch am nächsten Morgen hatte er sie fast völlig ignoriert und ihr seither höchstens mal beiläufig zugenickt, der Arsch! Und Hjalmar, ihr schwedischer Austauschschüler, hatte sie zwar auf der Halloweenparty geküsst – obwohl sie ein schrecklicher Zombie gewesen war! –, doch mehr als ein Flirt mit ein bisschen Fummelei war nie daraus geworden.

»Gar keinen Gefährten? Weder im Winter noch im Sommer?«

»Genau.«

Das fand Gabrissa offensichtlich erheiternd. »Ist das niedlich! Kompliment zu Eurer Tarnung. Wenn ich nicht wüsste, welche gefährlichen Talente Ihr habt, verehrte Cecily, wäre ich nie darauf gekommen. Ihr wirkt so wunderbar harmlos. Kutscher! Mir ist danach zumute, den Drachenkopf zu inspizieren. Los, los, fahren wir!«

***

Kaum war der zerbeulte blaue Pick-up-Truck auf dem Parkplatz zum Stehen gekommen, stürzte Susanna schon auf ihn zu. John folgte ihr mit Alice etwas langsamer. »Danke, dass Sie gekommen sind!«, stieß Karis Mutter hervor. »Meine Tochter ...«

»Wir schaffen es bestimmt, Ihre Tochter zu finden.« Der Leiter von ICE-SAR war ein knorriger, älterer Mann mit verwittertem Gesicht, freundlichen Augen und einem Sprechfunkgerät am Gürtel. Wie sie erfuhren, hieß er Ragnar Einarsson. Er sprach gutes Englisch, denn wie sich herausstellte, betrieb er in Vík – einem Ort an der Küste – gemeinsam mit seiner Frau ein kleines Gästehaus. »Machen Sie sich keine Sorgen. Ich habe zehn erfahrene Leute in der Region, sie sind schon unterwegs, wir überprüfen die ganze Gegend.«

John sah, dass sein Vater sich straffte und seine Elternsprechstunden-Haltung einnahm. Oder jedenfalls hatte er das mal so getauft. Sympathisch, aber respektgebietend, das war der erwünschte Eindruck. »Mister Einarsson ...«, begann sein Vater.

»Nennen Sie mich Ragnar«, sagte der Mann. »In Island nennen wir uns alle beim Vornamen.«

»Ragnar, wie schätzen Sie die Chancen ein, dass die Tochter meiner Frau ...«

Verdammt, dachte John und hätte um ein Haar die Augen verdreht. *Musst du so was fragen, kannst du Susanna nicht lieber Mut machen? Sie will jetzt garantiert nicht hören, dass hier nur zehn Prozent aller Vermissten wieder auftauchen oder so was!*

Doch Einarsson meinte sowieso nur: »Das hängt von vielem ab. Ihrer Tochter, dem Wetter, unserem Glück ...«

John hatte den Eindruck, dass er noch etwas hinzufügen wollte, aber dann tat er es doch nicht.

»Machen Sie so was oft?« Alice sah ihn hoffnungsvoll an. »So was wie Mädchen suchen, die einfach weg sind?«

Der Leiter des Suchtrupps seufzte. »Ja. Im Sommer haben wir hier drei Millionen Touristen und die meisten haben keine Ahnung von unserer Natur. Vorgestern haben wir einen Franzosen am Strand von Reynisfjara rausgefischt, 'ne gefährliche Welle mal wieder. Letzte Woche mussten wir ein japanisches Paar bergen, das auf der Ringstraße losgefahren ist, obwohl ein Sturm vorhergesagt war.«

John konnte nicht anders, er musste fragen. »Und, äh ... haben sie überlebt?«

»Schon«, brummte Einarsson. »Nur das Auto war hinüber. Der Wind hat jede Menge Vulkansteinchen mitgerissen, die haben ihnen die Fenster eingeschlagen und sämtlichen Lack abgeschmirgelt.«

Heilige Scheiße, dachte John. *Das muss ich irgendwie in mein Drehbuch einbauen.*

»Ach, von dem Fall hab ich in der Zeitung gelesen«, verkündete Cecily. Inzwischen hatte John herausgefunden, dass sie im Herbst anfangen wollte, in Reykjavík zu studieren. Sie war etwas vage gewesen, was das Fach anging, irgendwas mit Wirtschaft und Informatik.

John wagte nicht, sie weiter auszuquetschen – wenn sie ihn noch mal so anlächelte wie vorhin, würde er wahrscheinlich rot werden wie eine Verkehrsampel.

»Was können wir tun?«, drängte Susanna, sie war blass, wirkte nun aber gefasst. Ihr Arm lag um Alices Schultern. »Sollen wir Leute ansprechen ... herumtelefonieren ... ich weiß nicht, irgendwas ...«

»Nein, nein.« Ragnar Einarssons wettergegerbtes Gesicht war ernst. »Haben Sie Ihre Unterkunft in der Nähe?«

»Ja, ein Ferienhaus ein paar Kilometer weiter am See«, mischte sich Thorsten ein.

»Gut. Fahren Sie hin und warten Sie ab. Lassen Sie das Handy angeschaltet. Wir geben Bescheid, wenn es etwas Neues gibt.«

Natürlich war Kari noch immer nicht aufgetaucht, obwohl sich John alle paar Minuten umschaute. *Was hast du erwartet, Depp?,* schalt er sich. *Wunder sind heute nicht im Angebot.* Unschlüssig stand er noch einen Moment lang mit den anderen herum, beobachtete Cecily aus dem Augenwinkel und sah, wie sie sich an Karis Mutter wandte. »Na so was, das ist die gleiche Richtung, in die ich auch wollte. Sollen wir zusammen fahren? Vielleicht braucht ihr ja noch mal eine Übersetzerin oder so.«

»Das wäre toll«, sagten Susanna und Thorsten fast gleichzeitig.

Und so kam es, dass sie eine halbe Stunde später in einer gemütlichen Hütte in der Nähe des Thingvallavatn auf dem Sofa kollabierten, während sich Cecily nimmermüde daranmachte, für sie alle Kaffee und Tee aufzusetzen. *Kein Wunder, dass Pa von ihr begeistert ist, ohne seinen Kaffee ist er einfach nicht funktionsfä-*

hig, dachte John und behielt dieses fremde Mädchen im Auge, das sich hier schon wie zu Hause zu fühlen schien.

Irgendwie fanden sie sich kurz darauf allein in der Küche wieder. Cecily nippte an ihrer Tasse und fixierte ihn auf eine Art, bei der es John abwechselnd heiß und kalt wurde. Dieses träge Lächeln, dieser intensive Blick, o mein Gott. »Diese Kari ... ist deine Halbschwester, wenn ich das richtig verstanden habe?«, begann Cecily.

»Stiefschwester.«

»Sie ist nicht mit euch in diese Schlucht gegangen ... und ich wette, du weißt, warum. Vielleicht hast du sogar etwas gehört. Oder gesehen.«

»Was hätte ich denn hören oder sehen sollen?« Johns Mund war trocken und die Schuldgefühle fühlten sich an wie ein kleiner, harter Klumpen in seinem Magen.

»Ich wette, es war Absicht, dass sie zurückgeblieben ist. Sie wollte nicht, dass ihr seht, was sie macht.«

»Das kann sein.« John verschränkte die Arme. Auf irgendeine Art fühlte sich das an, als sei er in diese Szene aus seinem Drehbuch gerutscht, in dem Nick Jameson im Hinterzimmer eines Chicagoer Clubs von feindlichen Agenten verhört wurde. »Weißt du denn etwas darüber?«, fragte er.

Cecily lächelte. »Eigentlich bin ich es, die hier die Fragen stellt. Schließlich wollt ihr Kari bald wiederfinden, oder?«

»Unwahrscheinlich, dass ausgerechnet du uns dabei helfen kannst.«

Es wirkte fast wie ein anerkennender Blick, was Cecily ihm zuwarf. Anerkennung wofür? Dass er nicht brav und eingeschüchtert »Ja klar« gesagt hatte? »Wer weiß. Noch einen Kakao?«

Kakao war uncool. Was für Kinder. Und das ging gar nicht.

»Kaffee«, sagte John. Das kam lässig rüber und hatte nur den Nachteil, dass er die bittere Brühe nachher auch trinken musste.

»Hoffentlich hilft dir der beim Nachdenken.« Cecily senkte die

Stimme, bis sie nur noch ein Hauch war, und John war sich sehr dessen bewusst, dass sie keine Handlänge voneinander entfernt gegen die Küchenplatte lehnten. Ihr Körper hatte die Kurven an genau den richtigen Stellen, aber das zählte nicht, das war bei anderen Mädchen in seiner Klasse nicht anders. Doch keine brachte seinen Herzschlag so aus dem Takt.

Ihre Mutter kam herein und sofort lächelte Cecily wieder, ihre Stimme klang fröhlich-fürsorglich wie zuvor. »Oh Susanna, du Arme, wie fühlst du dich? Soll ich noch mal bei Ragnar anrufen, ob es was Neues gibt? Vielleicht hat jemand Kari als Anhalterin mitgenommen oder so was ...«

»Nein, nein, Kari ist im Gegensatz zu mir noch nie als Anhalterin gefahren, das würde sie nicht machen«, versicherte Susanna, wischte sich ziellos übers fleckige, geschwollene Gesicht und ließ sich noch einen Kaffee einschenken. Cecily begleitete sie ins Wohnzimmer, ohne John weiter zu beachten.

Dafür huschte jetzt Alice am Kühlschrank vorbei und schob die Tür zu. »Also echt, die hat Mam und deinen Vater ja schon dermaßen um den Finger gewickelt – was will die von uns?«

»Wieso? Sie ist einfach nett«, behauptete John, obwohl ihm das seltsame Gespräch eben noch im Ohr klang.

Alice schaute sich zweimal um, dann näherte sie ihre Lippen seinem Ohr.

»Ich finde sie unheimlich«, hauchte sie.

»Du bildest dir was ein. Weiblicher Verfolgungswahn oder so.« Ärgerlich riss John eine Packung Kekse auf, nahm sich zwei und drängte sich an seiner Patchworkschwester vorbei ins Wohnzimmer.

»Macho-Arschloch!«, zischte sie ihm hinterher, doch es war völlig unter seiner Würde, auf so einen Mist zu reagieren.

***

Als die Kutsche hielt und sie ausstiegen, sah Kari, dass sie bei einem anderen Geysir zu sein schienen ... doch hier hatten sich keine Zuschauer eingefunden, sie waren allein.

»Das ist der Drekihöfud«, erklärte der Berater, was in Karis Ohren nach dreckigen Hufen klang, aber anscheinend Drachenkopf bedeutete. »Er bricht fast exakt alle zwölf Stunden aus.« Erst jetzt bemerkte sie eine Art primitiver Armbanduhr an seinem Handgelenk, vielleicht hatten die Bewohner von Isslar die aus der »Draußenwelt« kopiert.

Was war das eigentlich für eine Holzkonstruktion um den Geysir herum? Von einer Art Turm mit Schwenkarm hing ein Metallkäfig herab, den man anscheinend auf- und niederbewegen konnte.

Mit einem zufriedenen Lächeln musterte Gabrissa die Anlage. »Sieht so aus, als wäre alles bereit für den nächsten Einsatz, nicht wahr?«

»Ja, so sieht es aus.« Kjell hob die Hand und ihr Kutscher verließ seine Position und kletterte stattdessen auf den Holzturm. Er schwenkte den Metallkäfig über den Schlund des Geysirs und ließ die ganze Konstruktion an einer Winde ein Stück herab. Dann brachte er das Ganze wieder in die ursprüngliche Position.

Kari ahnte, wozu das diente, doch im ersten Moment wollte sie es nicht glauben. *Nein, nein, das kann nicht sein, du hast zu viele Horrorfilme gesehen!* »Wozu ist dieser Käfig? Was kommt da hinein?«

»Nicht was, sondern wer. Landesverräter – sie landen erst im Kerker und dann werden sie hier dem Geysir gegeben«, berichtete Kjell Sigurdson und machte es sich ächzend auf einem Felsen bequem.

Es würgte Kari in der Kehle. Mit letzter Hoffnung fragte sie: »Aber das ist irre heißes Wasser ... kann man so was überleben?«

Kjell hob die Augenbrauen, wahrscheinlich hielt er sie für furchtbar naiv. »Natürlich nicht, das ist der Sinn der Sache. Und ihre Familie bekommt die rote Schneeflocke an die Tür, damit jeder weiß, welcher Abschaum dort wohnt.«

Der letzte Rest von Karis Sympathie für ihn verflüchtigte sich. Da sie für Gabrissa nie welche gehabt hatte, steigerte sich einfach nur ihre Abscheu. »Habt ihr noch mehr solcher Geysire, die ... sagen wir mal ... keinen Segen spenden?«

»Ja, einen.« Kjell wirkte sehr ernst. »Der Svartur bringt Unglück, es ist verboten, sich ihm zu nähern. Vor langer Zeit soll die kleine Tochter der Göttin Elin hineingestürzt und gestorben sein, seither ist das Wasser schwarz und die Gischt grau.«

Schließlich war Gabrissa bereit für die Rückfahrt. Nach der Ankunft begab sie sich ohne Abschied, ohne einen letzten Blick auf ihre Begleiter, in ihre Gemächer. Kjell nickte Kari immerhin zu. »Ach, jetzt würde ich mich so gerne in einen unserer heißen Badeteiche begeben, aber ich fürchte, die Pflicht ruft!« Er seufzte. »Wenn Ihr irgendein Anliegen habt oder irgendetwas braucht, kommt einfach zu mir, ich helfe Euch gerne.«

Oh ja, ich hätte gerne die Formel für das Grüne Tor, wenn es nicht zu viele Umstände macht!, ging es Kari durch den Kopf.

Er watschelte davon und Kari blieb allein zurück, im Kopf scheußliche Visionen davon, wie der Drachenkopf-Geysir in Aktion trat.

Noch schaffte sie es alleine nicht zurück zu ihrem Quartier, doch Bjarni holte sie ab und führte sie durch das Gewirr der Gassen. Anscheinend spürte er, dass etwas nicht stimmte, denn er warf ihr fragende Seitenblicke zu.

Der Junge war seit gestern schon viel zutraulicher geworden, anscheinend mochte er sie. Wenigstens er schien nicht zu wissen, was diese Cecily für eine Aufgabe hatte. *Ich muss noch einmal versuchen, ihn auszuhorchen, ich muss herausfinden, worum es hier eigentlich geht!* »Bitte, Bjarni, du musst mir antworten. Wieso ist Maéva für die Fürstin tot nützlicher als lebendig? Ich kapiere das nicht!«

Erschrocken sah der Junge sie an, doch diesmal überwand er seine Furcht nach einer Weile. »Du wirst nie jemandem sagen, dass ich dir das erzählt habe?«

»Großes Indianerehrenwort!«

»Was sind Indianer?«

»Egal. Auf jeden Fall verspreche ich es.« Kari versuchte nicht, zu verbergen, wie beunruhigt sie war. »Bitte, Bjarni!«

Ihr Diener blickte sich um, öffnete sogar die Tür und überprüfte, dass niemand davorstand und lauschte. Dann setzte er sich neben Kari, so nah, dass sie sich beinahe berührten, und begann leise zu sprechen.

Elfenkaffee

Bjarni flüsterte: »Wenn eine Magierin einfach so stirbt, wird sie zu einem Silberfalken.«

Karis Atem ging schnell und ungleichmäßig. *Das ist es also! Ja, der Falke hat mich von Anfang an beobachtet, mich und alles andere. Ich habe gleich gewusst, dass er besonders ist.*

»Der Falke ist noch immer so klug, wie die Magierin zuvor es war, und hat ihre Erinnerungen, aber keine Gefühle mehr. Er dient nur noch und begeht keinen Verrat. Irgendwann, wenn er alt ist, fliegt er fort und die Fürstin braucht einen neuen. Bald ist es so weit, denken alle.«

»Und was passiert, wenn ein Magier nicht von selbst stirbt, sondern *umgebracht* wird?« Kari sprach so leise, dass er sie gerade noch verstand.

»Dann entsteht ein Silbergeier.« Sie spürte Bjarnis Atem an ihrem Ohr. »Er hat nur noch die Gefühle des Magiers und ist meistens bösartig, weil er Rache will für seinen Tod.«

Nun brachte Kari erst recht keinen Bissen mehr herunter. »Bring mich zum Fossvegur«, bat sie ihn. »Dorthin, wo Maéva wohnt.«

»Was willst du dort tun?« Jetzt sah Bjarni wieder völlig verschreckt aus.

»Ich weiß noch nicht. Aber ich muss dorthin!«

»Na gut«, sagte Bjarni und sie hasteten durch die Gassen, ihr Diener immer zwei Schritte voraus. Es war nicht weit bis zum Fossvegur, nach wenigen Minuten waren sie da. Kari hatte das Gefühl, dass die Luft kaum noch durch ihre Kehle passte. Sie hatte geahnt, was sie sehen würde, und sie hatte richtig geraten.

Auf der Tür von Maévas Wohnung hatte jemand eine rote Schneeflocke befestigt.

Kari winkte Bjarni, ihr zu folgen, und rasch zogen sie sich in eine Querstraße zurück, in der sie niemand überraschen konnte, der aus diesem Haus herauskam. Ihre weichen, gefütterten Lederstiefel machten kaum ein Geräusch auf den Pflastersteinen.

»Sieht die Fürstin in ihr eine Landesverräterin?«, fragte Kari leise. »Was hat sie getan?«

»Nichts.« Bjarni klang bedrückt. »Aber ihr Bruder Haakon hat mit ein paar anderen Leuten versucht, eine Rebellion gegen die Fürstenfamilie anzuführen, um sie zu stürzen. Damit in Isslar mehr Gerechtigkeit und weniger Angst herrscht. Sobald Maéva ein Silberfalke ist und keine Gefühle mehr hat, kann die Fürstin Maévas Bruder dem Geysir geben.«

Langsam fügten sich die Puzzleteilchen zusammen, und das Bild, das dabei herauskam, gefiel Kari kein bisschen, weil sie mitten darin steckte. Wenn die todkranke Fürstin starb, brauchte eine nicht allzu helle, eitle Nachfolgerin wie Gabrissa jede Menge guter Berater, um regieren zu können. Besonders wenn Isslar in nächster Zeit bedroht wurde, und das war anscheinend der Fall, einerseits durch Rebellionen und andererseits durch die Eisdrachen. Kjell schien als Berater ganz okay zu sein, aber er wirkte alt und bequem, niemand, den man an seiner Seite haben wollte, wenn es ernst wurde.

Sie schwiegen beide, als sie zurückgingen zu Karis Unterkunft. »Ich hole dir Essen«, sagte Bjarni und brachte ihr aus den Küchen der Burg ein Stück gebratenes Lamm, das köstlich duftete. Doch ihr Magen verweigerte den Dienst. Jedes Mal, wenn sie im Geist den Käfig über dem Geysir vor sich sah, verging ihr der Appetit.

Außerdem brauchte sie Zeit und Ruhe zum Nachdenken. Diese Welt war so fremd, sie wusste so vieles nicht und hatte das Gefühl, auf einem Drahtseil zu balancieren – rechts und links von ihr wartete der Abgrund auf sie. *Und selbst wenn ich nicht abstürze, schneidet vielleicht einfach jemand das Seil durch. Kann ich überhaupt etwas richtig machen in dieser Situation? Nein! Ich muss einfach hier weg, so schnell wie möglich!*

Schließlich konnte Kari nicht anders, sie stellte ihr Essgeschirr beiseite und nahm sich das alte Buch vor. Zum Glück war es in ganz normaler Schrift verfasst, sie konnte es problemlos lesen. Eigentlich ein Wunder, dass sie die Sprache von Isslar verstand, immer wieder staunte Kari darüber. Als sie mit Staunen fertig war, vertiefte sie sich in die Beschreibungen der Pflanzen. Sie brauchte etwas, das sowohl giftig als auch selten war, damit die Elfen möglichst lange brauchten, um es zu finden. Zum Glück gab es solche Gewächse in Isslar, wie es schien ...

Rumpelnde Geräusche ließen Kari aufhorchen. *Oh nein, sind das wieder mal Trolle, die die Innenstadt aufmischen?* Doch als sie Bjarnis verlegenen Blick sah, begriff sie, dass die Geräusche aus seinen Eingeweiden kamen. Ihr Diener betrachtete das Fleisch gierig. »Isst du das nicht mehr?«

Als Kari den Kopf schüttelte – wieso hatte sie nicht gleich daran gedacht, es ihm anzubieten? –, brachte er aus einer Brusttasche seiner Uniform eine Gabel zum Vorschein. Blitzschnell spießte er das Stück Lamm auf und verschlang es mit wenigen Bissen. Danach blickte er schuldbewusst drein. »Oh, das war lecker! Aber eigentlich hätte ich meinen Geschwistern was davon mitbringen müssen.«

»Wie viele Geschwister hast du denn?«

»Vier. Ich bin der Älteste.« Bjarni straffte stolz die Schultern. »Ich habe die beste Arbeit und bringe jede Woche zehn Flokar heim. Einen davon darf ich behalten.« Er zog eine der sechseckigen Kupfermünzen aus der Tasche und zeigte sie ihr.

Kari beschloss auf der Stelle, die große Sponsorin dieser Familie zu werden. Aber erst musste sie ein paar Tage Zeit gewinnen. Eine tote Sponsorin würde Bjarnis Geschwistern nichts nützen. Sie brauchte diese Giftpflanzen, sonst bekamen die Fürstin und ihre Tochter spitz, dass sie nicht vorhatte, ihren Auftrag zu erfüllen. »Kannst du mir erklären, wie man Elfen beauftragt, Bjarni?«

Er blickte sie an, als versuche sie, ihn für dumm zu verkaufen. »Man sagt ihnen einfach, was man will. Manchmal machen sie es sogar.«

»Aber wo findet man sie?«, hakte Kari ein bisschen verzweifelt nach.

»Ach, das ist kein Problem. Sie sind eigentlich überall.«

Kari stöhnte.

»Bist du krank? Soll ich dir ein paar Heilkräuter vom Medikus holen?«, fragte Bjarni mitfühlend.

»Nein«, sagte Kari, klappte das Buch zu, klemmte es sich unter den Arm und stand auf. »Wir gehen jetzt Elfen suchen. Oder irgendwelche anderen Leute aus dem *huldufólk.«* Das verborgene Volk. Sie hatte in einem Reiseführer gelesen, dass die nichtmenschlichen Wesen, die angeblich Island bevölkerten, so genannt wurden. Offenbar ahnte niemand, dass sie die meiste Zeit in *Isslar* herumhingen.

Bjarni führte sie aus der Stadt heraus, am Seeufer entlang und dann kreuz und quer durch die Hügel, wobei er ständig vor sich hin pfiff – »sie mögen Musik, meine ist allerdings nicht sehr gut« – und sich vor jedem zweiten größeren Stein verbeugte: »Manchmal haben sie Lust, dir zu erscheinen, und manchmal nicht.«

Kari fiel der Felsklotz ein, der im Talkessel gelegen hatte, wo sie die Leute aus Isslar zum ersten Mal getroffen hatte. »Beim Grünen Tor ist auch so eine Elfenbehausung, oder?«

Doch das war die falsche Bemerkung gewesen, Bjarni zuckte zusammen. »Wir reden nicht über die Tore!«

»Schon gut, ich höre auf.« Kari vergrub die Hände in den Taschen ihrer Allwetterjacke und versuchte, ihre Enttäuschung nicht zu deutlich zu zeigen. Vielleicht konnte sie den Weg selbst finden, wenn sie ein Pferd hatte? Sie würde die Fürstin um eins bitten. Aber was nützte es, wenn sie das Tor fand, jedoch die Beschwörung nicht wusste, mit der man hindurchkam? Vielleicht wussten die Elfen die Formel, vielleicht konnte Kari sie als Verbündete gewinnen.

Inzwischen war es wieder Abend geworden, doch es war noch längst nicht dunkel. Als die drei zierlichen Gestalten hinter einem Felsen hervortraten, sah Kari sie deutlich. Auf den ersten Blick wirkten sie menschlich, sie trugen ganz gewöhnliche Kleider oder Hosen, doch sie gingen Kari nur bis zur Hüfte und ihre Bewegungen waren tänzerisch, fast schwebend. Kari verbeugte sich vor ihnen und das fanden sie offenbar sehr witzig, sie verbeugten sich eifrig und übertrieben zurück, zwei von ihnen kicherten hoch und flötend.

»Wen hast du denn da mitgebracht, Bjarni, sie ist groß wie ein Klotz, das ist sie!«

»Oh, danke«, gab Kari zurück – so direkt hatte sie lange niemand mehr auf ihre Figur angesprochen! »Ich komme aus der Draußenwelt und bin hier nur zu Gast.«

Aufgeregtes Flüstern war die Folge.

»Wir waren gestern erst dort«, erzählte die Elfe und hob ihr schmales Handgelenk. Daran baumelte eine schwere goldene Rolex, die viel zu groß dafür war. »Schaut, schaut alle, das hat jemand verloren! Es glänzt so schön.«

Verloren, dass ich nicht lache, dachte Kari, doch das war nicht der Grund, warum ihr Herz auf einmal losraste wie verrückt. »Seid ihr durchs Tor gegangen? Kennt ihr die Beschwörung, die man dafür sprechen muss?«

»Tor!«, rief eine andere Elfe verächtlich, sie hatte Augen von der silbrig grauen Farbe des Mondlichts und hatte sich einen Grashalm hinters Ohr gesteckt. »Sie weiß es nicht! Fiii, nein, wozu brauchen wir denn die Tore?«

»Sie können einfach so zwischen den Welten wechseln«, informierte sie Bjarni.

Kari schöpfte Hoffnung. Wenn diese Wesen kein Tor brauchten, einfach so rüberkonnten ... dann konnte sie ihnen vielleicht eine Nachricht an ihre Familie mitgeben! Aber das war brandgefährlich, eine solche Botschaft konnte sie auffliegen lassen, erst musste sie sie besser kennenlernen.

»Das braune Wasser der Menschen schmeckt so gut«, seufzte der dritte Felsenbewohner, ein Elf. »Manchmal werfen sie Blütenkelche weg, in denen noch etwas drin ist!«

Nach einer Weile hatte sich Kari zusammengereimt, wovon die Rede war. Anscheinend schlürften die Elfen gerne Kaffeereste aus weggeworfenen Bechern von Touristen.

Kari hatte einen Geistesblitz. Sie holte die halbe Tafel Schokolade aus ihrer Jackentasche, brach ein paar Stücke ab und teilte sie aus. »Kennt ihr schon das hier?«

»Köstlich!«, schwärmte die Elfe mit der Rolex. »Ist das Ambrosia?«

»Nein, Vollmilch-Nuss.«

»Fiii, hast du noch mehr davon?« Die Elfe mit den Mondaugen strahlte Kari an und legte verschmitzt den Kopf schief. Sie kletterte auf den Felsen und vollführte einen spontanen Tanz, der aussah, als wäre die Schwerkraft vorübergehend abgeschafft.

»Später«, sagte Kari und nibbelte an ihrem eigenen Schokostück. Sie hätte sich zu gerne eine ganze Rippe gegönnt, aber wertvolle Tauschware durfte man nicht als Trostfutter missbrauchen. Und der nächste Supermarkt war verdammt weit weg.

»Könnt ihr für uns etwas erledigen?« Bjarni schob eine kleine Hand weg, die ihm seine Münze aus der Hosentasche klauen wollte. »Wir brauchen ein paar besondere Kräuter.«

Niemand hörte zu. Der Elfenmann und die Elfe mit der Rolex zogen sich gerade fauchend wie Katzen an den Haaren, anscheinend wegen der unterschiedlichen Anzahl der Nüsse in den Schokostücken.

»Mal langsam, Leute«, meinte Kari. »Regt euch ab, ja? Ich brauche eure Hilfe, könnt ihr etwas für mich finden?«

»Wir können alles finden, sogar das Glück und einen Regenbogen«, brüstete sich die dritte Elfe, die ihren Tanz beendet hatte und nun mit elegant gekreuzten Beinen auf dem Stein saß.

Kari seufzte. »Na dann schaut mal.« Kurzerhand schob sie der Elfe das aufgeschlagene Buch unter die Nase und zeigte ihr die Bilder. »Das brauchen wir und das und das.«

Ihre Gesprächspartnerin betrachtete die Bilder und zog das Näschen kraus. »Langweilig!«

»Es gibt noch mehr Schokolade, wenn ihr es mir bringt.«

»Fiii, wir bringen dir alles, bald sind wir wieder da!« Schon huschten die drei davon, barfuß und auf Zehenspitzen über die rauen Lavabrocken hinweg, zwischen denen hier und da etwas Grün spross.

Bald? Bloß nicht, schließlich ging es darum, Zeit zu gewinnen!

»Es ist nicht eilig, kein Stress ... und wenn ihr ein bisschen Glück entdeckt, dann bringt es bitte auch mit!«, rief Kari ihnen hinterher, doch die Elfen waren schon verschwunden.

»Gut, dass wir diese drei gefunden haben, die sind ganz nett«, erklärte Bjarni ihr auf dem Rückweg. »Die mit der Uhr heißt Sija, die andere war Tuli – sie tanzt unheimlich gerne – und der Elf wird Palo genannt. Auch gut, dass du nicht elfenscheu bist, so wie meine Mutter, sie meidet das *huldufólk,* als wäre es flüssige Lava! So, gehen wir zurück? Ich muss heim.«

Kari zögerte. Es war so schön hier oberhalb der Stadt, das letzte Sonnenlicht glänzte auf dem See und auf den Dächern von Khyona, selbst die Schwarze Burg mitten in der Oberstadt sah hübsch aus von hier. Die Luft war kühl, aber unglaublich rein und schmeckte frischer als Quellwasser. Über Kari wölbte sich der

Himmel, in dem schon die ersten Sterne aufblinkten. »Ich glaube, ich bleibe noch ein bisschen hier. Diesmal finde ich allein zurück.«

»Bist du sicher?«

»Falls ich mich verirre, frage ich einfach jemanden nach dem Weg. Jorunnsgata 62, oder?« Sie umarmte ihn kurz, was ihn etwas erschreckte, und schaffte es dabei, ihm eine ihrer Silbermünzen in die Tasche zu schmuggeln.

»Genau – aber frag keinen Gnom, der schickt dich in die falsche Richtung.« Bjarni drückte sie ebenfalls, dann trat er einen Schritt zurück und legte als Abschiedsgruß die Hände mit gespreizten Fingern übereinander, das Zeichen der Schneeflocke. Kari beobachtete, wie er halb rennend, halb springend den Hügel hinablief.

Endlich allein!

Kari atmete tief und schloss die Augen. *Wenn ich sie wieder aufmache, bin ich wieder in meiner Welt,* sagte sie sich, versprach es sich ganz fest. *Dann ist dieser seltsame Traum vorbei und ich muss nie wieder daran denken, dass ich so einen Mist zusammenfantasiert habe.*

Doch als sie die Lider hob, fiel ihr erster Blick auf die Burg, die in der Oberstadt kauerte wie ein buckliges Tier. Das hier war eindeutig kein Albtraum, auch wenn es sich so anfühlte! Das Heimweh zerrte an ihr, versuchte, ihr Herz in Fetzen zu reißen. *Was Alice und Mam wohl gerade machen? Haben sie diesen See schon gesehen, sind sie weitergefahren ins Ferienhaus? Sucht mich die Polizei?*

Eine Bewegung im Halbdunkel ließ sie erstarren.

Da war jemand! Dort vorne, in der kleinen Senke. Eine Gestalt, nein, zwei, eine große, anscheinend menschliche, und an ihrer Seite eine deutlich kleinere, die sich geschmeidig bewegte. Unwillkürlich hielt Kari den Atem an, versuchte, mit der Dunkelheit zu verschmelzen. Wer war das? War sie in Gefahr?

Wahrscheinlich werde ich das sehr bald herausfinden, dachte Kari grimmig.

Gefühle

Das Licht des Mondes hätte Kari verraten können, es war so hell, dass der oder die Fremde sogar einen Schatten warf. Doch durch einen glücklichen Zufall saß sie neben einem Felsen, wahrscheinlich verdeckte er ihre Gestalt. Der Wind stand ebenfalls günstig, er würde ihre Witterung nicht verraten.

Kari strengte ihre Augen an. Sie tippte darauf, dass es ein Mann war, seinen Bewegungen nach jung. Anscheinend war es irgendein Tier, das ihn begleitete. War der Typ ein Spion? War es seine Aufgabe, sie im Auge zu behalten? Wusste er, dass sie hier war, oder hatte er einen Spürhund auf ihre Fährte angesetzt, um sie zu finden?

Aber Moment mal, was machten die beiden jetzt? Es sah so aus, als würde der Mann hinter dem Tier herrennen. Es rettete sich hinter einen Felsen und lugte dahinter hervor. Mit einem Sprung versuchte der Mann, das Vieh zu erwischen, doch es tänzelte einfach um den Felsen herum. Attacke von der anderen Seite, wieder wich das Tier mit der spitzen Schnauze und dem buschigen Schwanz aus. Wenn es ein Spürhund war, dann einer, der überhaupt keine Lust auf seinen Job hatte!

Nun tat der Mann so, als würde er gleichgültig weggehen. Blitzschnell huschte das Tier – Kari war inzwischen sicher, dass es ein Polarfuchs war – aus der Deckung und zwickte den Fremden ins Hosenbein. Der Mann wirbelte herum, und es gelang ihm beinahe, den Fuchs zu packen, doch der hüpfte übermütig hin und her und drehte sich mit zurückgekniffenen Ohren wie ein Kreisel.

Die spielen, stellte Kari fest und musste lächeln.

Während ihres Herumtobens kamen die beiden immer näher, verdammt, wenn sie so weitermachten, würden sie bald bemerken, dass sie beobachtet wurden! Alarmiert schob sich Kari tiefer in den Schatten des Felsens ... und plötzlich fiel das Mondlicht auf das Gesicht des Mannes. Eine Art Stromstoß durchfuhr Kari. *Das ist Andrik! Aber wie kann das sein?*

Auf einen Schlag wurde ihr klar, dass die Gerüchte über ihn nicht stimmen konnten. Jemand, der so übermütig spielte, musste Gefühle haben, und gerade hatte sie ein Lächeln auf seinem Gesicht gesehen. Vielleicht fühlte er sogar jede Menge ... doch er war verdammt gut darin, es sich nicht anmerken zu lassen.

Kari wusste, dass sie dieses Lächeln nicht so schnell vergessen würde. Was hatte dieser Kerl an sich, dass sie ihn nicht aus dem Kopf bekam? Er war ihr unheimlich, immerhin war er der mächtigste Magier von Isslar, aber irgendwie gefiel er ihr auch. *Was wäre, wenn er mich gleich entdeckt? Vielleicht wäre das gar nicht so schlecht. Dann erfährt er, wie ich heiße, und es wäre eine Gelegenheit, mehr über ihn herauszubekommen ... und wenn er wieder so wortkarg ist, frage ich ihn einfach über seinen Fuchs aus ...*

Aufregung durchströmte Kari, sie spürte, wie sich ihre Muskeln anspannten. Ungeduldig wartete sie. Gleich ... gleich ... die beiden waren wirklich nah. Hatte der Fuchs mit dem schwarz-silbrigen Fell sie bemerkt? Er hob den Kopf und lauschte. Doch dann wanderten er und sein menschlicher Freund in eine andere Richtung davon. *Schade,* dachte Kari. *Selbst schuld, du blöde Kuh – wieso bist du nicht einfach aufgestanden und hast die beiden begrüßt? Du bist doch sonst nicht so feige!*

Als beide außer Sicht waren, machte sie sich enttäuscht auf den Rückweg.

In ihrem Zimmer roch es nach Wolldecken, trockener Erde und dem Brotkanten auf dem obersten Regalbrett. Als Kari die Tür hinter sich schloss, wäre sie beinahe auf eine Karte getreten, die anscheinend jemand unter der Tür durchgeschoben hatte. Sie bestand aus dickem sahnefarbenem Papier mit rötlichen Grashalmen darin.

Cecily Thalim,
Eure Anwesenheit ist erwünscht
auf dem Herbstball zu Ehren der Fürstentochter Gabrissa.
Zweiter Tag des Vollmondes, erste Nachtstunde.
Festliche Garderobe wird erwartet.

Auf den unteren Rand der Karte hatte jemand gekritzelt: *Maéva wird auch da sein. Denkt an Euren Auftrag!*

Mit der Karte in der Hand ließ sie sich auf ihr Bett sinken, die Stickerei auf der Tagesdecke fühlte sich steif und kratzig an. Als Kari in sich hineinlauschte, konnte sie ihr Herz klopfen hören, laut und drängend. *Ich könnte so tun, als würde ich den Ort auskundschaften, wo der Ball stattfindet. Vielleicht finde ich wirklich eine Gelegenheit, die einen Unfall wahrscheinlicher macht. Unfälle passieren, so ist das nun mal. Dafür gibt's ja bei uns all diese bescheuerten Brandschutzbestimmungen und so weiter.*

Auf ihrem Arm hatte sich eine Gänsehaut gebildet, doch ihre Gedanken flossen weiter und diesmal versuchte sie nicht, sie aufzuhalten. *Wenn Maéva wegen mir verunglückt ... in meiner Welt wird nie jemand davon erfahren. Niemand wird mich verurteilen, ich komme nicht ins Gefängnis, ich kann einfach nur weiterleben wie vorher ...*

Es war furchtbar, auch nur darüber nachzudenken. Sie war keine verdammte Assassinin, sie konnte nicht mal Blut sehen, davon wurde ihr schlecht!

Eine Hand packt meinen Arm, jemand brüllt mich an. Blaulicht flackert über die Hauswand. Blut überall, so viel Blut.

Ja, stimmt, irgendwann mal hatte sie ziemlich viel Blut gesehen, aber wann war das passiert? Was war damals geschehen? Die Erinnerung fühlte sich glitschig an wie ein Fisch, den sie mit der Hand zu packen versuchte. Kari schloss die Augen, versuchte in sich hineinzuhorchen.

Burg.

Das Wort war plötzlich da, verknüpft mit diesen eigenartigen Bildern. Beides gehörte zusammen. Burg, was für eine Burg? War sie schon einmal in Khyona gewesen? Nein, das konnte nicht sein, daran hätte sie sich doch erinnern müssen!

Auch in dieser Nacht fiel es ihr furchtbar schwer, einzuschlafen.

***

»So, gerade eben habe ich einen Aufruf mit ihrem Foto gepostet«, sagte Cecily in die hoffnungsvollen Gesichter auf dem Sofa. »Wenn meine isländischen Kontakte das fleißig teilen, hält bald das halbe Land Ausschau.«

Eins war klar, dieses kleine Miststück namens Kari Schneider hatte tatsächlich die Unverschämtheit besessen, an ihrer Stelle das Tor zu durchqueren! Das war bitter – und dabei war sie nur eine halbe Stunde zu spät gekommen wegen dieses blöden Staus bei Reykjavík! Sie musste ihre Abholer ganz knapp verpasst haben.

»Das ist superlieb von dir.« Karis Mutter rang sich ein Lächeln ab. »Du hast bestimmt auch dazugeschrieben, in welcher Gegend wir sie zuletzt gesehen haben, oder?«

»Ja, klar, hab ich. Und was sie anhatte und so weiter, das volle Programm.«

Hatte Kari gewusst, dass hier ein Tor war, und wenn ja, woher? Oder hatte sie einfach nur die Gelegenheit beim Schopf ergriffen? Ebenso klar war, der Junge wusste etwas darüber. Er verheimlichte ihr etwas, so etwas konnte sie wittern. *Lange werde ich nicht brauchen, bis ich ihn geknackt habe. Diese Coolness, die er so weit raushängen lässt, ist aufgesetzt und sein Ego vermutlich so solide wie eine Sandburg. Ich wette, seine Nerven sind eher Bindfäden als Drahtseile.*

Schon begann sie darüber nachzudenken, wie sie ihn unter Druck setzen konnte. Hebel gab es reichlich und der einfachste war seine Familie ... aber dafür musste sie in der Nähe bleiben. Das würde sicher kein Problem sein, diese Leute waren so vertrauensselig wie Angorakaninchen.

Inzwischen war es draußen dunkel geworden. Zurück im Wohnzimmer, wo Karis Eltern saßen und sich leise unterhielten, stieß Cecily einen tiefen Seufzer aus. »So, ich glaube, ich werde mich langsam auf den Weg machen ... wird nicht leicht sein, im Dunkeln meine Ferienwohnung zu finden ...«

»Ach, das schaffst du schon«, sagte Karis jüngere Schwester, eine unverschämte Kröte namens Alice.

»Ja, bestimmt.« Cecily lächelte sie an. »Der Motor meines Mietwagens wird bestimmt auch durchhalten. Auf dem Hinweg hat er ein bisschen gestottert, aber ich wette, das ist nichts Schlimmes.«

»Das klingt aber nicht gut«, sagte Thorsten, der, soweit sie kapiert hatte, Karis Stiefvater war. »Es hätte gerade noch gefehlt, dass du nachts an irgendeiner einsamen Straße strandest. Reicht wirklich, dass *ein* Mädchen vermisst wird!«

»Ich kann zwar ganz gut Dinge reparieren, aber ich fürchte, von Autos verstehe ich nicht übermäßig viel«, entschuldigte sich Susanna.

Jetzt mischte sich der Junge ein, John. Der Arme konnte kaum die Augen von ihr lassen. »Eine Autowerkstatt gibt's hier garantiert im Umkreis von hundert Kilometern keine, oder?«

»Stimmt, ich müsste nach Reykjavík zurückfahren, aber das wird schwierig mit einer Unterkunft dort. In dieser Jahreszeit ist meist alles ausgebucht.« Cecily setzte ein tapferes, leicht unsicheres Lächeln auf, nahm ihren Rucksack und machte sich bereit zum Gehen. *Fünf, vier, drei, zwei ...*

»Wie wäre es, wenn du heute Abend erst mal hierbleibst?« Karis Mutter Susanna schenkte ihr einen erschöpften Blick. »Wir haben hier reichlich Platz, wäre es okay für dich, wenn du die Couch nimmst?«

Na also. Geht doch.

»Das wäre großartig, danke! Sehr großzügig von Ihnen! Dann kann ich euch auch gleich Bescheid geben, wenn jemand auf mein Posting reagiert. Morgen fahre ich dann zurück, lasse das Auto durchsehen und kann anschließend weiter.«

Cecily holte ihr Gepäck aus dem Subaru und ging ins Bad der Ferienwohnung, um den Teil ihrer Ausrüstung zu überprüfen, den sie demnächst einsetzen würde. Nachdenklich klappte sie ihr zusätzliches, besonderes Schminkset auf. Welche Substanz daraus eignete sich für diese Situation? Das Rizin, das sie im Griff der Wimperntusche untergebracht hatte? Nein, ihre Eltern hatten gesagt, sie sollte sparsam damit sein, es war schwer zu bekommen in letzter Zeit. Das Maitotoxin, mit dem sie das Rouge angereichert hatte? Nein, sie hatte nichts davon, wenn hier jemand mit Herzkasper zusammenbrach, sie brauchte etwas, das langsamer wirkte. Mit dem Fingernagel strich Cecily über das, was wie grauer Lidschatten wirkte. *Ja, genau, ein bisschen Arsen, das ist hier genau richtig. Schmeckt man im Kaffee nicht.*

Das edel wirkende Kunststofffläschchen mit dem Parfüm, das auch zum Schminkset gehörte, hatte sie zur Sicherheit im Auto gelassen. Ein kleiner ehrfürchtiger Schauer überlief Cecily, als sie daran dachte, wie sie in ihrer vorletzten Schule damit gepunktet hatte. Natürlich hatte diese Schlampe, die sich damals im Lycée Rodin an Jacques – *ihren* Jacques! – herangemacht hatte, nicht widerstehen können, das herumstehende Parfüm auszuprobieren, sie hatte es sich aufs Handgelenk gesprüht und dann an die Halsseiten gerieben. Sehr praktisch war, dass die Schmerzen erst nach Stunden einsetzten, wenn sich die Flusssäure längst in die tieferen Hautschichten durchgeätzt hatte bis runter zum Knochen. *Was für ein tragischer Todesfall, also wirklich. Nur schade, dass ich dann von Jacques nicht mehr viel gehabt habe, weil wir schon eine Woche später nach Buenos Aires umgezogen sind.*

Jemand klopfte an die Tür des Badezimmers. Durch die Milchglasscheibe sah sie, dass es John war.

»Bin gleich fertig!«, flötete Cecily und betätigte die Spülung.

***

Kari gähnte und öffnete die Augen, sie hatte es wohl doch geschafft, einzuschlafen. Die schwarzen Gedanken hielten sich fern, dafür war das Staunen zurück. *Unglaublich, ich habe Elfen kennengelernt! Und genauso unglaublich, ich habe kein Foto von ihnen machen können, verdammte Hühnerkacke!*

Mit etwas mehr Energie als am Tag zuvor kroch Kari aus dem Bett und holte sich heißes Wasser aus dem Kanal neben der Straße, um sich zu waschen. Erste Sonnenstrahlen vergoldeten den Nebel, der aus den Kanälen aufstieg und über der Stadt hing. Bjarni war noch nicht aufgetaucht. *Hey, ich könnte ihn und seine Familie überraschen! Wann, wenn nicht jetzt? Ihm etwas Gutes zu tun, wäre jetzt genau das Richtige für mein ansonsten mieses Karma.*

Ein paar Straßen weiter hatte sie einen Markt entdeckt, und es machte Spaß, dort einkaufen zu gehen. Kari erstand für sich eine Wasserflasche aus Blech und für Bjarnis Eltern einen Korb. Er füllte sich schnell, während sie an den Ständen vorbeischlenderte und sich die zum Teil sehr seltsamen Lebensmittel erklären ließ. Äpfel? Tomaten? Fehlanzeige. Dafür kaufte sie Kartoffeln, beige-braun gefleckte Eier, Räucherfleisch, ein bohnenartiges Zeug namens

Quellkraut, einen Topf voll Skyr – dieser isländische Quark war echt lecker! – und eine große, aus Gräsern geflochtene Tüte mit roten Beeren, die Sigurdperlen hießen. Außerdem Elfensirup, der anscheinend für jeden Menschen anders schmeckte, bei ihr war es Blaubeer-Karamell. Ganz schön teuer! Aber bestimmt der Hit bei Bjarni und seinen Geschwistern. *Ach, wenn Mam und Alice das alles nur sehen und probieren könnten!* Wieder einmal überfiel Kari aus dem Nichts das Heimweh.

Es dauerte ein bisschen, bis sie Bjarnis Adresse in der Unterstadt, außerhalb der Sturmbögen, gefunden hatte. Es war ein zwischen den Nachbargebäuden eingequetschtes Haus aus Treibholz und Grassoden. Zögernd klopfte Kari an, lauschte auf Geräusche von drinnen und freute sich auf die Reaktion von Bjarnis Familie, wenn sie die Geschenke sah.

Langsam und vorsichtig wurde die Tür nach innen geöffnet und ein misstrauisches Kindergesicht schaute heraus. »Wer bist du?«

Gerade noch rechtzeitig dachte Kari an ihren neuen Namen. »Cecily Thalim. Bjarni arbeitet für mich und ich habe euch was mitgebracht.« Sie streckte den Korb vor. »Ist er noch da oder schon losgegangen zu mir?«

Große Tränen liefen über das Gesicht des Mädchens, dann verschwand es ohne ein Wort. Verwirrt blickte Kari ihm hinterher. Das war nicht ganz der Gesichtsausdruck, den sie erwartet hatte!

Wenige Momente später kam eine dünne, abgearbeitete Frau mit strähnigem Haar zur Tür und blickte ihr entgegen, sie wirkte feindselig. Mit einem Lächeln reichte ihr Kari den Korb mit den Lebensmitteln, doch die Frau nahm ihn nicht. Was war denn hier los?

»Habt Ihr die Neuigkeiten verpasst?«, schleuderte Bjarnis Mutter ihr entgegen. »Bjarni kann heute leider nicht zu Euch kommen – und morgen auch nicht und übermorgen ebenso wenig!«

»Aber ... warum?«

»Weil er verhaftet worden ist, darum! Er soll Euch mehr Wissen offenbart haben, als ihm erlaubt war.«

Das traf Kari wie ein Keulenschlag. »Verhaftet? Von den Leuten der Fürstin, der Eiswache?«

»Von wem sonst!« Jetzt liefen auch der Frau die Tränen herunter. »Betet zu Sigurd und Elin, dass er seine Strafe überlebt!« Sie wollte sich schon abwenden, zögerte, nahm den Korb und schloss die Tür dann vor Karis Nase.

Nur einer kann helfen

Wie betäubt starrte Kari auf das graue, rissige Holz der Tür. *Das ist meine Schuld! Ich habe ihn überredet, mir das mit den Silberfalken zu sagen. Aber wie hat die verdammte Fürstin davon erfahren? Wir waren allein, und ich war es definitiv nicht, die ihn denunziert hat!*

Völlig durcheinander und selbst den Tränen nahe, hastete sie zurück zu ihrem Zimmer, wo gerade ein etwa zehnjähriges Mädchen mit verschlossenem Gesicht und Augen wie Kieselsteinen dabei war, ein Feuer im Ofen zu schüren. Ihre neue Dienerin!

»Seid Ihr bereit für das Frühstück, Herrin?«

»Nein, ich muss jetzt zur Burg – stell mir einfach irgendwas hin«, erwiderte Kari hastig. *Ich muss versuchen, ihn freizubekommen! Das alles ist meine Schuld! Wenn Bjarni etwas passiert … nein, das will ich mir nicht vorstellen!*

Zum Glück dauerte es nicht allzu lange, bis sie in die mit edlen Teppichen dekorierten, gut geheizten und ein wenig nach vergorener Milch riechenden Arbeitsräume von Kjell Sigurdson im zweiten Stock der Burg vorgelassen wurde. Er saß nicht hinter seinem Schreibtisch, sondern auf einer Art Sofa daneben und hatte die Füße hochgelegt, während er Schriftstücke durchging. Sah sehr bequem aus, Stress schien für ihn ein Fremdwort zu sein. Er blickte auf, als sie hereinkam.

»Mein Diener … Bjarni … Ihr dürft ihn nicht bestrafen, ich habe ihn dazu angestiftet, mehr zu sagen, als er durfte«, sprudelte Kari hervor, doch Kjells Miene veränderte sich nicht. »Das haben wir uns selbstverständlich schon gedacht, es ändert aber nichts am

Sachverhalt selbst. Strafe muss sein, meine Liebe, sonst ist dieses Reich schneller außer Kontrolle, als Ihr Euch das vorstellen könnt. Aus Gesetzesverstößen Einzelner, die nicht geahndet werden, kann leicht eine gefährliche Rebellion entstehen.«

Hass wallte in Kari auf. *Kein Wunder, bei einer solchen Regierung!,* wollte sie ihm entgegenschleudern, doch schließlich sagte sie nur: »Und was ist der Plan? Ist Bjarni schon verurteilt worden und was bekommt er für eine Strafe?«

Gabrissas Berater legte mit einem leichten Lächeln die Fingerspitzen gegeneinander. »Zwei Stunden auf einem unserer Vulkane, und zwar der Hekla. Das ist sehr milde, mehr eine Warnung, versteht Ihr?«

»Ach so«, gab Kari grimmig zurück. »Kann ich ihn sehen?«

»Leider nein.«

»Ist er schon auf dem Vulkan?«

Kjells Blick wurde kühler. »Keineswegs, so etwas dauert, meine Liebe. Die Eiswache bringt nicht ständig Verurteilte hoch zu einem Krater, sondern nur alle zwei Wochen. Morgen ist es wieder so weit.«

Zum Glück ahnte er nicht, dass sie schon einen Plan hatte – und nicht nur einen. »Ihr habt ja gesagt, dass ich mich mit Anliegen an Euch wenden kann ... ich könnte ein Pferd gebrauchen. Ginge das?«

»Natürlich. Sucht Euch in den Ställen eines aus, ja?«, sagte Kjell und widmete sich wieder seinen Schriftstücken – ein klarer Rauswurf. »Ich lasse Euch ein Kleid für den Ball schicken«, fügte er hinzu, ohne den Kopf zu heben. »Am besten, Ihr kommt übermorgen schon ein paar Stunden vor Beginn des Balls in der Burg vorbei, meine Liebe ... dann könnt Ihr Möglichkeiten für, hm, Unfälle auskundschaften.«

Ich bin nicht deine Liebe, du Drecksack!, ging es Kari durch den Kopf. Spontan entschied sie sich für einen Abschied der besonderen Art. Er war stolz auf seine Kenntnisse ihrer Welt, aber es gab ein paar Begriffe, die er garantiert nicht auf dem Schirm hatte, wenn er nur die 50er-Jahre kennengelernt hatte. Die waren schon ganz schön lange her, wie alt war dieser Kerl eigentlich?

Kari verbeugte sich. »Vielen Dank, ehrenwerter Vollpfosten«, sagte sie respektvoll. »Es war ein epischer Fail, nach Isslar zu kommen und mit Euch zusammenzuarbeiten. Ihr seid wirklich ein Asi.«

Leicht verwirrt blickte Kjell auf, dann entschied er sich für ein Lächeln. »Das freut mich.«

Sie war froh, dass er nur ihren Rücken sah, als sie seine Räume verließ. Ein derart breites Grinsen hätte ihn vielleicht stutzig gemacht.

Ein Diener führte sie zu den Ställen und Koppeln, die ein wenig versteckt hinter der Burg lagen. Kari spürte, wie sich der eiserne Ring, der sich um ihr Herz geschlossen hatte, wieder etwas lockerte, als sie die Herde der Islandpferde musterte. Es gab Braune, Füchse, Rappen, Schimmel und viele andere, auf der Koppel herrschte ein wildes Gewimmel. Schließlich entschied sie sich für eine sahnefarbene, dunkelmähnige Stute, die sie keck und aufmerksam anblickte. »Das ist Skandia«, erklärte ihr der Knecht und packte Karis neuem Reittier den Sattel auf. »Eine ganz Liebe, aber manchmal faul und ziemlich verfressen.«

Haha, das könnte man auch über mich sagen! Kari rang sich ein Lächeln ab und streichelte Skandia die samtige Nase. Die Stute spitzte die Ohren in ihre Richtung und beschnupperte ihre Hand. Als Kari im Sattel saß, folgte Skandia bereitwillig und schwungvoll jeder kleinsten Anweisung, dies hier war kein abgestumpftes Reitschulpferd. Nur war es gerade schwer, sich darüber zu freuen.

Kari ritt durch die Gassen bis zu der Schänke *Zum Blauen Eis,* wo sie den ersten Abend verbracht hatte. *Wenn bei dieser Strafe Vulkane im Spiel sind, kann mir Andrik vielleicht helfen, und der Wirt kennt ihn – er wird mir hoffentlich sagen können, wo ich ihn finde!*

Doch die Schänke war dunkel und verriegelt. Verzweifelt rüttelte Kari am Türgriff, der aus einem blauen, haltbar gemachten Stück Eis angefertigt worden war, und spürte, wie ihr wieder einmal die Tränen kamen – die Zeit war so furchtbar knapp, und sie hatte keine Ahnung, an wen sie sich sonst wenden konnte! War es sinnlos, Bjarni helfen zu wollen?

»Sommerwohl! Wieso versuchst du gerade, meine Tür aus den Angeln zu reißen?« Im zweiten Stock des Hauses war ein Fenster aufgegangen und hindurch lugte der trollartige Wirt. Kalur. Er wirkte verschlafen, blickte aber nicht gereizt, sondern freundlich-spöttisch drein, und schon das tat gut nach den vielen abweisenden Blicken.

»Ich habe eine Frage, es ist wichtig!«, rief Kari nach oben und Momente später wurde ihr die Vordertür geöffnet.

Dunkel und verlassen lag die Schänke vor ihr, in diesem Licht glitzerte die Theke nicht und es roch ein wenig muffig nach Fellen und vergorenen Getränken, die jemand verschüttet hatte.

»Was ist denn los?«, brummte Kalur und gähnte, sodass sie seine beeindruckenden Zähne sah, grau, quadratisch und, oje, teilweise mit einem Überzug aus Moos.

»Tut mir leid, dass ich Euch aufgeweckt habe, aber wisst Ihr, wo Andrik wohnt? Ich muss mit ihm sprechen!« Es kribbelte in ihrem Nacken. Lauschte jemand, der alles an die Fürstin weiterberichtete? Wurde sie gerade beobachtet, vielleicht auf magische Art? Es würde sie garantiert nicht beliebt machen, dass sie versuchte, Kontakt zu Andrik aufzunehmen, dazu sagte er zu offen seine Meinung. Aber das musste sie riskieren, und schließlich brauchte die Fürstin sie noch.

Auch Kalur schien überrascht über ihre Frage, deshalb erklärte Kari rasch: »Mein Diener ist verhaftet worden, sie wollen ihn einem Vulkan geben oder wie auch immer man das hier nennt ... und das, obwohl er noch ein Kind ist!«

Kalur murmelte einen Fluch. Er überlegte, furchte dabei die schweren, weit vorgewölbten Brauen und zupfte an seinem eingekerbten Ohrläppchen. »Andrik wohnt in der Eldurgata 5, aber das wird dir nicht viel helfen. Er hat bestimmt gerade die Stadt verlassen.«

»Wieso denn das? Aber ...« Kari wollte sagen, dass sie ihn gestern Abend noch gesehen hatte, doch es konnte ja sein, dass er heute ganz früh losgeritten war.

»Ganz ruhig – ich glaube, ich weiß, wo er hinwollte.« Kalur musterte sie prüfend. »Manchmal zieht er sich zum Krater Grímsnes zurück, das ist ein Stück weg, aber ich sehe, du hast ein gutes Pferd. Und vielleicht begegnet ihr euch schon auf dem Weg dorthin.«

Kalur zeichnete ihr auf einem schmuddeligen, anscheinend schon oft benutzten Fetzen Papier eine Karte der Gegend auf und markierte darauf den Weg nach Grímsnes. Unsicher nahm Kari die Karte – ihr Ortssinn war okay, aber nicht berühmt, würde sie tatsächlich ankommen? »Ich kenne Trolle, die diesen Ort gefunden haben, und Trolle haben wirklich wenig Hirn«, sagte Kalur, als hätte er ihre Gedanken gespürt.

»Ja, den Eindruck hatte ich irgendwie auch«, sagte Kari und hoffte, dass sie ihn dadurch nicht beleidigte.

»Und vielleicht hat er ja einmal ein Einsehen«, fügte Kalur hinzu, woraus Kari nicht ganz schlau wurde. Warum sollte Andrik es denn nicht einsehen, wenn jemand Hilfe brauchte? War er etwa der Henker von Khyona?

Kann ich irgendwie nicht glauben. Ich muss los, jetzt sofort! Wahrscheinlich leidet Bjarni gerade im Kerker, und morgen ... Nein, ich will nicht an morgen denken!

Sie bedankte sich hastig und ritt wieder los, um für den Ritt die Wasserflasche, ein bisschen Proviant und ihre Taschenlampe zur Abwehr von Trollen einzupacken. Dann schwang Kari sich in den

Sattel und lenkte ihre Stute auf die große Straße, die aus Khyona hinausführte. Skandia schien ihre Aufregung zu spüren, denn sie drängte vorwärts und fiel fast ohne ihr Zutun in einen Tölt.

Es war herrlich, in der offenen Landschaft zu sein und vor allem raus aus Khyona, wo man nie wusste, wer einen gerade beobachtete und wer als Nächstes hingerichtet werden würde. Vor ihr erstreckten sich grüne Täler und Hügel, auf denen kaum eine Straße und kein Haus zu sehen war, nur hier und dort weideten kleine Gruppen von Schafen. Es nieselte ein wenig, doch das hörte nach einer Weile auf.

Tief atmete Kari die klare, saubere Luft ein und genoss es, wieder auf einem Pferderücken zu sein. *Vielleicht schaffe ich es sogar noch, Andrik einzuholen?* Sie legte eine Galoppstrecke ein – wie sie Skandia in den Passgang bringen sollte, wusste sie nicht. Doch nirgendwo war ein einzelner Reiter in Sicht. *Er ist garantiert schneller unterwegs als ich und kennt den Weg in- und auswendig!*

Hin und wieder warf Kari einen Blick auf die Karte, die der Wind ihr aus den Fingern zu reißen versuchte. Kalur hatte wichtige Landmarken wie Flüsse, Berge und Täler eingezeichnet, außerdem ein paar wenige Straßen. Bei jedem Anblick der groben Skizze drohte ihr Mut sie zu verlassen. *Was ist, wenn ich Andrik nicht finde? Oder ich mich hier verirre?*

Unglaublich, wie viele Pferde es hier gab. In der Nähe der Stadt lebten sie auf Koppeln und grasten friedlich, doch als Kari ihre Trinkflasche an einem kleinen Wasserfall füllte, sah sie eine zehnköpfige Herde frei über die Ebene streifen. Neugierig beobachteten sie und Skandia, wie die Pferde vorbeizogen. Zwei junge Hengste bäumten sich auf und bissen spielerisch nach einander, ein Fohlen hielt sich eng bei der Mutter. Die meisten Mitglieder der Herde hatten schwarzes Fell und eine weiße Mähne – es waren sicher Wildpferde. Nur eines der Tiere war ein Schimmel und ein anderes isabellfarben, goldbraunes Fell und blonde Mähne.

Als die Pferde bemerkten, dass Kari sich ihnen nähern wollte, scheuten sie vor ihr zurück und galoppierten davon. *Unzähmbar,* erinnerte sie sich.

Und dann war es so weit. Es war unfassbar, doch sie hatte sich anscheinend nicht verirrt – die Krater, die vor ihr aufragten, mussten die von Grímsnes sein! Sie bestanden aus kahlem rötlichem Gestein, die Erde der ganzen Gegend war rot wie eine offene Wunde, wo kein Gras oder Sträucher sie bedeckten. Die Krater selbst waren nicht sehr hoch, mehr Hügel als Berge, doch ein orangefarbener Widerschein spiegelte sich auf der Wolkendecke über ihnen, und ein Kribbeln durchlief Kari. *Oh Shit, das ist ein aktiver Vulkan, in dem anscheinend Lava brodelt. Womöglich bricht das Ding aus – und will ich dann wirklich in der Nähe sein?* In einer Fernsehdoku hatte sie gesehen, wie solche Eruptionen das Land in weitem Umkreis verwüsten konnten.

Kari zwang sich weiterzureiten. *Eins ist sicher, umkehren werde ich nicht! Andrik wird bestimmt verhindern, dass mir etwas passiert.*

Doch eine Stimme in ihr raunte: *Wirklich? Du kennst ihn doch überhaupt nicht. Warum sollte er daran interessiert sein, irgendeinen Eindringling in seinem Revier zu schützen? Und nicht irgendeinen ... manche würden denken, dass sie ohne eine Assassinin in ihrer Stadt besser dran sind!*

Ein ganz neuer Gedanke kam Kari. War dieser ganze Ritt womöglich eine Falle von Maévas Freunden, um die bezahlte Mörderin loszuwerden? *Haha, das wäre wirklich witzig. Aber den Gefallen, hier zu sterben, tue ich ihnen nicht.*

Da! Eine kleine Gestalt, ganz oben am Kraterrand. Das musste Andrik sein.

Erst jetzt bemerkte Kari, dass zwei Tiere in der Nähe waren. Aus einem Gebüsch lugte eine spitze dunkelbraun-weiße Schnauze, die Zweige eines Busches raschelten. Was war das, ein Hund? Nein, irgendwas anderes. Was auch immer es war, es machte sich gerade aus dem Staub, sicher war es irgendein Wildtier gewesen.

Das zweite Tier war ein nachtschwarzes Pferd, das in der Nähe weidete und neugierig den Kopf hob, als es sie und Skandia bemerkte. Andriks Tier, garantiert. Es war ungesattelt und nicht aufgezäumt, doch je ein rotes Stoffband in Schopf und Schweif ließen erkennen, dass es jemandem gehörte. Angebunden war das Pferd nicht.

So viel Vertrauen hatte Kari in ihre Stute nicht. Ein Stück vom Vulkan entfernt, wo Skandia ein bisschen Gras rupfen konnte, schlang sie die Zügel um einen Felsblock und klopfte ihrer Stute den Hals, dann ging sie los.

***

Mitternacht. Laut ICE-SAR noch nichts Neues.

Niemand von ihnen dachte daran, ins Bett zu gehen. Susanna zerlegte mit nervösen Fingern einen Kugelschreiber und baute ihn wieder zusammen, dann ließ sie sich wieder von Thorsten in den Arm nehmen und trösten. *So was kann er zum Glück gut.* John dachte daran, wie herzlich und fürsorglich sein Vater ihn immer umsorgte, wenn er mal krank war.

Alice versuchte zu lesen, blätterte aber immer wieder zurück. *Wenn wir ohne Kari schlafen gehen, macht es das irgendwie … endgültig. Dann ist klar, dass sie wirklich weg ist und erst mal nicht zurückkommt.* John stützte das Gesicht in die Hände. *Wo wird Kari in dieser Nacht schlafen? Geht es ihr gut?*

Schließlich schlurfte er doch in sein neues Zimmer, wo sein Koffer unausgepackt herumstand, warf sich aufs Bett und blieb mit offenen Augen liegen. Das Bettgestell quietschte, als sich plötzlich jemand neben ihn setzte. Cecily?! Nein, nur Alice.

»Tut mir leid, dass ich vorhin so was Fieses zu dir gesagt habe«, sagte sie und zog eine Grimasse. »Sie fehlt mir nur so furchtbar, weißt du?«

»Weiß ich – mir auch«, sagte John und das Herz war ihm schwer.

»Echt?« Ernsthaft, mit etwas schief gelegtem Kopf, schaute ihn Alice an, was sich durch ihr schmales, eigenwilliges Gesicht und ihre großen braunen Augen anfühlte wie irgendeine Wahrheitsprüfung auf einem Zauberinternat. »Ich glaube dir«, verkündete sie feierlich. »Aber du hältst uns für dumm, oder?«

Wie peinlich. »Nein, eigentlich nicht. Ich ... äh ...«

»Du weißt einfach mehr als wir? Und hast so einen inneren Zwang, es zu sagen?«, fragte Alice honigsüß. »Das ist schon okay. Muss so ähnlich sein wie geistiger Durchfall.«

John grinste. »So bist du also, wenn du nett sein willst? Oh wow.«

»Sorry. Eigentlich wollte ich nicht schon wieder damit anfangen.« Alice zog eine reumütige Grimasse. »Es war auch wirklich keine Absicht, dass ich dir daheim diesen falschen Tipp gegeben habe. Du weißt schon. Ich dachte echt, Peter Fox ist Heavy Metal!«

»Erinnere mich nicht daran.« John stöhnte. Als ihre Familien gerade zusammengezogen waren, hatte er versucht, irgendwie mit Kari ins Gespräch zu kommen. Kari und ihre Mutter waren anscheinend sehr musikalisch, Susanna spielte sogar E-Gitarre in einer Band. Also hatte er Alice gefragt, was ihre Schwester gerne für Musik hörte. Da Alice irgendwas von »Heavy Metal« gefaselt hatte, hatte er ein paar Songs von *Slayer* und *Anthrax* in seinem Zimmer gespielt, laut genug, dass es auch Kari hörte. Eine Vollpleite.

»Ach, ich fand das nicht so schlimm – viel peinlicher war es, als du ihr diesen Brotaufstrich mit lange abgelaufenem Haltbarkeitsdatum mitgebracht hast, der schon vor Leben wimmelte, und sie ihn beinahe gegessen hätte, weil sie sich so konzentriert mit Mam unterhalten hat ...«

»Ich wollte sie wirklich nicht vergiften! Das musst du mir einfach glauben!«

»Hey, ihr beiden.« Ein von blonden Locken umrahmtes Gesicht spähte durch die Tür. »Kann ich kurz mal mit dir sprechen, John?«

John fuhr hoch, als hätte ihm jemand einen elektrischen Schock verpasst. Verdammt. Lässig ging anders. »Ja, okay«, sagte er mit einem Hauch von Gleichgültigkeit, um es wieder wettzumachen. Alice dagegen starrte Cecily nur an.

»Gehen wir einen Moment raus«, schlug Cecily vor und John nickte.

Zum Glück hatte er eine Taschenlampe eingepackt, denn hier draußen gab es keine Lichter von Häusern, Tankstellen, Dönerbuden. Hier war einfach nur Natur, und in der war es nun mal dunkel wie im Hintern eines Trolls, weil die Sonne im Herbst wieder nachts unterging. Obwohl es tagsüber spätsommerlich warm gewesen war, lag inzwischen ein Hauch von Kühle in der Luft. Sie nahmen einen kleinen Weg, der zum See hinunterführte, der Strahl der Taschenlampe tanzte über kahlen Lavaboden, Gras und niedriges Gesträuch.

»Du kennst Kari gut, nicht wahr?«, fragte Cecily und John verlor sich fast im Klang ihrer Stimme. Melodisch, aber ein klein wenig rau. So klangen die Bluessängerinnen, die sein Vater in Vinyl sammelte und hin und wieder beim Abendessen auflegte. »Muss ja wohl, wenn ihr seit drei Monaten zusammenwohnt.«

»Geht so«, gestand John und schob die Hände tiefer in die Jackentaschen. »Ich würde sie gerne besser kennenlernen, aber das ist schwer, wenn sie sich ständig zusammen mit ihrer Schwester über mich lustig macht.«

»Diese kleine Schwester ist ein mieses kleines Luder«, sagte Cecily.

Das hatte John bis vor Kurzem auch gedacht, doch eigentlich hatte es vorhin Spaß gemacht, mit ihr zu reden. »Sie ist ganz okay«, sagte er.

»Und du, bist *du* okay?«, fragte Cecily amüsiert.

»Ähm, ja, kann man so sagen«, brachte John heraus.

»Dann sag mir jetzt, was du weißt. Alles. Es macht doch keinen Sinn, etwas zurückzuhalten. Dir ist klar, dass sie sich nicht verirrt hat, stimmt's?«

Das traf John wie ein Hammer, den Thor oder wer auch immer aus den Wolken geschleudert hatte. *Was macht sie so sicher? Und woher weiß sie, dass ich meine eigene Theorie habe, was passiert ist?* »Nein, wieso sollte mir das klar sein?«

Cecily dachte gar nicht daran, lockerzulassen. »Was hatte Kari vor? Hat sie irgendetwas darüber gesagt? Ob sie aus irgendeinem bestimmten Grund dort hinwill, wie lange sie vorhat zu bleiben, irgendwas?«

»Wohin?«

John hatte das Gefühl, dass er irgendetwas ganz und gar nicht begriff. Entweder fehlten seinem Schrank ein paar Tassen oder diesem Puzzle ein paar Teile.

»Okay, ich sehe schon, du bist nicht sehr kooperativ.« Cecily seufzte. »Das ist furchtbar schade. Denn wenn du nicht Klartext mit mir redest, kann es sein, dass es deiner Familie bald nicht mehr allzu gut geht.«

»Was meinst du damit? Es geht ihnen schon jetzt nicht allzu gut!«

John versuchte, Cecily anzustarren, doch dafür war es leider zu dunkel. Er hörte nur ihre fröhliche, ein wenig raue Stimme, die aus der Schwärze drang.

»Ach komm, sei nicht naiv. So, gehen wir jetzt zurück? Bisschen kalt hier draußen, finde ich.«

Bevor er richtig begriffen hatte, was eigentlich los war, stellte er fest, dass er allein durch die Dunkelheit marschierte. Sie war schon umgekehrt und anscheinend schneller als er. Und Licht brauchte sie anscheinend auch nicht.

Langsam wurde ihm klar, dass es vielleicht nicht nur Kari war, die in Schwierigkeiten steckte.

Der Herr der Vulkane

Über einen Trampelpfad gelangte Kari zum Fuß des Vulkans, dann stapfte sie bergauf. Das war nicht so leicht, wie es aussah, denn seine Flanke bestand aus lockeren rötlichen Lavabröckchen, in denen ihre Stiefel versanken. Raschelnd rutschte das Zeug unter ihr weg, während sie sich den steilen Hang hinaufkämpfte. Keine einzige Pflanze wuchs darauf, nichts konnte hier leben. Der Vulkan grollte leise, wie ein Raubtier, das einen Eindringling warnt, und stechende Gase machten Kari das Atmen schwer. Plötzlich vibrierte der Boden und eine Art Donner erklang, als hätte jemand eine Kanone abgefeuert. *Scheiße, das Ding bricht richtig aus!*

Kari warf sich zu Boden – der sich warm anfühlte – und schützte den Kopf mit den Armen, mehr konnte sie nicht tun.

Ein Schauer kleiner Gesteinsbröckchen prasselte auf sie nieder. Weh tat es nicht. Eine Weile blieb Kari noch liegen, doch als nichts weiter passierte, schüttelte sie die Lava von sich ab und arbeitete sich weiter nach oben. Schritt für Schritt den kegelförmigen Vulkan hinauf. Kurz griff sie nach ihrem silbernen Drachenanhänger, strich über die ausgebreiteten Schwingen. Das beruhigte sie irgendwie. Er würde ihr Glück bringen, wie schon so oft, garantiert würde er das.

Der Schweiß lief Kari herunter, am liebsten hätte sie sich den dicken Pullover vom Leib gerissen. Hatte Andrik sie schon bemerkt? War dieser Ausbruch eben eine Warnung gewesen? Sollte sie besser umkehren, bevor es zu spät war?

Es ist längst zu spät, dachte Kari und wusste nicht, ob sie lachen oder weinen sollte. *Es war zu spät in dem Moment, in dem Bjarni mir das Geheimnis der Silberfalken ins Ohr geflüstert hat.*

Als sie am Rand des Kraters ankam, atmete Kari schwer vor Anstrengung – oder keuchte sie vor Angst? Beides. Sie hatte sich nie als besonders mutig gesehen und jetzt war sie hier und irgendwie stolz darauf. Jedenfalls in den kurzen Momenten, in denen sie trotz der Angst so was wie einen klaren Gedanken zustande brachte. Vor ihr waberte die Glut, ein orangegelbes Pulsieren in der Tiefe des Vulkans, sie konnte die Hitze auf dem Gesicht spüren. Wie lange würde sie es hier aushalten? Der Vulkan hauchte ihr seine schwefelig-stechenden Gase entgegen, waren die giftig?

Nervös blickte Kari sich um, suchte nach Andrik. Da war er, höchstens fünfzig Meter entfernt. Er beachtete sie nicht, saß einfach am Kraterrand und blickte über sein Reich hinweg, versunken in dessen Anblick. Garantiert hatte er sie trotzdem bemerkt, er weigerte sich nur, sie zur Kenntnis zu nehmen. *Ist das seine Art, mir zu sagen, dass ich hier unerwünscht bin? Mit Menschen umzugehen, ist ja sowieso nicht seine Stärke, er ignoriert sie lieber und bleibt für sich. Aber das akzeptiere ich nicht, hier geht es um das Leben eines Kindes!*

Verbissen marschierte Kari auf ihn zu. »Darf ich?«, fragte sie, wartete nicht auf die Antwort und setzte sich einfach neben ihn, streckte die Beine aus und versuchte, wieder zu Atem zu kommen.

Es war aufregend, hier zu sitzen, keine halbe Armlänge von diesem ganz besonderen Jungen entfernt. Die glühende Lava warf einen warmen Schein auf seine Züge und ließ sein dunkles Haar rötlich leuchten. Er trug ein schwarzes Hemd, das er bis zu den Unterarmen aufgekrempelt hatte, und scheu betrachtete Kari seine schmalen, sehnigen Hände, die Härchen auf seinem Unterarm.

Plötzlich regte er sich, als sei er gerade aus einer Trance erwacht. »Hast du keine Angst?«, fragte er, ohne sie anzusehen.

»Nein«, log Kari. »Ist doch nett hier. Niedlicher Vulkan.«

»Ja, nicht? Er ist noch jung.«

Gemeinsam blickten sie hinunter in die Glut und allmählich begann Kari, sich zu entspannen. Wie schön, dass sie nun zum ersten Mal miteinander sprachen.

»Bist du oft hier?«, fragte sie ihn. Oh toll, das klang wie ein Anmachspruch aus einer Bar. Aber wieso nicht? Solche Sprüche konnte man auch gebrauchen, wenn man auf einem dampfenden Vulkan hockte, der einem jeden Moment unter dem Hintern explodieren konnte.

»Gelegentlich. Oder bei anderen Vulkanen, aber dieser hier ist der prachtvollste.« Er grub die Finger in die lockeren Lavabröckchen, nahm eine Handvoll und zeigte sie ihr. Kari staunte, wieso hatte sie das beim Aufstieg nicht bemerkt? Dieses Zeug war unglaublich bunt, es gab rote, schwarze, golden glänzende und lilafarbene Lavastücke.

»Wow, ja, das ist echt hübsch! Und er spuckt das einfach so aus?«

»Ja.« Andrik blickte wieder über den Krater hinweg. »Außerdem gefällt es mir hier, weil sich niemand hintraut. Es ist ein guter Ort, um allein zu sein.«

Treffer, versenkt. Er hatte allein sein wollen und sie hatte es ihm verdorben!

Kari dachte trotzdem nicht daran, aufzustehen. »Wie gefährlich ist eigentlich dieser Vulkan Hekla? Dort wird bald ein Freund von mir angekettet. Mein Diener Bjarni.«

»Die Hekla hat schon eine Menge Leute getötet«, sagte Andrik. Nur eine leichte Anspannung seines Mundes verriet, dass dieses Thema ihn nicht völlig kaltließ. *Er ist gewohnt, sich zu kontrollieren, er hat sich unglaublich im Griff,* schoss es Kari durch den Kopf. *Vielleicht zu sehr.*

»Bjarni hat nichts getan, außer mit mir zu reden!«

»Anscheinend wart ihr beide dabei unvorsichtig. Du solltest

inzwischen wissen, wie es in Isslar zugeht. Hier ist es nicht erwünscht, wenn zu viel geredet wird, vor allem nicht über die Herrscherinnen.«

Kari biss sich auf die Lippe. »Bjarni hat sogar die Tür geöffnet und nach draußen geschaut, ob jemand lauscht ...«

»Das reicht nicht«, sagte er nüchtern. »Wahrscheinlich hat sich ein Gnom bei dir eingeschlichen und irgendwo im Zimmer versteckt. Die kriechen in jede Ritze.«

»Verdammt!« Doch ihre Gedanken kreisten nicht um Gnome, sondern um Vulkane ... und um Andrik. Was bei diesen Überlegungen herauskam, ließ sie schaudern. *Das kann nicht sein, hoffentlich irre ich mich, das ist zu scheußlich, um wahr zu sein!* »Das ist eine übliche Strafe bei euch, dass jemand auf irgendeinem aktiven Vulkan festgekettet wird, oder?«

»Genau, je schwerer das Verbrechen, desto länger und desto höher auf dem Krater muss man bleiben. Manche werden dort angekettet, andere nur mit einem Strick festgebunden. Brennt der durch, dürfen sie fliehen.«

»Aber du kannst Vulkane kontrollieren, also kannst du auch bestimmen, ob diesen Leuten etwas passiert oder nicht! Das bedeutet, du bist der Herr über Leben und Tod in Isslar, oder etwa nicht?«

Auf einmal wirkte sein Körper nicht mehr entspannt, sondern starr. »Ich bin kein Vollstrecker, wenn du das meinst. Ich halte mich raus. Was meinst du denn, warum ich jetzt gerade nicht dort bin, sondern möglichst weit weg?«

Kari spürte, wie hilflose Wut in ihr hochstieg. »Glaubst du, es ist eine Lösung, sich rauszuhalten? Du hättest die Macht, viel Unheil zu verhindern! Menschen wie die Fürstin und ihre Tochter sollten nicht Schicksal spielen dürfen, das ist widerlich.«

Er war ebenfalls wütend, man sah es ihm nicht an, doch Kari spürte es an der Art, wie plötzlich ein Beben nach dem anderen den Vulkan erschütterte. Der Boden vibrierte unter ihr, als sei ein

Monster gerade dabei, daraus hervorzubrechen, und Lavafetzen wurden aus dem Kratersee hochgeschleudert.

»Wenn ich anfange, mich einzumischen, wird es kompliziert«, sagte Andrik und jetzt wandte er ihr doch noch das Gesicht zu. Seine Augen waren von einem hellen Grün, so wie Karis eigene. Frühlingsaugen, hatte Alice sie mal genannt. Doch seine hatten eine dunkle Tiefe, die Kari erschreckte. »Diese Verantwortung will ich nicht. Ich erwarte nicht, dass du das verstehst, äh ... wie heißt du überhaupt?«

Er wusste nicht, wer sie war ... oder jedenfalls angeblich war! Das war eine solche Erleichterung. Sie wollte nicht, dass auch er sie für eine Mörderin hielt.

»Wie ich heiße, ist jetzt nicht wichtig«, gab Kari zurück. »Wichtig ist, ob du mir hilfst, Bjarni zu retten. Also?«

»Im Moment ruht die Hekla meistens. Wahrscheinlich wird er mit dem Schrecken davonkommen.«

»Das heißt wohl Nein.« Kari stand auf; es kostete sie Mühe, ihre Tränen zu unterdrücken. »Du bist ein widerlich arroganter Dreckskerl! Ich habe keine Ahnung, warum ich hergekommen bin. Mach's gut! Ich werde dich nicht weiter mit meiner Anwesenheit belästigen.«

Keine Antwort. Wenn sie geglaubt hatte, dass sie ihn damit provozieren konnte, hatte sie sich getäuscht. Er hatte sich wieder abgewandt, die Arme locker um die Knie geschlungen, und starrte auf die Lava hinaus.

Fallen

Noch immer wurmte es Cecily, was passiert war. *Sechzig Jahre! Sechzig Jahre lang haben wir dafür bezahlt, dass jemand in jedem Sommer an der vereinbarten Stelle nachsieht, ob eine Nachricht eingetroffen ist. Dann kommt endlich die Botschaft, dass die Verbannung aufgehoben ist, und nicht nur das, auch dass unsere Dienste gebraucht werden. Und jetzt das! Nachdem ich mich so darauf gefreut habe ...*

Genauso ärgerlich fand sie, dass es so schwer war, Nachrichten nach Isslar zu schicken. Dafür hätte sie erst eine Elfe finden und sie dann bequatschen müssen, dass sie eine Botschaft auf die andere Seite brachte. Aber die verdammten Geschöpfe ließen sich nicht blicken, natürlich nicht, es waren zu viele Touristen – und jetzt auch noch SAR-Sucher – in der Nähe und Elfen legten, soweit sie gehört hatte, nicht viel Wert darauf, von Draußenwelt-Menschen gesehen zu werden.

Wie sollte sie ihnen klarmachen, dass sie keine dieser Dumpfbacken war?

In einem ruhigen Moment zog sich Cecily in ihren Subaru zurück und fütterte ihre Schätzchen, denen es in ihrem Versteck deutlich zu eng war. Außerdem war es zu kalt hier draußen, sie würde sie in ihrem Rucksack drinnen unterbringen müssen. Sonst lebten sie nicht lange genug, um ihr hier von Nutzen zu sein.

Dann wählte sie auf dem Handy die Mobilnummer ihrer Eltern. Sie arbeiteten gerade in Singapur, wo sie offiziell einen Kunden aus der Bankensparte berieten. »Hi, ich bin's«, sagte Cecily, als ihr Vater dranging. »Cecily Lindström.« Dadurch, dass sie sich mit vollem Namen meldete, wussten ihre Eltern, dass sie sprechen konnte, ohne dass jemand zuhörte, und gerade niemand mit einer Waffe neben ihr stand und ihr irgendwelche Aussagen abzwang.

Kurze Pause. Ihr Vater klang nicht begeistert, von ihr zu hören. »Ah, Ceci ... du hast Handyempfang. Das heißt, irgendwas ist schiefgegangen? Du hast es nicht nach Isslar geschafft?«

»Ja, leider«, berichtete Cecily nüchtern – sie hasste es, wenn er andeutete, sie könnte bei einem Auftrag versagt haben. Dabei hatte sie die drei, die sie bisher übernommen hatte, mit Bravour gemeistert: zwei Erwachsene und ein verwöhnter Junge aus einer reichen Ostküstenfamilie. Nicht nur hatte alles geklappt und sie selbst war immer noch frei wie eine Schwalbe, es hatte nicht mal jemand Verdacht geschöpft. Doch diesmal musste sie gestehen: »Es ist etwas Unvorhergesehenes dazwischengekommen.«

»Hast du vergessen, das Unvorhergesehene einzuplanen?« Die Verbindung war nicht sonderlich gut, seine Stimme war leise, aber unverkennbar kühl.

»Eigentlich nicht«, sagte Cecily. *Etwas so Hirnrissiges hätte ich gar nicht einplanen können – ein anderes Mädchen, das meinen Platz einnimmt, wer kann sich denn so was vorstellen? Oder dass diese Leute aus Isslar zu blöd sind, um es zu merken?*

»Na dann. Du versuchst es weiter, oder? Vielleicht hätte ich besser selbst diese Chance genutzt, um zurückzukehren und ...«

»Nein, nein, vertrau mir! Das wird schon.« Er hatte ihr schon oft von Isslar erzählt, und Cecily wusste, dass er es zu gerne selbst gesehen hätte. Doch die Anweisungen der Fürstin waren klar gewesen. Vorerst nur *eine* Person aus ihrer Familie.

»Wenn es gar nicht geht, dann kommst du eben wieder zu uns. Gibt genug zu tun.«

Cecily fühlte sich etwas besänftigt. Ja, sie war sehr beliebt bei Auftraggebern, weil sie als junges Mädchen an ganz andere Ziele herankam als beispielsweise ein erwachsener Mann. »Klingt gut. Und wartet ab, ich schaffe das hier schon.«

»Mum sagt: Viele Grüße.«

»Zurück«, sagte Cecily. Eigentlich hätte sie gerne mit ihrer Mutter geredet, aber die war gerade sicher in einer intensiven Arbeitsphase. So wie immer eigentlich. Nichts dagegen zu sagen, nur wäre ein bisschen Unterstützung nett gewesen, als damals ihre Nanny in Buenos Aires Verdacht geschöpft hatte, dass diese Familie das eine oder andere Geheimnis hatte. *Nicht wirklich toll – ich war erst elf, musste mich aber trotzdem allein um diese Sache kümmern! Meine Eltern waren mal wieder nicht da, ich musste etwas tun und habe es getan. War gar nicht mal so schwer, die Treppe war steil und ein bisschen Seife auf der obersten Stufe wirkt manchmal Wunder, wenn man mit einem Schubs nachhilft.* So oder so, sie hatte es geschafft ... und wer sagte danach noch Nein zu solcher Macht?

Cecily schlenderte zurück zu der Ferienhütte, dort war bei den Angehörigen der Vermissten bestimmt ein bisschen Charme und Aufheiterung gefragt.

Das Arsen gab es ab heute kostenfrei dazu.

***

Kari nickte beifällig – das Kleid, das Kjell Sigurdson ihr hatte schicken lassen, war nicht übel. Es reichte ihr bis zu den Knöcheln und hatte Ärmel und einen Ausschnitt aus spinnwebfeiner Spitze. Das Smaragdgrün passte zu ihren Augen und der Stoff fühlte sich wunderbar samtig-glatt an. *Fragt sich nur, ob ich erstens da unfallfrei reinkomme und zweitens, ob ich dadrin noch atmen kann,* ging es Kari durch den Kopf. *Gut, dass ich hier nicht an Schokolade und Chips herankomme!* Nur leider war dieser Elfensirup der Hit. Es wäre geradezu magisch, aber wahrscheinlich zu viel verlangt, dass er auch kalorienfrei war.

Jedes Mal, wenn sie an Bjarni dachte, verging ihr die Lust auf Süßes wieder. Hatte die Eiswache ihn schon hochgebracht zum Krater und ihn dort allein gelassen? Hoffentlich war er nicht allein! Nein, bestimmt nicht, wahrscheinlich warteten zwanzig andere Verurteilte dort mit ihm, ob ihnen gleich Lava über die Beine floss, heiße Asche sie erstickte oder ein herausgeschleuderter Lavabrocken ihnen den Rest gab. Wieder stieg Wut auf Andrik in ihr auf. *Vielleicht hat er ja Gefühle, aber das ist mir jetzt auch egal, denn anscheinend ist er vollkommen skrupellos. Wahrscheinlich hat er das Mobbing in der Schänke nur gestoppt, weil es ihn beim Lesen gestört hat!*

Mit großer Mühe drängte Kari ihn aus ihren Gedanken und wandte sich dem zu, was sie nun erwartete. Besser, sie zog dieses Smaragdkleid erst an, wenn der Ball begann. Vorher hatte sie in der Burg noch diesen unschönen Auftrag zu erledigen – sie musste Fallen aufstellen. Aber wie arrangierte man tödliche Fallen, die möglichst nicht wirkten? Kari entschied, erst einmal in normaler Kleidung alles auszukundschaften.

Vor dem Eingangstor warteten Wachen – drei Männer und eine Frau –, die aussahen, als könnten sie auch einen Troll einen Kopf kürzer machen. »Cecily Thalim. Die Fürstin erwartet mich«, sagte Kari und mit einem Nicken machten die Wachen ihr den Weg frei. Karis Schritte echoten auf dem Fußboden aus poliertem schwarzem Stein, als sie die verschiedenen Stockwerke erkundete. Diener huschten umher mit Stapeln von Tüchern, Tellern, Blumengirlanden. Obwohl Kari so manchen neugierigen Blick abbekam, versuchte niemand, sie aufzuhalten.

Im ersten Stock lief ihr Gabrissa über den Weg – die Fürstentochter ging einfach weiter, ohne zu beachten, dass zwei Dienerinnen verzweifelt versuchten, währenddessen ihr Kleid zu richten und zuzuschnüren. »Sieh an, da seid Ihr ja«, sagte sie spitz, blieb zur Erleichterung ihrer Hofdamen stehen und flüsterte Kari ins Ohr: »Was habt Ihr Euch für Maéva ausgedacht?«

»Ich werde mehrere Fallen aufbauen, Exzellenz«, versicherte ihr Kari ebenso leise und mit mehr Zuversicht, als sie fühlte.

»Ausgezeichnet. Gebt mir Bescheid, wenn Ihr fertig seid, damit ich sie inspizieren kann.«

Kari verbeugte sich wortlos und sah zu, wie die Fürstentochter davonrauschte. *Damit ist mein Plan, nur so zu tun als ob, reif für die Tonne. Jetzt muss ich irgendetwas mehr oder weniger Tödliches vorweisen. Aber was, verdammt?*

Anscheinend hatte die Burg vier Stockwerke. Im Erdgeschoss befand sich der Thronsaal, den Kari schon kannte, außerdem ein Bankettraum mit langen Tischen aus blank gescheuertem Holz, die gerade von einer Schar von Dienern gedeckt wurden. Ganz oben im vierten Stock war der Ballsaal, noch lag er im Halbdunkel verlassen da. Staunend sah sich Kari um. Die hohe gewölbte Decke, Boden und Wände des Saales waren aus dem gleichen nicht schmelzenden Eis gemacht wie die Theke der Schänke. Das Licht, das von oben hereindrang, tauchte den Saal in einen azurblauen Schimmer, als wäre er eine Gletscherhöhle. In den Wänden, die elegante geschwungene Formen bildeten, glimmten grüne und blaue Leuchtkugeln. *Pure Schönheit,* dachte Kari und wünschte wieder einmal, sie könnte all das hier Alice oder Ella zeigen. Oder es wenigstens fotografieren! Ella konnte so was gut, sie stellte ständig neue tolle Bilder auf ihren Blog, und hier gab es Motive, bei denen einem die Spucke wegblieb.

Sie stellte fest, dass außerhalb des Saales ein Gang verlief, dort standen auch kleine Tischchen, an denen wahrscheinlich tanzmüden Gästen Getränke und Leckereien serviert wurden. Drei Balkons hinter Glastüren erlaubten es, sich Frischluft zu verschaffen, hinter den Geländern aus geschnitztem Holz ging es zwanzig Meter in die Tiefe. *Das wäre eine mögliche Falle,* dachte Kari, während sie sich darüberlehnte, und sie fühlte, wie ihr Herzschlag sich beschleunigte, vor Aufregung und Widerwillen zugleich. *Wenn ich eins dieser Geländer beschädige, so, dass man es nicht sieht, und jemand lehnt sich dagegen ...*

»He! Was tust du hier?«

Kari zuckte zusammen und drehte sich um. Hinter ihr stand eine Frau mit streng aus dem Gesicht gekämmten grauen Haaren und einem griesgrämigen Zug um den Mund. Sie hatte die Hände gegen die Seiten gestemmt, ihr ganzer in ein graubraunes Kleid mit Schürze gekleideter Körper war ein Bild der Empörung. »Denkst du etwa, dass jeder hier reinkann?«

»Nein, ich ...«, bekam Kari heraus. Diese Frau erinnerte sie an den Hausmeister ihrer Schule, der war ähnlich drauf und Kari hasste es, dass sie sich immer noch von ihm einschüchtern ließ, obwohl sie inzwischen in der Oberstufe war. Aber hier durfte sie doch sein, oder hatte sie irgendetwas falsch verstanden? Wieso nur hatte sie diese Einladung nicht eingesteckt!

»Was willst du, Mädchen, ein Stück vom Braten stehlen? Geh und kauf dir selber welchen, und sag mir nicht, dass ihr dafür kein Geld habt, dann arbeite eben härter, so wie das alle rechtschaffenen Leute tun!«

Es reichte Kari. Wieso dachte eigentlich jeder, dass es in Ordnung war, sie herumzuschubsen? »Das ist ein Missverständnis«, sagte sie. »Ich bin hier auf den ausdrücklichen Wunsch von Fürstin Lakana und ihrer Tochter Gabrissa.«

»Tatsächlich? Und wer seid Ihr, wenn ich fragen darf?« Die Frau blickte noch immer misstrauisch drein, doch immerhin duzte sie Kari nicht mehr.

»Ich bin Cecily Thalim.« Inzwischen hatte sich Kari fast an den fremden Namen gewöhnt.

»Oh«, entfuhr es der Frau, und in ihren Augen war auf einmal ein Ausdruck, den Kari inzwischen schon öfter gesehen hatte: Angst. Diese Frau hatte Angst vor ihr! Anscheinend hatte die Fürstin ihr gesteckt, wer dieses fremde Mädchen war.

Auf einmal fühlte sich Kari übermütig. Sie reckte das Kinn und trat einen Schritt vor, auf die Hofdame zu. Diese wich unmerklich zurück und beinahe hätte Kari geschmunzelt. Im letzten Moment setzte sie einen kalten Blick auf und kniff die Augen zusammen. »Und wer sind Sie, wenn ich fragen darf?«

Etwas widerwillig beugte die Frau den Oberkörper. »Jannka Cilim, ich bin Haushofmeisterin hier. Deshalb ist es naturgemäß meine Aufgabe, die Burg für den Herbstball vorzubereiten und ...«

»Genug!«, unterbrach sie Kari – wenn schon arrogant, dann richtig! »Ich habe eine wichtige Aufgabe zu erfüllen. Schickt mir einen Diener, der mir dabei hilft. Sofort.«

»Sehr wohl.« Hastig trat die Haushofmeisterin den Rückzug an.

Kari erlaubte sich ein Grinsen. *Es hat Vorteile, als Profikillerin zu gelten! War das eben skrupellos und gemein? Ja! Aber so sind Assassininnen eben.*

Weniger angenehm war es, trotz ihres schlechten Gewissens die erste Falle aufzubauen. Sie ließ sich von einer Dienerin Werkzeug bringen und verbrachte eine anstrengende halbe Stunde damit, den Balkon zu sabotieren. Schließlich hatte sie die Holzstäbe so präpariert, dass sie locker saßen und wegkippen würden, wenn sich jemand dagegenlehnte. Wenn Kari nur daran dachte, wurde sie nervös.

Jetzt brauchte sie noch mindestens ein oder zwei Fallen. Vielleicht ergab sich eine Gelegenheit im dritten Stock, wo jede der Fünf Familien ein eigenes Quartier hatte, in dem die Mitglieder vorübergehend wohnen konnten. Kari ließ sich übersetzen, wem welche Suite gehörte. Manche Namen – zum Beispiel Thordar – erkannte sie wieder. Reykan, das war Daros Familie. Akuri war der Nachname von Svala.

»Und das hier sind die Räume der Familie Fjellkar«, erzählte die Dienerin. »Es ist lange niemand mehr da gewesen, es ist alles ziemlich verstaubt. Aber wir richten alles wieder schön her, vielleicht wird Maéva sich heute dorthin zurückziehen wollen.«

Kari nickte und ein Schauer überlief sie. Plötzlich musste sie an Maévas Tanz mit dem Nordlicht denken. Würde Maéva Kari wiedererkennen als ihre Verfolgerin von neulich? Wusste Maéva, wozu »Cecily« aus der Menschenwelt geholt worden war? *Eins ist sicher, bald werde ich es wissen. Wahrscheinlich werde ich heute mit Maéva sprechen ...*

Als sich die Dienerin räusperte, kehrte Kari in die Gegenwart zurück. Ihr Blick fiel auf die Runen der fünften Tür. »Und dort wohnen die ... wie heißen sie noch mal? Die Verwandten von Andrik.« Wieso schlug ihr dämliches Herz schneller, wenn sie seinen Namen aussprach?

»Vikanes«, ergänzte die Dienerin und blickte plötzlich mitleidig drein. »So schrecklich, eine furchtbare Tragödie.«

»Was denn?«, fragte Kari, doch die Dienerin war gerade dabei, den Kopf zu senken; der verkörperte Diensteifer. »Kann ich Euch noch etwas bringen?«

Kari betrachtete die steile Treppe direkt neben dem Quartier und hatte eine Eingebung. »Einen Eimer Wasser, Seife und einen Lappen bitte. Ihr habt recht, hier muss eindeutig geputzt werden.«

Kurz darauf war es vor dem Quartier feucht und rutschig. Primitiv, aber hoffentlich überzeugend. Was kam als dritter Unfall infrage? Ihr fiel zum Verrecken nichts ein. Das, was sie bisher aufgebaut hatte, musste genügen.

»Gut, holt jetzt bitte Gabrissa, ja?«, bat sie die Dienerin.

Geringschätzig musterte Gabrissa, diesmal im fertig zugeschnürten Ballkleid, Karis Fallen, nachdem sie ihre Bediensteten außer Sicht- und Hörweite gescheucht hatte. »Etwas Besseres ist Euch nicht eingefallen?«

Das rief nach Ehrlichkeit. »Nicht auf die Schnelle. Ich kenne die Burg noch nicht gut genug.«

»Ihr könntet Gift auf die Türklinke der Fjellkar-Räume schmieren.«

»Dann wäre es aber kein Unfall«, wandte Kari ein.

»Ja, stimmt«, meinte die Fürstentochter erstaunt und Kari hätte furchtbar gerne die Augen verdreht.

Sobald ihre Auftraggeberin wieder weg war, zog Kari unbegleitet los, um das Schlimmste zu verhindern. Sie warf einen Lappen über den Treppenabsatz, um die Pfütze aufzuwischen, und blockierte die Tür zum beschädigten Balkon mit zwei kleinen Holzkeilen, die von ihrer Balkon-Schnitzarbeit übrig waren. Währenddessen kehrten ihre Gedanken immer wieder zu Andrik zurück. *Ich muss irgendjemanden fragen, was die Dienerin gemeint hat. Irgendeine Tragödie ... ist seine Familie ins Visier der Fürstin geraten? Ist er deswegen nicht mehr bereit, sich einzumischen?*

Es war höchste Zeit, sich selbst für den Ball vorzubereiten. Rasch kehrte Kari in ihr Zimmer in der Oberstadt zurück und tupfte sich das, was hier als Puder durchging und anscheinend fein pulverisierte Erde war, ins Gesicht. Statt Kajal stand ein Stück Kohle bereit, wieso nicht. Der orangerote Lippenstift schimmerte auf unglaubliche Weise, fast wie flüssiges Feuer, und Kari fragte Birta, ihre Dienerin: »Wow, ist das eine hübsche Farbe, was ist dadrin?«

»Gnom ...«

»Stopp! Ich will's doch nicht wissen.«

Ihre Dienerin half Kari, sich in das smaragdgrüne Kleid hineinzuzwängen, die ballerinaartigen Schuhe anzuziehen und den Umhang über ihren Schultern zu befestigen – *Hey, ich sehe bestimmt nicht schlecht aus,* ging es Kari durch den Kopf, nur leider war weit und breit kein Spiegel in Sicht.

Sie atmete einmal tief durch, dann marschierte sie los zur Burg. Hoffentlich würde es ein Ball ohne Todesfälle werden!

»Du hattest recht, was Cecily angeht.« John flüsterte nur, mehr wagte er nicht, obwohl sie mindestens einen halben Kilometer vom Haus entfernt waren, also außer Hörweite. Aber Stimmen trugen weit in dieser Stille, die nur vom Klang des Windes durchweht wurde.

»Was hat sie gemacht?«, fragte Alice. Der Wind war so stark, dass ihre Haare waagrecht hinter ihrem Kopf flatterten wie eine Fahne.

»Mir gedroht.«

»Was? Wieso das? Was will sie?«

Noch immer kam es John völlig unwirklich vor, was hier passierte. »Sie will, dass ich ihr mehr über Kari verrate ... und sie glaubt mir nicht, dass ich auch keine Ahnung habe, wo sie hin ist.«

»Jetzt mal im Ernst, warum solltest denn ausgerechnet du etwas wissen?«

Weil ich der Einzige hier bin, der eine Theorie hat – nämlich dass Kari wegen mir nach Reykjavík zurückgetrampt ist, dachte John. »Keine Ahnung. War ja nicht gerade viel zwischen mir und Kari.«

»Außer einer herzlichen Abneigung, meinst du?« Alice ging neben ihm und senkte die Stimme. Ihr schmaler Körper kam ihm noch dünner vor als sonst und sehr verletzlich. »Aber was kann diese Cecily denn schon groß anrichten? Ich meine, wenn sie eine international gesuchte Terroristin wäre oder so was, hätte das der Typ von ICE-SAR bestimmt mitbekommen, oder?«

John lachte auf. »Stimmt natürlich. Aber nicht für alle Terroristen gibt's schon einen Haftbefehl ...«

Alice kickte einen Lavabrocken aus dem Weg. »Am besten, wir durchsuchen mal ihre Sachen, vielleicht finden wir dann mehr raus.«

»Das wäre ein Anfang«, sagte John. Aus irgendeinem Grund zweifelte er nicht daran, dass Cecily Möglichkeiten hatte, Thorsten und Susanna zu schaden ... oder auch ihm und Alice. Eine Gänsehaut machte sich auf seinen Armen breit, wenn er an dieses fremde Mädchen dachte ... und zugleich musste er an ihre schlanken Schenkel in den engen Jeans denken, an ihre Haut, die so zart aussah wie Buttermilch, die Lichtreflexe in ihren grünen Augen, die ihn amüsiert, herablassend, herausfordernd ansahen.

John biss die Zähne zusammen. »Außerdem könnte ich ... Moment, lass mich mal überlegen ... die Kamera meines Handys über das Tablet steuern. So, dass wir sie im Auge behalten können, ohne dass sie es merkt.« Geistig ging er schon die technischen Details durch, plante, kalkulierte und spürte, wie sein Pulsschlag sich immer weiter erhöhte. Nein, sie waren nicht wehrlos, auch wenn es sich momentan noch so anfühlte.

Die Gelegenheit ergab sich schneller, als sie geahnt hatten.

Susanna saß wie festgenagelt im Wohnzimmer der Ferienwohnung, ihre neuste Tasse Kaffee und das stumme Telefon vor sich, außerdem die Kamera, auf der sie immer wieder das letzte Foto von Kari betrachtete. Neben ihr auf der Couch saß Thorsten und unterhielt sich mit der mit angezogenem Bein im Sessel hockenden Cecily. Anscheinend über europäische Politik, ganz zufällig Thorstens Lieblingsthema. Dementsprechend redete er lebhaft, bekräftigte hin und wieder etwas mit einer Geste und bedachte seine Diskussionspartnerin mit anerkennenden Blicken. John wurde beinahe schlecht. *Alice hat ganz recht. Der frisst ihr aus der Hand. Kein Thema mehr, dass Cecily noch immer da ist, dass sie eigentlich nach Reykjavík zurückfahren wollte.*

Er und Alice tauschten einen Blick.

»Ich übernehme«, knurrte John. Das hatte er schon immer mal sagen wollen.

Alice ging ins Wohnzimmer, um die Verdächtige wenn möglich am Verlassen desselben zu hindern, John machte sich an die Arbeit. Sein manipuliertes Handy versteckte er im Gewürzregal so, dass er damit den ganzen Raum im Auge behalten konnte. *Wäre natürlich Pech, wenn sie das hier findet. Aber da müsste sie schon sehr genau hinschauen.*

Dann drückte er sich unauffällig an der Garderobe entlang und ließ die Hand in die Taschen von Cecilys dunkelgrüner, gefütterter, aber trotzdem figurbetonter Jacke mit Pelzkragen gleiten. Auf der einen Seite ertastete er nur etwas Weiches, anscheinend ein zusammengeknülltes Tempo, und etwas, was eindeutig eine Zigarettenpackung war – komisch, er hatte sie noch gar nicht rauchen sehen. Vielleicht versuchte sie gerade, es sich abzugewöhnen.

Auf der anderen Seite der Jacke fand er eine Geldbörse – na also. Er zog sie hervor, klappte sie auf. Isländische Kronen, Euroscheine, Pfundnoten. Ihr Pass lautete auf eine Cecily Lindström, geboren in Großbritannien, obwohl ihr Name so schwedisch klang. Achtzehn Jahre alt. Brandneuer Führerschein, auf dem Foto sah selbst sie mies aus, das musste eins von Murphys Gesetzen sein. Zwei verschiedene Kreditkarten. *Hm. Erkenntnisgewinn? Nahe null. Aber immerhin weiß ich jetzt ihren Geburtstag, haha, ich könnte sie mit Glückwünschen überraschen. Anfang November. Damit ist sie Skorpion oder so.*

Vorsichtig fasste John in die Innentasche ihrer Jacke und stutzte. Was war das denn, eine Art winziges Gestell aus Metall? Ein Mechanismus. Eine Waffe? Seine Finger forschten, drückten, versuchten das Ding hervorzuziehen, doch es hatte sich im Stoff verhakt ...

»Bringst du mir was mit?«, hörte er plötzlich Alices laute Stimme aus dem Wohnzimmer, ganz klar, das war eine Warnung.

John riss die Finger aus der Jackentasche, als wäre sie plötzlich glühend heiß geworden. Leider einen Wimpernschlag zu spät, schon war sein Vater im Flur aufgetaucht ... und hatte ihn gesehen, vielleicht gerade aufmerksam gemacht durch seine schuldbewussthastige Bewegung. »Was genau *machst* du da, Johnny?«

John konnte förmlich spüren, wie sich sein Kopf in das Abbild einer Tomate verwandelte. »Ich ...«, stammelte er, doch es gab keine halbwegs plausible Erklärung. Wie hätte sich Nick Jameson aus der Affäre gezogen? Wahrscheinlich durch ein paar gezielte Karateschläge. Die kamen gerade aus naheliegenden Gründen nicht infrage.

Cecily stand nun ebenfalls im Flur, mit kühlem Blick und rätselhaftem Lächeln. Schräg hinter den beiden stand Alice und gestikulierte hilflos, was wohl heißen sollte, dass sie ihr Bestes getan hatte.

»Eins ist klar, du solltest dich sofort bei Cecily entschuldigen«, sagte sein Vater und wandte sich dem fremden Mädchen zu. »Ich bin sicher, er hat es nicht böse gemeint ... wir sind alle ziemlich durch den Wind, das verstehst du sicher.«

»Klar verstehe ich das. Ist wirklich heftig, was ihr alle gerade durchmacht.« Cecily schenkte Thorsten ein mitfühlend-weiches und zugleich strahlendes Lächeln.

Sein Vater wirkte wie Schokolade, die jemand in der Sonne hatte liegen lassen.

Vielleicht war es das, was John explodieren ließ. »Ihr wisst überhaupt nichts über die!«, sagte er heftig. »Was ist, wenn sie irgendwas damit zu tun hat, dass Kari verschwunden ist? Oder wenn sie uns schaden will? Zeig doch mal, was du da in deiner Innentasche hast, Cecily!«

»Bitte? Das finde ich jetzt doch etwas ungewöhnlich.« Cecily kreuzte die Arme. »Seit wann muss ich meine Taschen ausleeren, wenn ich irgendwo zu Gast bin?«

»Mach's doch einfach«, ließ sich Alice hinter ihr vernehmen.

»Wenn euch das was bringt ...« Cecily ging zu ihrer Jacke und drängte sich dabei so nah an John vorbei, dass er die Rundung ihres Hinterns fühlte und ihr süßlicher Geruch nach Fruchtbonbons ihm in die Nase stieg.

»Meinst du das etwa?« Vergnügt zog das fremde Mädchen ein kleines, glänzendes Ding aus ihrer Tasche ... eine goldene Armbrust, nur so groß wie ihr Zeigefinger. »Das ist mein Glücksbringer.«

Thorsten warf John den Blick zu, den er sich ansonsten für jede heimgebrachte Note aufsparte, die schlechter war als eine Drei. »Ein Spielzeug! Ja, das ist natürlich ein sehr guter Grund für deine Hand in fremden Jackentaschen.« Fasziniert beugte er sich über die Armbrust. »Oh, die funktioniert sogar, oder? Darf ich ...«

Weiter kam er nicht, denn Susanna Schneider stürzte an ihnen vorbei, die Augen weit aufgerissen, die flache Hand auf den Mund gepresst. Sie verschwand im Bad, dann ertönten dort die unmissverständlichen Geräusche eines Menschen, der seinen Mageninhalt von sich gibt.

Verdammt. Sie hat es getan – was auch immer. John starrte Cecily an.

Sie blickte furchtbar mitfühlend und besorgt drein ... aber in ihren Augen hing noch immer dieses Lächeln.

War Maéva schon in der Burg oder erst auf dem Weg zum Herbstball? Angespannt hielt Kari nach ihr Ausschau, unablässig schweifte ihr Blick umher. Wie würde ihre erste wirkliche Begegnung sein? Kari fröstelte und das lag nicht nur am kalten Wind.

Sie sah zwar nicht Maéva, dafür aber ein anderes bekanntes Gesicht. Svala ging Richtung Burg, sie trug ein fließendes silbergraues Kleid, das hellblonde Haar hatte sie mit Silberfäden und Perlen hochgesteckt. Bei ihr waren ein ebenfalls blonder junger Mann und ein Mädchen, denen Kari bisher noch nicht begegnet war.

»He, Svala, warte auf mich!«, rief Kari, rannte los, stolperte über den Saum ihres Kleides, verhinderte ganz knapp, dass sie zum zweiten Mal im Heißwasserkanal landete, zog die Vorderseite ihres Kleides mit beiden Händen hoch und lief weiter.

Im ersten Moment schien Svala sich zu freuen, als Kari neben ihr auftauchte, dann fiel ein unsichtbarer Schleier über ihr Gesicht. Ein Schleier, der aus Vorsicht und Misstrauen gewebt war. *Wie bitter! Aber habe ich das nicht irgendwie verdient? Immerhin habe ich vorhin sogar ausgenutzt, dass diese Haushofmeisterin Angst vor mir hatte!*

Vielleicht bemerkte Svala, wie geknickt Kari war, denn sie blickte wieder etwas freundlicher drein und schenkte ihrem Outfit einen bewundernden Blick. »Die Farbe steht dir! Das hier sind übrigens mein großer Bruder Raik und seine Gefährtin Eva.«

Raik war etwas kleiner als Andrik, solider gebaut, muskulös, mit breiten Schultern. Er hatte wache blaue Augen und ein entwaffnendes Lächeln. Aus irgendeinem Grund fand Kari, dass er vernünftig wirkte. Irgendwie bodenständig, nicht seltsam wie so viele andere hier. »Ich habe schon von dir gehört, Cecily – du bist einfach so durchs Tor, als wäre es das Normalste der Welt, ohne ängstliches Gezicke.«

»Haha, ja«, erwiderte Kari. *Wenn ich gewusst hätte, was das für ein teuflisches Tor ist, hätte ich mich mit Händen, Füßen und Zähnen gewehrt, da durchgeschleppt zu werden!*

Raik! War das nicht der Junge, von dem Gabrissa gesprochen hatte? Den sie als Wintergefährten nehmen wollte? Betroffen musterte ihn Kari, versuchte zu erspüren, ob er das Unheil schon kommen sah. Doch weder er noch seine rothaarige, mollige Gefährtin Eva, die nett und irgendwie niedlich aussah, schienen etwas zu ahnen, die beiden wirkten völlig unbeschwert. Irgendwie schaffte es Kari, sich nichts anmerken zu lassen.

»Also ich hätte scheußlich Angst gehabt, dass Svala oder Daro ihre Hälfte des Spruchs verhunzen«, flachste Eva und schmiegte sich an Raik. »Svala hat ein Gedächtnis wie eine Elfe, ein Sieb ist nichts dagegen, und Daro neigt dazu, alles auszuschmücken!«

»He, das hab ich gehört.« Grinsend schlenderte Daro näher, auch er war festlich gekleidet mit einem weißen, eng geschnittenen Outfit mit hohem Kragen und einem juwelenbesetzten Gürtel.

Ein Spruch mit zwei Hälften! Das war eine raffinierte Strategie der Fürstin. Wahrscheinlich kannte niemand außer der Fürstin selbst und Kjell Sigurdson, der für die Tore verantwortlich war, die ganze Durchgangsformel. Aber was bedeutete das für sie selbst und ihre Flucht? Wie konnte sie es irgendwie hinbekommen, Svala und Daro das zu entlocken, was sie wussten?

Gerade begrüßte Daro reihum die anderen. »Alles gut bei euch?«

Raik strahlte Eva an. »Mehr als gut. Kommt, lasst uns feiern, bevor der Winter uns einholt ...«

Instinktiv blickten alle Isslaer Jugendlichen nach oben, Eva überkreuzte schnell die Finger und murmelte: »Bewahre mich vor Elz!« Kari blickte verwirrt ebenfalls hoch, doch da war nichts, wenn man die Wolkendecke nicht dazurechnete. »Ist der Winter hier so schlimm?«, wagte sie sich zu erkundigen.

»Sie meint die Eisdrachen«, sagte Daro knapp und ein Schatten huschte über sein Gesicht. »Svartur! Letztes Jahr war es schlimm wie nie.«

»Mein Cousin ist schwer verletzt worden bei einem Angriff«, berichtete Eva und Kari sah Tränen in ihren Augen. Schnell legte Raik ihr den Arm um die Schultern.

In ihrem Romanmanuskript halfen Drachen den Menschen, wieso griffen sie hier an? Was für einen Grund gab es dafür? Hundert Fragen quollen in Kari hoch, doch die anderen sahen aus, als wäre das Thema ihnen unangenehm.

Daro holte tief Luft. »Reden wir lieber von was anderem – du siehst übrigens wunderschön aus, Cecily.« Bewundernd musterte er Kari und vor Verlegenheit wusste sie kaum, wohin sie schauen sollte. »Oh, danke.«

Schon seltsam, noch vor Kurzem hätte das Kompliment eines so gut aussehenden Jungen ihr einen Endorphinrausch beschert und jetzt war es ihr praktisch egal. *Schade, dass Andrik mich nicht so sieht, oder wird er etwa zum Ball auftauchen?* Unauffällig blickte sie sich nach ihm um, nein, er war nirgendwo in Sicht. Dafür sah sie, wie eine Gestalt im dunklen Umhang gerade ihre Kapuze zurückschlug. Maéva! Im letzten Moment schaffte Kari es, eine Reaktion zu unterdrücken und unbewegt dreinzublicken.

In ihrem dunkelblauen, mit Silberfäden bestickten Kleid sah Maéva gut aus, obwohl ihr Gesicht eher eigenwillig als hübsch wirkte. Sie kam Kari furchtbar dünn und zerbrechlich vor. Während sie ihre langen dunklen Haare zurückstrich, lächelte sie in die Runde, und die anderen begrüßten sie, als wäre alles ganz normal. Kari fühlte sich furchtbar unwohl – wusste Maéva etwas über ihren Auftrag oder nicht? Ihr Blick verriet nichts, selbst dann nicht, als Maéva sie anblickte.

»Du bist Cecily, nicht wahr?«, fragte die junge Beraterin und fügte hinzu: »Ich glaube, ich habe deinen Namen neulich bei Hofe gehört.«

»Ähm, ja, das kann sein.« Kari zwang sich zu einem Lächeln.

»Vielleicht hat Cecily auch schon von dir gehört, Maéva.« Svala zog eine Grimasse und deutete auf das Mädchen in Blau. »Der da solltest du nichts leihen – du siehst es in tausend Jahren nicht wieder! Sie hat immer noch die Satteltasche, die ich ihr vor ewiger Zeit geborgt habe.« Sie stemmte die Hände gegen die Hüften. »Wann genau bekomme ich die zurück?«

Maéva zog eine verlegene Grimasse. »Hm, dafür müsste ich sie erst mal finden ... aber das ist nur eine Frage der Zeit, wirklich.«

»Gut, dass wir drüber reden«, sagte Raik trocken. »Und was ist mit meinem Buch über magische und nicht magische Tiere in Isslar? Sag jetzt bitte nicht, dass du das verschlampt hast!«

»Nein, bestimmt nicht ... ähm ...«

»Aber du hattest nicht vor, es zu behalten, oder?« Raik verdrehte die Augen.

»Ich schwöre bei allen Wildpferden von Isslar ...«

Die anderen Jugendlichen stöhnten auf.

»Kommt, hört auf, Leute«, mischte sich Daro ein. »Wir sind wegen des verdammten Balls hier und nicht, um auf Maéva herumzuhacken. Auch wenn's Spaß macht.«

Maéva zog die Augenbrauen hoch, dann grinste sie.

Während sie gemeinsam in Richtung Burg gingen, fiel Kari auf, dass Svala sie und Maéva sehr genau beobachtete und sich zwischen ihnen hielt. Das war richtig süß. *Sie hat inzwischen mitbekommen, wem mein Auftrag gilt, und weil sie Maéva mag, versucht sie, sie zu schützen.* Darauf deutete auch das leise Gespräch hin, gerade fing Kari eine Antwort von Maéva auf. »Nein, ich will keine Leibwächter, das habe ich doch schon mal gesagt. Hör auf damit, Svala.«

»Das ist unglaublich unvorsichtig! Bitte.«

»Nein. Lass uns von was anderem reden.«

Aha, eigensinnig war sie also auch. Kari warf der jungen Beraterin einen Seitenblick zu. Obwohl sie so bedrückt wirkte, erschien sie auch unfassbar lebendig. Sie gestikulierte beim Reden, ihre azurblauen Augen blitzten und ihr ganzer Körper schien einer unsichtbaren Melodie zu folgen.

Ich mag sie auch.

Es war nicht leicht, sich das einzugestehen.

Kari biss die Zähne zusammen und setzte einen Fuß vor den anderen, bis ins Innere der Burg.

Gletscherlauf

Während sie redeten, war Kari mit den anderen weitergegangen, sie passierten den Eingang der Burg. Ein aus weiß-grauem Stein gemeißelter Falke thronte über dem Portal und andere Ornamente und Bilder aus dem gleichen polierten, hellen Stein säumten den Eingang, der ansonsten aus schwarzer Lava bestand. Fünf besondere Zeichen: Symbole für Wind, Feuer, Wasser, Schnee sowie eine Art Doppelbogen, hoben sich darauf ab, vielleicht standen sie für die Fünf Familien und ihre Talente?

Diesmal hielten sich die Eiswachen im Hintergrund, als wollten sie die Gäste nicht einschüchtern. Stattdessen reichte ein Diener jedem von ihnen mit einer Verbeugung eine kleine hellblaue Blüte, Svala, Eva und die anderen hefteten sie an ihr Kleid, wo sie auf anscheinend magische Weise kleben blieb. Vielleicht war das so etwas wie das Eintrittsbändchen bei einem Rockkonzert?

»Wer eine solche Blume trägt, dem schenkt die Göttin Elin ihre Gunst«, flüsterte Svala ihr zu. »Sie hat sie selbst schon oft zum Tanz getragen, sagt man.«

Sie tauchten ein in das Gewimmel von Menschen. Mehrere Dutzend edel gekleidete Leute bewegten sich mit Bechern in der Hand in Richtung des Bankettsaales. Kari ging einfach mit und lauschte den Gesprächsfetzen, die sie auffing.

»... hat er ja wirklich ein Drachenherz, aber was nutzt ihm das, wenn er ansonsten ...«

»... wird sie wahrscheinlich noch dieses Jahr den Nordlichtern folgen, hast du gesehen, wie furchtbar alt sie geworden ist und ...«

»... könntest du mir wirklich mal dieses Heringsrezept geben, denn nächste Woche ...«

»Junge, die Frau ist nichts für dich, die hält dich im Winter nicht warm. Aber wenn du ...«

Kari versuchte zu raten, wo ihr Platz war, und setzte sich dann einfach zu den anderen. Sie landete drei Plätze von Maéva entfernt neben Raik und Eva. Oh. Hoffentlich würden die beiden nicht die ganze Zeit herumturteln und sie stumm vor ihrem Essen sitzen lassen. Es gab so vieles, was Kari wissen und fragen wollte. Also gleich los. »Sag mal, Raik, du bist doch ein Akuri, oder?«, fragte sie. »Was für Talente hat deine Familie?«

Raik lächelte sie an. »Wir sind magische Ingenieure und die Einzigen, die mit den Sturmbögen umgehen können. Sie sind vor sehr, sehr langer Zeit gebaut worden und wir ...« Er unterbrach sich und wandte den Blick nach vorne.

Schweigen senkte sich über den Saal, als Fürstin Lakana und ihre Tochter den Saal betraten, flankiert von bewaffneten, finster blickenden Eiswachen und einem halben Dutzend männlichen und weiblichen Beratern. Der Silberfalke flatterte ihr nach und setzte sich auf eine Statue am Rand des Saales.

Sicher war Kari nicht die Einzige, die über Fürstin Lakanas Zustand erschrak – sie war noch weiter abgemagert und schleppte sich mühsam am Arm einer Wache dahin. Auch gab sie sich wenig Mühe, gute Stimmung zu verbreiten. »Es wird sich so manches verändern in Isslar«, sagte sie mit leiser, rauer Stimme, doch es war still, dass Kari sie trotzdem verstand. »Freut euch mit mir, dass meine Tochter euch in die Zukunft führen wird. Mögen die kommenden Winter mild werden und die Götter uns gewogen bleiben!«

Gabrissa lächelte huldvoll in die Runde und bekam dafür eher pflichtbewussten als begeisterten Zuspruch. Ihr Kleid war wie ein Regenbogen vor grauem Himmel, in Stoff gebannt ... eindrucksvoll, aber für Karis Geschmack ein wenig zu bunt.

Raik zog die Augenbrauen hoch, während er sie betrachtete. »Hast du sie schon persönlich kennengelernt?«, flüsterte er ihr zu und Kari nickte. Raik sah aus, als hätte er gerne »Du Arme!« gesagt, aber er war zu vorsichtig, es auszusprechen. Das wunderte Kari nicht mehr nach all dem, was sie bisher erlebt hatte. Anscheinend hatte die Fürstin die Fünf Familien fest im Griff ... und das, obwohl sie Einfluss und besondere Talente besaßen! Erstaunlich, dass sie sich bisher nicht zur Wehr gesetzt hatten. Vielleicht lag es an den Strafen. Wieder einmal musste Kari an ihren jungen Diener denken. Wie es ihm wohl gerade erging?

Fürstin Lakana setzte sich mühsam und das Festmahl vor dem Ball begann. Die Vorspeise waren irgendwelche roten Fäden mit braungelber Soße, Kari probierte sie vorsichtig.

»Das sind Blutalgen mit püriertem jungem Eissturmvogel«, erklärte ihr Tischnachbar.

Beinahe hätte Kari die Vorspeise über den Tisch geprustet. Mühsam schluckte sie den Inhalt ihres Mundes herunter und Raik nickte beifällig. »Tapfer. Alles noch sehr fremd hier, was?«

»Aber hallo.« Unauffällig schob Kari ihren Teller weg. Diese Zeit in Isslar entwickelte sich zu einer unerwarteten Diät! Allmählich begann sie ernsthaft, von Guacamole, Nachos und Burritos in ihrem und Mams Lieblingsrestaurant zu fantasieren. Doch andere Gedanken waren noch stärker und so fragte sie: »Weißt du zufällig, ob Andrik heute da sein wird?«

»Unwahrscheinlich – Bälle sind nicht so sein Fall. Wieso? Woher kennst du ihn?«

»Wir, äh, haben zusammen auf einem Vulkan gesessen.«

Raik lachte überrascht. »Respekt, das traut sich sonst keiner. Früher war ich übrigens gut mit Andrik befreundet. Aber mit der Zeit haben wir uns ein bisschen auseinandergelebt – verschiedene Ziele im Leben und so.«

Oh wow, jemand, der Andrik gut kannte! Kari spürte, wie ihre

Neugier sich regte. Rasch formulierte sie im Kopf ihre Frage, während Diener die Vorspeise abräumten und stattdessen vor jeden Platz einen Teller mit einem fast völlig durchsichtigen Fisch stellten. Er sah mehr nach Anatomiestunde aus als nach Festspeise. Skeptisch zählte Kari seine Gräten und pickte an ein oder zwei Organen herum. »Ich habe gehört, dass es irgendeine Tragödie in seiner Familie gab ...«

»Ja, die gab es, und seither kommt keiner mehr so richtig an ihn heran.« Routiniert zerlegte Raik seinen Fisch. »Sein jüngerer Bruder Gunnar war sehr begabt, aber unerfahren. Vor zwei Jahren – da war Gunnar vierzehn – war er mit seinen Eltern auf der Katla unterwegs, einem unserer Vulkane, der unter einer Eiskappe liegt. Leider hat Gunnar dabei einen Ausbruch verursacht.«

»Oh nein«, entfuhr es Kari und ein eisiges Kribbeln überlief sie. »Sind Andriks Eltern verletzt worden?«

»Feuer kann den Vikanes nicht so furchtbar viel anhaben, aber der Gletscherlauf hat sie getötet. Weißt du, was das ist?«

Beide Eltern waren dabei gestorben? Das war so grauenhaft, dass Kari es sich kaum vorstellen konnte. »Ja ... ja ... ich glaube schon«, stammelte sie. »Wenn der Vulkan ausbricht, schmilzt ein Teil der Eiskappe schlagartig und es gibt eine Flutwelle. Was ist mit Gunnar passiert, Andriks Bruder? Ist er dabei auch umgekommen?«

»Wäre vielleicht besser gewesen«, sagte Raik leise. »Er ist ein paar Wochen später am schwarzen Strand von Reynisfjara schwimmen gegangen, natürlich hat ihn die Strömung erwischt. Ich glaube, es war Absicht.«

Mühsam brachte Kari die Worte hinaus. »Und Andrik? War er damals nicht dabei? Als das mit seinen Eltern passiert ist?«

»Nein, er war auf einem Ausflug in die Wildnis ... und seither macht er sich Vorwürfe. Wenn er dabei gewesen wäre, hätte er den Ausbruch wahrscheinlich verhindern können. Damals war er siebzehn und schon sehr stark.«

Völlig überwältigt von dem, was sie gerade erfahren hatte, schob sich Kari ein winziges Stück Fisch in den Mund. Sie bekam kaum mit, dass ihr Teller kurz darauf abgeräumt wurde. *Jetzt weiß ich also, warum er sich so eisern kontrolliert und warum er so einsam wirkt ... ach verdammt, ich wünschte, ich hätte das früher gewusst!*

»Du hast wirklich keinen Hunger heute, was? Wart ab, gleich gibt es noch Papageitaucher-Pfannkuchen mit Elfensirup, ich wette, das ist was für dich.«

Ja, das war es. Die Pfannkuchen waren fingerdick und dufteten nach Butterkaramell, der Elfensirup schmeckte diesmal nach Himbeeren und Zimt, mit einer ganz leicht scharfen Note. Aber Kari konnte einfach nicht aufhören, an Andrik zu denken, und außerdem machte sie sich immer noch furchtbare Sorgen um Bjarni. War er schon hochgebracht worden zur Hekla, stand der arme Kerl Todesängste aus?

Kari versuchte, sich davon abzulenken. »Was für eine Mondphase ist eigentlich Caymar?«

»Die von Andrik? Der große zunehmende Mond. Kein schlechtes Omen, nicht so wie Cilim, die abnehmende Mondsichel – die habe ich leider abbekommen. Das lässt mich ab und zu mal jemand spüren.«

Nach dem Essen ging die ganze Gesellschaft hoch in den spektakulären Ballsaal aus blauem Eis. Musik ertönte. Kurz darauf drehten sich die ersten Paare auf der Tanzfläche, darunter auch Maéva mit einem Mann, den Kari bisher nicht kannte. Irgendjemand aus den Fünf Familien? Welche Fähigkeiten hatte er? Und welche hatten eigentlich Svala und Daro? Hoffentlich keine so tödlichen wie Andrik.

Kari spürte, wie sie langsam ruhiger wurde. Sie lenkte sich von ihrem düsteren Gedanken damit ab, die vier Musiker zu beobachten – zwei Menschen mit Geige und Flöte, eine Elfe mit Geige sowie eine weitere Elfe, der es offensichtlich Spaß machte, mit etwas, das verdächtig wie Knochen aussah, auf zwei Trommeln einzudreschen. He, das war doch die Elfe mit der Rolex, wie hieß sie noch mal?

»Willst du tanzen?« Daro lächelte sie ein wenig herausfordernd an. Ganz schön mutig – er musste glauben, dass sie womöglich eine Profikillerin war, und trotzdem wollte er mit ihr aufs Parkett. Oder vielleicht gerade deswegen?

»Können wir machen«, gab Kari zurück. Doch noch während er sie galant an der Hand fasste und zwischen die anderen Paare führte, ertönte ein Ruf. »Es schneit! Der erste Schnee!«

Ein Raunen ging durch den Saal und auf Maévas Gesicht schien die Sonne aufzugehen. Dann strebten sie und mehrere andere Leute aus dem Saal heraus in Richtung der Balkons. »Ich muss ... lass mich ...« Kari zog ihre Hand aus Daros Griff und ließ ihren verdutzten Tanzpartner einfach stehen.

Knapp hinter Maéva kam sie beim Balkon an, den sie früher am Tag sabotiert hatte. Irritiert rüttelte Maéva an der blockierten Tür. Hoffentlich sahen das nicht die Fürstin oder Gabrissa, sonst kamen sie bestimmt darauf, dass Kari ihre eigene Falle unwirksam gemacht hatte! Nervös blickte Kari sich um, doch zum Glück drängten von hinten nur ein paar andere Leute nach, keine Mitglieder der Fürstenfamilie. Hoffentlich blieb das so. *Jetzt komm, sei nicht so stur und lass die verdammte Tür in Ruhe,* beschwor Kari die junge Magierin. *Deine Zeit ist noch nicht abgelaufen und diese blödsinnige Falle ist doch nur ein ...*

Mit einem Ruck riss Maéva die Tür auf und grinste triumphierend. »Wusste ich doch, dass die nur klemmte«, sagte sie.

Und ging mit langen Schritten nach draußen.

***

Liebevoll ließ Cecily die Finger über die kleine goldene Armbrust gleiten, bevor sie sie wieder zurücksteckte in ihre Jackentasche.

Sie stammte aus Isslar und war ein Werk der Elfen, ihr Urgroßvater hatte sie einst von einer früheren Fürstin geschenkt bekommen. Dass sie wie ein Spielzeug wirkte, war eine praktische Sache. *Mit Zucker fängt man Affen,* dachte Cecily verächtlich. Wie ihr Vater berichtet hatte, lief es immer gleich: *Oh, wie niedlich, darf ich mal anschauen, schießt die wirklich? – Ja.* Zack. Und Ende. Die Spitzen der Pfeile, die sie in der Zigarettenpackung aufbewahrte, waren mit Curare aus den Regenwäldern Südamerikas bestrichen, das lähmte die Atemmuskulatur innerhalb von Sekunden.

Während alle sich um die Mutter der miesen Verräterin bemühten, nutzte Cecily die Chance, in der Küche noch ein paar Dinge vorzubereiten. Die anderen sprachen so laut, dass sie trotzdem mithören konnte.

»Vielleicht habe ich irgendwas gegessen, was nicht mehr gut war«, stöhnte Susanna, die anscheinend das Bad verlassen hatte.

Thorsten – der gekocht hatte – wehrte natürlich sofort ab. »Also am Saltimbocca kann es nicht gelegen haben, das war ganz frisch.«

»Sie hat uns was ins Essen getan! Diese Cecily. Wir müssen Mam ins Krankenhaus bringen, sofort!« Alice, diese kleine Schlange. Mit der würde sie sich noch befassen müssen.

»Alice! Hör sofort auf mit dem Blödsinn! Susanna, hast du ihr erlaubt, *Tatort* mitzuschauen oder so was?«

»Natürlich darf sie schon *Tatort* schauen«, erwiderte Susanna mühsam. »Der ist wirklich nicht sehr blutig. Ich finde, das erklärt nicht, wie sie auf so was kommt. Ich ... fühle mich wirklich nicht gut ... am besten, ich lege mich einen Moment hin ...«

Das konnte Cecily verstehen – soweit sie mitbekommen hatte, nahm einen auch eine nicht tödliche Dosis ordentlich mit. Die Schönheit dieser Methode war, dass niemand je darauf kam, dass er vergiftet worden war, wer rechnete denn mit so was? Dadurch erhielt kaum jemand rechtzeitig das Gegenmittel. Und wenn man das Arsen nicht zu hoch dosierte, zog sich die »Krankheit« genau so lange hin, dass sie natürlich wirkte. Wenn irgendein Pathologe endlich die richtige Diagnose stellte, war Cecily schon längst ganz weit weg, gewöhnlich mit einem ihrer anderen Pässe.

»Sie muss ins Krankenhaus!« Alice klang verzweifelt, recht geschah es ihr.

»Jetzt hör bitte auf, Alice! Der Stress schlägt ihr auf den Magen, so einfach ist das.«

Ach, das wird eine schöne Überraschung für Kari. Sie wird begeistert sein, wenn sie zurückkommt. Zeit für die nächste Dosis. Cecily zückte das, was sie heute früh aus dem Auto geholt hatte. »Hab hier in der Küche einen Magen-Darm-Tee gefunden, soll ich dir einen machen, Susanna?«, rief sie in den Flur.

»Oh ja bitte, das wäre total nett von dir ...«

»... und danach schaue ich mal wieder, ob es von meinen Facebook-Kontakten was Neues gibt.«

»Du bist wirklich ein Engel!«

Nicht wirklich – Engel sind brave, langweilige Kreaturen, die wahrscheinlich furchtbar schlechte Harfenmusik machen. In sich hineinlächelnd machte sich Cecily daran, den Tee aufzubrühen. *Vier, drei, zwei* ... ja, da kam er schon. John stürmte in die Küche, ergriff die Teetasse und schüttete den Inhalt in die Küchenspüle. Er funkelte sie an, nahm eine frische Tasse und machte sich daran, mit einem anderen Beutel aus der gleichen Packung einen neuen Tee aufzubrühen. Nur mit Mühe verkniff sich Cecily das Lächeln.

»Was hast du ihr gegeben?« Johns Stimme klang gepresst. »Du warst das doch, oder?«

»Ich glaube, das wäre jetzt der richtige Zeitpunkt, mir ein bisschen was von deinem Wissen zu erzählen«, sagte Cecily freundlich. »Aber bitte die Wahrheit und nichts als die Wahrheit.«

John schien sich einen Ruck zu geben und Cecily spitzte die

Ohren. *Wird auch Zeit, dass er redet, diese Schlampe Kari ist jetzt schon seit zwei Tagen an meiner Stelle in Isslar!*

»So, ich sage dir jetzt die verdammte Wahrheit, also hör gut zu«, sagte John grimmig. »Kari war unglücklich, sie hatte keine Lust auf Patchworkfamilie und hier in Island ist alles irgendwie noch schlimmer geworden. Ich habe meinem Vater versehentlich verraten, dass sie an einem Roman arbeitet, sie muss gedacht haben, dass ich sie ins offene Messer laufen lasse ... kurz, ich bin ziemlich sicher, dass sie stinksauer auf mich war, auf mich und Thorsten. Sehr wahrscheinlich ist sie losgetrampt mit einem der anderen Touristen ... ich wette, sie ist schon zurück in Reykjavík, während wir hier wie auf Kohlen sitzen!«

Ungläubig und enttäuscht hörte Cecily zu. »Das ist Bullshit«, sagte sie und versuchte nicht mehr, ihre Ungeduld zu verbergen. »Wenn du versuchen willst, mir so was als die Wahrheit zu verkaufen, musst du schon deutlich früher aufstehen.«

Sie würde schon noch aus ihm herauskriegen, was sie wissen wollte!

Als sie an ihm vorbei aus der Küche rauschen wollte, ergriff er ihren Arm. »Das ist nicht das erste Mal, dass du so was machst, oder? Wer bist du eigentlich?«

Cecily blickte ihn an und hob die Augenbrauen. Erstaunlich, was er sich traute, vielleicht hatte sie ihn doch falsch eingeschätzt. »Ach, John, es ist wirklich tragisch, dass Kari verschwunden ist – aber ich helfe euch mit aller Kraft, sie wiederzufinden«, sagte sie.

Dann machte sie sich los und schlenderte ins Wohnzimmer.

Freier Fall

Kari wusste nicht, ob sie Maéva folgen oder besser versuchen sollte, die Tür wieder zuzubekommen, sodass niemand außer ihr diesen verdammten Balkon betreten konnte. Doch sie hatte zu lange überlegt, schon drängten sich Daro, Svala, Raik und ein paar andere an ihr vorbei auf das enge Halbrund hoch über Khyona.

»Halt, ihr dürft nicht ...«, versuchte Kari zu sagen, doch niemand hörte zu. Panik stieg in ihr hoch – *Maéva darf doch jetzt nicht sterben, durch meine Schuld! Dieser verdammte Balkon ...*

Der See schimmerte wie geschmolzenes Blei und große Schneeflocken trudelten langsam und bedächtig aus dem Himmel. Maéva streckte die Arme aus und fing eine der Flocken in der Hand. Lächelnd betrachtete sie sie, während Kari unauffällig versuchte, sich zwischen Mädchen und Geländer zu schieben. Es war eng, und sie hatte keine Ahnung, was Maéva über ihre Drängelei dachte, aber es klappte. *Uff. Jetzt muss ich nur aufpassen, dass ich mich nicht selber versehentlich anlehne! Am besten, ich bleibe hier stehen und bewege mich nicht.*

Karis ganzer Körper kribbelte, auch wenn sie das Geländer und die Tiefe hinter sich nicht sehen konnte. Nein, sie hatte nicht wirklich Höhenangst, aber das hier war zu viel. Alice hätte sich garantiert über sie lustig gemacht, sie war selbst die reinste Bergziege.

Maéva hielt den anderen die Flocke hin. »Ist sie nicht schön?«, fragte sie und Kari riskierte einen Blick. Der zarte Kristall schmolz nicht in Maévas Hand.

»Ja, sie ist herrlich«, sagte Eva, Raiks rothaarige Freundin. »Aber was meinst du, bekommen wir bald einen Schneesturm?«

Ganz kurz schloss Maéva die Augen, hob das Gesicht zum Himmel und schien in sich hineinzuhorchen. »Ja, ich fürchte schon. Aber noch nicht heute Nacht.«

»Schaffst du es nicht, so etwas zu verhindern?«, rutschte es Kari heraus. Verursachen konnte dieses Mädchen einen zumindest kleinen Schneesturm sehr wohl, das hatte sie schon bewiesen!

Maéva öffnete die Augen und blickte ihr direkt ins Gesicht. Am liebsten hätte Kari weggeschaut, doch sie war wie gebannt. »Manchmal – aber nicht, wenn er richtig heftig ist«, erwiderte die junge Magierin. »Die Natur ist stärker als ich.«

»He, lasst mich auch mal durch! Ihr habt lange genug geglotzt.« Gut gelaunt schob sich Svala an ihnen vorbei, ein Lächeln auf dem runden, gutmütigen Gesicht. Dabei streifte ihre Hüfte Kari. Nicht sehr fest, aber es schob Kari ein Stück nach hinten.

Einen Moment lang kämpfte sie erschrocken um ihr Gleichgewicht, dann packte Kari einen Teil des Geländers, von dem sie wusste, dass es nach wie vor fest und sicher war. Langsam beruhigte sich ihr Herzschlag ... nur, um sofort wieder loszurasen, als sie sah, was Svala gerade tat. Sie war ans Geländer getreten und stützte sich darauf ab, während sie sich herumdrehte, um irgendetwas zu Daro zu sagen.

Bevor Kari eine Warnung schreien konnte, war es schon zu spät. Wie in Zeitlupe sah sie, wie das Geländer sich auflöste und die Stäbe nach außen kippten. Svalas Mund öffnete sich vor Entsetzen, sie taumelte ... und fiel. Mit in Todesangst aufgerissenen Augen versuchte sie, irgendeinen festen Halt zu erwischen, sich an irgendetwas anzuklammern, griff ins Leere.

Instinktiv hechtete Kari nach vorne, doch jemand war schneller. Raik. Er schaffte es, eine von Svalas Händen zu erwischen, doch er hatte weder einen festen Stand noch einen Halt, wurde von ihrem Gewicht rasch zum Rand des Balkons gezogen. Kari klammerte sich an ihn, hielt ihn fest, während sich Maéva in ihrem schicken

Kleid auf den Boden warf und den Arm ausstreckte, um an Svalas andere Hand heranzukommen. »Ruhig bleiben, nicht zappeln, wir versuchen, dich hochzuziehen.« Ihre Stimme klang erstaunlich gelassen. »Ganz ruhig, Svala!«

»Ich bin zu schwer, das schafft ihr nicht.« Svalas Stimme war nur ein Wimmern.

Maéva schnaubte. »Hör auf mit dem Blödsinn ... gleich haben wir dich oben ... verdammt, kann mal jemand Hilfe holen?!«

Jeder von ihnen wusste, dass ein Mensch, der von dieser Stelle aus fiel, nur noch Momente zu leben hatte.

Kann der Depp Daro nicht mal mithelfen? Oder sonst jemand? Verzweifelt lehnte sich Kari mit ihrem ganzen Gewicht nach hinten, versuchte, Raik zu halten. Wenn sie Pech hatten, stürzten sie gleich alle gemeinsam ab! Svala sah vielleicht schlank aus, aber sie war *schwer!*

»Ruft einen Thordar! Ist hier denn kein Thordar?«, hörte sie Daro brüllen. Was sollte das denn heißen?

»Ein Seil! Habt ihr irgendwo ein Seil ...«, schrie Kari.

Zentimeter für Zentimeter rutschten Svala, Raik und sie in Richtung des Abgrunds. Der Boden des Balkons war durch die dünne Schneeschicht rutschig und Kari hatte keinen wirklich festen Stand. Sie lehnte sich mit ganzem Gewicht nach hinten, während sie Raik festhielt. Maéva lag noch immer auf dem Boden und jemand, anscheinend ein Diener, hatte ihre Fußknöchel gepackt, damit sie nicht wegglitt. *Kann bitte jemand mich festhalten?,* dachte Kari verzweifelt und brüllte noch einmal um Hilfe.

Sie sah, dass ein breitschultriger Offizier der Eiswache mit zwei Soldaten den Balkon betrat. Na endlich kam Hilfe! Mit wenigen Schritten waren die Wachen bei ihnen und packten mit an. Ihr Kommandant dagegen rührte keinen Finger ... er schien sich einfach nur zu konzentrieren. Im selben Moment erhob sich ein Orkan – oder so fühlte es sich jedenfalls an. Aber es war ein Sturm, der von unten nach oben blies, er wirbelte Svala hoch und auf den Balkon wie ein Kleidungsstück. Raik und Kari wurden zurückgeworfen, Kari prallte schmerzhaft gegen den Balkonboden und den Rand der Tür. Maéva duckte sich und schützte den Kopf mit dem Arm, den sie nicht zum Festhalten brauchte.

Schon legte sich der Sturm wieder, von einem Moment auf den anderen war es wieder windstill.

Es ist alles gut gegangen! Niemand ist gestorben! Fahrig wischte Kari sich mit dem Handrücken über das Gesicht. Für eine Killerin war sie eindeutig zu feinfühlig.

»Danke, Magnus, das war gerade noch rechtzeitig«, sagte Daro und Magnus Thordar lächelte schmallippig. Er hatte langes graues Haar, das er in einem Zopf zurückgebunden trug, und eisblaue Augen. Seine bläulich weiße Uniform aus diesem eigenartigen, schuppigen Stoff – Echsenhaut? Oder sogar Drachenhaut? – war makellos.

»Was ist hier überhaupt los?«, forderte er nach einem Blick in die Runde.

Kari hatte selbst keine Ahnung, sie schüttelte den Kopf. Hatte dieser Mann den Orkan gerufen? Anscheinend! Jetzt wusste sie also, was das Talent dieser Familie war.

Erst jetzt wagten Maéva und Raik, ihre Hände aus Svalas zu lösen. Schwankend richtete sich Svala auf, stammelte ein Danke und taumelte dann totenbleich zurück in den Tanzsaal. Maéva stand ebenfalls auf, ganz langsam, und klopfte ihr zerknittertes Kleid ab. Schneeflocken glitzerten auf ihrem Haar.

»Der Balkon war beschädigt«, sagte Raik und drückte Eva an sich. »Schlamperei, schätze ich. Maéva, wieso hast du an der Tür gezogen? Vielleicht haben Diener die absichtlich blockiert!«

Kari spürte, wie sie rot wurde. Zum Glück bemerkte es niemand, weil keiner auf sie achtete.

»Bin jetzt *ich* schuld oder was?« Maéva verdrehte die Augen.

»Kommt, lass uns wieder tanzen gehen. Ist ja niemand verletzt.« Doch so beiläufig sie den Vorfall abtat, ihre Lippen waren schmal und sie wirkte noch blasser als sonst. *Ahnt sie, dass der Zwischenfall etwas mit ihr zu tun hatte?* Kari fürchtete den Moment, in dem Maévas Blick auf sie fallen würde, denn ihre Gesichtsfarbe schrie geradezu heraus, dass sie sich schuldig fühlte. Doch Maéva beachtete sie nicht und ging kurz darauf nach drinnen, mit Eva und Raik darüber diskutierend, wann sie am besten die Sturmbögen aufweckten und ob sie Svala suchen gehen sollten, um sie zu beruhigen.

Maéva war leider noch in Hörweite, als jemand an Karis Hosenbein zupfte. Es war die Elfe mit der Rolex, die anscheinend Pause am Schlagzeug machte. »Du, fremdes Mädchen. Wir haben deine Kräuter gefunden. Unser Lohn wird süß sein, ja, das wird er – braun und süß! Gib ihn mir jetzt!«

Zu Karis Erleichterung drehte sich Maéva nicht um und kurz darauf war sie zwischen den anderen schwatzenden und tanzenden Paaren außer Sicht. Kari entspannte sich und die leuchtenden Augen der Elfe entlockten ihr ein Lächeln. »Das ist prima, vielen Dank. Dieses Kleid hat leider keine Taschen, ich habe die Schoko daheimgelassen. Am besten treffen wir uns morgen bei euch, dann bringe ich euren Lohn mit.«

Ein Schmollmund war die Antwort. »Kein Lohn macht nichts, wir probieren die Kräuter an dir aus und das wird bestimmt lustig, ja.«

Total lustig. Garantiert.

»Anderes Thema – ich finde, du machst richtig gute Musik«, meinte Kari und die Elfe knipste ihre gute Laune wieder an. Sie nahm die blaue Blume, die sie sich hinter das Ohr geklemmt hatte, schenkte sie Kari und tänzelte dann mit Sprüngen und Pirouetten zurück zu ihrer Band. »Fiii, bis bald im Wald!«

Ah, sie neigten zu Kalauern. Und zu Falschinformationen. Einen Wald gab es hier nirgends, außer man rechnete die hüfthohen Krüppelbirken dazu.

»Wie heißt du noch mal?«, rief Kari ihr hinterher. Jetzt sah es so aus, als würde die Elfe ihren Namen tanzen – in jeder Waldorfschule wäre sie der Hit gewesen. Blöderweise wurde Kari nicht schlau daraus.

»Magst du die kleinen Miststücke etwa?« Daro lehnte neben ihr an der Wand und blickte mit hochgezogenen Augenbrauen auf ihr zerknittertes Kleid, das zu allem Übel einen Riss abbekommen hatte.

»Ja, du etwa nicht?«

»Sie fliegen gut, wenn man kräftig zutritt.«

Wider Willen musste Kari lachen. Aber das war kein Witz gewesen, oder? Oje.

Daro rückte noch ein wenig näher. Ganz unangenehm war das nicht, er war locker der schönste Mann, den sie bisher außerhalb einer Kinoleinwand gesehen hatte. Aber auch manches an ihr schien ihm zu gefallen, er schenkte ihrer halbwegs gebändigten blonden Lockenmähne einen bewundernden Blick. »Du hast wunderbare Haare, kleine Wildkatze«, flüsterte er ihr zu. »Aber das ist nicht das Beste an dir. Ich fand's eindrucksvoll, wie du den Troll erledigt hast mit diesem Leuchtding, was auch immer das war. Wie wär's mit einem gemeinsamen Becher Met bei Gelegenheit?«

»Ich mag keinen Met«, wich Kari aus, allmählich wurde ihr doch etwas unwohl zumute. Er war viel zu nah für ihren Geschmack, sie hatte es noch nie gemocht, wenn ihr jemand so auf die Pelle rückte, und sein Atem roch nach irgendetwas Alkoholischem. Passend zum Thema behauptete er: »Macht nichts, der Brennivin ist auch gut.«

»Aber ich dachte, du weißt, was ich hier bei Hofe machen soll. Wer ich bin.« Kari versuchte, einen stahlharten Blick aufzusetzen.

Doch der wirkte anscheinend nicht so drohend wie beabsichtigt. Außerdem behauptete Daro: »Ich mag den Flirt mit der Gefahr.«

Auch das schien nicht ironisch gemeint zu sein. Oh Mann!

Kari öffnete den Mund, um ein paar deutliche Worte loszuwerden, da fiel ihr etwas ein, das durch sie hindurchbrannte wie ein Stromschlag. *Dieser Kerl kennt die Hälfte der Formel, mit der ich das Grüne Tor aufkriege!*

Auf einmal kostete es sie keine Mühe mehr, ihre Lippen nach oben zu biegen und ihn freundlich anzublicken. »Ja, gut. Morgen bei Kalur im *Blauen Eis?*«

Daro blickte nicht begeistert dabei, vielleicht dachte er an seine Blamage neulich. »Klar, Kalur war damals im Kampf gegen das Seefahrervolk dabei. Hat geholfen, unsere Festung Borgarwirki zu halten. Ruhm und Ehre und so. Aber wenn ich genauer nachdenke, hasse ich abgehalfterte Kämpfer, die schlechten Met brauen. Lass uns woanders hingehen. Und jetzt ein Tanz?«

»Na gut«, sagte Kari und seufzte innerlich. Nun hatte sie gleich zwei ziemlich schräge Dates!

Die Botschaft

Mitternacht musste längst vorbei sein. Karis Füße taten weh, sie sehnte sich danach, heimzugehen und sich ein heißes Bad zu gönnen. *Ja, es reicht für heute, ich haue ab.* Dieser Abend war zwar auch irgendwie aufregend, doch sie konnte nicht vergessen, was Svala ihretwegen hatte durchstehen müssen. »Alles in Ordnung?«, fragte Kari, als sie das hellblonde Mädchen mit einem Glas in der Hand irgendwo in einer Ecke hocken sah. »Magst du nicht lieber heimgehen?«

»Du glaubst doch nicht im Ernst, dass das erlaubt ist«, sagte Svala, sie klang erschöpft. »Bevor sich Gabrissa zurückzieht, darf hier niemand raus. Und sie ist im Gegensatz zu mir ein echter Nachtmensch.«

»Oh«, meinte Kari. *Da entschwinden meine Pläne für den weiteren Abend!*

Sie beobachtete, wie Raik die Fürstentochter übers Parkett wirbelte – Gabrissa war eine richtig gute Tänzerin und sie strahlte beim Tanzen ... das hier war offensichtlich etwas, das ihr viel bedeutete. Nach Raik forderte der große Offizier der Eiswache sie auf, der Magnus Thordar hieß und ein Herr des Windes war. Noch während Kari die beiden neugierig beobachtete, kam Raik angeschlendert und verbeugte sich vor ihr. »Wie wär's?«

»Okay«, sagte Kari, bevor sie sich das viel zu moderne Wort verkneifen konnte. Doch Raik schien sich nicht daran zu stören. Er fragte: »Was für Tänze habt ihr denn so in der Draußenwelt?«

Dankbar lächelte Kari. Es hatte ihr gereicht, vorhin Daro bei einem Isslarer Tanz ständig auf die Füße zu treten. »Ich zeig's dir.«

Also tanzten sie so wie in einem Club ihrer Welt, was bei der Elfe am Schlagzeug einen Kicheranfall auslöste. Dadurch spielte sie leider noch lauter.

Als Raik sie nach dem Lied wieder an den Rand des Saales führte, merkte Kari, dass er sie nicht – oder nicht nur – aufgefordert hatte, weil er ihre Gesellschaft schätzte. Oder ihre nicht vorhandenen Tanzkünste. Er näherte seine Lippen ihrem Ohr. »Hab gehört, du hast dich für deinen Diener eingesetzt«, murmelte er. »Wollte dir nur sagen, es ist alles gut gegangen. Die Hekla ist nicht ausgebrochen.«

Eine gewaltige Last schien von Kari abzufallen. »Gott sei Dank!«

»Welcher Gott?«

»Ach, vergiss es. Ich bin einfach froh. Aber woher weißt du das mit meinem Diener?«

»Kjell hat es herumerzählt, als lustige Geschichte. Aber ich fand's nicht lustig, sondern einfach nett von dir.« Er lächelte sie an. »Die meisten Leute aus den Fünf Familien hätten sich nicht drum geschert, es gibt ja in der Unterstadt genug Leute, die sich um eine Stelle als Bediensteter reißen.«

»Das war auch mein Eindruck«, sagte Kari.

Ein prüfender Blick von der Seite traf sie. »Ich habe durchaus mitbekommen, was die Leute über dich erzählen. Wollte dir nur sagen, dass ich das nicht glaube. Und ich bin ein ganz guter Menschenkenner.«

Kari spürte, wie ihr Tränen in die Augen traten. Das bedeutete ihr so viel nach Tagen in dieser furchtbaren Rolle, die sie fast zerriss. Raik war wirklich ein netter Kerl. »Danke. Andrik hat dich als Freund gut gewählt.«

»Er will ja leider nichts mehr mit mir zu tun haben.« Raik seufzte. »Wenn es stimmt, dass du bei ihm auf einem Vulkan warst ... und er dich nicht sofort vergrault hat ... dann tu mir einen Gefallen: Gib ihn nicht auf.«

»Versprochen«, erwiderte Kari spontan, bevor sie dazu gekommen war, darüber nachzudenken. *Moment mal, wieso habe ich das gesagt? Ich bin immer noch saumäßig wütend auf Andrik!*

Eva kam heran, schmiegte sich in Raiks Arm und schenkte Kari ein herzliches Lächeln. »Na, seid ihr auch so müde?«

Raik küsste seine Freundin zärtlich. »Wir sind alle müde, deshalb können wir genauso gut Spaß haben. Komm, wir tanzen noch eine Runde.«

Es war nicht klar, ob Eva zugehört hatte, sie gähnte gerade ausgiebig. Woraufhin Raik sie durchkitzelte, bis sie quiekte und »Bin wieder wach, bin wieder wach!« rief. Kari musste lächeln. Die beiden waren so süß zusammen ... sollte sie sie warnen, was Gabrissa mit Raik vorhatte? Doch bevor sie sich entscheiden konnte, hatten sich die beiden schon verabschiedet und gingen sich amüsieren.

In irgendeiner Nische lehnte Kari den Kopf an die Wand und schlief ein. Irgendwann rüttelte sie jemand. Gabrissa hatte sich endlich zurückgezogen und draußen standen schon Kutschen bereit, um die Gäste heimzubringen. Kari schaffte es in ihrem Zimmer gerade noch, ihr Kleid abzustreifen, dann kippte sie der Länge nach in ihr Bett.

Als Kari wieder erwachte, war es draußen schon hell. Über dem Stuhl hing ihr Ballkleid und sah dort aus wie ein toter grüner Schmetterling. Ihre neue Dienerin hatte lautlos Frühstück und einen Zuber heißes, schwefelig riechendes Wasser bereitgestellt, frisch aus den Tiefen der Erde und den Kanälen von Khyona.

Ächzend zerrte sich Kari von der Matratze hoch und massierte ihre Füße. Ob Bjarni nun, da er frei war, wieder ihr Diener sein konnte? Hoffentlich.

Du bist ganz schön verwöhnt, schalt sich Kari. Niemand, den sie kannte, hatte jemals einen Diener gehabt, und hier in Isslar war es für sie schon fast selbstverständlich geworden. *Wie die echte Cecily wohl in meiner Welt klarkommt – so ganz ohne Diener? Nein, sie kann gar nicht daran gewöhnt sein, Diener zu haben, sie ist ja anscheinend in der »Draußenwelt« aufgewachsen und war noch nie hier.*

Eigentlich komisch, dass sie jetzt zum ersten Mal wirklich darüber nachdachte. Cecily musste ja auch irgendwann am Treffpunkt gewesen sein, nur eben zu spät. Was hatte sie getan, nachdem sie entdeckt hatte, dass ihre Abholer schon weg waren? War sie einfach wieder gegangen? Oder würde sie es womöglich irgendwie schaffen, nachzukommen? *Oh, dann habe ich ein Problem! Jedenfalls scheint es nicht möglich zu sein, eine Nachricht aus Island nach Isslar zu schicken, sonst hätte sie es längst getan.*

Kari fröstelte und wog den weißen Dolch in der Hand. Es wäre gut gewesen, wenn sie irgendwie mehr über Cecily hätte erfahren können. Sie musste herausbekommen, warum ihre Familie damals verbannt worden war. *Wie kann man in diesem Alter schon eine Assassinin sein? Sie muss schon Menschen getötet haben! Wo hat sie so was gelernt? Und was genau macht sie jetzt, während ich hier bin?*

Die kleinen Härchen auf ihren Armen stellten sich auf, während sie darüber nachdachte. Alice und Mam waren garantiert in der Gegend geblieben. Oder doch nicht? Immerhin war sie nun schon mehrere Tage verschollen. Doch, sie waren bestimmt geblieben! Bestimmt suchten auch Thorsten und John nach ihr, zu gerne hätte Kari gewusst, wie.

Konnte es sein, dass sie dabei dieser Cecily begegnet waren? Ohne zu wissen, wer und was sie war? *Vielleicht sieht sie total harmlos aus ... so wie ich, die Leute aus Isslar haben mich schließlich mit ihr verwechselt. Was ist, wenn sie und meine Familie jetzt irgendwas miteinander zu tun haben? Wenn Cecily vielleicht sogar darauf gekommen ist, wer an ihrer Stelle rübergeholt worden ist?*

Der Gedanke fror sie dort fest, wo sie saß. O Gott nein, bitte nicht! Wenn Alice etwas passierte, würde sie das nicht überleben! Sie musste sie warnen, alle vier, denn auch dass John etwas geschah, wollte Kari nicht mit ihrem Gewissen vereinbaren müssen.

Die Elfen! Sie können in die Menschenwelt wechseln, ohne die Tore benutzen zu müssen. Irgendwie muss ich es schaffen, sie zu überreden, damit sie meiner Familie eine Nachricht überbringen!

Ihre Erstarrung löste sich und verwandelte sich in panische Hektik. Kari sprang auf, riss ihre Jacke vom Haken, wühlte alle Taschen durch auf der Suche nach irgendwelchem Tauschgut, das sie ihnen bieten konnte. Gebrauchtes Taschentuch – nee, nicht wirklich. Schokolade – nein, die brauchte sie schon als Lohn für die Kräuter. Ihr Drachenfeuerzeug, graues Metall mit zwei Rubinaugen?

Falls sie keine Angst davor haben, gefällt ihnen das vielleicht. Die Taschenlampe? Wieso nicht, weg damit, sie würde schon irgendwie anders mit den Trollen zurechtkommen. Ah, an ihrem Schlüsselbund war noch ein winziger Laserpointer befestigt, den sie mal auf dem Jahrmarkt gewonnen hatte, vielleicht gefiel ihnen der ja.

Schreibzeug hatte sie keins, aber das alte Kräuterbuch hatte hinten eine leere Seite, vorsichtig trennte Kari sie heraus. Es war kein Papier, sondern etwas anderes, sicher Pergament, aus Tierhäuten angefertigt. Am liebsten hätte Kari einen halben Roman geschrieben oder auch einen ganzen ... anscheinend war ihre Schreibblockade weg ... aber der Platz reichte nur für ein paar Zeilen. Außerdem war das alles viel zu riskant, sie durfte nicht zu viel verraten für den Fall, dass die Botschaft versehentlich abgefangen wurde. Konnten Gnome eigentlich lesen? Mit einem angespitzten Stück Kohle kritzelte Kari drauflos, was ihre Handschrift nicht wirklich schöner machte.

Liebe Mam, liebe Alice, hi, John und Thorsten – es geht mir gut, aber ich bin an einem SEHR ungewöhnlichen Ort (Suche zwecklos). Ich komme zurück, sobald ich kann. Nehmt euch vor dem blonden Mädchen in Acht, sie ist gefährlich. Extrem gefährlich!
K.

Selbst das verriet viel, hoffentlich nicht zu viel. Aber die Warnung war wichtig. Hoffentlich war diese Viper namens Cecily schon zurückgekrochen in das Loch, aus dem sie gekommen war!

Kari faltete das bräunliche Pergament zu einem Quadrat, steckte es ein und hastete am Seeufer entlang in Richtung der Hügel, dorthin, wo sie und Bjarni die Elfen das letzte Mal gefunden hatten. Diesmal war es deutlich leichter, sie zu entdecken, wahrscheinlich weil sie schon auf Kari gewartet hatten. Alle drei Elfen, die beim letzten Mal da gewesen waren – zwei kniehohe Frauen und ein Mann in ähnlichem Format –, lümmelten sich auf Felsen und blickten ihr gespannt entgegen. Diesmal stellten sie sich alle richtig vor, und Kari hoffte, dass sie sich diesmal die Namen merken konnte. Dann reichte Sija, die Elfe mit der Rolex, ihr feierlich und mit einer Verbeugung ein Bündel mit den gefährlichen Kräutern.

»Perfekt, danke«, sagte Kari, verbeugte sich zurück und teilte fast die ganze restliche Schokolade aus, was Begeisterung auslöste. Kari musste lächeln. »Und, habt ihr auch ein bisschen Glück gefunden?«, fragte sie.

»Einen ganz großen Haufen! Um ein Haar wären die Trolle reingetreten!«, behauptete Tuli, die Elfe mit den Mondaugen.

Das klang eher nach irgendwelchen Ausscheidungen, aber egal, Glück brauchte sie dringend ... und wer konnte so was sammeln, wenn nicht Elfen? »Na dann, zeigt mal.«

Tuli hielt ihr die flache Hand hin, neugierig beugte sich Kari hinunter und die Elfe pustete. Silbriger Staub verteilte sich über Karis Gesicht und leider auch über ihrer Nase, Momente später schüttelte sie ein gewaltiger Niesanfall.

Die Elfen blickten sich gegenseitig an. »Jetzt hat sie alles wieder ausgeniest«, stellte Palo betrübt fest.

Oh nein, und dabei hätte sie ein bisschen Glück so gut brauchen können! »Habt ihr noch mehr davon?« Vorsichtig betastete Kari ihr Gesicht, auf dem hoffentlich ein bisschen Silber haften geblieben war.

Drei Köpfe wurden gleichzeitig geschüttelt – »großer Haufen« war anscheinend sehr relativ. Doch dann erhellte sich Sijas Gesicht. »Fiii, wir haben noch etwas anderes ganz Tolles gefunden! Leider wird es von einem starken Zauber geschützt!«

Sie eilte los, um das Ding zu holen. Als sie hinter einem Felsen hervorkam, schleppte sie einen Behälter mit sich, den Kari unschwer als volle und noch geschlossene Fanta-Dose identifizieren konnte. Palo deutete mit dem Zeigefinger darauf und murmelte eine Beschwörung. »Geh auf, du Ding! Bei Elin, geh jetzt auf, sonst wirst du es bereuen!«

Die Dose rührte sich nicht.

Kari bemühte sich um einen ernsthaften Blick. »Mit diesem Zauber kann ich euch helfen. Er ist sehr stark, aber ein paar Tricks habe ich in petto.« Sie nahm die Getränkedose und wies die Elfen an: »Jetzt macht mal alle kurz die Augen zu!«

Gehorsam schlossen Tuli, Sija und Palo die Lider und warteten. Kari summte ein paar geheimnisvolle Töne – ein bisschen Show musste sein –, dann zog sie den Ring der Dose hoch, es zischte, fertig! »Lasst's euch schmecken.«

Drei Augenpaare blickten sie dankbar an, dann streckten sich drei Paar Hände nach der Dose aus. Dadurch kippte sie leider um, es gab eine kleine gelbe Flutwelle. Doch Kari reagierte blitzschnell und rettete den Rest.

Reihum tranken die Elfen und schauten zufrieden drein, die Limo schien ihnen zu schmecken. »Nicht austrinken, *sie* hat noch nichts abbekommen«, mahnte Sija die anderen mit einem Blick auf Kari, riss den anderen die Dose weg und reichte sie ihr. »Du bist nämlich meine Lieblingszauberin!«

»Na, dann bist du meine Lieblingselfe«, sagte Kari schmunzelnd und goss sich den letzten Schluck in den Mund. Die leere Dose bekam einen Ehrenplatz auf einem Stein in der Nähe.

Bewundernd blickte Sija zu Kari hoch, schleckte sich die klebrigen Finger ab und fingerte an ihrer goldenen Uhr herum. »Kannst du noch mehr?«

»Vielleicht.« Ganz langsam fasste Kari in ihre Jackentasche, während ihre neuen Freunde lange Hälse machten. Vor Spannung trippelte Tuli auf Zehenspitzen umher und schlug so schnell die Handflächen zusammen, dass es aussah wie das Flattern eines kleinen Vogels.

Kari zückte ihren Schlüsselbund, drückte auf den Knopf des Laserpointers und ließ den roten Punkt über den Boden tanzen.

»Oh, ein Lichtwunder!«, zirpte Sija und jagte wie ein Kätzchen hinterher. Die anderen schlossen sich an, und Kari lachte sich schief und krumm, während die drei Wesen hin- und herjagten und versuchten, das rote Licht zu erwischen.

Als sie sich ausgetobt hatten, steckten die drei Elfen die Köpfe zusammen und tuschelten. Schließlich kletterte Sija auf einen Felsen neben Kari und blickte ihr von dort aus ernsthaft in die Augen. »Fiii, wir brauchen noch einen Rat. Hier in der Nähe lebt ein ganz junger Troll, der uns nicht mag und oft ärgert. Wir haben schon versucht, einen Bannkreis zu ziehen, ihm die Krötenpest an den Hals zu hexen und ihn bei Vollmond zu bespucken – nichts hat funktioniert!«

»Hm, das klingt nach einem ernsthaften Problem«, sagte Kari und verkniff sich ein Schmunzeln. »Habt ihr schon mal versucht, mit seinen Eltern zu reden?«

Die Elfen blickten sich an und schüttelten erstaunt den Kopf.

»Wenn das nicht funktioniert, dann fragt ihn mal, warum er euch nicht mag und was ihr dagegen tun könnt.«

»Machen wir!«, versicherte Palo und verbeugte sich tief vor Kari.

Aber sie war eigentlich nicht hier, um Spaß zu haben oder gute Ratschläge auszuteilen – die Nachricht an ihre Familie brannte ihr fast ein Loch in die Tasche. »Könntet ihr mir einen Gefallen tun?«, fragte sie ihre Lieblingselfe Sija. »Ich hätte da eine Nachricht für jemanden in der Menschenwelt, eine Freundin.«

Sija blickte leider nicht sehr interessiert drein, aber Tuli nickte sofort. »Fiii, das wird aufregend, das könnte ich machen. Ist die Freundin Mensch oder *huldufólk?* Wo finde ich sie?«

Während sie sprach, tänzelte sie herum, las einen hübschen Stein auf, warf ihn wieder weg und küsste Palo auf die Wange. Kari beobachtete es mit einem unguten Gefühl in der Magengrube. War dieses flatterhafte, nicht mit viel Hirn gesegnete Geschöpf wirklich die richtige Botin für ihre Nachricht? Alice und Mam mussten wissen, dass sie sich von Cecily fernhalten sollten, um jeden Preis!

Sie hatte keine Wahl. Bis sie andere Elfen gefunden und sich mit ihnen angefreundet hatte, würde wertvolle Zeit verstreichen. Also erklärte sie Tuli, woran sie Alice und ihre Begleiter erkennen würde. Tuli nickte, nahm die Botschaft, ließ sie versehentlich fallen und hob sie wieder auf. Weil das anscheinend spaßig gewesen war, warf sie das Pergament in die Luft und schaute interessiert zu, wie es zu Boden segelte. Anschließend schleckte sie eine Ecke an und begann, sich aus der Nachricht einen Hut zu falten.

Inzwischen konnte Kari verstehen, wieso Daro diesen Wesen gerne einen Tritt gegeben hätte. Gerade hatte sie ein starkes Bedürfnis, genau das zu tun.

»Gib die Botschaft Alice, es ist *wichtig,* verstehst du?« Kari hob die Stimme und wedelte gleichzeitig mit ihrem letzten Stück Schokolade.

»Fiii, ja klar, verstehe ich!«, versicherte Tuli, stolzierte mit ihrem neuen Hut davon und verbeugte sich dabei nach rechts und links.

Kari stöhnte.

Mit Verspätung fiel ihr auf, dass Sija und Palo in eine bestimmte Richtung schauten, und folgte ihrem Blick. Sie zuckte zusammen, als sie sah, dass sie Zuschauer hatten – und nicht irgendwelche. Gerade trippelte ein braun-weißer Polarfuchs so nah heran, dass er an Palo schnuppern konnte, und ein paar Meter weiter stand ein hochgewachsener, in Schwarz gekleideter Junge.

Andrik!

Der Sinn des Todes

Gefühle überschwemmten Kari, aus denen sie nicht schlau wurde, eine wilde Mischung aus Freude, Erschrecken und Angst. Warum war Andrik hier und vor allem, wie lange stand er schon da? Wie viel hatte er gesehen? Niemand in Isslar durfte wissen, dass sie versuchte, eine Nachricht nach Island zu schicken! *Was ist, wenn er weitererzählt, was ich hier gemacht habe, oder den Elfen sogar befiehlt, ihm die Botschaft zu geben, damit er sie lesen kann?*

Nach dem, was sie ihm an den Kopf geworfen hatte, waren sie Feinde, ganz sicher.

Wie üblich war es schwer, in seinem Gesicht zu lesen. Sie hatte keine Ahnung, was er vorhatte. Allerdings war es eine Erleichterung, dass die Elfen jetzt mit dem Quatsch aufhörten. Tuli und die anderen verbeugten sich ehrerbietig vor Andrik.

»Herr des Feuers!«, flötete Sija und überreichte ihm eine winzige gelbe Blüte. Andrik bedankte sich mit einem Nicken und steckte sie ein. Dann fiel sein Blick auf Kari.

»Du bist also zurück.« Mehr fiel Kari nicht ein. War er sauer auf sie? War *sie* noch sauer auf *ihn?* Schwer zu sagen. Sollte sie sich entschuldigen für das, was sie ihm gesagt hatte? Nein, sie hatte jedes Wort auch so gemeint!

Bildete sie es sich nur ein oder schwebte der Anflug eines Lächelns in seinen Mundwinkeln? Hoffentlich spürte er nicht, wie durcheinander sie war! »Wie war der Ball?«, fragte Andrik.

»Du hast nicht viel verpasst«, meinte Kari.

Inzwischen hatte sich der Polarfuchs ihr zugewandt und musterte sie aus blanken Augen. Scheu, aber neugierig huschte er um sie herum. Instinktiv ging Kari in die Hocke und streckte die Hand nach ihm aus, damit er schnuppern konnte. Eine spitze Schnauze berührte ihre Finger und eine rosa Zunge schleckte sie ab. Ganz vorsichtig streichelte sie das seidenweiche Fell seines Kopfes, dann tänzelte der Fuchs wieder davon.

Als Kari hochblickte, sah sie, dass Andrik die Augenbrauen gehoben hatte. »Sio akzeptiert nicht viele Leute«, bemerkte er, lockerte die Schultern und musterte den blauen Himmel, als sähe er ihn zum ersten Mal. »Wie wär's mit einem Streifzug? Ich wette, du hast noch nicht viel von der Umgebung gesehen.«

»Gerne – wenn du dabei kein Erdbeben verursachst«, entfuhr es Kari.

Er verzog keine Miene. »Das kommt ganz darauf an, was du zu mir sagst.« Doch als er Karis Gesicht sah, huschte ein Grinsen über sein Gesicht. »He, das war nur ein Witz, ich mache so was nicht allzu oft. Ehrlich.«

»Gut.« Kari richtete sich auf und verabschiedete sich rasch von den Elfen. Es war ein seltsames Gefühl, neben Andrik herzugehen – aufregend und ein bisschen beängstigend. Seine schlanke, sehnige Gestalt keine Armlänge neben ihr, sie konnte es noch gar nicht fassen. Die Sonne glänzte auf seinem dunkelbraunen Haar, das so wirkte, als hätte es heute noch keinen Kamm gesehen, vielleicht kam er gerade erst von einem Ritt zurück. Sein schwarzes Hemd war an manchen Stellen grau von Steinstaub, er roch nach Rauch, wildem Thymian wie dem, der daheim in ihrem Garten wuchs, und ein kleines bisschen nach Pferd.

Ein paar Momente lang gingen sie schweigend nebeneinanderher, dann sagte Andrik: »Ich bin froh, dass die Hekla nicht ausgebrochen ist. Es waren fast zwanzig Verurteilte dort oben, soweit ich gehört habe.«

»Hattest du etwas damit zu tun, dass nichts passiert ist?«, fragte ihn Kari.

Er atmete tief durch. »Nein. Es ist der Wille der Götter, ob sie verschont bleiben, und ich bin kein Gott.«

»Zum Glück.« Kari verzog das Gesicht. Sie fragte sich, ob er inzwischen herausgefunden hatte, wie sie angeblich hieß und was für eine Rolle sie hier spielen sollte. Sollte sie ihn einfach fragen? Doch das brachte sie nicht über sich. Stattdessen fragte sie: »Wer sind eigentlich eure Götter, diese Elin und Sigurd? Sind sie sehr blutrünstig?«

»Nicht besonders – wir bringen ihnen keine Tier- oder Menschenopfer, wenn du das meinst.« Andriks lange Beine trugen ihn rasch voran, auch wenn es bergauf ging. Doch Kari fiel auf, dass er seine Schritte immer wieder bremste, ihren anpasste. »Elin und Sigurd sind Geschwister, aber sie lieben sich auf eine verbotene Art. Sie haben gemeinsam einen Sohn gezeugt, Elz, vor dem muss man sich hüten, er ist missgünstig und liebt es, Unheil anzurichten.« Andrik überkreuzte die Finger in der Geste, die Kari nun schon ein paarmal gesehen hatte. Er bemerkte ihren Blick. »Das bedeutet *Bewahre mich vor Elz*. Eine alte Schutzformel.«

Keinen Moment lang konnte Kari das furchtbare Schicksal seiner Familie vergessen, von dem ihr sein ehemaliger bester Freund berichtet hatte. *Wie kann man so etwas überstehen, ohne verrückt zu werden? Gibt es irgendeinen Trost?* »Wenn jemand bei euch stirbt ... gibt es dann so eine Art Himmel, wo derjenige seinen Frieden finden kann?«

»Nein. Wenn er Glück hat, wird er wieder Teil alles Lebendigen, wenn er Pech hat, frisst Elz seine Seele.«

Na, das waren ja wunderbare Aussichten. »Ich hoffe, das ist deinen Eltern nicht passiert«, sagte Kari und er warf ihr einen kurzen Blick von der Seite zu. Jetzt wusste er, dass jemand ihr davon erzählt hatte ... hoffentlich war ihm das recht.

»Meistens denke ich nicht darüber nach«, sagte Andrik, während sein Fuchs neben ihm entlanglief. »Jedenfalls versuche ich es.«

»Ich glaube ehrlich gesagt nicht, dass irgendwelche Götter sich für Wesen wie uns interessieren«, meinte Kari, um ihn irgendwie zu trösten. Obwohl das wahrscheinlich nicht ging. »Aber ich finde den Gedanken schön, dass wir vielleicht in anderer Gestalt wiedergeboren werden – daran glauben ziemlich viele Leute in unserer Welt.«

»Und bei uns erst mal. Ich wäre gerne ein Polarfuchs, die haben in Isslar so viel Freiheit wie sonst niemand. Doch leider kann man sich's nicht aussuchen.« Er kraulte Sio hinter den Ohren und der Fuchs kniff genießerisch die Augen zusammen. »Und du, was wärst du gerne, wenn du wählen könntest?«

Ein Falke, wollte Kari schon sagen, sie hatte Greifvögel schon immer gemocht. Doch dann fiel ihr ein, dass Maéva tatsächlich wiedergeboren werden würde, wenn sie starb. *Als Silberfalke. Oder im schlimmsten Fall als Silbergeier. Was für eine scheußliche Vorstellung, noch ein ganzes Leben als Aasfresser hinter sich bringen zu müssen!*

»Kommt bei euch jeder, der ... besondere Fähigkeiten hat ... in einer anderen Gestalt wieder? Auch ... du?«

»Meine Eltern sind Silberfalken geworden, habe ich gehört«, sagte er knapp. »Aber sie sind sofort davongeflogen, niemand hat sie je wiedergesehen. Bei meinem Bruder weiß ich es nicht.«

Über sich selbst sprach er nicht.

Sie waren auf der Kuppe eines Hügels angekommen und Kari atmete tief durch. Unter ihnen erstreckte sich Khyona, frischer glitzernder Schnee bedeckte die Hausdächer, und sie hatten freien Blick über den See, in dem Inseln kauerten wie die Rücken versteinerter Fabeltiere.

»In meiner Parallelklasse ist vor Kurzem ein Mädchen an Krebs gestorben«, erzählte Kari. »Das hat mich wirklich erschüttert ... dass jemand, den ich gut gekannt hatte, auf einmal tot war. Ich habe viel darüber nachgedacht, wie es sich wohl angefühlt haben muss. Wie man verlischt. Was das mit einem macht, wenn man es weiß ... dass man nicht mehr viel Zeit hat.«

»Hat sie gewusst, dass sie stirbt?«

»Ihre Eltern haben sich nicht getraut, es ihr zu sagen, aber ich glaube, sie selbst wusste es irgendwann.«

»Ich glaube, es ist schwer zu begreifen, dass es ganz plötzlich vorbei sein kann.« Andriks Stimme klang nachdenklich, doch in jedem Wort spürte sie seine Trauer. »Seither mache ich keine Pläne mehr, jedenfalls kaum noch. Ich versuche, ganz in der Gegenwart zu sein, aber schon das ist manchmal mehr, als ich schaffen kann.«

»Du schaffst es.« Kari wusste selbst nicht, warum sie das gesagt hatte. Oder woher die eigenartige Wärme in ihr kam, die sie für ihn fühlte.

»Es ist sowieso am schlimmsten für die, die zurückbleiben. Man selbst spürt wahrscheinlich nicht viel, wenn es schnell geht.« Er wandte sich um und ging weiter, aber langsam, er wartete auf sie. Doch als er weitersprach, blickte er sie nicht an, und seine Stimme klang eigenartig. »Du machst es kurz, oder, Cecily? Wenn du jemanden hinüberschickst?«

Es war ein Schock, auch weil er es so unvermittelt gefragt hatte. Cecily, die Assassinin. *Ich bin nicht sie, ich bringe keine Leute um!*, wollte Kari schreien, doch die Worte schafften es nicht bis über ihre Lippen. War sie blass geworden? Rot? Oder grün vor Ekel über diese Rolle, die sie hier spielen musste?

Andrik atmete tief durch, noch immer vermied er es, sie anzublicken. »Vielleicht hätte ich nicht fragen sollen.«

»Du hast jedes Recht dazu.« Ihre Stimme funktionierte wieder. »Du hast dich also über mich erkundigt. Warum? Weil ich dich abgenervt habe auf diesem Vulkan? Ich habe leider seinen Namen vergessen.«

»Nein«, sagte Andrik. »Nein. Eigentlich nicht deswegen.«

Weswegen dann? Weil du mich ... interessant findest? Nein, das konnte sie unmöglich fragen!

»Ich gehe besser wieder ins Tal.« Erschrocken sah Kari, dass Andrik umkehren wollte. Hatte er sie – die Assassinin – abgeschrieben? Wollte er mit jemandem wie ihr nichts mehr zu tun haben?

»Warte!« Es war Kari so herausgerutscht. Das wurde langsam zur Gewohnheit, dabei konnten unbedachte Worte hier so gefährlich sein.

»Was ist?« Seine Augen sondierten ihr Gesicht.

»Kannst du ... mir zeigen, wie das geht? Nur in der Gegenwart zu sein. Nicht ständig in der Vergangenheit zu wühlen oder sich Sorgen um die Zukunft zu machen?«

Sie hatte es geschafft, ihn zu überraschen, irgendwie spürte sie das. Doch er zögerte noch mit der Antwort, und weil sie das Schweigen kaum aushielt, beugte sich Kari hinunter, um Sio zu streicheln. Die braunen Haare gingen ihm in Büscheln aus, wahrscheinlich war er gerade im Fellwechsel. Ihr fiel ein, dass isländische Polarfüchse im Sommer einen dunkelbraunen Pelz trugen und im Winter einen deutlich dickeren weißen.

Schließlich nickte Andrik. »Mach die Augen zu«, sagte er.

Kari richtete sich auf, nickte und folgte seiner Anweisung. Jetzt umgab sie Dunkelheit. Andriks Stimme war leise und kontrolliert, aber nicht kühl, eher sanft. Ihr Klang ging Kari durch und durch.

»Dein Atem geht langsam und ruhig. Du spürst, wie die Luft in dich hineinströmt und wieder hinaus. Spürst du das? Konzentrier dich darauf.«

Sie konzentrierte sich auf ihren Atem und spürte, wie ihr Herzschlag sich beruhigte.

»Dein Herz schlägt ruhig und kräftig. Spür ihm nach, hör einen Moment zu.«

Kari lauschte auf ihren Herzschlag und spürte, wie Ruhe sie erfüllte.

»Was sagen deine Sinne? Was hörst du? Was riechst du? Kannst du fühlen, wie deine Füße sich gegen den Boden drücken? Nein, sag nichts, du sollst einfach spüren.«

Fest und sicher standen Karis Füße im Geröll, das meldeten ihre Fußsohlen. Sie spürte den Wind auf dem Gesicht, lächelte über die Art, wie eine Haarsträhne sie im Gesicht kitzelte. Die Luft roch nach Schnee und fernen Orten und Dingen, die niemand wissen konnte. Aber nicht nur das spürte sie ... sondern auch, dass er neben ihr stand. Andrik. *Genieß es einfach,* sagte sie sich, und das tat sie, das ging auf einmal. Vielleicht, weil die Anspannung weg war. Sie saugte seine unsichtbare Gegenwart ein, als wäre sie Luft zum Atmen, und fühlte sich glücklich. Vielleicht nur einen Moment lang, aber dieser Moment gehörte ihr ganz.

Leider begannen schon bald andere Gedanken zu stören, sie drängten sich einfach dazwischen. *Maéva. Alice. Mein Auftrag. Das Tor.* Andrik schien es zu spüren, denn er sagte: »Du kannst die Augen wieder aufmachen.«

Kari atmete noch einmal tief durch, dann öffnete sie die Augen wieder. »Das hat gut getan«, sagte sie. »Danke.«

Er nickte. Schweigend gingen sie nebeneinanderher, aber es war kein unangenehmes Schweigen, keins, das gefüllt werden wollte. Es war einfach ein Echo der Ruhe, die sie eben gespürt hatte.

»Jetzt solltest du mich etwas fragen«, sagte Andrik schließlich.

Verblüfft blickte Kari ihn von der Seite an. »Was denn?«

»Frag mich, wie du sicher sein kannst, dass Elfen deine Nachricht auch wirklich überbringen.« Seine Stimme war ruhig.

Schon wieder erstarrte Kari. *Ja, er hat alles gesehen!* »Und, wie kann ich sicher sein?«

»Gar nicht«, sagte er. »Besser, du vertraust ihnen nicht.«

»Wem kann ich hier in Isslar überhaupt vertrauen?«

»Den Eisdrachen. Ich kenne sie kaum, aber ich glaube nicht, dass sie zu einer Lüge fähig sind.«

He, Moment mal, den Eisdrachen? Soweit ich mitbekommen habe, sind sie die größte Gefahr, die Isslar droht! Ihnen zu vertrauen, hat stark etwas von Selbstmord an sich!

Wie schon so oft tastete ihre Hand zu ihrem Hals, berührte den silbernen Drachenanhänger unter ihrem Pullover. Hatte Andrik ihn gesehen? Konnte es sein, dass er es deswegen gesagt hatte?

»Was ist mit dir? Kann ich *dir* vertrauen?«, fragte Kari.

»Das musst du selbst entscheiden.« Er hatte sich ihr zugewandt, nun standen sie sich gegenüber, noch näher als zuvor. Würde er die Hand heben, auf ihre Wange legen? Was würde sie dann tun?

Doch er blickte sie nur lange und nachdenklich an. Kari war selbst erstaunt darüber, dass sie seinem Blick standhielt.

Vertraue ich ihm? Ich kenne ihn fast nicht! Und immerhin hat er sich geweigert, mir bei Bjarni zu helfen.

»Ich muss jetzt los«, sagte Andrik.

Damit drehte er sich um und ging.

***

»Schnell, lass sehen!« Alice krallte die Fingernägel in seinen Arm. »Hat die Kamera aus der Küche irgendwas aufgezeichnet?«

»Aua! Ich werde aussehen, als wäre ich einem Tiger in die Klauen gefallen«, murmelte John und tippte rasch auf dem Tablet herum. Es war kühl hier im Gebüsch, er fror, aber hier waren sie vom Haus aus nicht sichtbar und kamen trotzdem ins WLAN. Die Ladezeit war endlos und er blickte sich immer wieder um. Jedes Mal, wenn er an Cecily dachte, schlug sein Herz schneller, er konnte es nicht verhindern. Aber es war ihm deutlich lieber, ihr gerade nicht zu begegnen.

»Kein Tiger, sondern eine Kobra. Genau das ist sie nämlich!« Alice dachte gar nicht daran, ihren Griff zu lockern. »Oh Mann, wenn Kari wüsste, was hier los ist!«

Die Bilder luden noch immer. Immerhin hatten die Aufnahmen anscheinend geklappt. »Was dann?«

»Dann würde sie wahrscheinlich sagen: Regt euch ab, Leute, wir setzen Cecily am nächsten Wasserfall aus und dann gönnen wir uns alle ein ordentliches Stück Schokolade!«

Das entlockte ihnen beiden ein trauriges Grinsen. »Wenn sie zurückkommt, dann kaufe ich ihr zehn Tafeln ihrer Lieblingssorte«, sagte John und spürte, wie seine Kehle eng wurde. Was war, wenn Kari nie zurückkam? Wenn sie womöglich, wie sie in den Nachrichten sagten, einem »Verbrechen zum Opfer gefallen« und längst tot war, nur ein verrottender Körper in irgendeinem Gebüsch? Nein, das würde er jetzt nicht ansprechen, Alice würde durchdrehen. Ein Anflug von Neid streifte John. *Muss toll sein, Geschwister zu haben, die so an einem hängen. Aber normal sind wahrscheinlich Streit und Eifersucht.*

Endlich waren die Filme geladen, gespannt beugten er und Alice sich tiefer über das Tablet. Als Erstes spielten sie das Video ab, das sein Handy im Gewürzregal aufgenommen hatte und Cecily beim Werkeln in der Küche zeigte. Doch John merkte schnell, dass sie zu naiv gewesen waren – Cecily hatte eindeutig gemerkt, was sie versucht hatten, sie warf dem Handy einen kurzen Blick zu und drehte ihm dann demonstrativ den Rücken zu, während sie irgendwas mit den Kaffeetassen anstellte.

Aber ganz naiv waren sie dann doch nicht gewesen. Denn es gab noch ein zweites Video, aufgenommen von Alices Handy, das sie an einer anderen Stelle noch gründlicher verborgen hatten. Und dieses Handy hatte das fremde Mädchen anscheinend nicht entdeckt!

Je länger sie zuschauten, desto aufgeregter wurde John, und auch Alice wirkte wie elektrisiert. Das Video zeigte, dass Cecily ihr Schminkset mit in die Küche genommen hatte und damit hantierte, während sie den Kaffee zubereitete!

»Scheiße! Dieses Schminkset!«, hauchte Alice.

»Wenn wir das Thorsten zeigen, wird er zumindest mal nachdenken müssen«, sagte John und ballte die Faust. Was war es für eine Substanz, die im Kaffee gelandet war? Ihm fielen gleich ein paar ein, die nicht durch Hitze zersetzt wurden, Chemie hatte ihn immer interessiert.

»Warum interessiert sich diese Kobra überhaupt so für uns?« Alice schlang die Arme um den Körper, um sich zu wärmen. »Und vor allem für Kari! Daran ist doch irgendwas faul!«

John grinste schief. »Folgen Sie dem Gestank. Ja, kann sein. Das nächste Mal, wenn sie versucht, mich auszuhorchen, horche ich noch stärker zurück, okay?«

»Soll ich dir vorher noch helfen, dein Ohrenschmalz zu entfernen?«

»Danke, nein. Du hast genug Brotaufstriche. So, gehen wir besser zurück, wir müssen Thorsten dieses Video zeigen!«

Er sah die geschmeidige Gestalt in Dunkelgrün erst, als Alice und er schon den halben Weg zum Haus hinter sich gebracht hatten.

»Ihr seid große Fans der Natur, scheint mir«, sagte Cecily lächelnd. »Aber echt kühl heute – he, du zitterst ja, Alice!«

Sie ging auf Alice zu und wollte ihr den Arm um die Schultern legen, doch John vertrat ihr den Weg, ganz instinktiv. *Ich darf sie nicht an Alice heranlassen, auf keinen Fall!*

Keine drei Schritte stand Cecily mehr von ihm entfernt, so nah, dass er die feinen, kaum sichtbaren Sommersprossen auf ihren Wangen erkennen konnte und sah, wie lang die Wimpern waren über ihren klaren grünen Augen. Ja, verdammt, er hatte Angst, doch er konnte sich nicht daran erinnern, wann er zuletzt so entschlossen gewesen war. Er war nicht Nick Jameson, allein der Gedanke daran war auf einmal lächerlich, aber er würde jetzt nicht beiseitetreten. Was hatte Cecily da in der Hand? Irgendetwas war da zwischen ihren Fingern, aber es war so klein und unauffällig gefärbt, dass er es nicht richtig erkennen konnte!

»Vergiss es«, sagte John und hätte sich gewünscht, dass seine Stimme fester klang. »Du steigst jetzt in dein verdammtes Auto und haust hier ab, Cecily.«

Wie er schon geahnt hatte, war sie nicht beeindruckt. »Ich glaube, das wäre deinen Eltern gar nicht recht. Sie verlassen sich auf mich. Ihr könntet ruhig auch ein bisschen mehr mithelfen!«

»Wo ist Kari? Du hast was damit zu tun, stimmt's?« Alice war so wütend, dass sie versuchte, sich an ihm vorbeizudrängen. Außerdem hatte sie sich bewaffnet – ein Stein flog in Richtung Cecily an ihm vorbei, dann ein zweiter.

»Verdammt, lass das!«, zischte John und machte einen Schritt zur Seite, um ihr den Weg zu blockieren. »Hör auf und bleib, wo du bist, Alice!«

Keiner der Lavaklumpen hatte getroffen, leichtfüßig wie eine Fechterin war Cecily ausgewichen, fast ohne sich zu bewegen. Sie ignorierte Alice völlig und blickte ihn an, nur ihn allein. Das stellte eigenartige Dinge mit seinem Puls an. Wie diese Lippen sich wohl anfühlten, wenn man sie küsste?

»Du weißt wirklich nichts darüber, John, oder?«, sagte sie. »Das ist echt schade. Du bist ein interessanter Typ, ich glaube, ich habe dich unterschätzt.«

Ein interessanter Typ. Das ging runter wie der Whisky, den er sich vor ein paar Wochen zusammen mit Benjamin aus der Hausbar »ausgeliehen« hatte. Kein Genuss, wirklich nicht, aber etwas, was im Inneren noch lange brannte und sich trotz allem gut anfühlte.

»Ach wirklich?«, gab John spöttisch zurück, um es zu überspielen. »Passiert dir das oft? Dass du Leute unterschätzt?«

»Nicht besonders oft.« Cecily versuchte nicht noch einmal, sich Alice zu nähern. Sie strahlte ihn nur mit schief gelegtem Kopf an, als hätte er ihr ein Kompliment gemacht, dann drehte sie sich um und ging zum Haus zurück.

Alice stieß den angehaltenen Atem aus und drängte sich nun endgültig an ihm vorbei. »Ähm ... danke. Ich hatte echt Angst eben. Wenn sie mich angefasst hätte ...«

»Halt besser Abstand zu ihr«, sagte John und wagte erst jetzt, sich langsam zu entspannen. »Und eins ist klar, ich esse in diesem Haus nur noch Dinge, die ich selbst aus der Verpackung geholt habe!«

Schon konnte Alice wieder grinsen, die Kleine war nicht unterzukriegen. »Wo ist da der Unterschied? Du hast dich schon vorher von Müsliriegeln ernährt.«

»Gar nicht wahr«, gab John zurück. Hin und wieder war eine Mandarine oder so was dabei gewesen, wenn auch nicht in letzter Zeit.

»Wir lassen uns von der nicht fertigmachen.« Doch Alices kampflustige Miene hielt nicht lange, dann merkte John, dass sie die Tränen zurückhalten musste. »Wir müssen deinen Vater überzeugen, dass er Mam ins Krankenhaus bringt oder wenigstens zu einem Arzt!«

»Das machen wir mit den Versteckte-Kamera-Aufnahmen«, versprach John.

Alices Mund zuckte, doch noch weinte sie nicht. Ganz schön tapfer. »Jetzt gleich? Bitte. Wenn meine Mutter stirbt, dann ...« Sie sprach den Satz nicht zu Ende.

Dann habe ich niemanden mehr, hatte sie garantiert sagen wollen. John biss die Zähne zusammen. Es hätte furchtbar heuchlerisch geklungen, wenn er »Dann hast du noch Thorsten und mich« gesagt hätte. Auch wenn sie seit drei Monaten so taten, als ob ... sie waren keine Familie, sondern fünf Menschen, die versuchten, es miteinander auszuhalten.

Am liebsten hätte er die Kleine gedrückt, aber er ahnte, dass sie das gerade höchstens erschrecken würde. »Sie stirbt nicht, okay?«, sagte er stattdessen. »Wahrscheinlich hat sie sich wirklich nur den Magen verdorben und wir machen uns gerade wegen nichts und wieder nichts völlig kirre.«

Auch wenn er das nicht glaubte, vielleicht tröstete es Alice ein bisschen. John sah sich um, ließ den Blick über die kahlen, graugrünen Berge schweifen. *Wo auch immer du gerade bist, Kari ... ich tue mein Bestes, um sie zu beschützen, kapierst du das?*

Doch was war, wenn sein Bestes dafür nicht reichte?

Flirt mit der Gefahr

Eins war klar – *diesem* Typen durfte sie nicht vertrauen, auf keinen Fall. Schon als Kari die Schänke betrat und sich Daro Reykan gegenübersetzte, nervte sie sein anzügliches Grinsen. »Wieso trägst du so eine formlose Tunika? Da kommt deine Figur ja gar nicht zur Geltung«, war seine Begrüßung. Den Kuss auf die Wange konnte sie leider nicht rechtzeitig abwehren.

»Ich trage sie deswegen, damit mir nicht noch mehr Kerle blöde Komplimente machen«, gab Kari zurück. *Oh, genial, endlich ist mir mal rechtzeitig die passende Antwort eingefallen! Normalerweise klappt das nie.*

»Ja, ja, schon gut.« Das Grinsen klebte immer noch auf Daros Gesicht. »Und, ist es nicht nett hier?« Er sah sich um.

»Geht so«, meinte Kari. Nett war nicht ganz der Ausdruck, den sie für diese düstere Kaschemme in der Unterstadt gewählt hätte, in der hauptsächlich dienstfreie Angehörige der Eiswache herumzuhängen schienen. Prunkstück des Hauptraumes war ein ausgestopftes Rentier, dessen Geweih mit allen möglichen bunten Zetteln dekoriert war – Grüße an andere Gäste, nicht jugendfreie Witze sowie unrealistische Wünsche ans Universum, diverse Götter oder wen auch immer. Es gab zwar eine in verständlichen Buchstaben verfasste Speisekarte, aber Kari legte sie sofort wieder auf den Tisch zurück, nachdem sie darauf »Fohlen-Steak« und »Wal-Gulasch« entdeckt hatte.

»Aus der Draußenwelt bist du wahrscheinlich anderes gewöhnt.« Daro beobachtete sie genau.

»Ja, das kann man wohl sagen.« Kari dachte an die endlosen

Reihen in Plastik gehüllter Lebensmittel in jedem beliebigen Supermarkt. Hier dagegen konnte man wahrscheinlich froh sein, wenn man das Essen nicht noch erschlagen musste. »Hast du eigentlich schon viele Leute durchs Tor rübergeholt?«

Daro zögerte mit der Antwort, war sie geheim? Doch dann begann er wieder zu sprechen. »Vor dir nur einen anderen«, meinte er.

Fast hätte es Kari von ihrem Sitz gerissen. »Wer ist er? Lebt er hier in Khyona oder an einem anderen Ort in Isslar? Warum hat die Fürstin ihn ...«

»He, he, langsam.« Daro wirkte amüsiert. Er senkte die Stimme. »Eigentlich darf ich nicht drüber reden. Aber ich mag es, wenn du so aufgeregt bist, du bekommst dann ganz rote Wangen. Svartur! Wie kann jemand, der so gefährlich ist, nur so süß sein?«

Kari konnte fühlen, wie ihre Wangen gleich noch röter wurden. *Boah, dieser Typ ist anstrengend!* Sie zählte ihre Atemzüge und nahm einen Schluck von ihrem Gelbmoostee, um sich zu beruhigen. Als sie sich eine gleichmäßige Stimme zutraute, fragte sie: »Also, lebt er hier?«

»Nicht mehr«, sagte Daro knapp und kippte einen großen Schluck Brennivin herunter. »Er ist tot.«

Jemand hatte Kari am Stuhl festgenagelt und Luft bekam sie gerade auch nicht.

»Soweit ich mitbekommen habe, war er ein Experte für Feuer aller Art«, fuhr Daro fort. »Du hast vielleicht schon mitbekommen, dass Feuer hier wertvoll ist ... und eigentlich nur einer wirklich damit umgehen kann. Andrik.« Er verzog den Mund, einen Moment lang sah er neidisch aus. »Wahrscheinlich hatte die Fürstin vor, sich von ihm unabhängig zu machen, was dieses ganze Flammenzeugs betrifft. Na ja, hat irgendwie nicht geklappt. Keine Ahnung, was schiefgelaufen ist.«

»Oh«, sagte Kari. So war das also, wenn in Isslar jemand versagte. Dann war sein Leben nicht mehr viel wert – und das galt für ihres ganz genauso. Ob Andrik bei dieser Angelegenheit irgendeine Rolle gespielt hatte? Nein, sicher nicht, er war ja entschlossen, sich nicht einzumischen. Nicht Gott zu spielen. An ihn zu denken, sandte einen warmen Schauer durch ihren ganzen Körper.

Mühsam riss Kari sich zusammen. *Ich bin hier in Gefahr – mein Verstand ist jetzt gefragt, nicht meine Gefühle!*

Bevor sie aus dem Haus gegangen war, hatte sie ihren weißen Dolch inklusive Scheide hinten an ihrem Gürtel befestigt, sodass er unter dem Umhang nicht zu sehen war. Sie bildete sich ein, dass sie ihn unter ihrer Kleidung spüren konnte. Beruhigend.

Daro beugte sich über den Tisch, seine Augen funkelten. »Deine Familie war also verbannt, weswegen eigentlich? Habt ihr irgendwie ... Ärger gemacht? Hast du deswegen eine solche Berufung gewählt?«

Klarer Fall, den fasziniert es, dass Cecily eine Assassinin ist!

»Ja, es gab Ärger«, sagte Kari, das war vermutlich nicht gelogen. Es wurde ja niemand verbannt, mit dem man friedlich und freudig zusammenlebte. »Aber meine Berufung ... das hat damit nicht viel zu tun, es ist etwas, das mich schon immer angezogen hat, verstehst du?«

Daro nickte. »Erzähl mir mehr. Wie viele Leute hast du schon ... äh ...«

»Darüber darf ich nicht sprechen, sonst wird es riskant für mich selbst. Du verstehst?« Kari verschränkte die Arme. Der Trick beim Lügen war, zu wissen, wann man aufhören musste!

»Ja, natürlich«, erwiderte Daro zögernd, er wirkte enttäuscht.

Um ihn abzulenken, erkundigte sich Kari: »Was sind eigentlich deine magischen Talente?«

Statt einer Antwort konzentrierte sich Daro kurz auf das Wasserglas, das neben Karis Teebecher stand. Eine durchsichtige Säule stieg daraus hervor, schwankte einen Moment wie eine Bauchtänzerin ohne Plan und zerplatzte dann. Ein Tröpfchenschauer ging über Karis Gesicht nieder.

»Ah, alles klar«, sagte sie und wischte sich die Feuchtigkeit ab. Eigentlich krass, wie sehr sie sich schon an all diese Magie gewöhnt hatte. »Du beherrschst das Wasser. Tolle Sache, benutzt du es oft?«

Daro richtete sich auf seinem Hocker auf und verschränkte die Arme, sein Grinsen war selbstgefällig geworden. »Hier am See macht es natürlich nicht viel her, wenn man so was kann, aber in Isslar gibt es genug Flüsse und Wasserfälle. Hast du schon den Gullfoss gesehen? Nein? Wenn ich gut drauf bin, kann ich sein Wasser von unten nach oben fließen lassen. Oder einen Gletscherlauf aufhalten, wenn einer unserer Vulkane mal wieder herumgezickt hat.«

Gletscherlauf. Mit einem eisigen Gefühl im Inneren erinnerte sich Kari, dass so eine Schmelzwasserflut Andriks Eltern getötet hatte. Hätte Daro das verhindern können? Oder prahlte er nur herum? Nach den Fotos, die sie vom Wasserfall Gullfoss gesehen hatte, war dieses Ding gigantisch, eine flüssige Lawine, die die ganze Gegend in Gischt einnebelte.

»Wow ... ist das anstrengend?«, fragte Kari, wider Willen beeindruckt.

»Ja«, gab Daro widerstrebend zu. »Mehr als ein paar Momente lang geht es nicht.«

Offensichtlich erwartete er trotzdem jede Menge Bewunderung, und Kari tat ihm den Gefallen, bevor sie versuchte, wieder auf das Thema Tor zurückzusteuern.

»Du hast damals den zweiten Teil der Torformel gesprochen, das weiß ich noch. Sind die Betonungen dabei eigentlich wichtig?«, fragte sie beiläufig.

Inzwischen merkte man Daro an, dass er schon drei Becher Brennivin intus hatte, er sprach verwaschen und seine Bewegungen wirkten nicht mehr ganz kontrolliert. Als er den Arm schwenkte, um einen weiteren Becher zu bestellen, sah das aus, als würde er in einem Sketch mitspielen. Völlig übertrieben.

»Nicht besonders, aber man muss es erst mal schaffen, sich diesen komischen Spruch zu merken.« Daro hielt es für eine gute Idee, sich nun neben sie zu setzen. Sein Arm schob sich um ihre Hüfte und er lächelte ihr aus nächster Nähe ins Gesicht. Sein Atem roch nach dem Anisschnaps, und Kari musste sich zwingen, zurückzulächeln und nicht wegzurücken. Sie versuchte es mit einem unschuldigen Augenaufschlag. »Wieso ist er denn komisch?«

»Es ist eine fremde Sprache, vielleicht Elfensprache oder so was. Wir Menschen haben die fünf Tore nicht eingerichtet, das war jemand anders, weißt du? Vor sehr langer Zeit.«

»Aber dir ist es bestimmt leichtgefallen, das alles zu lernen, oder?« *Ups, diesmal hast du zu dick aufgetragen,* dachte Kari, doch anscheinend war es genau richtig gewesen, denn Daro lächelte noch breiter. Er versuchte, ihr einen dicken Schmatzer auf den Mund zu drücken, doch weil Kari so schnell auswich, erwischte er nur ihr Ohr und schaute einen Moment lang verdutzt drein.

»Wie klingt dieser Spruch denn?«

»Na, na, darf ich dir nicht sagen, das ist doch klar.«

Am liebsten hätte Kari geheult vor Anspannung und Frust. Doch das ging nicht, also lächelte sie weiter, als hätte ihr jemand die Mundwinkel festgeklebt. »Wahrscheinlich hast du ihn sowieso vergessen. Stimmt's oder hab ich recht?«

Es war ihr letzter Versuch ... und er funktionierte. Daro holte Luft und legte los. *»Shi'karan ellswor wunyalish ...«*

Kari konzentrierte sich wie noch nie zuvor in ihrem Leben. Sie würde diesen Spruch nur ein einziges Mal hören, so viel war klar, und es hing so viel davon ab, dass sie ihn sich merkte. Und zwar fehlerfrei! Hätte sie nur einen Stift, nicht mal auf ihre Hand konnte sie etwas kritzeln.

Aus dem Augenwinkel bemerkte sie, dass Unruhe in die Gruppe gekommen war, die nicht weit von ihnen entfernt saß und bisher mit einem Kartenspiel beschäftigt gewesen war. Ein paar Leute schienen in ihre Richtung zu blicken, zwei von ihnen standen auf ... kamen die auf sie zu? *Nein, nein! Bleibt, wo ihr seid! Kümmert euch um euren eigenen Scheiß!*

»... hiyanur fridaselik dragar.«

Jemand stand neben Kari, sprach mit ihr, hob die Stimme. Griff Daro am Arm, nahm ihm den Becher weg, stellte ihn zur Rede. Schob ihn in Richtung Tür. Kari achtete nicht darauf, hob den Blick nicht, blieb einfach sitzen, den Blick auf die abgewetzte, speckig glänzende Holzplatte des Tischs gerichtet. Wiederholte im Kopf sechs fremdartige Wörter, immer wieder und wieder. *Shi'karan ellswor wunyalish ... O Gott, wie geht es danach weiter? ... hiyanur fridaseluk ... nein, selik ... dragar. Shi'karan ellswor ...*

»Werte Dame!« Eine strenge Stimme. Jemand zog sie auf die Füße. »Was geschieht hier? Was sagt dieser Mann zu Euch?«

Widerwillig, noch ganz in den Klang ihrer Gedanken versunken, wandte Kari der störenden Person den Blick zu, es ging nicht anders. Erschrocken stellte sie fest, dass es eine Offizierin in weißer Schuppenuniform war, mit der sie sprach. Hatte die gehört, was Daro von sich gegeben hatte, oder vermutete sie nur, dass es etwas Verbotenes war? War dieser Offizierin klar, dass Kari ihn ausgehorcht hatte, war das offensichtlich gewesen? Und was kam jetzt?

Einer der Soldaten packte Daro grob an der Schulter, doch der protestierte: »Hände weg, wisst ihr nicht, wer ich bin? Mann, du stinkst wie ein Gammelhai! Lass mich los, Bastard!«

Es gab ein Handgemenge, Daro ließ die Faust vorschnellen, drei Wachen packten ihn und kurz darauf war ihr geschwätziger Bekannter draußen und Kari gleich mit.

Shi'karan ellswor wunyalish hiyanur fridaselik dragar. Kari machte ein Lied daraus, baute Eselsbrücken, versuchte, die Worte geschrieben vor sich zu sehen. Keine einzige Silbe durfte sie verlieren! Aber es waren so seltsame Wörter und ihr Gedächtnis hatte ihr nie irgendwelche Preise eingebracht, nur eine Vier minus in Französisch beim letzten Vokabeltest.

Daro fluchte noch immer, kickte mit dem Fuß Schnee auf, drosch auf die nächstbeste Hauswand ein. Obwohl die Soldaten sich wieder nach drinnen zurückgezogen hatten, schaffte Daro es nicht, sich abzuregen. *Mann, der Typ ist wirklich komplett dicht! Er hat Glück, dass ich nicht wirklich so gefährlich bin, sonst hätte er jetzt keine Chance gegen mich.* Kari wandte sich ab, blickte sich in der verlassenen Straße um und versuchte, den Heimweg anzupeilen, obwohl die Dampfschwaden aus dem Heißwasserkanal ihr die Sicht nahmen. *Egal, erst mal weg hier!*, dachte Kari. In ihrem Kopf herrschte ein unerträglicher Aufruhr. *Kommt wirklich »hiyanur« vor »fridaselik« oder war es doch umgekehrt? Wenn ich mir das falsch gemerkt habe, komme ich vielleicht nie zu Alice und Mam zurück!*

Bevor sie einen Fuß vor den anderen setzen konnte, packte sie plötzlich jemand von hinten. Verdammt, sie hätte Daro nicht den Rücken zudrehen dürfen, der Kerl war völlig durchgedreht!

Kari zappelte, versuchte freizukommen, trat ihrem Gegner ans Schienbein. Doch Daro war stark, selbst betrunken oder gerade deswegen. Er drehte sie herum und schob sie so heftig gegen die Hauswand, dass sie fast aufgeschrien hätte. »Es ist deine Schuld – bevor du gekommen bist, war alles in Ordnung! Und jetzt wird alles hier zu einem Fraß für die Möwen!« Sein Atem an ihrer Wange. »Du schuldest mir was, ist dir das klar?«

Er presste die Lippen auf ihre, quetschte ihren Mund ein, als wäre er ein Stück Wurst.

Wut quoll in Kari hoch, eine pure, heiße Wut. Sie drückte sie nicht zurück, wie schon so oft in ihrem Leben, sondern ließ sie durch sich hindurchströmen. Ohne nachzudenken, riss sie das Knie hoch und rammte es ihm zwischen die Beine, gleichzeitig griff sie mit der rechten Hand nach hinten, zerrte den weißen Dolch heraus und schob ihn zwischen sich und ihn. Das Ding lag fast an seinem Hals und da war es genau richtig! Ihre Hand zitterte, ihr ganzer Körper zitterte, aber vor Wut, und das war gut so. *Was fällt diesem Scheißkerl ein!*

Stöhnend taumelte Daro zurück und umklammerte seinen Unterleib, den Blick weiterhin auf die Klinge geheftet. »Du Miststück ... lass mich bloß in Ruhe! Alle Götter, das tut *weh!*«

In Karis Kopf war nur weißes Rauschen. Sie wollte ihn anbrüllen und ärgerte sich darüber, dass ihre Stimme so dünn und kurzatmig klang. »Das wolltest du doch, oder? Du wolltest ein Mädchen, das gefährlich ist! Hier hast du deinen beschissenen Flirt mit der Gefahr!«

Ungläubig glotzte er sie an. Wahrscheinlich hatte er es sich nicht so vorgestellt, dass dieser Flirt mit der Gefahr bedeutete, einen Tritt in die Eier zu bekommen.

Ich bin doch irgendwie gefährlich, wer hätte das gedacht? Beinahe hätte dieser Gedanke Kari zum Lachen gereizt. *Und ... es gefällt mir.*

Sie kam nicht dazu, weiter darüber nachzudenken. Von einem Augenblick zum nächsten erschallte in der Stadt ein tiefer, drängender Ton, als bliese jemand in ein Widderhorn. Vier, fünf, zehn weitere Hörner fielen ein, ein ganzer Chor.

Das war ein Alarm!

Eishauch

»Was bedeutet das? Was sollen wir jetzt tun?«, schrie Kari Daro an, der sich mit glasigen Augen an einer Hauswand abstützte.

»Eisdrachen«, murmelte Daro. »Verdammt!«

Sämtliche Gäste der Schänke stürmten an ihnen vorbei und liefen in verschiedene Richtungen davon. Nervös blickte Kari ihnen nach, versuchte festzustellen, wo es zur Oberstadt ging, wollte ihnen hinterher. Doch trotz allem brachte sie es nicht über sich, Daro im Stich zu lassen. Er taumelte, konnte nur mit Mühe gehen. Sie zerrte ihn am Ärmel weiter. »Wie viel Zeit haben wir noch? Wo müssen wir hin?«

Inzwischen standen sie allein vor der Schänke und hinter ihnen wurden die Fenster gerade mit Holzplatten verbarrikadiert.

Daro versuchte angestrengt, sich zusammenzureißen. »Ausgucke ... haben mit Ferngläsern Drachen gesichtet ... die sind noch ein Stück weg ... wir müssen in die Oberstadt!«

Immerhin schien er sich nun orientiert zu haben, denn er setzte sich in Bewegung. Doch besonders schnell war er nicht. Schwerfällig stapfte er neben ihr her, während sich Kari hektisch umsah. Es war längst dunkel geworden, sie konnte am Himmel nichts erkennen, und wie sah ein Eisdrache überhaupt aus? War das hier der Weg zur Oberstadt oder war Daro so besoffen, dass sein Orientierungssinn ausgefallen war? Würden sie rechtzeitig in den Schutz der Sturmbögen kommen, und was würde überhaupt passieren, wenn sie es nicht schafften?

»Nicht mehr weit«, nuschelte Daro. Immerhin schien es der richtige Weg zu sein, denn inzwischen erkannte Kari eine der Straßen, durch die sie mehr schlecht als recht eilten. Nur noch etwa fünf Minuten bis zur Oberstadt, sie konnte schon deutlich einige der Sturmbögen erkennen, die sich darüberwölbten! *Die Dinger glühen schon violett, sind sie schon wach? Kommen wir überhaupt noch durch?*

Andere Bürger von Khyona strebten in die gleiche Richtung, liefen mit aller Kraft. Männer hasteten an Kari vorbei, Frauen trugen weinende Kinder, ein Mann trieb sein Pferd zum Galopp an und preschte rücksichtslos zwischen den Stadtbewohnern entlang.

Es kribbelte in Kari, einen Sprint einzulegen, diesem Mistkerl an ihrer Seite einfach davonzulaufen. »Los, schneller!«, raunzte sie ihn an, doch es half nichts. Jetzt stolperte Daro auch noch und wäre beinahe in einen der Kanäle gestürzt – dem mit dem dreckigen Wasser. Doch er fing sich noch rechtzeitig. *Schade,* dachte Kari giftig. *Dadurch wäre er bestimmt schlagartig nüchtern geworden!*

Nur noch fünfzig Meter, mehr nicht, das war zu schaffen. Kari erkannte, dass sich schon eine dichte Menschenmenge in der Oberstadt drängte, vielen Leuten war es gelungen, sich dort in Sicherheit zu bringen. Doch nun sah Kari entsetzt, dass die Bögen sich langsam, dann immer schneller in Bewegung setzten, sie begannen, ein Muster zu weben. Schließlich bewegten sie sich so schnell, dass sie zu einem Flirren verschwammen und eine schimmernde, halb durchsichtige Schutzkuppel über der Oberstadt bildeten. *Und wir stehen draußen!* Kari ballte die Fäuste. Auch die anderen fliehenden Menschen kamen zum Stehen, einzelne Schreie wurden laut.

»Brucheis, wir sind zu spät!« Jetzt hatte auch Daro begriffen, was gerade geschah. Sein Gesicht war verzerrt vor Wut oder Angst oder beidem.

»Was jetzt?«, drängte ihn Kari, denn schon wieder wirkte ihr Begleiter unschlüssig. Und wieder schienen die anderen Leute mehr zu wissen als sie beide, schon zum zweiten Mal waren Daro und sie die Einzigen, die noch auf der Straße herumstanden. »Es gibt Schutzräume«, fiel es Daro ein, er blickte sich hektisch um und begann sich in irgendeine Richtung zu bewegen, dann entschied er sich um und marschierte eine andere Straße hinunter.

»Wo sind diese Schutzräume?«, brüllte Kari ihn an und sah, dass ein Stück entfernt eine Frau vorbeihastete. »Hilfe! Helfen Sie uns bitte!«

»Halt die Klappe und komm mit!«, fuhr Daro sie an.

Am liebsten hätte Kari ihn geohrfeigt.

Aus der Straße, in die sie gerade einbogen, strömten plötzlich Dutzende von Soldaten der Eiswache – eine Flut grauer Uniformen, diesmal mit roter Schärpe. Ihren Waffen nach anscheinend ein Regiment von Bogenschützen. Daro und Kari drückten sich an eine Hauswand, damit die Wachen vorbeikonnten, doch sie gingen nicht weiter. Ein Kommando ihres Offiziers, und zwei Dutzend von ihnen suchten sich dicht vor ihnen einen festen Stand, griffen in ihren Köcher, nockten einen armlangen, bläulichen Metallpfeil auf. Dann zielten sie in den Himmel und verharrten in dieser Haltung. Die anderen hasteten weiter.

Karis Knie waren so weich, dass sie kaum noch gehen konnte. Sie suchte den Himmel ab, versuchte zu erkennen, ob die Eisdrachen sich schon näherten.

Ein gewaltiger, heller Körper verdeckte die Sterne und huschte nah über sie hinweg, als hätten sie sich einem Jet auf der Startbahn in den Weg gestellt. Doch das da war kein Jet – ein gepanzerter Schwanz peitschte zu ihnen herab, traf eins der steinernen Häuser und zerschmetterte es, als wäre es in Wahrheit aus Sperrholz gewesen. Steinbrocken verfehlten Kari nur knapp und schlugen in der Nähe krachend auf. Mehrere Soldaten wurden zur Seite geschleudert und die meisten von ihnen standen nicht mehr auf.

»Los!«, kommandierte der Offizier und ein Schwarm Pfeile jagte in den Himmel. Zu spät, der Drache war schon vorbeigerast und die Geschosse prasselten mit einem metallischen Klingen wieder auf die Pflastersteine zurück.

Schon folgte der nächste Angriff, zu Beginn spürte sie ihn mehr, als dass sie ihn sah – ein plötzlicher Windstoß eisiger Luft. Kari ließ sich auf den Boden sinken und drückte sich gegen die kalte Hauswand, presste die Hände auf die Ohren und biss sich auf die Lippe, um nicht loszubrüllen vor Angst. Zwei Eisdrachen stürzten sich von rechts und links aus dem Himmel wie jagende Falken. Nur ganz kurz sah Kari sie, bläulich weiße Haut, zähnestarrende Kiefer und blaue Augen – dann nahmen die Wesen das Bogenschützenregiment in die Zange.

Ein Fauchen erklang und weißes Feuer erhellte die Nacht, zog eine leuchtende Spur über die Straße und fuhr zwischen die Wachen. Von Grauen geschüttelt sah Kari, dass alles, was von diesem weißen Feuer berührt wurde, mit Reif überzogen erstarrte. Das war pure Kälte! Mehrere Soldaten stürzten, ihre Körper waren von einem Moment zum anderen zu Eis geworden. Zu so sprödem Eis, dass einer von ihnen beim Aufprall förmlich zersplitterte – Kari sah eine starre, abgetrennte Hand über die Straße rutschen.

Daro hämmerte mit beiden Fäusten an die Tür des Hauses, zu dem sie sich geflüchtet hatten. »Lasst uns rein! Sofort! Das ist ein Befehl!«

Wahrscheinlich hätte es deutlich mehr gebracht, das freundlicher zu formulieren. Jedenfalls ging die Tür nicht auf, vielleicht war auch niemand zu Hause. Das schien nun auch Daro zu kapieren, denn er schob sich an der Hauswand entlang, vielleicht in Richtung eines Weges, der sie wegbrachte aus diesem umkämpften Bezirk.

Flüche oder Beschwörungen murmelnd arbeitete er sich voran und Kari stolperte ihm hinterher. Kurz darauf rannten sie durch eine enge Gasse zwischen den Häusern, die kaum genug Platz für zwei Menschen bot und sie durch einen Hinterhof nach dem anderen führte. Nur hier und dort glomm eine Leuchtkugel und im Halbdunkel stolperte Kari prompt über eine Art Kasten. Vergammeltes Gemüse, abgenagte Knochen und andere Reste kullerten über die Straße.

Einer der Eisdrachen schien Daro und sie erspäht zu haben, als er nach einem Angriff abdrehte, einen Moment lang erfasste der Blick seiner Augen sie und Kari hörte das Sausen seiner riesigen Schwingen. »Renn!«, rief sie Daro zu und bog in eine andere Straße ab, größer diesmal.

So furchtbar nah – gleich hatte das Vieh sie erreicht! Kari rannte mit aller Kraft, ihre Lunge brannte schon und ihre Beinmuskeln protestierten. Sie fühlte sich hilflos und irgendwie empört. *Moment mal, ich bin ein Drachenfan, ich darf so nicht sterben, versteht das denn keiner?*

»Dadrunter! Schnell!« Daro schubste sie unter den Bogen einer Steinbrücke, der über einen besonders breiten, dampfenden Kanal führte. Kari stolperte, stürzte, fiel ins Wasser, raffte sich wieder auf, kroch auf allen vieren unter die Brücke, kam wieder auf die Füße. Währenddessen machte Daro irgendetwas mit diesem Wasser, formte daraus einen Vorhang, der beide Seiten der Brücke verschloss.

Das Fauchen, als der Drache seinen Eishauch in ihre Richtung schickte, war so laut, dass Karis ganzer Körper vibrierte. *Bitte nicht, bitte nicht,* mehr passte nicht in ihren Kopf, die Angst füllte alles aus. Steine polterten vom Rand der Brücke, als Pranken sie streiften, und der Boden erbebte, als rechts und links von ihnen Häuser einstürzten, wahrscheinlich unter titanischen Schwanzschlägen.

Dann wurde es wieder still.

Aus dem Wasservorhang vor den Öffnungen der Brücke waren Wände aus dickem, schlierigem Eis geworden. Als Kari versuchte, sich zu bewegen, stellte sie fest, dass das restliche Wasser im Kanal – zum Glück nur etwa knöcheltief – ebenfalls zu Eis geworden war und ihre Stiefel festgefroren waren.

»Bei Sigurd! Wie ich diese Mistviecher hasse«, murmelte Daro und versuchte nicht sehr geschickt, ihre Füße mit seinem Dolch freizuhacken. Als das geschafft war, hämmerten er und Kari so lange auf eine der Eiswände ein, bis sie Risse bekam und klirrend zerbrach.

»Wieso greifen sie euch überhaupt an? Jagen sie?« Kari versuchte, einen klaren Gedanken zu fassen.

»Nein, gefressen haben sie noch nie jemanden, obwohl sie sich auf dem Rückweg ab und zu ein paar Schafe schnappen.« Daro atmete tief durch, und es gelang ihm, seinen Blick zu fokussieren. Anscheinend ließ sein Rausch allmählich nach. »Wir haben keine Ahnung, was diese Angriffe sollen. Oder warum die Drachen sich nur auf Khyona stürzen und nicht auch auf andere Orte in Isslar.«

»Sind sie denn intelligent?« Kari blickte sich um, versuchte die Zerstörung zu erfassen. Um sie herum breitete sich ein Trümmerfeld aus, es roch nach Steinstaub und ihrem eigenen Angstschweiß.

Daro wirkte erschöpft und ärgerlich. »Intelligent? Vermutlich. Wissen wir nicht genau.«

Sie sind intelligent! Kari versuchte zu ergründen, warum sie sich da so sicher war. Vielleicht war das auch nur Wunschdenken? *Nein, die Drachen müssen untereinander kommuniziert haben, sie haben im Rudel angegriffen wie Wölfe, nicht chaotisch, sondern planvoll. Es steckt eine Strategie dahinter, warum sie Khyona so zusetzen ... nur welche?*

Irgendwie war sie erleichtert, dass die Eiswache es anscheinend nicht geschafft hatte, einen der Drachen aus dem Himmel zu holen, und sie alle wieder abgeflogen waren. Doch es war besser, sie sprach das nicht aus. Und trug ihren silbernen Drachenanhänger lieber unter der Kleidung, solange sie in Isslar war, damit niemand falsche Schlüsse daraus zog.

Kari brachte es nicht fertig, sich bei Daro für die Rettung zu bedanken. Schließlich hatte dieser Depp sie vorher noch belästigt ... und wäre er nicht so besoffen gewesen, hätten sie es noch rechtzeitig unter die Sturmbögen geschafft!

»Los, komm, wir müssen helfen – vielleicht sind unter den Trümmern noch Leute eingeschlossen!«, rief Kari, warf unwillkürlich einen beunruhigten Blick zum Himmel und kletterte über einen Schuttberg in Richtung dessen, was einmal ein Haus gewesen sein musste. Einige Soldaten hatten sich bereits eingefunden und packten an, um nach Überlebenden zu suchen. Daro zuckte die Schultern, dann machte er sich ohne Begeisterung daran, ebenfalls Steinbrocken zur Seite zu wälzen.

Ihnen allen stand eine lange Nacht bevor.

Audienz

Erst als der Morgen dämmerte, erloschen die Sturmbögen – ihre Bewegung wurde langsamer, bis sie schließlich stillstanden. Endlich konnte Kari ihr Zimmer in der Oberstadt ansteuern, sie hatte kaum noch die Energie, einen Fuß vor den anderen zu setzen. Ihre Hände waren staubig und wund, an manchen Stellen bluteten sie. Einige Menschen hatten sie unverletzt bergen können, doch Kari versuchte, nicht an den schlaffen, verrenkten Männerkörper zu denken, den die Eiswachen nur zwei oder drei Meter von ihr entfernt aus den Trümmern gezogen hatten. Es war das erste Mal gewesen, dass sie einen Toten aus der Nähe gesehen hatte ... nach bestimmt ein paar Tausend Leichen in Film und Fernsehen.

Doch diese eine hatte sie deutlich mehr erschüttert. *Das war kein Mensch mehr, das war nur noch ein Gegenstand. Fleisch, das langsam verrottet,* ging es Kari durch den Kopf, und ungebeten kam der Gedanke zurück, dass es genau das war, zu dem sie diese junge Magierin machen sollte. Jedenfalls vorübergehend, bis aus ihr ein Silberfalke wurde. Einen Wimpernschlag lang war es Maéva, die wie eine zerbrochene Puppe, grau vom Steinstaub, in den Trümmern lag, das lange dunkle Haar struppig wie eine Perücke.

Karis Magen hob sich ganz plötzlich, sie schaffte es gerade noch, sich über einen der Dreckwasserkanäle zu beugen. Viel kam nicht, hauptsächlich Galle, die ein klein wenig nach Gelbmoostee roch.

Nein! Ich werde das nicht tun! Never ever!

Angewidert schöpfte Kari eine Handvoll Wasser aus dem anderen Kanal, um sich den Mund auszuwaschen. Ausgerechnet dabei, warum auch immer, schwamm wieder diese eigenartige Erinnerung an die Oberfläche. *Blut auf dem Gras, auf meinen Händen, ein Junge, der schreit. Jemand packt mich hart am Arm, schüttelt mich. Ein orange-weißer Notarztwagen in unserer Straße.*

Kari richtete sich auf, schloss die Augen, versuchte, in die Vergangenheit einzutauchen. Und es funktionierte, unerwartet schob sich ein Mosaiksteinchen an den richtigen Platz. Sah sie ein Gesicht vor sich, vorstehende Zähne und ein hämisches Lächeln. *Der Junge, er hieß Achim. Wohnte der nicht in unserer Straße? Doch. Ich mochte ihn nicht, er hat immer über mich gelacht, mich auch manchmal geschubst. Habe ich ihm etwas getan?*

Ihr Gehirn weigerte sich, mehr preiszugeben.

Zurück in ihrem Zimmer war das Erste, das sie tat, sich den Kohlestift zu greifen und auf der Rückseite der fürstlichen Einladung die magische Formel niederzuschreiben. Sie faltete das Stück Papier zu einem winzigen Quadrat und schob es in eine Ritze ihres Holzbettes. Immense Erleichterung überschwemmte Kari. *Jetzt habe ich den zweiten Teil der Beschwörung ... ich muss es nur noch schaffen, Svala den ersten zu entlocken, dann ab zum Tor und nichts wie weg hier!*

Kaum war sie in ihrem Zimmer mühsam eingeschlafen, klopfte, nein *schlug* jemand an ihre Tür.

Klingt nicht nach einem Höflichkeitsbesuch!, dachte Kari halb gereizt, halb besorgt und streifte sich schnell ihre Tunika über, um öffnen zu gehen. Draußen standen zwei Eiswachen. »Die Fürstin wünscht Eure Anwesenheit«, erklärte einer der beiden, ohne eine Miene zu verziehen. »So bald wie möglich.«

Sofort fiel die Müdigkeit von Kari ab, ihr Körper schaltete um auf Alarmbereitschaft. »Aber nicht jetzt, oder?«

»Doch. Jetzt. Folgt mir bitte.«

Das hatte nichts Gutes zu bedeuten!

»Aber ich muss mich wenigstens noch umziehen ...« Kari erinnerte sich gut daran, wie viel Wert die Fürstin auf ein makelloses

Äußeres legte. Zum Glück hatten die Eiswachen ein Einsehen, und hastig richtete Kari sich her und zog ihre besten Sachen an, die sie am ersten Tag bei der Audienz getragen hatte.

In der Schwarzen Burg zu sein, war Kari nicht mehr so fremd wie zu Anfang. Die Wachen geleiteten sie bis vor die Gemächer der Fürstin und ließen sie dann allein, sie musste auf einer ungepolsterten Bank warten. Beinahe wäre Kari zusammengezuckt, als sie aus einem Raum in der Nähe bekannte Stimmen hörte – das waren Maéva und Gabrissa!

»Du hättest sofort die Berichte der Bezirkskommandeure anfordern müssen! Stimmt doch, oder?« Gabrissa hörte sich nörgelig und auf eine unechte Art empört an. »Damit wir genau betrachten können, wie der Angriff diesmal abgelaufen ist!«

»Ja, das stimmt, tut mir leid.« Maéva dagegen klang erschöpft. »Ich kümmere mich sofort darum.«

»Und Mutter sagt, deine Strategie enthielt einen Fehler, wie ihr Silberfalke aufgedeckt hat! Das ist unerhört, wie konnte dir nur so etwas passieren?«

»Ich ... das muss wohl ... tut mir leid, ich weiß es nicht.«

Es tat fast weh, diesem Wortwechsel zuzuhören. Lautlos stand Kari auf, ging ein Stück den Gang entlang – und konnte einen Blick auf die beiden erhaschen. Maéva trug ein schlichtes blaues Wollkleid, eine Art Strumpfhose und mit Fell gefütterte Stiefel, sie wirkte stiller und bedrückter als zuvor. *Ja, kein Zweifel, die weiß, was die Fürstin mit ihr vorhat,* ging es Kari durch den Kopf. *Wahrscheinlich macht sie deshalb auch Fehler.*

Ein Diener tauchte neben Kari auf und betrachtete sie mit vorwurfsvollem Blick, wahrscheinlich war ihm nicht entgangen, dass Kari spioniert hatte. »Die Fürstin ist nun bereit, Euch zu empfangen«, sagte er und führte sie den Gang entlang.

Diesmal hatte die Fürstin sie in ihr Büro bestellt, einen mit edel geschnitztem Schreibtisch, Wandteppichen und einigen Schriftrollen ausgestatteten Raum, der gemütlich gewirkt hätte, wenn dieser unangenehme, leicht faulige Geruch nach Krankheit nicht gewesen wäre, der im Raum hing. Ein Fenster gab es nicht, lüften unmöglich. Der Diener zog die gepolsterte Tür zu, jetzt drang kein Laut mehr herein ... und sicher auch keiner hinaus.

Die Fürstin saß nicht an ihrem Schreibtisch, sondern lag auf einer Art Chaiselongue daneben, ihr knochiger, ausgemergelter Körper zeichnete sich deutlich unter ihrem Kleid ab. Kari wusste, dass sie Augenkontakt vermeiden musste, und riskierte trotzdem einen flüchtigen Blick. Krank oder nicht, Lakanas Augen wirkten eher noch unbarmherziger als bei ihrer ersten Begegnung, ein inneres Feuer schien in ihnen zu brennen, fast hätte Kari auf Verzweiflung getippt. Doch vielleicht war die Fürstin auch einfach nur wütend.

Auf sie!

»Mehrere Tage seid Ihr nun schon hier, und was ist passiert – nichts!«, raunzte sie Kari ohne Begrüßung an und stützte sich auf einem Ellenbogen hoch, um sie anzufunkeln. »Wann werdet Ihr endlich handeln? Ich bin das Warten leid! Wieso braucht Ihr so lange, um etwas zu unternehmen?«

Kari war selbst überrascht, dass ihre Stimme nicht versagte. »Immerhin wäre es mir beinahe gelungen, einen Sturz vom Balkon zu arrangieren. Im Moment kundschafte ich die Gewohnheiten der Zielperson aus, um meinen nächsten Versuch planen zu können. Die Elfen haben mir eben erst die Kräuter gebracht, die ich ...«

»Warum habt Ihr eine Nachricht in die Draußenwelt geschickt?« Die Stimme der Fürstin war schneidend.

Der Schreck fuhr Kari in die Knochen. *Wie hat sie davon erfahren? Sind wir wieder einmal belauscht worden? Haben die Elfen geplaudert? Oder kann es sein, dass Andrik mich verraten hat?*

Dieser Gedanke war so schrecklich, dass es Kari kaum gelang, auf die Schnelle eine plausible Erklärung aus dem Ärmel zu ziehen. »Natürlich musste meine Familie erfahren, dass es mir hier gut geht.«

»Es ist verboten, Mitteilungen in die Draußenwelt zu senden oder solcherlei zu empfangen. Versucht so etwas nicht noch mal, Cecily Thalim.«

»Oh, das wusste ich nicht. Dass es verboten ist. Tut mir wirklich leid, kommt nicht wieder vor.« Während sie sprach, brannte in Karis Kopf nur eine einzige Frage: *Ist meine Warnung angekommen, obwohl die Fürstin davon erfahren hat? Oder ist diese verdammte Elfe direkt zu ihr gerannt, um mich zu verpetzen? Andrik hat mich ja gewarnt!*

»Nun gut. Ihr werdet euch bemühen, diesen Auftrag baldmöglichst abzuschließen, ist das klar?« Die Stimme der Fürstin war nicht lauter geworden, eher leiser, doch jedes Wort war so klar und scharf wie in Glas geritzt. »Oder gibt es irgendetwas, das dagegensprechen würde?«

Kari hatte das Gefühl, dass sämtliches Blut aus ihrem Gehirn gewichen und in ihre Füße gesackt war. *Verdammt, so langsam gehen mir die Ausflüchte aus!*

»Nein, natürlich nicht, Exzellenz.« Sie verbeugte sich, das konnte nie schaden. *Anscheinend hat sie die Nachricht nicht. Uff! Sieht aus, als würde ich noch mal davonkommen.*

Knochige Hände schoben Kari eine Schriftrolle zu. »Hier ist ein Protokoll dessen, was Maéva in den letzten Tagen getan hat, meine Leute haben es gerade erst erstellt. Vielleicht beschleunigt das das Auskundschaften, das Euch anscheinend so sehr in Anspruch nimmt.«

»Ja, danke«, entgegnete Kari, atmete tief durch und fügte hinzu: »Es würde mir helfen, meinen Auftrag zu erfüllen, wenn der junge Bjarni mir wieder dienen könnte.«

»Tatsächlich!« Ein verächtliches Aufschnauben. »Na gut, sei's drum. Sagt dem Burschen am besten selbst Bescheid. Schneewohl!«

Ein Bediensteter schob Kari aus dem Raum. Dort brauchte sie erst einmal ein paar Momente, um sich von dieser Audienz zu erholen. *Tief atmen. Tief atmen! Alles gut. Na ja, nicht alles. Aber ich lebe noch. Das ist doch schon mal was.*

Auf dem Weg nach draußen nahm sich Kari die Zeit, einen Blick in das Protokoll zu werfen. Mitleid erfasste sie, während ihre Augen über die Zeilen glitten. Anscheinend bestand Maévas Leben zurzeit daraus, frühmorgens frisches Wasser zu holen und für sich und ihren Vater Frühstück zu machen, dann hielt sie sich in der Burg auf, erledigte Regierungsgeschäfte und besprach sich mit Entscheidern, bis es in der Dämmerung Zeit war, heimzugehen und mit ihrem Vater Abendbrot zu essen. Entspannung? Zeit für Freunde? Fehlanzeige. *Wahrscheinlich hat sie sowieso gerade keinen Nerv für so was,* dachte Kari. *Schließlich sitzt ihr Bruder im Kerker und soll hingerichtet werden! Wenn Alice dort wäre, könnte ich nicht essen, nicht schlafen, nicht mal atmen.*

Aber vielleicht tanzte Maéva manchmal nachts am Ufer des Sees, ganz allein für sich, ohne dass Spione zusahen. Das war wenigstens etwas.

Kari biss die Zähne zusammen. *Unglaublich, dass ich am Anfang darüber nachgedacht habe, sie wirklich zu töten!*

Wie lange würde ihre falsche Identität als Cecily noch halten … und was würde passieren, wenn alles aufflog? Sie musste zum Grünen Tor reiten, jetzt gleich. Den Weg auskundschaften, checken, wie das Tor bewacht wurde, ausprobieren, ob schon der erste Teil der Beschwörung irgendetwas bewirkte. Vielleicht sah sie Alice schon bald wieder. Aber sie durfte jetzt nicht ungeduldig werden, sonst unterlief ihr womöglich ein fataler Fehler.

Ist es zu riskant, überhaupt zum Tor zu reiten? Aber ich muss! Kari verzog den Mund. *Hm … Ich hab dort was verloren, als ich abgeholt worden bin. Genau. Hab ich. Dieses Feuerzeug hier, das unglaublich wertvoll ist und wichtig für meinen nächsten Plan.*

Irgendwas anzünden, sodass Maéva leider in den Flammen umkommt, ein tragischer Unfall.

Während sie zu den Ställen marschierte, umklammerten Karis Finger das Drachenfeuerzeug in ihrer Tasche so fest, dass die Zacken sich schmerzhaft in ihre Haut drückten. »Die Stute Skandia, gesattelt bitte, und es eilt!« So langsam hatte sie den richtigen Ton drauf für diese Welt. Der Stallbursche fiel fast über seine eigenen Füße vor lauter Diensteifer und kämmte Skandia sogar noch rasch die dunkle Mähne, bevor er Kari die Zügel in die Hand drückte. Skandia schnaubte und spitzte die Ohren in Karis Richtung, hatte die Stute sie wiedererkannt?

Erstaunt sah Kari eine ihrer Elfen um eine Ecke der Stallungen lugen. Tuli – die Elfe, die der Fürstin von ihrer Nachricht erzählt haben musste! Als Kari ihr einen strengen Blick zuwarf, senkte Tuli den Kopf, sogar ihre Ohrenspitzen schienen herunterzuhängen. »Fiii, hab zu viel geredet. Das war nicht so gut. Verzeih, verzeih!«

Also war es keine Absicht gewesen. Kari war erleichtert. Noch waren die Elfen ihre Freunde! »Schon gut. Aber überbracht hast du die Nachricht, oder?«

Tuli nickte eifrig und schlüpfte lautlos wieder davon, bevor ihr Kari Fragen über Mam und Alice stellen konnte. Wieder traf die Sehnsucht sie wie eine Faust in den Magen. Am liebsten hätte sie Tuli gleich noch eine Nachricht für Ella mitgegeben, doch die war ein paar Tausend Kilometer entfernt. In dieser Welt, die weder Internet noch Telefone kannte, war das unendlich fern.

Kari schüttelte die düsteren Gedanken ab, überlegte, ob sie noch einmal bei ihrem Zimmer vorbeireiten sollte, und entschied sich dagegen. Es war ja nicht weit, sie brauchte nicht tonnenweise von Ausrüstung mitzunehmen. Deshalb war ihr erster Halt die Schänke *Zum Blauen Eis* – wenn Kalur ihr einmal geholfen hatte, würde er es sicher noch mal tun. Zum Glück war dieser Teil der Stadt beim

Angriff der Eisdrachen kaum beschädigt worden, unwahrscheinlich, dass dem trollartigen Wirt etwas passiert war.

Tatsächlich, er grinste breit, als er sah, wie sie vor seinem Haus von Skandia absaß. »Na, wie läuft's? Andrik hat mir erzählt, dass du dich tatsächlich zu ihm nach Grímsnes getraut hast, das hat ihn beeindruckt, scheint mir.«

»Meinst du?« Kari staunte, wie sehr sie sich darüber freute. Wie seltsam – sie kannte Andrik kaum, er gab ihr Rätsel auf und doch war sein Name wie ein Echo in ihrem Inneren. Mal lauter, mal leiser, aber immer da.

Kaum dachte sie an ihn, schien ganz leicht der Boden zu vibrieren. *Haha, was für ein Schwachsinn, das ist wohl eher das übliche Problem mit meinem Kreislauf!*

Sie erklärte Kalur, was sie brauchte, und er winkte sie nach drinnen. Dort auf einem der langen Holztische lag ein halb fertiges Gebilde aus Muscheln, Federn und Draht, das vielleicht mal ein Kunstwerk werden würde. »Hast du all das gemacht, was an deinen Wänden hängt?«, fragte ihn Kari neugierig. Ihre eigene Künstlerinnenkarriere hatte zu zahlreichen getöpferten Vasen, Schalen und Stifthaltern geführt, von denen ihr manche mittlerweile etwas peinlich waren. Nach Thorstens und Johns Einzug hatte Susanna den Fehler gemacht, ihren neuen Freund nach seiner Meinung zu einer Vase zu fragen. Nach einer nicht sehr schmeichelhaften Bemerkung von Thorsten – er war sehr ehrlich, nicht immer ein Vorteil – waren die meisten Töpferarbeiten vom Wohnzimmer in den Keller gewandert. Wenigstens hatten Vater und Sohn sich noch nie darüber beschwert, dass Kari mehrmals in der Woche Querflöte übte!

»Ja klar sind die von mir«, erwiderte Kalur geschmeichelt. »Zeitvertreib eben. Früher war ich ein Kämpfer, aber das macht mein Rücken nicht mehr mit. Sollen andere die Schwerter schwingen.« Papier oder Pergament schien Kalur keins mehr zu haben, stattdessen ritzte er Linien in einen flachen Stein, den er kurzerhand aus der Wand riss. »Also, um nach Dyradalur zu kommen, musst du erst mal …«

Kari nickte, nickte wieder und stellte ab und zu eine mehr oder minder intelligente Zwischenfrage.

Als sie die steinerne, zum Glück nicht allzu große Karte einsteckte und Skandia losband, sah sie einen buschigen, weiß-braunen Schwanz um eine Hausecke huschen. Freude stieg in ihr hoch. Das war doch Sio, Andriks Polarfuchs! Und wo Sio war … Sie packte Skandias Zügel und zog die Stute hinter sich her, ging mit langen Schritten auf die Gasse zu.

Erst im letzten Moment kam ihr der Gedanke, dass sie möglicherweise in eine Falle lief.

***

Kaum hatte Alice das Ferienhäuschen wieder betreten, begann sie zu rennen – zum Zimmer, in dem ihre Mutter lag. John folgte etwas langsamer. *Wenn Thorsten unsere Aufnahmen sieht, wird er Cecily rauswerfen. Ganz sicher.* John wiederholte es wie ein Mantra. Er hatte nicht die Absicht, das Tablet loszulassen, und seine Hand wurde langsam schwitzig, während er es umklammerte. In seiner einen Hosentasche steckte sein altes Android-Smartphone, in der anderen das neue, aber billige Teil von Alice.

Cecily kam ihm im Gang entgegen und schob sich an ihm vorbei. »Wie wär's mit einem Kaffee?«, fragte sie gut gelaunt.

»Nein, danke«, sagte John und lächelte zum ersten Mal zurück. Bald würde sie erfahren, dass diese Runde an ihn ging.

Alice hockte am Bett ihrer Mutter im großen Schlafzimmer, das gerade nach Kotze und Kräutertee roch. Auf den ersten Blick sah John, dass es Susanna schlechter ging, ihr Gesicht war weiß wie eine Wand und von kaltem Schweiß bedeckt, ihre Hand hing kraftlos in der von Alice. Thorsten sah besorgt aus. »Für einen gewöhnlichen Erreger ist das ein bisschen heftig, vielleicht hat es irgendwas mit dem Blinddarm zu tun?«

»Wir möchten dir etwas zeigen – wir glauben, das könnte wichtig sein«, sagte John zu seinem Vater, der einen erschreckend abwesenden, unschlüssigen Gesichtsausdruck hatte.

»Wieso das? Ich hab für irgendwelche Filmchen aus dem Internet jetzt wirklich keine Zeit«, knurrte sein Vater, und John musste einmal tief durchatmen, um sich zu beruhigen. *Kein Wunder, dass sie Susanna vergiftet hat und nicht Thorsten. Cecily war bestimmt klar, dass ER ihr nicht gefährlich wird!*

»Es ist eine Aufnahme, die wir sozusagen mit versteckter Kamera gedreht haben«, sagte John und holte Alices Handy aus der Hosentasche. Oder versuchte es jedenfalls.

Es war nicht mehr da.

Scheiße!

Alice glotzte ihn erschrocken an, dann wurden ihre sonst so großen Augen schmal. »Du hast Cecily eben im Gang getroffen, oder?«

»Genau«, presste John hervor. Dabei musste Cecily ihm das Handy aus der Hosentasche geklaut haben, anders war es nicht zu erklären, dass das Ding weg war! Rausgefallen war es nicht, er hätte das Klappern auf dem Parkett gehört.

Aber sie hatten ja noch das Tablet. Er klappte die Hülle auf ... und sah auf den ersten Blick die fette gelbe Meldung in chinesischen Schriftzeichen, die sich über den ganzen Bildschirm zog. *Nein, nein, nein, bitte nicht, kein Virus!* Hektisch drückte er auf den Einschaltknopf, versuchte, es runterzufahren und wieder zu starten. Wieder der gelbe Bildschirm. *Ein Virus. Ausgerechnet jetzt! Na, was für ein Zufall.*

Immer nervöser kramte John in seinen Taschen. Blieb noch sein eigenes Handy, vielleicht kam er damit an das Video heran! Seine Hände schwitzten so sehr, dass ihm sein Handy fast aus den

Händen gerutscht wäre. Aufklappen, einschalten ... auch hier die gelbe Meldung. Dieses Gelb fraß sich in sein Gehirn wie Säure. Wie konnte das sein?!

Dann fiel ihm ein, dass Cecily über sein Handy ICE-SAR angerufen hatte. Nachdem sie sich angeblich vertippt hatte. Garantiert hatte sie eine SMS an ihre eigene Nummer geschickt, sodass sie seine hatte ... und damit ein Einfallstor für sämtliche Malware, die sie seiner veralteten Android-Version unterjubeln konnte. Und weil er sein Handy mit dem Tablet vernetzt hatte, hatte der Virus auch das angesteckt.

Sogar Alice hatte es die Sprache verschlagen. Thorsten dagegen wirkte beim Anblick der gelben Meldung einfach nur ärgerlich. »Auch das noch ... Mist, was hast du mit dem Tablet gemacht, Johnny? Das brauchen wir doch für die Urlaubsplanung! Auf was für Seiten bist du in letzter Zeit herumgesurft, etwa Pornos?«

Es gab Momente, in denen John seinen Vater furchtbar gerne erwürgt hätte.

»Soll ich noch einen Kräutertee machen?« Cecily lehnte im Türrahmen, sie blickte tief besorgt drein. »Oh Mann, es geht ihr wirklich nicht gut. Wir sollten ...«

»Kann ich dich mal allein sprechen?«, fragte John.

»Klar doch«, sagte Cecily und klang ehrlich überrascht. Wie gut dieses Mädchen sich verstellen konnte, es war eindrucksvoll.

Sie gingen in das kleine, mit Postern isländischer Wasserfälle und grünen Vorhängen dekorierte Zimmer, das Alice und Kari miteinander hätten teilen sollen. Dann standen sie sich gegenüber, und John hasste sich dafür, dass sein Körper auf sie reagierte. Und dass Cecily es merkte.

Plötzlich waren alle wütenden Worte weg, die er sich zurechtgelegt hatte. Die scharfen, ätzenden Worte, die ihren unsichtbaren Panzer hätten durchbrechen sollen, der sie umgab wie die Chitinschale ein Insekt. Was stattdessen herauskam, war: »Ganz ehrlich, du bist die tollste Frau, die ich jemals getroffen habe. Dieser Hack war Spitzenklasse.«

»Oh danke«, sagte Cecily amüsiert. »War mir ein Vergnügen.«

»Ich würde dich gerne besser kennenlernen.« Jetzt war es raus. Er hatte es ihr gesagt. *Kamikaze,* dachte John. *Oder einfach nur unglaublich blöd.*

Sie kreuzte die Arme, blickte ihn schweigend an. Auf was wartete sie denn bitte schön? Okay, noch schlimmer oder peinlicher ging es jetzt eh nicht, dann konnte er auch genauso gut weiterreden. »Wenn wir zurück sind ... wann und wo auch immer ... könnten wir ja mal was trinken gehen, oder? Falls du zwischendurch mal in Deutschland vorbeikommst, während du gerade um die Welt jettest.«

Mit angehaltenem Atem wartete er. Jetzt war sie am Drücker, endgültig. Jetzt wusste sie, dass er etwas für sie fühlte, und konnte ihn in den Staub treten, wenn ihr danach zumute war.

Doch Cecily verzog keine Miene. »Vielleicht«, sagte sie nur und ließ ihren Blick von seinem Gesicht aus an seinem Körper hinabwandern. »Wenn du wieder zurück bist. Und schlau genug bist, dein Handy wieder hinzukriegen. Meine Nummer ist drauf. Du bist zwar eigentlich zu jung für mich, aber wen interessiert so was schon?«

Garantiert eine wunschtrauminduzierte Halluzination, dachte John. *Sie hat das nicht wirklich gesagt, oder?*

Doch, hatte sie.

Das Tor

Ja, es war eine Falle, aber eher eine der positiven Art. In der Gasse lehnte Andrik an der Wand, sah unverschämt gut aus mit seinem verstrubbelten dunklen Haar und seinem sehnigen Körper und blickte ihr gelassen entgegen. Er hatte sie eindeutig hierhergelockt.

»Was machst du hier?«, entfuhr es Kari und sofort ärgerte sie sich über sich selbst. Nett hatte das sicher nicht geklungen.

»Ich kam ganz zufällig vorbei und war so frei, ein paar Gnome zu verscheuchen, damit sie nicht weitertratschen, was du so machst«, sagte Andrik.

»Ein kleines Erdbeben?« Kari musste grinsen.

»Genau. Sie hassen das. Da sie normalerweise in Erdhöhlen wohnen, befürchten sie, dass ihnen dabei ihr halbes Heim auf den Kopf fällt.«

Dann blickten sie sich einfach an. *Mist, ich darf mich hier doch nicht verlieben,* dachte Kari, doch sie hatte den Verdacht, dass es längst zu spät war.

Zufällig vorbeigekommen? Das nahm sie ihm nicht ab. Konnte es wirklich sein, dass es ihm gefiel, bei ihr zu sein? Obwohl er inzwischen wusste, weshalb sie nach Isslar geholt worden war?

»Ich ... bin gerade dabei, loszureiten«, sagte Kari und strich sich eine widerspenstige Strähne aus den Augen. »Kleiner Ausflug zum Grünen Tor bei Dyradalur.« Wieso hatte sie ihm das gesagt? War es nicht besser, das geheim zu halten?

»Hast du schon rausbekommen, welche deiner Lieblingselfen Lakana von deiner Botschaft erzählt hat?«, bemerkte Andrik. »Ich hab sie in der Burg gesehen.«

»Ja. Tuli war's«, berichtete Kari. »Aber sie hat meine Botschaft vorher überbracht.«

Hauptsache, ihre Warnung war angekommen. Doch der Gedanke an die echte Cecily nagte trotzdem weiter an Kari.

»Ich könnte mitkommen nach Dyradalur«, sagte Andrik, ohne dass sein Gesichtsausdruck sich änderte. Das machte es schwer zu raten, was ihm gerade durch den Kopf ging. »Könnte helfen. Normalerweise bekommt man nämlich Ärger, wenn man ohne offiziellen Auftrag bei einem der Tore herumschnüffelt. Wenn ich dabei bin …«

»… bekommen wir beide Ärger?«, fragte Kari.

»Das ist mir komischerweise lieber.« Er schaute sie nicht an, als er es sagte.

Kari spürte, wie etwas in ihr schmolz. *Nicht alle Leute hier in Isslar haben es auf mich abgesehen oder verlangen furchtbare Dinge von mir!* »Du musst das nicht tun. Wirklich nicht.« *Keine Ahnung, warum ich das gesagt habe. Dummer Stolz wahrscheinlich!*

»Es gibt Wächter dort.«

»Hab ich gehört. Ich gehe ihnen einfach aus dem Weg.«

»Du wirst sie wahrscheinlich nicht mal *sehen.*«

Ihr fiel ein, dass ihr auf dem Hinweg tatsächlich keine Wachen aufgefallen waren.

»Na gut, es wäre toll, wenn du mitkommen könntest«, gab Kari nach. Gemeinsam gingen sie durch die Unterstadt, beide noch zu Fuß, der Polarfuchs trippelte neben Andrik entlang und schoss hin und wieder vor, wenn er irgendetwas Interessantes erspäht oder gewittert hatte. Kari fragte: »Wo ist denn dein Pferd?«

Ohne ihr zu antworten, schloss Andrik kurz die Augen und schien sich zu konzentrieren. Kari hörte das Geräusch von Hufen auf dem Steinpflaster, und kurz darauf tauchte das ungesattelte schwarze Pferd auf, das Kari schon beim Krater von Grímsnes gesehen hatte. Vor Andrik blieb es stehen, stieg und warf übermütig den Kopf hoch.

»Darf ich vorstellen? Fiala«, sagte Andrik und zerzauste der Stute zärtlich die mit einem roten Band verzierten Stirnhaare, was sie mit einem Schnauben quittierte.

»Wie hast du sie gerufen?«, fragte Kari.

»Mit einem Gedanken. Sie ist wahrscheinlich ein Wildpferd – ich habe sie als verlassenes Fohlen gefunden und aufgezogen«, berichtete ihr Begleiter.

»Ja, und?«

»Die Wildpferde in Isslar gehören wie mein Fuchs zu den magischen Tieren von Isslar, sie verständigen sich durch Gedanken miteinander. Uns können sie auch erreichen ... wenn sie wollen.«

Kari blieb der Mund offen stehen. »Ist nicht wahr!« Vorsichtig streckte sie die Hand aus, um Fiala die Nase zu streicheln, doch die Stute scheute sofort zurück.

»Außer mir kann niemand sie reiten ... oder auch nur berühren.« War das ein Lächeln in Andriks Mundwinkeln? »Das wurmt Gabrissa enorm. Fiala gefällt ihr, sie wollte, dass ich sie ihr schenke.«

Keine Frage, was Andrik ... und Fiala ... darauf geantwortet hatten.

»Wozu ist das rote Band in Schopf und Schweif da, hat das eine magische Wirkung?«, fragte Kari.

»Nee.« Andrik klang amüsiert. »Fiala wollte das so ... sie ist ein bisschen eitel.«

Ach so. Kari musste grinsen.

Sie ritten los. Wie erstaunlich, dass die schwarze Stute nicht mal eine Trense trug. Sie ließ sich auch ohne Zügel von Andrik lenken, nur mit Gedanken. Wahrscheinlich stimmten sie sich unhörbar über den Weg ab. Kari bestand darauf, dass sie die Orientierung übernahm – sobald sie den ganzen Spruch hatte, musste sie dieses Tor selbst finden können, notfalls auch bei Nacht. Immer wieder warf sie einen Blick auf die steinerne Karte, die Kalur ihr gezeichnet hatte. Kari war stolz darauf, wie gut sie sich zurechtfand – bis Andrik sich räusperte und meinte: »Ähm, ich glaube, wir sollten hier nach Westen abbiegen. Sonst stoßen wir bald auf unsere eigenen Spuren.«

»Oh«, sagte Kari.

Ihre Pferde tölteten ausdauernd und ließen sich nicht irritieren von der dünnen Schneedecke, die den Boden bedeckte. Kari hatte vergessen, Handschuhe anzuziehen, und der eisige Wind ließ ihre Hände an den Zügeln festfrieren.

»Wie war dein Bruder so? Sehr anders als du?«, wagte sie Andrik zu fragen, als sie einmal nebeneinanderritten.

»Ja, sehr lebhaft und fröhlich, alle mochten Gunnar. Er hat sich Hals über Kopf in alles gestürzt, was irgendwie Spaß machen könnte.« Andriks Stimme klang gepresst. »Aber nach dem ... Unfall war das alles weg. Er war wie erloschen.«

»Und niemand konnte ihm helfen?«

»Nein. Ich habe alles versucht, seine Freunde, auch die Elfen. Aber es war, als wäre er innerlich schon weit weg, und irgendwann ist er einfach gegangen.«

»Das muss furchtbar gewesen sein.« Ob Andrik sich seither ähnlich fühlte – wie erstarrt? Hatte er überhaupt schon einmal mit jemandem über all das geredet? Wahrscheinlich nicht, wie konnten die anderen sonst denken, er hätte keine Gefühle?

Schon nach eineinhalb Stunden näherten sie sich dem Talkessel, an dessen Rand sich das Tor befand. Gefunden! Kari wusste, dass sie dem Weg das nächste Mal ohne Hilfe folgen konnte. Im Geiste wiederholte sie die Worte, die Daro herausgerutscht waren. *Shi'karan ellswor wunyalish hiyanur fridaselik dragar.*

»Jetzt langsam.« Andriks Stimme klang grimmig.

Sie ritten über eine Hügelkuppe ... und vor ihnen lag der Talkessel von Dydradalur. Ja, sie erkannte den Ort wieder, doch wie anders er diesmal aussah! Kein goldenes Licht, keine leuchtenden Herbstfarben. Es war ein grauer, windiger Tag und der ehemalige Vulkankrater – denn das war er, garantiert – wirkte düster und abweisend. Trotzdem wäre Kari am liebsten vom Pferd gesprungen, hinuntergelaufen dorthin, wo sie vor ihrem inneren Auge noch genau das Auto ihrer Familie in der Nähe der Infotafel parken sah. Hätte nach Alice geschrien, nach ihrer Mutter, nach irgendjemandem.

Kari biss sich auf die Lippen und blieb still. Hier gab es keinen Parkplatz, keine Infotafel und auch keinen ausgebauten Wanderweg – ihre Familie war unendlich weit weg, in einer anderen Welt.

Und ganz in der Nähe befand sich das Tor.

Zum Glück war wenigstens der Silberfalke nicht in Sicht, der sie damals beobachtet – in die Falle gelockt! – hatte. Sie ließen die Pferde auf der Hügelkuppe und gingen zu Fuß weiter, das dichte Gras federte unter Karis Füßen. Staunend sah sie, dass unten im Tal, wo der einzelne Felsen thronte, ein halbes Dutzend Elfen Fangen spielten. Ihr unirdisches Lachen, das an Vogelrufe erinnerte, drang zu ihnen herauf, und einen Moment lang beobachtete Kari sie fasziniert. »Sind das die Wächter? Denen entgeht bestimmt nicht, wenn jemand hier entlangkommt.«

»Stimmt. Aber nein, sie sind nicht die Wächter.«

Inzwischen hatte Kari die Stelle entdeckt, an der sie den Pfad verlassen hatten und hochgeklettert waren zu den Felsen hoch über dem Tal. Da, sie erkannte den Felsen wieder, an den Daro und Svala damals ihre Hände gepresst hatten! Wie hatte sie so unendlich blöd sein können, mit ihnen zu gehen, einfach so? Karis ganzer Körper schien zu brennen vor Aufregung und Ungeduld. »Das ist es. Ich sehe das Tor.«

»Wie nah willst du ran?« Andrik wirkte ruhig, aber auf der Hut.

Kari riss sich zusammen. »Könnte sein, dass ich ganz in der

Nähe davon etwas verloren habe«, sagte sie. *Ja, verdammt, meine gesamte Zukunft, wenn ich Pech habe!*

Noch achteten die Elfen nicht besonders auf sie, doch Kari hatte schon bemerkt, dass eine von ihnen hin und wieder neugierig hochschaute. Sie musste diese Scharade durchziehen. Also beugte sie sich nach vorne, tat so, als betrachte sie den Boden und suche das steinige Grasland ab. Andrik beobachtete das mit hochgezogenen Augenbrauen.

Kari stapfte den steilen Hang bergauf, der zum Grünen Tor führte. Keine zwanzig Meter war sie mehr davon entfernt. Ob sie das Tor berühren sollte? In ihrem Kopf lief Daros Teil der Beschwörung schon jetzt auf Endlosschleife. *Shi'karan ellswor ...*

»Achtung!«, rief Andrik und erschrocken sah Kari sich um. Kreischend liefen die Elfen im Tal auseinander, aber was war es, das sie erblickt hatten?

Dann sah sie es selbst. Einer der merkwürdig geformten Felsbuckel, der ungefähr einen Steinwurf von ihr entfernt war, *bewegte* sich. Schien sich aufzurichten. Das, was sie die ganze Zeit für einen Felsen gehalten hatte, war in Wahrheit ein versteinerter Troll in gekrümmter, zusammengerollter Haltung gewesen. Jetzt faltete er seinen gewaltigen Körper auseinander. Rechts und links von ihm geschah das Gleiche, andere graue Gestalten regten sich.

»Das ist der Moment, in dem neugierige Bewohner von Khyona normalerweise weglaufen«, meldete sich Andrik zu Wort.

»Kann ich verstehen«, presste Kari hervor. Sie war ungefähr zehn Meter vom Tor entfernt, aber näher heranzugehen oder es zu berühren, war offensichtlich keine gute Idee. Der Troll, der sich zuerst geregt hatte, war mindestens doppelt so groß wie die, gegen die sie gekämpft hatte. Und er sah ungefähr so gut gelaunt aus wie ihr Patchworkbruder John, wenn sein Vater ihn zwang, an einem Wochenende vor zehn Uhr aufzustehen.

Der Troll schwenkte den klobigen Kopf von einer Seite zur anderen, hielt mit durch und durch steingrauen Augen Ausschau. Fixierte Kari und ihren Begleiter mit diesem unheimlichen, blinden Starren. Sah er sie, roch er sie, spürte er sie?

Kari rammte die Hand in die Innentasche ihres Umhangs und stellte fest, dass sie den größten Teil ihrer Sachen – darunter die Taschenlampe – in ihrem Zimmer gelassen hatte. Verdammt!

Schritt für Schritt wich sie zurück. *Na ja, okay, ich war sowieso nur hier, um das Tor auszukundschaften,* versuchte sie sich zu trösten. *Wenn ich auch den anderen Teil der Formel habe, komme ich zurück, und zwar mit besserer Ausrüstung!*

Nur sah dieser Troll leider nicht aus, als ließe er sich von einer LED-Taschenlampe aus dem Baumarkt irgendwie beeindrucken. Und nun trat er von einem Moment auf den anderen in Aktion, wuchtete den Körper in ihre Richtung und schwang die Fäuste, von denen jede so groß war wie Karis ganzer Körper. Sie hörte das Pfeifen vorbeiströmender Luft, als eine davon sie verfehlte, und ihr Herzschlag schien kurz auszusetzen. Andrik musste ihr nicht zurufen, dass sie wegrennen sollte, auf diese Idee kam sie von ganz allein. Wo waren die Pferde? Sie mussten zu den Pferden und dann schleunigst losgaloppieren! Doch Andrik rief irgendetwas, was sagte er da?

»Zum Elfenfelsen!«, brüllte er.

Ohne darüber nachzudenken, änderte Kari die Richtung. Der Boden vibrierte unter schweren Schritten, als sie sich bäuchlings dahinter in Deckung warf, mitten unter vier Elfen, die sie entgeistert anblickten.

»Sorry«, keuchte Kari. »Bin gleich wieder weg.«

Andrik war nicht hinter den Felsen gekommen, er stand ein Stück davon entfernt, auf halbem Weg zwischen Kari und dem Troll. Er hatte die Arme verschränkt und blickte dem Troll mit hoch erhobenem Kopf, ohne ein Zeichen von Angst, entgegen. *Dabei hat er nicht mal irgendwelche dieser violetten Lichtbomben,* fiel es Kari ein.

Doch die hatte er anscheinend nicht nötig. Der Troll war vor ihm zum Stillstand gekommen und blickte misstrauisch drein, als wittere er eine Falle. Dann stampfte er einen Schritt weit in Karis Richtung.

Andrik hob die Hand und eine Feuerspur zog sich über den Himmel, es sah fast aus wie ein Komet. Ein Stück schwarzes Gestein, groß wie eine Kanonenkugel, donnerte gegen den Koloss und ließ ihn schwanken. Als das Geschoss von der Haut des Trolls abprallte und ins Gras fiel, sah Kari, dass es unter der schwarzen Kruste rot glühend war. Ganz frisch aus irgendeinem Vulkan! Schon begann das Gras um es herum schwarz zu werden und zu rauchen, dann züngelten Flammen hoch und glitten wie orangegelbe Schlangen auf den Troll zu.

Murrend trat der Troll den Rückzug an, einen Schritt nach dem anderen. Doch er wirkte immer noch wütend und versuchte weiterhin, an sie heranzukommen, vermutlich um sie zu Brei zu zermatschen. Und die anderen Trolle sahen aus, als würden sie ihn mit Freuden dabei unterstützen.

Ein weiteres Feuergeschoss änderte ihre Meinung. Leider nur kurz.

Feuer! Anscheinend half das gegen diese Geschöpfe. Und eins von ihnen kam gerade auf Kari zu, anscheinend mit unangenehmen Absichten. Nervös zerrte sie das Feuerzeug aus ihrer Tasche, während der Troll auf sie zukam wie ein grauer Bulldozer. Ein Flämmchen flackerte aus dem Metalldrachen in Karis Hand hervor. Sah vollkommen lächerlich aus. Wenn sie es damit schaffte, einen Troll zu besiegen, dann nur, weil er sich über ihre Waffe totgelacht hatte.

Doch so viel Humor hatte hier niemand. Das graue Wesen zögerte nur kurz und warf dem Ding einen ungläubigen Blick zu.

Dann machte es sich bereit, sich auf Kari zu werfen ... und wurde von einem Dampfstrahl nach oben geschleudert. Zwischen Kari und dem Troll, keine drei Meter von ihr entfernt, hatte sich die Erde geöffnet. Die schwefeligen, heißen Gase drangen mit solcher Wucht aus dem Riss, dass der Troll jetzt sogar im Strahl zappelte. *Damit wäre er der Hit auf YouTube,* dachte Kari, die das Schauspiel fassungslos beobachtete.

Das graue Geschöpf bewegte den Mund, brüllte vielleicht irgendetwas, aber zu hören war nichts, das Fauchen des Dampfgeysirs war laut wie ein Düsentriebwerk. Wie ein ziemlich plumper Akrobat überschlug sich der Troll in der Luft und versuchte vergeblich, einen Fuß auf den Boden zu bekommen. Erst nach einer Weile zeigte Andrik eine Art von Gnade, ein Feuerstoß pustete das Geschöpf aus dem Strahl. Der Troll krachte aufs Gras wie ein Betonmischer und hinterließ dabei einen trollförmigen Abdruck im Boden.

»Ihr wisst genau, dass ich es nicht schätze, wenn jemand meine Gäste belästigt«, sagte Andrik trocken.

»Nie wieder! Nie wieder!« Die Stimme des großen Trolls klang wie Geröll, das einen Hügel hinunterrollt, nur sehr viel jämmerlicher.

Die zwei kleineren Wächter des Tors versuchten zu fliehen, was eher wie ein kopfloses Hin- und Herlaufen wirkte. Zur Sicherheit begab sich Kari noch einmal in Deckung hinter den Elfenfelsen. Besser, sie wartete hier ab, bis dieses Elefantenballett beendet war, sonst trat ihr einer dieser Kolosse noch versehentlich auf den Fuß.

»Zurück auf eure Positionen!«, kommandierte Andrik.

Eine der Elfen tätschelte tröstend Karis Bein, eine andere machte sich daran, ihre Haare zu flechten, und ein Elfenmann lief auf einen der aufgeregten Trolle zu, um ihm eine winzige rosafarbene Blüte zu überreichen. Sofort blieb der Torwächter stehen und blickte auf das Geschöpf herab, das ihm nur bis zum großen Zeh reichte. Dann beugte er sich hinab und nahm dem Elf die Blüte aus der Hand. *Ich glaube, er ist begeistert,* ging es Kari durch den Kopf, obwohl es nicht einfach war, den Gesichtsausdruck von Trollen zu deuten.

»Sie lieben Felsenmaßliebchen und treten nie auf eins drauf«, meinte Andrik. »Das hat mit einer alten Legende zu tun.«

Er nahm Karis Hand und half ihr hoch. Die Elfe, die ihr gerade die Haare geflochten hatte, schmollte, als ihr die Strähnen aus den Händen gezogen wurden.

»Ja, das stimmt«, mischte sich die andere Elfe ein. »Das allererste Blümchen dieser Art war der gehauchte Kuss eines Trollmädchens. Sie war unglücklich in einen Menschen verliebt!«

»Voll romantisch«, fand Kari und klopfte sich mit der freien Hand ein bisschen zittrig ein paar Grashalme von ihrem Umhang. Ihre andere Hand und Andriks Rechte waren noch immer verschränkt, war das Absicht oder ein Versehen? Nein, er ließ ebenso wenig los wie sie. Sie konzentrierte sich darauf, seine schmalen, kräftigen Finger zu spüren, seine ein wenig raue Handfläche. Wärme und Kraft schienen daraus in sie überzuströmen. Am liebsten hätte sie ihn angestrahlt, doch solange er so tat, als wäre das alles eher ein Zufall, gar nichts Besonderes, machte sie besser ebenfalls kein Aufhebens darum.

»Lebt das Trollmädchen noch?« Vor lauter Glück plapperte Kari irgendetwas dahin. »Und ist es überhaupt möglich, Trolle zu töten? Ich hätte gedacht, dass dein Dampfgeysir sie garantiert ...«

Leider ließ Andrik nun ihre Hand los, von einem Moment zum nächsten wirkte er wieder distanziert. Unnahbar wie zuvor. »Ich muss mich auf den Rückweg machen«, sagte er knapp. »Möge die Gnädige Elin dich beschützen.«

»Aber ... reiten wir nicht zusammen zurück?« Enttäuscht blieb Kari stehen, während er weiterging. Was hatte sie falsch gemacht?

Andriks Schritte stockten, er hielt an, wandte sich jedoch nicht um. Sie konnte seine Anspannung in winzigen, verräterischen Anzeichen sehen – die Art, wie er den Kopf hielt, die Krümmung seiner Finger, die Art, wie seine Füße sich gegen den Boden zu stemmen schienen. »Vielleicht ist das keine gute Idee. Es tut mir leid. Ich bin sicher, du findest den Weg auch ohne mich.«

»Ja, da hast du recht, es ist keine gute Idee«, presste Kari hervor. Er hatte recht, es war nicht gut für sie beide, wenn sie Zeit miteinander verbrachten, sich immer besser kennenlernten. »Wirklich leben heißt, sich den beschissenen Tatsachen zu stellen!«

Und Tatsache war, sie würde wahrscheinlich bald zurückkehren in ihre Welt. Es machte keinen Sinn, sich hier zu verlieben. Überhaupt keinen!

Unhörbar rief Andrik nach Fiala, mit wehender Mähne kam sie angaloppiert. Mit wildem Blick musterte sie Kari und scheute vor ihr, doch Andrik legte ihr die Hand auf den Hals, und rasch beruhigte die schwarze Stute sich wieder. Andrik brauchte keine Steigbügel, um sich auf ihren Rücken zu schwingen. Mit einem kurzen Gruß machte er sich auf den Rückweg.

Und ich dämliche Kuh vermisse ihn jetzt schon, dachte Kari, während sie zu ihrem Pferd zurückstapfte.

***

John hatte keine Ahnung mehr, was er mit sich anfangen sollte. Der Adrenalinschub der Gefahr war einer Langeweile gewichen, die vergiftet wurde von der Sorge um Kari. Am liebsten wäre John ziellos in der Wohnung oder draußen herumgewandert, einfach um sich zu bewegen. *Aber ich kann Alice und Cecily nicht allein lassen miteinander, das ist mir verdammt noch mal zu gefährlich!*

Alice las auf dem grauen, nicht sonderlich gemütlichen Stoffsofa weiter in ihrem dicken Fantasyroman und sein Vater hatte einen seiner kulturell wertvollen Klassiker aufgeschlagen. Cecily hockte mit angezogenen Beinen neben seinem Vater auf dem Sofa und löste in unheimlicher Geschwindigkeit eins von Susannas Sudokus. Ihre Schenkel sahen in den Jeans zum Anbeißen aus. Schon seit einer Stunde ignorierte sie ihn völlig. *Habe ich mir doch nur eingebildet, dass sie so gut wie zugestimmt hat, sich mal mit mir auf einen Drink zu treffen?*

Um sich irgendwie abzulenken, schaltete John den Fernseher ein. Eine amerikanische Komödie mit isländischen Untertiteln, eine Nachrichtensendung in Isländisch, Werbung für Geländewagen ... John klickte zurück zu der Komödie.

Abrupt stand Cecily auf und winkte ihm mit einer winzigen Bewegung, ihr in die Küche zu folgen. Johns Herz legte einen Trommelwirbel hin, von einem Moment zum nächsten waren all seine Sinne in Alarmbereitschaft. Er schlenderte ihr hinterher.

Mit verschränkten Armen stand sie in der Mitte der Küche.

»Du willst dir nicht im Ernst diesen schwachsinnigen Film mit Jennifer Aniston zumuten?«, fragte sie mit hochgezogenen Augenbrauen.

»Davon habe ich immerhin mehr als von Nachrichten, bei denen ich kein Wort verstehe«, erwiderte John.

Cecily verdrehte die Augen. »Ich geh jetzt runter zum Seeufer. Wenn du mitkommen willst, dann okay. Aber nur allein.«

Das »Ja« entschlüpfte ihm, bevor er Zeit hatte, es sich genauer zu überlegen. Und schon ging es los, Cecily rief nur kurz ins Wohnzimmer: »Wir gehen ein bisschen raus und sind bald wieder da«, dann zog sie sich an der Garderobe die Trekkingschuhe an. Drinnen hörte John ein Buch zu Boden poltern, dann stand Alice in der Wohnzimmertür und starrte ihn ungläubig an. *Ganz ruhig bleiben, alles in Ordnung,* versuchte ihr John mit einem Blick zu signalisieren, doch er hatte nicht das Gefühl, dass die Botschaft ankam. Sie schaute ihn an, als würde er mit dem Feind paktieren. Tat er das?

Dann waren sie draußen. Cecily ging mit langen Schritten, die Haltung wie immer aufrecht, die blonden Locken windgepeitscht.

Sie erinnerte John an die Heldin irgendeines Films – schön, stolz, widerspenstig. Wow. Würde es gefährlich sein, mit ihr allein zu sein? Warum hatte sie ihn mitkommen lassen – nur weil ihr langweilig war?

Sie sprachen kaum, bis sie am Seeufer angekommen waren und die Kiesel unter ihren Füßen knirschten. *Nein, ich werde sie jetzt nicht zutexten, die Stille passt zu diesem Moment,* dachte John – doch irgendwann bröckelte der gute Vorsatz und er konnte eine seiner vielen Fragen nicht mehr zurückhalten.

»Was ist eigentlich mit deinen Eltern? Sind sie ... dir ähnlich? Wie kommst du mit ihnen klar?«

Mit blitzenden Augen fuhr Cecily herum, ihre Augen sprühten grünes Feuer. »Was gehen dich meine Eltern an?«

Halb erschrocken, halb fasziniert, blieb John stehen. *Nicht bewegen, wenn man einem Raubtier zu nahe gekommen ist. Sonst reizt man es zum Angriff.* »Nichts. Es war nur eine Frage, mehr nicht.«

Zu seiner Überraschung antwortete sie nach einer Weile tatsächlich. »Manchmal bin ich sicher, dass ich sie hasse«, sagte sie, ohne ihn anzusehen. »Aber das geht nicht, ich darf sie nicht hassen.«

John konnte kaum atmen. Das hatte ehrlich geklungen, zum allerersten Mal. Keine Nebelwände, Täuschungsmanöver oder Sticheleien.

»Warum? Weil es nicht viele Leute gibt, denen man etwas bedeutet?«

»Genau«, erwiderte sie bitter. »Du kennst das, stimmt's? Du hast auch nur deinen Vater. Was ist eigentlich mit deiner amerikanischen Mutter?«

Soso, das hatte Cecily also auch schon herausgefunden. Wusste sie längst alles über ihn? »Hat mich irgendwie vergessen, als sie sich in diesen Typen aus dem coolen Biotech-Start-up verknallt hat«, sagte John. »Seither schreibt sie mir kitschige Weihnachtskarten aus Savannah, mehr haben wir eigentlich nicht miteinander zu tun. Sie ist eine furchtbare Drama Queen. Mein Vater hat heftig um das Sorgerecht gekämpft, weil er nicht wollte, dass ich eine beschissene Jugend bei ihr habe.«

Cecily lachte, sie wirkte wieder etwas entspannter. »Meine Eltern würden mir nie eine kitschige Karte aus Singapur schicken. Auch keine witzige. Auf Stil legen sie großen Wert. Sie würden sich ekeln vor solchen Wanderschuhen.« Sie hielt ihren schlammverzierten Fuß hoch und drehte ihn hin und her.

Singapur! John wollte gar nicht so genau wissen, was sie dort machten.

»Na, die sind aber auch eklig«, witzelte John nach einem Blick auf ihren Schuh, dann hob er einen flachen Stein auf, um ihn über die Wasseroberfläche flitschen zu lassen. »Was für Filme schaust du eigentlich? *Assassin's Creed?*«

Cecily grinste. »Den fand ich ziemlich albern. *Blade Runner* war mehr mein Fall.«

»James Bond?«

»Geht auch.«

»Nicht zu albern?«

»Meistens nicht.«

John war erleichtert. »Da bin ich aber ...«

Ganz plötzlich legte sie ihm eine Hand auf den Arm. Unwillkürlich zuckte er zusammen und Cecily merkte es. Sie grinste noch breiter, zog ihn näher heran und flüsterte: »Ich könnte fünf Minuten lang dein Bond-Girl sein.«

Dann küsste sie ihn. Mit Zunge. Ihr Mund schmeckte nach Fruchtbonbons, und ihre Lippen waren hundertmal weicher als die von Marilu aus seiner Klasse, mit der er damals während ihrer zweiwöchigen Beziehung im Kino herumgeknutscht hatte. John hatte das Gefühl, dass gleich sein Kreislauf versagen würde. Hoffentlich lag das nicht daran, dass sie ihn gerade vergiftet hatte.

Wagemutig versuchte er, die Hand auf die jeansbedeckte Rundung ihres Hinterns zu legen, aber die war schon wieder weg, bevor seine Hand dort ankam.

»Das waren sehr kurze fünf Minuten«, brachte John heraus.

»Ach, du hast auf die Uhr geschaut?« Schon schlenderte Cecily weiter am Seeufer entlang. »Erzähl mir was über dich.«

War das nur Taktik oder interessierte sie sich wirklich für ihn? Keine Ahnung – trotzdem musste er diese Chance nutzen. »Okay, aber nur, wenn du auch etwas erzählst.«

Sie blickte amüsiert drein. »Na gut, abwechselnd, okay? Du fängst an.«

»Ich mache das weltbeste Käse-Kräuter-Omelett und liebe meine schwarze Motorrad-Lederjacke, die leider daheim bleiben musste.« Sofort tat ihm leid, dass er etwas so Banales ausgewählt hatte, aber dieser Kuss hatte sein Gehirn mindestens zur Hälfte aufgelöst.

»Ah.« Cecily klang nicht sehr beeindruckt. »Hm, lass mal überlegen. Ich hatte, als wir in England gewohnt haben, ein Aquarium, aber die Fische sind nach und nach alle eingegangen.«

John fragte lieber nicht nach, ob sie dabei nachgeholfen hatte – er wollte es nicht wissen. Er holte tief Luft. »Einmal habe ich ein Survival-Camp mitgemacht und mich blamiert, weil ich mittendrin Migräne bekommen habe und mich von meinem Vater abholen lassen musste. Und alle dachten, ich haue ab, weil ich den Regen nicht aushalte. Oder das Regenwürmeressen.«

Beeindruckt nickte Cecily. »Oje. Hm, lass mich mal nachdenken …«

Ihr Gesichtsausdruck veränderte sich, und einen Moment lang blickte sie ruhig, fast nachdenklich über den See hinaus. »Als ich als Kind mit meinen Eltern nach Argentinien gezogen bin, habe ich jede Nacht geweint, weil ich meine beste Freundin vermisst habe. Es war das erste und letzte Mal, dass ich eine hatte.«

Wieder spürte John, dass sie diesmal nicht mit ihm spielte. Da war eben etwas in ihrer Stimme gewesen ... etwas furchtbar Verletzliches.

»Vielleicht nicht das letzte Mal, woher willst du das denn wissen?«, sagte John leise.

Ein Ruck ging durch Cecily und sie setzte ein unverbindliches Lächeln auf. John ahnte, dass es fürs Erste keine weiteren Küsse geben würde – oder Offenbarungen welcher Art auch immer. Verdammt.

»Gehen wir zurück«, sagte Cecily und drehte auch schon um, ohne auf seine Reaktion zu warten.

Vielleicht tat es ihr leid, dass sie so viel über sich verraten hatte. Hoffentlich ließ sie ihn nicht dafür büßen!

Essbare Wolken

Zurück in Khyona, fühlte Kari sich, als würde sie ein unsichtbares Drahtseil entlangbalancieren. Wer außer Andrik wusste, dass sie beim Grünen Tor gewesen waren? Würde ihre Ausrede, was sie dort gemacht hatte, bohrenden Fragen standhalten?

Wird sich zeigen, dachte Kari trotzig. Jetzt war erst einmal Zeit, jemand ganz Bestimmtem eine Freude zu machen. Sie lieferte Skandia bei den Ställen der Fürstin ab, steckte in ihrem Zimmer Nachschub an Silbermünzen ein, schob zur Sicherheit ihren weißen Dolch in den Gürtel und machte sich zu Fuß auf den Weg zum Markt.

Es war windig und kalt, doch die Stände warteten trotzdem wie üblich auf Kunden. Zum zweiten Mal erstand Kari einen großen, aus trockenem Gras geflochtenen Korb und füllte ihn mit allem, was lecker aussah – einer Blätterteigpastete, Lammwürstchen, Quarkkuchen mit roten Beeren, grobkörnigem braunem Zucker, einem Dutzend Eier und einem großen Stück goldgelber Butter, die ihr die Verkäuferin in einem Tongefäß mitgab. Als Kari sah, dass an diesem Stand auch getrocknete Maiskörner angeboten wurden, kam ihr eine Idee, und wie von selbst kroch ein verschmitztes Lächeln auf ihr Gesicht. »Von diesen da drei Hände voll«, bat sie die Marktfrau und verstaute die geflochtene Grastüte vorsichtig zwischen den anderen Einkäufen.

Bjarnis Familie wohnte in der Unterstadt. Kari zögerte, als sie sich den Sturmbögen näherte, der Schrecken über den letzten Angriff der Eisdrachen steckte ihr noch in den Knochen. Sollte sie das wirklich riskieren? War es nicht besser, sie blieb erst mal in der Nähe der Burg, wo sie bei weiteren Attacken sicher war?

Kari biss die Zähne zusammen und ging weiter.

Wie schon beim ersten Mal war es ein kleines Mädchen, vielleicht sechs Jahre alt, das bei Bjarnis Familie öffnete. Sie hatte braune Haare, die Kari an die Stirnlocke eines Islandpferdes erinnerten, dicht und wild. Mit großen Augen starrte sie zu Kari hoch.

»Ich bin kein Geist oder so was, jedenfalls nicht dass ich wüsste«, versicherte ihr Kari. »Ist deine Mutter da?«

Das Mädchen schüttelte den Kopf.

»Darf ich trotzdem reinkommen?«

Die Kleine huschte auf bloßen Füßen davon, ließ jedoch die Tür offen. Zögernd schob Kari sich hindurch und blieb im Eingangsbereich stehen, in dem sich selbst genähte Schuhe aus Filz und Leder stapelten. Bjarnis Zuhause war eng, dunkel und schlecht geheizt, seine Erdwände schienen sich Kari von allen Seiten entgegenzuneigen. Die Stimmen der Nachbarn drangen als undeutliches Gemurmel hindurch.

Kari ging weiter in den Hauptraum, in dem sechs Betten die Seiten säumten, ein Spinnrad stand und dicke Stränge gekämmter Wolle darauf warteten, weiterverarbeitet zu werden. Es roch nach Kohlsuppe, was daran lag, dass ein höchstens siebenjähriger Junge auf einem Hocker an der Feuerstelle stand und hoch konzentriert Kohlstücke, Teile eines alten Brotkantens und andere Zutaten in einen Topf warf. Hin und wieder rührte er um oder probierte.

Ein weiteres neugieriges Gesicht tauchte in einem Zimmereingang auf – ein rothaariges Mädchen, vielleicht zehn, das ein in Tücher gehülltes Bündel auf dem Arm trug. Das Bündel begann zu quäken, und routiniert wiegte sie es hin und her, ohne ihren Blick von Kari zu wenden. Sie blickte herausfordernd, fast wütend drein.

Wie wird Bjarni mich anschauen, wenn er mich sieht? Angespannt wartete Kari. Schließlich tauchte Bjarni auf, diesmal nicht in seiner Uniform, auf die er so stolz war, sondern in einer abgewetzten blaugrauen Tunika und Hosen. Sein sonst so ordentlicher Seitenscheitel hatte sich zu einem wirren blonden Haarschopf aufgelöst und er schien stärker zu schielen als zuvor. Er wirkte verblüfft, Kari zu sehen, und setzte einen Fuß vor den anderen in ihre Richtung, als traue er dem Boden nicht, über den er ging. Dann stand er direkt vor ihr und ein leises Lächeln huschte über sein Gesicht. »Gut, dass sie dich nicht auch verhaftet haben, Cecily«, sagte er.

»Es tut mir wirklich leid«, sagte Kari und merkte, dass sie sich plötzlich viel leichter fühlte. Diese Entschuldigung hatte sie schon lange loswerden wollen. »War es sehr schlimm auf dem Vulkan?«

»Ziemlich frostig«, meinte Bjarni und seufzte. »Kurz bevor es schneit, ist der Wind am kältesten.«

Kari gab sich einen Ruck, sie stellte den Korb auf den Tisch. »Hat hier zufällig jemand Appetit?«

Jemand hatte. Schon streckten sich etliche Hände nach den Lammwürstchen und Kuchen aus.

»Nein, wartet!«, kommandierte Bjarni streng. »Bei feinen Leuten stellt man sich vor, ehe man zusammen isst.«

Das scheue Mädchen, das Kari geöffnet hatte, kicherte. »Wir sind aber keine feinen Leute.«

»Egal.« Bjarni deutete auf seine kleine Schwester. »Das ist Lil. Sie kann ein bisschen vorhersagen.«

»Oh! Was denn?« Weil Kari sich blöd vorkam, wie sie im Raum herumstand, setzte sie sich auf eins der kastenförmigen, schief und krumm gezimmerten Betten.

»Das Wetter«, flüsterte Lil stolz. »Ein Schneesturm wird kommen, sehr bald!«

Der Junge, der fürs Kochen zuständig zu sein schien, hieß Thordo, die herausfordernd blickende Rothaarige Gimla und das Baby Rola.

»Und ich bin Cecily«, stellte Kari sich vor. Dieser scheußliche fremde Name! Aber sie hatte keine Wahl.

Nachdem die Vorstellungen endlich bewältigt waren, griffen

die Kinder zu. Thordo kaute hingerissen, mit träumerischem Blick, an einem der Quarkkuchen, Bjarni knabberte ein Lammwürstchen, und die beiden Mädchen stritten sich um die Blätterteigpastete, bis sie in der Mitte riss und das Problem gelöst war.

»Ich habe noch was – dafür bräuchte ich einen Topf mit Deckel und ein bisschen Öl«, kündigte Kari an und Thordo beschaffte ihr beides. Kari stellte den Topf übers Feuer, streute die Maiskörner hinein und setzte den Deckel darauf.

»Und was kommt jetzt?«, fragte das rothaarige Mädchen skeptisch, nachdem sie ein paar Minuten gewartet hatten.

»Abwarten«, meinte Kari und hoffte, dass das Feuer heiß genug war, der Mais die richtige Sorte war und die Körner nicht anbrannten. Sonst blamierte sie sich gleich ziemlich.

Doch dann hörte sie das erste *Pop!* aus dem Topf, gefolgt von einer ganzen Salve von Ploppgeräuschen. Gimla wich mit großen Augen zurück, Thordo duckte sich und das Baby begann erschrocken zu weinen.

»Alles harmlos, ich schwöre!« Rasch hob Kari den Deckel, um zu zeigen, dass dort drinnen nicht etwa geschossen wurde. Alle Kinder drängten gleichzeitig zum Topf und staunten die emporquellende weiße Masse an.

»Ist das heißer Schnee? Das ist ein starker Zauber!« Bjarni wirkte beeindruckt, verzichtete allerdings darauf, sich vor ihr auf die Knie zu werfen.

»Kann sein. Jedenfalls ist er essbar.« Kari schnappte sich eine Handvoll von ganz oben, streute braunen Zucker darüber und reichte sie herum. Begeistert griff Thordo mit beiden Händen in den Topf, verbrannte sich an den heißen Flocken die Finger, biss sich auf die Lippe und stopfte sich das Popcorn in den Mund. Alle anderen machten es ihm nach. Das Baby warf die weißen Flocken mit beiden Händen hoch und gurgelte vor Vergnügen, als sie auf Gimlas Kopf landeten.

Kari musste grinsen. *Eins ist klar, Popcorn ist in Isslar der Renner!*

»Mmmh, das war gut.« Gimla, das rothaarige Mädchen, rieb sich den Bauch. Doch dann wandte sie einen anklagenden Blick in Karis Richtung. »Aber wegen dir hat Bjarni seine Arbeit verloren und wahrscheinlich findet er wegen seiner komischen Augen auch keine mehr als Diener! Jetzt bringt er kein Geld mehr heim, und in ein paar Tagen wissen wir wieder nicht, was wir essen sollen! Mama verdient als Wäscherin nicht genug.«

Bjarni wirkte geknickt, er blickte zu Boden.

»Ich habe die Fürstin gebeten, dass Bjarni wieder mein Diener sein darf ...«, begann Kari.

Fünf Augenpaare starrten sie an. Selbst das Baby schielte in ihre Richtung.

»... und sie hat Ja gesagt.«

Großes Aufatmen in der Runde. Vor Erleichterung schien Bjarni noch stärker in sich zusammenzusacken, doch dann schaute er auf und sein Lächeln war hell wie die Sonne. Mehr schlecht als recht versuchte er, seine Haare mit den Fingern wieder zu einem ordentlichen Seitenscheitel zu kämmen.

»Was ist hier eigentlich los?« Eine Frauenstimme, rau vor Erschöpfung, halb gereizt, halb verwundert. »Was redet ihr da über die Fürstin?«

»Mama!« Lil rannte ihrer Mutter entgegen und umarmte ihren Bauch. »Die Frau da hat uns essbare Wolken gemacht!«

Auch diesmal erschrak Kari darüber, wie dünn und abgearbeitet Bjarnis Mutter wirkte. Ganz langsam setzte sie sich auf eins der Kastenbetten und sah nicht so aus, als würde sie in nächster Zeit wieder hochkommen.

Aber dann explodierte im Topf ein letztes Maiskorn und segelte durch die Luft. Doch, sie kam wieder hoch, und zwar richtig schnell!

Kichern erfüllte das Erdhaus, selbst Kari musste schmunzeln.

»Ihr habt nicht gesagt, dass es gefährliche Wolken sind«, sagte Bjarnis Mutter und ließ sich von Thordo einen mit Popcorn garnierten Kuchen in die Hand drücken. Doch dann verklang ihre Heiterkeit. »Wieso habt ihr eine Fremde reingelassen? Ihr wisst doch, dass ...«

»Cecily ist keine Fremde«, sagte Bjarni und straffte die Schultern. »Sie hat die Fürstin überredet, dass ich ihr wieder dienen darf!«

Kari warf ihm einen dankbaren Blick zu.

Das Gesicht der Frau entspannte sich etwas. Mit einem tiefen Seufzen biss sie in den Kuchen und musterte Kari dabei. Kari versuchte ein Lächeln, das wahrscheinlich ein bisschen schief geriet. *Wahrscheinlich hasst diese Frau mich immer noch. Schließlich war ich dafür verantwortlich, dass eins ihrer Kinder auf einem Vulkan angekettet worden ist, selbst wenn die Sache glimpflich ausgegangen ist!*

»Ja, die Fürstin. Lakana.« Ihr Blick wandte sich nach innen. »Sie war erst sechzehn, als ich ihre Zofe wurde, und ich war noch einiges jünger. Damals hatte sie es wirklich nicht leicht. Gerade war ihre Mutter gestorben und auf einmal musste sie das Ruder in die Hand nehmen.« Ein wenig schuldbewusst leckte sich Bjarnis Mutter ein paar Zuckerkörner von den Fingern. »Aber sie hat es großartig gemacht. Damals war sie entschlossen und hart, aber auch fair. Isslar war ihr wichtiger als alles andere. Alle waren sich einig, dass sie gut regiert, viel besser als die grausamen Fürstinnen vor ihr.«

Neugierig und erstaunt hörte Kari zu. *Lakana ist früher eine gute Regentin gewesen? Was ist passiert?*

»Fürstin mit sechzehn ... das muss hart gewesen sein«, sagte sie und dann stoppte sie sich. »Bitte ... erzählt besser nicht weiter, wenn das geheim ist. Ich will eure Familie nicht noch mal in Schwierigkeiten bringen.«

»Keine Sorge, das weiß jeder, es ist nicht geheim. Ja, es war hart für Lakana. Damals fing es an, dass sie kaum noch schlafen konnte, ich glaube, das hat sich bis heute nicht gebessert.« Bjarnis Mutter seufzte. »Zum Glück hatte sie in den ersten Jahren einen sehr guten Berater, den alten Yannik Thordar. Er war wie ein Vater zu ihr, aber ich glaube, sie war verliebt in ihn.«

»Lebt er noch?«, fragte Kari.

»Nein. Jemand hat ihn ermordet und er ist ein Silbergeier geworden. Einer der schlimmsten, heißt es, obwohl er kein bösartiger Mann war, als er noch gelebt hat.«

Ein Schauer überlief Kari. »Wann ist es ... mit Lakana bergab gegangen?«

»Irgendwann ist sie ... anders geworden. Und Isslar mit ihr. Ein Wintergefährte nach dem anderen hat sie enttäuscht und die zwei Fehlgeburten haben sie sehr mitgenommen.« Die Stimme von Bjarnis Mutter war nur noch ein Hauch, ihr Blick wanderte furchtsam in Richtung der Tür und der Wände. »Dann endlich hat es geklappt, Gabrissa wurde geboren. Aber sie war von Anfang an ein Mondkalb, große Augen und wenig Verstand. Und nun frisst die Krankheit Lakana bei lebendigem Leib auf. Natürlich ist sie verbittert, wer wäre das nicht bei einer solchen ...«

Sie verstummte und die Kinder mit ihr. Wie erstarrt saßen sie alle auf ihren Plätzen und lauschten. Auch das stete Gemurmel, das von den Nachbarn her durch die Wände drang, war plötzlich nicht mehr zu hören. Stattdessen vernahm Kari das Geräusch von Stiefeln, die draußen im Gleichklang durch die Gasse schritten.

Die Eiswache.

Zu wem war sie unterwegs? Wen würde sie abholen? Atemlose Momente vergingen, dann war klar, dass die Wachen an Bjarnis Haus vorbeigegangen waren.

Zögernd regten sich die Geschwister wieder, atmeten durch, warfen sich erleichterte Blicke zu.

Plötzlich musste Kari daran denken, wie Maéva sich gefühlt haben musste, als die Eiswache ihren Bruder geholt und an ihrer Tür die rote Schneeflocke befestigt hatte. Es war erstaunlich, dass sie es über sich brachte, die Fürstin und Gabrissa zu beraten!

»Besser, Ihr geht jetzt«, sagte Bjarnis Mutter und quälte sich wieder auf die Füße.

»Ja, Lil hat gesagt, dass sehr bald ein Schneesturm kommt, und damit hat sie bestimmt recht.« Bjarni wirkte besorgt. »Normalerweise wecken sie dann die Sturmbögen auf, um die Oberstadt zu schützen.«

Niemand brauchte Kari mehr zu sagen, was das bedeutete. Sie hatte keine Lust, zum zweiten Mal ausgesperrt zu werden. »Wieso? Helfen die gegen den Schnee? Oder könnte es wieder passieren, dass Eisdrachen angreifen?«

»Beides.« Gimla, das etwa zehnjährige Mädchen mit den roten Haaren, lächelte grimmig. »Wenn der Schneesturm länger dauert, türmt sich an der Außenseite der Bögen der Schnee so hoch, dass wir uns Tunnel graben müssen. Aber das interessiert die blöde Fürstin und die Fünf Familien viel zu wenig und ...«

»Gimla!« Mehrere Familienmitglieder riefen es gleichzeitig.

Die Stimme der Mutter war tonlos. »Dein vorlautes Mundwerk wird dich noch mal irgendwann in den Kerker bringen.«

Inzwischen war Thordo nicht untätig gewesen. »Du?«, meinte er und zupfte Kari am Ärmel. »Eins musst du noch probieren!« Mit einer Verbeugung präsentierte er ihr eine kleine Platte mit grauen, schleimig wirkenden Stückchen darauf. Sah irgendwie gruselig aus und roch noch schlimmer.

»Was ist das?«, fragte Kari und versuchte ein Lächeln.

»*Hakarl* – Bauchlappen vom Hai«, sagte Bjarni stolz. »Das ist eine Spezialität hier. Sie waren ein halbes Jahr lang im Boden vergraben, damit sie richtig gut durchziehen können.«

Kari nahm ein Stückchen, tat so, als würde sie es sich in den

Mund befördern, und verbarg es dabei in ihrer Hand. Besondere Situationen erforderten besondere Maßnahmen! »Wirklich etwas Besonderes«, behauptete sie, was nicht mal gelogen war. Dann machte sie, dass sie zur Tür kam. Sobald sie draußen war, konnte sie dieses Ding irgendwo entsorgen.

»Bis morgen früh, ja?«, rief sie Bjarni zu, dann machte sie sich hastig auf den Weg in die Oberstadt.

Falke und Maus

Draußen fiel bereits ein Vorhang weißer Flocken, der mit jeder Minute dichter zu werden schien, und eine Windböe ließ Karis Umhang flattern. Es war eine Menge los auf den Straßen, Gruppen von Menschen waren eilig auf dem Weg in den Schutz der Sturmbögen. Kari schleuderte das Fischstückchen aufs nächstbeste Dach und grinste beim Gedanken daran, wie sie Ella davon erzählen würde. Vielleicht hätte dieses Fischzeug Ella sogar geschmeckt, sie liebte rohen Fisch und ihren letzten Geburtstag hatte sie mit Kari, Leyla und anderen Freunden in einem Running-Sushi-Restaurant ausklingen lassen.

Zitternd schlang Kari die Arme um den Körper und kämpfte gegen den eisigen Wind an. Handschuhe hatte sie keine dabei, und ihre Finger waren gerade dabei, sich in etwas zu verwandeln, das sie an Fischstäbchen aus dem Tiefkühler erinnerte. Leider rochen sie auch so.

Kari ging mit langen Schritten, den Kopf gebeugt, doch hin und wieder sah sie hoch und warf einen unruhigen Blick auf die Burg. Tatsächlich, sie hatte keine Zeit zu verlieren, die Sturmbögen bewegten sich zwar noch nicht, doch die Pfeiler waren schon von einem violetten Schimmer umgeben. *Mist! Aber ich bin schon echt nah dran, diesmal schaffe ich es garantiert, rechtzeitig in die Oberstadt zu kommen.*

Sie fragte einen älteren Mann, der in die gleiche Richtung hastete: »Wieso sind noch keine Bogenschützen da? Um die Drachen abzuwehren.«

»Die können bei einem Schneesturm nichts ausrichten«, kam hastig zur Antwort. »Der Wind fegt die Pfeile aus der Bahn.«

Bald hatte sie es geschafft! Dort vorne waren die Sturmbögen, dick wie Baumstämme, gewölbt und metallisch glänzend. Wie schön sie waren. Kari musste nur noch einen gepflasterten Platz überqueren, in dessen Mitte eine schwarze Falkenstatue stand. Unruhig ging Kari schneller, überlegte, ob sie losrennen sollte ... und stockte plötzlich. Dort vorne ging jemand anders die Straße entlang, eine schmale Gestalt mit langen dunklen Haaren, die ihr bekannt vorkam. Sie war in deutlich weniger Schichten gekleidet und bewegte sich ganz anders durch den Schnee als sie selbst, ebenfalls rasch, aber ganz selbstverständlich, mit erhobenem Kopf. Hin und wieder hob sie das Gesicht zum Himmel, schien den Schnee auf ihren Wangen spüren zu wollen.

Maéva! Auch sie war auf dem Weg in die Oberstadt ... und anscheinend hatte sie Kari noch nicht bemerkt.

Wie dünn sie aussieht, dachte Kari besorgt. *Viel zu dünn. Es geht ihr nicht gut, dieser Druck macht sie fertig.*

Plötzlich blickte sich Maéva um, sie wirkte nervös. Fast gleichzeitig scholl der weit hallende Ton des Alarms durch die ganze Stadt. Kari fuhr ebenso zusammen wie die anderen Menschen auf der Straße. *Ach du Scheiße, wieder die Eisdrachen – sie greifen in der Deckung des Schneesturms an!*

Und da waren sie auch schon, diesmal hatte die Vorwarnzeit nur Sekunden betragen.

Drei gigantische Schatten schossen aus dem wirbelnden Weiß heran, fast unwirklich sahen sie aus, wie sie plötzlich aus dem Nichts aufzutauchen schienen. Trotz ihrer Größe flogen die Drachen fast lautlos, jagten knapp über den Hausdächern über Kari hinweg ... und drehten kurz vor den Sturmbögen ab, zwei nach rechts und einer nach links. Denn gerade hatten die Bögen begonnen, sich zu bewegen, wirbelten immer schneller und woben eine leuchtende Schutzmauer. Buchstäblich im letzten Moment! Einer der Drachen stieß ein ärgerliches Fauchen aus, das Karis Ohren zu sprengen schien, unwillkürlich duckte sie sich. *Verdammt, schon wieder bin ich außerhalb der Schutzzone, das darf doch einfach nicht wahr sein! Wäre ich vorhin nur gerannt! Was jetzt? Was JETZT?*

Während die anderen Menschen auf der Straße kehrtmachten und in die Richtung zurückrannten, aus der sie gekommen waren, blieb Kari stehen. Auf einen Schlag hatte alle Kraft sie verlassen, und ihre Füße weigerten sich einfach, sich zu bewegen. Das musste irgendeine bescheuerte Panikreaktion sein, aber ein Fluchtreflex wäre ihr deutlich lieber gewesen!

Vielleicht deshalb, weil sie sich so seltsam verhielt, wurde Maéva auf sie aufmerksam. Sie blickte in Karis Richtung, legte die Hände zu einem Schalltrichter zusammen und brüllte irgendetwas, von dem Kari wegen des heftigen Windes nur Bruchstücke verstand. »Schnell ... hier entlang ... kommen gleich wieder!«

Seltsamerweise löste das ihre Erstarrung. Mit hämmerndem Herzen rannte Kari los und folgte Maévas Handbewegung. Der Wind warf die Kapuze ihres Umhangs zurück, eiskalte Luft fuhr in ihren Nacken und Schnee legte sich auf ihre Haare, doch sie spürte es kaum.

Als nur noch zwei Armlängen sie trennten, schien Maéva zu merken, mit wem sie es zu tun hatte. Der Blick ihrer azurblauen Augen wandelte sich, wurde hart. *Sie weiß es,* pochte es in Kari. *Sie weiß, welchen Auftrag ich habe.*

Einen endlosen Moment lang standen sie sich gegenüber und sahen sich ins Gesicht, während der Wind die Schneeflocken tanzen ließ, sie hierhin und dorthin riss. Niemand war in der Nähe, sie waren allein.

»Du bist Cecily«, sagte Maéva und plötzlich brach die Wut aus ihr hervor. Hektische rote Flecken erschienen auf ihren Wangen, während sie die Worte förmlich herausschleuderte. »Ich habe herausgefunden, warum die Fürstin dich hergeholt hat! Du sollst mich zum Silberfalken machen, habe ich recht? Du sollst mich töten!« Ihre Fäuste hatten sich geballt, ihre Augen schienen Funken zu sprühen.

Am liebsten wäre Kari einen ganzen Kontinent weit fort gewesen. Was sollte sie darauf antworten? Etwa »Ja, das stimmt, ich bin nur noch nicht dazu gekommen«? Oder »Eigentlich schon, aber das ist alles ein großes Missverständnis«?

Es war sowieso keine Zeit für eine Antwort, denn in diesem Moment kehrten die Eisdrachen zurück. Einer von ihnen schrammte noch einmal ganz nah an den Sturmbögen entlang, wie um ihre Stärke zu testen, sein gewaltiger, schuppiger Körper glitt furchtbar nah über sie hinweg. Der Schrei blieb Kari in der Kehle stecken, sie ließ sich auf den feuchten, eiskalten Steinboden der Gasse fallen und schützte den Kopf mit den Armen. Etwas fuhr pfeifend über sie hinweg – wahrscheinlich der Schweif des Drachen – und krachte in eins der schäbigen Unterstadthäuser ein Stück entfernt. Grasstücke, Erdbrocken und andere Trümmerteile prasselten auf Kari nieder. *Hoffentlich war da niemand drin! Nichts wie weg hier – abhauen ist jetzt genau die richtige Strategie!*

Irgendwie schob sie die Trümmerteile von sich herunter und schaffte es auf die Füße.

Wie sich herausstellte, war das genau die falsche Strategie. Keine fünfzig Meter über ihr hing einer der Drachen in der Luft, er hielt sich mit kräftigen, aber lautlosen Flügelschlägen auf der Stelle wie ein jagender Falke. Abwartend. Ausschau haltend. Hin und wieder gab er seltsame schnalzende Laute von sich.

Als Kari hochblickte, begegnete sie dem Blick des Wesens, einen Moment lang sahen sie sich direkt in die Augen. Seine waren groß und blau, vollkommen unirdisch und erfüllt von etwas, das vielleicht Wut war und vielleicht Verzweiflung.

Der Drache breitete die Schwingen noch einmal weit aus, dann zog er sie an den Körper und stieß mit halb geöffnetem Maul hinunter in Karis Richtung.

Falke und Maus.

Kari schrie auf, brüllte all ihre Angst heraus. Ihr eigener Atem dröhnte ihr in den Ohren, ihre Füße stolperten über das glitschige, verschneite Straßenpflaster, als sie versuchte, wegzukommen, Deckung zu finden, irgendeine. Nur dass es hier nichts gab, nur kahlen Stein um die Sturmbögen herum. Die Häuser der Oberstadt und die Statue eines Falken, die sie durch das violette Schimmern hindurch erkennen konnte, schienen zum Greifen nah und doch unendlich weit weg. Würde sie gleich tot sein? Dieser Drache würde sie so beiläufig töten, wie eine Katze einer Maus das Genick brach!

Ein Stück entfernt sah sie Maéva, sie wirkte grimmig ernst. Halb zur Flucht gewandt, beobachtete sie, was geschah. Maéva zögerte, Kari zu Hilfe zu kommen oder ihr zu zeigen, wo sie sich in Sicherheit bringen konnte. Beinahe hätte Kari hysterisch gelacht. *Natürlich zögert sie, jetzt hat sie eine wunderbare einmalige Chance, ihre Mörderin aus dem Weg zu schaffen! Einfach dadurch, dass sie nichts tut! Wieso soll sie jemanden retten, der ihr auf den Fersen ist, der sie umbringen soll?*

Bitte, wollte Kari ihr zurufen. *Bitte!* Doch vielleicht hatte sie sich heiser gebrüllt, kein Laut kam mehr aus ihrer Kehle. Sie spürte, wie Tränen ihr über die Wangen rannen, sie konnte es nicht verhindern.

Noch immer machte Maéva keine Anstalten, ihr zu helfen. Und gleich würde es zu spät sein ...

Doch dann sah Kari, wie das schmale Mädchen wenige Meter von ihr entfernt einmal tief durchatmete. Sie warf den Kopf in den Nacken und schloss die Augen, ihre Halsmuskeln verkrampften sich. Nun flog der Schnee von allen Seiten raschelnd auf den Eisdrachen zu, ballte sich um ihn, hing in großen Klumpen an seinen Flügeln, brachte ihn zum Trudeln. Wütend warf der Drache den Kopf hin und her, versuchte, die weiße Last abzuschütteln, doch von allen Seiten kam nur noch mehr davon, hüllte ihn ein. Als riesiger Schneeball stürzte er ab.

Dort wurde sein Problem nicht kleiner, sondern größer, als er sich umherwälzte und dabei immer mehr Schnee an ihm kleben blieb. Zu seinem Glück kam ihm ein kleinerer Artgenosse zu Hilfe und riss mit Klauen und Zähnen Klumpen aus dem Weiß heraus, bis sein Gefährte sich wieder bewegen konnte. Fauchend spreizte der größere Drache die Flügel und machte einen Buckel wie eine Katze, um sich auch von dem Rest des Schnees zu befreien. Ein am Straßenrand abgestellter Karren musste daran glauben, als sein gepanzerter Schwanz von einer Seite zur anderen drosch.

»Komm, los!«, rief Maéva Kari zu. »Wir müssen in Deckung, solange er abgelenkt ist!«

Im ersten Moment konnte Kari es nicht glauben und stierte das andere Mädchen nur verständnislos an. *Sie weiß, dass ich sie umbringen soll, und doch hat sie mich gerettet?*

Das war zu seltsam, um es zu begreifen.

Wortlos, fast apathisch, folgte Kari ihr. Wohin? Ein Rätsel. Maéva rannte fast direkt auf die Sturmbögen zu, an denen immer mehr Schnee angeweht wurde. Aus der violetten Wand wurde allmählich eine weiße, mehrere Stockwerke hohe, die trügerisch weich aussah. Aber Kari konnte sich noch zu gut daran erinnern, wie die Sturmbögen den Troll zermalmt hatten, instinktiv wich sie zurück. Maéva zerrte sie am Umhang weiter, noch näher heran, ihr blasses Gesicht war vor Anspannung verzerrt.

»Jetzt komm schon!«, schrie sie Kari an.

Dann warf sie sich nach vorne, auf die Knie, und begann mit bloßen Händen in der weißen Masse vor ihr zu graben. Kari verschwendete keine Zeit mehr mit dummen Fragen, sondern kniete sich neben sie und half mit.

Schnell merkte sie, dass Maéva mit ihrer Magie mithalf, denn der Schnee schien vor ihnen zurückzuweichen, sich aufzuwölben und zu verfestigen. Ein paar Atemzüge später krochen sie hastig in die entstandene Schneehöhle. Ein weiß-blau glitzernder Kokon, kaum groß genug für sie beide.

So muss sich ein Küken im Ei fühlen, ging es Kari durch den Kopf, während sie zitternd die Arme um ihren Körper schlang und versuchte, gleichmäßig zu atmen. Draußen erbebte der Boden, als das gewaltige Geschöpf tobte, nach einem Gegner suchte. *Na danke schön, das war wirklich ein toller Vorschlag von Andrik, diesen Bestien zu vertrauen!*

Sie und Maéva vermieden es, sich anzusehen, und nicht nur wegen der Kälte fühlte sich Kari völlig verkrampft. Es war schwer zu übersehen, dass unter Maévas Gürtel ein weißer Dolch steckte – seltsamerweise das genaue Gegenstück der Waffe, die sie selbst bekommen hatte. *Das wäre in einer anderen Situation ein toller Anlass, ein Gespräch anzufangen, haha, schau mal, wir beide im Partnerlook, wo hast du den denn gekauft?*

Doch das hier war nicht Island, sondern Isslar. Ein Ort, an dem das Leben eines Menschen nicht viel wert war und das einer Rebellin noch viel weniger.

Nun hatte auch Maéva das mit den identischen Dolchen bemerkt, doch sie sagte nichts dazu, nur ihre Lippen wurden schmal. Sie testete noch einmal mit der Hand, ob die Kuppel ihrer Schneehöhle hielt, und nickte wortlos.

Zum ersten Mal waren sie allein miteinander. Keine Zeugen. Es wusste nicht mal jemand, dass sie sich an diesem Tag hier begegnet waren. Wenn nur eine von ihnen aus dieser Schneehöhle herauskam, würde nie jemand erfahren, was wirklich geschehen war. Im Zweifelsfall war immer der Drache schuld. Kari spürte, wie sich ein verzerrtes Grinsen auf ihrem Gesicht ausbreitete.

»Wieso lächelst du?«, fragte Máeva verdutzt.

»Weil das hier absolut verrückt ist«, gab Kari zurück und musste nun auch noch lachen, wie peinlich. Es klang völlig überdreht.

»Wir sitzen hier erst mal fest, oder? Klingt nicht so, als wäre draußen schon wieder alles ruhig und friedlich.«

»Genau. Wir warten besser noch.« Einen Moment lang blickten sie sich an – Maévas Blick war vorsichtig, forschend. Als das andere Mädchen die Hand hob, zuckte Kari zusammen, doch Maévas lange, schmale Finger glitten nur behutsam über den verfestigten Schnee der Höhlenwand. »Nicht meine beste Arbeit, aber in der Eile ging's nicht besser.«

»Es war sehr cool, wie du dieses Vieh vom Himmel geholt hast. Konntest du so was schon immer?«

Fast hätte Maéva gelächelt, Kari spürte es ganz deutlich. »Na ja, was heißt immer. Meistens zeigt sich das Talent so mit sechs oder sieben Jahren zum ersten Mal. Ich habe meinen Eltern das Leben zur Hölle gemacht, weil ich ständig nur mit Eis und Schnee spielen wollte ... und der Schnee mit mir.«

Schon wieder musste Kari lachen, diesmal klang es schon ein bisschen natürlicher. »Wie kann man sich das konkret vorstellen? Kann ganz schön gefährlich sein, wenn Eiszapfen wie Speere durch die Gegend sausen oder so was ...« *O mein Gott, warum habe ich schon wieder das Thema Waffen angesprochen!*

»Na ja, ich habe Gestalten aus Schnee geformt und sie sich bewegen lassen, als wären sie lebendig, so was halt ... und wen ich nicht leiden konnte, den hat ein Schneeschauer begleitet, wohin er auch gegangen ist. Hat mich nicht wirklich beliebt gemacht.« Diesmal lächelte auch Maéva, auch wenn sie weiter vorsichtig wirkte. »Und einmal habe ich jemandem mit einer Lawine gedroht. Nicht sehr nett.«

»Wer war es?«

»Daro Reykan. Ich glaube, du kennst ihn.«

»Ach der.« Kari verdrehte die Augen. »Ist noch nicht so lange her, dass ich ihm einen Tritt in die Weichteile verpasst habe.«

»Oh, hast du? Gut gemacht. Er denkt oft, er dürfe alles, nur weil er zu den Fünf Familien gehört. Leider ist Svala trotzdem in ihn verliebt, schon seit unserer Kinderzeit.«

»Echt jetzt? Sie lässt es sich kaum anmerken.«

»Weil sie weiß, dass sie nicht sein Typ ist. Hoffentlich kommt sie irgendwann mal darüber hinweg und sucht sich jemand Netteren. Daro ist zwar mutig und hat sich für Isslar schon sehr ins Zeug gelegt, aber er liebt nur sich selbst.«

Hauptsache, Svala sucht sich nicht stattdessen Andrik aus, ging es Kari durch den Kopf, und einen Moment lang geriet ihr Herz aus dem Takt.

»Was hat er denn für Isslar getan?«, fragte sie neugierig.

»Sein Talent ist stark. Wir hatten mal eine üble Überflutung, die er fast alleine in den Griff bekommen hat, und schon zwei- oder dreimal hat er eins unserer Schiffe aus Seenot gerettet. Ob Süßwasser oder Meerwasser, das Zeug gehorcht ihm aufs Wort.«

Wider Willen war Kari beeindruckt. Und ja, eigentlich hatte er sie auch gerettet mit dieser Eiswand, die er beim Angriff der Drachen hochgezogen hatte.

Noch konnte sie kaum glauben, dass Maéva und sie wirklich miteinander sprachen. Einfach so. Es fühlte sich an, wie eine dünne Kristallschale in der Hand zu halten, die bei der leichtesten Bewegung zerspringen würde. »Haben deine Eltern das Talent eigentlich auch?«

»Mein Vater leider nicht. Haakon schon, aber nicht so stark wie ich.« Plötzlich wirkte Maéva traurig. »Es ist sehr schwer für Pa, dass Haakon im Kerker sitzt. Jeden Tag fragt er nach ihm, ob ich in der Burg irgendetwas Neues erfahren habe. Aber es gibt nie etwas Neues.« Sie blickte zur Seite. »Pa versucht, sich um mich zu kümmern, so gut er kann, und merkt nicht, dass eigentlich *ich* mich um *ihn* kümmere.«

»Was hat dein Bruder eigentlich getan?«

»Er hatte von Anfang an zu wenig Leute. Sechzig oder so«, sagte

Maéva bitter. »Sie haben versucht, das ganze Volk aufzurütteln, sodass es der Fürstin den Gehorsam verweigert. Er hätte mehr Zeit gebraucht, aber er und die anderen sind leider schnell entdeckt und verhaftet worden.«

»Das Volk gegen die Fürstin aufzurütteln ... wieso? Was wollte er erreichen?«

»Hast du es noch nicht gemerkt? Lakana und Gabrissa regieren nicht so, dass es allen gut geht, und Angst ist ihr liebstes Werkzeug. So kann es nicht weitergehen, finden Haakon, ich und einige andere.«

»Stimmt«, sagte Kari und zögerte. »Wie ist Haakon so?«

Ein wehmütiger Blick trat in Maévas Augen. »Früher haben wir oft gestritten. Er hat mir alles weggegessen, wenn ich nicht schnell genug war, und einfach meine Sachen ausgeliehen, ohne zu fragen. Aber als wir älter waren, wurde es besser ... zum Beispiel hat er mich ermutigt, mit Freunden von mir Musik zu machen, obwohl ich zu Anfang ziemlich schief gesungen habe. Er ist dafür ein ziemlich guter Bildhauer – leider hat die Fürstin nach dem Aufstand die meisten seiner Skulpturen zerstören lassen. Hast *du* Geschwister?«

Es war die erste Frage, die Maéva ihr stellte, und Kari spürte, wie sie sich innerlich anspannte. »Ja, eine jüngere Schwester. Alice.« Verlegen spürte sie, dass ihr Tränen in die Augen stiegen.

»Ah«, sagte Maéva und begann, in den Innentaschen ihres Umhangs zu wühlen.

Kari presste den Rücken gegen die Höhlenwand. »Was suchst du?«

»Ein Taschentuch.«

»Ich brauche keins.«

»Du vermisst deine Schwester?«

»Ja, natürlich. Mit ihr kann man toll herumalbern, abhängen, alles.« Beim Gedanken, dass sie Alice vielleicht nie wiedersehen würde, kamen ihr endgültig die Tränen. Noch immer hatte Maéva kein Taschentuch gefunden und mit einem etwas belämmerten Gesichtsausdruck gab sie die Suche auf.

Einen Moment lang schwiegen sie und Karis Schniefen klang furchtbar laut und peinlich in der Stille der kleinen Schneehöhle. Sie wandte den Blick ab, starrte auf die weiße Wand, bis sie sich wieder etwas beruhigt hatte. Obwohl es ein ungutes Gefühl war, Maéva aus den Augen zu lassen.

Als Maéva wieder sprach, hatte sich ihre Stimme verändert. »Hat Lakana dir versprochen, dass du deine Schwester wiedersiehst ... wenn du mich tötest?«

»Versprochen nicht direkt ... aber es ist so.« Kari wagte kaum, sich zu bewegen. *Sie braucht keine Waffe, um mich umzubringen ... Schnee, der meinen Mund und meine Nase verstopft, würde völlig genügen. Wie lange würde ich brauchen, um meinen Dolch zu ziehen? Und wieso habe ich das eigentlich nicht vorher GEÜBT?*

»Es muss ein Unfall sein, das ist dir schon klar, oder?« In Maévas Stimme waren Glasscherben.

»Ja, mein Diener hat mir das mit den Silberfalken und Silbergeiern erzählt«, gab Kari zu.

Wieder ergriff Maéva das Wort. »Und, hast du dir schon überlegt, wie du es fertigbringen wirst?«

Kari wusste nicht genau, ob sie lachen oder weinen sollte – das Geräusch, das dabei herauskam, klang ein bisschen nach beidem. Und plötzlich wusste sie, was sie tun würde.

Sie würde Maéva die Wahrheit sagen.

Die ganze Wahrheit.

***

Cecily achtete darauf, eine neutral-freundliche Miene aufzusetzen, als sie es sich in einem Sessel gegenüber der Couch bequem machte und wieder der Langeweile auslieferte. Irgendwie war der Typ ja süß. Er hatte Angst vor ihr und fühlte sich trotzdem zu ihr hingezogen. Wie er herumgestottert hatte bei seinem Geständnis, dass sie ihm gefiel! Total niedlich. Aber was fiel ihm ein, in ihrer Vergangenheit herumzustochern? Damit hatte er sie auf dem falschen Fuß erwischt, sie hatte ihm mehr verraten, als sie vorgehabt hatte. Und womöglich hatte sie ihn mit diesem Kuss, der eher dem Zeitvertreib gedient hatte, zu sehr ermutigt. Daraufhin hatte er prompt angefangen, Blödsinn zu reden.

Die Worte echoten in ihrem Kopf. *Es war das erste und letzte Mal, dass ich eine beste Freundin hatte.* Und dann hatte John behauptet, das könne sie nicht wissen, vielleicht würde sie noch mal eine finden. Blödsinn! Verdammte Scheiße, Nathalie *war* ihre absolut letzte beste Freundin gewesen! *Wie soll das gehen, sich nicht nur zum Schein mit jemandem anzufreunden oder jemandem zu vertrauen, wenn man ein solches Leben führt wie ich gerade? Wenn man einem Beruf nachgeht, der einen ins Gefängnis bringt, wenn man nur ein einziges Mal ungeschickt ist oder Spuren hinterlässt?*

Gereizt versuchte Cecily, die Erinnerung wegzuschieben, wie sie und Nathalie damals, mit gerade mal zehn Jahren, zusammen in den Schwimmclub eingetreten waren und einen Rubbish-Clean-up-Day an ihrer Schule organisiert hatten. Wie viel Spaß es gemacht hatte, auf Wiesen und in den Wäldern Müll zu sammeln und sich auf seltsame Art warm im Inneren zu fühlen, weil man ausnahmsweise mal etwas tat, das jeder *richtig* fand, richtig und gut. Wie sie Artikel für ihre Schülerzeitung darüber geschrieben hatten, mit Nathalies Bruder zusammen sogar eine eigene Website zu ihrem Müllprojekt auf die Beine gestellt hatten.

Und dann diese Ankündigung ihrer Eltern, dass sie wegziehen würden. Wieder einmal. In ein Land, dessen Sprache sie nicht konnte, wo sie niemanden kannte.

Wo Nathalie jetzt wohl war, was sie machte? Vermutlich studierte sie irgendwas, sie hatte Umweltschützerin werden wollen. Schon tausendmal hatte Cecily darauf verzichtet, ihren Namen zu googeln. Sollten sie sich jemals wiedertreffen, würden sie sich nichts mehr zu sagen haben, ihr Leben war einfach zu unterschiedlich verlaufen.

Auf den Schock in Nathalies Augen, wenn sie die Wahrheit ahnte, konnte Cecily gut verzichten.

John versuchte schon wieder, ihren Blick einzufangen.

Das konnte er tun, solange er wollte. Betont gleichgültig vertiefte Cecily sich in eine Tourismusbroschüre über die isländischen Naturschönheiten. Immer diese dämlichen Gullfoss-Fotos. Dabei gab es viel schönere Wasserfälle, bei denen sich nicht dermaßen die Touris drängten.

Sie erinnerte sich noch gut daran, wie sie mit neun Jahren mit ihren Eltern zum ersten Mal in Island gewesen war. Wie ihr Vater aufgeblüht war, wie er sich über die Wasserfälle und Berge und die Mitternachtssonne im Sommer begeistert hatte. Wie er ihr erste isländische Worte und Sätze beigebracht hatte. *Ich habe gleich angefangen zu pauken. Was für ein fleißiges Bienchen ich war, irgendwie peinlich, ich wollte ihm gefallen.* Ob es stimmte, dass man die Isslarer Sprache nicht zu lernen brauchte, dass man sie einfach verstand und sprechen konnte, wenn man Isslarer Blut hatte?

Ganz hatte sie die Hoffnung noch nicht verloren, dass sie es durchs Tor schaffen würde.

Überraschungen

»Eigentlich bin ich keine Assassinin«, sagte Kari zu Maéva. »Es ist alles ein großes Missverständnis. Ich hatte nie den Wunsch, jemandem wehzutun, und …«

Lüge!, schalt etwas sie, etwas tief in ihrem Inneren, und schon kamen die Bilder wieder hoch. *Blaues zuckendes Licht, Blut auf dem Gesicht des Jungen.*

Kari schob die Bilder weg. »… es ist eine Verwechslung, dass ich rübergeholt worden bin. Mein Name ist nicht Cecily, sondern Kari Schneider. Meine Familie hat schon immer in der Draußenwelt gelebt, wie ihr sie nennt, wir stammen nicht aus Isslar. Ich werde nicht versuchen, dich oder sonst wen zu töten, diese ganze Sache ist komplett widerlich!«

Verblüfft und schockiert starrte Maéva sie an. »Aber das ist nicht möglich«, sagte sie.

»Wieso? Klar ist das möglich, ich habe es doch erlebt«, wandte Kari irritiert ein. »Unsere Familie war auf dem Weg zu unserem Ferienhaus in der Nähe von Thingvellir, wir haben in diesem hübschen Tal haltgemacht, und wie sich herausstellte, war in der Nähe dieses verdammte Grüne Tor. Dort hat mich dieser beschissene Silberfalke beobachtet, dann haben mich Daro und Svala angequatscht und ich dachte halt …«

»Nein, das meine ich nicht«, unterbrach Maéva sie. Ihre feinen Züge waren ernst und konzentriert, abwesend strich sie sich das lange dunkle Haar aus dem Gesicht, ohne Kari aus den Augen zu lassen. »Bis vor ein paar Jahren war es noch möglich, dass Menschen versehentlich durchs Tor kommen konnten. Doch seither hat die Fürstin die Tore so verändern lassen, dass nur noch Menschen mit Isslarer Blut hindurchgelangen können.«

Das brachte Kari gründlich durcheinander. »Isslarer Blut? Was soll das heißen? Dass meine Vorfahren irgendwie ...«

»Außerdem –« Maéva war noch nicht fertig. »– haben die Silberfalken der Fürstin den Ruf, sich nie zu irren. Dieser Silberfalke hat dich beobachtet und dann entschieden, dass du die Richtige bist. Ohne seine Zustimmung hätten dich Daro und Svala niemals angesprochen.«

»Aber ...«, war das Einzige, das Kari dazu noch einfiel. Ihre Gedanken fühlten sich an wie eine Ladung Wäsche im Schleudergang. Obwohl sich die kleine Schneehöhle durch ihre beiden Körper langsam erwärmte, war ihr furchtbar kalt, sie konnte das Zittern einfach nicht unterdrücken.

Maéva streckte die Hand aus und legte sie auf Karis Handgelenk. Es war nur eine federleichte Berührung, doch Kari spürte, wie aus dem anderen Mädchen Wärme in sie überfloss. Nach und nach legte sich ihr Zittern, und sie spürte, wie sie ruhiger wurde.

»Irgendwie bin ich froh, dass du nicht die schlechte Angewohnheit hast, Leute umzubringen«, sagte Maéva und lächelte auf eine Art, die Kari von innen erwärmte.

»Ich auch«, erwiderte Kari aus ganzem Herzen und lächelte zurück.

»Aber wenn die Fürstin herausfindet, dass du nicht Cecily bist, dann gibt sie dich dem Geysir.«

»Weiß ich.« Das Zittern war zurück, stärker als zuvor. Vor ihrem inneren Auge sah Kari das Holzgestell über dem graugelben Schlund des Geysirs ... und sie sah Gabrissas Lächeln.

»Woher stammt denn deine Familie?«, fragte Maéva.

»Meine Großeltern – die Eltern meiner Mutter – kommen aus Schweden, doch sie sind irgendwann nach Deutschland gezogen. Da leben wir seither.« Abwesend ließ Kari die Finger über die raue, kalte Wand der Höhle gleiten. »Die Eltern meines Vaters … hm, über die weiß ich nicht besonders viel. Sie hatten eine Schreinerei in einem kleinen Ort in der Nähe von Stuttgart, er selbst wollte dort allerdings nicht arbeiten, er ist Computerspezialist in einem großen Unternehmen und …«

Am Blick ihres Gegenübers merkte Kari, dass sie ihre Gesprächspartnerin komplett abgehängt hatte. Klar, diese junge Magierin konnte mit Eis und Schnee wahre Wunder bewirken, aber sie hatte keinen Schimmer, was ein Computer war. Oder ein Unternehmen.

»In der Schule hatten wir Landkarten … ich glaube, Schweden – das bei uns Sveriga heißt – ist nicht weit weg von Isslar«, sagte Maéva nachdenklich. »Kannst du dich noch an die Eltern deiner Mutter erinnern?«

»An meinen Großvater, klar, der hat oft auf mich und Alice aufgepasst, wir durften ihm auf seinem ein bisschen verwilderten Grundstück beim Apfel- und Pfirsichernten helfen.« Wenn Kari an ihn dachte, war diese Erinnerung noch immer mit dem Geruch nach Erde und überreifen Pfirsichen verbunden. »Meine Oma Frida habe ich nicht kennengelernt, sie ist bei einem Autounfall gestorben, als meine Mutter gerade mit mir schwanger war. Aber ich habe schon viele Geschichten über sie gehört – sie hat eine Ausbildung zur Fremdsprachenkorrespondentin abgebrochen, um in ihren selbst genähten bunten Klamotten Biogemüse anzubauen und mit ihrem Motorrad durch ganz Europa zu düsen. Äh, das ist übrigens eine schnelle Maschine mit zwei Rädern.«

Maéva zog die Augenbrauen hoch und Kari fuhr fort: »Eine Zeit lang hat sie mit einer Frau zusammengelebt, bevor sie meinen Großvater kennengelernt hat. Geheiratet haben sie nie, für meinen Großvater war die Ehe eine bürokratische Zwangsmaßnahme.«

Das dunkelhaarige Mädchen ihr gegenüber dachte nach. »Klingt alles interessant, aber doch so, als sei es schon drei oder vier Generationen her, dass deine Vorfahren Isslar verlassen haben.«

Ganz ähnlich wie bei Cecily, ging es Kari durch den Kopf. *Vielleicht sind auch meine Vorfahren verbannt worden? Wenn ich von hier stamme ... habe ich dann auch irgendein magisches Talent? Das wäre ziemlich cool! Nur dürfte ich es wahrscheinlich nie jemandem erzählen, nicht mal Ella ...*

Bevor sie etwas erwidern konnte, hob Maéva die Hand und lauschte. Waren die Eisdrachen noch immer in der Nähe? Einen Moment lang klangen ihre Atemzüge furchtbar laut in der Schneehöhle. Kari wartete.

Maéva nahm ihren Dolch vom Gürtel und zog die Klinge aus der Scheide. Kari verkrampfte sich. Doch das andere Mädchen verwendete die Klinge nur, um ein Loch in eine kristallene Seitenwand ihrer Höhle zu bohren. Sie grub mit dem ganzen Arm, bis ein Strom frischer, kalter Luft von draußen hereindrang. Gute Idee, langsam war es ein bisschen stickig geworden hier drin.

Anscheinend hatte der Wind ungefähr einen Meter Schnee über ihnen angehäuft, es kam nicht mehr viel Licht von außen durch ... wurde es draußen dunkel?

»Ich bin nicht sicher, ob sie schon weg sind – manchmal fliegen sie die ganze Nacht lang Angriffe«, meinte Maéva, seufzte tief, schloss die Augen und schien sich zu konzentrieren. »Verdammt, der Sturm ist noch zu stark. Ich bekomme ihn nicht in den Griff und Magnus Thordar anscheinend ebenso wenig.«

Kari nickte. Noch immer schauderte sie, wenn sie daran dachte, wie dieser Eisdrache auf sie hinabgestoßen war. »Sind sie eigentlich intelligent? Warum greifen sie Khyona an?«

»Inzwischen sind wir sicher, dass sie intelligent sind, aber wir haben keine Ahnung, warum sie uns angreifen ... das hat erst vor dreißig oder vierzig Wintern angefangen«, berichtete Maéva grimmig. »Hin und wieder schaffen wir es, einen abzuschießen, doch das bringt wenig.« Ihre Stimme klang gepresst. »Deswegen ist die Fürstin so bedacht darauf, mich zu einem Silberfalken zu machen. Auf uns Menschen scheinen die Drachen wütend zu sein, aber die Falken akzeptieren sie – wir wollen auf diesem Weg mit ihnen verhandeln und können hoffentlich herausfinden, was sie wollen.«

»Aber sie hat doch schon einen Silberfalken, kann der das nicht übernehmen?« Der Gedanke, dass Maéva womöglich bald sterben musste, war völlig unerträglich geworden.

»Er ist schon alt, wahrscheinlich fliegt er bald davon und kommt nicht mehr wieder.« Plötzlich wirkte Maéva furchtbar müde. Wieder musterte sie Kari forschend. »Wie kommst du eigentlich in Isslar zurecht? Es muss doch furchtbar ungewohnt für dich sein, und dazu noch diese scheußliche Rolle.«

»Ach, geht schon«, sagte Kari.

»Tapfer.« Maévas anerkennendes Lächeln machte viele Sorgen der letzten Tage wett. »Du bist jemand, der sich durchschlägt.«

»Na ja, bisher nicht so«, gestand Kari verlegen. »Eigentlich bin ich die, die sich nicht entscheiden kann ... und der es dann schwerfällt, Nein zu sagen. Damit ziehen mich meine Freundinnen Ella und Leyla schon seit einer Ewigkeit auf.«

»Aber das hat sich geändert, oder? Du hast Nein gesagt zu dieser Aufgabe, die dir die Fürstin gestellt hat. Innerlich jedenfalls.«

»Das findet sie hoffentlich nicht so bald heraus.« Kari schlang die Arme um ihren Körper und beugte sich vor. Ihr war ein bisschen schlecht beim Gedanken an ihre nächste Audienz bei Lakana und Gabrissa.

»Wie lang hältst du sie schon hin? Eine ganze Weile, oder?« Maéva musterte sie besorgt.

»Ziemlich.« Kari musste nicht aussprechen, was sie beide dachten – dass Fürstin Lakanas Geduld mit dieser Assassinin bald am Ende sein würde.

Die junge Magierin schien sich einen Ruck zu geben. »Wie wäre es mit einem geheimen Handel? Ich unterstütze dich dabei, zurückzukehren in deine Welt, und du hilfst mir und meiner Familie zu überleben.«

Einen Moment lang konnte Kari kaum glauben, was sie gehört hatte. *Maéva und ich ... von Todfeinden zu Verbündeten, und das alles innerhalb so kurzer Zeit? Wahrscheinlich würde mich so ein Pakt noch tiefer in Schwierigkeiten bringen ... und wer sagt, dass ich Maéva überhaupt irgendwie helfen kann? Oder sie mir?*

Seltsamerweise waren ihr die kleinlichen Einwände ihres Verstandes egal. Ihr Herz war schon dabei, zu antworten: Freudig aufgeregt pochte es in ihrer Brust, laut und klar wie eine Glocke, die nur sie selbst hören konnte.

»Geht klar – ich tue, was ich kann«, sagte Kari. Das Gefühl der Erleichterung, das sie dabei ergriff, war es schon jetzt wert gewesen.

Sie beugten sich aufeinander zu und besiegelten ihren Pakt mit einem vorsichtigen Kuss auf beide Wangen. Wie seltsam es sich anfühlte, Maéva zu berühren. Das Mädchen, das sie eigentlich töten sollte und das so unglaublich lebendig war.

Als sie sich wieder aufgerichtet hatten, räusperte Kari sich verlegen. »Ehrlich gesagt weiß ich nicht genau, wie ich euch helfen kann.«

»Das wird sich finden«, meinte Maéva. »Im Moment musst du versuchen, deine Rolle weiterzuspielen, damit du nicht durch jemand anders ersetzt wirst, der wirklich gefährlich für mich ist. Und vielleicht könntest du herausfinden, ob die Fürstin noch jemand anders den gleichen Auftrag erteilt hat. Ich meine, du bist ... na ja, eben nur ein Mädchen aus der Draußenwelt.«

Kari biss sich auf die Lippe. »Ja, das stimmt. Ähm, du kennst nicht zufällig die ganze Formel für eins der Tore? Die zweite Hälfte für das Grüne Tor habe ich schon herausgefunden.«

Bedauernd schüttelte Maéva den Kopf, Kari konnte es im Halbdunkel kaum noch erkennen. »Nur ganz wenige Leute kennen diese Formeln, zum Beispiel Kjell Sigurdson, weil er für die Tore zuständig ist, und Magnus Thordar, der Kommandant der Eiswache. Aber auch Svala, oder? Sie muss die erste Hälfte kennen.«

»Genau. Aber ich kann sie ja nur schwer darum bitten.« Vor lauter Nervosität lachte Kari wieder auf – sie hasste dieses nervöse Lachen, hatte aber nie geschafft, es loszuwerden, immer wieder brach es in solchen Situationen durch. »Und es klappt vermutlich auch nicht, sie so wie Daro betrunken zu machen, auf dem Ball hat sie kaum einen Tropfen angerührt.«

»Es gibt noch eine andere Lösung«, sagte Maéva und atmete tief durch. »Aber ich wette, sie wird dir nicht gefallen.«

»Was für eine Lösung?« Ein unangenehmes Kribbeln durchlief Kari, eins, das sie in letzter Zeit viel zu oft gespürt hatte.

»Du könntest Svala erpressen.«

»Ach du Scheiße! Womit denn?«

»Mit etwas, das ich mal zufällig mitbekommen habe.«

»Das ist alles so ein Albtraum«, sagte Kari und stützte den Kopf in die Hände.

»Ja, das denke ich auch manchmal.« Wahrscheinlich lächelte Maéva gerade schief. »Aber ich fürchte, der kommt erst noch.«

Der Pfeil

Kari ächzte. »Eine Erpressung. Und das, nachdem Svala wegen meiner Balkon-Aktion schon so viel durchgemacht hat!«

»Ach, das mit dem Balkon warst du?« Maéva klang erschrocken, aber auch amüsiert. »Du hast die Tür blockiert, damit nichts passiert, oder? Und ich Elfenhirn hab sie mit Gewalt aufgerissen.«

»So in etwa.« Der Begriff »Elfenhirn« leuchtete Kari sofort ein.

»Dir ist schon klar, dass jemand dabei hätte sterben können, oder?«

»Das war irgendwie der Sinn der Sache.«

Sie schwiegen eine Weile, und der Gedanke an Karis Auftrag hing über ihnen wie ein Felsen, der von einem Bindfaden gehalten wurde.

Dann holte Kari tief Luft: »Also, was ist jetzt mit Svala?«

Nachdem Maéva ihr alles erzählt hatte, was ihr möglicherweise helfen konnte, beschlossen sie, sich erst mal ein paar Stunden aufs Ohr zu legen. So gut es ging, rollte sich Kari in ihrer Hälfte der Schneehöhle zusammen. *Wie gut, dass wir uns ausgesprochen haben,* ging es ihr durch den Kopf. *Sonst wäre das jetzt eine entsetzliche Nacht, voller Todesangst für uns beide.*

Doch so war es fast schon gemütlich. Draußen heulte der Wind, hier drinnen war es windstill und ein wenig wärmer. Irgendwann dämmerte Kari weg, und als sie erwachte, drang diffuse Helligkeit von oben in ihre Schneehöhle.

Maéva fuhr hoch, anscheinend war sie eben erst aufgewacht. »Ich glaube, sie lassen gleich die Sturmbögen ruhen!«

»Woher weißt du das?«

»Spürt man, wenn man das Talent hat. Es ist eine Art Pulsieren.« Mit beiden Händen begann Maéva zu graben, obwohl dadurch ein Teil der Höhle einstürzte. Kari wischte sich Schnee aus dem Gesicht und schüttelte sich wie ein Hund. »Warte ... puh ... ich glaube, wir werden gerade verschüttet ...«

»Ach, stell dich nicht so an, die paar Brocken.« Maéva schaufelte weiter und Kari machte sich daran, ihr zu helfen. In kurzer Zeit sahen sie die verblassenden Sterne über sich und den pastellfarbenen Morgenhimmel. Erleichtert, wieder frei zu sein, streckte sich Kari und atmete tief durch.

Wiedergeboren. Die Kari, die aus dieser Schneehöhle herauskam, war eine andere als die, die gestern hineingekrochen war. Sie fühlte sich stärker, entschlossener, zielbewusster. *Ich glaube, Maéva tut mir gut,* ging es ihr durch den Kopf. *Na, hoffen wir mal, dass es umgekehrt ab jetzt ebenso ist.*

Dann standen sie beide draußen und blickten sich um. Diesmal waren in der Unterstadt nur wenige Gebäude völlig zerstört worden, ein paar Leute waren schon dabei, in den Trümmern herumzustochern, Gegenstände hervorzuziehen und sich zu berichten, was sie erlebt hatten. Kari wandte sich um – auf der anderen Seite sah sie durch die schimmernde Barriere einige wenige Bogenschützen der Eiswache patrouillieren. Sie wirkten entspannt, unterhielten sich, musterten nur hin und wieder den Himmel. Dann flimmerte das violette Licht zwischen den sausenden Pfeilern, die Bewegung der Sturmbögen erlahmte. Schließlich standen sie wieder still, wirkten wie gewöhnliche Säulen.

»Na also«, sagte Maéva und begann, durch den Schnee in Richtung Oberstadt zu stapfen, an einer Statue aus schwarzem Stein vorbei, die einen Falken darstellte. »Am besten, du gehst erst mal heim.« Sie dachte kurz nach, furchte die Stirn, sah sich um und strich dem Falken übers steinerne Gefieder. »Wenn du mich kontaktieren willst, dann schieb dem hier einen Zettel unter.« Tatsächlich, am Sockel der Statue war ein Zwischenraum, in dem ein zusammengefalteter Zettel Platz finden konnte.

»Mach ich, und wenn du ...«, begann Kari.

Jemand schrie, dann noch jemand. Ein heller Schatten raste aus den Hügeln herab, schlug ein paarmal mit den Flügeln und jagte dann mit angelegten Schwingen, wie ein Torpedo, über Kari und Maéva hinweg.

Ein einzelner Eisdrache, ziemlich klein, aber unglaublich schnell – wahrscheinlich hatte er auf den Moment gelauert, in dem die Schutzschilde erloschen!

»Gnädige Elin«, schrie Maéva auf. »Ich glaube, der kommt durch bis zur Burg!«

Kari erschrak. Noch ein Angriff, auch das noch! Doch die Bogenschützen ließen sich nicht leicht aus der Fassung bringen. Reflexartig hoben sie ihre Waffen, legten an, schossen. Wie blauschwarze Blitze zuckten ihre Pfeile durch die Luft. Na also, bestimmt würden die das Wesen abwehren können.

Obwohl der Drache hin und wieder von seinem Kurs abschwenkte, war er zu sehr auf sein Ziel konzentriert, um wirklich Haken zu schlagen. Und er flog niedrig, sehr niedrig. Kari sah, wie mehrere der Pfeile in seinen Hals und Bauch einschlugen. Obwohl das sicher bedeutete, dass dieser Angriff scheitern würde, war ihr plötzlich nicht mehr nach Jubel zumute.

Noch während Kari und Maéva ihn beobachteten, sahen sie, wie seine Flügelschläge mühsam wurden. Stockten. Der Drache kehrte um, versuchte, zu den Hügeln zurückzufliegen, doch seine Kräfte schienen schnell zu erlahmen. Ein weiterer Pfeil traf ihn und holte den Drachen aus dem Himmel, er knallte ein Stück von ihnen entfernt in der Mitte einer Gasse auf und schlitterte auf dem Bauch, sich hilflos drehend, noch ein Stück weiter. Schnee stob auf, einen Moment lang konnte Kari nichts erkennen, dann sah sie den Drachen zappelnd daliegen – keine fünf

Meter von ihnen entfernt! Der Arme. Plötzlich hatte sie Mitleid mit ihm.

Das Wesen bog den langen Hals, blickte sich ängstlich um, die türkisfarbenen Augen weit aufgerissen, die Rückenstacheln gesträubt, die Klauen in den Steinboden gekrallt. Das Muster seiner bläulich weißen Schuppen erinnerte Kari an die Uniformen der Eiswachen-Offiziere ... sie konnte sich denken, woher das Material dafür stammte!

Die Bogenschützen waren noch ein gutes Stück entfernt, sie sammelten sich gerade in einer Querstraße, Kari hörte aufgeregte Rufe und Kommandos.

»Der ist noch jung. Schade um ihn.« Maéva klang bedrückt.

Kari konnte den Blick nicht von diesem Geschöpf lösen, das hin und wieder mit dem rechten Flügel schlug und wütend fauchte. Es sah den Drachen aus ihrem Roman sehr ähnlich und war doch so anders. Halb ängstlich, halb trotzig blickte der Drache sich nach Feinden um, die versuchen würden, ihn zu töten. Und ja, diese Feinde waren schon auf dem Weg.

Ein Echo in ihrem Kopf, ihre Stimme und die von Andrik.

Wem kann ich vertrauen?

Den Eisdrachen. Ich kenne sie kaum, aber ich glaube nicht, dass sie zu einer Lüge fähig sind.

Jetzt sah Kari, was ihn am Fliegen hinderte. Ein Pfeil hatte sich in seinen Schultermuskel gegraben und blockierte dadurch den linken Flügel. Verzweifelt biss der Drache mit den fingerlangen Zähnen daran herum, ohne Erfolg, so ließ sich das Ding nicht entfernen. Wenn dieser Pfeil draußen war ... konnte er dann fliehen? Der Gedanke, dass seine Haut zu Uniformen verarbeitet werden würde, war schwer zu ertragen.

Langsam begann Kari auf den Drachen zuzugehen. Sie spürte ihre Füße kaum noch, doch erstaunlicherweise konnte man auch auf zwei Eisklumpen laufen.

»Was tust du?«, schrie Maéva auf.

Vielleicht hatte Maéva recht, sie war verrückt und gerade auf dem Weg zu einem unschönen, blutigen Tod. Aber vielleicht auch nicht. Vielleicht waren ihre Vorfahren in Isslar Drachenbändiger gewesen.

Ein Schritt nach dem anderen, dachte Kari. *Aber ich darf mir auch nicht zu viel Zeit lassen, die Eiswache ist nicht mehr weit.*

»Geh am besten mit dem Wind ran, dann bekommt er Gelegenheit, deine Witterung zu erfassen!« Dass Maéva noch immer fassungslos war, schien sie nicht am Denken und Planen zu hindern. Kein Wunder, dass sie der Fürstin eine gute Beraterin war.

Der Wind hatte aufgefrischt. Er ließ ihren Umhang flattern wie eine Schwinge, peitschte ihr ins Gesicht, ließ Schnee aufstieben und trieb ihn in weißen, wirbelnden Fahnen durch die Straßen. Das war gut, es verbarg sie ein wenig vor neugierigen Blicken und machte es ganz nebenbei sehr einfach, die Windrichtung festzustellen.

Kari schlug einen halben Bogen, näherte sich mit dem Wind, und der Drache streckte misstrauisch den Kopf in ihre Richtung. Ließ sie nicht aus den Augen, sog geräuschvoll die Luft ein. Sie zeigte ihm ihre leeren Hände, und er schien zu verstehen, jedenfalls wurde er etwas ruhiger.

Kari deutete auf den Pfeil in seiner Schulter. »Ich mache dir den raus, ja? Dann kannst du abhauen.«

Jetzt war sie nur noch zehn Schritte von diesem Drachen entfernt – wenn er die Kiefer vorschnellen ließ, konnte er sie in Stücke reißen.

Er witterte noch einmal konzentriert, und außerdem spürte Kari etwas, das sich anfühlte wie ein Druck hinter ihrer Stirn, unsichtbare Finger, die über ihre Gedanken tasteten. Ihr Atem kam in Stößen, sie bekam kaum noch Luft vor Angst und Aufregung. *Versucht er, meine Gedanken zu erreichen? Testet er mich?*

Wie von selbst streckte sich ihre Hand aus, legte sich dem Drachen auf den glatten, kühlen Körper, der nach Quellwasser und Reptil roch. Wie eine bläulich weiße Rüstung aus überlappenden Metallplatten fühlte er sich an, doch an Hals, Kehle und Brust waren die Schuppen kleiner und dünner, nicht so widerstandsfähig. Der Drache bog den Hals und blies ihr von hinten kühlen, fischig riechenden Atem in den Nacken.

Kari spürte, wie eine Gänsehaut ihre Arme überzog, doch jetzt war es längst zu spät für einen Rückzieher. Sie ließ die Hand bis zum Flügelansatz gleiten, wo der Pfeil saß, umfasste den Metallschaft und zog. Erst vorsichtig, dann kräftiger. Verdammt, das Ding saß fest, wahrscheinlich hatte es Widerhaken!

Vor Schmerz fauchte der Drache, bleckte die Zähne und schnappte in die Luft. Karis Beine waren weich wie Pudding. *Immerhin, so zu sterben hat deutlich mehr Stil, als von einem Vorstadtbus überfahren zu werden ...*

»Beeil dich!«, rief Maéva.

Kari hob kurz den Kopf – wie weit waren die Soldaten entfernt, wie viel Zeit hatte sie noch? Die Kerle waren außer Sicht, plötzlich einsetzender dichter Schneefall schirmte sie und den Drachen ab. Verbarg sie vor feindseligen Blicken. *Danke, Maéva!*

Dieser Pfeil musste raus, egal wie weh sie dem jungen Drachen dabei tat. Mit beiden Händen zerrte Kari daran und diesmal bewegte sich der Metallstab. Momente später hielt sie ihn in der Hand, bläuliches Blut suppte aus der Wunde. Angewidert warf Kari den Pfeil beiseite.

Der Drache schlug mit beiden Flügeln, es ging wieder! Doch Kari hatte keine Zeit, sich darüber zu freuen oder ihrem neuen Freund noch andere Pfeile zu entfernen. Die Druckwelle seines Starts warf sie zu Boden und eine hornige Flügelspitze prallte gegen ihren Rücken, als der Drache hektisch flatternd abhob und unter sich ein Schneegestöber entfesselte. Ein letzter, heftiger Windstoß schien ihn davonzutragen.

Gerade noch rechtzeitig. Das Erste, was Kari sah, als der weiße Schleier sich hob, waren drei Dutzend bewaffnete Eiswachen. Doch Karis Patient war schon außer Reichweite ihrer Pfeile ... und nun schickte er ihr ein warmes Gefühl in den Kopf, einen Dank ohne Worte. Ein zweites Gefühl war dabei ... so etwas wie Anerkennung. Und er war neugierig, wollte mehr über sie wissen. Doch die wortlosen Fragen gingen unter in Karis Aufregung, sie hatte gerade nicht die Ruhe, in sich hineinzuspüren und sie zu entschlüsseln.

»Was ist hier passiert?«, brüllte der Offizier der Truppe sie an, doch Kari war nicht fähig zu antworten, das Staunen erfüllte sie ganz und gar. *Ist das wirklich geschehen? Habe ich das getan?* Ja, sie hatte sich das nicht eingebildet, die brennende Schramme auf ihrem Rücken war der Beweis, da hatte die Flügelspitze sie getroffen.

Zum Glück funktionierte Maévas Mundwerk noch. Sie hatte sich aufgerichtet und einen hochmütigen Blick aufgesetzt, ganz die Grande Dame aus den Fünf Familien, die mächtige junge Magierin. »Der Drache ist ganz in unserer Nähe aufgekommen und hat Cecily angegriffen«, behauptete sie und schob sich unmerklich vor Kari. »Zum Glück konnten wir uns retten, er war ja verletzt und konnte sich nicht gut bewegen.«

Kari erstarrte, als ihr einfiel, dass sie noch das bläuliche Blut des Drachen an den Händen hatte ... was war, wenn der Kerl das bemerkte? Wie sollte sie das erklären?

Doch der Offizier schenkte ihr nur einen flüchtigen Blick, seine ganze Aufmerksamkeit galt Maéva. »Nun gut. Vielleicht stürzt er über den Hügeln ab, dann haben wir ihn«, meinte er und gab einigen seiner Leute Zeichen. Ein halbes Dutzend Soldaten rannte in voller Ausrüstung los.

Vergesst es, den kriegt ihr nicht, dachte Kari und schenkte dem Offizier ein Lächeln, das ihm offensichtlich nicht ganz geheuer war.

Als die Eiswachen abgezogen waren, flüsterte Maéva ihr zu: »Du bist noch verrückter als ich! Hoffentlich hat niemand deine Rettungsaktion beobachtet, sonst bist du dran.«

»Bin ich sowieso, wenn ich dich nicht bald umbringe.«

»Stimmt auch wieder. Denk bitte an unseren Pakt, ja?« Die Art, wie Maéva sie anblickte, hatte sich verändert. Jetzt lag etwas Neues darin.

Respekt.

Plötzlich war Kari nach etwas Förmlichkeit und Zeremonie zumute. Sie beugte den Kopf und legte die Hände in der Form der Schneeflocke übereinander. »Mögen Elin und Sigurd dir beistehen«, flüsterte sie. »Wir bleiben in Kontakt, ja?«

»Ja«, sagte Maéva.

***

»Du hast sie geküsst!« Alice starrte ihn an wie eine Erscheinung, was John ausgesprochen peinlich war. »Warum hast du das gemacht? Gehört das zu irgendeiner schlauen Strategie, von der du mir noch nichts erzählt hast? Oder bist du etwa in Cecily *verliebt?«*

»Woher weißt du das mit dem Kuss?« John hatte alles andere als ein reines Gewissen. Er konnte selbst nicht mehr fassen, dass er das getan hatte. Was zum Teufel hatte er sich dabei gedacht? Dieses Mädchen war gefährlich, eine Gefahr für sie alle, und er dachte nur an ihren Hintern und daran, wie gut ihr Mund schmeckte?!

»Sie hat's mir erzählt«, schleuderte ihm Alice entgegen. Fröstelnd stand sie im kalten Wind, wieder einmal war der Hang hinter dem Haus der einzige Ort, an dem sie ungestört reden konnten.

John biss die Zähne zusammen. Alles klar. Wahrscheinlich war Cecily aufgefallen, dass Alice und er zu einem Team geworden waren, zu einem Team, das sich gegenseitig half und beschützte. Und wie brachte man ein solches Team auseinander? Durch Streit und Unfrieden!

»Bist du in sie verliebt?«, wiederholte Alice mit einer winzig kleinen Stimme.

»Ich weiß nicht genau«, sagte John und versuchte vergeblich, seine Gefühle zu analysieren. »Es tut mir leid. Weißt du, wie das ist, wenn man jemanden gut findet?«

»Ja, klar.« Alice wirkte ein wenig beruhigt, wenn auch nicht sehr. »Shawn Mendes ist sehr cool. Vielleicht werde ich irgendwann mal sein Groupie und reise ihm nach und so. Aber wenn du Cecily gut findest, dann ...« Ihre Stimme brach, sie senkte den Kopf, bis er ihr Gesicht nicht mehr sehen konnte, und John kam sich vor wie ein Stück Scheiße an irgendeiner Schuhsohle.

»Hör zu, ich lasse euch nicht im Stich, hörst du? Dich nicht und deine Mutter auch nicht. Ich schwöre es.« Furchtbar gerne hätte John auch noch Kari in die Aufzählung eingeschlossen, doch er war nicht mal sicher, ob Kari noch lebte. Sie war nun schon tagelang verschwunden, und sie hatten immer noch keinen Schimmer, was mit ihr passiert war.

Alice nickte, ohne den Kopf zu heben, und dann tat John es einfach. Er umarmte sie ganz fest. Und nein, sie erschrak nicht darüber, sie stieß einfach den Atem aus und ließ sich einen Moment lang gegen ihn sinken.

Dann kehrten sie zurück ins Haus, um nachzusehen, wie es Susanna ging.

Thorsten saß an ihrer Bettkante und wirkte besorgt, er tippte auf seinem Handy herum. »Ich habe schon versucht, die Telefonnummern von Ärzten hier in der Region herauszubekommen. Aber der eine war nicht zu erreichen, der andere hatte keine Termine frei und ...«

»Das muss doch jetzt egal sein, es ist wirklich ernst!« Am liebsten wäre John laut geworden, er konnte sich gerade noch beherrschen.

»Sag das mal einer Sprechstundenhilfe, die kaum Englisch spricht. Cecily, kannst du mir bitte mal helfen? Könntest du mit dieser Frau reden und uns einen Termin organisieren? Ich habe mir die Nummer notiert ...«

»Klar, mache ich gerne.« Cecily näherte sich, wieder einmal so furchtbar hilfsbereit, und es zerriss John fast, dass er sie gleichzeitig küssen und ihr ins Gesicht schlagen wollte. Er vertrat ihr den Weg und packte den Pulloverärmel seines Vaters, krampfte die Hand in die kratzige, echt isländische Wolle, als würde das irgendwie helfen. »Nein! Papa, nein ... wir müssen Susanna verdammt noch mal in ein Krankenhaus bringen!«

»Was soll das? Hier, Cecily, du kannst mein Handy nehmen ...«

»Gib ihr nicht dein Handy!«

»John! Was ist denn jetzt schon wieder mit dir los?«

Alice stand etwas außerhalb der Tür im Flur, sie ballte die Hände zu Fäusten, es sah so aus, als würde sie jeden Moment auf irgendjemanden losgehen.

In diesem Moment klingelte es an der Tür des Ferienhauses.

Die Melodie des Feuers

Ich bin nicht mehr Cecily. Auf eine seltsame Art war Kari erleichtert. *Jedenfalls für Maéva. Das tut so gut. Auch wenn ich für die anderen Leute hier diese Rolle weiterspielen muss bis zum bitteren Ende … wo und wann und für wen auch immer es kommt.*

Sie konnte nur hoffen, dass wenigstens mit ihrer Familie in Island alles in Ordnung war. Dass Alice Leute neckte, John Wikipedia spielte, Thorsten sich informierte und Susanna Fotos schoss, bis die Speicherkarte voll war.

Um sich von den Sorgen abzulenken, stellte sie sich vor, wie sie Andrik von der Sache mit dem Drachen erzählen würde. *Ob er es überhaupt glauben würde? Und wenn er es doch glaubt … ob er sich darüber freut?* Eigentlich waren die Drachen und er sehr verschieden – er war Feuer, sie waren Eis. Doch aus irgendeinem Grund schien er sich zu ihnen hingezogen zu fühlen, obwohl alle anderen sie als Monster sahen.

Vielleicht, weil sie genauso gefährlich sind wie er. Werde ich ihn überhaupt wiedersehen? Er hat sich so seltsam verhalten das letzte Mal, ich werde einfach nicht schlau daraus! Habe ich mir nur eingebildet, dass er mich mag?

Auch etwas anderes nagte an ihr, etwas, das ihr aufgefallen war und das sie in der Aufregung der letzten Stunden vergessen hatte anzusprechen. *Maéva hat von ihrem Vater und ihrem Bruder erzählt … aber was ist eigentlich mit ihrer Mutter?*

Nach dieser Nacht in der Schneehöhle war Kari erschöpft und aufgedreht zugleich. Mit akrobatischen Verrenkungen schaffte sie es, sich eine Kräutersalbe vom Markt auf ihre Absolut-echte-Drachenflügel-Rückenschramme zu schmieren, was höllisch brannte. Dann zog sie sich frische Sachen an, kämmte ihre wilden blonden Locken durch und ging sofort wieder los. *Vielleicht habe ich bald den ersten Teil der Formel – und dann bin ich weg, weg, WEG! Was macht diese miese Cecily in meiner Welt, während ich nicht dort bin? Vielleicht hat sie schon aufgegeben und ist wieder abgereist, wer weiß. Wahrscheinlich. Hoffentlich! Aber wenn sie meiner Familie irgendeinen Schaden zugefügt haben sollte, breche ich ihr das Genick!*

Kari erschrak fast vor ihren eigenen Gedanken. Anscheinend färbte die Rolle, die sie hier spielte, auf sie ab, ob sie wollte oder nicht.

Und jetzt würde sie bald auch eine Erpresserin sein. Na wunderbar.

Sie hatte Svala nicht Bescheid sagen lassen, dass sie sie treffen wollte. Besser, sie wusste nicht, was auf sie zukam. Von einem widerwilligen Gnom hatte sie erfahren, wo Svala sich gerade befand – im Haus der Familie Akuri, wo sie sich vom nächtlichen Einsatz in der Sturmbogenzentrale erholte. War es eine gute Idee, sich auf einer solchen Mission ins Stammhaus der Akuris hineinzuwagen? Oder sollte sie ihr eine Botschaft schicken, sie bitten, in eine Schänke zu kommen?

Nein, so lange wollte sie nicht warten.

Inzwischen wusste Kari, dass die Oberstadt zum Teil untertunnelt war, vielleicht, damit man sich im Winter – wenn es ständig dunkel war und Schneestürme tobten – noch halbwegs bequem in Khyona bewegen konnte. Dort unten waren kleine Läden, die eine oder andere Schänke, Behausungen von Dienern, Heilerinnen und niederen Regierungsbeamten. Höchste Zeit, auch diese Wege einmal auszuprobieren. Eine Treppe führte hinab in eine Welt, die ebenso wie die Burg aus geschickt aufgeschichteten Lavabrocken erbaut worden war und von sanft orangefarben glühenden Elfenlichtern erleuchtet wurde.

Gerade kam Kari am kräuterig duftenden Laden einer Heilerin vorbei, als sie etwas Unerwartetes hörte – die schwebenden Töne einer Flöte. Unirdisch klang das hier unten und schön, wenn auch ein bisschen fremdartig, weil die Harmonien anders waren als die, die sie kannte. Gerade bekam sie Sehnsucht nach ihrer eigenen Querflöte! *Ob ich noch rechtzeitig daheim sein werde, um auf diesem Konzert Mitte September zu spielen? Egal – Hauptsache, ich komme überhaupt nach Hause!*

Kari folgte der Melodie, hörte sie lauter und deutlicher werden. Ah, sie kam aus einem Laden am Ende des Ganges, vielleicht konnte man dort Musikinstrumente erwerben? Sie wollte weitergehen ... und stockte. Dort war jemand, ein großer, schlanker Mann, ganz in Schwarz gekleidet. Er lehnte im Halbdunkel an der Gangwand, ein paar Meter von der Quelle der Musik entfernt, und lauschte andächtig. Ein Ruck ging durch Kari, als sie ihn erkannte. Das war Andrik! Eine kleine Glückswelle schwappte durch sie hindurch.

Unwillkürlich hielt sie den Atem an und beobachtete ihn. Er wirkte völlig versunken in die Melodie, aber sofort bereit weiterzugehen, als wäre nichts geschehen, falls jemand vorbeikam. Vielleicht wollte er nicht, dass ihn jemand so sah ... weil das bedeutet hätte, etwas über sich zu offenbaren.

Bewegungslos stand Kari in der Dunkelheit und wagte kaum zu atmen, denn sobald er sie bemerkte, war der Bann gebrochen.

Ich könnte für ihn spielen, dachte Kari, und instinktiv wusste sie, dass das die richtige Idee war. *Aber ich muss erst irgendwie eine Flöte auftreiben. Ja, dann spiele ich für ihn.*

Die Melodie verklang und Andrik schien zu erwachen. Als er sich umwandte, bemerkte er sie und freute sich, doch er wirkte auch auf der Hut.

Einen Moment lang gingen sie schweigend nebeneinanderher, und allein das war wie ein Geschenk. Einfach bei ihm zu sein. Zu spüren, dass auch er genau hier sein wollte.

Als sie außer Hörweite der Menschen im Musikladen waren, blickte Andrik sie von der Seite an. »Bist du in Ordnung?«, fragte er leise. »Ich habe gehört, dass ein Eisdrache dich verletzt haben soll. So was ist nicht harmlos, die Wunden entzünden sich oft.«

»Ach, halb so schlimm, es ist nur eine Abschürfung und es war nur ein Versehen von ihm.« Auf einmal war Kari draufgängerisch zumute. Sie hatte einmal die Wahrheit gesagt, wieso sollte es nicht auch ein zweites Mal gut gehen? »Es war ein junger Drache, noch nicht ganz trocken hinter den Schuppen sozusagen. Ich, äh, habe ihn vor der Eiswache gerettet.«

Andrik starrte sie ungläubig an, dann wirkte es, als hätte er beinahe gelächelt – das Lächeln schwebte in seinen Augen und es war für sie bestimmt. »Erst kletterst du auf einen meiner Vulkane, dann legst du dich mit den Torwächtern an, und jetzt trotzt du dem größten Raubtier, das Isslar zu bieten hat. Ich bin noch nicht ganz sicher, ob du mutig oder einfach nur sehr, sehr unvorsichtig bist.«

Kari blieb stehen und verschränkte die Arme. Dieser Kerl war auf seine Art ganz schön frech – aber das konnte er zurückhaben! »Soso, aber du sagst mir einfach, dass ich mich auf die Eisdrachen verlassen kann. Wolltest du, dass ich schockgefrostet werde?«

Einen Moment lang standen sie sich gegenüber und funkelten sich an.

»Nein«, sagte Andrik dann, und seine Stimme klang rau, als er sich abwandte. »Ich würde nicht wollen, dass dir etwas passiert.«

Auf einmal fand Kari es schwierig, ihn anzusehen. Ihre Wangen brannten.

»Woher kennst du sie überhaupt? Die Eisdrachen.« Das war neutrales Terrain.

»Ich hatte mal mit einem von ihnen Kontakt«, erzählte Andrik. »Als ich zu einem meiner Vulkane am Vatnajökull unterwegs war, habe ich ihn in einer Gletscherhöhle gefunden – wie sich herausgestellt hat, hat er dort Sommerschlaf gehalten. Leider habe ich ihn dabei gestört, aber er hat schnell gemerkt, dass ich ihm nicht schaden will.«

»Hättest du aber, oder? Du hättest ihn töten können.«

»Ja. Der Vulkan war ganz in der Nähe, unter dem Gletscher.«

Aber Andrik hatte diesen Drachen nicht getötet und sie war ihm dankbar dafür. »Hat er mit dir ... kommuniziert?«

»Wir haben Bilder ausgetauscht«, berichtete Andrik und lehnte sich gegen die Tunnelwand. »Dadurch ist mir klar geworden, dass sie manchmal Jahre oder Jahrzehnte in Gletschern schlafen, um sich von etwas zu erholen, das sie sehr mitgenommen hat. Bei Sigurd, danach ist mir auch schon oft zumute gewesen.«

Kari lehnte sich neben ihn und spürte kaum, wie kühl der Stein war. »Ja. Das kann ich mir vorstellen.« Wie sollte sie auf den Punkt bringen, was ihr durch den Kopf ging? »Aber ich glaube, wenn man einfach schläft ... dann funktioniert das bei uns Menschen nicht. Wenn man aufwacht, ist alles wie vorher. Heilung geht anders.«

»Wahrscheinlich.« Er grinste schief. »Sich in einen Gletscher einfrieren zu lassen, stelle ich mir sowieso ziemlich unangenehm vor.«

»Dieser Drache, dem ich geholfen habe – er hat auch versucht, meine Gedanken zu erreichen«, erzählte Kari. »Falls ich ihn noch mal treffe, klappt das vielleicht auch mit den Bildern. Hast du deinen Drachen mal wiedergesehen?«

Andrik atmete tief. »Nein. Immerhin hat er nicht mehr an den Angriffen gegen uns teilgenommen, das weiß ich sicher. Vielleicht hat er sich für uns Menschen eingesetzt – und es hat nichts genutzt.«

Wie schön es war, ihm so nahe zu sein, ihre Arme waren kaum eine Handbreit voneinander entfernt. Wie es wohl wäre, ihn noch einmal zu berühren? *Jetzt darf niemand vorbeikommen, bitte jetzt nicht! Sobald jemand anders in die Nähe kommt, ist dieser Moment vorbei!*

Andrik drehte sich halb zu ihr, dabei streifte sein Atem ihre Haut. Sie wagte, zu ihm hochzuschauen, und einen schwebenden Moment lang hielten ihre Blicke sich fest, schaute keiner von ihnen weg. Karis Herz schlug noch schneller. *Ja, da ist etwas zwischen uns, aber ist es stark genug? Vielleicht trauen wir uns beide nicht. Unsere Welten sind so unterschiedlich.*

»Und, was steht bei dir jetzt an?«, fragte Andrik, in seinen Augen war wieder diese Wärme, von der Kari weiche Knie bekam. »Bist du auf dem Weg zu irgendeiner neuen waghalsigen Unternehmung?«

»Nichts, worauf ich stolz sein könnte.« Kari spürte, wie es ihr bei diesem Gedanken den Magen herumdrehte. »Ich muss den ersten Teil der Torformel aus Svala Akuri herausbekommen.« Es fühlte sich sehr wagemutig an, so offen mit ihm zu sprechen. Aber ob er es wollte oder nicht, sie vertraute ihm. Lauscher gab es auch keine – es war keine Nische in der Nähe, in der sich ein Gnom hätte verstecken können.

Ein Ruck ging durch Andrik, das Lächeln hatte seine Augen verlassen.

Oh-oh, dachte Kari. *Das war eine schlechte Idee.*

»Und wie willst du das tun?«, fragte er.

Kari biss sich auf die Lippe. Bei ihrer ersten Begegnung hatte er noch nicht gewusst, wer sie war, doch spätestens bei ihrer zweiten Begegnung war ihm offensichtlich klar gewesen, was für einen Beruf »Cecily« hatte. Und natürlich hatte er damit ein Problem, na logisch, war das nicht völlig normal? »Erstaunlich, dass du überhaupt noch etwas mit mir zu tun haben willst«, brachte sie heraus. »Nach all dem, was man über mich sagt. Nein, nicht mit *Gewalt* will ich die Formel herausbekommen, falls du das meinst.«

War er das letzte Mal deswegen so schnell abgehauen, weil sie etwas vom Töten gesagt hatte? Wahrscheinlich!

Provozieren ließ er sich von ihr nicht. Seine Augen glitten forschend über ihr Gesicht. »Egal wie ... tu es nicht. Daraus kann nichts Gutes entstehen.«

Wieso spürte er denn nicht wie sein Freund Raik, dass sie nie jemanden umbringen könnte? Wenn er es nicht spürte, dann musste sie es ihm verdammt noch mal sagen – er musste wissen, dass sie keine Mörderin war! Sie konnte keinen Moment länger damit leben, dass er sie für eine Assassinin hielt.

Kari öffnete den Mund, um ihm so wie Maéva endlich zu erklären, wer sie wirklich war ... doch dann sah sie das Glitzern zweier Augen, die hutzelige Gestalt mit spitzen Ohren, die aus Richtung des Musikladens herangepirscht kam. Es war zu spät für Geständnisse.

»Ich muss los.« Diesmal war es Kari, die es sagte. Vielleicht auch nur, um ihm zuvorzukommen. Es gab keinen Grund, warum er die plötzlichen Abschiede gepachtet haben sollte.

Er konnte es nicht wissen, aber sie musste jetzt zu Svala, sie *brauchte* diese verdammte Torformel!

»Warte einen Moment.« Seine Stimme. »Ich wollte dir nur sagen, dass ich in der nächsten Woche nicht hier sein werde. Nur damit du Bescheid weißt.«

»Wo willst du hin?«

Die Art, wie er mit der Antwort zögerte, alarmierte sie. »Zur Katla«, sagte er schließlich. »Ich glaube, es ist Zeit.«

Der Vulkan, der seine Eltern getötet hatte?!

Ganz langsam wandte Kari sich ihm zu, sie spürte, dass ihr Ärger schon dabei war, sich in Besorgnis zu wandeln. Ja klar, er beherrschte diese Feuerberge, laut Raik war er stärker, als sein Bruder es damals gewesen war. Und trotzdem, mit diesen Naturgewalten war nicht zu spaßen! Sie blickte ihm in die Augen, versuchte, darin zu lesen. »Du warst nicht mehr dort, seit es passiert ist, oder? Wieso gehst du jetzt hin?«

Er atmete tief durch. »Ich habe das eine oder andere Mal daran gedacht, was du neulich gesagt hast. ›Wirklich leben heißt, sich den Tatsachen zu stellen.‹ Du hast recht. Es reicht nicht, im Moment zu leben.«

»Auch wenn es dir wahrscheinlich hilft, an den Ort zu gehen, an dem deine Eltern gestorben sind – das wird hart«, sagte Kari, sie fühlte sich furchtbar hilflos. »Soll ich mitkommen?« Es war ihr herausgerutscht, bevor sie gründlich darüber nachdenken konnte.

»Nein, auf keinen Fall.« Seine Miene machte ihr beinahe Angst. »Versprich mir, dass du nicht in die Nähe dieses Vulkans kommst!«

Ein warmes Gefühl durchflutete Kari. »Versprochen. Pass auf dich auf, ja?«

»Du auch.« Jetzt standen sie sich gegenüber. Andrik hob die Hand und strich vorsichtig über Karis Wange. Seine Finger schienen eine Feuerspur über ihre Haut zu ziehen, so intensiv spürte sie diese Berührung.

Einen Moment lang war Kari unfähig, sich zu bewegen. *Kann ich ihn umarmen? Ist das hier unser Abschied? Nein, das darf nicht sein! Wir sehen uns wieder, ganz sicher!*

Sie umarmte ihn trotzdem. Im selben Moment, in dem sie es tat, wusste sie, dass es das Richtige gewesen war. Andrik umarmte sie fest zurück, mit einer Innigkeit und Wärme, mit der sie nicht gerechnet hätte. Sein sehniger Körper fühlte sich so gut an in ihren Armen, so richtig, und Kari sog seinen rauchigen, herben Geruch ein, um ihn nie wieder zu vergessen. Auch ihm schien es schwerzufallen, sie loszulassen, aber dann taten sie es doch. Andrik hob die Hand zum Gruß, dann drehte er sich um und war einen Moment später verschwunden.

Während sie mit langen Schritten den Gang entlangging, lächelte Kari Andriks Polarfuchs zu, dessen spitze weiß-braune Schnauze gerade um die Ecke lugte.

»Du passt auch auf ihn auf, Sio, ist das klar?«

Ein rasches Scharren von Pfoten, ein Sprung, dann quiekte der Gnom von vorhin auf und rannte davon, beide Hände auf sein Hinterteil gedrückt. Sio nahm seine Aufgabe schon jetzt sehr ernst.

***

Als es klingelte, hatte Cecily geplant, als Erste an der Tür zu sein, doch Johns nerviger Vater überholte sie. »Ja, bitte?«, sagte er, als er durch die geöffnete Tür den bärtigen Mann anstarrte, der davorstand. Er brauchte wirklich geschlagene zwei Sekunden, bis er den Leiter der ICE-SAR-Gruppe erkannt hatte. Ragnar Einarsson.

»Wollte mal schauen, wie ihr so klarkommt«, sagte Ragnar und warf Cecily einen Blick zu, der ihr ganz und gar nicht gefiel. Was hatte der Kerl da in der Hand? Sah nach einem Stück Pergament aus. Ein heißer Schreck, halb Freude, halb Erwartung, durchfuhr Cecily. *Ist das eine Nachricht aus Isslar?*

»Wir kommen leider nicht besonders gut klar – Susanna ist krank«, erklärte Thorsten müde.

»Das klingt nicht gut, braucht sie einen Arzt?« Ragnar hob das Schriftstück. »Übrigens, das da lag vor eurer Tür, ich dachte, ich bringe es mal rein, bevor der Wind es wegweht. Ist es okay, wenn ich reinkomme?«

»Ja, ja, natürlich, echt nett, dass Sie ... dass du vorbeischaust.« Thorsten klang wirklich arg neben der Spur, obwohl ihm Cecily nichts verpasst hatte. »Was ist das? Ein Zettel?«

Cecily streckte die Hand aus, doch es war Thorsten, dem der verdammte Isländer die Botschaft in die Hand drückte. Verwundert betrachtete er das Pergament. »Hm, da stehen Zeichen drauf ... hat jemand mit Kohlestift geschrieben, scheint mir. Oder eher gekritzelt. Aber geht schon, ich habe genug Aufsätze entziffert.«

Trotzdem schien er unendlich lange zu brauchen, bis er gelesen hatte, was daraufstand.

»Das verstehe ich jetzt wirklich nicht«, sagte er dann.

Wieder versuchte Cecily, an die Botschaft heranzukommen, doch jemand war schneller. Ein Mädchen, das sich bewegte wie fließendes Wasser, rasch und zielsicher. Schon hatte Alice sich das Pergament geschnappt, las atemlos. »Das ist Karis Handschrift!«, brüllte sie so laut, dass es wahrscheinlich bis zum Seeufer zu hören war. »Eine Nachricht von Kari – Moment, ich lese vor. *Liebe Mam, liebe Alice, hi John und Thorsten – es geht mir gut, aber ich bin an einem SEHR ungewöhnlichen Ort, Suche zwecklos. Ich komme zurück, sobald ich kann. Nehmt euch vor dem blonden Mädchen in Acht, sie ist gefährlich! Extrem gefährlich! K.*«

Geschocktes Schweigen folgte diesem Ausbruch. Das war alles nicht günstig, überhaupt nicht. Cecily spürte Ärger in sich aufsteigen. Nicht nur, dass sie bisher wenig über Kari und ihre Motive herausgefunden hatte, nun kam ihr auch noch diese Warnung in die Quere. Sie konnte sehen, wie die anderen sich Blicke zuwarfen – und diesmal waren es nicht nur John und Alice, sondern auch Thorsten und Ragnar, obwohl Thorsten noch immer skeptisch aussah.

»Meinst du wirklich, das ist Karis Schrift?«, fragte er und nahm den Zettel noch einmal, um ihn näher vor die Augen zu halten und zu befühlen. »Was für ein seltsames Material. Irgendwie speckig. Riecht nach Rauch.«

»Das mit dem ›Suche zwecklos‹ klingt seltsam«, sagte John. Es war gut möglich, dass er ihr die Wahrheit gesagt hatte und er tatsächlich dachte, Kari sei nach Reykjavík getrampt. Tja, das war echt Pech. Damit war er für sie wertlos geworden, und sie schuldete ihm noch eine Revanche, weil er sie andauernd bekämpft und versucht hatte, sie auffliegen zu lassen. Außerdem wusste er zu viel über sie und war damit ein Risiko, das sie nicht gebrauchen konnte. Auch Alice wusste viel, aber sie war erst zwölf, niemand würde sie ernst nehmen.

Cecily fiel auf, dass Ragnar sie kritisch, mit zusammengekniffenen Augen betrachtete, er dachte garantiert über das »Extrem gefährlich« nach. Doch was er murmelte, war: »An einem sehr ungewöhnlichen Ort ...« Einen Moment lang schien er nachdenklich in sich selbst zu versinken.

Der ahnt was von Isslar, dachte Cecily, richtete ihre ganze Aufmerksamkeit auf ihn und konzentrierte sich auf ihre Sinne in der Art, wie ihre Mutter es ihr beigebracht hatte. Nun entging ihr nichts mehr, nicht die kleine unbewusste Bewegung, mit der er sein Gewicht verlagerte, nicht der rasche Blick, mit dem er nach Karis Mutter Ausschau hielt, nicht der Geruch seines Schweißes, der davon zeugte, dass er auf der Suche nach Kari Tag und Nacht unterwegs gewesen war. Er hatte eine ruhige, solide Ausstrahlung und einen durchdringenden Blick. Ein Gegner, den sie ernst nehmen musste ... und jetzt wanderte sein Blick weiter zu ihr.

Sie erwies ihm den Respekt, nicht zu lächeln.

»Das ›blonde Mädchen‹ ... das bist dann wohl du«, sagte der Leiter von ICE-SAR ruhig. »Hast du uns etwas mitzuteilen? Etwas, das wir wissen sollten?«

»Nein, nein, das ist sicher ein Missverständnis.« Es war Thorsten, der das sagte. Der Lehrerdepp, wie sie ihn heimlich getauft hatte.

Ragnar achtete nicht darauf, noch einmal sprach er sie an. »Ist besser, ich nehme dich mit nach Vík, pack schon mal deine Sachen. Du bist kein Mitglied dieser Familie, damit hast du hier eigentlich nichts zu suchen.«

»Ich habe nur geholfen«, verteidigte sich Cecily und setzte eine beleidigte Miene auf. Verdammt, das entwickelte sich nicht gut.

Zum Glück endete die Diskussion an dieser Stelle, denn Alice drehte sich um und rannte mit der Botschaft in der Hand zum Zimmer ihrer Mutter, dicht gefolgt von Thorsten. Ragnar Einarsson warf Cecily noch einen scharfen Blick zu, dann folgte er den beiden. John blieb im Eingangsbereich stehen – er hatte nicht die Absicht, ihr den Rücken zuzukehren. *Kluger Junge. Leider nicht klug genug,* dachte Cecily und wartete ab. Sie hörten beide, wie Ragnar und Thorsten sich im Schlafzimmer unterhielten. »Das sieht aber nicht gut aus! Besser, ich fordere einen Notarzt an.«

»Oh, das wäre perfekt, dafür wären wir alle sehr, sehr dankbar«, erwiderte Thorsten. »Geht zufällig gerade ein Magen-Darm-Virus um?«

Die Diskussion zog sich hin, der Typ von ICE-SAR schien nicht vorzuhaben, demnächst zu gehen. Lästig. Jetzt senkte er die Stimme, sprach er mit Thorsten etwa über Karis Warnung?

Natürlich gab John zuerst nach, schließlich hatte sie unendlich viel Zeit. Haha, anscheinend musste er dringend auf ein gewisses Örtchen. Als John im Klo neben der Eingangstür verschwand – sie hatte schon darauf gewartet, dass er irgendwann dorthin ging –, schlüpfte sie in sein Zimmer, um sich seinen Rucksack vorzunehmen. Es gab noch ein paar Dinge, die sie zu erledigen hatte. Selbst wenn dieser Ragnar möglicherweise Verdacht geschöpft hatte. ICE-SAR war nicht die Polizei.

Es lief alles nicht ganz so, wie sie sich das vorgestellt hatte. Aber das würde sich bald wieder ändern. Und obwohl sie noch immer keinen Weg nach Isslar gefunden hatte, waren die letzten Tage nicht ganz so frustrierend gewesen, wie sie befürchtet hatte.

Rache war so erfrischend.

Erpressung

»Mein Name ist Cecily Thalim, ich wünsche Svala Lirim Akuri zu sprechen.«

»In welcher Angelegenheit?«

»Privat«, sagte Kari.

»Folgt mir bitte«, sagte der Diener höflich und führte sie eine schmale, knarzende Treppe hoch in den zweiten Stock. Währenddessen ging sie schnell noch einmal durch, was sie von Maéva über Svala erfahren hatte. Als Kind war sie Gabrissas Spielgefährtin gewesen, noch immer war sie einer der wenigen Menschen, die die Fürstentochter mochten. Sie war eine gutmütige Tüftlerin, mittelstark magisch begabt, hatte Maéva gemeint. Aber dafür bekannt, zu zweifeln und zu zögern, wenn es Entscheidungen zu treffen gab. Man hörte sie oft lachen, auf jeder Feier war sie dabei. Sie war in ihrem Leben noch keinen Tag krank gewesen und bastelte zu jedem Elin-Tag mehr kleine Geschenke für Freunde und Nachbarn als jeder andere. Es war ein offenes Geheimnis, dass ihr Vater sie und Raik als Kinder hin und wieder geschlagen hatte, und ihr Verhältnis zu ihm war distanziert. Doch sie lebte weiterhin im Stammhaus der Familie.

Kari biss die Zähne zusammen. *Na super. Genau der Mensch, dem man am allerwenigsten schaden will. Ella würde sagen, ich soll das hier nicht tun, sie hat ein so großes Herz und Gewissen. Aber ich muss, und Ella wird es verstehen, wenn ich es irgendwann mal erzähle.* Unauffällig schaute sie sich in den Räumen um, durch die sie kamen. Kein Prunk, obwohl die Fünf Familien sicher reich waren. Dafür schlichte, edle Möbel aus schwarzem

Holz mit hellen Einlegearbeiten aus Knochen. Der steinerne Boden war von einfarbigen Teppichen bedeckt, Wollkissen und -decken in Weiß, Schwarz und Dunkelblau zierten Stühle und Bänke. An den Wänden hingen Schnitzereien aus Treibholz und der anscheinend mit brutaler Kraft zweigespaltene Schädel eines Tieres. Kari wurde ganz anders bei diesem Anblick. *Was sind die Akuris für eine Familie? Ich dachte, sie wären magische Ingenieure! Aber das hier sieht irgendwie ungesund aus ...*

Jemand lachte. Kari fuhr herum und sah, dass Svala hinter ihr stand und sie amüsiert betrachtete. »Ich hoffe, du findest dieses Ding nicht zu unheimlich«, meinte sie. »Mein Vater hat darauf bestanden, es aufzuhängen – mir wäre das viel zu sentimental. Aber vielleicht denke ich anders, wenn ich selbst geheiratet habe.«

»Geheiratet?« Kari kam nicht mehr mit.

»Ja, bei der Hochzeitszeremonie wird dem Brautpaar bei uns ein gekochter Schafskopf serviert, sie müssen es schaffen, zusammen den Schädel auseinanderzubrechen. Dann knabbert jeder ein Ohr ab als Symbol, dass sie sich immer gegenseitig zuhören. Anschließend bekommt jeder ein Auge als Symbol, dass sie einander immer beachten, und sie teilen sich die Zunge ...«

»... damit sie immer miteinander reden, oder? Lecker!« Kari schüttelte sich. »Und alle machen das mit?«

»Natürlich.« Svala lächelte verschmitzt und winkte einem Diener, ihnen Getränke zu servieren. »Sonderlich beliebt ist der Brauch nicht, aber bekanntlich überwindet Liebe alles.« Ein etwa pudelgroßes Wesen mit runden Ohren und kurzem Fell tapste auf Svala zu und sie tätschelte es abwesend. Fasziniert betrachtete Kari das Geschöpf – sein Fell und seine Haut waren durchscheinend und in seinem Inneren konnte sie seine Organe erkennen. Einige davon schienen gerade eifrig zu verdauen, außerdem konnte sie sein Herz schlagen sehen.

»Ein Glasibär«, bemerkte Svala und blickte Kari fragend an. »Du willst mich sprechen? Weswegen? Ich wollte mich gerade hinlegen, heute Nachmittag habe ich schon wieder Dienst bei den Sturmbögen ...«

»Es tut mir leid«, sagte Kari. »Können wir hier offen reden, unter vier Augen?« Wie es aussah, waren weder Raik noch ihre Eltern daheim, aber sicher sein konnte sie nicht.

Svala runzelte die Stirn und winkte dem Diener, sich zu entfernen. Nach kurzem Schweigen sagte sie: »Jetzt bin ich aber neugierig.«

»Es geht um das Grüne Tor.«

Auf einen Schlag verschwand jede Heiterkeit aus Svalas Miene. »Ach ja?«

»Ich weiß, dass du den ersten Teil der Torformel kennst. Den brauche ich, den zweiten Teil habe ich schon. Es ist wirklich wichtig. Ich muss hier weg.«

»Was?« Svalas Augen waren weit geöffnet vor Entsetzen. »Du kennst den zweiten Teil schon?! Bewahre mich vor Elz – was hat Daro getan?«

»Ich muss hier weg«, wiederholte Kari mühsam beherrscht. Das lief nicht gut, sie hatte es fast befürchtet. »Du weißt, was ich hier tun soll. Wenn ich durch das Tor zurückkann, wird alles gut, verstehst du?«

Sie hätte ihre Worte ebenso gut dem Wind anvertrauen können – bei Svala kamen sie jedenfalls nicht an. »Das geht nicht, auf keinen Fall! Wenn die Fürstin herausbekommt, dass Daro und ich die Formel preisgegeben haben ...«

»Es tut mir wirklich total leid, ich möchte das nicht sagen, aber ich muss.« Die Worte würgten Kari. »Wenn du mir nicht hilfst, könnten deine Familie und Freunde etwas anderes herausbekommen.«

»Was?« Svalas blutleere Lippen bewegten sich mühsam.

»Das mit dem Kind.«

»Was für ein Kind?«

»Du magst Kinder. Wenn du freihattest, hast du manchmal auf ein kleines Mädchen in der Unterstadt aufgepasst ...«

Tränen liefen Svala über die Wangen, es brach Kari fast das Herz, es mit anzusehen. Und trotzdem sprach sie weiter. »Aber dann kam diese Nachricht von Daro, und du hast ein paar Momente lang nicht auf die Kleine geachtet, um zu lesen, was er dir geschrieben hatte. Und leider war dieser heiße Tümpel in der Nähe ...«

»Hör auf! Hör auf!« Svala schlug die Hände vor das Gesicht, schluchzend sprach sie weiter. »Ich habe ... der Familie ... Geld gegeben! Fast all meine Ersparnisse! Was sollte ich denn mehr tun? Es war ein Unfall ... ich habe das nicht gewollt! Und ihre Eltern ... haben sich damit zufriedengegeben ...«

Traurig schwieg Kari. Ja, das hatte Maéva ihr auch erzählt. Das lag daran, dass ihre Eltern die Rache einer mächtigen Familie fürchteten. »Es tut mir wirklich, wirklich leid, ich glaube, so was gehört zu den schlimmsten Dingen, die man erleben kann. Wahrscheinlich hätte ich den gleichen Fehler gemacht. Man ist schnell mal abgelenkt.«

Svala blickte hoch, sie wirkte verwirrt. Ihre verheulten Wangen waren furchtbar blass. »Aber du ... würdest es preisgeben? Wenn ich dir die Torformel nicht gebe?«

»Ich muss.«

»Was bist du nur für ein Geschöpf!« Svala sah sie mit einem so verachtungsvollen Blick an, dass er Kari tief ins Herz stach. »Vergiss es. Das mache ich nicht mit. Wenn du wirklich verraten willst, was damals passiert ist und dass du schon die halbe Formel hast, dann tu es eben! Aber sei nicht überrascht, wenn die Fürstin zuallererst dich einkerkert.« Svala hob die Stimme und begann zu schreien. »Vater! Jörn! Panthis! Kommt schnell, ruft die Wache! Beeilt euch!«

Kari wollte aufspringen, nach unten stürmen, raus aus diesem Haus, raus aus dieser Stadt. Aber dann blieb sie doch wie festgefroren sitzen. Begriff in einem Wimpernschlag, durch welchen Fehler das hier schiefgegangen war. *Es war vorbei in dem Moment, in dem ich mich verplappert habe und Svala kapiert hat, dass Daro mir schon seinen Teil der Formel gegeben hat. Wie blöd kann man sein?! Maéva hat mir doch gesagt, dass Svala in Daro verliebt ist! Das heißt, sie wird auf keinen Fall riskieren, dass er bestraft wird ...*

Erstaunlich schnell war sie von Eiswachen umringt. Sie verzichteten darauf, Kari zu fesseln, aber es war dennoch schlimm genug, auf diese Art verhaftet zu werden. In Kari war ein taubes Gefühl, als die Wachen mit ihr durch den Schneematsch zur Burg marschierten und der kalte Wind ihr in den Kragen pfiff.

Keine halbe Stunde später stand sie wieder im Thronsaal ... doch diesmal war die Frau ihr gegenüber nicht die Fürstin, sondern Gabrissa. Makellos gekleidet in einem Kleid aus violettem Samt, das Gesicht eine perfekt geschminkte Maske, auf den Lippen ein kleines Lächeln, mit dem sie wahrscheinlich auch zusah, wie jemand von einem Geysir erledigt wurde. Mit einer ungeduldigen Handbewegung scheuchte sie sämtliche Zuhörer aus dem Raum. »Was höre ich da für Unsinn? Ihr sollt Svala bedroht haben, das arme Lämmchen? Habt Ihr vergessen, wen genau Ihr zu einem Silberfalken machen sollt? Was hat das alles zu bedeuten?«

»Sie hatte eine Information, die ich brauchte«, sagte Kari und versuchte, so kühl und gleichgültig zu klingen, wie es eine echte Profikillerin in dieser Situation wohl täte. Doch die kleinen Härchen auf ihren Armen hatten sich aufgestellt, ihr ganzer Körper war auf Kampf oder Flucht vorbereitet. *Hat Svala schon berichtet, welche Information? Dann wird es kritisch!*

Wo war die Fürstin? Vermutlich zu schwach für Regierungsgeschäfte, sie hatte schon das letzte Mal ausgesehen wie eine wandelnde Leiche. Das hieß, die Zeit wurde immer knapper.

»Was auch immer, lasst das sein, ich will nicht, dass jemand gemein zu Svala ist!«, kommandierte Gabrissa gereizt. »Und allmählich kommt es mir auch so vor, als seid Ihr nicht dafür geeignet, diesen Auftrag zu erfüllen! Meine Mutter war viel zu geduldig mit Euch, Cecily.«

Obwohl sie innerlich schlotterte, erinnerte sich Kari an das Versprechen, das sie Maéva gegeben hatte. »Es tut mir leid, dass Ihr dieser Ansicht seid. Vielleicht habt Ihr ja noch andere ... bessere Leute als mich ... auf dieses Ziel angesetzt? Nur für alle Fälle?«

Obwohl die Fürstentochter darauf verzichtete, diese Frage zur Kenntnis zu nehmen, lieferten Gabrissas zusammengekniffene Lippen Kari die Antwort. *Maéva ist beliebt in Isslar, außerdem weiß hier jeder, wie mächtig sie ist – vielleicht weigern sich die Bewohner von Isslar, sie zu töten,* ging es ihr durch den Kopf. *Die Fürstenfamilie brauchte jemand von außerhalb für diesen Job, und viele Leute, die dafür infrage kommen, gibt es wohl nicht.*

Scharf durchschnitt Gabrissas Stimme ihre Überlegungen. »Ich will eine Probe Eures Könnens.«

»Jetzt gleich?«, fragte Kari und versuchte, sich ihr Entsetzen nicht anmerken zu lassen.

»Richtig. Jetzt gleich.« Noch immer lächelte Gabrissa, hatte sie sich diesen Ausdruck ins Gesicht gravieren lassen? »Wir haben reichlich zum Tode verurteilte Gefangene im Kerker, sucht Euch einen aus. Ich denke, es könnte auch einen bedauerlichen Unfall geben, bei dem Maévas Bruder dort unten stirbt.« Mit gefurchter Stirn dachte sie nach. »Bei einem Unfall kann uns niemand Vorwürfe machen, nicht wahr? Auch meine entzückende Beraterin nicht.«

Bevor Kari Zeit zu einer Antwort hatte oder Gelegenheit, eine plausible Ausrede zusammenzufantasieren, gab Gabrissa ihren Wachen ein Signal. »Geleitet sie in die Kerker!«

Karis Haut fühlte sich klamm und kalt an, sie schaffte kaum, neben den Wachen einen Fuß vor den nächsten zu setzen. *Wie um alles in der Welt soll ich mich da rauswinden? Das geht alles zu schnell! Ich bin nicht ... ich kann nicht ...*

Wie von selbst glitt ihre Hand zu ihrem Gürtel, zu der Lederscheide, in der der eigenartige weiße Dolch steckte. Auf einmal ekelte es sie vor sich selbst, als sie daran dachte, wie sie ihn in Kämpferinnenpose ausprobiert hatte, sich wild und gefährlich gefühlt hatte dabei. *So schön diese Klinge ist, sie ist ein Hilfsmittel, um Blut zu vergießen, um jemanden schwer zu verletzen, mehr nicht!*

Sie musste sich etwas einfallen lassen. Jetzt. JETZT! In rasender Geschwindigkeit sprossen in ihrem Gehirn Notfallpläne und welkten ebenso schnell wieder, weil sie sich als Unkraut herausgestellt hatten. Wahrscheinlich wirkte sie auf die Wachen so tief in Gedanken versunken wie ein Zombie, vom Weg bekam sie kaum etwas mit.

Dann waren sie im Kerker, in dem die Fürstenfamilie ihre todgeweihten Gefangenen unterbrachte. Ein spärlich durch Fackeln beleuchteter Gang, von dem zu beiden Seiten Türen mit vergitterten Gucklöchern abgingen. Die beiden Wachen blieben stehen, blickten Kari an. Einer von ihnen, ein vierschrötiger Kerl mit gebrochener Nase, trug eine Lederpeitsche am Gürtel. »Wenn Ihr einen ausgewählt habt, mache ich ihn gerne ein bisschen munter für Euch«, sagte er und grinste.

Seltsamerweise half das, auf einmal fiel es Kari nicht mehr schwer, die kühle, strenge Miene aufzusetzen, die zu einer Assassinin passte. »Nicht nötig – wartet hier«, sagte sie in festem Ton.

Sie hatte Widerspruch erwartet, irgendwelche blöden Bemerkungen. Das, was ein sechzehnjähriges Mädchen halt so abbekam, wenn es versuchte, erwachsene Männer herumzukommandieren. Aber nein, nichts dergleichen. Wortlos blieben die beiden stehen. *Manchmal hat diese Welt echt was für sich!*

Kari näherte sich einer der Türen und blickte neugierig, aber ein wenig befangen durchs Guckloch. Dort drinnen kauerte eine Gestalt auf dem bloßen Steinboden, den von einem fadenscheinigen Hemd bedeckten Rücken gekrümmt, das lange Haar herabhängend. Es war nicht möglich festzustellen, ob es ein Mann oder eine Frau war. Kari winkte eine der Wachen heran. »Wer ist das?«

»Pedur Caymar – ein Diener, der sich gegen seine Herrin gewandt hat«, kam es gleichgültig zurück.

Weshalb er das getan hatte, sagte niemand. So was wie eine faire Justiz gab es in Isslar offenbar nicht. Bei einer so verbitterten Fürstin mit einer so beschränkten Tochter war es auch nicht zu erwarten. »Wie lange ist er hier schon drin?«

Die beiden Wachen blickten sich an und zuckten die Schultern. »Vier, fünf Jahre?«, meinte der andere Mann und strich sich angeekelt einen Käfer von der grauen Uniform. Dabei waren die Insekten nicht das Schlimmste hier unten, der ranzige Gestank nach ungewaschenen Körpern und Exkrementen machte Kari deutlich mehr aus.

Vier Jahre ganz allein hier unten! Der Gedanke war grauenhaft.

Schon trugen Karis Füße sie weiter, zum nächsten Guckloch. Dahinter war eine Frau, die hoffnungsvoll hochblickte, als sie jemanden an der Tür bemerkte. Peinlich berührt zuckte Kari zurück, ging weiter zur nächsten Tür. *Ich kann dir nicht helfen, dir und niemand anderem hier ... seid froh, wenn ich vorbeigehe. Einen muss ich auswählen. O Gott, ich kann das nicht, ich kann doch niemanden ...!*

Das nächste Guckloch. Ein Mann, der ihrem Mathelehrer ein bisschen ähnlich sah, er saß gegen die Wand gelehnt da, sein Blick ging ins Leere. Weiter zur nächsten Zelle. War diese Frau alt oder waren ihre Haare vor der Zeit grau geworden? Unmöglich zu sagen.

All diese Leute wussten, dass sie sterben sollten. Irgendwann. Jetzt oder später.

Gab es einen unter ihnen, der sterben wollte, der todkrank war und vielleicht dankbar war, wenn sie ihn auswählte?

Drei Gucklöcher weiter. Kari zuckte zurück, als sie merkte, dass der Gefangene wohl ihre Schritte gehört und ganz nah bei der Tür gewartet hatte. Einen Wimpernschlag lang, bevor Kari erschrocken zurückfuhr, schauten sie sich ins Gesicht. Seins war eingefallen, dreckig, von einem schmuddeligen Bart umwachsen. Gefletschte bräunliche Zähne, purer Hass im Blick, ein fauliger Gestank wehte Kari an. »Na, kommt ihr, um mich zu holen, ihr widerliches Pack? Bist du die neue Blutschulderin, Mädel?«

In Karis Kopf Gedanken wie Stacheldraht. *Wird Maévas Bruder auch so sein? Hat der Kerker ihn schon dazu gemacht?*

Die ganze Zeit über hatte Kari die Blicke der Eiswachen wie Stachel im Rücken gespürt. Jetzt kehrte sie zu den Männern zurück und überwand sich, die verdächtige Frage zu stellen. »In welcher Zelle ist der Bruder von Maéva Fjellkar?«

»Haakon? Der ist da vorne.« Der zweite Wachmann sprach in sorgfältig abgezirkelten Silben.

Haakons Zelle lag in einem anderen Gang und mit jedem Schritt fühlten sich Karis Füße schwerer an. Sie waren aus Holz, aus Stein, aus Blei. Doch irgendwie kam sie trotzdem an. Es dauerte einen Moment, bis Kari den Mut aufbrachte, durchs vergitterte Fensterchen zu spähen. Haakon schien auf dem bloßen Steinboden zu schlafen, er lag zusammengerollt, mit dem Gesicht zur Wand, auf der Seite.

Interessiert beobachteten die Wachen nun jede ihrer Bewegungen. *Klar, die denken, dass ich ihn jetzt töte, und hoffen auf eine gute Show,* dachte Kari mit plötzlicher Wut.

»Ich will mit ihm reden«, forderte sie und erwartete halb, dass das abgelehnt werden würde. Doch der mit der Peitsche fragte nur: »In der Zelle? Soll einer von uns mitkommen?«

Kari schüttelte den Kopf. *Na hoffentlich bereue ich das nicht.*

Einer der Männer schloss ihr auf und Kari trat über die Schwelle. Der Raum mit den Steinwänden war etwa halb so groß wie ihr Zimmer daheim, es herrschte eine dampfige Schwüle darin. Erdwärme. Der Geruch war gerade noch so auszuhalten, nur aus dem Eimer, der in einer Ecke stand, roch es widerlich.

Noch immer schlief der große, breitschultrige junge Mann dort auf dem Boden oder vielleicht tat er auch nur so.

»Haakon?«, fragte Kari und hasste die Unsicherheit, dieses Beben in ihrer Stimme.

Ja, er war längst wach und hatte nur abgewartet. »Wer bist du?«, kam es zurück.

Kari hockte sich neben ihn und senkte die Stimme so weit, dass die Wachen vor der Tür garantiert nichts mehr verstehen konnten. »Jemand, der dir nicht schaden will.«

Ganz langsam, mit präzisen, kontrollierten Bewegungen, richtete Haakon sich auf. Er war größer als Maéva und kräftiger gebaut, obwohl er durch die Gefangenschaft ausgemergelt wirkte. Er sah ziemlich nach Waldschrat aus mit seinen verfilzten Haaren und dem wilden rotbraunen Bart.

Erleichtert sah Kari, dass seine Augen noch klug und lebendig wirkten. Herausfordernd, aber nicht hasserfüllt maßen sie Kari, schätzten sie ein. Sie erwiderte seinen direkten Blick.

»Ah, du willst mir also nicht schaden ... fällt ein bisschen schwer zu glauben«, sagte Haakon. »Du kommst von der Fürstin, richtig?«

»Richtig, aber ...«

»Weißt du, wie lange ich noch hier drinbleiben soll? Oder ob schon feststeht, wann mich ein Blutschulder dem Geysir gibt?«

»Es gibt noch keinen Termin. Man will versuchen, einen Unfall zu arrangieren.« Kari brachte nicht über sich, zu erwähnen, dass das seit Neustem ihre Aufgabe war.

Haakon spuckte aus. »So leicht sterbe ich nicht. Hast du irgendwelche Informationen darüber, was aus den anderen geworden ist?«

Erstaunlich, dass er sie nicht für eine Spionin hielt. Er schien ein guter Menschenkenner zu sein. »Welchen anderen?«, fragte Kari zurück.

»So eine Rebellion macht man nicht allein, weißt du. Mindestens zehn oder fünfzehn Leute, die dabei waren, hocken ebenfalls hier drin ... oder hockten. Vor zwei Wochen waren die letzten Hinrichtungen.«

Kari war das Herz schwer. »Ich weiß leider nichts darüber, ich bin noch nicht so lange hier. Aber ich habe deine Schwester schon kennengelernt und ich mag sie.«

In Haakons Lächeln lag traurige Zärtlichkeit. »Sie hat's gerade nicht leicht, was? Mit der roten Schneeflocke an der Tür lebt sich's nicht besonders gut.«

»Fürchte schon. Aber sie hält sich tapfer.«

»Sie ist kein zartes Seelchen.« Einen Moment lang klang Haakon stolz, doch dann wurde seine Stimme brüchig. »Ihr darf nichts passieren. Das darf einfach nicht sein.«

Kari nickte stumm.

»Sag ihr, sie soll was für mich singen. Das höre ich hier drin natürlich nicht, klar, aber ihr wird's guttun. Wenn sie singt, entspannt sie sich.«

»Mach ich«, sagte Kari und überlegte grimmig, ob sie mit ihm ein kleines Schauspiel inszenieren sollte. Wenn er »Nein, nein!« schrie, stöhnte und um sein Leben bettelte, machte das bestimmt etwas her und beeindruckte die Wachen. Aber wenn anschließend herauskam, dass er unverletzt war, saß sie noch tiefer im Dreck. Nein, sie brauchte eine andere Lösung. Nur welche?

»Wie viele Wachen stehen da draußen?« Haakons Stimme war nur ein Hauch, seine Augen blitzten.

Karis Körper spannte sich an. Sollten sie fliehen, zusammen, gleich jetzt? »Zwei, und weiter hinten habe ich noch mal sechs gesehen.«

»Hab ich fast befürchtet. Schaff ich nicht, hab kaum was zu essen bekommen in den letzten Wochen.« Die nervöse Energie wich aus seinem Körper, er stützte den Kopf in die Hände. »Svartur, und wenn ich bedenke, dass ich als kleiner Junge unbedingt zur Eiswache wollte!«

»Echt?«

»Ja, aber das wollen eigentlich alle kleinen Jungen hier. Ruhm, Ehre und so weiter. Und wenn dich 'n Pfeil oder 'n Drache erwischt, versorgen sie deine Familie.«

»Was ist eigentlich ein Blutschulder?«, fragte Kari. »Du hast das vorhin erwähnt ... nennt man hier die Henker so?«

Haakon nickte und blickte sie mit zusammengekniffenen Augen an. »Irgendwann musst du mir mal erzählen, in welcher Ecke der Welt sie dich gefunden haben. Ein Blutschulder ist ein Mitglied der Eiswache. Der Kerl muss andere Wachen auspeitschen, außerdem richtet er Leute hin. Nicht schön. Es ist 'ne Strafe, dafür ausgewählt zu werden, denn danach ist man in der Truppe ein Ausgestoßener.«

Hastig richtete Kari sich auf, und sie spürte, wie ihr Kreislauf sie das büßen ließ. Endlich hatte sie einen Anhaltspunkt, wie sie sich aus dieser Bewährungsprobe herauswinden konnte. »Ich muss gehen. Halt durch!«

Er musterte sie noch einmal mit zusammengekniffenen Augen. »Du auch. Lass nicht alles mit dir machen. Zeig ihnen, dass du auch wütend werden kannst. Damit überraschst du sie.«

»Bei dir hat das ja wunderbar geklappt.« Mit hochgezogenen Augenbrauen sah sich Kari in der Kerkerzelle um.

Haakon grinste. »Mögen Sigurd und Elin mit dir sein. Und wehe, du richtest meiner Schwester nicht aus, was ich gesagt habe.«

Kein Wunder, dass die Fürstin ihn hat einbuchten lassen – denn so einen kontrolliert so leicht keiner, dachte Kari.

Obwohl die Wachen erstaunt wirkten, dass das Blutvergießen

anscheinend ausfiel, wagten sie offenbar nicht, Kari zur Rede zu stellen, und eskortierten sie wortlos zurück in die oberen Bereiche der Burg. Nur als Kari verlangte, noch einmal zu Gabrissa geführt zu werden, wirkten die beiden Männer unruhig. »Jetzt? Aber sie …«

»Jetzt!«, sagte Kari und funkelte den Kerl mit der Peitsche an.

Auch diesmal gab es keine Widerrede. Kurz darauf war sie wieder im gleichen Thronsaal, in dem Gabrissa ihr vorhin eröffnet hatte, dass sie mit ihrer Geduld fast am Ende war. Karis Blick glitt über edle geschnitzte Möbel und Wandteppiche, die Kampfszenen und irgendwelche Rituale zeigten.

Erwartungsvoll starrte die Fürstentochter ihr entgegen. »Alle Götter, das war rasch!«

»Ihr habt mich vorhin nicht zu Wort kommen lassen«, sagte Kari, und nach dem, was sie im Kerker gesehen hatte, musste sie die Empörung nicht spielen. »Ich habe einer Bewährungsprobe zugestimmt, aber keiner Demütigung! Ich bin Assassinin, keine Blutschulderin! Einen wehrlosen Gefangenen zu töten, ist unter meiner Würde. Und wenn Euch das nicht passt, dann sucht Euch eine andere für Euren Auftrag.«

Am liebsten hätte sie sich auf dem Absatz umgedreht, aber das wäre zu viel gewesen. Eine unhöflich knappe Verbeugung tat es auch.

Krass, ich habe es wirklich getan!, ging es Kari durch den Kopf. *Mal schauen, ob ich die nächsten Minuten überlebe.*

Bewährungsprobe

Tatsächlich, ihre Verärgerung schien Gabrissa aus dem Konzept gebracht zu haben. Der empörte Wortschwall, mit dem Kari gerechnet hatte, blieb aus. Nachdem Gabrissa ihre erste Verblüffung überwunden hatte, trommelte sie nur gereizt mit den Fingern auf einem gravierten Glasglobus herum. »Na gut. Glücklicherweise hat sich gerade eine andere Gelegenheit ergeben, wie Ihr Eure Entschlossenheit und Euer Können demonstrieren könnt. Die Elfen haben berichtet, dass sich ein paar Meilen von Khyona entfernt ein Nulf eingenistet hat. Weg mit ihm, und zwar noch heute!«

Vor Erleichterung wurden Kari die Knie noch weicher. Gewagt und gewonnen. Doch sie ahnte, dass sie gerade arg blöd dreinschaute. »Was ist ein Nulf?«

»Ihr wisst ja wirklich gar nichts«, sagte Gabrissa, doch mit dieser Tatsache schien sie gerechnet zu haben. Auf ihr Handzeichen brachte ein Diener ein altes Buch herbei, das an einer bestimmten Stelle aufgeschlagen war. Neben einem roten Totenkopf – *aha, wahrscheinlich ist das ein universelles Gefahrenzeichen,* dachte Kari –, prangte darin die Abbildung eines etwa kniehohen Wesens mit langem, flauschig wirkendem grauem Fell, großen gelben Augen und runden Öhrchen. Irgendwie niedlich. Ein geiferndes Monster wäre Kari lieber gewesen. Aber dieses Vieh, liebenswert oder nicht, war tausendmal besser als ein menschlicher Gefangener.

»Bringt mir eines seiner Ohren, noch bevor die Sonne heute untergeht!«

»Sehr wohl«, gab Kari zurück.

Also musste sie doch noch jemanden umbringen. Oder eher etwas. Alles in ihr sträubte sich dagegen, ein Tier zu töten. Doch bis heute Abend schaffte sie es auf keinen Fall, durchs Grüne Tor zu fliehen.

***

Warten. Immer warten. Darauf, dass Kari gefunden wurde oder von selbst zurückkam. Warten darauf, dass dieser Arzt kam, von dem der SAR-Typ ihnen erzählt hatte. Der Leiter des Suchtrupps und Thorsten beratschlagten sich leise im Wohnzimmer.

Der Hunger wühlte in Johns Magen, er konnte sich nicht daran erinnern, wann er zuletzt etwas gegessen hatte. Frühstücken war unmöglich geworden, das Brot war in einer offenen Packung in der Küche, an die jeder herankam. Gleiches Problem mit dem Müsli. Verdammte Cecily! Alice schien es weniger auszumachen – seit Karis Nachricht gekommen war, hatte sie neuen Mut gefasst, und nun schien sie von Luft und purem Kampfgeist zu leben. Wären Blicke Laserstrahlen gewesen, hätte man Cecily als Sieb benutzen können.

»Glaubst du, es geht ihr wirklich gut, oder hat sie das nur so geschrieben, damit wir uns keine Sorgen machen?«, fragte Alice ihn leise, als sie an Susannas Bett saßen.

»Keine Ahnung«, brummte John. *»Gut gehen* ist absolut relativ. Vielleicht ist sie einem Psychopathen in die Hände gefallen, hat dort aber genug zu essen und ein gutes Buch.«

Dafür bekam er einen Schlag gegen die Schulter. Okay, war verdient.

»Kari ist gar nicht so verfressen! Und klar, sie liest viel, aber wieso nicht? Du zockst dauernd auf dem Computer.«

»Und? Dich hab ich auch schon mal mit Minecraft gesehen.« John hörte seinen Magen rumoren. Schließlich gab er nach und grub einen seiner verbliebenen Müsliriegel aus den Tiefen seines Rucksacks. *Rote Früchte,* bäh, aber Hauptsache, Futter. Die Packung war unbeschädigt, er fand keinen Riss oder ein Loch, obwohl er sie sorgfältig inspizierte. Gierig riss er sie auf und verschlang den Riegel in zwei Bissen. Hunger hatte er danach immer noch. Müde war er auch, erschöpft rieb er sich die Augen. Half nichts. Kaltes Wasser im Gesicht wäre besser gewesen.

»Wie viele Riegel haben wir überhaupt übrig?«, fragte Alice besorgt.

»Acht – gut, dass mein Vater in Reykjavík welche nachgekauft hat.«

John betrachtete noch einmal Susanna, die nach wie vor apathisch im Bett lag, das halblange blonde Haar strähnig und verschwitzt, die Haut fast grau. Dann stand er auf, um aufs Klo zu gehen und ein paar Schlucke aus dem Wasserhahn zu trinken. Das Leitungswasser zu verseuchen, hatte Cecily ja hoffentlich noch nicht geschafft, und wo war sie überhaupt? Wie ein Schatten tauchte sie irgendwo auf, wenn man am wenigsten mit ihr rechnete – meist bewegte sie sich völlig lautlos.

Diesmal begegneten sie sich im Flur auf dem Weg zum Bad.

»Na, toller Urlaub bisher?« Wenn sie allein waren, verstellte sie sich nicht mehr. »Das ist alles Karis Schuld – weißt du, oder?«

»Lass mich vorbei«, murmelte John, nach einem Wortgefecht war ihm gerade nicht zumute. Ihm war schwindelig, wahrscheinlich vor Hunger. *Es ist wohl zu viel verlangt, dass mein Kreislauf noch im Kreis läuft, obwohl er keinen Treibstoff bekommt.* Aber es war schon seltsam, dass weiße Punkte in seinem Blickfeld tanzten. Es war mühsam, auf den Beinen zu bleiben, er spürte, wie er schwankte, seine Muskeln zitterten auf seltsame Art. Cecily beobachtete es mit mildem Interesse.

»Verdammte Scheiße, was hast du mit mir gemacht?«, versuchte er sie anzubrüllen, doch heraus kam nur eine Art raues Flüstern.

»Gar nicht so blöd, nur noch abgepackte Riegel zu essen«, flüsterte sie zurück, er spürte ihren warmen Atem an seinem Ohr. »Aber hast du noch nie von Kontaktgiften gehört? Um eins zu mischen, braucht man nur eine medizinische Creme. Die enthält eine Substanz, durch die Wirkstoffe durch die Haut durchkommen. Mit ein bisschen Strychnin oder etwas in der Art gemischt ... voilà!«

»Du hast ... die Hülle ... der Riegel ...?«

»Bin echt überrascht, dass du auch noch die isst, die ganz unten in deinem Rucksack sind. Aber ich dachte, ich versuch's mal. Obwohl ich die mit den roten Früchten persönlich gar nicht mag.«

John wollte um Hilfe rufen, doch es war schon schwer genug, überhaupt Atem zu holen.

»Tut mir echt leid, dass du Kari nie wiedersehen wirst«, hauchte Cecily. »Falls es dich interessiert – sie ist in Isslar.«

Isslar?

Seine Muskeln verkrampften sich bretthart, dann zuckten sie wie wild. Er fiel, fiel, fiel endlos in die Schwärze hinein, spürte noch, wie sich sein Rückgrat schmerzhaft durchbog.

Dann nichts mehr.

***

Kari konnte kaum glauben, dass sie unbehelligt in ihr Zimmer zurückkehren durfte. Doch so war es. Dort wartete Bjarni schon mit einem dampfenden Henkeltopf – der eine Art Kartoffelsuppe mit Skyr und Kräutern enthielt – und einem Lächeln auf sie. Kari ließ sich von ihm den Umhang abnehmen und zwang sich zurückzulächeln. »Schön, dass du wieder da bist! Echt nett mit dem Essen, ich habe schrecklichen Hunger.«

Nicht gerade ihre beste Lüge, sie brachte nur ein paar Löffel herunter. Verdammt, wie sollte sie diese Bewährungsprobe nur bestehen? Und das bis zum Sonnenuntergang heute! Das war der pure Wahnsinn, das war unmöglich!

»Was ist los?«, fragte Bjarni besorgt – nein, auf den Kopf gefallen war er nicht.

»Ich soll einen Nulf töten«, gestand Kari, sie fühlte sich so erschöpft, dass sie kaum noch den Löffel halten konnte. »Als Probe meines Könnens ...«

Ihr Diener straffte die Schultern. »Wir sollten die Elfen fragen, was sie über Nulfjagd wissen. Vielleicht helfen die uns.«

Der Ofen war ausgegangen, weil sie vergessen hatten, die Luftzufuhr aufzudrehen. Abwesend zückte Kari ihr Feuerzeug, um ihn wieder in Gang zu bringen. *Ach Mam, wenn du wüsstest, wie nützlich dieses Geburtstagsgeschenk mir schon gewesen ist ... wann kann ich dir das endlich sagen?*

Als die Flamme hervorzüngelte, hatte Kari eine Idee. Keine, die mit dem Nulf zu tun hatte, doch dafür eine, die mindestens ebenso wichtig war – wie sie es vielleicht schaffen konnten, Maévas Bruder Haakon aus dem Kerker zu befreien! *Es ist eine verdammt gefährliche Idee, aber wetten, Maéva will sie trotzdem hören?*

Hastig schob Kari die Suppe beiseite, schnappte sich einen Kohlestift und kritzelte eine Nachricht auf eine Ecke des gerollten Bogens aus grobem Papier mit Gräsern darin. Vor Kurzem hatte Bjarni ihn in ihrem Auftrag auf dem Markt gekauft. Kari riss die Ecke mit der Botschaft ab. »Bin gleich zurück«, sagte sie zu Bjarni und wollte gerade aufstehen, als die Tür aufflog.

Verblüfft glotzte Kari die nicht sehr große, stämmige Person an, die in ihr Zimmer gestürmt kam und die Tür hinter sich zuknallte. Erst als das Mädchen die Kapuze seines Umhangs zurückwarf und eine kupferfarbene Mähne zum Vorschein kam, erkannte Kari Eva, die Freundin von Raik, Svalas Bruder. Doch wie anders sah sie aus als beim Ball neulich! Ihr Gesicht war völlig verheult, ihre Augen waren die eines Tieres in der Falle, sie atmete schwer und schluchzend. Bevor sich Kari auch nur bewegen konnte, stürzte Eva auf sie zu. »Cecily! Du musst mir helfen …! Bitte! Hilf mir, ich …«

»Was ist passiert?« Erschrocken umarmte Kari das rothaarige Mädchen.

»Sie … Gabrissa, dieses Scheusal … diese Giftnatter … sie hat Raik als Wintergefährten ausgewählt! Gerade hat sie es bekannt gegeben.« Ein neuer Weinkrampf schüttelte Eva, dann schrie sie auf, als hätte ein Pfeil sie getroffen. *»Nein!* Das kann sie nicht tun! Nicht Raik.«

Also ist es wirklich passiert. Vielleicht hätte ich die beiden warnen sollen, aber jetzt ist es zu spät. Kari war erschüttert. »Aber … kann er nicht ablehnen? Er muss doch gefragt werden, oder?«

»Er … hat … Ja gesagt.« Eva konnte kaum sprechen. »Schließlich will er nicht, dass mir etwas passiert. Gabrissa würde sich natürlich rächen, wenn er ablehnt. An ihm. An mir. An uns beiden. Also hat er Ja gesagt und jetzt ist alles BESCHLOSSEN!«

Das letzte Wort schrie sie fast, und in ihrer Stimme war so viel Schmerz, dass Kari kurz davor war, mitzuheulen. Während Bjarni erschrocken glotzend in einer Zimmerecke stand, umarmte Kari Eva noch fester und strich ihr über den Rücken. *Was kann ich sagen, um sie zu trösten? Nichts eigentlich, es würde alles klingen, als würde ich versuchen, es kleinzureden, was gerade passiert.* »Das ist furchtbar«, sagte sie schließlich nur. »Es ist für den ganzen Winter, oder? Es tut mir so schrecklich leid.«

Eva machte sich los, wischte sich über das feuchte Gesicht und blickte Kari mit wilden Augen an. »Bring sie um! Du musst sie für mich umbringen, Cecily! Bitte! Dieses Miststück … sie denkt, sie kann sich einfach nehmen, was und wen sie haben will …«

Bjarnis und Karis Blicke kreuzten sich, beide blickten nervös zur Tür. Was war, wenn die Eiswache oder einer der Gnome mithörte? Dann landeten sie gleich alle drei im Kerker, wenn sie Pech hatten.

»Es tut mir leid, aber das kann ich nicht ... und ich will es auch nicht«, versuchte Kari ihr zu erklären. »Das ist keine gute Idee, wirklich nicht.«

»Bring sie um!«, schluchzte Eva immer wieder. »Doch, du bist Assassinin, du kannst so was! Ich gebe dir all mein Geld, ich gebe dir ...«

»Nein, das geht nicht. Es tut mir so leid, Eva.« Kari musste daran denken, wie freundlich Raik beim Ball mit ihr gesprochen hatte, wie er ohne ein Zögern eingegriffen und sein Leben riskiert hatte, als Svala beinahe vom Balkon gestürzt wäre. Warum musste ausgerechnet ihn und Eva die Willkür der Fürstenfamilie treffen? »Raik ist ein wirklich netter Kerl, ich würde euch furchtbar gerne helfen, aber ...«

Es dauerte eine Weile, bis Eva sich zumindest so weit beruhigt hatte, dass Bjarni sie nach Hause begleiten konnte.

»Macht einen Bogen um andere Leute, es braucht niemand zu sehen, wie es ihr geht«, instruierte Kari ihren jungen Diener, dann nahm sie ihren Umhang und das Papierstück mit ihrer Nachricht und ging mit schnellen Schritten los zur Statue des Falken.

Auf irgendeine Weise schien Maéva zu erfahren, wenn eine Nachricht für sie eingetroffen war, denn schon nach einer Stunde, in der Kari rastlos die Stadt durchstreifte, war eine Antwort da. Als die Sonne ihren höchsten Punkt erreicht hatte, trafen sie sich in einer schlecht beleuchteten Toreinfahrt in der Unterstadt, beide vermummt bis zur Nasenspitze und die Mützen tief ins Gesicht gezogen. *Ich komme mir vor wie in einem Agentenfilm,* ging es Kari durch den Kopf.

»Was gibt's? Hast du etwas herausbekommen?«, flüsterte Maéva, zog die Nase hoch und murmelte verlegen eine Entschuldigung.

»Ja, anscheinend bin ich im Moment die Einzige, die dich erledigen soll«, gab Kari leise zurück.

»Gut.« Maéva überlegte. »Aber wenn du noch länger zögerst, werden sie jemanden mit üblem Ruf aus einem der anderen Orte holen, Akuri im Norden zum Beispiel, da kennt mich niemand persönlich.«

»Jedenfalls verliert die Fürstin langsam das Vertrauen, dass ich es schaffen kann«, berichtete Kari und spürte, wie die Mutlosigkeit sie zu überwältigen drohte. Manchmal bezweifelte sie sehr, dass sie Alice, Mam oder Ella jemals wiedersehen würde ... und dass Maéva all diese Intrigen überleben würde. »Aber das ist nicht das Wichtigste. Das Wichtigste ist, dass ich mit deinem Bruder sprechen konnte.«

Ruckartig wandte Maéva sich ihr zu, ihre Augen waren groß geworden. »Haakon ... er lebt also, Elin sei Dank!«

»Ja. Er macht sich Sorgen um dich. Du sollst was für ihn singen, damit du dich entspannst.«

»Dieser verdammte Kerl! Bringt mich jedes Mal zum Heulen.« Maéva wischte sich ärgerlich über die Augen. »Ich muss ihn da rausholen, er wird kaputtgehen dadrinnen, allein die Angst vor dem nächsten Hinrichtungstermin macht einen mürbe, selbst wenn sie einen dann doch nicht mitnehmen.«

»Kann ich mir vorstellen«, sagte Kari mitfühlend. »Ich hab ihm gesagt, er soll durchhalten. Etwas Besseres fiel mir gerade nicht ein.«

»Danke«, flüsterte Maéva. »Ich bin sicher, es hat ihn aufgeheitert, mal wieder mit jemandem zu reden. Er ist immer noch allein in der Zelle, oder?«

»Leider. Aber er wirkte ganz in Ordnung. Nicht gebrochen, falls du weißt, was ich meine.«

Als Maéva wieder sprach, schwankte ihre Stimme. »Die Fürstin hat mir verboten, ihn zu besuchen. Aber ich hätte es heimlich tun können. Warum habe ich das nicht gemacht? Meinst du, das verzeiht er mir irgendwann?«

»Bestimmt«, sagte Kari und hoffte, dass es wirklich so sein würde.

Widerwillig kehrten ihre Gedanken zu ihrem eigenen Problem zurück. »Übrigens, ich soll eine Probe meines Könnens liefern ... ich konnte gerade noch verhindern, dass ich einen Gefangenen kaltmachen soll, aber dafür muss ich jetzt einen Nulf beseitigen.«

»Oh. Ich wusste nicht, dass wieder mal einer in der Gegend ist.« Maéva schien froh über die Ablenkung zu sein, ihre Stimme klang wieder stetiger. »Das schaffst du nicht alleine. Aber ich weiß, wer dir dabei helfen kann.«

Mit neuer Hoffnung beugte sich Kari näher, um kein Wort zu verpassen.

»Die Wildpferde.« Maévas Stimme war nur ein Hauch. »Sie sind sehr scheu, aber von mir lassen sie sich berühren. Ich werde eine Herde, die ich gut kenne, bitten, sich mit dir zu treffen.«

Diesmal hatte sie es geschafft: Kari war sprachlos. Mit Mühe und Not konzentrierte sie sich auf die Beschreibung des Treffpunkts, die ihr Maéva gab. Unauffällig blickte die junge Magierin sich um. »Du hast geschrieben, du hättest noch eine Idee, was meinen Bruder angeht?«

Kari nickte. »Es stimmt doch, dass ihr hier in Isslar keine freundschaftliche Beziehung zum Feuer habt, oder?«

»Stimmt genau.« Maéva überkreuzte die Zeigefinger. »Die meisten von uns haben sogar große Angst davor. Ich übrigens auch, falls ich es noch nicht erwähnt habe.« Sie nieste und kramte in ihren Taschen vergeblich nach einem Tuch. »Verdammt, schon die nächste Erkältung! Mein Vater sagt, ich soll mehr essen, aber ich bekomme im Moment kaum was runter.«

»Geht mir auch so. Liegt aber eher an eurem vergammelten Hai und anderen Spezialitäten.«

»Banause! Also, was hast du mit dem Feuer vor?«

Kari holte ihr Feuerzeug hervor und schnickte es an. Maéva

wich erschrocken zurück, einige kleine Eiszapfen erschienen aus dem Nichts und klirrten zu Boden.

»Sorry«, meinte Kari und schob die Eiszapfen mit dem Fuß weg. »Wie wäre es, wenn wir Haakon mithilfe von Feuer aus dem Kerker befreien? Ich entzünde ein Feuer auf einer Seite des Kerkers, und während die Wachen abgelenkt sind, holt ihr auf der anderen Seite Haakon heraus.«

Der entsetzte Blick der jungen Magierin ließ wenig Zweifel, was sie von diesem Plan hielt. »Ich wollte eigentlich, dass er *befreit* wird, nicht, dass er *geröstet* wird!«

Kari seufzte. »Mir fällt bestimmt noch ein besserer Plan ein, wenn ich genug Zeit habe.« Wozu hatte sie all diese Actionfilme geschaut, in denen Leute aus Gefängnissen ausbrachen? Nur leider juckte ihre Haut vor Nervosität an einem halben Dutzend Stellen und außerdem brauchte sie schon zum zweiten Mal in dieser Stunde dringend ein Klo. *Gibt es irgendwo eine noch schlechtere Verschwörerin als mich?* »Was passiert eigentlich, wenn die Fürstin stirbt? Wird Gabrissa dann sofort gekrönt?«

»Nein, erst nach drei Tagen Trauerzeit. Und danach muss eine Zeremonie am Geysir Hunangbrugg stattfinden, in der Gabrissa schwört, Isslar treu zu dienen ... dafür muss sie ein Körperteil opfern.«

Kari verzog das Gesicht. »Das ist heftig.«

»Ja, aber einen Preis gibt's immer, wenn man herrschen will.« Maéva zuckte die Schultern. »Ich diskutiere das schon seit Wochen mit Gabrissa, weil sie Angst davor hat wie ein Kaninchen vor dem Fuchs. Üblich sind ein Finger oder so etwas, Lakana hat damals einen Zeh geopfert, doch Gabrissa will höchstens ein Ohrläppchen hergeben. Und das eigentlich auch nicht, weil das ja ihr Aussehen ruinieren würde.«

Sie lachten leise zusammen und das war schön. *Schade eigentlich, dass ich sie nie wiedersehen werde, wenn ich Isslar hoffent-*

lich irgendwann verlasse, dachte Kari. *Doch das ist, wie es aussieht, mein geringstes Problem.* »Hat das alles irgendwas mit dem Nulf zu tun?«

»Gut erkannt. Wenn sie ein Nulfohr vorweisen kann, darf sie vielleicht sogar ihr Ohrläppchen behalten, ohne dass die Götter zürnen. Oder sie muss zumindest kein so großes Körperteil opfern.«

»Kein Wunder, dass sie dieses Ding will.«

»So, und jetzt muss ich zurück.« Maéva schenkte ihr ein schiefes Lächeln, dann zog sie die Mütze tiefer in die Stirn. »Mögen Elin und Sigurd mit dir sein. Zeig's diesem Nulf!«

Sie wussten beide, dass alles vorbei war, wenn Kari diese Bewährungsprobe nicht bestand.

***

»Kommt schnell! Mit John ist irgendwas los!« Cecily rief es, so aufgeregt sie konnte. Thorsten und Ragnar kamen aus dem Wohnzimmer herbeigestürzt, Alice rannte aus dem Schlafzimmer und warf sich neben John in die Knie.

»Er war doch eben noch ganz normal! Was ist passiert?«, klagte Thorsten und versuchte verzweifelt, John festzuhalten, während ein neuer Krampf ihn schüttelte.

Ragnar Einarsson warf nur einen Blick auf John, dann zückte er sein Handy. »Mikkal, wo bist du gerade? Wir haben hier gleich zwei Notfälle. Ja, es ist wirklich dringend. Die müssen beide ins Krankenhaus ...«

In diesem ganzen Getümmel war es nicht schwer, sich zu entfernen. Ohne Eile ging Cecily ihren Rucksack holen, nahm ihre Jacke von der Garderobe und verließ das Ferienhäuschen durch die Vordertür.

Tja, so lief es eben manchmal. Hier konnte sie nichts weiter tun, besser, sie räumte den Schauplatz, noch bevor der Notarzt auftauchte oder Ragnar versuchte, sie mitzunehmen. Kari würde sich wundern, wenn sie zurückkam, und das geschah ihr dermaßen recht!

Ich muss in der Gegend bleiben, überlegte Cecily. *Kari hat gesagt, dass sie zurückkommt, und ich glaube nicht, dass sie es länger als ein paar Tage in Isslar aushält. Wenn sie dort nicht hingerichtet oder eingekerkert wird, stolpert sie irgendwann durchs Grüne Tor. Dann muss ich bereit sein.*

Cecily drehte den Zündschlüssel ihres Subaru, parkte ganz in Ruhe aus und machte sich auf den Weg.

Schwarzes Fell und weisse Mähnen

Kari holte Skandia aus den Ställen der Fürstin und ritt los zu ihren Elfenfreunden. Doch als sie hochblickte, sah sie weiße Schwingen über sich aufblitzen – der Silberfalke beobachtete sie aus luftiger Höhe. Verdammtes Vieh! Es machte sie nervös, dass es sie im Auge behielt wie ein fliegender Dämon.

Tuli, Sija und Palo waren begeistert, sie wiederzusehen, und begrüßten sie mit einem improvisierten Tanz und einer winzigen rosafarbenen Blüte.

»Wie, ihr gebt mir ein Felsenmaßliebchen?«, meinte Kari. »Haltet ihr mich für einen Troll, oder was?«

Alle drei Elfen prusteten los. »Menschen und Trolle sind doch fast das Gleiche, beide riechen nach Käse und haben Haare am ganzen Körper!«

»Na, das wüsste ich aber«, sagte Kari, worauf Sija ihr das Hosenbein hochzog, kritisch ihre Wade betrachtete und dann triumphierend auf ihre Funde deutete.

»Na ja, okay, ein, zwei Haare oder ein paar mehr sind da«, gab Kari zu – ihre letzte Schönheitssession im Bad daheim war eine Weile her. »Ich hoffe, das stört euch nicht. Wie geht's euch?«

»Sonnig! Hast du uns wieder einen Zauber mitgebracht?«, fragte Tuli, die Elfe mit den silbrig-grauen Mondaugen.

»Klar doch.« Kari ließ ihr Drachenfeuerzeug aufschnappen und Feuer speien. Ihr Publikum staunte und applaudierte. »Oh, das ist lustig! Kann dein Drache auch fliegen?«, fragte Sija und fingerte an ihrer goldenen Rolex herum.

»Nur ganz kurze Strecken – schaut!«, meinte Kari, warf das Feuerzeug hoch und fing es wieder auf. Das brachte ihr ein paar hohe, flötende Buhrufe mit anschließendem Gelächter ein.

Palo balancierte auf einem Felsen, um auf gleiche Augenhöhe mit ihr zu kommen. »Sag uns, sag uns bitte, wie bekommen wir Menschen dazu, diese duftenden gelben Stöckchen wegzuwerfen? Sonst können wir keins davon probieren!«

»Meint ihr die Stöckchen, aus denen Rauch rauskommt?«, fragte Kari nach.

»Fiii, nein – stinkende Minivulkane haben wir selber genug! Ich meine die *gebratenen* Stöckchen.«

»Ich glaube, ihr meint Pommes frites.« Kari dachte kurz nach. »Ihr könntet die Leute ablenken, sodass sie über Steine stolpern und ihnen etwas aus der Hand fällt. Wenn die Pommes erst mal auf dem Boden waren, essen die Menschen sie nicht mehr.«

Tuli drehte eine schnelle Pirouette. »Haha, stimmt, dabei sind sie dann noch viel würziger!«

»Wenn keine Steine zum Stolpern da sind, könnten wir schnell welche hinlegen«, überlegte Sija.

Pflichtschuldig lächelte Kari, doch sie konnte sich nicht recht auf ihre kleinen Freunde konzentrieren, solange der Silberfalke auf einem Stein saß und sie aus dunklen Augen beobachtete. Meldete er gerade alles, was er sah und erfuhr, in Gedanken an die Fürstin weiter?

»Diesmal bräuchte ich einen Rat von *euch«,* sagte Kari. »Die Fürstin hat mir befohlen, den Nulf zu töten, der sich hier in der Nähe angesiedelt hat. Wisst ihr, wo genau er ist und was ich tun muss, um ihn zu besiegen?«

»Hast du Beinschienen dabei?«, fragte ihre Lieblingselfe Sija, sie schien sich wirklich Sorgen um sie zu machen. »Beinschienen aus Eisen? Und Handschuhe aus Troll-Leder?«

»Äh, nein, wieso?«

Die Elfen erklärten ihr, dass das so flauschig wirkende Fell eines Nulfs aus Brennhaaren bestand, wie sie in der Menschenwelt manche Raupenarten hatten, und dass Nulfs zwar nicht mal kniehoch waren, aber die üble Angewohnheit hatten, aus ihrem unterirdischen Bau hervorzuschießen und ihrer Beute mit ihren kräftigen Kiefern die Vorderläufe durchzubeißen. Oder im Fall von Menschen die Schienbeine. Danach konnten sie ihnen mit den Eckzähnen ganz in Ruhe den Bauch aufschlitzen.

Kari wurde ganz anders bei diesem Gedanken. »Was für Tiere jagen sie denn normalerweise so?«

»Pferde«, bekam sie zur Auskunft.

Damit war der Fall klar. Der Nulf musste weg. So langsam erwärmte sich Kari für diese Bewährungsprobe. »Ich muss das Vieh noch heute besiegen, sonst ergeht es mir schlecht. Wisst ihr, wo es sich seinen Bau gegraben hat?«

»Natürlich, sonst könnten wir uns nicht davon fernhalten«, versicherte Tuli abwesend – ihre Aufmerksamkeit wurde fast völlig davon in Anspruch genommen, verschiedenfarbige Steine zu einem Muster zu legen.

Elfenhirn!, dachte Kari. Sie war noch immer sauer auf Tuli, weil sie das mit ihrer Nachricht an die Fürstin gepetzt hatte.

Ein heftiger Anfall von Heimweh traf Kari. Hatten Alice und ihre Mutter die Suche nach ihr schon aufgegeben, waren sie überhaupt noch in Island oder schon ohne sie zurückgeflogen? Das war ein scheußlicher Gedanke.

Sija schien ihre Stimmung zu spüren, jedenfalls tätschelte sie ihr tröstend das Knie. »Warte, ich zeichne dir auf, wo der Nulf seinen Bau hat.«

Mit einer Verbeugung nahm Kari den Kiesel mit den eingeritzten Zeichen und drei zarte, geschmeidige Gestalten verbeugten sich zurück.

»Lass dir nichts abbeißen!«

»Immer flink auf den Füßen bleiben!«

»Bringst du uns nächstes Mal wieder das braune Wunder mit?«

Kari versprach lieber nichts, erst mal musste sie diesen Tag überleben. Sie winkte ihnen zum Abschied zu, saß auf und ritt im Galopp zurück, um sich bereit zu machen für den Kampf. Noch war etwas Zeit bis zu ihrem Treffen mit den Wildpferden.

Aufgeregt begleitete Bjarni sie zur Burg, um in der Waffenkammer die nötige Ausrüstung zu beschaffen. Sie bestand aus einem unterirdischen Raum, der nach Eisen, Waffenöl und Mäusedreck roch und vollgestopft war mit Lanzen, Schwertern, Helmen, Kettenhemden und anderer Ausrüstung. Nachdem Kari dem Hüter dieser Kammer gesagt hatte, was sie brauchte, überhäufte er sie auch schon mit Metallwaren.

Hilflos versuchte Kari, alles entgegenzunehmen, die Sachen anzuprobieren oder auch nur herauszubekommen, wofür sie gut waren. Ständig fiel der Speer um und donnerte lautstark gegen die Steinwand. Fast konnte sie ihre beste Freundin Ella seufzen hören. *Ach, Kari, du bist so umständlich, bitte, bitte mach alles der Reihe nach!* Nur leider hatte Kari keine Ahnung, ob man zuerst die Beinschienen anzog oder die Schuhpanzerung. Oder was man mit diesem öligen Lederlappen anfing, den der Waffenknecht ihr gerade gereicht hatte.

»Du brauchst jemanden, der dir das alles trägt«, verkündete Bjarni. »Außerdem sollte man gegen einen Nulf mindestens zu zweit kämpfen. Ich komme mit.« Schon probierte er Beinschienen in seiner Größe an, rieb sie mit dem Lederlappen ab und fachsimpelte mit dem Stallknecht über die besten Speere.

Kari hatte nicht mehr die Kraft, sich dagegen zu wehren. Sie brauchte jetzt jede Unterstützung, die sie kriegen konnte. »Na gut.«

Es war Zeit für ihr Treffen mit den Wildpferden, Kari konnte es sich noch nicht ganz vorstellen. Pfeilgerade ritten sie und Bjarni in die Hügel hinaus, die Khyona umgaben, fast die ganze Zeit im Tölt, dieser besonderen Gangart der Islandpferde.

Auf der Ebene sah Kari schon aus der Entfernung eine Herde von etwa zehn Isslarpferden, dunkle Gestalten im Dunst des Horizonts. Freudige Aufregung sickerte durch sie hindurch, denn diesmal machten die Tiere keine Anstalten zu fliehen, als sie sich näherte – mit erhobenen Köpfen und gespitzten Ohren blieben sie stehen und blickten ihr entgegen. Fast alle von ihnen hatten schwarzes Fell und helle Mähnen, doch es waren auch ein Schimmel und ein isabellfarbenes Pferd darunter.

Hey, die kenne ich! Kari freute sich und trieb Skandia zur Eile an. *Genau diese Herde habe ich auf meinem ersten Ritt zu Andrik gesehen.*

Je näher sie und Bjarni kamen, desto nervöser wurden die Wildpferde, und eine magere Stute zog sich zurück, ging rückwärts, machte Miene, sich zur Flucht wenden zu wollen. Doch die Leittiere – anscheinend die Schimmelstute und ein ungewöhnlich großer schwarzer Hengst – standen wie gemeißelt und schließlich wurde die ängstliche Stute ruhiger. Als Kari nur noch zehn Meter entfernt war, löste sich der Leithengst aus der Herde und umkreiste sie und Bjarni, trabte rasch um sie herum, ohne sie aus den Augen zu lassen. Das machte Skandia ein wenig nervös und Kari hielt sie am kurzen Zügel.

»Seid gegrüßt, ich bin Kari«, sagte Kari, ohne wirklich auf eine Antwort zu hoffen.

Doch es kam eine.

Habt Acht, Fremdlinge! Dieser Weidegrund gehört uns, vergesst das nicht. Der Leithengst blickte sie durchdringend an, er musste es sein, der in ihrem Kopf gesprochen hatte. So richtig freundlich hatte das nicht geklungen.

»Ich kann hören, was sie denken«, flüsterte Bjarni beeindruckt.

»Ja, ich auch«, meinte Kari und signalisierte ihm, ihr die Verhandlungen zu überlassen. Der Begrüßung nach würden die nicht einfach werden. Oder doch?

Royco, sei bitte nicht so schroff, schalt eine stolze weibliche Stimme, und an der Art, wie die Schimmelstute die Nüstern blähte, ahnte Kari, dass sie es war, die gesprochen hatte. Nun wandte sie den Kopf in Karis und Bjarnis Richtung. *Willkommen! Eismädchen hat gesagt, dass du uns helfen wirst, den Nulf zu besiegen.*

Kari lächelte. »Oder umgekehrt. Ihr helft mir.« Unglaublich, sie konnte diese Pferde in ihrem Kopf hören ... so einfach war das? Und ohne Maéva hätte sie das nie erlebt! In manchen Momenten gefiel ihr Isslar richtig gut.

Der große Leithengst blickte sich wachsam um und scharrte dann mit dem Vorderhuf, die Muskeln spielten unter seinem schwarzen Fell. *Ihr beide könnt wirklich kämpfen? Ihr seht nicht so aus.*

»Na ja, man tut, was man kann«, sagte Kari verlegen.

Na gut. Wenn der Wind mit uns ist, wird es gelingen. Er warf einen kurzen Blick hinüber zu zwei etwa ein halbes Jahr alten Fohlen, die gerade übermütig begonnen hatten, miteinander zu kämpfen. *Jedenfalls wenn Eldur und Níu nicht wieder alles durcheinanderbringen!*

Die beiden Fohlen schafften es ein paar Sekunden lang, stillzustehen. *Verlass dich auf mich, Royco!,* tönte das eine, das dreist ganz nah an Bjarni vorbeigaloppierte. *Und auf mich!,* fügte das andere, etwas zurückhaltender wirkende, hinzu.

Ihr habt das falsch verstanden, ihr kämpft NICHT mit, informierte sie die Schimmelstute, deren Name – Lilith – Kari plötzlich einfach wusste. *Außer, ihr wollt die nächste Zeit täglich wilde Karotten ausgraben, klar, das ist anstrengend, aber vielleicht mögt ihr so was ja?*

Augenblicklich wussten die beiden Fohlen wieder, wie man sich benahm. Nur mit gelegentlichen Kapriolen trabten sie mit der Herde mit, die sich in Bewegung gesetzt hatte.

»Habt ihr oft Probleme mit Trollen, Nulfs und so weiter?« Kari hatte keine Ahnung, wie man Small-Talk mit Pferden machte, aber das war immerhin ein Anfang.

Nein, mit Menschen öfter, antwortete ein anderes Pferd der Herde, eine Stute namens Nahele. *Diese Fänger aus den Bergen haben mich mitgenommen, obwohl das nicht ihr Recht war, und geschlagen haben sie mich!*

Ach, manche Menschen sind nett. Wenn auch nicht so nett wie die Elfen. Eine andere Stute lief dicht neben Nahele und stupste sie tröstend an. Ihre lange, silbrige Mähne war teilweise zu Zöpfchen geflochten. Kari hatte einen Verdacht, von wem – die Elfen liebten es, anderen Leuten Zöpfe zu flechten!

Skandia schien von den Wildpferden nicht völlig akzeptiert zu werden, vielleicht weil sie Menschen gehörte; die anderen beäugten sie neugierig und ignorierten sie dann.

Als die Sonne am höchsten stand – was nicht sehr hoch war jetzt bei Winterbeginn –, ermahnte die Leitstute ihre Fohlen streng, zurückzubleiben und in Obhut der ängstlichen Stute zu warten. Der Rest der Herde bewegte sich weiter und hin und wieder fing Kari Fetzen geistiger Unterhaltungen auf. Es ging um die Winterweide, den letzten Schneesturm und Vindur, der angeblich in eine Stute aus der Herde verliebt war. Soso!

Doch die Gedanken an das Ultimatum ließen Kari keine Ruhe, sie war nervös und unruhig, konnte es nicht einmal schätzen, dass es bisher ganz gut lief ... und sie spürte, dass diese Unruhe sich über ihre Gedanken auf die Herde übertrug. Royco warf ihr einen missbilligenden Blick zu, und den hatte sie verdient.

Nein, so geht es nicht, ich will ganz in diesem Moment sein, ganz geistesgegenwärtig, dachte Kari. *So wie Andrik es mir gezeigt hat.* Während Skandia von allein den Wildpferden folgte, schloss Kari die Augen, folgte ihrem Atem, lauschte auf ihren Herzschlag, spürte ihre Hände an den rauen Lederzügeln. Nach und nach fühlte sie, dass sie entspannter und zuversichtlicher wurde. Dass sie es nun genießen konnte, bei diesen herrlichen Tieren zu sein, auf ihre Hufschläge zu lauschen und ihr Schnauben.

Als sie die Augen wieder öffnete, merkte sie, dass die Herde sich näher zu ihr gesellt hatte. Aus Liliths Gedanken kam warme Bestätigung. *Gut so. Ganz ruhig sein im Herzen.*

Leichter gesagt als getan. Als sie den halb skelettierten Kadaver eines Artgenossen entdeckten, ahnte Kari, dass sie sich dem Bau des Nulfs näherten, und tauschte einen schnellen Blick mit Bjarni. Mit nervös peitschenden Schweifen und zurückgelegten Ohren versuchten die Wildpferde, sich von der Leiche fernzuhalten.

»Das war hoffentlich keiner von euch?«, fragte Kari.

Nein, ein gezähmter Freund, erwiderte die Schimmelstute traurig.

Schließlich ließen Kari und Bjarni ihre Pferde zurück, banden die Speere vom Sattel los und gingen zu Fuß weiter. Kurz danach hatten sie den Bau des Nulfs erreicht.

Er sah nicht gerade spektakulär aus. Ein Loch im Boden, ungefähr so groß wie das eines Fuchses, umgeben von festgetrampelter Erde, kargem Wintergras und Schnee. Die Wildpferde hielten sich in etwa fünf Metern Entfernung und warteten schweigend ab.

»Vielleicht ist der verdammte Nulf gar nicht daheim«, murmelte Kari. »Was ist dann mit meiner beschissenen Bewährungsprobe?«

Er ist da, versicherte ihnen Leithengst Royco grimmig. *Riecht ihr ihn nicht?*

Und schon war es so weit. Mit einem tiefen, wütenden Grollen schoss der Nulf aus seinem Versteck.

Der Nulf

Der gedrungene Körper des Nulfs war etwa doppelt so groß wie eine Bulldogge und wirkte enorm stark. Auf seinen kurzen Beinchen, mit wogendem seidigem Fell raste er auf die Neuankömmlinge los. Sein schwerer Kiefer mit den eindrucksvollen Eckzähnen war leicht geöffnet, bereit zum Zubeißen.

»Bjarni! Achtung!« Mit aufgerissenen Augen versuchte Kari, ihren Speer in Stoßposition zu bringen.

Die Herde war schneller bereit als sie. Blitzschnell nahm jeder seine Position ein, bis die Pferde einen Kreis gebildet hatten – Kopf nach außen, die kräftige Hinterhand in Richtung des Nulfs in Stellung gebracht. Als der Nulf sich auf die Schimmelstute stürzte, hämmerten sie und ihre zwei Nachbarn ihm mit voller Wucht die Hinterhufe gegen die Brust. Das graufellige Wesen beschrieb einen Bogen durch die Luft, knallte auf den Boden und wurde von den Pferden auf der anderen Seite mit ebenso kräftigen Tritten in Empfang genommen.

Taumelnd, mit wütendem Grollen, zog sich der Nulf in seinen Bau zurück.

»Ich glaube, die erste Runde geht an uns«, sagte Kari freudig überrascht.

Es wird weitere Runden geben. Der Leithengst klang nüchtern. *Vindur, du suchst nach weiteren Ausgängen! Wir müssen ...*

In diesem Moment hörten sie das Geräusch von schabenden Pfoten ganz in der Nähe. Der Nulf machte sich bereit für den nächsten Angriff. Mit trockenem Mund fixierte Kari die Öffnung des Baus, sie war bereit, zuzustechen.

»Cecily – zurück!«, schrie Bjarni und stolperte nach hinten.

Doch das war leider genau der falsche Rat gewesen. Blitzartig kam etwas *hinter* Kari aus dem Gebüsch geschossen, sie schrak zusammen, als sie Bjarni aufschreien hörte und eine Bewegung aus den Augenwinkeln sah. Wie Royco schon geahnt hatte, besaß dieser Bau mehrere Ausgänge! Jetzt raste der Nulf auf ihre Beine zu ... von hinten. Und dort war das Metall deutlich dünner als an den Schienbeinen!

Kari versuchte herumzuwirbeln, doch die Spitze ihres Speeres blieb in dem struppigen Gebüsch hängen, hinter dem sich der zweite Ausgang des Baus befand. Die großen gelben Augen des Nulfs leuchteten triumphierend.

Bjarnis Speer flog von der Seite auf den Nulf zu ... und prallte, da er nicht ganz senkrecht aufgetroffen war, von seinem Körper ab. Doch der Stoß hatte das Tier ein Stück zur Seite geworfen und es abgelenkt, knurrend blickte es sich eine Sekunde lang nach dem zweiten Gegner um. In dieser Zeit gelang es Kari, sich umzudrehen, ihren Speer freizubekommen und ihn dem Nulf entgegenzuschleudern.

Zweiter Fehler! Sie verfehlte das Geschöpf, und jetzt hatte sie nichts mehr, mit dem sie es auf Abstand halten konnte. Kari schrie auf, während der Nulf sich auf sie stürzte und in ihre linke metallene Beinschiene biss. Tiefe Dellen blieben im Metall zurück. *Noch ein paar Bisse, dann hat er dieses Ding zerkaut!*

»Holy shit«, murmelte Kari und zerrte mit den behandschuhten Händen ihren weißen Dolch aus der Lederscheide am Gürtel. Fast im selben Moment, als der Nulf zum Sprung ansetzte und ihr rechtes Knie oberhalb der Schiene ins Visir nahm.

Eigentlich hatte Kari ihm den Dolch ins Auge rammen wollen, doch stattdessen verschwand ihre rechte Hand mitsamt Dolch halb im Maul des Nulfs. *Ach du große Scheiße!* Sie schrie auf, als mehrere der Zähne ihre Hand durchbohrten, Tränen des Schmerzes schossen ihr in die Augen und beinahe hätte sie den Dolch fallen lassen.

Doch auch der Nulf jaulte auf – hatte sie ihn verletzen können? – und zappelte, um freizukommen. Dabei verlor Kari einen ihrer Handschuhe, auch das noch. Das Geschöpf riss sich von ihr los, prallte auf den Boden und brachte sich in Position für den nächsten Angriff.

»Vergiss es«, quetschte Kari hervor und packte es blitzschnell im Nackenfell – mit der bloßen freien Hand, es ging nicht anders. Hunderte gläserne Nadeln schienen sich in ihre Handfläche zu bohren, aber einen Moment lang konnte sie den Nulf festhalten. *Sein Ohr, eigentlich brauche ich nur sein Ohr,* hämmerte es in Kari, während Bjarni sie anbrüllte: »Lass los, schnell – weißt du nicht, wozu er diese Eckzähne hat?«

Doch, zum Aufschlitzen, dachte Kari, während der Nulf sich drehte und wand und sie verzweifelt versuchte, ihn zu halten. Leider verfehlte sie sein Ohr und auch sonst das meiste seiner Anatomie.

Ein perfekt koordinierter Tritt mit einem Vorderhuf schmetterte den Nulf zu Boden – der junge Hengst Vindur hatte eingegriffen. Seine Beine waren nur Zentimeter von diesen furchtbaren Kiefern entfernt. *Nein, nein, nein,* dachte Kari entsetzt, als der Nulf instinktiv den Bulldoggenkopf wandte und zuschnappte – doch zum Glück streifte er Vindurs Vorderbein nur mit den Zähnen. Bevor er richtig zubeißen konnte, hatte Vindur sich schon in Sicherheit gebracht. Eine Stute übernahm und kämpfte so wild, dass der Nulf schließlich genug hatte. Er jagte in einer kleinen Schneewolke zurück zu seinem Bau und verschwand darin.

Keuchend fiel Kari auf die Knie und umklammerte ihre verletzte Hand, aus der Blut auf den Boden floss. Nicht sickerte, nicht tropfte, sondern floss. Bei dem Anblick begann alles um sie herum sich zu drehen. *Dieses Drecksvieh!*

»Könntest du bitte jetzt nicht in Ohnmacht fallen? Oder erst wenn du mir gesagt hast, wo das Verbandszeug ist?« Bjarni machte sich vorsichtig daran, ein paar abgebrochene, glasharte Haare aus ihrer Handfläche zu zupfen. Ihre ganze Hand fühlte sich an, als stünde sie in Flammen. »Oje, das sieht wirklich schlimm aus!«

»In der Satteltasche«, presste Kari hervor. Fiese, messerige Schmerzen jagten durch ihre Hand und ihren Unterarm ... und weit und breit gab es keine Tabletten dagegen. Assassinin war ganz ohne Zweifel der mieseste Beruf auf dem Planeten, direkt gefolgt von Nulfjägerin.

Als Bjarni sie verarztet hatte, blieb Kari noch einen Moment lang sitzen, versuchte, zu Atem zu kommen und die Möglichkeit zu verdrängen, dass dieses Biest gleich seinen nächsten Angriff starten würde. Zum Glück hatte sie eine Menge Leibwächter. Um sie herum war ein Wald aus hauptsächlich schwarzen Pferdebeinen. Es war nicht nur angenehm in dieser Gesellschaft – ein heller Schweif fuhr ihr über die Schulter, auf der anderen Seite fielen nicht weit von ihr entfernt dampfende Pferdeäpfel zu Boden.

Tröstend senkte sich eine helle Schnauze zu ihr herunter und stupste sie gegen die Wange. *Ich hoffe, es tut nicht zu weh. Du warst sehr mutig eben.*

»Danke, Lilith – ihr wart auch klasse«, sagte Kari erschöpft.

Währenddessen stocherte Bjarni fasziniert im Wintergras herum. »Schau mal«, meinte er und hielt etwas hoch, das im ersten Moment ihrem Dolch ähnlich sah. Etwas Gelblichweißes, Längliches.

»Das ist einer dieser verdammten Eckzähne!« Kari staunte. Der Zahn hatte unten eine glatte Schnittfläche, anscheinend hatte ihr Dolch ihn glatt abgetrennt ... und andere Teile des Gebisses gleich dazu, sie lagen ebenfalls auf dem Boden herum!

»Was ist das eigentlich für ein Dolch?«, fragte Bjarni und beäugte ihre Waffe, ohne sie zu berühren.

»Hab ich von der Fürstin. Eins ist sicher, er ist verdammt scharf.«

Mehr zum Scherz und um sich abzulenken strich Kari damit über einen Stein in der Nähe ... und die weiße Klinge fuhr hindurch wie durch Butter!

»Probier's mal mit dem Speer«, meinte Bjarni, seine Stimme klang ehrfürchtig.

Am hinteren Ende ihres eisernen Speers versuchte Kari, ob der Dolch auch Metall schaffte. Eindeutig ja. Er kürzte den Speer, als wäre er nur eine Spargelstange.

»Ups«, sagte Kari. »Ich glaube, ohne dieses Ding hätte der Nulf mich gerade erledigt.«

Bjarni verzog das Gesicht, als schmerze es ihn, das zuzugeben. »Das, ähm, glaube ich auch. Aber ohne die Pferde wäre es schon vorher vorbei gewesen.«

»Maéva trägt übrigens genau den gleichen.« Erst jetzt wurde Kari klar, *wie* leicht das andere Mädchen sie hätte erledigen können. Gegen diese Waffe half kein Schutz.

»Alle Götter! Vielleicht sind das Dolche, die eigentlich in ihrer Familie weitergegeben werden.« Bjarni schaute sich gründlich auf der kahlen, verschneiten Ebene um, bevor er weitersprach, und senkte die Stimme. »Vielleicht hat der, den du trägst, einmal Maévas Mutter gehört. Ilva Ulim Fjellkar.«

Aufgeregt hob Kari den Kopf, während ein weiches Pferdemaul sie am Nacken kitzelte und ein anderes direkt neben ihr Gras rupfte. »Was weißt du über sie? Hast du sie schon mal gesehen?«

»Du hast sie auch schon gesehen«, meinte Bjarni erstaunt. »Sie ist doch der Silberfalke, der zurzeit der Fürstin dient.«

»Was? Das ist ... das war ... ihre Mutter?« In Sekundenschnelle schoben sich einige der losen Puzzleteile in Karis Kopf an ihren Platz. Nachdenklich kraulte sie eins der beiden Fohlen an der Mähne. *Vielleicht haben selbst diese Greifvogelwesen, die doch angeblich keine Gefühle mehr haben, noch den Wunsch, ihre Kinder zu beschützen. Hat der Falke, der einmal Maévas Mutter gewesen ist, ganz bewusst entschieden, nicht die Assassinin, sondern das gewöhnliche, ähnlich aussehende Mädchen nach Isslar holen zu lassen?*

Dann war dieser eigenartige Greifvogel kein Feind, sondern ein Verbündeter, selbst wenn er dafür verantwortlich war, dass sie jetzt hier tief in Schwierigkeiten steckte!

Vielleicht konnte er ihr auch Auskunft darüber geben, wer in ihrer Familie aus Isslar stammte! Oder wie sie hier wegkam!

Das alles änderte leider nichts daran, dass sie diese Bewährungsprobe bestehen musste. Mühsam kam Kari auf die Füße, darum bemüht, sich bloß nirgendwo abzustützen. Sie wandte sich an die Herde. »Was meint ihr, kommt der heute noch mal raus?«

Ja, natürlich – sobald er neue Kraft gesammelt hat, greift er wieder an, gab Royco zur Antwort. *Aber das kann noch dauern, bis die Sonne tiefer steht.*

Kari biss die Zähne zusammen. So viel Zeit hatte sie nicht.

Du gibst nicht auf, hoffe ich? Lilith klang besorgt. *Schließlich bist du verletzt ...*

Menschen geben viel zu leicht auf, äußerte Royco.

So langsam reichte es Kari, diesem Leithengst musste sie jetzt mal beweisen, was Sache war. Sie straffte die Schultern. »Nein, diesmal ist er dran. Ich habe meinen Feuerzauber dabei. Gleich gibt's Grill-Nulf.«

Das war kein schöner Gedanke, aber es musste sein. Jetzt hieß es dieses Biest oder sie! Bjarni übernahm die mühsame Arbeit, genügend trockenes Brennmaterial zu sammeln, um damit sämtliche auffindbaren Eingänge des Nulfbaus zu verstopfen. Währenddessen experimentierte Kari weiter mit dem Dolch, um sich von den Schmerzen in ihren Händen abzulenken. Sie strich mit ihm über den Schnee und fühlte im Griff, wie die Waffe darauf reagierte – ja, sie war offenbar mit Maévas Familie verbunden, denn sie schien sich dem Schnee entgegenzustrecken, glitt fast zärtlich daran entlang. Dann drehte Kari das Feuerzeug auf höchste Stufe – das sollte eine fingerlange Flamme ergeben – und zündete es direkt neben der Klinge. Die Flamme wurde von der Klinge förmlich zurückgestoßen, änderte die Richtung und verwandelte sich in einen Feuerstrahl, der einen verbrannten Fleck auf dem Boden hinterließ. »Holla! Es mag Feuer nicht.«

Wir auch nicht, informierte sie Royco, der ebenso wie seine Gefährten nervös zurückgetänzelt war. Er und die Herde zogen sich gegen den Wind ein Stück zurück, damit Kari freie Bahn hatte.

Nach ein paar Versuchen hatte Kari das Zündmaterial am Nulfbau in Brand gesetzt. Dunkelgraue Qualmwolken zogen in Windrichtung und verbreiteten sich anscheinend auch unter der Erde, denn der Nulf drehte durch. Wütend, mit loderndem Fell, rammte er sich durch das Brennmaterial nach draußen und griff an. Doch diesmal waren Kari und Bjarni bereit für ihn, von zwei Seiten stießen sie ihm den Speer in die Seite. Mit einem Ächzen erbrach der Nulf ein Stück halb verdautes Pferd, zuckte noch eine Weile und hauchte dann endgültig sein Leben aus. Auf der Seite ausgestreckt lag sein rußgeschwärzter, haariger Körper im Gras.

»Na also, geht doch«, sagte Kari und trotz ihrer Schmerzen durchströmte sie enorme Erleichterung. Bewährungsprobe bestanden! Das würde ihr eine Atempause verschaffen, während der sie und Maéva ihre gegenseitige Rettung planen konnten.

Wiehernd und übermütig steigend feierte die Herde den Tod ihres Widersachers. Auch Vindur, obwohl er lahmte und sein Vorderbein blutete.

Royco trabte auf Kari zu, stoppte ab und betrachtete sie mit gespitzten Ohren. *Entschuldige, dass mir zu Anfang das Zutrauen gefehlt hat. Ihr beide seid Freunde der Herde und dürft jederzeit auf unserem Grund weiden!*

Kari schmunzelte. »Wir mögen zwar kein Gras, aber danke für das nette Angebot.«

Danke, Feuermädchen – wenn du mal unsere Hilfe brauchst, werden wir da sein! Lilith wendete und galoppierte davon, der Rest der Herde folgte ihr.

Feuermädchen. Irgendwie gefiel ihr der Spitzname … damit passte sie richtig gut zu Andrik. Ob er wohl stolz wäre, dass die Pferde sie so getauft hatten, und würde sie es ihm überhaupt irgendwann erzählen können? Kari spürte, wie ihre Sorgen zurückfluteten. *Wie es ihm auf der Katla wohl ergeht – ist es sehr schlimm, sich den Erinnerungen zu stellen? Hoffentlich läuft alles gut und er kommt bald zurück!*

Mit Widerwillen näherte Kari sich dem noch immer leicht qualmenden Kadaver und zückte ihr Messer. Dann hatte sie das Ohr, das nach verbranntem Haar stank, buchstäblich in der Tasche. Sehr ansehnlich sah es leider nicht mehr aus, aber was zählte das schon? Der Nulf war tot.

Auf dem Rückweg zur Schwarzen Burg kam Kari an der Treppe vorbei, die zu den unterirdischen Bereichen der Oberstadt führte. Ganz hier in der Nähe war dieser Musikladen, vor dem sie Andrik getroffen hatte. Kari zögerte. Sie war völlig entkräftet, aber vielleicht kam sie in nächster Zeit nicht mehr hier vorbei. Seufzend stieg sie ab, band Skandia am nächstbesten Pfosten an und stieg die Treppe hinab. Die kleine, dicke Inhaberin des Musikladens, der ein blonder Zopf bis zum Hintern reichte, glotzte sie an, als Kari verschwitzt, dreckig und nach Rauch stinkend in den Laden gestapft kam. Das warme, orangefarbene Licht der wenigen Glühlampen erhellte Stapel von Instrumenten – Trommeln, fremdartige Saiteninstrumente, Rasseln, Flöten. Alice hätte sich sofort darauf gestürzt, sie liebte es, Krach zu machen, hatte es schon als kleines Mädchen geliebt.

»Was für verschiedene Flöten habt ihr?«, fragte Kari. »Vielleicht auch eine, die so gespielt wird?« Sie hob beide Hände neben das Gesicht und bewegte die Finger. Ging besser als erwartet, diese Kräutersalbe war stark!

Mit großen Augen musterte die Frau Karis verbundene Hand und ihren blutverkrusteten Ärmel, dann wanderte ihr Blick höher zu ihrem sehr wahrscheinlich rußverschmierten Gesicht. »Ja, ähm, so was könnten wir haben, ich kann es holen ... Moment ...«

Kurz darauf hastete sie wieder heran, auf dem Arm einen kleinen Stapel verschiedener Flöten, die sie auf einem Verkaufstisch ablegte. Kari wühlte in dem Stapel herum, ließ die Finger über Holz, Metall und Knochen gleiten, setzte ein oder zwei Flöten probeweise an den Mund, war enttäuscht. »Habt Ihr nichts Besseres?«

Oje, das hatte bestimmt sehr hochnäsig geklungen.

»Doch, verzeiht mir, ich wusste nicht ...« Die Besitzerin hastete davon, eilte mit drei Kästen zurück und ließ die Deckel zurückschnappen. Die edlen Instrumente darin entlockten Kari ein zufriedenes Lächeln. Schließlich entschied sie sich für eine weiße, nicht sehr lange Obertonflöte, die einen hellen Grundton und einen unglaublich zarten, reinen Klang hatte. Vielleicht vom *huldufólk* hergestellt.

»Wie spielt man die richtig?«, fragte Kari, denn dieses Ding war schon sehr anders als ihre Querflöte daheim. Nachdem die Besitzerin ihr die richtige Technik erklärt und demonstriert hatte, verkündete Kari: »Gut, die nehme ich.«

Sie griff in ihre Tasche und wollte ihren Geldsack hervorziehen. Ups, falsche Tasche – entsetzt glotzte die Inhaberin auf das geschwärzte Nulfohr. So langsam tat sie Kari ein bisschen leid. Schnell ließ sie das Ding wieder verschwinden und zückte stattdessen den Inhalt ihrer anderen Tasche. Der stieß auf deutlich mehr Begeisterung. Wahrscheinlich waren drei Eiskar ein ziemlicher Wucherpreis, aber Kari war es egal. *Ich werde für Andrik spielen,* dachte sie und einen Moment lang verscheuchte das warme Gefühl in ihr sämtliche Schmerzen. Sie schob ihre neue Flöte vorsichtig in eine Innentasche ihrer Tunika.

In ihrem Zimmer umziehen? Nein, keine Zeit, sonst wurde es

zu knapp mit dem Ultimatum! Kari ritt direkt weiter zur Burg und berichtete dort kurz darauf, was sie erlebt hatte. Vor ihr saß Gabrissa in eleganter, einstudiert wirkender Pose auf einer Art Chaiselongue, umgeben von einigen ihrer Vertrauten, darunter Maéva in einem langärmeligen roten Strickkleid. Ihre Miene verriet nichts und natürlich auch nicht, dass sie dieses Mädchen vor ihr schon einmal gesehen hatte. *Wenn es darauf ankommt, ist ihr Pokerface mindestens so gut wie das von Andrik,* dachte Kari.

»... und dann haben ich und Bjarni den Nulf aus seinem Bau herausgeräuchert und mit einem Speer getötet«, beendete Kari ihren Bericht, bei der sie die Beteiligung von Wildpferden sorgfältig ausgespart hatte. Obwohl sie nicht damit gerechnet hatte, war sie tatsächlich stolz – selten zuvor hatte sie um oder mit etwas kämpfen müssen und sie hatte sogar *gewonnen.* Sie hoffte, dass irgendjemand ihre dick verbundene Hand bemerken, sich vielleicht nach ihrer Gesundheit erkundigen würde. Fehlanzeige.

»Sehr gut«, sagte Gabrissa immerhin, sie wirkte besänftigt. »Je weniger dieser Biester, desto besser. Wo ist der Beweis? Zeigt mir das Ohr!«

»Moment ...« Mit ohnehin schon geschwärzten Fingern holte Kari das verkohlte Objekt aus ihrer Tasche hervor. Nur leider hatte ihr Beweisstück nicht ganz die erhoffte Wirkung. Fürstentochter, Hofdamen und Berater betrachteten es angewidert.

»Was bitte soll das sein?« Gabrissa rümpfte die Nase.

»Das Ohr des Nulfs natürlich!« So langsam begann Kari sich Sorgen zu machen.

»Widerlich. Wohl ein Stück Fleisch, das sie in der Gosse gefunden hat«, sagte eine Hofdame.

»In der Tat, das kann irgendwas sein«, urteilte Kjell Sigurdson, der sich hinzugesellt hatte. »Es ist völlig verbrannt.«

Ganz kurz begegneten sich Karis und Maévas Blicke. »Aber es wird doch sicher nachzuweisen sein, dass sie den Nulf wirklich erlegt hat«, wandte Maéva mit ruhiger Stimme ein. »Am besten, Ihr schickt gleich einen Späher oder den Silberfalken hin.«

Gabrissa achtete nicht auf den Einwand ihrer Beraterin, ihre Stimme klang schneidend, während sie Kari anfunkelte. »Nehmt dieses schwarze Ding weg, das ist reiner Hohn! Ihr habt die Bewährungsprobe nicht bestanden, Cecily, und Eure Aufgabe wird fortan ein anderer übernehmen. Wachen! Weg mit ihr!«

Das Lächeln nistete in ihren Mundwinkeln wie ein kleines, bösartiges Geschöpf.

***

Wie konnte Zeit nur so langsam vergehen? So unendlich langsam? Wie weit war es noch zu diesem verdammten Krankenhaus? Schluchzend holte Alice Atem. Die Hand ihrer Mam fühlte sich furchtbar kühl an, ihre Haut war blass, fast bläulich. Vorsichtig gab ihr Alice einen Kuss auf die Wange und ihre Mutter öffnete mühsam die Augen, sie versuchte zu lächeln. Ihr Gesicht war von kaltem Schweiß bedeckt. Das Mulltuch zum Abtupfen, das der Sanitäter ihr gegeben hatte, war schon durchtränkt.

Auf der anderen Tragbahre, die sie in den gelb-roten Notarztwagen gequetscht hatten, lag John. Sein Körper wurde immer noch von Krämpfen geschüttelt, Alice hielt es kaum aus, hinzusehen. Wie lange konnte er so etwas überstehen? Würde er womöglich gleich TOT sein? Sie hatte noch nie einen Toten gesehen. Und was war mit ihrer Mutter, würde sie wieder gesund werden?

Der Sanitäter gab John noch einmal Sauerstoff und kontrollierte die Infusionen bei beiden Patienten. Für Thorsten war kein Platz mehr gewesen hier hinten, er musste vorne neben dem Fahrer sitzen. Er hatte sich furchtbar aufgeregt darüber, weil er unbedingt bei seinem Sohn sein wollte – eins war klar, er liebte John wirklich.

Der Sanitäter sprach kaum Englisch, er lächelte Alice beruhigend zu. *»Five Minutes. Nearly there.«*

Dann hielt der Wagen endlich und diesmal nicht an einer Ampel. Die hinteren Türen des Notarztwagens wurden aufgerissen, und ein paar Leute halfen, die Tragbahren herauszuheben. Alice musste die Hand ihrer Mutter loslassen, musste beiseitetreten, um Platz zu schaffen, fühlte sich im Weg. Niemand achtete auf sie, dabei war es so wichtig, dass diese Leute erfuhren, was wirklich los war! Ein Arzt redete ernst und konzentriert mit Thorsten, fragte ihn auf Englisch aus und notierte Dinge in einer Liste. Immerhin verstand Alice das meiste. Ob John Diabetiker sei, ob er schon mal einen Unfall mit Kopfverletzungen gehabt habe, ob er gegen Tetanus geimpft sei, ob er Medikamente nehme. »Hat er schon mal einen epileptischen Anfall gehabt? Ist er Epileptiker?«, fragte der Arzt jetzt gerade.

»Sag ihm, dass es eine Vergiftung ist!«, drängte Alice verzweifelt. »Bei beiden!«

Unwillig blickte Thorsten auf sie herab. »Alice, solche Verschwörungstheorien helfen uns jetzt nicht weiter. Epilepsie bricht oft im Jugendalter aus, habe ich mal gelesen, es ist sehr wahrscheinlich, dass ...«

Noch immer wartete der Arzt auf eine Antwort, er hatte Alice nur einen kurzen Blick zugeworfen.

Angestrengt überlegte Alice, was Gift auf Englisch hieß. *»Poison!«*, fiel es ihr plötzlich ein. *»He und my mother have been poisoned!«*

Der Arzt blickte von ihr zu Thorsten und wieder zurück. *»Are you sure? Why? What poison?«*, fragte er sie.

»It was a girl!«, entgegnete Alice, für alles Weitere fehlten ihr die nötigen Vokabeln – Cecily war sowieso ein Rätsel, auch für sie. Und Thorsten schien noch immer unter Schock zu stehen, er umklammerte Johns Hand und ließ den Blick nicht von seinem Gesicht, statt ihr bei den Erklärungen zu helfen.

»A girl? What girl?« Verblüfft musterte sie der Arzt, dann entschied er anscheinend, dass sie eine zu lebhafte Fantasie hatte, denn er wandte sich wieder Thorsten zu, zückte seine Liste und fragte wieder etwas, in dem das Wort *»epilepsy«* vorkam. Diese verdammten Erwachsenen!

»It was poison!«, wiederholte Alice verzweifelt und zur Sicherheit doppelt so laut. *»Deadly Poison!«*

Und das Wunder geschah, nun kam eine dunkelhaarige Frau im weißen Kittel hinzu, anscheinend um zu sehen, was hier los war. Nachdem Alice das mit dem Gift wiederholt hatte, blickte die Frau sie nachdenklich an.

»Okay, we will test for poison«, sagte sie und berührte Alice kurz am Arm.

»Thank you, thank you very much«, sagte Alice und brach in Tränen aus.

KRIEGERIN

Zwei große, breitschultrige Männer der Eiswache, beide mit Schwertern und Dolchen bewaffnet, betraten den Saal und stellten sich neben Kari – sehr nah, ungemütlich nah. Dies hier war eine Verhaftung, kein Zweifel. In Kari brodelte es, am liebsten hätte sie noch einmal versucht, einen Blick mit Maéva zu tauschen. Nein, viel zu riskant für sie beide.

Wortlos drehte sie sich um und marschierte zum Ausgang des Saales, während die beiden Wachen an ihrer Seite blieben. *Das war's dann also, Isslar ist fertig mit mir,* dachte Kari halb wütend, halb verzweifelt. *Ich habe versucht, das Beste aus dieser beschissenen Situation zu machen, diese Rolle zu spielen, und letztlich hat es nicht geklappt. Was für eine Überraschung. Immerhin habe ich länger durchgehalten, als ich je gedacht hätte.*

»Hier entlang.« Die Stimme des ersten Wachsoldaten, eines behäbig wirkenden Muskelklotzes, klang gleichgültig. Es war ihm egal, wer sie war und was mit ihr geschehen würde. Immerhin bedeutete das, dass er nicht glaubte, es mit einer gefährlichen Assassinin zu tun zu haben. Er hielt sie für irgendein, noch dazu verletztes Mädchen, das das Pech gehabt hatte, Gabrissa zu erzürnen. Harmlos wie ein Schluck Wasser.

Der andere, ebenfalls muskulöse Kerl dagegen – er hatte eine dicke Mähne blonden Haares, der reinste Wikinger – sah sie neugierig von der Seite ein. »He, Mädchen, hast du wirklich 'nen Nulf zu den Göttern geschickt?«

Kari verzog den Mund. »Keine Ahnung, ob er bei irgendwelchen Göttern angekommen ist, aber getötet hab ich ihn.«

Der erste Wachsoldat ignorierte es, er war gerade dabei, eine Fackel aus ihrer Halterung zu nehmen, und fluchte über die Wachstropfen, die er dabei abbekam. Doch der Wikinger wirkte erfreut, er meinte: »Gute Sache, so ein Vieh hat mal mein Lieblingspferd erledigt, als ich mit der Truppe unterwegs war.«

»Tut mir wirklich leid«, sagte Kari ehrlich und wagte zu fragen: »Wohin sollt ihr mich bringen?«

»Wirst du schon sehen«, grunzte der zweite Soldat und warf seinem gesprächigen Kollegen einen mahnenden Blick zu. Nun blickte auch der stur geradeaus.

Leider sah es nicht so aus, als würde die Fürstenfamilie sie im hohen Bogen aus Isslar hinausbefördern, das wäre ja auch zu schön gewesen. Immer tiefer führten die Wachen sie in die Burg hinein, Treppen nach unten, wie schon kurz zuvor bei ihrem Besuch im Kerker. Diesmal nahm Kari mehr von ihrer Umgebung wahr, doch nichts daran war ermutigend. Hier gab es keine Muster mehr an den Wänden, sie waren von einem stumpfen Schwarz, und in den Gängen roch es nach dem heißen Wachs der Fackeln, fauligem Wasser und eingefettetem Leder. Immerhin wurde es nicht kälter wie in Burgen anderswo, so wie in Haakons Zelle herrschte hier eine dumpfe Wärme, die Wärme der vulkanischen Erde selbst.

An einer Abzweigung nach der nächsten kamen sie vorbei, einen Seitengang nach dem anderen ignorierten ihre Begleiter, um sie tiefer hinabzuführen. Vorbei an einem angeketteten Moosfellbär, der die Zähne fletschte, als sie ihn passierten. Er sah genauso aus wie der Moosfellbär, den Kari neulich Nacht in der Gasse gesehen hatte – zottiges grünbraunes Fell, kräftige Hinterbeine und ein massiger Kopf. Als Kari an ihm vorbeiging, versuchte er, sie anzugreifen, doch mit einem scharfen »Nieder!« wies ihn eine der Wachen zurecht. Grollend legte sich der Bär auf den Steinboden und durfte zur Belohnung kurz an etwas nuckeln, das wie ein Salzleckstein aussah.

Inzwischen zweifelte Kari nicht mehr daran, dass sie zum Verlies eskortiert wurde. Dorthin, wo diese erloschenen Menschen einsam auf ihren Tod warteten. Bestimmt gab es noch genug freie Zellen, sie würde ihre eigene bekommen mit einem kleinen, vergitterten Guckloch, durch das sie vielleicht ab und zu eine Besucherin verschüchtert oder hämisch in Augenschein nahm.

Kari begriff, dass sie sich nicht einfach dorthin bringen lassen durfte, dass dies wahrscheinlich ihre letzte Gelegenheit zur Flucht war. Und als sie an ihren Kampf gegen den Nulf dachte, klopfte eine Idee zaghaft gegen die Innenseite ihres Schädels. Hastig, nervös versuchte sie, die Idee zu durchdenken, zu einem Plan reifen zu lassen. Nein, dazu war keine Zeit, sie würde improvisieren müssen. Jetzt oder nie, bevor sie noch tiefer kamen! Nur leider fühlte sie sich wackelig, schwach, vor Angst halb gelähmt.

Von irgendwoher, tief aus ihrem Kopf oder ihrem Herzen, flüsterte Andriks Stimme zu ihr. *Du bist eine Kriegerin. Feuermädchen. Drachenfreundin. So leicht kriegen sie dich nicht!* Maévas Stimme wob sich hinein. *Tapfer. Du bist eine, die sich durchschlägt, oder? Tapfer ...*

Es half.

»Sollt ihr mir eigentlich nicht die Waffen abnehmen?«, fragte Kari, als sie sich wieder einmal mehreren Seitengängen näherten.

Beide Eiswachen stutzten, und diesmal war es der gesprächigere, der seinem Kollegen einen vorwurfsvollen Blick schenkte. »Also, was ist, hast du Waffen? Dann her damit!«, knurrte der breitschultrige Mann.

»Na ja, ich hab sowieso nur eine.« Langsam, mit einem entschuldigenden Lächeln, zog Kari den weißen Dolch hervor und – mit einem »Ich weiß nicht, ob ihr das auch wollt ...« – mit der anderen Hand ihr Drachenfeuerzeug.

»Talisman oder so?«, fragte der blonde Wachsoldat neugierig.

»Moment«, sagte Kari und gab sich selbst Feuer. Einen Moment lang glotzten die beiden Eiswachen fasziniert, und während dieser Sekunde, in der sie abgelenkt waren, führte Kari die Flamme zum Dolch, bis die beiden sich beinahe berührten. Auch diesmal stieß die Klinge die Flamme gewaltsam ab, lenkte sie von sich weg wie ein Spiegel und verwandelte sie dabei in einen Feuerstrahl ... der die unfreundliche Wache mitten auf die Brust traf. Seine Uniform fing sofort Feuer, fluchend versuchte er mit bloßen Händen, darauf einzuschlagen und die Flammen zu ersticken.

Der Wikinger überwand seine Schrecksekunde schnell, aber nicht schnell genug. Als er sie packen wollte, stampfte Kari ihm mit aller Kraft auf die Zehen des rechten Fußes. Der Mann stieß einen Fluch aus und schlug nach ihr. Kari wich ihm aus und rannte. Raste los mit hämmerndem Herzen. Nahm irgendeine Abzweigung, dann die nächste. Hinter ihr hörte sie Schreie, Flüche, einen gebrüllten Alarmruf.

Die nächste Treppe, die nach oben führte, war verlockend, doch die Soldaten würden leicht darauf kommen, dass sie hier entlanggelaufen war. Außerdem war irgendwo dort oben der Moosfellbär, der die Treppe bewachte. Sie konnte nur hoffen, dass keiner ihn von der Kette ließ.

Kari schleuderte ihren ohnehin verdreckten, mit Blutspuren bedeckten Umhang die Treppe hoch, als hätte sie ihn dort verloren, und kroch stattdessen unter eine steinerne Bank in der Nähe. Diese Bank wurde von oben durch eine Fackel beleuchtet, darunter war tiefe Dunkelheit.

Es funktionierte. Stiefel polterten vorbei, zwei Personen, drei, fünf. Noch immer hörte Kari aufgeregte Stimmen, doch sie waren nun weiter weg. Hastig robbte sie unter der Bank hervor und ging weiter. Rasch, aber ohne zu rennen und dadurch Aufmerksamkeit auf sich zu ziehen.

In ihrer Hand pochte es, doch der Schmerz war weit weg und die Erschöpfung wie weggeblasen, auch wenn ihre Beine noch zitterten. Ihre Sinne fühlten sich geschärft an, ihre Ohren fingen jedes Geräusch auf, ihre Haut registrierte den leisesten Luftzug, rasch strömte das Blut durch ihre Adern. Sie war eine Ratte im Labyrinth, entschlossen zu überleben und dem Erstbesten, der sie packen wollte, die Zähne in die Hand zu graben.

Aber wo geht es hier raus? Diese Burg ist eine einzige Falle, die Eiswachen werden sie von den Zinnen bis zum Kerker durchsuchen, dachte Kari. Einen Teil des Gebäudes hatte sie erforscht, als sie sich auf den Ball vorbereitete, doch diesen nicht, so tief hinab war sie nie gekommen. Jetzt musste sie sich auf ihren Instinkt verlassen. Und ihr Instinkt sagte ihr, dass es in jedem großen Gebäude Hinterausgänge geben musste, Dienstbotentüren, Notausgänge.

Eine Treppe hoch, nach links. Sackgasse! Der Duft von Gebratenem, nur ganz leicht, hier irgendwo ging es zu den Küchen. *Und wo Küchen sind, braucht man auch Vorratsräume, Lieferanteneingänge.* Noch eine Treppe hoch, der Duft wurde intensiver, wieder nach links. Jetzt hörte sie das Gespräch mehrerer Menschen, das Klappern von Töpfen, eine herrische Stimme, die nach mehr Suppe rief und wo denn – zum Elz! – der gebratene Papageitaucher bliebe?

Kari erstarrte – ein Diener wollte mit einer gefüllten, fertig garnierten Platte an ihr vorbei, er warf ihr einen fragenden Blick zu. Und von hinten hörte sie wieder die schweren Schritte einer Wache, verdammt!

Renn, renn!, schrie ein Teil von ihr, doch ein anderer wusste, dass sie dann verloren war. So gut kannte sie sich hier nicht aus. Kurzerhand wandte sie sich dem jungen Diener zu, richtete sich gleichzeitig auf und ließ die verletzte Hand in die Tasche ihrer Tunika gleiten. »Sind das endlich die Honigzungen und Lammschenkel?«, fragte sie ihn streng. »Die hätten längst fertig sein sollen! Ein solches Durcheinander habe ich noch nicht erlebt!«

»N-nein, Herrin«, kam es völlig eingeschüchtert zur Antwort. »Das sind die geräucherten Klippfischbäuche.«

»Hab ich's mir doch gedacht, dass das wieder nicht klappt. Na, dann bring wenigstens das hoch, besser als nichts.«

Ungeduldig drängten sich zwei fremde Soldaten der Eiswache an ihnen vorbei, sie hatten es eilig. Keiner von ihnen schenkte ihnen einen zweiten Blick. Kari konnte es kaum fassen.

»Also – beeil dich!«, mahnte sie den Diener und bekam ein Nicken zurück. Dann marschierte Kari los, den Kopf erhoben, sie hatte es eilig, natürlich hatte sie das, in einer solchen Burg gab es immer viel zu erledigen.

Das große Zittern kam erst, als sie um die nächste Ecke gebogen war. Wahllos probierte Kari die Türen an der Seite des Ganges durch, gleich würde sie zusammenbrechen, sie brauchte einen Moment, um sich wieder zu erholen!

Endlich, eine offene Tür, nur durch einen Vorhang vom Gang abgetrennt. Kari glitt hindurch. Im Halbdunkel ließ sie sich auf einem Fass nieder, in dem der Aufschrift nach Skyr war, dieses Joghurtzeug. Um sie herum standen weitere Fässer und Gerätschaften, kühl war es hier drin und es roch nach feuchtem Stein und Sauermilch. Kari umklammerte ihre verletzte Hand und wartete darauf, dass ihr Herzschlag sich beruhigte und sie wieder richtig Luft bekam.

Erst auf den zweiten Blick sah sie die kleine Gestalt, die auf einem Holzfass ihr gegenüber saß und die Beine baumeln ließ. Eine Gestalt, die in seidigen, schwefelgelben Stoff gekleidet war, kniehohe Stiefel trug und sich Blumen ins Haar gesteckt hatte. »Kiii, endlich Gesellschaft, mir war gerade so langweilig!«, verkündete die Elfe und strahlte sie an. Ihre Sprache klang ein klein wenig anders als die der anderen Elfen, anscheinend gab es hier verschiedene Dialekte.

»Mir nicht«, brachte Kari irgendwie heraus.

»Kannst du eine Geschichte erzählen? Ein Lied singen?« Die Elfe holte einen Nachtfalter aus einer Tasche ihres Kleides, ließ ihn einen Moment lang fliegen, fing ihn dann wieder ein und stopfte ihn gelangweilt zurück.

»Gerade keins von beiden, fürchte ich.« Entschuldigend schüttelte Kari den Kopf. Wenn sie anfing, hier irgendwelche Karaoke-Nummern zu bringen, war die Eiswache schneller auf ihrer Spur, als sie den Refrain wiederholen konnte!

Schmollend blickte die Elfe zu Boden. Nicht gut! Schlecht gelaunte Elfen neigten zum Petzen.

»Aber du hast eine Flöte«, erinnerte die Elfe Kari. Keine Ahnung, woher sie das wusste.

»Ja, und? Mir ist nicht nach Musik. Das Einzige, was ich will, ist aus dieser Burg rauskommen.«

Die Elfe war nicht blind guten Geschäften gegenüber. »Gib mir die Flöte, dann zeige ich dir, wo es rausgeht.«

»Vergiss es«, sagte Kari.

»Warum?«

»Das ist eine richtig gute Flöte, und ich brauche sie, um jemandem etwas vorzuspielen, den ... in den ich verliebt bin.«

»Oh!« Die Elfe strahlte Kari an. »Kiii, das ist natürlich etwas anderes. Behalt deine Flöte. Ich wünsche dir allzeit schöne Lieder. Komm, ich zeig dir einen Ausgang, wo dich niemand sieht.«

Kari war nicht sicher, ob sie diesem Angebot trauen konnte – schließlich war das *huldufólk* nicht immer zuverlässig! Womöglich war es eine Falle. Doch was hatte sie für eine Wahl?

»Prima, danke«, sagte Kari.

Erstaunlicherweise hielt das Wesen Wort. Sie krochen durch einen mit Steinen ausgekleideten Tunnel, der offenbar für Gnome und Elfen gemacht und fast zu niedrig und zu schmal für Kari war, sie musste sich auf der Seite liegend hindurchschieben. Zum Glück schien niemand sonst den Tunnel gerade zu benutzen. Eine halbe Stunde später sah Kari den offenen Himmel über sich, gerade mit tief hängenden Wolken bedeckt. Begeistert klopfte sie sich die verdreckten Knie ab – die Öffnung, durch die sie gekommen war, hatte ebenfalls nicht das richtige Format für Menschen – und bedankte sich bei ihrer Retterin. »Wo sind wir hier?«

Sie schienen sich im Innenhof eines Gebäudes zu befinden. In seiner Mitte ragte ein Felsen auf, um den herum Maßliebchen gepflanzt worden waren. »Das ist ein Ort, der dem *huldufólk* gehört«, flüsterte die Elfe, zog sie an der Hand zu einem Tor und schob Kari hindurch auf die Straße.

Inzwischen war es dunkel geworden, und das war gut so, die Dunkelheit bot Deckung. Nachdem sie sich verabschiedet hatte, nahm die nächtliche Stadt sie auf und verschluckte sie. Kari ging so lange, bis sie eine Straße ihres Viertels erkannte und wieder wusste, wo sie war.

Gehetzt blickte sie sich nach Gnomen um, die sie womöglich beobachteten und weitermeldeten, wo sie sie gesehen hatten. Doch dann zwang sie sich, zu entspannen. *Ruhig, ganz ruhig. Ich darf mich nicht verdächtig verhalten.* Noch waren einige Leute unterwegs, die durften nicht auf sie aufmerksam werden.

Wohin jetzt? In ihr Zimmer konnte sie nicht zurück, vielleicht nie mehr, ihre Allwetterjacke würde dort hängen bleiben müssen. Zum Glück hatte sie wenigstens noch ihr Geld, aber was nützte das, wenn bald jeder Mensch und jedes Wesen in dieser Stadt nach ihr Ausschau hielten? Zu Svala konnte sie nicht, mit ihr hatte sie es sich endgültig verdorben, Raik und Eva hatten gerade ganz andere Probleme und sonst kannte sie nicht gerade viele Leute in Khyona. Bjarni kam nicht infrage, sie würde den Teufel tun und seine Familie noch einmal in Gefahr bringen.

Ratlos schloss Kari die Finger um ihren silbernen Drachenanhänger, ließ ihre Gedanken einen Moment zu Ella schweifen und spürte, wie sie wieder ruhiger wurde.

Schließlich kritzelte sie eine Nachricht für Maéva auf ein Stück der Graspapierrolle, das sie zum Glück eingesteckt hatte: *Bin am gleichen Treffpunkt wie beim letzten Mal. Kommst du?* Als gerade niemand in der Nähe der Falkenstatue war, schob sie den Zettel in den Spalt. Zwar würde sie Spuren im Schnee hinterlassen, aber es war nun schon einen Tag her, dass es geschneit hatte, ihre Fußabdrücke waren längst nicht die einzigen.

Zum Glück fand sie die dunkle Toreinfahrt auf Anhieb wieder, doch damit war es auch vorbei mit ihrem Glück. Ohne ihren Umhang fror sie erbärmlich im kalten, feuchten Wind, der vom See hochwehte. Kari schlang die Arme um den Körper und suchte sich eine möglichst windgeschützte Stelle, doch bequem ging anders. Die Zeit dehnte sich in die Unendlichkeit, während sie frierend und erschöpft im Dunkeln stand und wartete. *Wie lange muss ich hier noch aushalten? Wird Maéva überhaupt auftauchen?*

Erleichtert sah Kari schließlich eine schmale Gestalt zu sich hereinschlüpfen. »Gut, dass du entkommen bist – ich habe zur Gnädigen Elin gebetet, dass du es schaffst«, flüsterte Maéva ihr zu und legte ihr behutsam die Hand auf den Arm. Dabei merkte sie wohl, dass Kari völlig ausgekühlt war, denn sie zog ihren Umhang aus und gab ihn ihr. »Hier, nimm. Ich kann mir nachher einen anderen holen, außerdem spüre ich Kälte nicht so stark wie andere Leute. Bist du schlimm verletzt?«

»Nicht so schlimm«, sagte Kari und zog sich die am Rand mit Silberornamenten bestickte Kapuze des Umhangs über den Kopf. Die Wolle war noch warm von Maévas Körper und hielt den Wind ab. Einen Moment lang schaffte Kari es tatsächlich, sich besser zu fühlen und die pochenden Schmerzen in ihrer Hand zu ignorieren. »Bist du sicher, dass du hierher nicht verfolgt worden bist? Wenn die mich finden ...«

»Ein Gnom hat versucht, mir auf den Fersen zu bleiben. Sehr nerviger Kerl, mit dem hatte ich früher schon Probleme. Diesmal hat's mir gereicht, ich hab ihn tiefgefroren.«

Das nervöse Lachen, das Kari so hasste, versuchte, aus ihr hervorzubrechen, doch diesmal gelang es ihr, es zu unterdrücken. Stattdessen sagte sie: »Verdammt ärgerlich, das alles, oder?«

»Ja. Gabrissa wusste genau, dass du tatsächlich ein Nulfohr mitgebracht hattest, aber in diesem Zustand taugte es nicht mehr als Gabe für die Götter und sie hat sich gefreut über die Gelegenheit, dich loszuwerden. Schließlich warst du nicht gerade eine erfolgreiche Assassinin.«

»Stimmt. Was ist jetzt mit dir?«

Maéva zögerte einen Moment lang, bevor sie antwortete. »Mit mir? Ich hatte, nachdem du weg warst, ein unschönes Gespräch mit Lakana und Gabrissa. Sie ...« Es dauerte einen Moment, bis Maéva weitersprechen konnte. »Sie haben mir erklärt, dass sie meinen Bruder *und* meinen Vater dem Geysir geben werden, und zwar schon sehr bald. Außer ich nehme die giftigen Kräuter, die sie aus deiner Unterkunft haben holen lassen.«

»Die Fürstin will dich zum Selbstmord zwingen?« Kari konnte kaum fassen, was sie gehört hatte. »Das ist ... das ... nein.« Sie hätte inzwischen darauf vorbereitet sein müssen, dass es solche Skrupellosigkeit gab, solche Bösartigkeit. Und doch war es ein Schock. »Aber wirst du denn dann zum Silberfalken?«

»Ja. Das geht. Leider.« Maévas Stimme schwankte, und Kari konnte nicht anders, sie musste sie einfach umarmen. Einen Moment lang hielten sie sich schweigend.

»Aber ... was können wir tun?« Kari fühlte, wie die Verzweiflung in ihr hochkroch und versuchte, sie zu verschlingen. »Es gibt keinen Ausweg mehr, für keinen von uns beiden.«

»Vielleicht doch«, sagte Maéva. »Es gibt einen Menschen, der uns jetzt noch helfen kann.«

»Wer?«

»Andrik Caymar Vikanes. Er ist der einzige Mensch, vor dem Lakana und Gabrissa Angst haben.«

Andrik. Sein Name war für Kari selbst zu einem Zauber geworden, er vibrierte durch sie hindurch und hinterließ dabei ein schwirrendes, schwebendes Gefühl.

»Das Problem ist nur, dass ich nicht sicher bin, ob er mich unterstützen würde. Wir kommen nicht besonders gut miteinander klar«, erzählte Maéva. »Das letzte Mal, als wir uns begegnet sind, habe ich ihn angeschrien.«

»Ich habe ihn auch schon angeschrien.« Kari konnte nicht anders, sie musste lächeln. »Weswegen hast *du* es gemacht?«

»Es gibt so vieles, was nicht in Ordnung ist hier in Isslar. Aber er mischt sich nicht ein. Tut so, als würde ihn das alles nichts angehen.«

»Ja, ich weiß.« Kari seufzte. »Schrecklich.«

»Aber ich kann ihn auch irgendwie verstehen. Nach dieser Sache mit seinem Bruder und seinen Eltern war er selbst mehr tot als lebendig, wir haben ihn kaum hier in Khyona gesehen, er war immer draußen und viel allein unterwegs.«

»Manche sagen, er hätte keine Gefühle.«

»Möwenkacke! Aber ehrlich gesagt möchte ich nicht unbedingt in der Nähe sein, wenn er mal wütend wird.«

»Das Problem ist, er ist sowieso gerade nicht in Khyona«, berichtete Kari schweren Herzens. »Er ist zur Katla geritten. Das ist ziemlich weit weg, oder? Kann man ihn dort irgendwie erreichen?«

»Svartur! Zur Katla?« Maéva stieß die Luft aus. »Verdammt. Nein, dort kann man ihn nicht erreichen.«

»Ich könnte hinreiten.« Der Gedanke daran lähmte Kari fast, doch die Vorstellung, dass Maéva sich selbst umbringen sollte – und es wahrscheinlich tun würde, wenn niemand etwas unternahm –, war so viel schlimmer. »Das Problem ist nur, ich habe kein Pferd mehr. Und auch sonst nicht gerade viel, von einem Platz, wo ich die Nacht verbringen kann, mal ganz zu schweigen.«

Maéva hatte sich ihr zugewandt. Sie war nur eine schwarze Gestalt in der Nacht, doch Kari hatte den Eindruck, dass die junge

Magierin sie gerade anblickte. »Weißt du, wie gefährlich die Katla ist? Und du würdest trotzdem hinreiten? Hat das etwas mit Andrik zu tun? Woher kennst du ihn eigentlich?«

»Er hat mir gezeigt, wie man ganz im Moment lebt«, sagte Kari leise. »Und wegen etwas, das ich zu ihm gesagt habe, ist er jetzt dort oben auf dem Vulkan.«

»Du magst ihn.« Es war keine Frage.

»Ja«, antwortete Kari trotzdem. *Immerhin, jetzt habe ich aufgehört, mich selbst zu belügen. Das ist doch schon mal was.*

»Und hat er auch was für dich übrig?«

»Ich glaube schon.«

Eine Weile sagte keine von ihnen etwas. Dann holte Maéva tief Luft. »Ich könnte noch mal zu Svala gehen. Sie bitten, mir den ersten Teil der Torformel zu geben, damit wenigstens du fliehen kannst.«

»Meinst du, das bringt was?« Karis Hoffnung hielt sich in Grenzen. »Was ist mit Kjell Sigurdson? Würde er sie dir geben? An meinem ersten Abend habe ich gesehen, dass ihr euch unterhalten habt.«

»Da hat er gerade abgelehnt, sich bei der Fürstin für meinen Bruder einzusetzen. Nein, vergiss es. Was mir vorschwebt, ist, dass ich ein Schiff organisiere. An der Küste haben wir mehrere Häfen, unsere Leute sind gute Seefahrer.« Maévas Stimme war wieder fester geworden, bestimmter. »Wenn Andrik die Leute in der Burg mit irgendeinem Feuerzauber ablenken könnte, befreien wir meinen Bruder, dann reitest du zum Tor und ich nehme mit meinen Leuten das Schiff, das uns nach Norgay oder Sveriga rüberbringt. Außerhalb von Lakanas und Gabrissas Reichweite.«

Anscheinend gab es auch ein anderes Norwegen und Schweden. Kari nickte. »Bleibt nur noch das kleine Problem, wie ich schnell genug zur Katla komme. Zu Fuß dauert es wahrscheinlich ein paar Tage.« *Ganz sicher wird er Maéva und mir helfen, ganz sicher,* wiederholte Kari wie ein Mantra. *Wenn er hört, was auf dem Spiel steht, wird er endlich eingreifen.*

»Die Wildpferde mögen dich. Ich versuche, sie zu überreden, dass sie dich hinbringen.« Maévas Stimme wurde wieder leiser, atemloser. »Aber du musst dich vor den Silbergeiern in Acht nehmen, einige von ihnen leben auf halbem Weg zur Katla.«

Kari nickte mit trockenem Mund.

»Dreh ihnen nie den Rücken zu. Sie werden versuchen, irgendwie zu bewirken, dass du abgeworfen wirst. Wenn du am Boden liegst und nicht mehr aufstehen kannst, werden sie dich töten. Also immer wieder aufstehen, klar?«

»Außer ich habe zwei gebrochene Beine.«

»In diesem Fall sind wir beide tot, bevor der Vollmond am Himmel steht.«

Noch einmal umarmten sie sich, und plötzlich war Kari sicher, dass es Maéva nicht kaltlassen würde, wenn ihr etwas passierte. Auf eigenartige Weise war ein Band zwischen ihnen entstanden in den letzten Tagen.

»Hast du irgendeine Idee, wo ich heute übernachten könnte?«, fragte Kari und fröstelte wieder, inzwischen war die Kälte auch durch ihren neuen Umhang gedrungen.

»Geh zu Kalur von der Schänke *Zum Blauen Eis*. Vielleicht hilft er dir, er hat nicht viel für die Fürstenfamilie übrig. Ich werde in dieser Zeit den Silberfalken um Rat bitten, damit er in der Burg bleibt und dich nicht sieht.«

Kari wagte kaum, es zu fragen. »Wie ... ist es für dich, den Silberfalken zu sehen? Und zu wissen, dass du es mit deiner Mutter zu tun hast?«

»Das ist nicht mehr meine Mutter«, flüsterte Maéva, ihre Stimme klang mühsam. »Ich versuche, nicht daran zu denken, wer der Falke mal war. Aber manchmal ... stelle ich mir vor, wie das wäre. Ein Greifvogel zu sein, fliegen zu können. Nur leider kann man das nicht genießen, wenn man keine Gefühle mehr hat.« Rasch blickte sie sich um. »Ich muss jetzt gehen. Du solltest bei Sonnenaufgang losreiten. Am besten, ich bitte die Wildpferde, dort zu warten, wo du dich sonst mit den Elfen triffst.«

»Woher weißt du, wo ich mich mit den Elfen treffe?«

»Gleich ein halbes Dutzend Gnome hat dich schon dabei beobachtet«, sagte Maéva trocken. »Ich muss jetzt gehen. Möge Elin mit dir sein. Du musst es schaffen, hörst du?«

»Ich schaffe es«, sagte Kari mit trockenem Mund.

Es klang wie eine Lüge – und nicht eine ihrer besten.

Fünf Forderungen

Durchgefroren und fertig hinkte Kari durch die Straßen. Es waren nicht viel mehr Eiswachen unterwegs als sonst. Suchten sie noch in der Burg nach ihr? Wahrscheinlich.

Sie fing Kalur im Hinterhof seiner Schänke ab, als er gerade Fässer mit Brennivin durch die Gegend wuchtete. Er lächelte ihr zu – obwohl nur eine einzelne Laterne den Hof erhellte, hatte er sie wiedererkannt, das war ein guter Anfang! Doch dann sah er sie genauer an und sein Gesicht wurde so finster wie Gewitterwolken, er ballte die Fäuste, und Kari konnte sehen, wie seine schweren Muskeln sich unter seinem Leinenhemd anspannten. »Wieso trägst du Maévas Umhang?«, knurrte er, als er auf sie zustapfte. »Das ist Blut auf deiner Tunika, ich sehe es genau! Wenn du ihr etwas angetan hast, dann zerquetsche ich dich wie eine Felsenzecke!«

Na wunderbar, also hatte auch er von ihrem Auftrag gehört! Hassten sie alle in dieser Stadt?

Kalur hob die Faust und war inzwischen nah genug, um sie auf Kari niedersausen zu lassen. Kari rettete sich hinter ein großes, mit Runen beschriftetes Fass. »Nein, ich habe ihr nichts angetan, im Gegenteil, ich will ihr helfen«, versuchte sie zu erklären, doch das wirkte anscheinend nicht sehr glaubwürdig, denn Kalur fegte das Fass beiseite, als wäre es ein Herbstblatt. Noch zwei Schritte, dann würde er sie erreicht haben.

»War dieser Umhang deine Trophäe? Du bist den Boden nicht wert, über den ihre edlen Füße gewandelt sind!«

»Sie hat ihn mir geschenkt!« Kari stellte fest, dass ihre Stimme quiekig klang vor Angst. *Dieser Wirt ist zwar nicht so massig wie ein Troll, aber immerhin zwei Köpfe größer als ich … und anscheinend ein echter Fan!*

Immerhin, jetzt hielt Kalur an. »Kannst du das beweisen?«

»Nein«, musste Kari zugeben. *Besser, ich ziehe jetzt nicht diesen weißen Dolch, schließlich hat Maéva den gleichen!* »Das Blut ist übrigens von einem Nulf, den ich erledigt habe.«

»Möge Elz deine Seele verschlingen, wenn das alles gelogen ist!«, grollte Kalur.

»Können wir irgendwo in Ruhe reden?« Nervös blickte Kari sich um, sie versuchte festzustellen, ob der Tumult unerwünschte Aufmerksamkeit erregt hatte. Anscheinend nicht … noch nicht. »Möglichst irgendwo, wo niemand mich sieht? Dann erkläre ich dir alles.«

Der trollartige Wirt verschränkte die Arme. »Hier. Wir können genau hier reden. Leg los!«

Kari legte los und schon nach zehn Sätzen wurde Kalur selbst unruhig. »Wieso hast du nicht gleich gesagt, dass dir die Wächter der Fürstin auf den Fersen sind? Dann sollten wir jetzt besser mal reingehen. Dort trauen sich die Gnome nicht hin, nachdem ich mit einem von ihnen mal Weitwurf geübt habe. Er ist bis zur Unterstadt geflogen.«

Kann ich mir lebhaft vorstellen, dachte Kari.

Wie sich herausstellte, hatte Kalur im Keller seiner Schänke ein Geheimversteck angelegt. Nachdem er einen Riesenstapel Kisten mit Kartoffeln, Zwiebeln und violetten Rüben beiseitegeschafft hatte, kam dahinter etwas zum Vorschein, das auf den ersten Blick wie rau verputzte Wand aussah, aber in Wirklichkeit aus Brettern bestand. Als Kalur sie beiseitestellte, sah Kari einen kleinen, völlig dunklen Raum, der nach überreifen Äpfeln und trockener Erde roch. »Hier drin findet dich keiner, hier kannst du bis morgen früh bleiben«, brummte er. »Die Eiswachen haben schon mal alles durchsucht und dieses Versteck nicht gefunden. Hier hast du 'ne Leuchtkugel, damit es dir nicht zu dunkel wird.«

»Danke«, sagte Kari von ganzem Herzen. Sie fühlte sich, als würde sie jeden Moment zusammenbrechen.

Oben wurde gegen die Tür gehämmert. Kari zuckte zusammen und blickte unwillkürlich hoch. »Sind das ...«

»Nur die ersten Gäste mit einem Riesendurst. Muss gleich öffnen gehen.« Kalur zögerte. »Und es stimmt wirklich, was du gesagt hast – dass die Fürstin Maéva zwingen will, sich selbst zu töten?«

»Leider ja.«

»Dieses Miststück, ich werd ihr den faltigen Hals rumdrehen!«, brummte Kalur und murmelte, beinahe zu sich selbst: »Vierte Forderung – *Mitsprache des Volkes bei der Regierung.«*

»Vierte was?« Im gleichen Moment, als sie es sagte, erinnerte sich Kari an die seltsamen, mit Kohle an eine Hauswand geschriebenen Worte. *Dritte Forderung* hatte dort gestanden, und bisher hatte sie nicht herausgefunden, was damit gemeint war. Wie es aussah, würde sich das gleich ändern!

»Früher hat hier in Isslar keine Fürstin regiert, Mädchen, sondern der ›Rat der Fünf‹. Eine Person aus jeder der Fünf Familien. Es waren gute und gerechte Zeiten, hat meine Großmutter mir erzählt. Aber dann kamen die Fürstinnen. Angeblich entstanden sie aus einer goldenen Schneeflocke.« Er grunzte. »Am schlimmsten war Lakanas Großmutter Roxa. Sie wollte jede Familie zwingen, ein Kind an die Eiswache abzugeben, und es sollte in der Kaserne aufwachsen, damit es kein anderes Leben kennt und völlig treu ist. Damals gab's die erste große Rebellion, angeführt von der tapferen Jisha und ihrem Gefährten Svendur. Fünf Forderungen hatten sie, noch heute kann jeder in Isslar sie Wort für Wort hersagen. Die erste davon war: *Kein Zugriff auf die Kinder.«*

»Was ist die dritte Forderung?«, fragte Kari.

»Keine Verhaftungen ohne Urteil eines unabhängigen Richters.«

»Ah«, sagte sie bitter. »Das ist eine verdammt gute Forderung. Ist nicht gut ausgegangen, oder? Das mit der großen Rebellion?«

»Nein.«

»Hab ich mir fast gedacht«, sagte Kari, während über ihnen wieder gegen die Tür gewummert wurde. Nichts wie rein in das Versteck. Sie zog den Kopf ein und kroch vorsichtig durch die Öffnung. Auf der anderen Seite sah es im Schein der Leuchtkugel kahl und ungemütlich aus, aber immerhin lagen ein paar Decken auf dem Boden aus gestampfter Erde. Kalur reichte ihr einen Krug Wasser und einen Nachttopf.

»Muss jetzt wirklich öffnen gehen. Erhol dich gut, Mädchen«, sagte er und befestigte die Bretter wieder, dann hörte sie, wie er die Kisten wieder davorstapelte. Anschließend polterte er nach oben, um seine ersten Gäste an diesem Abend einzulassen.

Zum ersten Mal seit ihrer Flucht aus der Schwarzen Burg wagte Kari sich zu entspannen. Ein paar Stunden wenigstens war sie sicher. Sie setzte sich auf eine der Decken, tastete nach ihrem silbernen Drachenanhänger und lauschte auf die Geräusche von oben, die nur ganz gedämpft herunterdrangen. *Ob gerade jemand, den ich kenne, in der Gaststube ist? Womöglich Daro?*

Ihr Magen knurrte beim Gedanken daran, was er wahrscheinlich dort zu sich nahm. Als sie ihre Kleidung abtastete, nach irgendwas Essbarem suchte, stieß sie wieder auf die Flöte. Glatt und kühl und vollkommen fühlte sie sich unter ihren Fingern an. Ohne nachzudenken, hob Kari sie an die Lippen, blies hinein, versuchte, ein Gefühl für das ungewohnte Instrument zu bekommen. Ihre Finger fühlten sich steif an und schmerzten, doch sie konnte der Flöte eine richtige Melodie und sogar ein paar Takte Mozart entlocken.

Irgendwie tröstete sie das.

Doch die Erschöpfung füllte ihren Körper aus wie Blei. Ein zweites Stück schaffte sie nicht, stattdessen brachte sie die Flöte wieder in ihrer Tunika unter und versuchte, sich mehr schlecht als recht auf einer der Decken zusammenzurollen. Die andere zog sie über sich. Wie erwartet fiel es ihr schwer, einzuschlafen. *»Kein Zugriff auf* *die Kinder.« Wie gruselig, dass es überhaupt nötig ist, so etwas zu fordern. Seine Kinder vor den Launen und Willkürmaßnahmen der Fürstinnen zu schützen.* Kari erinnerte sich, wie entsetzt Ella, Leyla und sie gewesen waren, als sie in Geschichte mehr über die DDR erfahren hatten. Dort war es üblich gewesen, Regimegegnern die Kinder abzunehmen und zur Adoption freizugeben. Nein, ihre Welt war nicht viel besser als diese hier und mindestens genauso grausam!

Welche Rolle hatten eigentlich die Fünf Familien bei diesen Aufständen gespielt? Hatte die Fürstin Angst davor, dass diese einflussreichen Familien irgendwann versuchen könnten, sie abzusetzen? War das der wahre Grund, warum die Fürstin es so eilig damit hatte, Gabrissa einen neuen Silberfalken zu verschaffen? Wahrscheinlich waren die Eisdrachen in Wirklichkeit nur eins von mehreren Problemen der Fürstin – und was sie mindestens ebenso sehr fürchtete, waren neue Aufstände.

Sie musste Kalur fragen, wie die anderen Forderungen lauteten. Und ob sie, solange sie hier war, irgendetwas tun konnte, um den Menschen gegen die Fürstin zu helfen.

Sei nicht naiv, schalt ein Teil ihres Ichs sie sofort. *Du bist selbst auf der Flucht, du glaubst doch nicht im Ernst, dass du dich hier engagieren kannst? Kümmere dich darum, dass du überlebst und Maéva nicht ermordet wird, was willst du noch mehr?*

Nur ganz langsam legte sich der Aufruhr in ihrem Inneren. Als der Schlaf schließlich nach ihr griff, ließ sich Kari dankbar in die Dunkelheit hineinsinken.

***

Langsam schwamm Johns Ich an die Oberfläche, kämpfte sich heraus aus dem schwarzen Nichts. Mühsam versuchte er, die Augenlider zu heben, doch beim ersten Versuch passierte gar nichts. Der zweite klappte etwas besser, aber dunkel war es immer noch. Sein

Körper fühlte sich steif und unbeweglich an, und seine Muskeln schmerzten, als hätte er einen unfreiwilligen Marathonlauf hinter sich. In seinem Handrücken steckte irgendetwas, ein Schlauch führte hinein ... oder auch hinaus, egal. Etwas gab regelmäßige piepsende Geräusche von sich, die gerade schneller wurden.

»Hilfe!«, krächzte er und war fast erstaunt, dass sein Mund tatsächlich fähig war, Laute von sich zu geben. »Ich bin ... bitte ... ist hier jemand?«

Eine Tür ging auf und ein Lichtschein fiel ins Zimmer. Jemand sagte etwas, das er nicht verstand, dann kam eine zweite Person hinzu und schien in ruhigem, bestimmtem Ton zu widersprechen. Die zweite Person, ein Mann, setzte sich auf den Rand seines Bettes.

»Wie fühlst du dich?«, fragte er ihn auf Englisch.

»Beschissen«, flüsterte John mühsam. Seine Lippen waren rau und aufgesprungen, seine Zunge fühlte sich an wie ein benutzter Putzlappen. »Sterbe ich?«

»Jetzt nicht mehr. Du warst nah dran. Deine Mutter ist ebenfalls über den Berg, bei ihr war es auch knapp.«

»Sie ist nicht ...«, begann John. Seine Mutter lebte doch in South Carolina. Weil sie sich nach ihrer alten Heimat gesehnt hatte. War doch so. Oder konnte sie hier sein? Seine Mutter. Nein, Susanna. Mutter. Sohn. Verdammt, irgendetwas hatte sein Hirn in einen grauen Brei verwandelt.

Der Mann blickte auf etwas, anscheinend einen Monitor über seinem Bett. Von dort kam das monotone Piepen. »Nicht überanstrengen, ja? Übrigens konnten wir euch nur retten, weil deine Schwester darauf bestanden hat, dass ihr vergiftet worden wärt.«

Schwester. Ja, klar, er hatte eine Schwester, nein zwei. Alice Kari Kari Alice.

»So war es auch wirklich, obwohl wir es erst nicht glauben konnten. Dein Vater wird übrigens gerade von der Polizei verhört. Zwei verschiedene Gifte – was war denn *los* in eurem Ferienhaus?«

»Cecily«, murmelte er und fühlte, wie sein Bewusstsein ihm entglitt, wie es wegrutschte wie ein Eisläufer auf einer schiefen Ebene. In seinen Ohren summte es.

War das ein Rückfall? Würde er doch sterben? Auf keinen Fall durfte ihr Name das letzte Wort sein, das er sprach!

»Sie darf ... sie darf keinen Schaden mehr anrichten«, brachte John heraus, dann ließ er sich fallen, zurück in die Dunkelheit, und das Piepen des Apparats verklang in der Ferne.

***

Kari schrak hoch, als sie von draußen Geräusche hörte. Harte Schritte. Das schabende Klappern von Holzkisten, die bewegt wurden. Dann fiel Licht in ihre Erdkammer. »Zweite Forderung – *Jeder darf frei und ohne Angst seine Meinung äußern!«*, brummte Kalur anstelle einer Begrüßung. »Bald wird's draußen hell. Hab dir was mitgebracht.«

Er reichte ihr ein mit Lammschinken belegtes Butterbrot und einen Becher mit dem herben Gelbmoostee, den sie schon kannte. Dankbar grub Kari die Zähne in das Brot und hörte zu, wie Kalur berichtete: »Ein paar Wachen waren da und haben mich ausgefragt, sind auch in den Keller gegangen, das hast du nicht gehört, oder?«

Mit vollem Mund schüttelte Kari den Kopf.

»Also halt den Kopf unten, wenn du dich auf den Weg machst. Wie geht's eigentlich zu in deiner Heimat, der Draußenwelt? Habt ihr da Gerechtigkeit?«

»In dem Land, in dem ich lebe, schon«, sagte Kari nachdenklich. »In vielen anderen nicht.«

»So sind die Leute. Kaum gibt's auch nur die geringste Chance, sich an die Macht zu klammern und andere zu unterdrücken, tut das auch irgendjemand.« Kalurs Seufzer klang wie ein Naturereignis.

Kari schüttete sich den restlichen Tee hinunter und nickte. »Sieht fast so aus. Was war damals die fünfte Forderung?«

»Dass der Rat der Fünf zurückkehrt. Ha, ob ich das noch mal erlebe. Ich glaub's eher nicht. Brauchst du frische Klamotten? Ich hab leider nur welche, die dir wahrscheinlich zehn Nummern zu groß sind. Damit kannst du nicht reiten.«

Immerhin, ein frisches Hemd organisierte er für sie – in der Mitte zusammengebunden taugte es als eine Art Unterkleid, das sie unter der dicken wollenen Tunika tragen konnte.

Vorsichtig ging Kalur vor ihr die Treppe hinauf, peilte die Lage, bevor er Kari in den Hinterhof ließ.

»Danke für alles«, sagte Kari und drückte Kalur die riesige Hand, was ihn zu erheitern schien. Erst einen Moment später erinnerte Kari sich an den Schneeflockengruß und holte ihn nach.

»Grüß Andrik von mir«, sagte Kalur. »Falls er noch lebt, wenn du ihn findest.«

»Was?« Fassungslos starrte Kari den massigen Wirt an.

»Was meinst du, bedeutet es, dass er auf die Katla steigt? Dort oben wird er sich entscheiden, ob er weiterleben will oder nicht.« Kalur hob die Hand zum Gruß, dann zog er die Tür hinter sich wieder zu.

Obwohl die Sonne schon erste Strahlen über den Horizont schickte, blieb Kari noch lange stehen, starrte die geschlossene Tür an und fühlte, wie die Angst in ihrem Magen wühlte. *Nein, nein, das ist nicht möglich, Kalur muss sich irren. Aber was, wenn nicht? Andrik darf doch nicht sterben! Nicht er.*

Nicht Andrik!

Im fahlen Licht des Morgens waren die Wildpferde nur dunkle Silhouetten, wie etwas, das ihre Fantasie ihr vorgaukelte. Doch als Kari näher herankam, sah sie die Tiere mit den Vorderhufen scharren, um unter dem Schnee etwas Fressbares zu finden, sah ihren dampfenden Atem, sah die beiden Fohlen bei ihren nicht ernst gemeinten Kämpfen. Ein kräftiger Duft nach Pferd mischte sich in die klare, kalte Morgenluft. Sie waren wirklich da.

Kari spürte, wie Freude in ihr aufstieg ... doch je näher sie kam, desto mehr wandelte sich die Freude zu Befangenheit. *Sie sind unzähmbar, lassen sich nicht mal berühren, wie hat Maéva es sich vorgestellt, dass ich sie reite?*

Willkommen, Feuermädchen! Schon trabte Royco auf sie zu, der Leithengst, und bäumte sich halb vor ihr auf. Er klang deutlich freundlicher als bei ihrer ersten Begrüßung, richtig herzlich. *Wer hätte gedacht, dass wir uns so bald wiedersehen.*

»Toll, dass ihr gekommen seid«, sagte Kari und blickte sich nach den Elfen um, doch die hielten sich fern. Sie hoffte, dass die junge Magierin ihren vierbeinigen Freunden schon erklärt hatte, worum es ging. Sonst machte die Herde womöglich kehrt und galoppierte davon, wenn sie hörte, wo es hingehen sollte. »Wir machen uns gleich auf den Weg zur Katla, ja?«

Zur Katla, erwiderte Royco grimmig und trabte im Halbkreis um seine Gefährten herum. *Wer macht den Anfang, den Menschen zu tragen?*

So weit, dass er selbst das übernehmen wollte, ging seine Zuneigung wohl doch nicht.

Ich tue es, erwiderte die weiße Leitstute Lilith und schritt über den dunklen, felsigen Boden auf Kari zu. Doch einen Meter von ihr entfernt hielt sie an, alle vier Beine fluchtbereit gegen den Boden gestemmt. Ihr Kopf war hoch erhoben, nervös zuckten ihre Ohren hierhin und dorthin, während ihre geblähten Nüstern Karis Witterung aufnahmen. *Das ist ... nicht leicht.*

Kari wagte kaum zu atmen oder sich zu bewegen. Wenn die Leitstute jetzt flüchtete, sich gegen die Aufgabe entschied, dann würde kein anderes Mitglied dieser Herde ihr helfen.

»Bitte«, sagte Kari. »Maéva hat nicht mehr viel Zeit.«

Und wie viel Zeit hatte Andrik noch? Hatte er sich schon entschieden? Bei dem Gedanken zog sich ihr Herz zu einem schmerzenden Klumpen zusammen.

Ganz langsam streckte Kari die Hand aus und ließ sie in der Luft hängen, die offene Handfläche nach oben gerichtet. Und schließlich entspannte sich die Schimmelstute, senkte den Kopf und drückte ihre Nase vorsichtig gegen Karis Hand. Nein, die Wildpferde von Isslar ließen sich nicht berühren ... aber wenn sie selbst jemanden berührten, war das natürlich etwas ganz anderes.

Jetzt gab es nur noch das Problem, dass Kari noch nie ohne Sattel geritten war – und ohne Trense erst recht nicht. Aber das würde sich irgendwie finden. Sie bat Lilith zu einem Stein, von dort aus kletterte sie auf ihren Rücken und zog ihre Reitgefährtin dabei versehentlich an der Mähne. »Oh, sorry, wollte ich nicht ...«

Kein Problem, hab ich kaum gespürt, gab Lilith höflich zurück.

Immerhin, ich bin nicht weit über dem Boden, tröstete sich Kari – die Pferde von Isslar waren zäh, aber nicht besonders groß. Karis Beine hingen auf beiden Seiten von Liliths warmem Körper herab, ihre Hände lagen locker auf dem dicken, weichen Winterfell ihres Halses. *Eigentlich brauche ich keine Trense,* wurde es Kari klar. *Zügel wären zwar praktisch, um sich daran festzuhalten, aber zu lenken brauche ich diese Pferde nicht – und wenn ich versuchen würde, sie zu kontrollieren, würden sie mir schön was erzählen!*

Gut erkannt, sagte Royco spitz.

Mit dir hat sie nicht gesprochen, Royco! Jetzt sei doch mal nett, ja? Lilith machte ein paar zögernde Schritte, schien dann sicherer zu werden und das Gewicht auf ihrem Rücken zu akzeptieren. *Na dann, zeigen wir einen flinken Huf,* sagte sie und auch Royco und die anderen setzten sich in Bewegung. Die Herde wusste offenbar, wo es entlangging, denn sie töltete flott in eine bestimmte Richtung, zu den Hügeln hin.

Kari stellte fest, dass Pferdefell glatter war, als es wirkte. Und

Tölten war zwar nicht ganz so ruckelig wie Traben, doch ein bisschen durchgeschüttelt wurde man schon. Probeweise versuchte Kari, sich mit den Schenkeln und Waden an Liliths Bauch festzuklammern, doch das schien der Stute nicht zuzusagen, ihre Schultermuskeln zuckten nervös. Schnell ließ Kari wieder locker. Nun aber begann sie unaufhaltsam zur Seite zu rutschen. Ihre Hände in die Mähne zu klammern, traute sie sich nicht, was war, wenn sie Lilith wehtat? Außerdem täte ihr das selbst scheußlich weh nach diesem Nulfbiss!

So kam es, wie es kommen musste, sie fiel seitlich vom Pferd und fand sich im kurzen, dichten Gras wieder. *Au, verdammt!*

Sofort hielt die Herde an und bog neugierig die Hälse nach hinten. *Was ist los? Musst du mal?,* fragte das ruhigere der beiden Fohlen – Níu – und betrachtete Kari mit ernsthafter Neugier, als wäre sie ein Riesenkäfer oder ein ungewöhnlich bunter Pilz.

»Nein, äh, ich bin einfach gestürzt, so was kommt vor«, sagte Kari, rappelte sich auf und kletterte auf Lilith zurück.

Halt dich doch bitte an meiner Mähne fest, wir können nicht ständig wegen dir anhalten, rügte die Stute sie. *Schließlich haben wir es eilig, oder nicht?*

»Oh ja, das haben wir«, gab Kari zurück und krallte die Hände in die buschige Mähne. Das half, und sie blieb, wo sie war, bis Lilith verkündete, müde zu sein und Ablösung zu brauchen.

Ich kann sie nehmen, meldete sich Vindur, der junge Hengst, der Kari beim Kampf mit dem Nulf geholfen hatte. Die Wunde an seinem Bein war verkrustet und er lahmte nicht mehr. Gut für ihn, einen Tierarzt gab es hier nicht.

Dankbar stieg Kari um. Der Hengst warf wiehernd den Kopf hoch, tänzelte und überredete die Herde zu einem Galopp, wahrscheinlich um den anderen zu zeigen, dass er das trotz Reiterin schaffte. Erschrocken klammerte sich Kari fest wie ein Affe, den jemand aus dem Baum zu schütteln versuchte – und blieb oben.

Schön sah ihr Reitstil garantiert nicht aus, aber Hauptsache, er funktionierte.

Als Nächstes übernahm Miraia, die Stute, die sich die lange Mähne von Elfen hatte flechten lassen. Sie hatte angenehme Bewegungen und fragte Kari unbefangen über ihre Zeit in Khyona aus. Während sie in der Nachhut der Herde eine weite, verschneite Ebene durchquerten, fiel Kari ein Pferd auf, das ein vernarbtes Gesicht hatte und nur noch über ein Auge zu verfügen schien.

»Was ist ihm denn passiert?«, fragte sie Miraia leise.

Astrum? Das waren Silbergeier, gab ihre Reisegefährtin zur Auskunft und Trauer durchzog ihre Gedanken. *Er ist ganz knapp entkommen. Damals haben die Biester auch eins unserer ganz jungen Fohlen getötet.*

Genau, und bald kommen wir in das Gebiet, wo ein Schwarm lebt. Astrum hatte offenbar mitbekommen, dass sie über ihn redeten. *Also hört ihr besser mit dem Geplapper auf und lauscht, damit ihr sie rechtzeitig bemerkt.*

Kari und Miraia schwiegen verlegen und Kari ließ die Augen unruhig über die Ebene schweifen. Doch keine großen Vögel kreisten am Himmel, und Bäume, auf deren Äste sie sich niederlassen konnten, gab es hier keine.

Inzwischen war die Herde schon einige Stunden lang unterwegs, und Kari konnte es kaum fassen, dass sie noch immer tölteten – das taten sie nun schon seit dreißig oder vierzig Kilometern! Selbst die Fohlen hielten gut mit.

Doch dann stoppten Royco und Lilith ganz plötzlich, bogen scharf nach links ab und steigerten das Tempo. Sie wirkten alarmiert.

Was ist los?, fragte Kari, obwohl sie die Antwort schon ahnte.

Ihre junge Stute gab nur ein Wort von sich, bevor sie wieder verstummte.

Silbergeier.

Am Horizont der schwarzen Gedanken

Kurze Zeit später sah Kari die drei Vogelgestalten, die auf Felsen in der Nähe hockten. Ihr Gefieder glänzte silberweiß in der Sonne, ein herrlicher Anblick, doch ihre gedrungene bucklige Gestalt mit dem nackten Hals, den eine Federkrause umgab, machte den Eindruck zunichte. *Wie groß sie sind,* dachte Kari eingeschüchtert. *Kein Vergleich mit dem Falken.* Gerade streckte einer von ihnen die breiten Schwingen, die außen in fingerförmige Federn ausliefen – drei Meter Spannweite hatte er mindestens. Alle Geier hatten die Köpfe in ihre Richtung gewandt, ihre scharfen Augen hatten sie längst erspäht und musterten sie neugierig. Begierig.

Royco und Lilith führten die Herde in einem weiten Bogen an ihnen vorbei und legten ein scharfes Tempo vor, doch die Geier erhoben sich mit behäbigen Flügelschlägen in die Luft und hatten sie innerhalb kurzer Zeit eingeholt.

Ihr wollt nichts mit uns zu tun haben, das ist beinahe beleidigend. Die Stimme, die Kari in ihrem Kopf hörte, war die eines Mannes im mittleren Alter. *Ah, ich sehe, ihr habt zweibeinige Begleitung, was für eine willkommene Abwechslung!*

Schneller, drängte Lilith ihre Gefährten. Vielleicht hatten die Geier eine Art Revier, und wenn sie es verließen, konnten diese Geschöpfe ihnen nicht mehr folgen. Kari spürte, wie Miraias Körper sich im Galopp streckte, ihre Hufe gegen den Boden hämmerten.

Aber nicht doch, wartet, wir sehnen uns nach Gesellschaft, behauptete ein anderer Geier, der anscheinend einmal eine Magierin gewesen war, denn seine Stimme in Karis Kopf war weiblich. Mit gestreckten Schwingen segelte er über sie hinweg, kaum fünf Meter über ihnen. *Du, Mädchen – nett, dass du uns besuchen kommst. Aber jemand anders wäre willkommener gewesen, du wirkst nicht besonders interessant.*

Nicht antworten!, rief Miraia in ihrem Kopf.

Deine Figur lässt zu wünschen übrig, stichelte einer der Silbergeier mit der Stimme eines jungen Mädchens, er ließ Kari nicht aus den Augen. *Ich wette, in einem Ballkleid siehst du furchtbar plump aus. Wieso isst du nicht einfach weniger, ist das so schwer?*

Kari biss sich auf die Lippe. Ja, sie hatte ein paar Kilos zu viel auf den Rippen, aber was ging das dieses hässliche Geschöpf an? *Du hast's grad nötig, Geier, am Aussehen von anderen herumzukritteln*, hätte sie am liebsten zurückgepampt, doch mühsam beherzigte sie den Rat der Stute. Einfach nicht hinhören, das war das Einzige, das sie tun konnte!

Der Schatten des dritten Geiers glitt vor ihr über den Boden und wirkte dabei absurd groß – wie ein Segelflugzeug, das zur Landung einschwebt. Groß und erschreckend nah.

Miraia galoppierte jetzt mit voller Kraft, ihr ganzer Körper war in wiegender Bewegung. Kari duckte sich über ihren Hals und beugte sich nach vorne, versuchte, sich so leicht wie möglich zu machen auf ihrem Rücken. Sie hielt sich mit beiden Händen an der Mähne fest. *Bloß nicht runterfallen, bloß nicht, nicht jetzt!*

Einer der Geier kam noch näher herab, sodass seine Krallen sie beinahe streiften, hackte dann nach einem der Fohlen. Verängstigt quiekte es auf, und sofort waren zwei Herdenmitglieder an seiner Seite, um es zu schützen. Vindur, der junge Hengst, bekam dabei einen Flügel quer übers Gesicht, er wieherte wütend und stieg. *Wenn Miraia das auch macht, rutsche ich einfach rückwärts von ihr herunter*, dachte Kari. *Und wenn ich erst mal unten liege ...*

Die Ordnung in der Herde löste sich zunehmend auf, alle liefen angstvoll durcheinander, versuchten, den Angriffen von oben zu entgehen. Miraia war ständig damit beschäftigt, ihren Herdengefährten auszuweichen, damit sie weitergaloppieren konnte. Astrum, der einäugige Hengst, schnappte wütend nach einem der Vögel, der über ihm schwebte, erwischte ihn aber nicht und schadenfrohes Keckern erklang. *Niedlich, einfach niedlich!*

Dann nahmen die silberweißen Geier wieder Kari ins Visir. *Wie stumpf du dreinblickst, Menschenmädchen, hast du überhaupt irgendwas drin in diesem Kopf?,* fragte die dritte Geierstimme. *Dumm warst du, dumm hast du von Anfang an gehandelt und damit alles noch viel schlimmer gemacht!*

Das ist nicht wahr, die wissen überhaupt nichts von mir, versuchte Kari, sich zu sagen, doch ihre innere Stimme wirkte schwach und hilflos. So wie immer, wenn sie von etwas nicht selbst überzeugt war.

Wertlos bist du, wertlos, zu nichts nutze. Nicht wert, dass jemand dich liebt. Darauf hatten sich die drei Geier anscheinend einigen können, sie verkündeten es als schauriger Chor in ihrem Kopf. *Wertlos! In allem erfolglos! Leicht zu ersetzen!*

Kari gab es auf, sich beherrschen zu wollen. »Was bringt euch dieser Psychoterror?«, schleuderte sie den Geiern entgegen. »Kann ja sein, dass ich nicht perfekt bin, aber ihr seid schlimmer! Also stürzt doch einfach ab, ihr Scheißviecher!«

Zurück kam dreistimmiges, hämisches Gelächter.

Kari ahnte, dass es ein Fehler gewesen war, mit ihnen zu reden. Es brachte nichts und vielleicht wurden sie dadurch sogar stärker? Sie musste der Versuchung widerstehen, zu antworten.

Wie auf ein geheimes Kommando gaben Royco und Lilith die Fluchtversuche auf und fielen aus dem Galopp in einen schnellen, nervösen Schritt. *Kreis bilden!,* befahl Royco und instinktiv nahmen die anderen Pferde die Fohlen und die ängstliche Stute in die Mitte. Das schien eine bessere Strategie zu sein, die Wildpferde beruhigten sich wieder etwas. Bereit, auszuschlagen, zu treten und zu beißen, starrten sie mit zurückgelegten Ohren nach oben und verfolgten die Flugbahnen der Geier. Die reagierten, indem sie sich auf ein paar Felsen in der Nähe hockten und zurückstarrten.

Ach, ist das gemütlich, sagte einer von ihnen und zog den Hals dicht an den Körper, sein großer, gebogener Schnabel schimmerte wie ein frisch geschliffenes Messer. *Wir haben Zeit, wir haben so viel Zeit.*

Kari hielt es kaum aus, dass nun Stillstand herrschte, dass sie nicht mehr vorankamen. Konnte ja sein, dass diese verdammten Geier heute nichts Besseres mehr vorhatten, aber sie, Maéva und Andrik hatten diese Zeit nicht. Vielleicht wurde gerade in diesem Moment Maévas Vater verhaftet. Und Andrik? Dachte er, es würde ohnehin niemanden interessieren, was mit ihm geschah? Er musste unendlich einsam sein dort oben auf der Eiskappe der Katla, selbst mit einem Polarfuchs als Begleiter.

Schließlich bat sie Miraia, zu Lilith zu gehen. Die weiße Leitstute wandte ihr unruhig den Kopf zu. »Wir müssen weiter«, sagte Kari hilflos. »Das hier kann dauern, oder?«

Ja, Geier sind furchtbar geduldig – und raffiniert, erwiderte Lilith bitter.

Sie hat recht, wir müssen die Belagerung durchbrechen und weiterkommen, mischte sich Royco ein. Seine Gedanken waren nur ein Hauch, er flüsterte, damit die Geier nicht mitbekamen, was sie beredeten. *Wenn ich, Miraia und Vindur durchbrechen und ihr anderen hierbleibt, dann müssen sie sich aufteilen. Mit einem oder zwei können wir fertigwerden und trotzdem weiterlaufen.*

Gut, stimmte Lilith zögernd zu. *Mach dich bereit, Feuermädchen! Etwa zwei Kilometer noch, dann seid ihr in Sicherheit. Sie überqueren fast nie den Fluss. Wir kommen später nach, ja?*

Wortlos stimmte Kari zu. Damit sie nicht abgeworfen wurde, wenn die Stute unvermittelt losrannte, umklammerte sie Miraias

Bauch mit den Beinen – am Abend würde sie den Muskelkater ihres Lebens haben! – und schlang sich ein paar Strähnen von Miraias langer, seidiger Mähne um die Hand. Sie zuckte zusammen, als dabei Druck auf ihrem Verband lastete.

Schon war es so weit, ein Ruck ging durch die drei Pferde. Alle drei galoppierten aus dem Stand an wie schwarze Pfeile, die von einer Sehne geschossen wurden. *Nur zwei Kilometer, das muss doch zu schaffen sein!*

Sie kamen keine hundert Meter weit. Plötzlich tauchte unmittelbar vor ihnen ein vierter Geier mit ausgebreiteten Schwingen hinter einem Stein auf wie ein riesiger, silbriger Kastenteufel. Das Vieh musste sich dort versteckt haben! Bevor Kari ganz kapiert hatte, was eigentlich geschah, waren Royco, Vindur und Miraia blitzartig ausgewichen. Miraia sprang zur Seite ... und Kari segelte geradeaus weiter, getragen vom Schwung des Galopps.

Der Boden raste auf sie zu, dann prallte sie auf und die Luft entwich aus ihren Lungen. Zum Glück wuchs Gras in dieser Gegend, doch hier und dort ragten Steine auf und Kari spürte jeden einzelnen davon. Einen Moment lang blieb sie einfach liegen, holte mühsam Atem und versuchte festzustellen, was sie sich gebrochen hatte und wie oft.

Menschenmädchen, die nicht reiten können, sollten es gar nicht erst versuchen, meldete sich einer der Geier zu Wort. Alle vier flatterten näher heran, verteilten sich um sie herum und reckten die Hälse, streckten die scharfen Schnäbel in ihre Richtung. Bösartig glitzernde Augen musterten sie. Kaum zu glauben, dass diese Wesen einmal gewöhnliche, vielleicht sogar freundliche Magier gewesen waren ... doch nun waren ihr Hass und ihr Hunger alles, was ihnen geblieben war.

Nicht liegen bleiben, schnell wieder aufstehen!, hämmerte es in Kari. Mühsam raffte sie sich wieder auf, kam auf die Füße und hinkte langsam, furchtbar langsam hinüber zu den drei Pferden.

Ihr Körper fühlte sich völlig zerschlagen an. Vindur stand am nächsten, er kam auf sie zu und stieß sie besorgt mit der Nase an. *Alles in Ordnung?*

»Na ja, so gut wie«, murmelte Kari verkrampft und versuchte, auf seinen Rücken zu kommen.

Sie hätte ebenso gut versuchen können, den Mount Everest zu erklimmen. Ihre Muskeln spielten nicht mit, sie kam nicht vom Boden hoch. Zu allem Übel war sein Fell schweißfeucht, und da er keinen Sattel trug, gab es nichts, an dem sie sich festhalten konnte. Vor Verzweiflung kamen Kari fast die Tränen. *Ich muss da hoch, sonst bin ich leichte Beute!* Beunruhigt sahen die anderen Wildpferde zu.

Frohlockend gingen und hüpften die Silbergeier auf ihren Klauenfüßen in Karis Richtung, die Flügel angewinkelt.

Nun mach schon, sagte Vindur zu Kari, blickte zu ihnen hinüber und tänzelte ungeduldig.

Kari nahm sich den Gürtel ab und versuchte, ihn um Vindurs Hals zu befestigen, damit sie sich daran hochziehen konnte. Dabei merkte sie, dass ihr etwas Wichtiges fehlte – der Dolch! Während die Flöte entschlossen zu sein schien, bei ihr zu bleiben, war ihr die weiße Klinge anscheinend beim Sturz aus dem Gürtel gerutscht.

Falls du das weiße Ding vermisst, Feuermädchen – das ist da vorne, erklärte Lilith, deutete kurz mit dem Kopf und drohte dann einem der Geier mit gebleckten Zähnen.

Schönes Pferdchen, braves Pferdchen, leckeres Pferdchen! Der Geier, der einmal ein Magier gewesen war, amüsierte sich prächtig. *Ihr seid zäh, aber wenn nichts anderes da ist, schmeckt ihr doch.*

Nach kurzem Suchen erspähte Kari ihre einzige Waffe ein paar Meter weiter, sie war mit der Spitze in einem Stein stecken geblieben wie eine schlechte Parodie von König Arthurs Schwert. Doch das war nicht das Schlimmste. Das Schlimmste war, dass gerade einer der Geier dabei war, darauf zuzuhüpfen und den Schnabel zu öffnen – was wollte er tun, sich ein neues Accessoire zulegen?

Kari rannte los. Jedenfalls versuchte sie es, wahrscheinlich sah ihr Gang dem eines Filmzombies täuschend ähnlich.

Sie erreichte den Stein, kurz nachdem der Geier den Schnabel um den Griff geklemmt, den Dolch hinausgezogen und mit seiner Beute davongeflattert war.

Nicht auch das noch, bitte nicht, ging es Kari durch den Kopf, während sie ihm nachblickte.

Die Geier kreischten vor Lachen. *Sie bettelt! Das ist herrlich, ja, mehr davon! Wie wäre es auf Knien?*

Ganz plötzlich und wie aus dem Nichts kam ein heftiger Wind auf. Die Böen überraschten die Silbergeier und warfen sie beinahe um. Sie mussten die Flügel ausbreiten, um ihr Gleichgewicht zu halten, und wirkten irritiert. *Jetzt sind sie abgelenkt, ich erwische die Mistviecher!* Rasch hob Kari ein paar Steine auf und schleuderte sie nach dem nächstbesten Vogel. Treffer. Beleidigt krächzend flatterte er auf, landete allerdings ein paar Meter weiter wieder und sah nicht wirklich verletzt aus.

Karis verschwitzte blonde Locken wurden ihr ins Gesicht geweht und klebten an ihren Lippen, doch sie hatte nicht mehr die Kraft, sie sich hinters Ohr zu streichen. *Ich muss ausruhen. Nur einen Moment, ich bin gleich wieder so weit.* Sie ließ sich auf wackeligen Beinen, die wahrscheinlich voller blauer Flecke waren, auf das Gras sinken. *Ganz kurz nur. Es geht gleich wieder, bestimmt.*

Seltsamerweise ließ der Wind schon wieder nach. Gut gelaunt kamen die Geier näher, wahrscheinlich glaubten sie von Karis Monolog, mit dem sie sich selber Mut zusprechen wollte, nicht mehr als ein oder zwei Worte. Sie waren Experten für Schwäche.

Ihre vierbeinigen Freunde dagegen schnaubten nervös, Unruhe kam in die Herde, und Miraias Augen waren so weit aufgerissen, dass das Weiße zu sehen war.

Obwohl Kari selbst Panik in sich hochkriechen fühlte, versuchte sie, der Stute beruhigend zuzulächeln. *Sie ist ein Elfenfan ... wahrscheinlich würde sie sich wieder beruhigen, wenn ich ihr ein Stück auf der Flöte vortrage, haha.*

Im ersten Moment war es nur ein verrückter Einfall, aber er ließ sich nicht wieder verscheuchen und kam ihr immer weniger durchgeknallt vor. Sie war ein Mädchen aus einer anderen Welt, vielleicht war es einen Versuch wert, etwas zu tun, mit dem diese Biester nicht rechneten!

Also versuchte Kari, die Angst aus ihrem Gesicht zu wischen und so entspannt zu wirken wie bei einem Picknick am Wegesrand. Lässig zog sie die Flöte hervor und spielte ein paar Töne, achtete einen Moment lang nur auf das, was ihre wunden, aber wieder etwas beweglicheren Finger taten. Erst spielte sie eine schlichte Melodie, um ein Gefühl für das Instrument zu bekommen, dann stieg sie in das Mozart-Rondo ein, das sie in der Nacht vorher geübt hatte.

Es wirkte. Selten hatte sie so verblüffte Wesen gesehen wie diese silbrig weißen Geier. *Wertlos,* murmelte einer von ihnen halbherzig. *Schwach und dumm.* Doch zwei von ihnen watschelten interessiert näher, während der dritte – der mit dem Dolch im Schnabel – sich mit kräftigen Flügelschlägen über ihnen hielt. Der vierte hörte still auf dem Boden sitzend, mit aufgeplustertem Gefieder zu. Ob diese Klänge ihn an sein früheres Leben erinnerten?

Die Pferde schienen weniger angetan.

Ich glaube, sie hat sich den Kopf angeschlagen, meinte eins der Fohlen mitleidig. *Meint ihr, wir können sie noch retten?*

Wird schwierig – sie klingt, als hätte sie einen Vogel verschluckt, brummte Royco.

Als die fasziniert lauschenden Geier weniger als einen Steinwurf entfernt waren, musste Kari sich beherrschen, um sich nichts anmerken zu lassen. Kein Blick, kein Gedanke durfte verraten, dass sie gesehen hatte, was hinter dem Rücken der vier Silbergeier geschah. Dass sich ihnen von hinten die isabellfarbene Stute und Astrum, der einäugige Hengst, näherten.

Kari spielte noch ein paar Takte ... dann stürmten die beiden Wildpferde voran, überwanden die letzten Meter, bevor die alarmierten Vögel aufflattern konnten. Ein gezielter Huftritt der Stute zerschmetterte den Schädel des ersten Silbergeiers, dann nahm sich Astrum das zweite Wesen so gründlich vor, dass von ihm nur noch ein blutiges Bündel Federn übrig blieb. Vor Schreck ließ ihr fliegender Kollege den Dolch aus dem Schnabel fallen – er durchbohrte den dritten Geier vom Rücken bis zu den Klauen, ein mattes Flappen war sein letztes Lebenszeichen.

Beeindruckt setzte Kari die Flöte ab und blickte hoch. »Saubere Arbeit, Flattervieh.«

Der Angesprochene machte sich gerade davon, so schnell ihn seine Schwingen trugen.

Jetzt ist mein Fohlen gerächt, sagte die Stute leise und mischte sich wieder unter die anderen Pferde, als sei nichts geschehen.

Sagen wir es mal so – mein eines Auge ist hin, aber von ihren Augen noch ein paar mehr, weil sie nämlich tot sind, gab Astrum von sich. Er klang ausgesprochen beschwingt. *Was ist, geht's jetzt endlich weiter? Ich könnte dich tragen, Feuermädchen, ich bin nicht so groß wie Vindur. Auf mich kommst du drauf, was wetten wir?*

Kari wettete nicht, und das war gut so, denn sonst hätte sie verloren.

Kurz darauf waren sie wieder unterwegs.

Gletschereis

Die Wildpferde brachten Kari bis zum Rand der Eiskappe, die sich über dem Vulkan wölbte. Aus dem Reiseführer hätte sie bestimmt erfahren können, wie dieser Gletscher hieß. Mit schmerzenden Beinen ließ sich Kari von Astrums Rücken gleiten und sah sich um. Weiter oben leuchtete der Gletscher blendend weiß in der Sonne, doch hier unten schob sich seine Zunge rissig und grauschwarz verfärbt in die grün-braun-schwarze Landschaft. Ein Fluss aus Schmelzwasser rauschte unter der Gletscherzunge hervor talwärts.

Ein einzelner Mensch mit einem Polarfuchs war in dieser weiten, unirdischen Landschaft nur ein Staubkorn. Sie hatte keinen Schimmer, wie sie Andrik hier finden sollte – und Maéva wartete sicher schon verzweifelt auf Nachricht, ob er ihnen helfen würde, Maéva und ihre Familie vor der Fürstin zu schützen! Wieder einmal, wie schon so oft, drückte die Mutlosigkeit Kari nieder.

Viel Glück, wünschte ihr Lilith und Kari schlang spontan die Arme um ihren Hals, drückte sie dankbar. Inzwischen durfte sie das anscheinend, denn Lilith warf nur kurz den Kopf hoch. »Ihr wart großartig – danke!«, sagte Kari.

Lilith senkte den Kopf und schnaubte verlegen. *Wir werden in der Gegend bleiben und uns ausruhen, ein bisschen weiden und so was. Wenn du uns für den Rückweg brauchst, mach ein kleines Feuer, dann kommen wir.*

Gemächlich wanderte die Herde davon, ein dichter Pulk aus schwarzen Rücken und sahnefarbenen Mähnen.

Kari setzte den Fuß auf das raue, von Vulkanasche verfärbte Eis der Gletscherzunge. Hier und da flossen Rinnsale darüber oder waren Steine hineingesunken, wahrscheinlich hatte der Vulkan sie hierhergeschleudert. Es kam Kari fast so vor, als könnte sie ihn spüren, wie er unter ihren Füßen lauerte, ein gewaltiges, schlafendes Raubtier, ein ganzer Berg, der es auf sie abgesehen hatte.

Wenn ich das jemals Mam erzähle, dreht die durch, dachte Kari. Ihre Mutter ging gerne in den Alpen wandern und hätte sich gegruselt darüber, dass sie hier ohne Steigeisen an den Schuhen, Helm und Eispickel unterwegs war. *Das ist lebensgefährlich, ja Mam, ich weiß … aber habe ich eine Wahl, oder was?*

Vorsichtig umging Kari die zum Teil wassergefüllten Risse und Spalten. Manche gingen so tief hinab, dass sie den Grund nicht sehen konnte. *Was ist, wenn ich an einer Stelle mit morschem Eis durchbreche? Dann war's das. Niemand wird mich finden und herausholen. Andrik weiß ja nicht mal, dass ich hier bin!*

Das Gelände wurde nach und nach steiler, schroffe Flanken aus bläulich weißem Eis umgaben Kari, hin und wieder mit Spuren von Asche darin. Eine zerklüftete Landschaft aus purer Kälte, voller Grate und Täler, die wie mit einem Messer geschnitten wirkten. Hartnäckig stapfte Kari voran, obwohl ihr Körper sie um eine Pause anbettelte. Immer wieder rutschte sie aus und knallte schmerzhaft mit Hintern oder Knien auf den Gletscher. *Noch ein paar mehr blaue Flecken, vielen Dank.*

»Andrik!«, brüllte Kari immer wieder, so laut es ihre Lungen hergaben, doch kaum war ihre Stimme verklungen, war die Stille der Bergwelt wieder vollkommen. Sie war der einzige Mensch auf einem fremden Planeten. Einem furchtbar kalten Planeten, sie fröstelte trotz Maévas Umhang.

Er ist nicht da. Lebt er überhaupt noch? Vielleicht ist unser Schicksal schon besiegelt – seins, meins und Maévas …

Als hätte dieser Gedanke sie zu Boden geschmettert, fiel sie wieder hin … und blieb auf dem Eis sitzen, obwohl die Feuchtigkeit durch ihre Kleidung kroch. Ihr war nach einem Heulkrampf zumute, doch stattdessen entschied sie, ganz im Moment zu sein. So, wie Andrik es ihr gezeigt hatte. Kari begann, tief zu atmen, ihrem Atem nachzuspüren, wie er durch Nase und Mund strömte. Wie kalt und klar die Luft hier schmeckte! Kari konzentrierte sich auf ihren Herzschlag, versuchte, all ihre Sinne für Eindrücke zu öffnen. Fühlte, wie sie langsam ruhiger wurde – obwohl manche dieser Eindrücke *kalt, kalt, feucht* lauteten.

Auch ein seltsames Geräusch nahmen ihre Ohren auf. Es klang, als schlurften winzige Füße in ihrer Nähe vorbei. Was konnte das sein?

Kari hob die Augenlider. Es *waren* kleine schlurfende Füße. Sie gehörten einer Kolonne von Gnomen, die ungefähr so groß waren wie die Barbiepuppe, die sie im Kindergarten mal gehabt und mit bunten Filzstiften und Stoffresten zur Punk Doll umgerüstet hatte, damit sie aussah wie ihre Mutter früher. Allerdings waren diese Wesen nicht halb so hübsch. Ihre Haut war runzelig und rau wie Baumrinde, nur eben weiß; strohige, wie Glasnudeln wirkende Haare hingen ihnen bis über den Rücken und ihre Kleidung bestand aus grauweißen Fetzen. Hin und wieder bückte sich einer der Gletschergnome, kratzte irgendetwas aus dem Eis – einen Stein und etwas Schwarzes, war das eine Rabenfeder? – und steckte es in einen Stoffsack, den er auf dem Rücken trug. Keines der acht Wesen, die hintereinander über den Gletscher zogen, nahm Notiz von Kari, obwohl sie keine drei Meter von ihr vorbeitappten.

»Hey, ihr da!«, rief sie zu ihnen hinüber und der vordere Gnom drehte ihr das zerfurchte Gesicht zu. Kari spürte, wie ihr Atem schneller ging. »Ihr kommt bestimmt viel herum, oder? Habt ihr zufällig einen Jungen mit einem Fuchs gesehen?«

»Kommen viel herum, ja, ist so«, murmelte der Gnom und warf ihr einen misstrauischen Blick zu. »Müssen Talismane suchen. Füchse sind nicht gut, nein, schlechte Medizin sind sie!«

»Der Junge hat dunkle Haare, er heißt Andrik«, versuchte es Kari noch einmal.

Einen Moment lang sah sie Erkennen in seinen Augen aufleuchten, aber dann wich es wieder dem Desinteresse. »Starke Magie hat Katla-Gletscher, gute Talismane suchen wir«, brabbelte er, wandte sich ab und setzte sich wieder in Bewegung. Bald darauf war die Gnomkolonne hinter einer Eismauer außer Sicht.

Wieder musste Kari gegen die Mutlosigkeit ankämpfen. Sie schloss die Finger einen Moment lang um ihren Drachenanhänger und nestelte dann die Flöte hervor, die all das überstanden hatte, ohne Schaden zu nehmen. Unendlich müde blickte Kari darauf herab. Andrik war nicht da, was für einen Sinn machte es, sie erklingen zu lassen?

Es macht Sinn, dachte sie trotzig und beugte sich zu einer Pfütze hinunter, um mit einem Schluck des eisigen, klaren Gletscherwassers ihren Durst zu löschen. *Das hier ist ein Ort der Erinnerung. Ich werde im Gedenken an Andriks Eltern und seinen Bruder spielen. Ich hoffe, ihr drei lebt irgendwo in Isslar zufrieden als Silberfalken!*

Feierlich hob sie die Flöte, ohne ihre schmerzende Hand zu beachten, und begann ein Requiem, das sie für ein Konzert letztes Jahr auswendig gelernt hatte. Schickte die Töne hinaus in die Weite und spürte, wie Frieden in ihr einkehrte.

Dann zwang sie sich, wieder aufzustehen. Die Pause hatte nicht geholfen, nun kam ihr das Vorankommen noch mühsamer vor. In ihrem Magen wühlte der Hunger, ihr ganzer Körper war schwach und schmerzte, außerdem fraßen die Sehnsucht nach Andrik und ihre Angst um ihn an ihrem Herzen. *Lebt er noch? Er kann das doch nicht getan haben, Kalur irrt sich, ganz sicher!*

Immer weiter ging sie, wie viel Zeit war vergangen? Wann würde es dunkel werden? Hier gab es keinen Ort, an dem sie rasten konnte, irgendwann würde sie umkehren müssen. Schon bald.

Kari spürte, wie ihre Konzentration nachließ, sie konnte es nicht verhindern. Und das rächte sich. Ihr Fuß glitt ab, sie fiel ... ausgerechnet an einer steilen Stelle! Kari spürte, wie ihr Körper ins Rutschen geriet, auf dem Rücken glitt sie bergab. Sie warf sich herum, versuchte, die Finger in einen Riss im Eis zu krallen, irgendwo Halt zu finden. Doch ihre vor Kälte geröteten Finger rutschten von der glatten Fläche ab, wurden aufgeschürft, ihre Fingerkuppen bluteten schon.

Schluchzend vor Verzweiflung merkte Kari, dass sie immer schneller bergab rutschte, ihr Körper immer mehr Schwung gewann. Eisiges Wasser durchnässte ihre Kleidung, drang an ihre Haut ... und plötzlich ging es steil bergab. Das Wasser rauschte einen Schacht aus glattem, blau schimmerndem Eis hinab, gewunden wie ein riesiges Schneckenhaus, und riss sie mit sich. Kari schrie auf, stemmte instinktiv Ellenbogen und Füße nach außen, versuchte, ihren Sturz abzufangen und sich irgendwie zu verkeilen.

Es klappte, ihr Sturz war gestoppt! Ihre Schuhspitzen hatten in einer Nische Halt gefunden. Doch sie sah keinen Weg nach oben und das eisige Wasser, das pausenlos von überall nachströmte, ließ ihre Finger gefühllos werden. Kari merkte, wie ihre Zähne unkontrolliert aufeinanderschlugen. *Eine Gletschermühle! Ein Loch, das sich Schmelzwasser gegraben hat, das durch den ganzen Gletscher hindurchgeht. Hier aus eigener Kraft rauszukommen, ist unmöglich. Ich bin auf dem gefährlichsten Vulkan von Island, und was mich umbringt, ist Eis!*

Wie dick war die Eisschicht dieses Gletschers, wie weit ging es in die Tiefe? Zwanzig, dreißig, fünfzig Meter?

Noch während Kari darüber nachdachte, schob sich ein Gesicht über den Rand der Gletschermühle und jemand blickte neugierig auf sie herab. Jemand mit einem pelzigen, fast weißen Gesicht mit spitzer Schnauze und runden Ohren.

Kari konnte es kaum fassen – war das Sio? »Hilfe!«, brüllte sie zu ihm hoch. »Bitte, ist Andrik in der Nähe? Sag Andrik, dass ich Hilfe brauche!«

Wenn sie Pech hatte, war es ein wilder Polarfuchs. Aber irgendwie konnte sie das nicht glauben, ein wildes Tier wäre vor ihr geflüchtet, statt sie aus der Nähe zu beglotzen.

Eine Ewigkeit später kam auch Andriks Gesicht hinzu, erst verblüfft, dann erschrocken. Ein Seil schlängelte sich zu ihr nach unten, doch Karis Hände waren so steif gefroren, dass sie es kaum fassen konnte. Und wenn sie ihre Lage veränderte, drohte sie sofort, in den glatten blauweißen Abgrund zu rutschen. Als Andrik es merkte, kam er selbst in die Gletschermühle herab, mit einem zweiten Seil gesichert, mit Füßen und Händen vorsichtig Halt suchend.

»Kannst du dich an mir festhalten?«, rief er ihr zu, wollte das Seil an ihr befestigen, um sie hochzuziehen ... doch in diesem Moment rutschte Karis Fuß ab, sie verlor den Halt.

Wieder entfuhr ihr ein Schrei, sie glitt tiefer, stemmte sich mit aller verbliebenen Kraft gegen die glitschigen Eiswände.

Andriks Gesicht war vor Anspannung wie versteinert. Er ließ sich noch ein Stück weiter am Seil herab, beugte sich in ihre Richtung, streckte die Hand aus. »Jetzt!«, schrie er sie an.

Mit weit aufgerissenen Augen reckte sich Kari nach seiner Hand, doch dadurch rutschte sie noch weiter ab. *Ich werde hier sterben, das war's.* Der Gedanke war eigentümlich klar.

Anscheinend war Andrik fast am Ende seines Seils angelangt. »Spring!«, hörte sie ihn brüllen, er hielt ihr weiterhin die Hand hin. Das meinte er nicht ernst – wenn sie ihren Halt aufgab, dann war ihre letzte Chance dahin!

Nein, das hier IST meine letzte Chance. Also los.

Kari stieß sich ab, mit aller Kraft. Schaffte es ganz knapp, seine Hand zu ergreifen, beinahe hätten es ihre steifen Finger nicht fertiggebracht, sich mit seinen zu verschränken. Doch sein Griff war eisern, und mit unglaublicher Kraft zog er sie zu sich hoch, schlang den Arm um ihre Hüfte und begann, sich am Seil nach oben zu arbeiten.

Kurz darauf standen sie beide wieder auf der Oberfläche des Gletschers, und Andrik hielt sie ganz fest, drückte sie an sich, während Kari ihr Gesicht in seiner Halsbeuge vergrub. Sein Körper war so unglaublich warm, so warm und lebendig. *Er lebt und er ist hier bei mir!*

Es war gut, dass er sie hielt; sobald er losließ, würde sie zusammenbrechen.

Wie es dazu kam, dass sich ihre Lippen näherten, dann fanden? Kari wusste es nicht, doch auf einmal küssten sie sich, erst unsicher, dann so, als sei es das Einzige, das jetzt wichtig war. Einen Moment lang waren Schmerzen und Kälte weit weg, pirschten sich ihre Hände, die gerade prickelnd auftauten, in seine dunklen, verstrubbelten Haare, strichen über seinen Dreitagebart, den sie noch nie an ihm gesehen hatte. In seinen hellen Augen standen Freude und Sorge und eine große Wärme für sie. Wie hatten all diese anderen Leute nur glauben können, er habe keine Gefühle?

Als sich ihre Lippen wieder voneinander lösten, stammelte Kari: »Ich ... normalerweise halte ich meine Versprechen, weißt du ... aber diesmal ging es nicht ... wie gut, dass du mich gefunden hast ... ich ...«

»Das erzählst du mir später, in Ordnung?«, sagte Andrik. Wie zärtlich seine Stimme klang! Er nahm ihre Hände in seine, um sie zu wärmen, und betrachtete besorgt ihr Gesicht, an dem eine Stelle schrecklich brannte. Wahrscheinlich aufgeschürft. »Erst mal müssen wir dich trocken bekommen, sonst erfrierst du. Und dann müssen wir runter von der Eiskappe, bevor die Nacht anbricht.«

Dagegen hatte Kari nicht wirklich etwas einzuwenden. Sie spürte ihre Füße schon längst nicht mehr und ihre durchnässte Tunika klebte ihr eisig auf der Haut.

»Hast du zufällig Ersatzklamotten dabei?«, fragte Kari mit klappernden Zähnen.

»Ja, aber die brauchen wir nicht«, sagte Andrik, sie sah, dass er den Blick auf sie richtete, sich konzentrierte. Erschrocken sah Kari, dass eigenartige grünliche Flammen um ihre Füße herum aufloderten, als hätte etwas ihre Stiefel in Brand gesetzt. Rasch griffen die Flammen auf ihre Hosen über und Kari wollte aufschreien, zurückweichen. Doch als die Schmerzen ausblieben, begriff sie, dass diese Flammen sie nicht verletzten.

»Ganz ruhig«, sagte Andrik. »Dauert nicht mehr lange.«

Die Flammen züngelten höher, über ihren Pullover und Umhang bis zu ihrem Kragen. Sie stand in einem Meer aus grün-gelbem Feuer, aber alles, was sie spürte, war eine angenehme, intensive Wärme, die ihren ganzen Körper durchdrang. Dampf stieg aus ihrer Kleidung auf, als sie im Zeitraffer trocknete. Dann erlosch das Feuer um sie herum langsam, und staunend strich Kari über ihren trockenen Ärmel, bewegte die Zehen in ihren Stiefeln, die nur noch innen an der Sohle ein klein wenig feucht waren.

»Wow«, sagte sie. »Danke.«

Aufgeregt trippelte Sio um sie herum und fiepte.

»Das war Scheinfeuer«, erklärte Andrik, während er den in den Boden verkeilten Eispickel löste, an dem er das Seil befestigt hatte. »Harmlos und manchmal nützlich. So, nächster Punkt.« Er nahm seine Steigeisen ab, Metalldornen, die mit Lederriemen an seinen Schuhen befestigt waren. Er kniete nieder und befestigte sie sorgfältig um Karis Stiefel. »Du setzt die Füße genau dorthin, wo ich es tue, klar? Nicht schlurfen, grab die Dinger richtig fest ins Eis.«

»Okay. Aber was ist mit dir?«

»Ich schaff das schon. Aber nicht im Dunkeln, es hat sich zu viel verändert, seit ich zuletzt hier war. Also los, ab nach unten.«

»Was ist mit der Katla? Was ist, wenn sie ausbricht oder ...«

»Keine Sorge. Das macht sie nicht gegen meinen Willen.«

Kari konzentrierte sich darauf, genau dort aufzutreten, wo er es tat. Es war eine Erleichterung, sich auf jemanden verlassen zu können, nicht mehr denken zu müssen. *Wie herrlich, in seiner Nähe zu sein. Wir sind wieder zusammen. Alles wird gut.*

»Wie hast du mich überhaupt gefunden?«, fragte sie ihn.

Zu ihrer Überraschung lachte er leise. »Sio hat mir berichtet, dass er hier irgendwo Musik gehört hat. Ich habe behauptet, das könne nicht sein, ich müsste ihm wohl mal wieder die Ohren putzen. Aber dann hat er mich in diese Richtung geführt und ich habe es selbst gehört. Tja, und irgendwann später dann deinen Schrei. Gerade noch rechtzeitig, würde ich sagen.«

»Jetzt denkst du endgültig, ich bin eine irre Draufgängerin.« Er hatte ihr das Leben gerettet. Was für ein seltsamer, schöner Gedanke.

Seine Stimme war ruhig, aber grimmig. »Ich denke, du wirst einen verdammt guten Grund gehabt haben, hierherzukommen, nachdem ich dich davor gewarnt habe.«

»Ja, das habe ich, gleich erzähle ich dir alles ...«

Als es fast dunkel war, kamen sie endlich an der Spitze der Gletscherzunge an und traten vom Eis herunter auf feuchtes Geröll. Beinahe wäre Kari aus reiner Erschöpfung noch einmal gestürzt, wenn Andrik sie nicht aufgefangen hätte. Die letzten Meter bis zu einer trockenen, geschützten Stelle gingen sie gemeinsam, sein Arm lag über ihren Schultern, stützte sie. Kari fühlte sich so geborgen wie selten zuvor, und sie ahnte, dass sich ein verträumtes Lächeln auf ihre Lippen geschlichen hatte.

»Brucheis, wann hast du eigentlich zuletzt was gegessen?«, murmelte Andrik. »Du fühlst dich an wie ein Vogel, der aus dem Nest gefallen ist.«

Kari zog eine Grimasse. »Essen? Hm ... äh ... das dürfte heute früh gewesen sein. Oder gestern früh. Schwer zu sagen.«

Er verzog das Gesicht. »Das kenn ich. Manchmal vergesse ich

einfach zu essen. Esther findet das schrecklich, sie bringt mir immer mal wieder was vorbei. So, hier können wir erst mal bleiben.«

Durch ein paar Felsen am Rand des Tals war eine windgeschützte Nische entstanden, dort lag ein Stapel Treibholz bereit. Kari zog sich ein großes Holzstück heraus, setzte sich darauf und blieb sitzen. Zutraulich kuschelte sich der Polarfuchs an sie, legte den Kopf auf ihr Knie und rollte sich zu einer pelzigen Kugel zusammen. Jetzt erst brachte Kari es über sich, zu fragen: »Wer ist Esther?«

»Eine Dienerin, die früher für meine Familie gearbeitet hat. Sie kommt immer noch manchmal vorbei, kocht was, flickt meine Sachen, so was in der Art. Am liebsten würde sie mich noch mehr bemuttern, aber das ist nicht so mein Fall. Meine richtige Mutter war da schlimm genug, ständig gute Ratschläge und irgendwelche Leckerbissen, damit ich nicht noch dünner werde.«

Kari war erleichtert. Keine Freundin! »Esther hat keine Angst vor dir, oder?«

»Zum Glück nicht.« Andrik lächelte. »Zu jedem, der es hören will, sagt sie, dass ich ein guter Junge bin, nur ein bisschen eigensinnig.«

Wie sich herausstellte, hatte Andrik in der Nähe seine Sachen versteckt. Kurz darauf hatte Kari eine Decke über den Schultern, kaute an einem Stück Trockenfleisch und sah zu, wie Andrik ohne jedes Hilfsmittel ein Feuer in Gang brachte. Er konzentrierte sich einfach kurz – und schon leckten Flammen über das alte Treibholz.

Dann kehrte er zu ihr zurück und inspizierte sie noch einmal. »Was hast du mit dieser Hand gemacht?«

»Das war ein Nulf. Fieses Biest.«

»Sigurds Rache! Du hast mit einem Nulf gekämpft?« Mit hochgezogenen Augenbrauen blickte Andrik sie an.

»Es war eine Bewährungsprobe«, berichtete Kari. »Ich habe das Vieh getötet, aber Gabrissa hat mich trotzdem durchfallen lassen.«

»Sieht ihr ähnlich.« Andrik verzog den Mund. »Ich bin froh,

dass nicht der Nulf gewonnen hat.« Er kramte in seinem Rucksack. »Zum Glück habe ich eine Salbe dabei, hat mir der beste Medikus von Isslar gemacht. Das Zeug hat mich schon mal gerettet, als mein Seil gerissen ist und ich ein Stück abgestürzt bin. Eine Eiskante hat mir das Bein aufgeschlitzt, aber die Salbe hat's wieder gerichtet.«

»Oje! Und du warst allein, oder? Niemand konnte Hilfe holen?«

»Ich bin meistens allein. Das ist schon in Ordnung so.«

Es tat weh, verarztet zu werden, doch Kari genoss seine Berührungen, die behutsame Art, wie er die Salbe auftrug. Ja, das Zeug war gut, sie fühlte schon, wie es wirkte. Oder war das seine Nähe, die ihre Schmerzen linderte? Wahrscheinlich beides.

Kari sah, dass inzwischen die Wildpferde aufgetaucht waren, der Widerschein des Feuers erhellte ihre Gestalten. Ihre Augen warfen das Licht zurück, als sie etwa zwanzig Meter von Kari und Andrik entfernt stehen blieben und warteten. *Wir haben das Feuer gesehen, heißt das, du bist bereit für den Rückweg?,* fragte der Leithengst Royco.

Bald, erwiderte Kari und erklärte, was geschehen war und was sie nun plante.

Noch immer gönnte sich Andrik keine Pause, rasch setzte er aus Zutaten in seinem Rucksack eine Suppe auf. Als er den Topf über die Flammen stellte, griff er mitten ins Feuer, ohne sich irgendetwas anmerken zu lassen. *Es kann ihm nichts anhaben, es ist sein Verbündeter,* ging es Kari durch den Kopf. Es fiel ihr schwer, die Augen von ihm zu lassen. Seine Bewegungen waren rasch, sicher und geschmeidig wie die der Martial-Arts-Kämpfer aus den Filmen, zu denen ihre Freundin Leyla sie und Ella daheim manchmal überredete. Er wirkte wie ein Kämpfer, obwohl er keine einzige Waffe trug ... das hatte er nicht nötig, er war selbst gefährlich genug.

»Was genau hattest du vor hier auf der Katla?«, fragte ihn Kari und nahm ihren ganzen Mut zusammen. »Kalur hat gesagt ... dass du hier vielleicht entscheidest ... ob du weiterleben willst.«

»Ja, das stimmt.« Er sagte es, als sei es nichts Besonderes. Völlig ohne Selbstmitleid.

Auch diesmal war es ein Schock. *Ich könnte ihn anflehen. Ihm vorschwärmen, wie wunderbar das Leben sein kann. Ihn noch einmal küssen, das sowieso.* Doch all das fühlte sich gerade nicht richtig an. Was konnte sie sagen, ohne dass es völlig bescheuert klang? In Karis Kopf jagten sich die Formulierungen und wurden eine nach der anderen abgeschossen. Schließlich fragte sie einfach: »Und, wie sieht's aus?«

»Ganz gut«, sagte er, setzte sich neben sie und blickte nachdenklich in die Flammen. »Als ich dort oben war ... habe ich plötzlich wieder gesehen, wie schön es hier ist. Unglaublich schön. Obwohl an diesem Ort so viel geschehen ist.«

Gutes Zeichen, dass er wieder etwas wie Freude fühlen kann! Kari nickte. Ja, schön war es, andere hätten sich solche Landschaften als Kalenderbild an die Wand gehängt. Dort waren sie harmlos und eine Augenweide!

»Außerdem habe ich einen Adler gesehen«, erzählte Andrik weiter. »Das ist ein gutes Omen. Ich träume ziemlich oft vom Fliegen und jedes Mal kann ich mich deutlich daran erinnern, komisch, oder?«

»An wichtige Träume erinnert man sich deutlicher«, meinte Kari. »Was für Träume hast du denn für dein Leben? Dinge, die du gerne noch tun möchtest und so was?«

»Darüber habe ich auch nachgedacht dort oben auf dem Gletscher«, sagte Andrik und blickte ins Feuer. »Ein paar Ideen hätte ich da tatsächlich ...«

Ihre Hände waren nur wenige Zentimeter voneinander entfernt ... und bewegten sich nun aufeinander zu. Strichen übereinander, streichelten sich. Kari konnte es kaum fassen. Hier waren sie, endlich zusammen und miteinander allein, und gerade hatte dieser unglaubliche Junge ihr mehr oder weniger gesagt, dass sie ihm wichtig war. Dass er davon träumte, mit ihr zusammen zu sein. Oder bildete sie sich das nur ein?

Nein, anscheinend nicht, denn nun rückten sie näher, bis sich ihre Körper berührten, sie seine Wärme spüren konnte. Dieser Kuss dauerte länger, war nicht so wild, diesmal nahmen sie sich Zeit. Dabei lag sein Arm um ihre Hüfte, Kari schmiegte sich an ihn und Freude durchflutete sie wie ein goldener Strom.

»Tja, und noch während ich so vor mich hin grübelte, gab es plötzlich etwas Wichtigeres als mich und diese schwarzen Gedanken.« Andrik zog sie noch fester an sich, atmete tief durch und schaute wieder ins Feuer, beobachtete die Funken, die in den Nachthimmel stoben. »Also, ich denke, das schaffe ich irgendwie. Das mit dem Leben.«

»Darüber bin ich froh ... wahnsinnig froh«, sagte Kari, nahm seine freie Hand und drückte sie ganz fest. »Ich hatte die ganze Zeit Angst auf dem Weg hierher, weißt du?«

»Aber deswegen – wegen mir – bist du nicht losgeritten, oder?«, meinte Andrik nüchtern, ohne Gekränktheit. Weil inzwischen die Suppe fertig war, ließ er Kari behutsam los, schöpfte ihr eine Blechschale voll und reichte sie ihr. Sofort schlürfte Kari sie gierig aus. Andrik aß ebenfalls schweigend und wartete, bis sie fertig war, dann fragte er: »Also, was ist passiert?«

Kari hätte ihn gerne noch einmal geküsst, doch von einem Moment auf den anderen passte die Stimmung nicht mehr, Andrik wirkte ernst und beunruhigt.

Erst stockend, dann immer sicherer, begann Kari von ihrer Bewährungsprobe zu erzählen, von der Art, wie Gabrissa sie behandelt hatte, von ihrer Flucht. Dann von ihrem bisher letzten Treffen mit Maéva. Ein Schauer überlief sie, als sie davon berichtete, und unwillkürlich zog sie die Decke enger über sich. »Sie wollen sie zum Selbstmord zwingen ... und ich glaube, das schaffen sie, wenn niemand ihr hilft!«

»Niemand kann Maéva helfen«, sagte Andrik ruhig. »Sie ist viel zu tief in all diese Intrigen verstrickt, und es gibt zu viele Leute in Isslar, die davon profitieren, wenn sie ein Silberfalke wird.«

»Das klingt, als wäre sie irgendwie mit der Fürstin im Bunde!«

»Ist sie auch, sie dient ihr seit Jahren und hat geholfen, so manches durchzusetzen, was den Leuten in Isslar nicht gutgetan hat. Zum Beispiel eine Regelung, dass Menschen bestraft werden, die ihr Herdfeuer fahrlässig ausgehen lassen.«

»Oh, echt?« Das hatte Kari nicht gewusst. *Bestimmt hat Maéva das tun müssen, wahrscheinlich war sie nur widerwillig dabei!*

»Außerdem glaube ich nicht wirklich, dass Gabrissa damit durchkommen würde, Maéva zum Selbstmord zu zwingen. Die Fünf Familien würden sich vielleicht den Rebellionen anschließen, wenn gleich drei Mitglieder der Familie Fjellkar der derzeitigen Regierung zum Opfer fallen. Was wiederum heißt, es ist nur eine Drohung und Maéva muss sich einfach nur weigern. Dann passiert nichts.«

»Aber das weiß sie nicht! Sie würde alles tun, um ihren Vater und ihren Bruder zu retten!« Kari hatte das Gefühl, kaum noch Luft zu bekommen.

»Warum, glaubst du, ist Maéva eine der wichtigsten Beraterinnen der Fürstin? Weil sie klug ist, deshalb. Klüger als die meisten Leute, die ich kenne. Sie wird selbst drauf kommen.«

»Sie stand in den letzten Tagen unter einem wahnsinnigen Druck.« Wie von selbst krampften sich Karis Hände um den Rand der Decke. »Ich bin nicht sicher, ob sie noch so kühl und rational denkt, vor allem, wenn das Leben ihres Bruders und ihres Vaters auf dem Spiel steht. Willst du das wirklich riskieren? Die Fürstin hat Angst vor dir, du könntest sie unter Druck setzen, dass sie mit diesem Mist aufhört – mit diesen Machenschaften, um ihrer Familie die Macht zu sichern! Sie muss den Weg frei machen für eine gerechtere Regierung.«

»Das hieße, dass ich mich faktisch zum Herrscher von Isslar erheben würde.« Ruckartig stand Andrik auf und ging neben dem Feuer hin und her. Sein Gesicht war unbewegt, doch an seinem rauen Atem hörte Kari, wie aufgewühlt er war. »Aber diese Regierungsgeschäfte widern mich an, dieses Taktieren und Verhandeln und Unter-Druck-Setzen. Du siehst ja, wohin das alles führt. Meine Welt ist hier draußen, verstehst du das nicht?«

Als er sich umwandte und sie ansah, loderte in seinen Augen der Widerschein der Flammen. »Und wer bist du überhaupt? Jetzt sag mir nicht, du bist eine Assassinin! Die Assassinin, die versucht, ihrer Zielperson das Leben zu retten, ist noch nicht geboren! Also sag mir bitte die Wahrheit.«

Seine Stimme war schneidend geworden – er war wütend auf sie.

Na, das lief ja wirklich gut!

Mit aller Kraft

»Es tut mir leid, ich hatte nie vor, dich zu belügen«, brachte Kari mühsam heraus.

»Also, was ist? Wie heißt du wirklich? Nicht Cecily, oder?«

»Kari Schneider.«

»Und was machst du hier in Isslar?«

»Überleben. So gut es geht. Ich wollte nicht herkommen, das war nur eine Verwechslung!« Kari hatte genug von dem Verhör, sie spürte, wie sich ihr Temperament entzündete. Sie stand auf und warf die Decke zur Seite.

»Eigentlich hatte ich neulich schon vor, es dir zu sagen, aber es gibt so viele Ohren, die mithören, wenn man das gar nicht gebrauchen kann. Und vorher wollte ich nicht darüber sprechen ... ein Geheimnis, das einen den Kopf kosten kann, behält man erst mal für sich, ist doch klar, oder?«

Andrik wollte etwas sagen, doch Kari war noch nicht fertig. »Also, was ist jetzt, reitest du mit mir zurück, um Maéva zu helfen? Du könntest die Eiswachen mit einem ordentlichen Feuerzauber ablenken, während sie und ich ihren Bruder befreien und fliehen – sie übers Meer, ich durchs Tor.«

Mit verschränkten Armen stand er ihr gegenüber, und Kari hatte das furchtbare Gefühl, dass ihre Worte ihn nicht erreichten.

»Du hast die Torformel inzwischen?«, fragte er nur.

»Nein!« Am liebsten hätte Kari losgebrüllt. »Aber Maéva beschafft sie mir, sie versucht es noch mal bei Svala.«

»Euer Plan hat so große Löcher, dass man mit dem Karren hindurchfahren könnte!«

»Wenn er nicht funktioniert, wandeln wir ihn ab. Also – kommst du mit oder nicht?«

Er zögerte lange und das Schwanken zwischen Bangen und Hoffnung zerriss Kari fast.

Natürlich wird er helfen, er ist mutig und hat ein gutes Herz, versuchte sie, sich zu beruhigen, und streichelte Sio, der mit angelegten Ohren zwischen ihnen hockte.

Doch dann schüttelte Andrik den Kopf. Und etwas in Kari zerbrach.

Nein? Er sagt Nein! Aber das kann nicht sein, das ...

»Tut mir leid, Kari, aber das kann ich nicht tun. So ein Feuerzauber, wie ihr ihn bräuchtet, wäre unglaublich ris...«, begann er.

Doch Kari ließ ihn nicht ausreden, es fühlte sich an, als hätte ihr Blut begonnen zu sieden. »Seit wann bist du *feige?«* Jetzt schrie sie wirklich, es war wieder einmal so weit. »In der Schänke damals hast du eingegriffen – war das einfach nur, weil dich dieser Streit gestört hat? Geht es dir nur um dich, begreifst du nicht, dass andere es vielleicht genauso schwer haben?«

Mit zitternden Fingern riss sie Maévas Umhang an sich, streifte ihre Stiefel über und marschierte los.

Er kam ihr nicht nach.

Wieso habe ich eigentlich auf ihn gezählt, nachdem er mich schon bei Bjarni im Stich gelassen hat? Er will nicht mit Schicksalen spielen, um keinen Preis ... auch wenn dieser Preis ein Menschenleben ist! Auf Karis Gesicht mischten sich Tränen der Wut und der Verzweiflung, während Royco mit ihr auf dem Rücken durch die Dunkelheit galoppierte. Die Wildpferde waren still während des Heimwegs, auch sie schienen verwirrt und traurig zu sein. Kannten sie Andrik? Mochten sie ihn? Hatten sie damit gerechnet, dass Menschen sich gegenseitig unterstützten, wenn sie in Gefahr waren ... so wie sie selbst innerhalb der Herde?

Leider läuft es bei uns nicht immer so, dachte Kari bitter und von Royco kam wortloses Mitgefühl.

Schließlich war Kari so müde, dass sie während des Rittes einnickte – ihr Kopf sackte nach vorne, und mit einem Ruck wachte sie auf, als sie aus dem Gleichgewicht geriet. *Wir müssen eine Pause machen, es geht nicht anders,* erklärte sie ihren vierbeinigen Gefährten. Eins der Fohlen – Eldur, das wagemutigere der beiden – schob sich unter Karis Arm und versuchte, sie zu stützen, als sie zu einer mit Gras bewachsenen Stelle wankte. Als Dankeschön kraulte sie ihm die Stirn.

Kaum hatte sie sich auf den kalten Boden gelegt und in den Umhang gewickelt, war sie weg, als hätte ihr jemand einen Schlag auf den Kopf verpasst. Als die Pferde sie weckten, schien kaum Zeit vergangen zu sein. *Besser, wir laufen weiter – diesmal trage ich dich,* sagte Lilith und blies ihr ihren warmen Atem entgegen. Kari nickte. Drei andere Pferde schoben von hinten, damit sie überhaupt auf Liliths Rücken kam. Gut, dass das ihre Reitlehrerin nicht gesehen hatte!

Irgendwie muss ich es schaffen, Maéva trotzdem zu helfen.

Andrik zu vergessen.

Diesen Kuss zu vergessen.

Verdammt!

Als die Sonne wieder über den Horizont gestiegen war, fiel es Kari leicht festzustellen, ab wann sie in der Nähe von Khyona waren. Immer mehr Karrenwege und schmale Pfade durchzogen die Gegend, und schließlich konnte Kari die Nebel sehen, die über der Stadt schwebten.

Kari bat ihr Pferd – Astrum diesmal –, anzuhalten. *Aus welcher Entfernung könnt ihr Maéva erreichen? Niemand in der Stadt darf mich sehen, es wäre gut, wenn wir von hier aus herausfinden könnten, in welcher Lage sie nun ist.*

Das festzustellen, ging schneller, als Kari erwartet hatte. Schon von Weitem sah sie eine Reiterin, die ihren Schimmel zu einem wilden Galopp anspornte, auf sich zukommen. Mit gespitzten Ohren blickte die Herde ihr entgegen, und Kari ahnte, um wen es sich handelte. *Das ist sie!*, jubelte Miraia, während der Wind mit ihrer langen, seidigen Mähne spielte – die Hälfte der Zöpfchen war inzwischen aufgegangen.

Maéva? Kari ließ sich von Astrums Rücken gleiten und lief der Reiterin entgegen.

Maéva zügelte ihr Pferd, sprang ab, noch bevor es zum Stillstand gekommen war, und stürzte auf Kari zu. Noch nie hatte Kari die junge Magierin so blass gesehen, unter ihren Augen waren tiefe Ringe. Gehetzt blickte sie sich um. »Was ist mit Andrik? Ist er nicht mitgekommen?«

Karis Gesichtsausdruck gab ihr die Antwort.

Einen Moment schien es, als würde Maéva an Ort und Stelle zusammenbrechen, der Laut, den sie von sich gab, war furchtbar. Kari packte sie an der Schulter. »Erzähl! Los, sag – ich muss wissen, was ...«

Maéva riss sich zusammen und die selbstbeherrschte Beraterin in ihr kam wieder zum Vorschein. »Gestern schon haben sie meinen Vater aus unserer Wohnung geholt. Ich habe um Bedenkzeit gebeten ... hat nichts genutzt. Stattdessen haben sie mir die Flasche mit dem Gift überreicht. Hab ich nicht getrunken. Hab gehofft, du kommst jeden Moment mit Unterstützung zurück oder die Fünf Familien würden endlich mal protestieren gegen das, was die Fürstin macht. Aber dann ...«

»Was dann?«, fragte Kari gequält.

»Gerade habe ich erfahren, sie sind schon dort ... beide ... die Fürstin hat sie schon zum Drekihöfud bringen lassen! Meinen Bruder und meinen Vater.«

Der Schreck fuhr Kari durch Mark und Bein. Also hatte Andrik falsch vermutet! Er hatte unterschätzt, wie wichtig es der Fürstin war, ihre Tochter mit einem neuen Silberfalken versorgt zu wissen. »Das ist der Geysir, oder? Den die Fürstin für Hinrichtungen verwendet?«

Stumm nickte Maéva. Zwei der Wildpferde – Royco und Lilith – schritten neben sie, schoben ihr tröstend die Schnauzen entgegen, knabberten an den Säumen ihres Umhangs, stießen sie mit dem Kopf an. *Wir fürchten heißes Wasser nicht,* stellte Royco fest. *Vielleicht können wir das Unheil noch verhindern?*

Maéva kämpfte darum, die Fassung zu behalten. »Vielleicht. Dieser Geysir springt nur alle zwölf Stunden ... aber bald müsste es wieder so weit sein.«

Selbst für die Wildpferde war es hart, wieder ein solches Tempo vorzulegen – Vindur, auf dem sie ritt, flockte schon Schaum ums Maul, sein Fell war schweißfeucht und sein ganzer Körper dampfte in der kühlen Luft. Doch er galoppierte weiter. Schließlich musste eine Stute mit den zwei Fohlen zurückbleiben, sie schafften es nicht mehr.

Eine Frage rumorte in Kari, sie musste sie einfach stellen. »Hast du die Torformel bekommen?«, rief sie zu Maéva hinüber.

»Ja, Svala hat sie mir gegeben, ich habe sie sogar auf einem Zettel. Dafür musste ich ihr allerdings die Wahrheit über dich sagen, sie konnte es erst gar nicht fassen.« Ein rasches, verzerrtes Lächeln. »Du kannst also ab jetzt gehen, wann du willst.«

Es traf Kari wie ein Pfeil mitten ins Herz. *Ich kann gehen, einfach so? Abhauen? Zurück zu Alice und Mam und ja, auch zu John und seinem Vater? Frei! Ich bin frei!*

Nein.

Genau das – einfach gehen – konnte sie eben nicht. *Es würde mich für immer verfolgen, wenn ich nicht wenigstens versucht habe, diese Menschen zu retten. Dafür ist mir Maéva zu wichtig geworden.*

Dass sie wieder in einem Gebiet mit heißem vulkanischem Untergrund waren, merkte Kari daran, dass ein Hauch von Schwefel in der Luft zu liegen schien. Immer wieder mussten die Wildpferde in Schritt oder Tölt zurückfallen, wenn es galt, Gegenden mit dünner, graugelber Kruste über schlammigem Untergrund zu überqueren.

Schon von Weitem sah Kari die Menschen, die sich um den Geysir versammelt hatten, erkannte das Holz-und-Eisen-Gestell, mit dem Verurteilte in den Strahl des heißen Wassers geschwenkt werden konnten.

Sie waren so weit entfernt, dass die Leute dort sie wahrscheinlich noch nicht bemerkt hatten. Maéva zügelte ihr Pferd und richtete sich in den Steigbügeln auf. Ihr Körper wirkte gespannt wie eine Bogensehne. »Elin sei Dank, sie leben noch! Aber man hat den Käfig schon über den Geysir geschwenkt.«

Kari straffte sich, heiß jagte das Blut durch ihre Adern. Das hieß, jetzt ging es um Minuten. Sie kniff die Augen zusammen, um noch mehr erkennen zu können, und spürte, wie die großen Muskeln des Hengstes sich unter ihr bewegten. Vindur, den sie gerade ritt, konnte kaum still stehen, so wie sie starrte er zum Geysir hinüber. *Etwa zwanzig Leute in Grau und vier in anderer Stoffhülle,* stellte er fest, seine Augen waren besser als ihre.

»Eiswachen und ein paar Leute aus der Burg, aber keine Zuschauer. Sie hat niemandem gesagt, was sie mit meiner Familie vorhat.« Die junge Magierin lachte bitter auf. »Hätte ja jemand auf die Idee kommen können, dass hier ein Unrecht geschieht. Nicht alle Rebellen aus Haakons Gruppe sind gefangen genommen worden, die restlichen hätten vielleicht versucht, ihn zu retten. Außerdem halten ein paar Mitglieder der Fünf Familien zu uns Fjellkars.«

Zwei Leute gegen zwanzig. Das waren keine besonders guten Chancen. »Vielleicht könnten wir Freunde von dir und deinem Bruder zusammentrommeln und ...«

Maéva lächelte flüchtig. »Keine Zeit. Wir beide, das muss genügen. Aber erst ... die Formel.« Sie kramte in ihrer Tasche, und einen Moment befürchtete Kari, sie hätte diesen Zettel mit der Torformel genauso verschlampt wie zahllose Taschentücher. Doch dann zog sie ein gefaltetes Quadrat Pergament hervor. »Hier, falls wir einen schnellen Abgang machen müssen.«

»Danke«, sagte Kari gerührt. Sie musste einen Moment suchen, bis sie an ihrer geliehenen Kleidung eine Tasche gefunden hatte, in der sie den Zettel sicher unterbringen konnte. Das erinnerte sie an die Kleider-Trocknungsaktion des verdammten Kerls, dessen Namen sie am liebsten nicht mal *gedacht* hätte. Und doch immer wieder denken musste.

Andrik.

»Also, was machen wir? Du bist Magierin, kannst du diese Wachen dort vorne nicht einfach gefrieren lassen – ein paar Minuten würden ja schon reichen ...«

»Mir schwebt eher ein kräftiger Hagelschauer vor«, sagte Maéva grimmig. »Ich sorge dafür, dass er die richtigen Leute trifft. Aber dafür muss ich mich konzentrieren.« Sie biss sich auf die Lippe und blickte Kari an. »Als Allererstes müssen wir meine Familie von diesem Geysir wegbekommen. Das heißt, wir müssen den Kerl loswerden, der auf diesem Gestell sitzt, und dann den Käfig wegschwenken.«

»Das versuche ich, während du sie ablenkst.« Kari konnte es kaum fassen. In ihrem alten Leben war das Aufregendste, das sie erlebt hatte, bei Rot über eine Kreuzung rennen zu müssen, um den Bus noch zu erwischen, mit ihrer Querflöte bei einem Konzert aufzutreten oder mit dem Kanu durch ein paar Isar-Stromschnellen zu paddeln. Und hier war sie schon wieder in Lebensgefahr, diesmal sogar irgendwie freiwillig. Zahllose Leute aus ihrer Klasse hätten gesagt, dass sie nicht richtig tickte.

Der Großteil der Herde blieb in sicherem Abstand zurück, während sich Maéva und Kari den um den Geysir versammelten Eiswachen näherten. Ein plötzlicher Schneeschauer aus dem Nirgendwo tarnte ihre Annäherung, aber wahrscheinlich konnten sich die Soldaten schon denken, woher der Kälteeinbruch kam. Schließlich hatten sie es hier mit der Familie Fjellkar zu tun.

Höchstens noch hundert Meter, fünfzig. Kari versuchte zu erkennen, wo das Gestell war, auf das sie hinaufklettern musste.

Dann begann der Hagel. Der Lärm war ohrenbetäubend, als die hühnereigroßen Eisklumpen auf den Boden prasselten. Dreck spritzte hoch und an grasbedeckten Stellen prallten die Hagelkörner noch einmal hoch wie Gummibälle. Obwohl das Getöse fast alles übertönte, hörte Kari Flüche und Rufe von den Eiswachen. Auf dem Boden begann sich eine weiße Schicht zu bilden, und Vindur musste die Hufe vorsichtig aufsetzen, um nicht auszugleiten. Weder er noch sie hatten eins der Geschosse abbekommen.

»Da vorne!«, rief Maéva Kari zu. Ja, jetzt sah sie es selbst, dort war das Krangestell, eine verwaschene Silhouette im Weiß.

Weit genug entfernt saß Kari von Vindur ab, bat ihn, hier stehen zu bleiben, und ging mit einem scheußlichen Gefühl in der Magengrube direkt auf die Eiswachen zu. Einfach so, als sei es ganz selbstverständlich – durch den Schneeschauer konnte man kaum einen Meter weit blicken, aber falsche Bewegungen konnten sie verdächtig machen. Damit es auf den ersten Blick so wirkte, als gehöre sie dazu, hob Kari die Arme über den Kopf, als wolle sie sich vor dem Hagel schützen. Währenddessen bewegte sie sich seitwärts auf den Käfig zu. *Das wird nicht lange funktionieren, aber vielleicht lange genug!*

Es funktionierte ungefähr dreißig Sekunden lang. Dann sah einer der Soldaten sie zufällig aus der Nähe, stieß einen Alarmruf aus und zog sein Schwert, ohne weiter auf das Bombardement von oben zu achten.

Mist, verdammter!, dachte Kari und rannte über die Hagelschicht rutschend und stolpernd los, auf die Holzkonstruktion zu.

Eine Wache kam von der Seite auf sie zu, um sie abzufangen, hatte sie fast erreicht ... und wurde von einem Eisklumpen am Kopf getroffen. Er stürzte und blieb liegen, wo weiter Hagel auf ihn einprasselte. *Danke, Maéva!*

Karis Herz schlug so schnell und hart, als versuche es, aus ihrem Körper zu entkommen. Jetzt hatte sie den Turm erreicht. Sie legte die unverletzte Hand um eine Holzstrebe und zog sich auf die Leiter, die zum Bedienersitz in etwa drei Meter Höhe führte, einer einfachen Holzplatte zum Sitzen und einer zweiten, damit die Füße Halt fanden. Das machte leider den Soldaten auf sie aufmerksam, der dort oben hockte und sich zum Schutz seinen Umhang wie ein Dach über seinem Kopf aufgespannt hatte. Verwundert blickte er auf sie herab und fragte etwas, das man über den Lärm des Hagels nicht verstand. Aber der Inhalt war nicht schwer zu raten.

»Befehl von der Fürstin, die Hinrichtung ist aufgeschoben!«, brüllte Kari und kletterte ein paar Sprossen höher.

»Was?«, schrie der Mann mit ungläubigem Blick zurück. »Warum?«

»Wegen Darth Vader.« Noch drei Sprossen!

»Darf wer? Zeigt mir den schriftlichen Be...«

Kari kam in Reichweite. Mit beiden Händen packte sie ihn am Oberteil der Tunika, riss ihn daran nach hinten und schaffte es, ihn aus dem Gleichgewicht zu bringen. Doch als der Mann mit den Armen ruderte, um nicht zu stürzen, bekam er ihren Umhang zu fassen, Kari wurde nach vorne gerissen und hätte selbst beinahe den Halt auf der Leiter verloren. Instinktiv duckte sie sich und schlüpfte nach unten aus ihrem Kleidungsstück. Mit einem nutzlosen Stück Stoff in der Hand kippte der Mann hintenüber und prallte drei Meter tiefer auf den Boden.

Hastig kletterte Kari selbst auf das Sitzbrett, das noch warm war, und peilte kurz die Lage. Durch das Schneetreiben konnte sie den Käfig mit zwei geduckten Gestalten darin ausmachen und die

Silhouetten einiger Eiswachen, die den Kampf bemerkt hatten und in ihre Richtung eilten. Verzweifelt musterte sie die Bedienhebel. *Wie schade, dass ich mich nie für Baustellen und Kräne begeistern konnte, so wie Alice als Kind! Welcher verdammte Hebel macht was? Und ich muss schnell sein, dieser Geysir kann jeden Moment springen!*

Sie hatte keine Wahl, sie musste die Dinger durchprobieren. Kari zog an einem rot bemalten Hebel und der Käfig senkte sich – *nein, nein!* Panisch probierte sie stattdessen einen grün bemalten Griff aus. Bingo, das Gestell inklusive ihres Sitzes ruckte nach links und begann sich zu drehen. Nur hatte sie wohl etwas zu kräftig gezogen, die Drehung war so schnell, dass ihr beinahe schwindelig wurde. Der Ausleger beschrieb eine weite Kurve und der an einem Tau befestigte Käfig folgte pendelnd der Bewegung.

Ja, gut, weiter so ...

Weil der Käfig immer noch tief hing, fegte er auf seinem Weg im Kreis ganz nebenbei fünf Eiswachen zu Boden, die sich nicht rechtzeitig aus seiner Bahn geworfen hatten. *Besten Dank!* Das Problem war nur, die Drehung wieder zu stoppen. *Jetzt langsam mal aufhören ... anhalten ... STOPP, verdammt noch mal!*

Der Holzkran vollführte eine ganze Drehung und kam dann wieder an der Ausgangsstelle zum Stehen. Schon hing der Käfig mit den beiden Gefangenen wieder über dem wassergefüllten Schlund. Entsetzt sah Kari, dass dessen Oberfläche bereits in Bewegung geriet, wogte. Blubbernd stiegen Blasen darin auf. Panisch riss Kari am Hebel ... so heftig, dass er sich prompt verklemmte. *Das gibt's doch nicht! Nein, nicht jetzt, los, verdammtes Ding, komm schon!*

Nichts zu machen.

Vielleicht hatte sie nur noch Sekunden. Kari zwang sich, vorsichtig den roten Hebel zu drücken, so unlogisch es ihr auch erschien. Der Käfig schwebte hoch ... Mist, höher ging es nicht ... reichte das, wie hoch stieg die Säule kochenden Wassers? Um sich zu verbrühen, genügte es wahrscheinlich, wenn man von der Gischt dieses Drachenkopf-Geysirs eingehüllt wurde!

Maévas Vater schrie irgendetwas in ihre Richtung, was Kari nicht verstand, und umklammerte die Gitterstäbe, während Haakon sich waagrecht hingelegt hatte, so gut es ging, und sich gegen die Seiten des Käfigs stemmte, sie mit Fußtritten bearbeitete.

Einen Moment lang sah Kari Maéva nicht weit von der Öffnung des Geysirs entfernt stehen, sie hatte die Hände vor den Mund geschlagen und starrte mit schreckgeweiteten Augen zu ihnen hinüber. Wahrscheinlich hoffte sie noch, dass Kari es irgendwie hinbekam, dieses Krangestell zu bewegen.

Tut mir leid, dass ich dich so im Stich gelassen habe, es tut mir so unendlich leid, dachte Kari ... und dann jagte ein gewaltiger Strahl aus Wasser und Dampf in die Höhe.

Aufruhr

Maéva stieß einen durchdringenden Schrei aus, von dem Kari wusste, dass sie ihn nie vergessen würde ... und etwas geschah mit dem Geysir. Er verlangsamte, schien zu zögern und bewegte sich dann nicht mehr. Als der Dampf verflogen war, sah Kari staunend, dass er zu einer Skulptur aus Eis geworden war, einer zackigen weißen Lanze, die aus dem Boden ragte und bis zu einem halben Meter unter den Käfig reichte. Aus der Ferne wirkte es, als strecke er sich danach aus.

Maévas Hände fielen herab wie welke Blätter, sie wankte. *Oh nein, wahrscheinlich hat sie sich völlig verausgabt, als sie das kochende Wasser in Eis verwandelte!*

Es sah fast so aus. Von einem Moment auf den anderen hörte es auf zu hageln, der Schneeschauer verzog sich und der weiße Nebel begann sich zu lichten. Das hieß leider auch, dass die Eiswachen einen deutlicheren Blick darauf bekamen, wie Eindringlinge ihnen gerade diese Hinrichtung ruinierten. Eben erteilte ein Offizier Befehle und formierten sich seine verbliebenen Leute zu einer Abwehrlinie.

Auch Maévas Bruder wirkte einen Moment lang ermattet und Kari begriff. *Maéva und er haben das mit dem Geysir zusammen gemacht, ihre Kräfte gebündelt!* Maévas Vater übernahm dafür die Fußtritte. Ein splitterndes Krachen verriet Kari, dass er es geschafft hatte, den Käfig zu demolieren. Mehrere Bodenstangen waren zerbrochen ... wahrscheinlich hatten die Konstrukteure nicht damit gerechnet, dass jemand versuchen würde, in *diese* Richtung zu entkommen.

Während Kari hastig vom Sitz des Gestells herunterkletterte, beobachtete sie staunend, dass die beiden Gefangenen am gefrorenen Geysir herabkletterten, immer wieder ein Stück abrutschend, vorsichtig nach einem Halt suchend. Hoffentlich verletzten sie sich nicht an den nadelspitzen Seiten! Aber das war den beiden wahrscheinlich gerade egal, sie beeilten sich, denn schon begann die Eisschicht an der Basis des Geysirs zu bröckeln und zu bersten. Jetzt, da niemand ihn mehr kontrollierte, brach sich seine Kraft wieder Bahn ... und an seinem Fuß warteten schon mit Schwertern bewaffnete Wachen.

Kari rannte los, zu den Pferden der Eiswachen hin, die in der Nähe angebunden waren. Mit fliegenden Fingern knotete sie ihre Zügel los, einen nach dem anderen, und verpasste den Tieren einen Klaps auf die Kruppe. »Haut ab, los! Ihr habt frei! Verpisst euch!«

Erst widerwillig, dann lebhafter setzten sich die Pferde in Bewegung und trotteten davon. Alle bis auf die drei, deren Zügel Kari im Griff behielt, und Maévas Schimmel – wenn sie ihren Freunden jetzt die Pferde brachte, konnten sie vielleicht noch abhauen!

Inzwischen hatten die Eiswachen mitbekommen, was vor sich ging. Zwei von ihnen rannten mit wuterfülltem Blick auf sie zu, und einer von ihnen rief anscheinend sein Pferd, das sie gerade zu entführen versuchte. Na klasse. Jetzt wusste sie zumindest, dass das Tier Eyvindur hieß. Hastig versuchte Kari aufzusteigen, doch statt geduldig zu warten, lief ihr neues Reittier im Kreis, sie hatte keine Chance, sich in seinen Sattel zu ziehen. »Bleib doch stehen, Eyvindur!«, fauchte sie, doch das Pferd zuckte nur irritiert mit den Ohren und schaute sich nach seinem Herrn um.

Schon hatten die Soldaten sie erreicht, und obwohl Kari um sich schlug, trat und biss, war es ein ungleicher Kampf. Bevor sie dazu kam, ihren Dolch zu ziehen, hatten die beiden sie schon überwältigt und ihre Handgelenke gepackt.

Auch Maéva, ihr Bruder und ihr Vater waren inzwischen verhaftet worden. Unter freiem Himmel wirkte Haakon noch größer und breitschultriger, er hatte einen stolzen, geraden Blick. Kari bemerkte, dass er sie erkannte, er wirkte nur mäßig überrascht, sie hier zu sehen, und schenkte ihr einen Blick, den man in ihrer Welt mit *»Shit happens«* hätte übersetzen können. Müde nickte Kari ihm zu. *Ja. Kann man so sagen.*

Maévas Vater war ebenso groß und kräftig wie Haakon, wirkte aber gebeugt, fast erloschen. So, als wäre er lange unter der Erde gefangen gewesen, auch wenn das in Wirklichkeit das Schicksal seines Sohnes gewesen war. »Es hat keinen Sinn«, sagte er zu Maéva, die noch immer glasige Augen hatte und schwach zwischen zwei Wachen hing, aber immerhin bei Bewusstsein war. Besorgt versuchte Kari, ihrem Blick zu begegnen – keine Chance. *Hat sie aufgegeben? So wie ihr Vater?*

»Master, mir scheint, das ist das Mädchen, das die Fürstin suchen lässt«, verkündete einer der Soldaten, der Kari im Griff hatte. Kari wünschte ihm Pest, Cholera und ein Dutzend rachsüchtige Trolle an den Hals.

»Immerhin etwas.« Der Offizier, ein älterer Mann mit harten Zügen, ließ einen angewiderten Blick von Haakon über seine restlichen Gefangenen schweifen. »Wir haben noch immer die Order, an diesen beiden Fjellkars die Todesstrafe zu vollziehen.« Er deutete mit dem Kinn auf Haakon und den Vater. »Nun denn, wenn es sein muss, dann eben mit dem Schwert. Es macht keinen Sinn, einen Tag lang auf den nächsten Ausbruch zu warten. Wyran, Jul, ihr erledigt das.«

»Ihr macht einen Fehler.« Maévas Stimme war schwach, wurde aber kräftiger. »Ihr wisst, dass Gabrissa sich auf mich verlässt, sie wird ...«

Immerhin erwies der Offizier ihr die Höflichkeit, sich ihr zuzuwenden. »Nein. Dies hier ist bestimmt kein Fehler, solange ich es ...«

Ein Vibrieren, sie fühlten es alle. Erst ein leichtes, das durch die Sohlen ihrer Stiefel hochkroch, dann ein stärkeres, das ihren Körper rüttelte. Kari sah, wie der Offizier plötzlich das Interesse an ihnen verlor, suchend den Kopf wandte ... und seine Augen sich weiteten. Die gesunde Farbe verließ sein Gesicht und wurde ersetzt von einem aschgrauen Ton.

»Master? Master!«, fragte der Soldat der Eiswache, der Kari festhielt.

»Die Katla.« Der Offizier sagte es tonlos, doch die Soldaten hörten es aus irgendeinem Grund alle, tauschten schnelle Blicke. Kari konnte spüren, wie sie nervös wurden, wie der Griff um ihre Handgelenke sich lockerte. Wahrscheinlich hätten einige von ihnen jetzt liebend gerne die Zeigefinger gekreuzt, wenn sie eine Hand frei gehabt hätten.

Eine Ahnung erfasste Kari, eine freudig-erschrockene Ahnung. Sie verrenkte sich den Hals, versuchte, in die gleiche Richtung zu blicken wie der Offizier. Als es ihr gelang, wusste sie sofort, dass sie so etwas wahrscheinlich nie wieder sehen würde – oder sehen wollte. Eine gigantische Aschewolke, schon jetzt höher als jeder Turm und stetig wachsend, alles verschlingend, wallte über den Bergen nach oben. Ein Ungetüm, groß wie eine Gewitterwolke, aber von einem undurchdringlichen Grau, in dem Blitze zuckten.

Freude, Furcht, Staunen, Entsetzen – Kari hätte nicht gedacht, dass all diese Gefühle gleichzeitig in ihr Platz hätten, sie wechselten in kurzer Folge. *Er war das, er hat das hier entfesselt, das ist der Feuerzauber, der uns retten kann! Aber hoffentlich ist ihm nichts passiert, wie weit ist er entfernt vom Krater? Was ist, wenn der Gletscherlauf ihn erwischt?*

Mit offenen Mündern, in ehrfürchtigem Schrecken verstummt, blickten die Eiswachen zu der stetig wachsenden Wolke hinüber. Kari löste ihren Blick davon, ihre Augen glitten hin zu Haakon, der erst sie eindringlich anstarrte, dann seinen Vater und Maéva –

so lange, bis sie alle auf ihn konzentriert waren und den Vulkan ignorierten.

Jetzt, sagte sein Kopfnicken.

Mit aller Kraft riss Kari sich los, rammte der Wache, die sie gepackt hielt, den Ellenbogen in den Magen, trat der anderen mit aller Wucht gegen das Schienbein, rannte los – zu den Pferden hin. Sah aus den Augenwinkeln ein Handgemenge schräg hinter sich, hörte auf einen Körper auftreffende Schläge, einen Aufprall. Rannte weiter. Merkte, dass Maéva neben ihr lief, hörte das Geräusch von schnellen Schritten ganz in der Nähe – Haakon und Maévas Vater hatten sich ebenfalls befreien können.

Diesmal müssen wir es schaffen, wer weiß, was Andrik dafür geopfert hat! Wenn wir diesmal nicht entkommen, sind wir tot.

Dann zogen sie sich auf ihre neuen Pferde, die sehr nervös wirkten, bereit zur Flucht vor dem Vulkan. In der Hast verlor Kari einen Steigbügel, als sie angaloppierten, egal, nur weg hier! Ihr Fuchs wirkte so verängstigt, dass er wahrscheinlich gleich durchgehen würde. *Soll er doch. Dann geht's noch schneller.*

Kari klammerte sich an den Zügeln fest und ließ den Fuchs laufen, weg von der Aschewolke, nach Süden in Richtung Meer, wo hoffentlich das Schiff auf Maéva und ihre Familie wartete. *Erst mal mitreiten. Einfach weg hier. Dann zum Grünen Tor, das finde ich von hier aus eh nicht.*

In ihrem Kopf war ein dumpfer Druck. Der Gedanke an Andrik, daran, dass sie ihn wahrscheinlich nicht wiedersehen würde, war plötzlich unerträglich. *Geht es ihm gut? Wieso hat er uns doch geholfen? Vielleicht werde ich es nie erfahren.*

Der Ausbruch hatte die Eiswachen zwar durcheinandergebracht, doch das reichte nicht ... und anscheinend hatten einige ihre Pferde wieder einfangen können. An den Rufen und dem Geräusch schnellen Hufschlags merkte Kari, dass sie verfolgt wurden.

»Sie wissen genau, was ihnen blüht, wenn wir ihnen entkommen!«, rief Maéva zu ihr herüber und spornte ihren Schimmel an, einen langbeinigen Wallach, der förmlich über den Boden zu fliegen schien. »Die werden nicht aufgeben!«

»Dann kämpfen wir eben.« Haakon preschte auf einem kräftigen Braunen neben ihnen entlang. »Im Kerker sterbe ich sowieso langsam vor mich hin, dann lieber hier draußen!«

Sein Vater hörte es. »Haakon, nein, wir müssen Blutvergießen vermeiden! Unsere Verbündeten in den Fünf Familien werden uns ...«

»Die gleichen Verbündeten, die keinen Finger für mich gerührt haben?«, schoss Maévas Bruder zurück. »Die zugelassen haben, dass die Fürstin meine Skulpturen zerstört?«

»Du bist ein guter Schiffsbauer, vergiss doch die verdammten Skulpturen!«

Mir war nicht klar, dass man sogar im vollen Galopp einen Familienstreit haben kann! Aber Kari hörte nicht mehr zu, wandte sich stattdessen halb im Sattel um, damit sie zurückblicken konnte. Kein schöner Anblick. Die Eiswachen holten auf.

Aber was war das dort vorne? Winzige dunkle Gestalten auf der Ebene, die von der Seite auf sie zukamen, und ein heller Schatten am Himmel, nein, kein Vogel.

»Du hast dich geirrt!«, rief Maéva und lachte plötzlich. »Ein paar Verbündete haben wir noch – ich und Kari ...«

Die Wildpferde galoppierten mit voller Kraft, die ganze zehnköpfige Herde. Nachdem sie den Eiswachen den Weg abgeschnitten hatten, wendeten sie wie ein einziges Tier und stürmten frontal auf die Soldaten zu, als wollten sie sie in Grund und Boden stampfen. Erschrocken bäumten sich die Pferde der Eiswachen auf, stoppten mit steifen Beinen ab, schlugen Haken, um dem Zusammenstoß zu entgehen. Ein völliges Chaos. Schrilles Wiehern und Schnauben drangen an Karis Ohren.

»Weiter so, ihr seid toll!«, rief Maéva ihren Freunden zu ... und zuckte zusammen, denn fast gleichzeitig stieß ein gewaltiges weißes Geschöpf auf die Soldaten herab und wendete knapp über ihren Köpfen.

»Das ist dieser junge Eisdrache! Der, dem ich geholfen habe!«, schrie Kari, und plötzlich wusste sie, was der Druck in ihrem Kopf vorhin zu bedeuten gehabt hatte – der Drache hatte gespürt, dass sie in Schwierigkeiten war, hatte versucht, ihre Gedanken zu erreichen, und war dann einfach gekommen, um zu helfen.

Kari und Maéva schrien und jubelten wie von Sinnen, während Haakon entsetzt wirkte. »Ein Drache – auch das noch, jetzt sind wir verloren!«

»Nein, der gehört zu uns!«, rief ihm Maéva zu.

»Habt ihr Elfenfürze im Hirn?«

Nein, hatten sie nicht, und das begriff Haakon wohl, als er sah, wie die Eiswache bei jedem Luftangriff mehr Verfolger verlor – ihre Pferde warfen sie ab, oder sie sprangen selbst aus dem Sattel, um am Boden Deckung zu suchen. Keiner der Soldaten trug einen Bogen, und anscheinend sah der Drache deswegen keinen Anlass, sie zu töten. Es schien ihm Spaß zu machen, ihnen die weißen, ledrigen Flügel um die Ohren zu klatschen, mit einem schnellen Sichelschlag des Schwanzes das Wiesengras ganz in ihrer Nähe zu köpfen und den Boden vor ihnen mit einem Strahl purer Kälte erstarren zu lassen.

Endlich hatten sie die Eiswache abgeschüttelt, und Kari blickte dem Drachen nach, der eine elegante Pirouette in der Luft drehte und dann nach Norden davonschoss. Sie spürte seinen wortlosen Abschiedsgruß und sandte ihm – und den Wildpferden – das Gefühl warmer Dankbarkeit. *Ob ich diesen Drachen jemals wiedersehe?*, dachte sie – und von dort aus waren die Gedanken an Andrik nicht weit. Ihr Herz fühlte sich wund an, als hätte es sich aufgerieben dabei, so oft und so schnell zu schlagen.

Sie dachte an den Zettel mit der Torformel in der Innentasche ihrer Tunika, und es war, als könnte sie spüren, dass er dort war. Ein unscheinbares Stück Pergament und doch so wichtig. *Heim,* dachte Kari, ließ dieses Wort in sich nachklingen. *Zuhause.*

Wieder einmal, wie schon mindestens dreihundert Mal in den letzten Tagen, bewegte sie lautlos die Lippen, wiederholte den Teil der Formel, den sie von Daro erfahren hatte.

Mit einem Zupfen am rechten Zügel lenkte sie ihr Pferd näher zu Maéva, um sie bei der nächstbesten Gelegenheit zu fragen, wie man von hier aus zum Grünen Tor kam. Gerade passte es nicht so – Maéva war abgestiegen, ebenso wie ihr Vater und ihr Bruder, und alle drei umarmten sich.

»Wir leben noch«, sagte Maévas Vater immer wieder staunend. »Ist das möglich?«

»Das ist möglich, Pa.« Nicht nur in Maévas Augen glänzten Tränen.

»Komm her, lass dich richtig drücken, Mavy«, sagte ihr großer, rothaariger Bruder und zog sie an sich.

Lächelnd beobachtete Kari sie ... doch dann bemerkte sie, wie der silbrig weiß schimmernde Falke über ihnen entlangschoss, seine spitzen Flügel schlugen hektisch. Der schon wieder – verriet er anderen Feinden, wo sie zu finden waren? Oder spürte der Silberfalke ein vages Echo seiner Gefühle von einst, sehnte er sich nach der Liebe seiner einstigen Familie?

Alle drei Fjellkars blickten wehmütig zu ihm hoch und Maéva schien zu lauschen. Wahrscheinlich auf die Stimme des Silberfalken in ihrem Kopf. »Wir müssen zurück nach Khyona, so schnell wie möglich!«, sagte sie.

»Was? Warum?« Maévas Vater und ihr Bruder wirkten ebenso irritiert wie Kari, anscheinend konnten sie die Stimme des Falken nicht hören.

»Geht's noch?!« Kari konnte es nicht fassen. »Ist dir nicht klar, dass wir alle gesucht werden ... wenn wir Pech haben, werden wir sofort eingekerkert, sobald wir die Stadtgrenze überschreiten!«

»Dazu müssen sie uns erst mal kriegen«, meinte die junge Magierin, stellte einen Fuß in den Steigbügel und zog sich am Sattel hoch. »Außerdem glaube ich, die Eiswache hat gerade ein paar eigene Probleme. Letzte Nacht ist die Fürstin zu den Göttern gerufen worden, das hat der Falke mir mitgeteilt.«

Die Fürstin ist tot! Ein Ruck ging durch Kari.

»Was passiert nun? Sind Unruhen ausgebrochen?«, drängte Haakon.

»Scheint so. Ich muss dorthin!«

»Ja«, sagte Haakon grimmig. »Und ich auch.«

Und ich? Zum Grünen Tor? Oder nach Khyona, Maéva begleiten? Es fühlte sich an, als versuche ein Troll gerade, ihre Seele mittendurch zu reißen. Kari musterte noch einmal die bedrohliche Aschewolke, die hinter ihnen in den Himmel ragte, suchte den Horizont ab nach Verfolgern. Die furchtbare, reißende Angst von vorhin hallte noch in ihr nach. Ihre Hand krampfte sich um den Zettel mit der Torformel in ihrer Tasche. *Eigentlich ein guter Zeitpunkt, um aus Isslar zu verschwinden. Andererseits ist das vielleicht meine einzige Chance, mehr darüber herauszufinden, von wem ich hier in Isslar abstamme! Wenn ich erst mal in meiner Welt bin, kann ich nur noch herumrätseln.*

Haakon saß auf, dann war auch Maévas Vater im Sattel. Inzwischen hatte Maéva gemerkt, dass Kari sich noch keinen Zentimeter bewegt hatte, und schenkte ihr einen halb nachdenklichen, halb besorgten Blick. »Was ist mit dir, Ceci... ähm, Kari?«

Kari gab sich einen Ruck. *Sehr bald mache ich mich auf den Rückweg! Aber noch nicht jetzt. Erst will ich wissen, was nun – nach dem Tod der Fürstin – in Khyona los ist.*

»Ich komme mit«, sagte sie und marschierte zu ihrem gestohlenen Pferd.

***

»Mit deinen Vitalfunktionen bin ich wirklich zufrieden.« Dr. Ingridsdottir warf noch einen Blick auf das Blatt mit den Laborwerten. »Ich glaube, wir können dich tatsächlich bald entlassen, John Torres Elzheimer. Keine Folgeschäden, du hast unwahrscheinliches Glück gehabt.«

John versuchte zu lächeln. »Das ist gut«, sagte er ... und wiederholte es später bei seinem Vater, der fast ständig bei ihm gewesen war in der dunkelsten Zeit. Und dann noch mal, als sein Vater sich einen Kaffee holen ging und sich stattdessen Alice an sein Bett setzte. Obwohl »setzen« nicht so das richtige Wort war, sie ließ sich einfach darauffallen und steckte die Hand sofort in den Beutel M&Ms, der auf dem Nachttisch lag, ohne zu fragen.

»He, Göre«, sagte John und musste lächeln. »Lass mir welche übrig – die Zeiten, in denen ich nur Aktivkohle und Abführmittel fressen durfte, sind vorbei.«

Alice grinste ihn an. »Na gut. Mam darf übrigens auch raus, ist das nicht cool?«

»Sehr«, gab John zurück.

Dann schwiegen sie beide.

»Noch nichts Neues von Kari?«, fragte John und fühlte, wie eine bleischwere Traurigkeit in ihm hochkroch. Ein seltsames Wort echote in seinem Gehirn. »Isslar.« Wer hatte das zu ihm gesagt? Wahrscheinlich hatte es nichts zu bedeuten.

»Immer noch nichts.« Ihre Stimme war schwer von all den ungeweinten Tränen. »Sie hat zwar gesagt, dass sie zurückkommt ... aber ich weiß nicht mehr, ob ich es glauben soll.«

»Hat sie denn ihre Versprechen sonst gehalten?«

»Meistens. Aber manchmal schätzt sie was falsch ein und kann es nicht halten, weil es sowieso unrealistisch war.«

»Dieses wird sie halten ... wenn sie es bisher geschafft hat, am Leben zu bleiben«, sagte John.

»Woher weißt du das?«

»Deine Schwester hat dich höllenmäßig lieb, das ist dir schon klar, oder? Die will dich so bald wie möglich wiedersehen.«

»Ja, weiß ich«, sagte Alice, nahm seine Hand und drückte sie. Fühlte sich richtig gut an. »Aber wenn sie zurückkommt, macht sie es hoffentlich bald. Thorsten hat den Rückflug umgebucht, hast du das gewusst?«

»Nein!«

»Wir fliegen morgen Abend, mit der späten Maschine nach München.«

»Oh.«

»Aber bestimmt kommt sie vorher zurück.«

»Ja, ganz sicher«, sagte John.

Eine Wette auf Isslar

Als sie die Stadtgrenze erreichten, blieben die anderen und Kari instinktiv dichter zusammen und setzten die Kapuzen ihrer Umhänge auf, damit niemand ihre Gesichter sah. *Was für ein beschissenes Risiko!* Nervös hielt Kari Ausschau nach Eiswachen ... doch es waren keine da. Die Straßen waren leer, kein Mensch und auch kein anderes Wesen in Sicht. Nicht mal ein Gnom.

Es sieht aus wie nach einem Eisdrachenalarm, alle haben sich in Sicherheit gebracht, dachte Kari und spürte, wie sich die Härchen auf ihrem Arm aufrichteten. *Sind die Leute wegen des Vulkanausbruchs evakuiert worden? Nein, unwahrscheinlich. Hat Maéva daran gedacht, dass das hier eine Falle sein könnte? Eine Falle, in die der Silberfalke uns alle gelockt hat?*

Nein, offenbar nicht, denn gerade sagte sie: »Seltsam, wo sind die Leute? Sie könnten auf dem Sigurdplatz sein – reiten wir hin.«

Kari hatte keine Ahnung, wo dieser Sigurdplatz war, doch die anderen lenkten ihre Pferde nun zielgerichtet in den Ostteil von Khyona, den Kari bisher noch nicht erforscht hatte. Das ungute Gefühl in Kari wurde stärker. *Na wunderbar, das bedeutet, dass wir noch weiter hineinmüssen in die Stadt. Hier kommen wir so leicht nicht raus, wenn wir fliehen müssen.*

Drei oder vier Menschen strebten aufgeregt diskutierend in die gleiche Richtung, warfen aber auch immer wieder nervöse Blicke über die Schulter in Richtung der Katla. Je näher sie dem Platz anscheinend kamen, desto mehr Leute waren unterwegs, und schließlich drängten sie sich so dicht, dass für einen Reiter kein Durchkommen mehr war. Nun waren auch Eiswachen präsent, sie patrouillierten in kleinen Gruppen, schienen die Gegend abzusichern.

»Na, jetzt bin ich aber gespannt«, brummte Haakon und zog seine Kapuze noch ein wenig tiefer; seine durch den Stoff gedämpfte Stimme klang dumpf.

»Besser, wir lassen die Pferde hier«, sagte Maéva, saß ab und band ihren Schimmel auf der kleinen Grünfläche zwischen zwei Häusern an. Eingeschüchtert folgte Kari ihrem Beispiel und fragte sich, was der Falke Maéva sonst noch erzählt hatte.

Die Straße weitete sich, mündete auf einen Platz ... und vor ihnen erstreckte sich eine Menschenmenge, ein lebender, atmender, murmelnder Pulk in Grau, Braun und Schwarz. In der Mitte ragte eine Statue auf – zwei Gestalten, die von Elfen umtanzt wurden, genauer konnte man das von hier aus nicht erkennen. Dort war auch eine Art Podium, auf dem sich gerade im Schutz von einem Dutzend Wachen mehrere Menschen versammelten, von denen Kari einige zu erkennen glaubte. Einer von ihnen redete mit lauter Stimme, das war der beleibte, plattfüßige Kjell Sigurdson, der wichtigste Berater der Fürstin! Etwas schien seine Stimme zu verstärken, denn seine Worte waren über den ganzen Platz hinweg zu verstehen. »... wegen der Katla vorerst kein Grund zur Beunruhigung, doch jetzt, da die Fürstin zu den Göttern gegangen ist, muss ich euch Dinge offenbaren, die man auf schändliche Weise vor euch geheim gehalten hat ...«

»Wir müssen näher ran«, sagte Maéva zu Kari. »Komm.«

Sie drängten sich durch, Haakon voran – er hatte keine Scheu, die Ellenbogen einzusetzen. Wie ein Eisbrecher teilte er die Menge, und Maéva und Kari schoben sich, Entschuldigungen murmelnd, in seinem Kielwasser voran. Ein Hinterteil streifte Kari, eine gestikulierende Hand schlug ihr versehentlich gegen die Schulter, fragende, ärgerliche Blicke trafen sie. Dann waren sie endlich in den vorderen Reihen angelangt. Maéva stieß Kari in die Rippen und deutete mit dem Kinn auf andere Leute, die in der ersten Reihe standen. Sie erkannte Daro, Svala, Raik und andere Mitglieder der Fünf Familien.

Magnus Thordar, der Kommandant der Eiswache und Beherrscher des Windes, stand ebenfalls auf dem Podium, er hatte sich breitbeinig aufgepflanzt und die Arme vor der Brust verschränkt. Seine Miene war finster. Wie so oft trug er seine Offiziersuniform aus bläulich weißer Drachenhaut, die Kari nun noch viel widerlicher vorkam. Und dort, ein wenig im Hintergrund, war auch Gabrissa im prachtvollen violetten Samtkleid. Diesmal kaum geschminkt, mit trotzigem Gesichtsausdruck und Wut in den Augen. Trauer? Keine Spur davon in Sicht.

Sie wirkte verändert, aber nicht so sehr wie Kjell, der Berater der Fürstin. Seine behäbige Art, sich durchs Leben zu bewegen, schien er abgestreift zu haben wie eine Schlange die alte Haut, stattdessen wirkte er tatkräftig und energiegeladen.

»... kennt ihr alle die Legende, dass die erste unserer Fürstinnen einer Goldenen Schneeflocke entwachsen ist. Der ersten und einzigen, die je gefallen ist, einer Gabe der Götter. Manche haben damals diese Ankunft bezeugt und behauptet, die Verwandlung gesehen zu haben. Deswegen glaubten es viele, auch weil diese Legende zu erklären schien, warum niemand diese fremde Frau kannte und sie einfach aus dem Nichts bei uns erschienen war.« Seine Stimme wurde schneidend, donnerte kraftvoll über den Platz. *»Diese Legende ist eine Lüge!«*

Ein Raunen stieg aus der Menge auf. Sigurdson wartete ab, bis es wieder abgeflaut war, und fuhr dann in nüchternem Ton fort: »Ihr wisst alle, dass ich für die Tore zuständig bin, die in die andere Welt führen, und in den letzten Jahren bin ich dabei auf Hinweise gestoßen, die mich stutzig gemacht haben.«

Jetzt bin ich aber gespannt, dachte Kari und den anderen schien es ebenso zu gehen. Tiefes Schweigen lag über dem Platz, das

Murmeln war verstummt, alle Gesichter blickten nach vorne, zum Podium hin.

Dann ließ der ehemalige Berater der Fürstin die Bombe platzen.

»Ich habe herausgefunden, dass die erste Fürstin aus der Draußenwelt gekommen ist. Der *Draußenwelt!* Soweit ich herausfinden konnte, ist sie ahnungslos durchs Tor gestolpert, von göttlicher Abstammung keine Spur!«

Was, aus meiner Welt? Kari konnte kaum glauben, was sie hörte, und den Bürgern von Khyona schien es ähnlich zu gehen. Die tausendköpfige Menge bewegte sich unruhig, dann setzte das Raunen wieder ein, stärker als zuvor. Jetzt erinnerte es Kari an das Grollen eines gereizten Raubtieres. *In Gabrissas Haut möchte ich gerade nicht stecken. Aus meiner Welt, oh Mann! Vielleicht hätte ich auch irgendeinen göttlichen Auftrag erfinden sollen ... aber dafür war ich leider zu planlos.*

Kjell Sigurdson war noch nicht fertig, aus seinen Augen flammte heiliger Eifer, sein Zeigefinger stieß nach vorne. »Und schon kurz darauf hat sie manche unserer Leute bestochen, damit sie diese törichte Legende bezeugen. Svatur! Doch einige von ihnen haben dieses Zeugnis auf dem Totenbett widerrufen, ich habe ihre Aussagen gefunden – versteckt in einem verschlossenen Archivschrank.«

Gabrissa ließ sich nicht anmerken, was sie von dieser Enthüllung hielt.

Dafür begann nun Magnus Thordar zu sprechen. Gleichzeitig fächelte ein leichter Wind über die Menge, wie um seine Worte überallhin zu tragen ... oder um an seine Kräfte zu erinnern. »Es ist ein Unding, dass diese Frauen – die sich oft benommen haben wie ein halbes Dutzend Silbergeier! – all diese Zeit über uns geherrscht haben«, sagte er. »Dabei haben sie nicht einmal magische Fähigkeiten, sie beherrschen die Elemente ebenso wenig wie gewöhnliche Menschen aus dem Volk. Diese verderbte Dynastie muss die Macht an jemanden aus den Fünf Familien abgeben, und das sofort! Ich denke, darin sind wir uns einig.«

Ein Umsturz. Das hier war keine Trauerveranstaltung, sondern ein Umsturz! Plötzliche Hoffnung erfasste Kari. *Kann jetzt alles anders werden in Isslar? Einen solchen Skandal kann Gabrissa nicht überstehen, die grausame Herrschaft der Fürstinnen ist endgültig vorbei und diese hirnlose Schnepfe soll sehen, wo sie bleibt!*

Neben ihr murmelte Maéva: »Ich glaube, ich weiß, wen er als neuen Herrscher im Sinn hat.«

Und so war es, schon trat Kjell Sigurdson neben den Kommandeur der Eiswachen und fuhr fort: »Glücklicherweise hat Magnus Ulim Thordar zugestimmt, Isslar in dieser schweren Zeit zu führen und natürlich die Kraft des Windes in den Dienst unseres Volkes zu stellen. Ich bin bereit, ihm als Berater zur Seite zu stehen. Wir werden auch diese Krise bewältigen wie schon viele andere zuvor!«

Die Begeisterung des Volkes hielt sich in Grenzen. Wahrscheinlich konnten sich alle denken, dass die Herrschaft der Eiswachen kaum gnädiger sein würde als zuvor die der Fürstinnen. Doch in der Menge sorgten die Eiswachen mit Knuffen oder dem blanken Schwert dafür, dass widerwillige Hochrufe auf den neuen Herrscher ausgestoßen wurden. Auf dem Podium hielten die Soldaten wachsam ihre Waffen bereit.

Ausgerechnet nun begann es zu regnen, erst waren es nur ein paar Tropfen, dann schüttete es richtig. *Na toll,* dachte Kari und klappte die Kapuze ihres Umhangs hoch. *Bald sind wir alle völlig durchtränkt, das wird diese Versammlung wahrscheinlich deutlich abkürzen.* Doch dann sah Kari, wie Daro und ein paar andere Mitglieder seiner Familie sich anblickten und nickten. Gemeinsam wandten sie die Gesichter dem Himmel zu.

Karis Mund blieb offen stehen, als sich von einem Moment auf den anderen eine unsichtbare Kuppel über den ganzen Platz zu wölben schien. Die Regentropfen prallten davon ab und verwandelten sich in einen gigantischen silbrigen Wirbel, der nach außen sprühte wie ein am Himmel explodierendes Feuerwerk. Wie eine schimmernde Blume, die sich im Zeitraffer öffnete. Irgendwo anders, weit von dieser Versammlung entfernt, klatschte das Wasser dann wohl zu Boden.

Dankend nickten die anderen Mitglieder der Fünf Familien den Reykans zu. Nur Gabrissa starrte wütend geradeaus und ignorierte alles, was geschah.

»Verhaftet die Betrügerin!«, schrie Kjell Sigurdson und funkelte Gabrissa an.

Gabrissa hob die Hand, wie um den Ereignissen Einhalt zu gebieten, ihre Stimme klang schrill. »Lasst Eure Finger von mir, Ihr seid ein widerlicher Lügner! Meine Mutter hätte Euch quer durch die Stadt prügeln lassen für diesen ...«

Schon hatten die Wachen sie gepackt. Wahrscheinlich landete sie genau dort, wohin ihre Verwandten schon so viele Gegner und Rebellen geschickt hatten. *An einem Ort, an dem es schwer werden wird, sich nachzuschminken,* dachte Kari. Trotz allem tat die junge Frau ihr leid ... sie hatte am gleichen Tag ihre Mutter und ihre Macht verloren. *Wie ihr weiteres Leben nun aussehen wird? Sicher nicht sehr erfreulich.*

Keiner der Männer auf dem Podium blickte Gabrissa nach. Stattdessen näherte sich Magnus Thordar mit festen Schritten dem Rand des Podiums und blickte über die Bewohner von Isslar hinweg. »Es ist nun zehn Winter her, dass mein Pfeil es war, der diesen Eisdrachen niedergestreckt hat.« Er strich über die Schuppen seiner Uniform. »So wurde ich Offizier, wie es mir zusteht, und seither trage ich diese Uniform, die keine Waffe durchdringen kann, mit Stolz.«

Kari wurde fast übel. Nicht nur beim Gedanken an den Drachen, dem für diese Uniform die Haut abgezogen worden war, sondern weil Thordars harte Stimme so unerträglich selbstzufrieden klang.

»Ich verspreche, Isslar mit starker Hand zu regieren und niemals zu zögern und zu zaudern, wenn unsere Stadt in Gefahr ist. Ich werde sie verteidigen, wenn die Eisdrachen versuchen, uns alle zu vernichten! Ich habe vor ...«

Eine Gestalt schritt durch die Menge, ein hochgewachsener junger Mann ganz in Schwarz. Ohne Aufhebens, so als sei es ganz selbstverständlich. Und die Menge teilte sich für ihn, ließ ihn durch. Schon war er auf dem Podium.

»Bei allen Göttern – das ist Andrik!«, sagte Maéva.

Ja. Er ist es, er ist hier! Kari spürte, wie ihr Puls in die Höhe schoss. Sie hätte ihn unter Tausenden wiedererkannt, und im Gegensatz zu ihnen hielt er es nicht für nötig, sich unter einem Umhang zu verstecken.

Auch die anderen Bewohner von Isslar hatten ihn inzwischen erkannt und ein neugieriges Summen stieg aus der Menge auf.

Verblüfft und irritiert blickten Kjell Sigurdson, Magnus Thordar und die Wachen auf dem Podium den Neuankömmling an. Zunächst beachtete Andrik sie nicht, er wandte sich den Einwohnern von Khyona zu und nickte ihnen zu, dann erst begrüßte er die Würdenträger direkt neben ihm. Steinerne Blicke waren die Antwort.

Kari fand es unmöglich, den Blick von Andrik abzuwenden. Aus der Ferne einfach ein dunkelhaariger junger Mann, einer von vielen hier. Doch Kari spürte, wie gespannt die Menschen auf seine ersten Worte warteten. Sie wussten alle, wer er war, und so einfach er gekleidet war, so stark war seine Ausstrahlung. Die Art, wie er mit natürlicher Autorität jede Umgebung beherrschte, wenn er sich dafür entschied, sich zu äußern.

»He, Andrik!«, rief jemand aus den vorderen Reihen, ein beleibter Mann im groben Wams. »Warst du das mit der Katla? Wird sie uns hier gefährlich werden?«

»Sie hat darauf gewartet, auszubrechen, aber es stimmt, ich

habe nachgeholfen – es musste sein«, erklärte Andrik. »Alle Siedlungen, die in Gefahr waren, habe ich rechtzeitig evakuieren lassen.«

Ohne Hast blickte er sich auf dem Platz um, musterte die Menschen und anderen Wesen, die gekommen waren. »Jemand, den ich noch nicht lange kenne, der mir aber sehr wichtig ist, hat mir vorgeworfen, mich nicht einzumischen«, begann er. »Das stimmt, lange Zeit war ich nicht bereit dazu. Aber ich denke, jetzt bin ich es.«

Karis Herz machte einen Satz. *Jemand, der mir sehr wichtig ist ...*

Die Menge wartete ab. Rasch blickte sich Kari um, sah respektvolle Blicke, neugierige Gesichter ... aber auch skeptische Mienen. Maévas Augen dagegen leuchteten. Sie und Kari wechselten einen frohen Blick, der keine Worte brauchte.

»Ihr habt vieles erdulden müssen, vieles an Willkür und Gewalt«, sagte Andrik und seine Stimme klang kräftig, aber sanft. »Es tut mir leid. Wahrscheinlich wäre es meine Aufgabe gewesen, es zu verhindern.«

Magnus Thordar wirkte nicht begeistert, er winkte seine Leute näher heran und knurrte Andrik zu: »Deine Aufgabe, Junge, ist, den Mund zu halten.«

Er hatte leise gesprochen, doch irgendein magisches System verstärkte auch diese Bemerkung, sodass jeder auf dem Platz es hören konnte.

Andrik wandte sich ihm zu ... und Magnus Thordar wich instinktiv zurück. Sein Gesicht rötete sich, als ihm klar wurde, dass jeder diese Reaktion hatte beobachten können. Es war nicht nötig, das zu kommentieren, und Andrik verzichtete darauf.

»Nein, das glaube ich nicht, Magnus«, sagte Andrik. »Ich glaube, meine Aufgabe ist es, an etwas zu erinnern. Etwas, das lange zurückliegt, aber vielleicht nicht zu lange.« Er drehte sich wieder zur Menge hin. »Kennt jemand von euch zufällig die Fünf Forderungen?«

Einen Moment war alles still. Kari konnte sehen, dass die Eiswachen mit gezogenen Waffen darauf lauerten, dass jemand sich äußerte. Auch Andrik war es nicht entgangen, und als er wieder sprach, lag in seiner Stimme etwas Stählernes. »Magnus, befehlt Ihr bitte Euren Leuten, sich rauszuhalten?«

»Gardisten zurückziehen«, kommandierte Thordar mürrisch.

Wieder diese Stille. Doch dann erhoben sich Stimmen, erst zwei oder drei, dann waren es schon mehr, zehn oder zwanzig. »Erste Forderung – *Kein Zugriff auf die Kinder!*«, erklang es aus der Menge.

Immer mehr Stimmen fielen ein, immer kräftiger wurde ihr Klang. »Zweite Forderung – *Jeder darf frei und ohne Angst seine Meinung äußern!*«

Niemand applaudierte, das hätte nicht gepasst, doch die Hoffnung, die aus vielen Augen leuchtete, ließ Karis Augen feucht werden. Nun sprachen Hunderte von Menschen mit, aus vielen Kehlen klang es über den Platz: »Dritte Forderung – *Keine Verhaftungen ohne Urteil eines unabhängigen Richters!*«

Auch Maéva, Haakon und ihr Vater sprachen Wort für Wort mit, laut und kraftvoll.

Auf dem Podium lauschten die Würdenträger schweigend, Kjell Sigurdsons Gesicht wirkte verkniffen, Magnus Thordar grimmig. Karis Blick glitt weiter zu Andriks Gesicht ... und es verschlug ihr die Sprache. Andrik *lächelte.*

Und vielleicht war das in diesem Moment seine mächtigste Waffe, denn nun musste auch dem Letzten hier klar sein, dass die Gerüchte über ihn falsch waren, dass er Gefühle besaß wie jeder andere. Dass er sie nur gründlicher kontrollierte und verborgen hatte, weil er ihre Wirkung kannte.

»Vierte Forderung – *Mitsprache des Volkes an der Regierung!*«

Inzwischen war ein machtvolles Brausen daraus geworden. Manche Leute weinten, ohne es zu verbergen, andere hielten sich an den Händen. Sie wussten sicher alle, dass die Folgen dieser Worte furchtbar sein konnten, dazu waren schon zu viele Rebellionen gescheitert. Doch wahrscheinlich gab es ihnen Kraft, dass Andrik offen auf ihrer Seite war ... und am Horizont stand unübersehbar ein Zeichen seiner Macht, die gewaltige Aschewolke der Katla. Genau in der Richtung, in die die Mächtigen auf dem Podium blickten.

»Fünfte Forderung – *Rückkehr des Rates der Fünf!«*

Nachdem die Stimmen verklungen waren, herrschte wieder Stille.

»Unmöglich, das ...«, stieß Kjell giftig hervor, doch Andrik schnitt ihm einfach das Wort ab. »Ich schlage hiermit offiziell vor, dass der Rat der Fünf neu gebildet wird und so rasch wie möglich die Aufgaben der bisherigen Regierung übernimmt.«

Kurz herrschte Schweigen, dann brach ein Jubel los, wie ihn dieser Platz vielleicht noch nie erlebt hatte. Ein Jubel, der von den Hauswänden widerhallte und von den schwarzen Wänden der Burg. Und am lautesten, so laut, dass es den Umstehenden sicher fast die Ohren sprengte, jubelte eine klobige, trollartige Gestalt ziemlich weit vorne in der Menge – Kalur. Mit saurer Miene wechselten Magnus Thordar und Kjell Sigurdson einen Blick, Kari musste sich das Lachen verbeißen.

»Tja, auch wenn ich nicht sonderlich erpicht darauf bin – da ich neben meinem Onkel Mikael, der an der fernen Nordküste lebt, der letzte Angehörige der Familie Vikanes bin, muss ich wohl Mitglied des Rates werden«, sagte Andrik und richtete den Blick wieder auf die Menge. »Das heißt: wenn ihr einverstanden seid.«

Diesmal war der Jubel fast ebenso laut wie zuvor. *Das soll wohl Ja heißen,* dachte Kari und musste lächeln. Und gerade in diesem Moment hatte Andrik sie endlich in der Menge entdeckt, sein Gesicht erhellte sich und die Wärme in seinen Augen ließ Karis Herz schneller schlagen. Sie schickte einen Blick zurück, in den sie all das zu legen versuchte, was ihr durch den Kopf ging. *Du tust das Richtige. Ich bin stolz auf dich. Und ja, du bedeutest mir auch eine Menge ...*

»Sigurds Rache, und wer bitte entscheidet über die anderen Ratsmitglieder?« Magnus Thordar klang gereizt.

»Ich würde vorschlagen, dass wir provisorisch einen Rat bilden, in den jede der Fünf Familien einen Vertreter entsendet«, meinte Andrik. »Später kann dann das Volk offiziell wählen, wen aus den Familien es gerne in diesem Rat sehen würde.«

Das war noch keine wirkliche Demokratie, weil nur Leute aus den Isslarer Adelsfamilien zur Wahl standen – aber besser als vorher war es allemal.

Kari konnte Kjell und seinen Kumpanen ansehen, dass sie das alles für eine entsetzliche Idee hielten. Das Schweigen dehnte sich, und diesmal waren die Bürger auf dem Platz nicht bereit, es hinzunehmen, sie rückten vor, drängten nach vorne, und der gekränkte Ausdruck auf Kjell Sigurdsons Gesicht wandelte sich zu Besorgnis. *Wahrscheinlich ist ihm klar, dass die Stimmung hier kippen kann ... und dass sich die aufgestaute Wut der Leute gegen die Helfer und Unterstützer der alten Regierung richten könnte. Das würde dann auch die Eiswache nicht aufhalten können,* ging es Kari durch den Kopf und sie klemmte beide Daumen zwischen ihre Finger. Andrik spielte mit hohem Einsatz um die Zukunft von Isslar ... die nächsten Minuten würden entscheiden, ob er gewinnen konnte!

»Na gut, einverstanden«, sagte Kjell schließlich. »Ich schlage vor, dass Magnus die Familie Thordar vertritt.«

»Das ist sinnvoll – möge der Wind ihm weiterhin gehorchen«, sagte Andrik und mit gemäßigtem Applaus signalisierte das Volk seine Zustimmung.

Kari war erleichtert. Andrik hatte verhindert, dass einer der mächtigsten Männer von Isslar sein Gesicht verlor, und ihn gerade zu einem – wenn auch widerwilligen – Verbündeten gemacht.

Sowohl die Reykans als auch die Akuris waren schon in hitzige Diskussionen vertieft. Wer daran nicht teilnahm, waren Raik und Eva, sie lagen sich in den Armen und waren blind und taub für alles um sie herum. Kari freute sich, als sie es sah. Doch die anderen kamen schnell zu einem Ergebnis, und ein kräftiger, bärtiger Mann, der Daro entfernt ähnlich sah, betrat das Podium. »Ich, Hilmar Thalim Reykan, werde vorerst meine Familie vertreten.«

»Das ist der Vater von Daro – er kann ungenießbar sein wie ein seit drei Wochen toter Kabeljau«, flüsterte Maéva Kari zu.

Mäßiger, aber höflicher Applaus, auch er war akzeptiert.

Eine hochgewachsene Frau sprang leichtfüßig aufs Podium und verbeugte sich vor dem Volk und dann vor den Würdenträgern neben ihr. »Fenja Wymar Akuri – bis zu den Wahlen bin ich bereit, im Rat mitzuwirken«, stellte sie sich den Menschen vor, obwohl die sie sicher kannten. Sie bekam großzügigen Applaus, anscheinend war sie beliebt bei den Bewohnern von Isslar. Dann wandte sich Fenja Akuri den anderen auf dem Podium zu. »Wie läuft das, wählen wir unter uns einen Ratsvorsitzenden?«

»Gute Idee«, sagte Andrik und blickte ganz gezielt dorthin, wo Haakon, Maéva und Kari standen. »Aber erst mal brauchen wir noch jemanden aus der Familie Fjellkar.«

In der ersten Reihe der Menge blickten Maéva und Haakon sich an.

»Mach du das«, hörte Kari Haakon flüstern. »Du hast die Erfahrung als Beraterin. Vielleicht darf ich ja ab und zu einen Vorschlag äußern.«

»Klar doch«, flüsterte Maéva zurück, strich sich die langen dunklen Haare zurück und gab ihm einen Kuss auf die Wange. Ihren Vater schien es nicht weiter zu irritieren, dass seine Kinder diese Frage unter sich ausmachten, er umarmte Maéva und schob sie sanft aufs Podium zu. Ernst und konzentriert nahm Maéva ihren Platz zwischen den anderen Vertretern der Fünf Familien ein.

»Maéva Thalim Fjell ...«, versuchte sie, sich vorzustellen, doch die Menschen und Wesen auf dem Platz ließen sie nicht ausreden, Applaus brauste auf wie eine mächtige Welle und Hochrufe ertönten. Verlegen lächelte Maéva zurück, und es war sicher kein Zufall, dass in diesem Moment ein paar extragroße Schneeflocken über die Menge herabsegelten.

»Wie wäre es, wenn wir noch einen sechsten Delegierten dazunehmen?«, schlug plötzlich jemand lautstark in der ersten Reihe vor. »Jemanden aus dem Volk. Jeder kann sich bewerben, auch Bewohner der Unterstadt. Es wird Zeit, dass wir so was mal versuchen.«

Neugierig versuchte Kari zu erkennen, wer gesprochen hatte ... und konnte es dann kaum glauben. Daro! Ausgerechnet Daro. Hatte er das als Witz gemeint? Nein, es war ihm ernst. Mit verschränkten Armen stand er da und blickte entschlossen drein. *Vielleicht habe ich ihn falsch eingeschätzt,* dachte Kari.

Andrik hatte natürlich gehört, was Daro gesagt hatte, dankte ihm und wiederholte seine Worte so, dass jeder auf dem Platz sie hören konnte. Der Vorschlag kam hervorragend an, und der neue Rat der Fünf nickte, wenn auch zum Teil etwas widerstrebend. »Wegen mir gerne«, sagte Andrik.

Kjell Sigurdson war völlig in den Hintergrund geraten, er war kaum noch zu sehen hinter den neuen Delegierten. Kari hatte so eine Ahnung, dass das durchaus gewollt war und dieser Berater womöglich bald gefeuert werden würde oder wie man das hier in Isslar nannte.

Andrik wandte sich wieder den Bürgern zu und sagte schlicht: »Damit sind wir bis zu den Wahlen komplett. Wir werden viele Dinge anders machen, darauf könnt ihr euch verlassen. Danke an euch alle! Mögen die Götter mit uns sein!«

Die Versammlung auf dem Platz löste sich zu einer Art spontaner, friedlicher Siegesfeier auf. *Man könnte es auch Chaos nennen,* dachte Kari, während sie versuchte, in Andriks Nähe zu kommen, ihm zu gratulieren, ihm zu sagen, dass er das Richtige getan hatte.

Doch sie war nicht die Erste, die auf diese Idee kam. Schon hatte sich ein Pulk um ihn gebildet, begeisterte Menschen umdrängten ihn, redeten auf ihn ein, klopften ihm auf die Schulter. Keine Chance. Wie bitter. *Ich kann unmöglich zurück in meine Welt, ohne noch mal mit ihm zu reden! Aber wie soll das jetzt noch gehen?*

Kari sehnte sich danach, bei ihm zu sein. Beim Gedanken daran, dass sie sich bald verabschieden mussten, liefen ihr die Augen über, sie konnte nichts dagegen tun. *Gott, ich bin der reinste Springbrunnen geworden hier in Isslar!*

Jemand packte sie am Arm. Maéva. »He, du weinst doch nicht etwa?« Sie lachte über das ganze Gesicht. Ohne auf Antwort zu warten, riss sie Kari an sich und umarmte sie so fest, dass Kari kaum noch Luft bekam. »Das hat er großartig gemacht ... und ohne dich hätte er sich nie dazu durchgerungen! Danke, Kari, danke, danke!«

Kari stammelte irgendeine Antwort und drückte sie ebenfalls. Ein ganz reines Gewissen hatte sie nicht. *Für Isslar ist es das Beste, was er getan hat. Aber ER hat dafür seine Freiheit aufgegeben. Es wird richtig hart und anstrengend, was ihm bevorsteht, und er hatte nie Lust darauf.*

»Ich kann noch gar nicht fassen, dass ich nie wieder diese verdammte Fürstin und ihre scheußliche Tochter beraten muss!« Maéva warf die Arme hoch und tanzte übermütig im Kreis. »Das war zuletzt so schlimm, dass ich am liebsten Seefahrerin oder Postreiterin geworden wäre, statt mir dieses ständige Gejammer und Gezicke noch einen Moment länger anzuhören.«

»Das mit der Postreiterin wolltest du als Kind ja ziemlich lange«, meinte ihr Vater, legte ihr den Arm um die Schultern und drückte sie.

»Hört mal, lasst uns heimgehen. Ich brauche ein Bad – ganz dringend«, ächzte Haakon, der in der Nähe stand. »Und etwas zwischen die Zähne. Falls ihr es vergessen habt, ich bin erst seit ein paar Stunden raus aus diesem verdammten Kerker.«

»Du bekommst beides, und wenn ich dafür die Küchen der Fürstin plündern muss«, versprach sein Vater mit einem Hauch dessen, was vielleicht seine alte Entschlossenheit war.

Maéva berührte Karis Arm und blickte sie an. »Was machst du jetzt? Wie lange bleibst du noch?«

»Erst mal zurück in mein Zimmer, dann versuche ich in der Burg, mich von Andrik zu verabschieden. Anschließend ab zum Grünen Tor.« Karis Herz fühlte sich an, als würde jemand es auswringen wie ein Stück nasser Wäsche. Kaum zu glauben, dass sie erst seit einer Woche hier war, es würde schwer werden, diese Menschen zurückzulassen. *Ob ich Andrik oder Maéva jemals wiedersehen werde, sobald ich Isslar den Rücken gekehrt habe? Vielleicht bleiben mir nur Erinnerungen und die Sehnsucht nach jemandem, von dem mich bald mehrere Tausend Kilometer und eine ganze Dimension trennen werden. Was für ein Scheißgedanke.*

»Weißt du, was, ich begleite dich zum Tor«, sagte Maéva. »In der Burg werden sie eben auf mich warten müssen. Bevor ich mich ein bisschen ausgeruht habe, bin ich im Rat der Fünf sowieso so nützlich wie ein Sattel ohne Pferd. Den Geysir einzufrieren, hat meine Kräfte für eine Weile erschöpft.«

Dankbar lächelte Kari sie an. »Es wäre sehr cool, wenn du mich begleiten würdest.«

»Kühl? Was meinst du damit?« Maéva musste lachen. »Vielleicht schaue ich mir sogar mal deine Welt an, wenn ich sowieso schon in der Nähe bin.«

»Meinst du das ernst?« Kari konnte es kaum glauben, dass die junge Magierin nickte.

»Wieso nicht? Ich muss doch schauen, wie eine Welt aussieht, die so hervorragende Assassininnen hervorbringt.« Maéva grinste ihr ins Gesicht.

»Läster nicht, sei froh, dass du in keinen meiner fiesen Hinterhalte getappt bist!«

»Svartur! Natürlich bin ich froh, ich bin gerne am Leben. So, ich muss los, wir treffen uns später, ja?«

Maéva in Island, in der modernen Welt? Was für eine krasse Idee, ging es Kari durch den Kopf, als sie zwischen den aufgeregt diskutierenden Menschen zu Fuß zurückging zu ihrem Zimmer.

Zum Abschied der Frühling

Als Kari in der Abenddämmerung zurückkehrte, sah sie sofort, dass ihr Zimmer durchsucht worden war, und zwar nicht gerade zartfühlend. Aber es sah auf den ersten Blick so aus, als wären all ihre Sachen noch da. Mit steifen, schmerzenden Muskeln streifte sich Kari die Stiefel ab, hängte Maévas Umhang an den Haken an der Tür und ließ sich mit einem tiefen Seufzer auf ihr Kastenbett sinken. Sie holte ihre Flöte hervor, die noch immer heil war, und legte sie auf dem Nachttisch ab, dann fischte sie den Zettel mit dem ersten Teil der Torformel aus der Innentasche. Vorsichtig faltete sie ihn auseinander ... und stöhnte. *So ein Mist, das ist ja alles in Runen geschrieben! Gut, dass ich nicht einfach losgeprescht bin zum Tor, ich hätte davorgestanden wie der größte Depp jenseits von Hollywood.*

Ein schüchternes Klopfen, die Tür ging auf und Bjarni spähte hindurch. »Du bist wieder da! Oh, es ist so wunderbar, was passiert ist, ich und Gimla sind auf dem Platz gewesen, wir haben es alle gehört!« Er hüpfte mehr herein, als dass er ging. »Sie können das nicht mehr rückgängig machen, oder? Das mit dem Rat der Fünf?«

»Wenn sie es versuchen, bekommen sie es mit jemandem zu tun, mit dem sich niemand gerne anlegt«, sagte Kari und musste lächeln.

»Das stimmt! Er hat die Katla ausbrechen lassen! Einfach so! Ich dachte, jetzt sind wir alle tot, manchmal dringen die Gase bis zu uns.«

»Es war nur eine Warnung«, erklärte Kari und erzählte, was sie in den letzten zwei Tagen erlebt hatte. Bjarni staunte über ihr Duell mit den Silbergeiern, er wollte wissen, wie sich so eine Gletscherspalte von innen anfühlte, und musste ihr dann ganz dringend erzählen, dass seine Schwester Gimla vorhatte, sich für den neuen Platz im Rat zu bewerben. »Aber wir sind nicht sicher, ob die auch Leute nehmen, die erst zehn sind.«

»Ich fürchte nicht«, sagte Kari. Es wurde immer schwieriger, deutlich zu sprechen, weil sie so oft gähnen musste und das Magenknurren einzelne Worte übertönte. So kam es ihr jedenfalls vor. »Wäre es eventuell möglich, dass du mir ein heißes Bad organisierst? Und etwas zu futtern?«

Innerhalb von kürzester Zeit hatte sie beides. Was für ein Traum! Kari blieb in der Wanne, bis ihre Finger im heißen Wasser völlig eingeschrumpelt waren, und schob sich hin und wieder ein Pfannkuchenröllchen oder ein Stück geräucherten Fisch in den Mund. Sie hatte eine erst halb verheilte Hand, mindestens ein Dutzend Abschürfungen und zwei Dutzend blaue Flecke, aber was zählte das schon?

Im Gegenteil, die sind eigentlich gut, ich muss ja irgendeine Geschichte präsentieren, wenn ich zurück bin, dachte Kari und auf einmal kam ihr das Wasser nicht mehr ganz so warm vor. *Eins ist klar, ich habe mich verirrt und habe draußen geschlafen. Aber ohne in all der Zeit einen Menschen zu treffen und um Hilfe bitten zu können? So einsam ist selbst Island nicht. Hölle und Teufel!*

Aber sie freute sich auf Alice und ihre Mam. Ja, verdammt, und wie sie sich freute! Ob die sie noch wiedererkennen würden? Es war eine echte Herausforderung, mit dem Kamm durch ihre blonde Mähne durchzukommen, Wind und Wetter hatten neben diversen Silbergeiern ihr Bestes gegeben, sie zu verfilzen. Zwei oder drei Dutzend Haare blieben im Kamm und würden Isslar nicht mehr verlassen.

Als sie sich die frischen Sachen angezogen hatte, die Bjarni ihr bereitgelegt hatte, stellte Kari fest, dass sie grauenhaft müde war. Egal, sie wollte zu Andrik, jetzt sofort, ihn sehen, mit ihm sprechen, ihn berühren! *Nur ganz kurz die Augen zumachen, einen Moment nur …*

Als Kari aufwachte, stellte sie fest, dass draußen ein neuer Tag angebrochen war. Sie hatte voll angezogen geschlafen, und das seit dem letzten Spätnachmittag. *Verdammt! Womöglich denkt Andrik, dass ich ihn nicht sehen wollte, dass ich immer noch sauer auf ihn bin!* Sie sprang auf, befestigte den Umhang um ihren Hals, griff sich die Flöte und marschierte mit langen Schritten los. Dabei kaute sie ein trockenes Stück Brot, das musste als Frühstück reichen.

Das Tor der Schwarzen Burg wurde schwer bewacht, doppelt so viele Wachen wie sonst standen dort – wahrscheinlich eine Vorsichtsmaßnahme, falls Anhänger der Fürstin eine Verzweiflungstat versuchten. Es war voll am Tor, etwa dreißig Menschen standen dort Schlange; ganz unterschiedliche Menschen, von der einfach gekleideten Frau in Bäckerkluft bis hin zu ernsthaft dreinblickenden Herren in edlen Umhängen. Kari tippte darauf, dass sie sich für den sechsten Platz im Rat bewerben wollten.

Entschuldigungen murmelnd schob sich Kari an der Schlange vorbei. Ihr war nicht wohl dabei, einfach so auf diese Eiswachen zuzugehen, die vor Kurzem noch entschlossen gewesen waren, sie und Maévas Familie zu exekutieren. *Oh nein, einer von ihnen ist der blonde Wikingertyp, den ich bei meiner Flucht aus der Schwarzen Burg vorübergehend außer Gefecht gesetzt habe! Dessen Zehen ich gequetscht habe!*

Doch er schien es ihr nicht übel zu nehmen, im Gegenteil, ein ganz leichtes Grinsen schwebte in seinen Mundwinkeln, als er und sein Kollege sie nach ihrem Begehr fragten.

»Mit Andrik Caymar Vikanes sprechen«, gab Kari zur Auskunft und rechnete halb damit, verhaftet zu werden.

»Dem aber nicht auf die Zehen treten, ja?«, brummte der Wikinger. »Oder wenigstens nicht so fest.«

Kari musste lächeln. »Das hängt davon ab, was er sagt.«

Jetzt grinste auch sein Kollege, beide gaben ihr den Weg frei und teilten ihr mit, in welchem Raum sie Andrik finden konnte. Auch bei den Eiswachen schien die Stimmung gut zu sein; waren sie nicht sauer, dass ihr Kommandant die Herrscherrolle knapp verpasst hatte? Anscheinend nicht.

Sie fand Andrik in einem großen, edel ausgestatteten Regierungsraum, auf dessen Schreibtisch sich Schriftrollen stapelten. Er stand so, dass er ihr halb den Rücken zudrehte, und besprach sich gerade mit einem ehemaligen Berater der Fürstin, dessen Name Kari nicht kannte, und Fenja Akuri.

»... und wie es scheint, hat Kjell die Eisdrachen sogar noch absichtlich gereizt, damit sie die Stadt öfter als bisher angreifen«, berichtete Fenja Akuri gerade empört. »Er hat in den Hügeln demonstrativ Fleisch und Organe von abgestürzten Drachen verbrennen lassen, das hat deren Verwandtschaft natürlich mitbekommen.«

»Ziemlich übel.«

»Anscheinend hoffte er, dadurch Magnus Thordar als starken Herrscher durchsetzen zu können, der uns gegen die Drachen verteidigt. Dieser verdammte Bastard! Und von den Thordars habe ich sowieso nichts anderes erwartet, die haben das garantiert gewusst.«

Kari konnte es kaum fassen. *Kjell Sigurdson ist nicht nur für den versuchten Umsturz nach dem Tod der Fürstin verantwortlich, sondern auch der Drahtzieher hinter den Angriffen der Eisdrachen? Aber das bedeutet ...*

»Das heißt, wir können nun versuchen, diesen Konflikt irgendwie zu lösen«, sagte Andrik, als hätte er ihre Gedanken gespürt. »Wenn niemand mehr die Drachen provoziert ...«

»Aber noch wissen wir nicht, weshalb sie überhaupt hin und

wieder über Khyona herfallen, das war schon so, bevor Kjell sie aufgestachelt hat«, wandte der andere Berater ein. »Vor genau vierzig Wintern haben die Angriffe begonnen.«

»Darüber werden wir mehr herausfinden müssen. Wenn es nach mir geht, kann der Silberfalke schon morgen beginnen, mit ihnen Kontakt aufzunehmen«, sagte Andrik. »Vielleicht liegt es daran, dass es einige Jahrhunderte lang wärmer war als heute, wenn man den Aufzeichnungen glauben darf, und erst vor vierzig Jahren wieder kälter geworden ist.

»Ihr glaubt, diese Geschöpfe sind in der Kälte aktiver, Master Vikanes?«, fragte der ehemalige Berater der Fürstin zweifelnd.

»Das glaube ich nicht, ich weiß es. Aber alles andere ist Spekulation, fürchte ich, es kann genauso gut mit den Vulkanen oder mit irgendetwas anderem zu tun haben.« Andrik kreuzte die Arme vor der Brust. »Falls es euch interessiert, ich werde mich übrigens dafür einsetzen, diese Vulkanstrafen abzuschaffen, aber wir werden ...«

Fenja Akuri hatte Kari bemerkt und räusperte sich vernehmlich, was wiederum Andrik aufmerksam machte. Als er sich umwandte und Kari in der Tür sah, stockte er mitten im Satz.

»Könnten wir das Gespräch später fortsetzen?«, sagte er zu seinen Gästen, und beide nickten, wenn auch widerstrebend. Im Gehen warf Fenja Akuri, eine große, athletisch wirkende Frau, Kari einen neugierigen Blick zu. *Die Gerüchteküche kann schon mal die Töpfe aufsetzen,* dachte Kari, noch immer aufgewühlt von dem, was sie eben erfahren hatte. Wenn die Leute erfuhren, dass die Drachen provoziert worden waren, gab es dann endlich Hoffnung auf Frieden mit diesen herrlichen Geschöpfen?

Dann waren Andrik und sie allein miteinander. Endlich! Doch zwischen ihnen war eine eigenartige Verlegenheit, wahrscheinlich musste auch Andrik an ihren Streit denken, an ihre überstürzte Abreise, die harten Worte.

Schließlich brach Kari das Schweigen. »Du bist hergekommen ...«

»Gerade noch rechtzeitig, wie es aussieht.« Andrik verzog das Gesicht.

»Das mit der Katla war auch genau rechtzeitig. Danke.«

Plötzlich lächelte er, zum zweiten Mal schon, und auch dieses Mal war es wie ein Geschenk. »Beinahe wäre sie schon vorher ausgebrochen, weil ich dermaßen wütend war, dass ich herumgebrüllt und Steine in die nächstbeste Gletscherspalte geschleudert habe. Der Berg hat gebebt, als hätte ich ihn verletzt.«

Wow, dachte Kari. *Da sind die unterdrückten Gefühle von Jahren hervorgebrochen – und das ist auch gut so!* »Wütend auf mich, nehme ich stark an.«

Andrik atmete tief durch. »Auf alles. Meinen Bruder. Diese Welt, die Fürstin, mich selbst. Aber klar, auch ein bisschen auf dich. ›Feige‹ hat mich noch nie jemand genannt, jedenfalls kann ich mich nicht daran erinnern.«

»In diesem Fall hattest du es leider verdient.«

»Ist mir dann auch klar geworden.« Ganz langsam hatten sie sich angenähert, fast unmerklich. Nun standen sie so nah voreinander, dass sich ihre Körper beinahe berührten. Ihre Hände streiften sich, verschränkten sich.

»Es war nicht so, dass ich in dieser Schänke nur eingegriffen habe, weil mich der Streit gestört hat. Wirklich nicht«, sagte Andrik leise.

Auf einmal war sie in seinen Armen, Kari wusste selbst nicht, wie das passiert war. Aber es war wunderbar, seinen sehnigen Körper zu spüren. »Eigentlich wusste ich das. Ich ... habe auch ganz viel Blödsinn geredet in dieser Nacht. Am liebsten hätte ich dir noch viel mehr vorgeworfen. Dass mir so kalt ist. Dass ich dir lange nicht die Wahrheit über mich sagen konnte. Dass dein Vulkan unter einem Gletscher liegt. Dass ...«

»... gerade nicht Vollmond war, du vom Pferd gefallen bist ...«

»… du keine Schokolade in deinem Gepäck hattest, obwohl ich dringend welche gebraucht habe, dass du mich nicht länger geküsst hast …«

Zum Glück ließ sich wenigstens das nachholen. Dieser Kuss dauerte so lange, bis irgendein Bediensteter verschüchtert klopfte und durch die Tür hindurch sagte: »Master Vikanes? Wir bräuchten eine Entscheidung zu …«

»Später«, sagte Andrik scharf und wandte sich wieder ihr zu. Doch die Unterbrechung hatte die Welt zu ihnen hereingelassen, und Kari merkte, wie ihre Stimmung kippte. Auch Andrik war ernst geworden. »Du wirst zurückgehen, nicht wahr?«, fragte er leise. »Bald schon, oder?«

»Ja. Es geht nicht anders.«

»Ich weiß.«

Sie hielten sich noch fester, dann ließ Kari ihn vorsichtig los, trat einen Schritt zurück. »Es gibt was, das ich schon länger tun wollte. Warte.«

Sie zog die Flöte hervor, setzte sich auf irgendeinen Stuhl in der Nähe und begann zu spielen. Nein, nichts Trauriges jetzt. Ohne darüber nachzudenken, begann sie mit dem *Frühling* aus den *Vier Jahreszeiten* von Vivaldi, so gut sie es auf dieser fremden Flöte hinbekam. Diese strahlenden Töne voller Sonnenschein und Freude, die von Neubeginn erzählten.

Andrik schloss die Augen und lauschte. Sie sah, wie er sich entspannte. Eine Elfe öffnete lautlos die Tür, spähte hindurch und zwinkerte Kari anerkennend zu, dann huschte sie wieder davon.

Während sie spielte, war Kari sicher, dass sie die Zeit anhalten konnte mit dieser Melodie, dass dieser Moment ewig dauern konnte. Und doch ließ sie nach ein paar Minuten die Flöte sinken. Wahrscheinlich warteten schon ein halbes Dutzend Leute ungeduldig vor der Tür.

»Also hat Sio recht gehabt, er hat wirklich eine Flöte gehört«, sagte Andrik und warf einen Blick in die Zimmerecke. Dort ragte eine spitze, braun-weiße Schnauze unter einem Schrank hervor. »Das war wunderbar. Wie Sonnenschein auf der Haut.«

Kari nickte nur – sie konnte nicht sprechen, ihre Kehle war zu eng. Ja, es war gut gewesen, dass sie für ihn gespielt hatte, ein kleines Dankeschön für all das, was er für sie getan hatte. Und mit dieser Melodie hatte sie besser ausdrücken können als mit vielen Worten, was sie fühlte, wenn sie an ihn dachte.

»Sehen wir uns wieder?«, fragte Andrik.

»Wenn eure Götter das wollen«, sagte Kari, kämpfte gegen die Tränen an und brachte es mit großer Mühe fertig, sich ein Lächeln abzuringen. »Vielleicht können wir uns über die Elfen in Dyradalur ab und zu eine Nachricht schicken?«

Andrik nickte und griff sich seinen Umhang. »Ich begleite dich zum Tor, ich werde ...«

»Nein«, sagte Kari sanft und hielt ihn auf. »Du wirst hier gebraucht, Andrik ... und das ist gut so.«

Schweigend nickte er, nahm dann ein rotes Stück Lava von seinem Schreibtisch und gab es ihr. »Das hier stammt aus Grímsnes. Weißt du noch?«

»Ja, weiß ich noch.« Der kleine Vulkan, an dessen Krater sie sich einfach so neben ihn gesetzt hatte. Damals, als er noch nicht gewusst hatte, wer sie war oder vorgab zu sein. Karis Hand schloss sich um die Lava, berührte seine Finger dabei und konnte kaum glauben, dass es vielleicht das letzte Mal war. Oder jedenfalls das letzte Mal für lange Zeit.

Ich will ihm auch etwas schenken ... aber was habe ich denn hier? Oh, ich weiß genau, was das Richtige ist! Kari hob die Arme, öffnete den Verschluss der Silberkette und reichte Andrik ihren silbernen Drachenanhänger. Nichts anderes, das sie hier in Isslar besaß, hätte wirklich zu ihm gepasst. Ella würde ihr sicher verzeihen, wenn sie erfuhr, was für einem ganz besonderen Jungen sie den Anhänger weitergeschenkt hatte. »Der hier ist für dich«, sagte Kari verlegen. »Aber vielleicht bringt es dich in Schwierigkeiten, wenn du ihn trägst und die Leute denken, dass du ein Freund der Drachen bist ...«

»Ja und? Sollen sie das doch denken.« Andrik wirkte gerührt, dass sie ihm auch etwas gab; er zögerte keinen Moment damit, sich den Drachen umzuhängen.

»Das Stück Lava wird mich immer an dich erinnern«, sagte Kari und schluckte den Kloß in ihrer Kehle herunter. »Und wann ... wirst du an mich denken?«

»Das ist einfach«, sagte Andrik so ruhig und nüchtern, wie es seine Art war. »Bei jedem Atemzug.«

Da konnte Kari nicht anders, sie musste ihn einfach noch mal küssen.

Dann ging sie, ohne sich nach ihm umzuwenden.

Es war auch so schwer genug, ohne einen letzten Blick.

Auf halbem Weg zu ihrem Zimmer erkannte Kari einen hellblonden Jungen, der ebenfalls auf dem Weg zur Burg war. Raik Akuri. Sein Schritt war rasch und leicht, seine Augen voller Glück. Ein breites Lächeln erhellte sein Gesicht, als er sie erkannte, und er hielt sofort an. »Brucheis, ich weiß nicht, was du mit ihm gemacht hast, aber es hat geholfen!«, sagte er, ergriff ihre Hände und drückte sie. »Eva und ich heiraten nächste Woche, und wir würden uns freuen, wenn du kommst.«

»Da bin ich leider nicht mehr da«, sagte Kari und das Herz war ihr schwer. »Habt ihr Andrik schon eingeladen?«

Nachdenklich blickte Raik sie an. »Meinst du, er würde kommen?«

»Wenn ihr mal Freunde wart, dann klappt das bestimmt auch wieder. Du magst ihn immer noch, das weiß ich.«

»Ja, das stimmt ... und ich gehe jetzt zu ihm, um ihm zu danken.

Er hat mir das verdammte *Leben* gerettet, ich hätte es niemals ausgehalten mit Gabrissa, und Eva wäre an gebrochenem Herzen gestorben, bevor der Winter rum ist.«

»Gib ihn nicht auf«, sagte Kari, so wie Raik es damals zu ihr gesagt hatte.

»Auf keinen Fall.« Entschlossen blickte er sie an, dann schlich sich wieder ein Lächeln in seine Mundwinkel. »Und was dich angeht ... ich hatte recht, was? Ja, auch das hat sich schon herumgesprochen. Meine Schwester ist nicht besonders gut darin, Geheimnisse anderer Leute zu bewahren.«

»Grüß Svala von mir«, sagte Kari und konnte sich eine gespielt finstere Miene nicht verkneifen. »Nein, ich bin keine Assassinin. Aber diesen Nulf, den hab ich eiskalt umgelegt.«

Raik musste lachen. »Mögen die Götter allzeit mit dir sein«, sagte er und legte zum Abschied die Hände in Form einer Schneeflocke übereinander.

Die Macht der Worte

John musste es einfach fragen. »Haben die isländischen Polizisten Cecily schon geschnappt? Genug Beweise müssten sie ja gefunden haben, oder?«

»Leider ist dieses Mädchen noch frei und irgendwo unterwegs.« Sein Vater sprach nur noch mit Abscheu von Cecily und vermied es, ihren Namen zu benutzen. »Die Polizei hat Gift auf der Hülle des Müsliriegels gefunden, aber dieses Mädchen hat mit Handschuhen gearbeitet, Fingerabdrücke von ihr gab es keine. Doch sie ist die Hauptverdächtige, für eine Untersuchungshaft reicht es auf jeden Fall.«

Thorsten zögerte, sah ihn und dann Alice an, die auf dem Krankenhausbett hockte und die Beine von der Kante herunterhängen ließ. Zum ersten Mal fiel John auf, wie alt sein Vater geworden war, die Falten in seinen Augenwinkeln und um seinen Mund waren tiefer geworden. Zerknittert sah er aus und in seinem Haar war noch mehr Grau als zuvor. »Es tut mir leid, dass ich euch so lange nicht geglaubt habe«, sagte er. »Dadurch habe ich uns alle in Gefahr gebracht. Ich habe mich benommen wie der letzte Depp, was?«

Das war es, was er an seinem Vater mochte. Er konnte unglaublich stur und anstrengend sein, aber wenn er unrecht gehabt hatte, gab er es auch zu.

»Ja, genau, wie der letzte Depp«, sagte John und damit war die Sache für ihn erledigt. Sie hatten überlebt, das war es, was zählte.

»Schon okay«, sagte Alice, ihr schien es nicht ganz so leicht zu fallen, Thorsten zu verzeihen. Aber dann lächelte sie ihn vorsichtig an und John war erleichtert.

»Ich war auch arg naiv«, sagte Susanna und seufzte. »Da glaubt man an das Gute im Menschen und dann so was. Sie sah so nett aus!«

»Nett und tödlich«, sagte Alice. »Schaut ihr denn nie Thriller? Da gibt's so was dauernd.«

»Ja, ja, schon gut, wir haben's kapiert«, stöhnte ihre Mutter.

Es war Zeit, dieses Krankenhaus zu verlassen. John brauchte nur zwei Minuten, um seine Sachen zu packen. Ewig dauerte es dagegen, auf den Arzt zu warten, der sein endgültiges Okay zur Entlassung aus dem Krankenhaus geben musste. Ungeduldig, aber ansonsten seltsam unbeteiligt lauschte John, wie sein Vater herumtelefonierte – da sie im Notarztwagen hergekommen waren, buchte er gerade ein Taxi, das ihn zurückbringen sollte zum Ferienhaus am See. Dort stand noch immer der Mietwagen, mit dem Thorsten anschließend nach Reykjavík zurückkehren würde.

»Du willst wirklich alleine fahren und all unsere Sachen packen, Thorsten?«, fragte Susanna, die neben John und Alice am kleinen Tischchen des Einzelzimmers saß. Ihr Gesicht wirkte hager, eckig nach dem, was sie durchgemacht hatte, ihr blondes Haar hatte seinen Glanz noch nicht zurück. »Sollen wir nicht doch mitkommen?«

Thorsten tätschelte ihre Hand. »Nein, nein, ihr seid noch viel zu schwach. Ich packe, werfe all unser Zeug in den Kofferraum des Mietwagens und komme dann heute Nachmittag direkt zum Flughafen. Dort treffen wir uns. Gerade habe ich euer Taxi bestellt, ihr müsst euch um nichts kümmern.«

Niemand sagte etwas dazu. Sie waren alle schweigsam heute. Es fühlte sich seltsam und furchtbar an, aufzubrechen ... weil sie nur noch zu viert waren statt zu fünft.

Wir lassen sie zurück, dachte John und spürte, wie seine Kehle eng wurde. *Wir geben auf. Ich versteh's irgendwie. Susanna hat ihren Job, Thorsten muss sich auf das neue Schuljahr vorbereiten, das bald anfängt. Aber trotzdem ...*

Genau dieses »Aber trotzdem ...« sah er in Alices Augen, jedes Mal, wenn sich ihre Blicke trafen. Tiefe Trauer und ein schlechtes Gewissen.

»Ah, da bist du ja, John. Wie fühlst du dich?« Sein zweiter behandelnder Arzt tauchte auf, schüttelte ihm die Hand, nahm seinen Blutdruck und blätterte seine Akte durch.

Dann war er offiziell entlassen, so wie schon Susanna. Ihre nächste Station war ein Restaurant in der Innenstadt, die zweite am frühen Nachmittag das Taxi zum Flughafen.

Jetzt heißt es Abschied nehmen, ging es John durch den Kopf.

Von Island ... und von Kari.

***

Cecilys Unterkunft in der Nähe von Thingvellir war eine Art überteuertes Motel, in dem kaum jemand länger als ein oder zwei Nächte blieb. Nachdem sie die großen Attraktionen wie den Gullfoss abgehakt hatten, zogen die Touris weiter und der Typ an der Rezeption wusste das, er wirkte völlig gleichgültig. Cecily war sicher, dass er sich das Gesicht dieser schüchternen, zopftragenden jungen Backpackerin, die angeblich Nina Ruthledge hieß und kaum einen Satz herausgebracht hatte, nicht merken würde. Und ihr silberner Mietwagen sah so aus wie tausend andere.

Was jetzt? Isslar aufgeben, einen Last-Minute-Flug irgendwohin buchen? Ihre Rache auf Eis legen?

Es wäre sicher schön gewesen in Isslar, dachte Cecily zum hundertsten Mal bitter, wusch ein paar Slips im Waschbecken aus und hängte sie über die Heizung.

Sie fragte sich, wie sich Kari durchgeschlagen hatte in dieser fremden Welt, in der es Magie gab, Elfen, Trolle und diese Eisdrachen, vor denen ihr Vater sie gewarnt hatte. Würde Kari es schaffen, durch das Tor zurückzukehren, wie sie es angekündigt hatte?

Etwas widerstrebend wählte Cecily die Handynummer ihrer Mutter.

»Ja?« Sehr knapp, wie üblich. Ihre Mutter hasste Zeitverschwendung aller Art. Ihr Studium – Master of Business Administration – hatte sie natürlich in Rekordzeit durchgezogen, bevor Cecily geboren worden war. Ungeplant, wie Cecily stark vermutete. Allein das musste für ihre Mutter eine Niederlage gewesen sein – normalerweise hatte sie ihr Leben hundertprozentig unter Kontrolle.

»Ich bin's, Cecily Lindström.«

»Cecily.« Der Klang ihrer Stimme verriet schon, dass der Anruf gerade störte. »Wir sind in einem Meeting, kann ich dich zurückrufen?«

»Ach, muss nicht sein«, sagte Cecily, am liebsten hätte sie dieses Gespräch so schnell wie möglich beendet. »Ich wollte nur kurz durchgeben, dass ich hier vorerst einen Rückzug einleite. Die Umstände sind ungünstig geworden.«

»Die Umstände, ah.« Nun klang ihre Mutter noch kühler als zuvor. »Nun, so was kann passieren. Soll ich dir ein Flugticket zukommen lassen?«

»Schon okay, ich kann das selbst buchen. Viel Erfolg bei eurem Meeting.«

Rasch drückte Cecily auf die rote Schaltfläche, das Gespräch war weg. Ganz langsam ließ sie sich auf das Hotelbett sinken, dann kramte sie im Geheimfach ihres Rucksacks nach den englischen Fruchtbonbons, ohne die sie irgendwie nicht auskam. In ihr war ein taubes Gefühl, sehr unangenehm. Sie versuchte, sich stattdessen auf eine Analyse der Ereignisse zu konzentrieren, Lehren daraus zu ziehen, was sie nächstes Mal besser machen konnte. Je länger sie darüber nachdachte, was schiefgegangen war, desto stärker wuchs ihr Ärger über die Art und Weise, wie andere ihre Mission sabotiert hatten. Das war ein klares, reines Gefühl und tausendmal besser als die Taubheit vorher.

Nein, ich reise nicht ab, dachte Cecily mit eisiger Klarheit. *Ich beobachte dieses verdammte Tal Dyradalur und dieses spießige Ferienhaus. Wenigstens noch ein paar Tage lang. Wenn jemand dort eintrifft, erfahre ich es ... und dann kann Kari mal sehen, was es heißt, eine Assassinin zu sein.*

***

Maéva tauchte auf, als Kari beinahe mit dem Packen fertig war. Wie ungewohnt es sich nach der kurzen Zeit anfühlte, wieder ihren Norwegerpulli, ihre Jeans und die garantiert wasserdichte, grüne Allwetterjacke zu tragen. Irgendwie falsch. *Hat Maéva recht, stammen meine Vorfahren aus Isslar? Und wie soll ich das jemals herausfinden?*

»Bereit?«, fragte Maéva. »Wir müssen los, das Grüne Tor öffnet sich am Mittag, und das nur für kurze Zeit.« Sie glotzte Karis ungewohnte Tracht an. »Svartur! Dieser, äh, *Umhang* sieht wirklich seltsam aus. Und blaue Hosen ... hm ... gibt es bei euch wirklich Leute, die so was anziehen?«

»Ein paar«, sagte Kari schmunzelnd. Mehr schlecht als recht versuchte sie, den weißen Dolch mit seiner ledernen Scheide in den Gürtel ihrer Jeans zu stecken ... und merkte, dass Maéva erstarrte.

»Habe ich also neulich doch richtig gesehen«, sagte sie ruhig und zog unter ihrer Kleidung ihre genau gleich aussehende Klinge hervor.

»Was hat das zu bedeuten? Wieso hat die Fürstin mir den gegeben?« Kari spürte, dass sich auf ihrem Arm eine Gänsehaut gebildet hatte.

»Das sollte wohl ein grausamer Scherz sein. Was du trägst, ist die Waffe, die meiner Mutter gehört hat, bevor sie zum Silberfalken geworden ist.« Maéva biss sich auf die Lippe. »Die beiden

Dolche sind schon seit einer Ewigkeit in meiner Familie. Sie verstärken unsere Magie, ihre Namen sind *Schatten* und *Licht.*«

»O Gott, das wusste ich nicht, das tut mir so leid!« Sofort streckte Kari die Hand aus und reichte ihrer neuen Freundin die Waffe ... obwohl es ihr nicht ganz leichtfiel. Nicht nur weil dieser Dolch so schön war. *Wo bekommt man in meiner Welt schon eine Klinge, die auch durch Stein schneiden kann? Andererseits, wann genau braucht man so etwas in ebendieser Welt?*

Doch Maéva rührte sich nicht und machte keine Anstalten, den Dolch zu nehmen. »Nein. Du hast verdient, ihn zu tragen. Nach dem, was du für uns getan hast, gehörst du ein bisschen zur Familie, ob du es willst oder nicht.« Sie lächelte verschmitzt.

Kari war gerührt. »Es ist mir eine Ehre«, sagte sie, verbeugte sich und hoffte, dass sie es schaffen würde, das Ding in ihrem Fluggepäck nach Deutschland zu schmuggeln. Ins Handgepäck durfte er sicher nicht. »Welchen von beiden Dolchen habe ich?«

»Schatten.«

Das klang unheimlich, aber es war ein bisschen spät, sich vor dem Ding zu fürchten. Hektisch kramte Kari im kleinen Stapel ihrer persönlichen Sachen nach etwas, das Maéva gefallen könnte. Schließlich fiel ihr das Drachenfeuerzeug in die Hände, und sofort wusste sie, welcher Gegenstand aus der Menschenwelt nie wieder dorthin zurückkehren würde. »Hier, und das ist für dich, schließlich magst du Drachen auch. Ich weiß, du bist nicht gerade die geborene Brandstifterin, aber es gibt Momente, in denen ein Flämmchen ganz nützlich ist.« Zur Sicherheit zeigte sie Maéva noch einmal genau, wie es funktionierte – und den Trick, wie die weiße Klinge die Flamme ablenkte.

»Ich, eine Herrin des Feuers? Haha, das muss ich Haakon erzählen, der lacht sich tot.« Fasziniert drehte Maéva das Feuerzeug in den Händen, dann betrachtete sie neugierig das Kräuterbuch, das die Fürstin Kari bei ihrer ersten Audienz gegeben hatte. »Oh, du hast ein Buch, ist das auch von der Fürstin? Ich wünschte, ich hätte auch ein paar mehr.«

»Wieso, wie viele Bücher hast du denn?«, fragte Kari, während sie ihre Flöte für den Transport in ein weiches Stück Stoff wickelte. Ihr würde schon irgendeine Erklärung einfallen, wo sie das Ding herhatte.

»Fünf«, erwiderte Maéva und schien verblüfft, als Kari darüber nicht staunte. Wie sich herausstellte, gab es zwar einige Schriftrollen, aber nur etwa fünfzig richtige Bücher in ganz Isslar, alle mit der Hand geschrieben und sehr wertvoll. »Ich habe alle gelesen«, erklärte die junge Magierin stolz. »Aber ich glaube, Andrik ist auch schon bei etwa vierzig. Er ist allerdings nicht so gut wie ich darin, sie sich auszuleihen, manche Leute lassen sich lange bitten, bevor sie sie herausrücken.«

Kari musste grinsen, als sie an die Vorwürfe von Svala, Raik und den anderen Jugendlichen kurz vor dem Ball dachte. Als Kari Maéva zum allerersten Mal von Angesicht zu Angesicht gegenübergestanden hatte. »Und du bist nicht so gut darin, Sachen zurückzugeben, oder?«

»Äh ...«, sagte Maéva. »Nein.«

Eine Minute später war sie Besitzerin eines dicken Kräuterbuchs und sah sehr glücklich aus.

»Wieso sind eigentlich manche Sachen in Runen geschrieben und dieses Buch zum Beispiel in lateinischen Buchstaben?«, fragte Kari.

»Das liegt daran, dass es durch die Tore früher einen gewissen Austausch gab«, erklärte Maéva. »Die Leute von Strandir haben uns Dinge geschenkt oder sie bei ihrer Flucht aus deiner Welt mitgenommen, dieses Buch zum Beispiel. Weil diese Grenzgänger oft einigen Einfluss hatten, können viele von uns beide Alphabete.«

Inzwischen war auch Bjarni eingetroffen, um sich zu verabschieden. Kari umarmte ihn und schenkte ihm ihre Taschenlampe. »Das ist ein starker Zauber gegen Trolle, aber setz ihn nicht zu oft ein, sonst nutzt er sich ab«, schärfte sie ihm ein und Bjarni bedankte sich begeistert. Kari fummelte den kleinen Laserpointer von ihrem Schlüsselbund ab. »Könntest du das den Elfen geben? Du weißt schon, welchen. Sija, Tuli und Palo.«

»Ja, klar. Mach ich.«

Am liebsten hätte sich Kari selbst von den Elfen verabschiedet, doch es war dringend Zeit für den Aufbruch. Sie mussten beim Grünen Tor sein, bevor es Mittag war, sonst musste sie einen weiteren Tag warten! Karis Blut kreiste schneller in ihren Adern, als hätte sie heftiges Lampenfieber vor einem Auftritt. *Heim! Bald bin ich daheim, endlich, endlich!*

Sie freute sich unglaublich auf ihre Familie, aber auch auf Ella und Leyla, die sie in Deutschland wiedersehen würde. Noch war sie nicht sicher, wie viel sie ihnen erzählen sollte, aber ein bisschen was ging bestimmt. Ella war ein Fantasyfan genau wie sie selbst, sie würde wenig Probleme haben, eine Welt wie Isslar zu akzeptieren. Und dass Ella dichthalten konnte, wusste Kari – Kari hatte mal versehentlich ein Motorrad vor einer Kneipe umgekippt und dadurch beschädigt, das hatte einen Riesenärger gegeben. Und alle hatten gedacht, Ella wäre es gewesen. Die hatte niemandem verraten, dass eigentlich Kari so blöd gewesen war, sich an das Ding zu lehnen.

Doch bevor sie Ella, Alice und vielleicht auch Leyla irgendwas erzählen konnte, musste sie es erst mal schaffen, wohlbehalten zurückzukommen!

Für Kari stand Skandia aus den Ställen der Burg bereit, Maéva selbst ritt wieder ihren Schimmel, der, wie sich herausstellte, Tarko hieß. Sie ritten schnell und tölteten die meiste Zeit, inzwischen wirkte Maéva doch etwas nervös und blickte immer wieder hoch, um den Sonnenstand abzuschätzen. *Wenn wir zu spät kommen, kriege ich die Krise,* dachte Kari und trieb Skandia an.

Trotzdem war ein bisschen Zeit zum Plaudern, während sie ritten. Kari erzählte, wie der Abschied von Andrik gelaufen war, und Maéva erzählte, dass sie früher in einen jungen Lehrer für Rechenkunst und Sternkunde an ihrer Schule verliebt gewesen war. Neugierig lauschte Kari. »Aber du bist nicht mehr auf der Schule ... wie lange warst du denn Beraterin?«

»Zwei Jahre«, berichtete Maéva. »Meine Mutter hat mich hin und wieder in die Burg mitgenommen, dort bin ich wohl durch kluge Bemerkungen aufgefallen. Ich war natürlich sehr geschmeichelt, als Gabrissa wollte, dass ich in der Burg für sie und ihre Mutter arbeite, und habe mir in den buntesten Tagträumen ausgemalt, wie das wohl sein würde.« Sie kreuzte die Finger. »Bewahre mich vor Elz! Ich war so naiv. Meine Mutter wollte nicht, dass ich Beraterin werde, aber ich kann ziemlich stur sein. Nur für den Fall, dass dir das noch nicht aufgefallen ist.«

»Trotzdem hast du irgendwann gemerkt, *warum* sie es nicht wollte«, sagte Kari leise und dachte daran, wie oft sie selbst schon zu naiv gewesen war. Oft! Vielleicht würde sie Maéva irgendwann mal davon erzählen.

»Dann ist meine Mutter nach zehn Jahren Dienst für die Fürstin eine Felswand hinuntergestürzt, an der sie eigentlich nichts zu suchen hatte.« Maéva presste die Lippen zusammen, erst nach einer Weile sprach sie weiter. »Und ich habe gemerkt, dass auch mein Tod der Fürstenfamilie ziemlich gelegen käme.«

Nicht gerade Karis Lieblingsthema, sie dachte ungern an ihre Rolle zurück. »Sehr fies. Aber lass uns trotzdem noch mal durchgehen, was du gleich sagst, falls jemand dich in meiner Welt zur Rede stellt.«

»Ich war gerade auf einem Campingtrip und habe dich umherirrend gefunden, anscheinend warst du gestürzt und hast dir den Kopf angehauen ...«, wiederholte Maéva geduldig, was sie bereits besprochen hatten. »Hilfe rufen konnte ich nicht, weil mein Handy-Akku leer war – äh, was ist noch mal ein Handy?«

Kari erklärte es ihr, doch irgendwann unterbrach sie die junge Magierin: »Ach, übrigens, wir sind da.«

Sie ritten durch eine Schlucht ins Tal hinein, dort zügelten sie ihre Pferde. Durch eine Laune des Wetters herrschte dasselbe goldene Licht wie damals, als sie in diesem malerischen Tal eine Fotopause gemacht hatten. Hier lag kein Schnee mehr, und das Gras hatte das herrliche, von Rostrot überhauchte Hellgrün, an das sich Kari noch so gut erinnerte. Wieso hatte sie nicht damals schon gemerkt, dass dies hier ein magischer Ort war?

»Was ist eigentlich mit den Torwächtern?« Unwillkürlich sprach sie leise, als könne ihre Stimme die Trolle auf sie aufmerksam machen. Im Moment wirkten sie noch wie Felsen, grau und schroff, in seltsamen Formen erstarrt. Doch Kari wusste, dass sie da waren ... und sie vielleicht beobachteten.

»Um die musst du dir keine Sorgen machen, sie spüren, wenn jemand die gesamte Torformel weiß. Und die Fürstin kann sie nicht alarmiert haben, dass wir ohne ihre Erlaubnis hindurchwollen.« Maéva saß ab, klopfte Tarko auf den Hals und blickte sich um. »Hast du den ersten Teil der Formel, der, den ich dir gegeben habe? Das Tor müsste bald aufgehen.«

»Ja.« Ohne ein weiteres Wort entfaltete Kari das Pergamentstück mit den Runen. »Ähm, kannst du mir das bitte vorlesen?«

»Xanthiar mutabel loram eydur shi'karan«, las Maéva, und Kari lauschte mit voller Konzentration, prägte sich jede Silbe ein. Dann holte sie ein Stück Kohlestift aus ihrer Tasche und schrieb die Worte in einer Art Lautschrift unter die Runen auf den Zettel. Maéva beobachtete es angespannt. »Wie lautet der zweite Teil, der von Daro?«, fragte sie. »Den brauche ich noch für den Heimweg.«

Karis Gedächtnis ließ sie nicht im Stich. *»Shi'karan ellswor wunyalish hiyanur fridaselik dragar.«* Zum ersten Mal fiel ihr auf, dass Zinos Satz aus zwei verschiedenen Teilen zu bestehen schien. Der erste Teil klang irgendwie elfenhaft, der zweite eher isländisch.

Ja, das war ganz eindeutig ein Spruch für den Übergang zwischen zwei Welten. Sie wandte sich an Maéva. »Willst du immer noch mitkommen? Auf die andere Seite?«

Ihre Freundin nickte entschieden.

»Und ich kann es dir nicht ausreden?«

Ein ebenso entschiedenes Kopfschütteln.

»Dann los«, sagte Kari. »Du sagst den ersten Teil der Formel, ich den zweiten, ja?« *Wenn das nur gut geht!*

Sie hatte sich rasch orientiert und stapfte jetzt den grasbewachsenen Hang hoch, der zum Grünen Tor auf der Kuppe des Hügels führte. Oben angekommen, standen sie sozusagen am Kraterrand, denn noch immer war Kari sicher, dass dieses nicht sehr große, fast perfekt runde Tal ein ehemaliger Krater war. Von oben konnte sie sehen, dass an dem einzelnen Felsbrocken, der am Rand des Tales lag, ein paar Elfen spielten, ohne sie zu beachten.

Dort war das Tor, Kari erkannte es sofort wieder und ihr Puls legte einen Sprint ein. Sie warf Maéva einen Blick zu, dann traten sie gemeinsam vor den senkrechten Felsen. Wie ging das noch mal? Maéva legte Kari eine Hand auf die Schulter, die andere platzierte sie auf den Felsen. Nervös presste Kari die Handfläche auf die von Flechten gesprenkelte Felswand, die sich rau und kühl anfühlte. Mit leiser, aber glockenklarer Stimme begann Maéva die Worte zu sprechen, die sie von Svala bekommen hatte. Dann war Kari an der Reihe. Gut, dass sie sich die Formel schon so oft vorgesprochen hatte – sie trug sie flüssig vor, ohne Stocken. *Und was jetzt ... jetzt muss doch etwas passieren ... wieso passiert nichts, es muss doch ...!*

Ganz plötzlich sackte ihr Kreislauf weg, so wie beim ersten Mal. Weiße Punkte tanzten vor ihren Augen, füllten ihr Sichtfeld wie Schneegestöber. Das Nächste, was sie wahrnahm, war der feste Boden unter ihrem Rücken und Maévas blaue Augen, die ihr beunruhigt ins Gesicht starrten. »Kari? Kari!«

»Das ist irgendwie nicht gesund«, murmelte Kari. »Durch so ein verdammtes Tor zu gehen.«

Maéva lächelte erleichtert und half ihr hoch. Neugierig wie ein Kind blickte sie sich um und starrte auf die asphaltierte Straße hinab, die durchs Tal führte. »Es hat geklappt, scheint mir. Wie macht ihr es, eine Straße so glatt zu bekommen?«

»Ja! Es hat geklappt! Wir sind durch! Es hat ... ich bin ... oh Mann.«

Mit schnellen Schritten, fast rennend, stiefelte Kari den Hang hinunter, den Wanderpfad entlang – er war wieder da, der Wanderpfad! – und stürmte in Richtung des kleinen Parkplatzes.

Menschenmagie

Auf dem Parkplatz von Dyradalur standen drei Autos, zwei davon verlassen – die gehörten wohl Wanderern. Die Insassen des dritten Wagens trugen gerade ihre Picknicksachen zum Wagen.

»Oh, sind das Kutschen? Aber wie macht man die Pferde daran fest?« Maéva, die mit ihr Schritt gehalten hatte, betrachtete die Autos fasziniert.

»An Autos muss man keine Pferde befestigen, die fahren auch so«, erklärte Kari schmunzelnd und beschleunigte ihre Schritte. Sie musste diese Leute abfangen, bevor sie losfuhren!

Maéva klang besorgt. »Ihr habt aber schon Pferde in dieser Welt, oder?«

»Jede Menge«, versicherte ihr Kari, setzte ein Lächeln auf und steuerte das Ehepaar an. »*Excuse me* – entschuldigen Sie bitte! Mein Name ist Kari Schneider, ich komme aus Deutschland und brauche Hilfe!«

Wie sich herausstellte, hatte sie es mit Amerikanern aus Iowa zu tun, deren Hobby Naturfotografie war. »Oje, was ist denn passiert? Bist du gestürzt?«, fragte die Frau, eine vernünftig wirkende Dame mit grauem Pagenschnitt, roter Goretex-Jacke und Wanderstiefeln.

»Ja, und ich hatte mich verirrt, meine Leute suchen nach mir – kann ich mit Ihrem Handy bitte einen Anruf machen?«

»Aber klar doch«, mischte sich ihr Mann im breiten Amerikanisch ein. Er warf Maéva, die vorübergehend verstummt war, Augen und Ohren aber umso weiter aufsperrte, einen fragenden Blick zu. Mit ihrem dunkelblauen Umhang, ihrem dicken Wollkleid und den Lederstiefeln passte sie viel besser in die Landschaft als jeder

Tourist mit bunten Outdoorklamotten, und Kari sah genau, dass die beiden sie am liebsten fotografiert hätten. »Und du? Bist du mit verloren gegangen oder hast du sie gefunden?«

»Was sagt der Kerl?«, fragte ihre Freundin, und Kari wurde klar, dass es ein kleines Problem gab. Englischunterricht hatte Maéva nie gehabt ... und wer verstand hier schon die Sprache von Isslar? Anscheinend nur jemand, der aus Isslar stammte. Mit etwas Glück war es dem Isländischen so ähnlich, dass wenigstens die Einheimischen etwas damit anfangen konnten.

»Sie ist Isländerin«, erklärte Kari in die eine Richtung, »Er will wissen, ob du dich auch verirrt hast« in die andere. Furchtbar aufgeregt tippte sie die Handynummer ihrer Mutter ein, zweimal musste sie korrigieren, weil ihre Finger so fahrig waren und in ihrem Kopf alles durcheinanderwirbelte. Dann endlich klappte es.

»Schneider.« Nie hatte eine Stimme so wunderbar geklungen. *Okay, fast nie. Auf der Katla Andriks Stimme zu hören, war auch großartig.*

»Ich bin's. Kari.«

»*Kari!* Wo bist du?« Noch nie hatte sie eine heulende Mutter am Telefon gehabt, aber dieses Mal war es so weit.

Im Hintergrund wildes Jubelgeheul von Alice. Dann schnappte sich Alice das Handy. »Ist dir was passiert? Bist du verletzt?«

»Alles okay, ich bin in Dyradalur. Diesem Tal, wo ich mich ... äh ... verirrt habe.«

Plötzlich war Alice am Apparat. »Es ist so schön, dass du wieder da bist, das ist echt der Hit! Aber hör mal zu.« Plötzlich schwankte Alices Stimme. »Wir sind im Krankenhaus in Reykjavík, Mam und John ging es in den letzten Tagen nicht besonders gut.«

»Was?« Jetzt war es Kari, die fast schrie. »Wieso denn das?«

»Erzählen wir dir später. Es ist ein bisschen kompliziert. Moment!« Kari hörte, wie Alice sich mit jemandem besprach, bekam aber nur die Hälfte mit. Dann war Johns Vater am Apparat, auch er klang unendlich erleichtert. »Kari? Geht es dir gut? Wo warst du? Gerade wollte ich losfahren ...«

»Hab mich verirrt. Wieso seid ihr im Krankenhaus, sag mir bitte sofort, was los ist!«

»Keine Panik. Es ist alles gut. Inzwischen jedenfalls. Kannst du dich von irgendjemandem zum Ferienhaus fahren lassen? Es ist nicht weit mit dem Auto von dort, wo du bist.« Er diktierte ihr die Adresse. »Der Schlüssel liegt auf dem kleinen Fensterbrett neben der Haustür. Wir rufen gleich die Leute von ICE-SAR an und sagen denen Bescheid, dass du wieder aufgetaucht bist.«

»Wer ist ICE-SAR?« Kari kapierte überhaupt nichts mehr.

»Die suchen hier Vermisste. Egal. Wir treffen uns, so schnell es geht, im Ferienhaus, ja?«

Im Hintergrund rief ihre Mutter etwas von »Taxi abbestellen!« und »Flug stornieren!«.

»Ja«, sagte Kari, sie fühlte sich betäubt und durcheinander. *Wären die wirklich ohne mich geflogen?* »Oder soll ich irgendwie nach Reykjavík ...«

Doch Thorsten hatte schon aufgelegt.

»Is everything okay?«, fragte die freundliche Amerikanerin, die, wie sich herausstellte, Olivia Harris hieß.

»Ja ... nein ... könnten Sie uns zu einem Ferienhaus fahren? Anscheinend sind diesmal nämlich meine Eltern abhandengekommen.« Kari war kurz davor, wieder einmal hysterisch loszulachen. Doch dann lag Maévas Hand auf ihrer Schulter, und Kari spürte, wie Wärme daraus auf sie überströmte. Erholten sich ihre Kräfte langsam vom Gefrierenlassen des Geysirs?

»Oje! Natürlich, das ...«, begann Olivia.

»... können wir tun, ist ja klar«, vollendete ihr Mann Mark den Satz. Sie waren, wie es aussah, schon wirklich lange verheiratet. »Gut, dass ihr ICE-SAR schon verständigt habt, das habe ich richtig gehört, oder?«

Ja, ja, das hatten die beiden richtig gehört, und nun wollte Kari nichts mehr, als schnellstens zum Ferienhaus und dann keine Fragen von fürsorglichen Fremden mehr beantworten. Sondern nur noch eins, endlich bei Mam und Alice sein.

»Du kommst doch mit, oder?« Am liebsten hätte sie Maévas Hand genommen und erst mal nicht wieder losgelassen. *Die Arme hat wahrscheinlich gerade einen Kulturschock, und ich bin so dermaßen überhaupt nicht in der Lage, mich um sie zu kümmern! Aber im Moment scheint sie gut klarzukommen.*

Ihr einziges Problem war anscheinend, dass sie vor Neugier fast platzte. Während der Fahrt fragte sie Kari in der Sprache Isslars unersättlich über ihre Familie aus, ihr Leben in Deutschland, ihre Welt. »Was, keiner im ganzen Land hat magische Fähigkeiten? Das glaub ich einfach nicht!«

»Na komm, bei euch sind es auch nur die Mitglieder der Fünf Familien«, wandte Kari ein und musste lächeln.

Wie sich herausstellte, war das Ferienhaus ein hüttenartiges Gebäude in der Nähe des Sees, halb in einen dicht bewachsenen Hang hineingebaut. Sah nicht übel aus, hier hätte sie ein paar chillige Ferientage verbringen können. Doch dann hätte sie all die unglaublichen Dinge verpasst, die sie in Isslar erlebt hatte. Die Sehnsucht nach Andrik traf sie wie ein nasser, schwerer Sandsack gegen den Solarplexus. Tja, sie würde lernen müssen, damit zu leben.

Während Kari den Schlüssel suchte und sich die Amerikaner verabschiedeten, war Maéva wieder sehr still. Sie blickte über den See hinaus, der in der Sonne bläulich silbern glänzte, ein paar Inseln erhoben darin ihre dunklen Rücken wie Urzeittiere. »Das ist der See, an dem Khyona liegt, oder?«, fragte sie.

Kari nickte. »Ist das nicht unglaublich seltsam? Hier ist am Ufer ... nichts.«

»Vor meinem inneren Auge ist die Stadt da«, sagte Maéva und lächelte versonnen.

Kari wandte sich um, blickte über die Wasserfläche hinaus. »Ja, ich kann sie auch sehen ... wenn ich mich ein bisschen anstrenge.« Einen Wimpernschlag lang waren die Erinnerungen so stark, dass sie Kari zu überwältigen drohten. Doch Kari drängte sie weg und fummelte mit dem Schlüssel in der Eingangstür herum, bis sie aufsprang.

Das Ferienhaus hatte ein Wohnzimmer und drei Schlafzimmer, dazu Küche und Bad. Wie gut, dass es spät in der Saison war und anscheinend keine direkten Nachmieter für sie gegeben hatte. Überall lagen Sachen verstreut, die Kari erkannte – der gelbe iPod und ein Roman von Alice, in der Mitte aufgeschlagen. Halb über der Lehne des grauen Stoffsofas hing ein rotes Sweatshirt, das sie schon einmal an John gesehen hatte, auf dem Couchtisch aus Rauchglas hatte jemand, vermutlich Thorsten, akkurat den Reiseführer und Tourprospekte platziert. Daneben ein Dutzend zerknüllte Taschentücher, manche davon mit Mascaraspuren daran. *Mam hat geweint ... wegen mir. Wegen meiner Blödheit, mich von irgendwelchen Fremden mitnehmen zu lassen!*

Anscheinend war ihre Familie hastig aufgebrochen. Eine aufgerissene Kekspackung, eine verkrustete Pfanne, zwei Äpfel, einer davon angebissen, lagen auf der Anrichte der offenen Küche. Außerdem sah man, dass die Polizei da gewesen war, überall waren Flächen mit Fingerabdruckpulver eingestäubt und auf dem Boden im Wohnzimmer waren schlammige, längst getrocknete Stiefelspuren. Na wenigstens hatten die Polizisten kein rotes Flatterband an der Eingangstür gespannt, wie Kari das aus dem *Tatort* und anderen Filmen kannte. Sonst hätten die Touristen wohl kaum zugestimmt, sie hier abzusetzen!

Während Kari sich umblickte, hörte sie Maéva rufen: »Was ist das für ein seltsames Ding! Bei Elz, geh weg von mir ... weg damit ...«

Kari eilte Maéva zu Hilfe. Sie hatte sich an einem Klettverschluss verfangen.

Fast daheim. Aber noch nicht ganz, die Menschen fehlten. Kari drückte ihr Gesicht in eins von Alices T-Shirts, das in einem der Zimmer herumgelegen hatte. Traurig brachte sie ihre weiße Obertonflöte, die sie aus Isslar mitgebracht hatte, in ihrer eigenen Reisetasche unter, die zum Glück auch noch da war. Irgendwann würde sie sich trauen, sie vor allen anderen zu spielen ... vielleicht in irgendeinem zukünftigen Konzert.

Dann wandte sie sich Maéva zu, entschlossen, ihr endlich eine richtige Reiseführerin in dieser seltsamen Welt zu sein. Die junge Magierin wanderte staunend in den Zimmern umher, berührte einen Teller aus Porzellan, staunte den Wasserhahn an, den Kari für sie aufdrehte, und erschrak, als Kari den Lichtschalter betätigte und die Deckenlampe aufflammte. »Gnädige Elin! Wie habt ihr das geschafft – ein Stück der Sonne einzufangen?«

»Tja, unsere Art von Magie«, sagte Kari und grinste.

Vorsichtig hob Maéva den iPod auf und fuhr zurück, als sie ihn versehentlich einschaltete und flüsternd Musik aus den Ohrstöpseln drang. »Leben da Elfen drin?«

Kari konnte nicht widerstehen. »Ja, aber nur ein oder zwei.« Sie schob Maéva einen der Ohrstöpsel dorthin, wo er hingehörte, und ließ sie ein paar Sekunden *Sunrise Avenue* hören. *Fairytale gone bad.* Passte irgendwie.

»Klingt irgendwie komisch, aber gar nicht übel«, meinte Maéva und wippte mit den Füßen im Takt. »Hat Kjell Sigurdson davon gewusst? Von alldem hier?« Sie klang ein wenig neidisch.

»Nicht wirklich. Es ist ewig her, dass er mal hier war, und er hat vieles falsch verstanden«, beruhigte sie Kari. Sie erzählte, wie sie ihn mit dem beleidigenden Abschiedsgruß reingelegt hatte, und Maéva krümmte sich vor Lachen.

Behutsam setzte die junge Magierin sich aufs Sofa, ungefähr so, als könne es jeden Moment mit ihr darauf aufspringen und weglaufen. Das tat es zum Glück nicht, und Maévas Augen wurden groß, als sie das aufgeschlagene Buch entdeckte: *Die Stadt der Träumenden Bücher* von Walter Moers. Fassungslos strich sie über die fein säuberlich gedruckten Buchstaben, blätterte die präzise zugeschnittenen, dünnen Seiten auf, staunte über die Zeichnungen von Wesen, die mindestens so eigenartig waren wie die in Isslar. Kari entschied sich in einem Sekundenbruchteil.

»Weißt du, was, nimm das mit. Wenn du wieder zurückgehst. Es ist zwar in Deutsch, du wirst es nicht lesen können, aber es ist ein Andenken an meine Welt.«

Alice würde nicht begeistert sein, wenn sie den Roman verschenkte, aber egal, sie konnte ihn ihr in jedem Buchladen nachkaufen!

Maéva strahlte. »Du kannst es mir ja vorlesen, wenn du das nächste Mal vorbeikommst.«

Wenn du das nächste Mal vorbeikommst. Ein warmer Strom der Freude durchrieselte Kari. *Das klingt, als fände Maéva das ganz selbstverständlich oder als wünsche sie sich das sogar. Kann es sein, dass ich echte Freunde gefunden habe in dieser kurzen Zeit?*

»Das ist nicht mit der Hand geschrieben, oder?«, fragte Maéva, nachdem sie die Seiten aus der Nähe betrachtet hatte.

»Nein, es ist gedruckt. Von einer Maschine hergestellt. Sie kann einige Tausend Bücher herstellen, alle gleich.« Im selben Moment, in dem Kari das sagte, fand sie es auch schon schade. Alle waren gleich ... und deswegen längst nicht so wertvoll und besonders.

»Ihr habt so vieles«, sagte Maéva leise. »Seid ihr glücklich?«

Was für eine gute Frage. Kari dachte einen Moment lang darüber nach, bevor sie antwortete. »Die meisten Leute haben viel zu viele Dinge und sind trotzdem unzufrieden. Sie wissen längst nicht mehr, wie es ist, hungern oder kämpfen zu müssen. Das wissen nur ...«

Sie hörte die Vordertür klappen. Überglücklich sprang Kari auf ... und dann fiel ihr ein, dass Alice, Mam und John noch gar nicht da sein konnten, schließlich waren sie eben noch in Reykjavík gewesen und nicht in einem Überschalljet unterwegs. Ihre Euphorie verflog. Waren die Amerikaner zurückgekommen, um sich zu vergewissern, dass es ihr gut ging? Oder waren das Leute aus dem Suchtrupp, die ihre Mutter angerufen hatte?

»Wer ist da?«, rief Kari in den Flur, ging zur Tür ... und meinte einen Moment lang, auf einen Spiegel zuzugehen. Nein, da war kein Spiegel, vor ihr stand ein fremdes Mädchen mit blonder Haarmähne, die sie mit zwei goldenen Spangen hochgesteckt hatte, und heiteren grünen Augen. Die Fremde hatte ein niedliches Gesicht und gepflegte Zähne, sie sah hip aus in ihrer Slim-fit-Jeans, dem T-Shirt und dem gelben Kapuzenpulli. Sie war gerade dabei, sich am Eingang die schweren, schlammverkrusteten Wanderstiefel auszuziehen.

Niemand musste Kari sagen, mit wem sie es zu tun hatte.

Das war Cecily.

Drei Mädchen

»Oh, nett dich kennenzulernen!«, sagte das Mädchen. »Du bist Kari, stimmt's?«

»Genau«, sagte Kari mit tauben Lippen. Ihr fiel ein, dass ihre Familie im Krankenhaus war. »Was hast du mit ihnen gemacht? Mit meiner Mutter? Mit John?«

»Ach, das war nur Spaß«, meinte Cecily leichthin.

»Was du so Spaß nennst«, presste Kari hervor. »Hau ab, sonst rufe ich die Bullen!«

Das schien Cecily sehr zu amüsieren. »Die Bullen? Du bist wohl noch nicht lange in Island. Es gibt hier irre wenige Polizisten und die sind alle für ein riesiges Gebiet zuständig. Kurz – wenn du die Polizei anrufst, passiert erst mal sehr, sehr lange gar nichts.«

Sie wollte weiterschlendern, den Flur entlang in Richtung Wohnzimmer, doch Kari verstellte ihr den Weg. Auf keinen Fall durfte Cecily mitbekommen, wer noch hier war.

»Du hast hier nichts zu suchen!«

»Ach, sei doch nicht so. Deine Familie war viel netter zu mir als du.« Cecily blickte Kari mit großen, vorwurfsvollen Augen an. Manche Jungs fanden das bestimmt süß, Kari dagegen widerlich. »Wir sind uns überhaupt nicht ähnlich«, entfuhr es ihr. »Keine Ahnung, wie die uns verwechseln konnten.«

»Das weiß ich auch nicht.« Von einem Augenblick zum nächsten veränderte sich Cecilys Mimik, und in ihrem Blick lag etwas, das Kari einen Schauer über den Rücken jagte. »Wegen dir konnte ich nicht nach Isslar und ich habe mich wirklich darauf gefreut, weißt du? Drei Generationen lang verbannt, tausend Geschichten habe ich mir angehört über diese Welt und wie toll sie ist ... und dann versaut ein Nichts wie du mir alles.«

Sie hatte ruhig gesprochen, doch das wirkte bedrohlicher, als wenn sie geschrien hätte.

Noch immer blockierte Kari den Flur. »Was hätte ich denn deiner Meinung nach tun sollen?« Sie sprach absichtlich laut, damit Maéva irgendwie mitbekam, wer reingekommen war. Damit sie begriff, dass sie hier ein Problem hatten. »Wenn ich gesagt hätte, wer ich wirklich bin, hätten die mich hingerichtet!«

Dafür bekam sie einen verächtlichen Blick. »Garantiert nicht. Bist du so eine Memme?«

Mit einer raschen, geschmeidigen Bewegung glitt Cecily an ihr vorbei und stellte ihr gleichzeitig ein Bein, sodass Kari sich auf dem Boden wiederfand.

»Scheiße«, murmelte Kari, raffte sich auf und rannte dem fremden Mädchen – der Assassinin, großer Gott! – ins Wohnzimmer nach. *Hat Maéva irgendwie gemerkt, dass etwas nicht stimmt, hat sie gehört, was wir gesprochen haben? Hoffentlich hat sie sich versteckt, im Bad eingeschlossen, was auch immer! Wenn Cecily merkt, wen sie da vor sich hat ...*

Entsetzt sah Kari, dass es zu spät war, die beiden Mädchen hatten sich schon gesehen. Nein, Maéva hatte sich nicht versteckt. Vielleicht war sie es leid, in Todesangst zu leben und einer Gefahr auszuweichen, der sie doch nicht entgehen konnte. Ganz langsam legte Maéva ihr neues Buch weg und stand vom Sofa auf, jeder Zoll die souveräne junge Beraterin. Man merkte ihr keine Angst an, doch sie war auf der Hut und ließ Cecily keine Sekunde aus den Augen.

Cecily wiederum legte den Kopf schief und lächelte. »Na, da ist ja noch jemand. Wenn man dich so anschaut, könnte man fast meinen, du kämst aus Isslar.«

Bitte lüg! Sag, dass du eine Schulfreundin von mir bist oder was auch immer, flehte Kari lautlos. Vergeblich.

»So ist es, ich bin gerade erst aus Khyona gekommen«, sagte Maéva gleichmäßig – anscheinend hatte sie sofort begriffen, wen sie vor sich hatte. »Deswegen weiß ich Dinge, die du nicht wissen kannst. Gestern gab es eine Art Staatsstreich – nachdem die Fürstin gestorben ist, hat die Eiswache versucht, die Macht zu übernehmen. Doch das konnten wir verhindern, und nun ist der Rat der Fünf zurück, falls dir das etwas sagt. Gabrissa, die Fürstentochter, ist im Kerker. Das heißt, dein Auftrag ist nichtig.«

»Was für ein Bullshit! Du kannst mir doch alles erzählen, ohne dass ich es nachprüfen kann.« Cecily wippte auf den Zehen wie eine Sprinterin, die sich bereit machte zum Start. »Lass mich raten ... du bist mein Ziel, stimmt's? Die Anfrage war nicht sehr konkret, aber manchmal hab ich so ein Gefühl.«

»Es gibt kein Ziel mehr und keinen Auftrag«, sagte Maéva, diesmal deutlich schärfer. »Du kannst gehen, niemand wird dir folgen. Aber es ist besser, du kommst in Zukunft nicht mehr in die Nähe eines Tores.«

»Sagt wer?«

»Maéva Thalim Fjellkar, früher Beraterin der Fürstin, nun Mitglied im Rat der Fünf. Und ich weiß auch, wer du bist, seit ich einen Blick ins Archiv der Burg geworfen habe. Ein Lager mit jeder Menge Schriftrollen voller langweiliger Aufzeichnungen. Und manchmal nicht so langweiliger. Wie es aussieht, hat dein Urgroßvater den Falschen umgebracht, es war viel Geld im Spiel, das ist doch richtig, oder?«

»Wieso den Falschen? Wer das Ziel ist, ist nicht von Belang«, gab Cecily zurück, sie klang irritiert. »Wir erfüllen unsere Aufträge, dafür sind wir bekannt, dafür werden wir bezahlt.«

»In diesem Fall wird es keinen Lohn geben – deine Auftraggeberin ist tot! Welche Mondphase bist du eigentlich, dass du das nicht verstehst?«

»Thalim«, sagte Cecily knapp.

Ist ja witzig, so wie ich, wir sind alle drei bei Vollmond geboren worden, dachte Kari. *Irgendwie sind wir verbunden, alle drei.*

Noch immer stand sie in der Nähe der Wohnzimmertür, hilflos hörte sie zu. *Doch die Polizei rufen? Ja, aber wie? Kein Telefon in Sicht, weder Handy noch Festnetz! Soll ich Cecily angreifen, sie von hinten anspringen? Würde ich das hinkriegen?*

Doch ihr Körper wollte sich nicht bewegen, verweigerte den Befehl, schrie ihr lautlos zu, dass das vor ihr doch nur ein Mädchen war, höchstens ein oder zwei Jahre älter als sie selbst. Ein Mädchen, das ihr nichts getan hatte. *Noch nicht,* dachte Kari grimmig, doch es half nichts, sie konnte nicht.

»Aber manchmal folge ich auch eigenen Interessen.« Cecily sprach in einem freundschaftlichen Plauderton, das machte es noch unheimlicher, was sie zu sagen hatte. »Waren dir die Folgen egal, Kari? War dir nicht klar, dass du irgendwann die Rechnung bekommst dafür, dass du dich als mich ausgegeben hast?«

Mit einer beiläufigen Bewegung holte sie etwas aus der Tasche ihres Kapuzenpullis ... eine Zigarette – was, sie wollte jetzt eine rauchen? Cecily setzte sich die Zigarette an die Lippen, doch statt sie anzuzünden und daran zu saugen, pustete sie. Reflexartig wich Maéva aus und ein winziger Pfeil sauste nur Millimeter an ihrem Hals vorbei, traf die Wand und fiel zu Boden. Das war keine Zigarette, sondern ein Miniblasrohr!

Bevor Kari reagieren konnte, hatte sich Cecily schon zu ihr umgewandt und auch auf sie geschossen. Eisiger Schreck jagte durch ihren Körper. Der Pfeil blieb in ihrem Norwegerpulli stecken, sie konnte spürten, wie er ihre Haut kitzelte. *Raus damit, schnell!* Kari rupfte ihn heraus, warf ihn Cecily ins Gesicht, ging rückwärts, um mehr Distanz zwischen sie zu bringen.

Weitere Pfeile folgten, doch wie durch ein Wunder traf keiner nackte Haut. Maéva hatte ihren weißen Dolch gezogen und bewegte sich langsam, immer wieder Schüssen ausweichend, in Karis Richtung, auf die andere Seite des Wohnzimmers. *Will sie mich schützen? Ja, sieht fast so aus,* ging es Kari durch den Kopf.

Cecily änderte ihre Position ebenfalls, wie bei einem langsamen Tanz kreisten sie umeinander. Zu spät merkte Kari, dass dieses fremde Mädchen sich genau zwischen den beiden Fluren positioniert hatte, die zur Haustür und zu den anderen Zimmern führten. *Sie hat uns den Weg abgeschnitten!*

Erschrocken bemerkte Kari außerdem, dass die Pfeile nicht alles waren, was das Blasrohr von sich gegeben hatte. Tropfen einer durchsichtigen Flüssigkeit waren daraus auf sie gespritzt – *Ist das Gift?*

Cecily lächelte. »Du denkst bestimmt, das ist Gift. Keine Sorge, ist es nicht.«

Was dann?, wollte Kari fragen, doch ihr Mund war zu trocken.

Aus ihren Klamotten brachte Cecily ein Kästchen zum Vorschein, aus dem eigenartige Geräusche hervordrangen, eine Art leises Brummen. Schritt für Schritt wichen Maéva und Kari zurück.

»Es ist ein Alarmpheromon, das ich mit einer UV-Markierflüssigkeit kombiniert habe«, erzählte Cecily gut gelaunt und schüttelte das Kästchen. »Dadurch wissen meine Schätzchen, wen sie sich vornehmen sollen.«

Erschrocken kreuzte Maéva die Zeigefinger. Zehn Bienen, ganz normal und harmlos wirkende gelb-schwarze Bienen, schwirrten durch die Wohnung und schienen sich zu orientieren. Doch Kari erinnerte sich noch gut an die Bienenstöcke ihres Opas und ihr Bio-Referat vor ein paar Jahren, sie ahnte, was für Tiere das waren – Afrikanisierte Honigbienen aus Südamerika. Von den Medien »Killerbienen« genannt, weil sie mit wilder Wut angriffen und nicht mehr von ihren Opfern abließen.

Kari stellte fest, dass sie wieder sprechen konnte. »Um einen Menschen umzubringen, reichen die längst nicht. Gefährlich wird es erst ab fünfhundert Stichen.« Drei der Bienen, wahrscheinlich gereizt durch das Schütteln und den Botenstoff, schwirrten auf sie zu. Zwei griffen in schnellem Flug ihre Wangen an, die dritte krabbelte über ihren Pullover auf ihren Kragen zu. Erschrocken riss Kari die Arme hoch, um sie abzuwehren, dann zog sie den Ärmel über ihre Hand und wischte die Biene von sich herunter. Das schien die nicht gut zu finden, sie surrte aufgeregt.

Cecily schien das Gespräch Spaß zu machen. »Nicht bei meinen Schätzchen. Denen habe ich den Hintern mit einer besonderen Mixtur eingepinselt – wenn sie stechen, bekommst du die ab. Coole Sache, was? Zwei Stiche und das war's. Alle denken, du bist an einer allergischen Reaktion gestorben.«

Zwei Stiche? Mehr nicht?! Ganz kurz konnte Kari hinüberblicken zu Maéva, die, von mehreren angriffslustigen Bienen umschwirrt, zurückwich. »Keine hektischen Bewegungen! Das reizt sie ...«

»Schnell, zu mir!«, unterbrach sie Maéva, ihr Gesicht wirkte härter und kühler, als Kari es jemals zuvor gesehen hatte. »Sie versucht uns nur abzulenken, gleich wird sie ...«

Dann passierte alles so schnell, dass Kari es kaum fassen konnte. Das fremde Mädchen griff an, mit raschen, gleitenden Schritten, die Arme etwas seitlich abgewinkelt, die Hände zu Fäusten geballt. Als Kari erkannte, was unten aus ihren Fäusten herausragte, schrie sie auf. *Winzige, gebogene Messer, hautfarben angemalt ... garantiert sind auch die vergiftet!*

»ZU MIR!«, brüllte Maéva, und Kari warf sich förmlich auf sie zu, obwohl das bedeutete, mitten in diesen verdammten Bienenschwarm hineinzuhechten.

Maéva kam ihr entgegen. »Gib mir deinen Dolch, mach schon!«

Alles in Kari schrie danach, den Dolch zu behalten, sich damit gegen dieses blonde Mädchen mit dem triumphierenden Glitzern in den Augen zu wehren, sie damit irgendwie auf Abstand zu halten. Doch entweder sie vertraute Maéva jetzt oder sie waren beide erledigt! Gerade griffen zwei oder drei Bienen Maévas Kopf und ihre Hände an. *Und bei mir sind sie auch, oh nein, Scheiße, Scheiße, irgendwas brummt neben meinem Ohr! Nein, ich wedele die nicht weg, dann stechen sie erst recht ...*

Noch in der Bewegung riss Kari ihre Waffe aus dem Gürtel ihrer Jeans und hielt sie Maéva hin, obwohl Cecily sie beide in höchstens zwei Schritten erreicht haben würde.

Maéva streckte Kari die Hand mit ihrem eigenen milchweißen Dolch entgegen ... und dann berührten sich die beiden Klingen. *Schatten* und *Licht*.

Eine eisige Schockwelle bewegte sich von den beiden Dolchen weg, eine Front aus Kälte, die Kari als Flimmern der Luft sah. Sie fegte durch den Raum, ließ sämtliche Bienen erfroren abstürzen und schleuderte Cecily quer durch den Raum. Die junge Assassinin prallte heftig gegen die Wand, krachte auf ein niedriges Sideboard und krümmte sich dann auf dem Boden zusammen.

Kari staunte: Ihre beiden weißen Klingen hatten sich verändert, fast sah es aus, als wären Schwerter daraus geworden ... doch das täuschte, was wie eine Schwertklinge aussah, war ein durchscheinendes bläuliches Leuchten. »Zusammen sind sie *Schattenlicht* ... und pure Kälte«, sagte Maéva grimmig.

Jetzt hielt jede von ihnen ein Schwert in der Hand und vielleicht war das ihre Rettung.

Maéva ging mit festen Schritten auf Cecily zu und zielte mit der Spitze des bläulichen Schimmerns auf ihre Kehle. »Verschwinde! Lass uns in Ruhe, jetzt und in Zukunft, ist das klar?«

Cecily lächelte nur. »Hübsches Spielzeug aus Isslar, macht echt was her, aber ehrlich gesagt finde ich die in *Star Wars* besser.«

Mit einer raschen Bewegung rollte sie sich unter dem bläulichen Schimmer weg, kam geschmeidig wieder auf die Füße und stürzte sich auf Maéva, ließ die Fäuste mit den Klingen darin auf sie herabsausen.

Kari schrie auf und schwang ihr eigenes *Schattenlicht*-Schwert, während Maéva zurückstolperte. Dabei kassierte Cecily einen Treffer am Fuß, der sie zusammenzucken ließ, ihre Socke schockfrostete und in einzelne Fädchen zerfallen ließ. Sie hinkte außer Reichweite. Zum ersten Mal wirkte ihr Lächeln mühsam, doch ihre Stimme klang noch immer höhnisch. »Ist das alles, was ihr zu bieten habt? Erfrierungen tun nicht mal weh.«

»Kommt drauf an, wie viele du davon hast«, sagte Maéva, die sich inzwischen hinter den Couchtisch zurückgezogen hatte, wo die Assassinin nicht so leicht an sie herankam. Kari sah, wie sie sich konzentrierte. Plötzlich begann Raureif Cecilys Haut zu überziehen, ihre Lippen wurden blau vor Kälte, ihre Haut blass und fleckig. Anscheinend hatte Maéva doch noch etwas Kraft übrig, um ihre Magie anzuwenden.

»Lass das, du Miststück«, stieß Cecily hervor und griff Maéva an. Doch dann wechselte sie mitten in der Bewegung die Richtung und nahm Kari ins Visier. Mit einem Scheinangriff hatte Kari nicht gerechnet, sie reagierte zu spät und eine der winzigen Klingen sauste so nah an ihrem Arm vorbei, dass sie Fäden aus dem Pullover zog.

Ihr eigener Atem dröhnte ihr in den Ohren. *Das hier ist kein Spiel, eben hätte es vorbei sein können!*

Cecily lächelte sie an. »Hat es eigentlich Spaß gemacht, dich mit ›Cecily‹ anreden zu lassen? Schöner Name, oder?«

»Lass sie in Ruhe!«, schrie Maéva und ließ das blau leuchtende Schwert herabsausen. Diesmal wich Cecily nicht rasch genug aus, es streifte sie an der Hand. Sofort schienen ihre Finger starr zu werden, und als Cecily damit versehentlich an die Tischkante stieß, klirrte es. Ringfinger und kleiner Finger brachen ab wie Zweige und landeten auf dem Boden.

Wie krass! Einen Moment lang konnte Kari nur daraufstarren.

Cecily umklammerte ihre verstümmelte Hand, und zum ersten

Mal ließ sie die Maske fallen, ihr Gesicht verzerrte sich vor Wut. »Das büßt ihr mir, alle beide!« Ihre Stimme klang schrill wie eine Diamantsäge.

Ohne ihre abgetrennten Finger aufzuheben und ohne zu zögern, griff sie wieder an. Erschrocken sprang Kari rückwärts, versuchte, dieses unheimliche fremde Mädchen mit dem verwandelten Dolch auf Distanz zu halten. Maéva konzentrierte sich noch immer, wirkte ihre Magie, und endlich schien die Kälte Cecily langsamer zu machen, ihre Bewegungen waren mühsamer als zuvor.

»Glaub mir bitte, wir wollten das alles nicht! Ich bin da reingeraten, ohne dass ich ...«, begann Kari ... und dann stolperte sie über irgendetwas, verdammt, da hatte ein Hocker gestanden und Maéva hatte einen Moment zu spät »Achtung« gerufen!

Sie kämpfte um ihr Gleichgewicht, verlor es, ging rückwärts zu Boden. Schmerzhaft schlug ihre Schulter auf dem Parkett auf. Panisch versuchte sie, nach hinten wegzukriechen und gleichzeitig das *Schattenlicht*-Schwert wieder richtig zu packen.

Cecily folgte ihr fast beiläufig, obwohl Kari sehen konnte, dass sie vor Kälte zitterte. Konnte sie überhaupt noch die restlichen Finger biegen? Jedenfalls hielt sie immer noch ihre vergifteten Klingen!

Einen Wimpernschlag lang zögerte Maéva, dann kam sie hinter dem Couchtisch hervor und hastete hinter Cecily her, vertrat ihr den Weg. Und Cecily, anscheinend halb gelähmt von der Kälte, konnte nicht mehr ausweichen. Diesmal war die Spitze des bläulich leuchtenden Schwertes genau über ihrem Herzen. Cecily öffnete die Fäuste und ließ die beiden Minidolche fallen.

»Na gut, ihr habt gewonnen«, sagte sie und seufzte. »Aber war es wirklich nötig, dafür meine Frisur zu ruinieren?« Sie griff sich in die blonde Mähne, kämmte sie mit den Fingern durch.

Alles in Kari schrie, dass hier etwas nicht stimmte, doch noch bevor sie den Mund öffnen konnte, war es zu spät. Cecily wirbelte herum, brachte sich hinter Maéva und schlang ihr irgendetwas um den Hals. Maéva gab einen erstickten Laut von sich und hörte sofort auf, sich zu wehren. Fassungslos sah Kari, dass ein dünner blassgoldener Draht sich in die zarte Haut ihrer Kehle einschnitt. Mit einem triumphierenden Lächeln zog Cecily den Draht, der einmal ein falsches Haar zwischen zwei goldenen Spangen gewesen war, fester, ohne auf ihre verletzte Hand Rücksicht zu nehmen. Blut quoll hervor, lief Maévas Hals hinunter. Zum ersten Mal sah Kari Todesangst in Maévas Blick.

»Wie schön, dass ihr drauf reingefallen seid.« Cecilys Stimme klang hart und nüchtern. »Hinter dem dämlichen Tisch kam ich nicht an dich heran, du Missgeburt aus Isslar, also musste ich dich zu mir locken.« Sie warf einen Blick in Karis Richtung. »So, und jetzt weg mit diesem Schwertding!«

Karis Hand öffnete sich wie von selbst, ließ das *Schattenlicht*-Schwert fallen, wo es mit einem klingenden Ton auftraf. *Gegen eine solche Gegnerin haben wir keine Chance, sie ist zu clever, zu geschickt, zu skrupellos!*

Cecilys Lippen näherten sich Maévas Ohr. »Dreh auch bitte mal die Kälte ab, Süße, sonst ist dein Kopf schneller runter vom Hals, als du blinzeln kannst.«

Obwohl Maéva nicht einmal zu nicken wagte, folgte sie offenbar dem Kommando, denn Cecilys Lippen verloren den bläulichen Ton.

Kari war schwindelig. *Es dauert mindestens noch eine halbe Stunde, bis meine Leute aus Reykjavík hier ankommen. Dann ist es zu spät!*

Aber es gab noch eine Chance, vielleicht ihre einzige. Sie hatte etwas mit den beiden winzigen, hautfarbenen Klingen zu tun, die Cecily hatte fallen lassen. Eine davon lag ein paar Zentimeter hinter ihrem bloßen Fuß, dessen Socke sich zur Hälfte aufgelöst hatte.

Kari zwang sich, nicht hinzusehen. *Falls sie nicht weiß, dass das Ding da ist ... und wenn das Gift schon wirkt, wenn sie drauftritt und sich daran ritzt ... dann überleben wir das hier vielleicht! Nur wie bekomme ich sie dazu, einen Schritt nach hinten zu machen?*

Ganz langsam hob Kari die Hände. »Was soll ich tun, um dir zu sagen, wie leid es mir tut? Kann ich es irgendwie wiedergutmachen?«

»Nein!«, fauchte Cecily. »Aber es würde helfen, wenn du mir die Torformel gibst! Das wäre wirklich furchtbar nett von dir.«

So lange, wie ihre Nerven das aushielten, tat Kari so, als würde sie zögern. »Wenn ich sie dir gebe ... lässt du Maéva dann frei? Lässt du uns gehen, ohne uns zu schaden? Beide?«

»Klar doch.« Cecily verzog keine Miene. Sie war eine gute Lügnerin – Pech, dass ihr Kari nicht mal geglaubt hätte, wenn sie »Guten Tag« gesagt hätte.

»Okay«, sagte Kari. Ihre Augen hatten auf einem Regalbrett hinter Cecily ein zusammengefaltetes Stück Papier erspäht, das von ihrer Familie stammen musste. Vielleicht ein EC-Beleg, ein Kassenbon oder so was. »Ich habe sie aufgeschrieben, sie liegt auf dem Sideboard dahinten.«

Nein, nein, nein, formten Maévas Lippen, ihre Augen blickten noch verzweifelter.

Kari tat, als merke sie es nicht.

»Hol sie«, kommandierte die Assassinin.

Ganz langsam ging Kari los, in Richtung Sideboard ... und musste dabei nah an Cecily und Maéva vorbei. So nah, dass sie nur durchkam, wenn die beiden auswichen.

Maéva mit sich ziehend, setzte sich Cecily in Bewegung.

Und machte einen Schritt nach hinten.

Ihre Augen wurden groß. Ihr Mund öffnete sich, und ein Laut kam heraus, der wie ein Ächzen klang oder ein Stöhnen. Dann ließ sie die Hände sinken und gab Maéva frei. Taumelnd rannte Cecily los, an Kari vorbei in den Flur. Kari hörte das Geräusch einer sich öffnenden und schließenden Tür.

Auf dem Boden des Wohnzimmers, dort wo Cecily eben noch gestanden hatte, lag die winzige Klinge. Ein Blutstropfen glänzte darauf.

Schluchzend holte Maéva Atem, ihre Hände flogen zu ihrem Hals. Dann brach sie mitten im Wohnzimmer zusammen. »Svartur, ich dachte wirklich, es ist aus«, brachte sie hervor.

»Das war es auch beinahe.« Karis Beine gaben ebenfalls nach, doch sie schaffte es noch bis zu Maéva, bevor sie kollabierte. Wortlos, unglaublich erleichtert, klammerten sie sich aneinander.

Mit einer auf dem Couchtisch herumliegenden, anscheinend sauberen Stoffserviette versuchte Kari, die Blutung an Maévas Hals zu stillen. »Das sieht fies aus, vielleicht bringen wir dich besser ins Krankenhaus.« Ihr fiel ein, dass es schwierig werden könnte, das ohne Telefonverbindung zu organisieren.

Doch da sagte Maéva schon: »In was? Nein, nein ... das ist nicht tief, nur ein Kratzer.« Schon hatte sie einen Teil ihrer Selbstbeherrschung zurück. Sie nahm Kari die Serviette ab, presste sie sich auf den Hals und verzog das Gesicht. »Der Draht war nicht vergiftet, sonst würde ich jetzt schon was merken. Bei allen Göttern, ich dachte, du wolltest ihr wirklich die Torformel geben!«

Kari zog die Augenbrauen hoch. »Hätte ich nie. Solche Leute wie die braucht ihr in Isslar wirklich nicht.«

»Genau – wir haben jemanden wie dich gebraucht«, sagte Maéva und in ihrem Blick war eine unglaubliche Wärme. »Niemanden außer dich hat Andrik an sich herangelassen. Ich mag mir gar nicht vorstellen, wie es jetzt ohne dich in Isslar aussähe ... und in meiner Familie. Es war wie ein Geschenk, dass du zu uns gekommen bist.«

Verlegen blickte Kari sie an. »Ein unfreiwilliges Geschenk ... aber ich bin froh, dass alles so gekommen ist. Ich habe unglaublich viel gefunden in Isslar.« Ihre Hand glitt zu dem kleinen rauen Lavastein in ihrer Tasche und umschloss ihn fest. Doch jetzt war keine

Zeit, Andrik hinterherzutrauern. Wohin war Cecily gerannt? Wenn sie klug war, hatte sie irgendwo Gegengifte gegen ihre Mittelchen deponiert und ein Fluchtfahrzeug. Na, Hauptsache, sie kam nicht mehr zurück.

Mühevoll stand Kari auf, ging erst mal die Vordertür von innen abschließen und dann weiter ins Bad, um zu schauen, ob sie dort Verbandsmaterialien fand. Nein, leider nicht. Als sie den Hahn aufdrehte, um sich die Hände zu waschen, starrte sie auf ihre Hände, die mit Maévas Blut bedeckt waren. *Rot ... rot ... rot an meinen Händen, aber es ist nicht mein eigenes Blut ... blitzende blaue Lichter ...*

Und plötzlich war die Erinnerung da, einfach so.

Dieser fiese Nachbarsjunge hat meiner Katze wehgetan, sie erst am Schwanz hochgehoben und danach so heftig getreten, dass sie geschrien hat. Ich habe ihn angebrüllt, er soll sie in Ruhe lassen, und als er das nicht getan hat, hab ich ihm einen Stein auf den Kopf gedonnert. Bin total durchgedreht. Das hat geblutet wie Sau, er hat die halbe Straße zusammengebrüllt und Mam hat für ihn einen Krankenwagen gerufen.

Wieder kam ihr das Wort *Burg* in den Sinn, doch sie hatte keine Ahnung, wie das mit den anderen Erinnerungen zusammenhing.

Kari hob den Kopf und blickte sich im Spiegel an. *So richtig harmlos bist du nicht, hast du das schon gewusst?*, fragte sie das blasse, zerzauste blonde Mädchen, das sie dort sah, und grinste es an. Das Mädchen grinste zurück.

Dann nahm es ein paar Stücke Klopapier, um zwei abgetrennte Finger vom Wohnzimmerteppich aufzuheben und zusammen mit zehn toten Bienen in der Toilette herunterzuspülen.

Eine Familie

Schon beim Anblick des Ferienhäuschens spürte John, wie ihm heiß und kalt zugleich wurde. *Was passiert ist, ist passiert,* versuchte er, sich zu beruhigen. *Alles ist gut!*

Alice sprang aus dem Taxi, sprintete zur Haustür und stemmte den Daumen auf den Klingelknopf. Als John ihr etwas langsamer folgte, sah er, wie die Haustür aufging. Sein Puls raste hoch, als säße er in einer Saturn V auf dem Weg zum Mond, als er im ersten Moment nur jede Menge blonde Locken sah. *Das ist nicht Cecily, das ist Kari,* hämmerte er sich ein und beschleunigte ebenfalls seine Schritte.

Kari und Alice drückten sich ganz fest, ganz lange, dann blickte Kari lächelnd auf ... gerade rechtzeitig, um ihre Mutter herankommen zu sehen und sich ihr in die Arme zu werfen. Danach war John dran, Thorsten war noch dabei, den Fahrer des Wagens zu bezahlen. Es war eine erschreckende Summe, die da den Besitzer wechselte, aber diesmal verlor Thorsten kein Wort darüber. Nett von ihm.

Erleichtert merkte John, dass Kari nicht zögerte, auch ihn zu umarmen. War etwa vergessen, dass sie sich nie besonders gut verstanden hatten? Nein ... es war nur gerade komplett unwichtig.

»Richtig schön, dass du wieder da bist«, sagte er und meinte es wirklich so. »Holla, bist du dünn geworden – musstest du in der Wildnis Regenwürmer und Löwenzahn essen?«

»Nicht ganz so schlimm«, sagte Kari und musste lächeln. Dann ließ sie sich auch von Thorsten in die Arme nehmen.

»Gott sei Dank, es geht dir gut! Wo *warst* du?«, schnaubte sein

Vater. Oh Mann, konnte der die Inquisition nicht auf später verschieben? Das hier war keine Prüfung und kein Verhör! Als hätte sein Vater Johns Gedanken gehört, fügte er plötzlich hinzu: »Kari – entschuldige. Ich wollte dich eigentlich ein bisschen netter begrüßen. Aber die Sorgen und all das. Es war eine harte Zeit.«

»Schon okay.« Kari lächelte und John stieß den angehaltenen Atem aus. Wie viel Überwindung das seinen Vater eben wohl gekostet hatte? Respekt!

»Du siehst schrecklich aus«, sagte Kari besorgt zu ihrer Mutter, während sie ins Wohnzimmer gingen. »Was war denn hier los? Warum wart ihr im Krankenhaus?«

»Wegen Cecily«, sagte John, er beobachtete sie genau dabei – und sah, dass sie erschrak, dass dieser Name ihr etwas sagte. »Arsenvergiftung bei deiner Mutter, bei mir war's Strychnin.«

Ihre Hände flogen zu ihrem Gesicht, Tränen traten in ihre Augen. »Das tut mir so furchtbar leid, ich hätte hier sein müssen ... ich habe versucht, euch zu warnen, aber das kam wahrscheinlich zu spät, oder?«

»Mach dir bitte keine Sorgen, uns geht es wieder gut«, sagte Susanna, legte ihr den Arm um die Schultern und drückte sie. »Wir haben nur ungefähr zweitausend Fragen, das war klar, oder?«

Als sie das Wohnzimmer betraten, stutzten sie alle vier. Dort saß jemand, eine junge Frau mit dunklen Haaren, die ihr bis zur Hüfte reichten, und auffallend blauen Augen, sie trug eins von Karis bunten Halstüchern.

»Okay, mach dreitausend draus«, sagte Alice.

Höflich stand die junge Frau auf und gab ihnen allen die Hand, ein bisschen ungelenk, als sei sie so etwas nicht gewohnt. Kari übersetzte ihre Worte, als sie sich vorstellte: »Maéva Thalim Fjellkar. Es ist mir eine Ehre, Sie kennenzulernen.«

Maéva war sehr ernsthaft dabei und blickte ihnen neugierig in die Augen, während ihre Hände sich berührten. *Die ist in Ordnung,* dachte John und schaffte es nach und nach, sich wieder zu entspannen.

»Maéva hat mich gefunden und mir geholfen zurückzukommen«, berichtete Kari und John hörte die Wärme in ihrer Stimme. Wer auch immer diese Maéva war, Kari mochte sie, und auch Alice schien sofort Zutrauen zu ihr zu fassen, sie setzte sich zwischen Kari und Maéva aufs Sofa und kuschelte sich an ihre große Schwester.

»Erzähl jetzt endlich, was ist überhaupt passiert, Kari?«, drängte Thorsten und erwartungsvolle Stille senkte sich über den Raum. Doch dann klingelte es an der Tür und sie mussten noch ein wenig warten und erst einmal Ragnar Einarsson begrüßen. Weil es jetzt wirklich voll war hier drinnen, setzte er sich auf die Kante des Sofas, die unheilverkündend knackte.

»Also, ich ...« Kari biss sich auf die Lippe, eine lange Pause entstand. Ihr Blick klebte auf dem Teppich, als gäbe es dort etwas Besonderes zu sehen. »Ich habe mich ...« Wieder brach sie ab, dann atmete sie tief durch und hob den Kopf. »Ich ... war in Isslar.«

Isslar. Wo hatte er dieses Wort schon einmal gehört? Es wollte ihm nicht einfallen.

Auch die anderen blickten drein wie schlecht vorbereitete Kandidaten bei einer Quizshow. »Ist das ein Ort hier in der Nähe, ein Dorf?«, fragte Karis Mutter. Thorsten wollte nach dem Tablet greifen, seufzte und ließ es sein. Es wurde noch immer von dem Virus regiert, den Cecily ihnen hinterlassen hatte, wahrscheinlich würden sie es wegwerfen müssen.

Nur Ragnar Einarsson wirkte, als wüsste er, wovon die Rede war. Doch er sagte nichts dazu.

»Ich war nicht freiwillig dort, und es hat eine Weile gedauert, bis ich es geschafft habe, zurückzukommen«, fuhr Kari fort. »In Isslar habe ich ziemlich anders gelebt als hier, aber es ist mir nichts passiert. Mehr kann ich euch leider nicht dazu sagen. Aber danke an die Suchmannschaft, ich finde es toll, dass ihr mich nicht aufgegeben habt.« Sie lächelte Ragnar zu.

Wie bitte? Geschockt starrte John sie an. *Sie will nicht erzählen?*

»Aber ...«, begann Karis Mutter.

»Glaubt mir, es ist besser so«, sagte Maéva sanft und wieder übersetzte Kari für die anderen.

Erstaunlicherweise schienen diese Worte zu wirken. Sein Vater verzichtete darauf, auszurasten, und Alice hielt die Klappe, ein kleines Wunder. Dieses fremde Mädchen hatte eine unglaubliche Ausstrahlung.

»Ich mach jetzt mal für alle Kaffee, ich hab in der Stadt eine ganz neue Packung gekauft«, sagte Thorsten und stand abrupt auf. John ahnte, warum – er hasste es, etwas nicht zu verstehen und das Gefühl zu haben, etwas gehe hinter seinem Rücken vor. »Wer trinkt was? Ragnar, was kann ich Ihnen ... äh dir, anbieten?«

»Nichts, danke«, sagte der SAR-Leiter, was John absolut verständlich fand angesichts der Tatsache, dass in diesem Haus schon zwei Menschen vergiftet worden waren. »Meine Frau wartet schon mit dem Essen auf mich, ich muss auch bald fahren, sie hat die Nase ziemlich voll davon, die ganze Arbeit in der Pension allein zu stemmen.«

»Wir können Ihnen gar nicht genug danken für Ihre Mühe«, sagte Susanna und stand gleichzeitig mit ihm auf, um ihn zur Tür zu geleiten. Maéva und Kari folgten ihrem Beispiel.

Diese beiden kennen sich wirklich gut, sie wirken wie Freundinnen, ging es John durch den Kopf. Er hätte zu gerne gewusst, was Kari erlebt hatte, aber vielleicht würde er es nie erfahren.

***

Kari war erleichtert, dass es so wenig kritische Fragen gegeben hatte. Doch sie spürte, dass Maéva noch etwas zu sagen hatte.

Sobald Ragnar weg war, noch im Flur, wandte die junge Frau aus Isslar sich an Susanna. »Vielleicht kommt Euch die Frage seltsam vor, aber könnte jemand von Karis Großeltern oder Urgroßeltern aus Island stammen?«

»Wieso verstehe ich dich eigentlich?«, fragte Susanna erstaunt. »Du sprichst kein Deutsch, oder? Aber das ist auch kein Englisch, was wir miteinander reden ...«

»Das hat etwas mit meiner Frage zu tun«, erwiderte Maéva. »Besser, wir klären das erst.«

Diesmal antwortete Karis Mutter bereitwillig. »Aus Island kommt keiner von uns, aber meine Großmutter Frida ist in Schweden geboren worden und erst später nach Deutschland gekommen. Ihre Mutter hat in Stockholm einiges durchgemacht ... das Haus, wo sie gewohnt hat, ist bei einem Luftangriff im Krieg völlig abgebrannt, sie hat später irgendwo auf dem Land gelebt.«

»Wisst Ihr noch, wie sie hieß?«, fragte Maéva ruhig.

Kari rührte sich nicht, wagte kaum zu atmen, während sie auf die Antwort wartete. »Hm ... sie hatte einen sehr schönen, ungewöhnlichen Namen, Moment, der fällt mir bestimmt noch ein ... ach ja, jetzt weiß ich's wieder. Jisha Ulim Bergholm.«

Kari stieß einen kleinen Laut aus, eine Art Japsen, und gleichzeitig blühte ein Lächeln auf Maévas Gesicht auf. »Ah«, sagte sie nur.

»Also?«, wollte Susanna wissen.

Nachdem sie einmal tief durchgeatmet hatte, war Kari wieder fähig zu sprechen. »Wir – du, ich, Alice – stammen aus Isslar«, sagte sie. »Deswegen können wir Maéva verstehen ... diese Sprache liegt uns sozusagen im Blut.«

Ganz plötzlich packte Susanna Kari an den Schultern und blickte sie mit blitzenden Augen an. »Wenn du mir nicht irgendwann erzählst, was es mit diesem Isslar auf sich hat, muss ich dich daheim leider bei Wasser und Brot in den Keller einsperren!«

Das brachte Kari zum Lachen. Ihre Mutter konnte nicht ahnen, dass der Keller sie nicht weiter schreckte, nachdem sie schon in einem *Kerker* gewesen war. »Vielleicht irgendwann, okay?«

Dann gingen alle drei wieder zurück Richtung Wohnzimmer. Doch Kari und Maéva bogen kurz vor der Tür ab und schlugen die Richtung zum Bad ein.

»Du hast es nicht geschafft, sie anzulügen«, sagte Maéva und lehnte sich gegen das Waschbecken.

Kari machte es sich auf dem Deckel der Toilette bequem, sie fühlte sich unglaublich froh und bis zum Kragen vollgepumpt mit Adrenalin. »Genau. Gelogen habe ich genug in letzter Zeit und meine Alibigeschichte war sowieso total schwach. Aber jetzt sag mal, wer war diese Jisha?« Es war aufregend, diesen Namen auszusprechen. Sie hatte tatsächlich eine Ahnin aus Isslar!

»Vor der Rebellion, die mein Bruder angezettelt hatte, gab es schon mehrere andere Aufstände gegen die Fürstenfamilie, darunter einen richtig großen ... damals waren die Bedingungen für die Menschen immer unerträglicher geworden, sie sollten ihre Kinder für die Eiswache hergeben«, begann Maéva zu erzählen. »Zwei Leute aus Isslar führten damals einen großen Aufstand an: Svendur Wymar, ein Mann aus dem Volk ... und Jisha Ulim Thordar.«

Kari schnappte nach Luft. *Thordar? Ich bin eine Thordar?*

»Wie du vielleicht gehört hast, ging es schief, Svendur wurde getötet, aber Jisha schaffte die Flucht durchs Blaue Tor. Anscheinend ist sie irgendwie hinübergelangt in das Land, das ihr Schweden nennt. Niemand hat je wieder etwas von ihr gehört. Aber sie ist für uns noch immer eine Volksheldin, es gibt viele Lieder und Geschichten über sie. Und wie ihre Fünf Forderungen Wirklichkeit geworden sind, hast du gerade erlebt.«

Eine Isslarer Volksheldin. Kari war beeindruckt. »Der Hammer. Aber heißt das, ich bin mit Magnus Thordar verwandt, dem Typen, der sich beinahe zum Diktator aufgeschwungen hätte?«

»Fürchte schon«, sagte Maéva und musterte sie neugierig. »Aber das heißt auch, dass du wahrscheinlich den Wind beeinflussen kannst. Das können die meisten Thordar, das Talent wird sehr oft vererbt.«

Was für ein seltsamer Gedanke! Aber das kann sein. Kari fiel ein, wie in manchen kritischen Situationen plötzlich Wind aufgekommen war, und jedes Mal war das hilfreich gewesen. Da hatte sie wohl unbewusst irgendetwas ausgelöst.

Doch Maéva war noch nicht fertig. »Damals war Jisha erst zweiundzwanzig Jahre alt, und das war anscheinend zu einer Zeit, als nicht nur bei uns, sondern auch bei euch Krieg herrschte.«

»Anscheinend der Zweite Weltkrieg. Vergeht in deiner und meiner Welt die Zeit gleich schnell?«

»Ja. Aber hast du gewusst, dass Menschen aus Isslar sehr alt werden? Hundertzwanzig Jahre ist bei uns nichts Besonderes.«

Es dauerte drei oder vier Sekunden, bevor Kari kapiert hatte, was sie damit sagen wollte ... und es im Kopf durchgerechnet hatte. »Du meinst, sie könnte noch leben?!«

»Zumindest wäre es möglich. Es ist offensichtlich, dass das von deiner Familie keiner weiß. Falls sie noch lebt, dann irgendwo unter falschem Namen.«

Das verschlug Kari glatt die Sprache, sie musste das erst einmal verdauen. Da traf es sich gut, dass Thorsten gerade lautstark verkündete, dass es Kaffee gab ... und Kekse, die er erst am Tag zuvor in Reykjavík gekauft hatte.

»Besser, ich gehe langsam mal«, sagte Maéva.

Kari versuchte, sich ihre Enttäuschung nicht anmerken zu lassen. »Versteh ich. Toll, dass du mich überhaupt herbegleitet hast. Sagst du meinen Leuten noch Tschüss?«

Das tat Maéva, dann begleitete Kari auch sie nach draußen. Gemeinsam gingen sie noch ein paar Schritte den Weg entlang, dann drehte Maéva sich noch einmal um und umarmte Kari. »Schade, dass du keine Fjellkar bist, das hätte mir gefallen«, flüsterte sie ihr ins Ohr. »Mögen Sigurd und Elin immer mit dir sein. Pass gut auf die Torformel auf, ja? Es gibt viele Leute bei uns, die dich gerne wiedersehen würden.«

Als Kari antworten wollte, merkte sie, dass ihre Kehle wie zugeschnürt war. *Noch jemand außer Andrik, den ich sehr vermissen werde.*

Ganz plötzlich begann es zu schneien – zarte Flocken, die aus dem grauen Himmel herabsegelten. Eine davon, eine besonders große, fing Maéva mit der Hand auf und betrachtete sie einen Moment lang. »Vielleicht möchtest du die deiner Schwester Alice schenken. Damit sie dieses Land nicht in allzu schlechter Erinnerung behält.«

Behutsam drehte Kari die Flocke in den Fingern. Ein kleines, weiß schimmerndes Kunstwerk, das niemals schmelzen würde.

»Pass auf dich auf«, brachte sie heraus.

»Mach ich«, sagte Maéva und lächelte. Die Kälte hatte ihre Wangen gerötet, ihre Augen glänzten und einzelne Schneeflocken hatten sich in ihren Haaren verfangen. Kari blickte ihr nach, wie sie durch das Schneetreiben davonging, das immer dichter wurde. Einen Moment lang konnte sie Maévas Silhouette noch sehen, dann war sie im Weiß verschwunden. Dafür bemerkte Kari einen Falken mit silbrig weißem Gefieder, der herangeglitten kam, sich auf einem Felsen in der Nähe hockte und sie aus seinen dunklen Augen ansah. Einen langen Moment blickten sie sich gegenseitig an, dann nickte Kari ihm zu und ging zurück zum Haus.

Dort stellte sie fest, dass Alice schon bibbernd an der Tür auf sie wartete, als könne sie sie keinen Moment lang aus den Augen lassen. »Schade, dass sie schon zurückmusste«, sagte Alice und gab ein »Oh wie cool!« von sich, als Kari ihr das Geschenk gab. »Sie ist eine Freundin von dir, oder?«

Kari nickte. »Ganz im Gegensatz zu dieser Cecily. Ich hatte sehr große Angst um euch, weil ich schon befürchtet hatte, dass sie hier bei euch sein könnte.«

»Wahrscheinlich wäre ich tot, wenn John mich nicht beschützt hätte«, berichtete Alice. »Aber ich habe ihn und Mam auch gerettet, deswegen bin ich mit ihm quitt.« Sie erzählte, was im Ferienhaus geschehen war und wie sie versucht hatten, Cecily zu entlarven. Entsetzt hörte Kari zu. *Wie knapp das gewesen ist, auf beiden Seiten des Tores!*

»Oh schade, das heißt, wir dürfen nie wieder über John lästern, oder?«, fragte sie, um die drückende Stimmung zu verscheuchen.

»Nie wieder«, sagte Alice entschieden.

»Auch nicht, wenn er klugscheißert?«

»Das kann er sich bestimmt abgewöhnen.«

»Nicht mal, wenn er uns mit Heavy Metal beschallt?«

»Kommt eh nicht wieder vor.« Alice klang vollkommen überzeugt. »War nur ein Missverständnis.«

Kari musste lachen. »Okay«, sagte sie und nahm ihre kleine Schwester in die Arme. »Und ich verspreche dir, du bist der einzige Mensch, dem ich die ganze Wahrheit erzähle. Aber gib mir noch ein bisschen Zeit.«

»Na gut – aber morgen sagst du mir alles!«, entschied Alice. Kari nickte gehorsam, dann gingen sie wieder nach drinnen, wo es deutlich wärmer war.

Wie seltsam. Es stört mich gar nicht mehr, dass Thorsten und John da sind, ich habe nicht mehr das Bedürfnis, ihnen aus dem Weg zu gehen, fiel es Kari auf. Auch wenn sie standhaft dabei blieb, so wenige Fragen wie möglich zu beantworten, gab es viel zu erzählen, und es war einfach schön, hier zu sein. Zusammen mit diesen Menschen, die sie anscheinend alle tatsächlich mochten, die gemeinsam um sie gebangt hatten.

»Sagt mal, Leute, was wäre denn eigentlich meine Geburtstagsüberraschung gewesen?«, erkundigte sich Kari, als sie sich aus in Reykjavík gekauften Vorräten einen Topf Nudeln mit Tomatensoße zusammengepanscht hatten. *Mit dieser Überraschung hat schließlich alles angefangen!*

Alice und Susanna lächelten sich an. »Wir haben einen Ausritt für dich gebucht! Auf einem echten Islandpferd, zwei Stunden lang!«, verkündete Alice freudig und wartete auf Karis Reaktion. Die fiel ein bisschen anders aus als gedacht. Kari bekam einen furchtbaren Lachkrampf.

Als sie sich wieder erholt hatte, fiel ihr etwas ganz anderes ein ... dieser Zwischenfall, bei dem sie als Kind den Jungen verletzt hatte. Noch war das Rätsel nicht ganz gelöst. »Sagt mal, ich habe mal einen Nachbarsjungen fertiggemacht, oder? So richtig heftig, wegen einer Katze? Wie alt war ich da?«

»Dass du dich daran noch erinnerst! Da warst du erst sechs.« Ihre Mutter verzog das Gesicht. »Oh, da warst du wütend, das hat uns fast Angst gemacht. Und der Junge musste im Krankenhaus genäht werden, wir hatten furchtbaren Ärger mit den Eltern deswegen.«

»Tut mir leid«, sagte Kari reflexartig. »Irgendwas war damals mit einer Burg ... aber ich weiß nicht mehr, was.«

»Du warst danach ein Jahr lang jede Woche eine Stunde bei einer Psychologin, um deine Gefühle besser in den Griff zu bekommen«, berichtete ihre Mutter. »Sie hieß Dr. Burgsoll, und du hast immer gewitzelt, du sollst mal wieder zu deiner Burg, wenn ich dich hingefahren habe.«

Kari musste zum zweiten Mal an diesem Abend lachen.

Spät in der Nacht, als Alice längst vor lauter Erschöpfung auf der Couch eingeschlafen war und Thorsten sie ins Bett getragen hatte, als die Erwachsenen sich in ihr Schlafzimmer zurückgezogen hatten und nur noch eine kleine Lampe den Raum erhellte, waren Kari und John schließlich allein. John hatte sich auf dem

Sofa ausgestreckt – er war noch immer schwach nach dem, was er überstanden hatte – und Kari hatte sich im Sessel zusammengerollt wie eine Katze, dicke Wintersocken an den Füßen und eine Tasse mit heißem Kakao in der Hand.

»Hab gehört, ihr wart ein gutes Team, du und Alice«, meinte Kari und nippte an ihrem Kakao.

»Ja, waren wir«, sagte John und stützte sich auf einen Ellenbogen auf, um sie anblicken zu können. »Sie war finster entschlossen, Cecily zu besiegen, und war kurz davor, sie mit einem Brocken Lava auszuknocken.«

Er lächelte schief und Kari lächelte zurück. »Danke«, sagte sie einfach und es kam von Herzen.

»Ach, kein Problem.« John ließ sich wieder zurücksinken. »Und ... meinst du, du kommst jetzt mit deinem Roman weiter? Nach all dem, was du erlebt hast?«

Kari zog eine Grimasse. »Ich versuche es jedenfalls. Vielleicht klappt es besser. Jede Menge neue Eindrücke kann ich jedenfalls einfließen lassen.« Es gefiel ihr, dass er nicht versuchte, sie auszufragen.

»Darf ich mal was daraus lesen?«

»Wieso nicht«, sagte Kari zu ihrem eigenen Erstaunen. Vielleicht brachte es ja wirklich was, mal die Handlung mit jemandem zu diskutieren. Vor allem mit jemandem, der selbst schrieb. »Wenn ich auch mal in dein Drehbuch reinschmökern darf.«

»Klar. Es ist aber ein Agententhriller, ich weiß nicht, ob du auf so was stehst.«

»Du bist nicht böse, wenn ich beim Lesen merke, dass es nicht so mein Ding ist, oder?«

»Doch«, sagte John und sie mussten beide lachen.

»Kann dir genauso gut bei meinem Manuskript passieren«, meinte Kari. »Ich weiß schon genau, wie es ausgeht. Am Schluss fliegen die Drachen in den Sonnenuntergang ...«

»... und Held und Heldin küssen sich vor grandioser Bergkulisse?«

Wie peinlich, jetzt wurden ihr die Augen feucht, weil sie das wieder an Andrik erinnert hatte. John sah es, sagte aber erst mal nichts dazu. Schweigend blickten sie beide auf eins der Wasserfall-Bilder an der Wand. »Du hast dich verliebt dort in Isslar, oder?«, fragte John schließlich.

»Ja«, sagte Kari, schob die Hand in ihre Tasche und fühlte den Druck des kleinen Lavasteins an ihrer Handfläche. Wie warm er sich anfühlte. Gleich daneben ... das Pergament mit der Torformel.

»Ich mich hier auch«, sagte John und seufzte tief.

Kari konnte es nicht fassen. »Echt jetzt? Etwa in ...«

»Leider.«

»Ganz schön mutig.«

»Ganz schön blöd.«

»Das wollte ich nicht so direkt sagen, aber – ja.« Sie fand es auch mutig, dass er überhaupt bereit war, über so etwas zu sprechen. *Such mal einen Jungen, der über seine Gefühle redet! Und dann auch noch mit seiner Patchworkschwester, die ihm vor Kurzem mit großem Vergnügen das Leben schwer gemacht hat!*

Sie stand auf und ging zum Fenster, blickte hinaus in das Schneetreiben, das noch dichter geworden war. Ob Maéva schon beim Grünen Tor angekommen war? Erst morgen Mittag würde sie hindurchkönnen. *Ich wette, es wird ihr nicht kalt bis dahin, sie macht sich ein Bett aus Schnee und warmen Gedanken.*

»Jedenfalls ist es nicht blöd, eine nette Familie zu haben«, sagte Kari.

»Da sagst du was«, murmelte John und gähnte. »Vielleicht wird der nächste Urlaub sogar richtig gut.«

»Die Chancen dafür stehen nicht schlecht«, meinte Kari. »Könnte sogar richtig Spaß machen mit euch. Falls dann immer noch die

Namen Schneider und Elzheimer auf ein und demselben Klingelschild stehen. Aber ich schätze schon, was meinst du?«

Von John kam keine Antwort. Seine Atemzüge waren laut und regelmäßig geworden.

Kari lächelte. *Bewahre mich vor Elz – oder auch nicht,* dachte sie, breitete eine Decke über ihn, knipste die Lampe aus und tappte hinüber in ihr Schlafzimmer.

Nachwort und Danksagung

Jahrelang habe ich an der Handlung dieses Romans herumgetüftelt, bis ich endlich bereit war, loszulegen. Doch bevor ich das erste Wort zu Papier bringen konnte, wollte ich diese faszinierende Welt selbst sehen ... zumindest die Welt auf unserer Seite der Tore. Drei Wochen lang hatte ich Zeit, Island zu erforschen und die Orte zu suchen, die im späteren Buch eine Rolle spielen sollten. Lustigerweise wusste ich immer sofort und mit Gewissheit, wenn ich einen dieser Orte gefunden hatte. »Das ist eins der Tore – das Grüne Tor«, sagte ich, als wir in Dyradalur beim Berg Hengill Pause machten. Als wir wenige Kilometer weiter auf die Ebene hinabblickten und sich der schimmernde See Þhingvallavatn vor uns ausbreitete, war mir ebenso schnell klar, dass in Isslar genau hier die Stadt Khyona lag. Auch die anderen vier Tore fand ich während unserer Reise durch Zufall, und jedes Mal gab es keine Zweifel, dass dies ein magischer Ort war.

Während wir durch die kargen isländischen Landschaften wanderten, das goldene Licht genossen (wir hatten unglaubliches Glück mit dem Wetter!) und die Naturschönheiten angafften, plante ich schon die Szenen, die ich dort ansiedeln würde. Und überall sahen wir Pferde grasen und über die Ebenen streifen, es waren in den drei Wochen sicher Tausende. Weil die Pferde eine wichtige Rolle im Roman spielen, wollte ich natürlich unbedingt einen

Ausritt machen, und in Sauðárkrókur ergriff ich die Gelegenheit schließlich. Auf einer isländischen Fuchsstute probierte ich den Tölt aus, galoppierte über einen schwarzen Strand und staunte darüber, was für steile Böschungen diese Pferde ganz selbstverständlich rauf- und runterstapfen.

Silberfalken oder Silbergeier habe ich übrigens keine gesehen, dafür Papageitaucher, Singschwäne und Buckelwale. Im Zoo von Reykjavík konnte ich auch Polarfüchse im Sommerfell bewundern – sehr putzig!

Das allererste, große Danke geht an Robin, meinen strengen, aber sehr begeisterungsfähigen Testleser, der jeden Tag sehr entschieden eine neue *Khyona*-Szene forderte ... es gibt keine bessere Motivation! Ein Dankeschön und eine Umarmung auch an Christian, mit dem das Brainstorming auch nach so vielen Jahren noch immer Spaß macht.

Die Zusammenarbeit mit dem Arena Verlag war wieder großartig, besonders mit Stefanie Letschert und Julia Röhlig, für die *Khyona* so wie für mich ein Herzensprojekt war. Eine wichtige Rolle spielte wieder einmal mein Lektor Frank Griesheimer, mit dem ich Handlung und Figuren noch einmal auf Herz und Nieren abklopfen konnte und der keine Nachtschicht scheute, um den Termin zu halten. Gerd Rumler und Martina Kuscheck waren wie gewohnt die Agenten an meiner Seite. Danke an Ulla Scheler für ganz frühe Gespräche über den Plot und an Nadja Zöch-Schüpbach, die mich mit Island-Infos versorgt und durch ihre Begeisterung für das Manuskript ermutigt hat. Ein Dankeschön geht auch an meine anderen Testleser Alexandra Kolb, Sonja Englert, Jessica Lawson, Rebecca Kelschebach, Clara Vollrath, Petra Haidn, Wiebke Assenmacher, Valentin Zettler, Daniel Schikora und Stefanie Link. Da sich das Projekt so lange hingezogen hat, waren über die Jahre viele Praktikantinnen damit befasst.

Vielen Dank für eure wunderbare Unterstützung, Larissa Heeke, Jasmin Hütt, Lia-Sophie Voigt, Ilka Brühl, Teresa Wille und Jessica Lawson!

Wer mehr über die Welt von Isslar und über die Schauplätze erfahren möchte, findet zusätzliche Infos auf meiner Website *www.katja-brandis.de*.

Katja Brandis

Gepardensommer

Auf Lilly wartet ein unvergessliches Erlebnis: Sie darf auf einer Farm in Namibia mitarbeiten, die sich dem Schutz der bedrohten Geparden widmet. Dort soll die deutsche Tierarzttochter bei der Pflege verletzter Großkatzen, der Aufzucht verwaister Jungtiere und der Feldforschung im Busch mithelfen. Ein Traum wird für sie wahr!

Lillys Aufenthalt klappt so lange gut, bis sie sich in Erik verliebt, den Sohn eines benachbarten Farmers. Seine seltsame Familie und seine Geheimnisse stürzen ihr Leben völlig ins Chaos.

Arena

Auch als E-Book erhältlich

304 Seiten • Kartoniert
ISBN 978-3-401-51162-7
www.arena-verlag.de

Ella Blix

Wild
Sie hören dich denken

Seit einem erschreckenden Erlebnis auf einem Waldausflug mit der Schule ist Noomi nicht mehr dieselbe. Erinnerungsfetzen, die berauschend, aber auch verstörend sind, führen sie immer wieder zurück zu diesem Tag im Wald. Seitdem ist etwas mit ihr passiert, und sie muss herausfinden, was dort geschehen ist. Warum kann sie sich nicht erinnern? Warum fühlt sie sich seitdem den Tieren so nah?